Robin Moore
Uran Connection

Aus dem Amerikanischen von Christine Strüh

Robin Moore

Uran Connection

Roman

Europaverlag München - Wien

Die Deutsche Bibliothek – CIP-Einheitsaufnahme

Moore, Robin:
Uran Connection : Roman / Robin Moore. –
Aus dem Amerikan. von Christine Strüh. –
München ; Wien : Europaverl., 1997
ISBN 3-203-80007-1

Originalausgabe
The Moscow Connection
Affiliated Writers of America, Inc., 1994

Lektorat: Afra Margaretha

Umschlaggestaltung: Wustmann und Ziegenfeuter, Dortmund

Herstellung: Bercker, Kevelaer
Printed in Germany
ISBN 3-203-80007-1

Dieses Buch gehört in die Kategorie *Faktion* – Fiktion auf der Grundlage von Fakten. Die historischen Ereignisse, die hier beschrieben werden, sind vielleicht schwer zu glauben, aber glauben Sie sie ruhig – diese Dinge sind passiert, auch wenn sie in den meisten Fällen erfolgreich aus der offiziellen Geschichtsschreibung gelöscht wurden.

Mütterchen Rußlands fataler Fehler besteht darin, daß es sich weigert, die fatalen Fehler ihrer Sprößlinge zu erkennen.

Am 10. August 1994 wurden in Frankfurt drei Kuriere festgenommen, als sie eine aus Moskau kommende Lufthansa-Maschine verließen. Sie hatten über ein Pfund Plutonium im Wert von einer Viertelmillion Dollar bei sich. Empfänger der Lieferung waren international geächtete Terrorregimes, die danach trachteten, Atommacht zu werden. War es wirklich Zufall, daß Viktor Sidorenko, stellvertretender russischer Minister im Atomressort, in der gleichen Maschine saß?

Widmung

Dieses Buch widme ich meiner liebevollen, wunderschönen Frau Mary Olga, die mir in den drei Jahren, die dieses Projekt zu seiner Verwirklichung brauchte, stets zur Seite stand und überdies das Manuskript zweimal komplett durchlas und mir bei seiner Überarbeitung half.

Danksagung

Die ausgiebigen Reisen und Forschungen in den drei Jahren, die ich zur Fertigstellung von *Uran Connection* benötigte, wurden durch die Hilfe von John und Gloria Strong nicht nur möglich, sondern zu einem Vergnügen.

Wichtige technische Unterstützung erhielt ich von Alexander N. Rossolimo, dem Präsidenten der *International Strategy Associates* in Newton, Massachusetts.

Im Milizija-Hauptquartier von Moskau in der Petrowka-Straße 38 unterstützten mich viele gute und äußerst kompetente Freunde. Und natürlich danke ich auch Valerie, dem stämmigen Boxer, der sämtliche Gegner vom Team der amerikanischen Polizei besiegte und mir seinen roten Parteiausweis schenkte, als er fortging. Auch die Vereinigung der Moskauer Kriminalschriftsteller hat mir viel geholfen.

Peter Grinenko vom Büro des Bezirksstaatsanwalts in Kings County, ein auf alles Russische spezialisierter Ermittlungsbeamter, hat mir wertvolle Einblicke in die Aktivitäten der russischen Unterwelt in Amerika verschafft.

Die Unterstützung meiner reizenden Moskauer Dolmetscherin Nina Martinowa war bei der Feldforschung von unschätzbarem Wert.

Das *Russian Research Center* der Universität Harvard hat mich während der Entwicklung dieses Projekts laufend mit Informationen versorgt; vor allem dem stellvertretenden Direktor Dr. Marshall I. Goldman bin ich zu Dank verpflichtet, aber auch Marvin Kalb, der mir als erster begreiflich machte, daß die russischen Interkontinentalraketen nach dem mißlungenen Staatsstreich billig erworben werden konnten, und außerdem Janet Vaillant, die mich im Forschungszentrum eingeführt und für mich Übersetzungen russischer Dokumente angefertigt hat.

Es gab im Lauf der drei Jahre noch viele andere Berater und redaktionelle Helfer. An erster Stelle möchte ich meinen Lektor Jay Fraser nennen, der den Roman innerhalb von zehn Tagen in die vorliegende Fassung gebracht hat, in der er, so hoffen wir, die Welt – oder wenigstens seine Leser – in seinen Bann schlagen wird. In den Anfängen des Schreibens arbeitete Anthony Schneider als Lektor eng mit mir zusammen und raffte die über achthundert Seiten auf eine etwas handlichere Proportion. Marie Reid hat das Manuskript in einer heiklen Phase Korrektur gelesen. Und natürlich will ich auch Joe Koehler, den »Duke of Hoboken«, nicht unerwähnt lassen, der mir stets Mut gemacht hat. Und auch an alle anderen, die an diesem Projekt beteiligt waren, geht mein herzlicher Dank.

Prolog

Der Diebesbruder, der als Japontschik, der Japaner – kurz genannt Jap –, berühmt und berüchtigt werden sollte, war zwölf, als er seinen ersten Mord beging.

Es geschah 1948 in Samarkand, mitten im sowjetischen Zentralasien. Der Junge wurde Slawa – Kurzform von Wjatscheslaw – gerufen. Sein Vater Kyrill Jakowlew war ursprünglich Kasache, mit dem dazugehörigen deutlich ausgeprägten orientalischen Standesbewußtsein. Er war mit seiner Frau und seinem Sohn nach Usbekistan gekommen, um Arbeit zu suchen. In Samarkand, einer der berühmten Städte der Republik, fand er eine Stelle in einer Fabrik. Die dortigen Arbeiter wußten genau, daß man sie eingestellt hatte, um aus den Mohn- und Hanfpflanzen, die in der Gegend reichlich wuchsen, Drogen herzustellen. Chef der Fabrik war ein reicher usbekischer Kommunist namens Mamatagdi, Boß einer mächtigen Drogen-Familie. Usbeken stellten gerne Kasachen ein, denn da sie in Samarkand eine verschwindend kleine, einflußlose Minderheit bildeten, waren sie billig und leicht bei der Stange zu halten.

In der Stadt gab es gute Sporteinrichtungen, in denen jungen Leute Boxen, Ringen und Turnen beigebracht wurde. Slawa war ein guter Schüler auf der russischen Schule, aber seine wirkliche Liebe galt dem Unterricht beim Boxtrainer der Schule, einem großen Deutschen mit gebrochener Nase – einem Bär von einem Mann. Der Trainer mochte den hartnäckigen, dünnen kasachischen Jungen, der nie sein Gesicht verbarg, nicht einmal unter den Schlägen eines wesentlich stärkeren Gegners.

»Du hast Kampfgeist, Junge«, sagte der alte Deutsche oft. »Und genau darauf kommt es an, die Muskeln entwickeln sich dann von ganz alleine. Du mußt die Situation immer im Griff behalten und dann ohne Zögern zuschlagen. Denk daran, auch dein Gegner hat Angst, egal, wie klein du bist.«

Doch eine einzige entsetzliche Nacht sollte Slawa Jakowlew für immer verändern – zum Besseren, wie er rückblickend erkannte; andernfalls hätte sich sein Horizont vielleicht nie über die Grenzen von Samarkand hinaus erweitert. An jenem Abend machten sich er und seine Mutter schreckliche Sorgen, weil sein Vater nicht zur üblichen Zeit nach Hause kam. Als sich endlich die Haustür öffnete, stolperte sein Vater herein und stürzte zu Boden. Sein Gesicht war blutüberströmt, ein Auge gänzlich zugeschwollen, mehrere Zähne fehlten. Er brachte nur ein keuchendes Stöhnen hervor – mehrere Rippen waren gebrochen.

Bei seinem Anblick begannen Slawa und seine Mutter zu weinen. Mit vereinten Kräften schleppten sie ihn aufs Bett und zogen ihm das verdreckte Hemd aus. Nachdem er einigermaßen bequem lag und ein paar Schlucke kaltes Wasser getrunken hatte, berichtete Kyrill Jakowlew, was geschehen war.

Der Usbeke Mamatagdi hatte sich geweigert, den Kasachen ihren Lohn auszuzahlen. Allein Kyrill hatte dagegen Einspruch erhoben. Auf ein Zeichen von Mamatagdi stürzten sich daraufhin seine Muskelmänner mit einer Eisenstange auf ihn. Keiner der Arbeiter protestierte – keiner kam Kyrill zu Hilfe. Nach einer Stunde ließen die Schläger schließlich von ihm ab, und er schleppte sich nach Hause.

Gegen Morgen hörte Kyrill auf zu stöhnen, und als Slawa zu ihm ging, sah er, daß sein Vater tot war. An diesem Tag schlich sich der Junge ins Haus eines diensthabenden Milizija-Beamten in der Nachbarschaft. Aus einer Schreibtischschublade entwendete er die Pistole, die er den Polizisten oft hatte reinigen sehen.

Um sieben Uhr war die Abenddämmerung so strahlend violett, wie es nur in Samarkand vorkam. Mamatagdi befand sich allein in der Fabrik, kontrollierte die Bücher und zählte das Geld, das gerade von den Händlern aus dem Namangan-Tal eingetroffen war. Sie hatten sich mit der Zahlung für mehrere hundert Pfund Opium und eine Tonne kultivierten Hanf oder *Anascha* einen Tag verspätet, und deshalb hatte Mamatagdi die Lohnauszahlung seiner kasachischen Arbeiter einfach verschoben. Er sah darin kein Problem; die Arbeiter würden ihr Geld morgen oder vielleicht besser noch ein paar Tage später bekommen – sie sollten die Usbeken aus Namangan ja nicht mit dem verspäteten Lohn in Verbindung bringen.

Mamatagdi war ein breitschultriger Mann mit einer großen iranischen Nase und schwarzen, schrägen Augen in einem dunklen Gesicht. Wenn er lächelte oder eine Zigarette rauchte, glitzerte oben links in seinem Mund ein Goldzahn. Seine wulstige Unterlippe hing etwas nach unten, was seinem Gesicht einen leicht verächtlichen Ausdruck verlieh. Freunde wie Feinde nannten ihn den »Schakal Mamatagdi«.

Der Junge klopfte nicht an. Er stieß die Tür zum Kontor mit dem Fuß auf und blieb auf der Schwelle stehen, die Hände auf dem Rücken, eine dunkle Silhouette vor dem abendlichen Himmel. Hinter dem Rücken umklammerte Slawa mit beiden Händen den gestohlenen Revolver.

Der Schakal Mamatagdi blickte vom Schreibtisch auf. Sein Goldzahn blitzte, als er fragte: »He, Kleiner, was willst du?«

»Ich bin Slawa Jakowlew. Mein Vater Kyrill hat für Sie gearbeitet.«

»Das tun ’ne Menge Leute, Junge. Also, was willst du?«

»Er arbeitet nicht mehr für Sie. Mein Vater ist heute morgen gestorben.«

»Armer Junge«, brummte Mamatagdi. »Das tut mir leid.«

Slawa packte die Pistole hinter seinem Rücken noch fester, denn er sah, daß Mamatagdi die Gefahr witterte.

»Woran ist er denn gestorben?«

»Sie haben ihn totschlagen lassen, weil er nicht auf das Geld verzichten wollte, das er verdient hat.«

»Nein, nein! Du irrst dich, bei Allah!« Mamatagdi machte Anstalten aufzustehen.

»Bleiben Sie, wo Sie sind!« befahl Slawa und nahm die Hände vom Rücken. Mamatagdi starrte in den Lauf einer silbernen Pistole, die in den kleinen Händen des Jungen riesig wirkte. Der Stahl war vom vielen Gebrauch an manchen Stellen zerkratzt und dunkel verfärbt.

»He, Junge! Mach keine dummen Witze! Das Ding könnte losgehen! Du bist sehr ungezogen! Allah wird dich und deine Familie dafür strafen! Und außerdem ...«

Plötzlich stand Mamatagdi aufrecht hinter seinem Schreibtisch. »Komm, ich gebe dir Geld.«

Mamatagdi öffnete die Geldkassette, die neben ihm stand. Unter Haufen von Rubeln und anderen Währungen lag seine Waffe, ein gebogener usbekischer *Pschak*, ein langes, schmales Kampfmesser aus rostfreiem Stahl. Mamatagdi griff mit der Hand in die Kassette, als wollte er Geld herausholen, zog dabei aber den *Pschak* aus seiner ledernen Scheide.

Slawa war einer Ohnmacht nahe. Sein Mund fühlte sich trocken und heiß an, vor seinen Augen verschwammen der Raum und Mamatagdi. Der Revolver wog schwer wie Blei in seiner Hand. Doch auf einmal stürzte sich Mamatagdi mit dem tödlichen *Pschak* auf ihn. Slawa wich zurück, und das Messer verfehlte um Haaresbreite seinen rechten Arm. Todesangst krallte sich in sein wild klopfendes Herz, als Mamatagdi den Dolch zum zweitenmal zückte. Instinktiv drückte Slawa ab, und aus dem riesigen Revolver schoß ein Feuerblitz, gefolgt von einer Rauchwolke.

»Du kleiner Mistkerl!« schrie Mamatagdi und wollte mit dem *Pschak* ausholen. Aber die Kugel hatte seine Wirbelsäule zertrümmert, und der alte Ganove stürzte nach vorn über den

Schreibtisch. Der *Pschak* blieb zitternd in der hölzernen Tischplatte stecken.

Plötzlich war der Revolver in Slawas Hand federleicht. Mamatagdis Gesicht lag direkt vor ihm auf dem Schreibtisch, und die weit aufgerissenen Augen blitzten voller Haß.

Die zweite Kugel durchschlug seine Stirn. Mamatagdis Hinterkopf zerbarst, und im Bruchteil einer Sekunde spritzte die blutige Masse auf die Wand hinter dem Schreibtisch und dem Safe. Der Usbeke taumelte rückwärts, Bücher und Rechnungen mit sich reißend; der Schreibtisch blieb sauber, nur der *Pschak* steckte immer noch im Holz.

In diesem Augenblick begann Slawa sich in Jap, den »Japaner«, zu verwandeln. Er ging um den Tisch herum, stieg über die Leiche hinweg, holte in aller Ruhe sämtliche Banknoten aus dem Safe und stopfte sie in seine Taschen. Zwar wußte er nicht, was in den Lederbeuteln war, aber er nahm sie trotzdem mit – später entdeckte er, daß sie mit Goldstaub gefüllt waren. Dann legte er die Pistole in die jetzt leere Geldkassette und klappte den Metalldeckel zu. Wenn die Polizei kam, würde sie in der Stadt nach einem gewöhnlichen Dieb suchen und vielleicht Schakal Mamatagdis zahlreiche Feinde und die Drogenhändler verhören, mit denen er Handel trieb.

Bis dahin würden Slawa und seine Mutter mit Hilfe des Geldes, das er aus Mamatagdis Geldkassette genommen hatte, längst über alle Berge sein.

Buch 1

Der König der Unterwelt

1

Die Schneewehen um das Arbeitslager von Tulun waren so tief, daß ein Mann bis über den Kopf hätte versinken können. Um das Gefängnis hatte man die Fichten gefällt, so daß ein achthundert Meter breiter freier Korridor entstanden war, hinter dem sich der dichte sibirische Wald erhob. Jeden Tag wurde der Neuschnee von einer Gruppe fröstelnder Sträflinge über die weißen Wälle nach außen geschaufelt. Die riesigen Haufen reichten bis hinauf zu den Wachtürmen, wo Soldaten mit Maschinengewehren standen und frierend durch ihre Ferngläser die trostlosen Gefängnishöfe und die öde Landschaft beobachteten.

Sie bewachten zehn lange Baracken, in denen verurteilte russische Kriminelle sich auf nackten Holzpritschen in jedes Kleidungsstück hüllten, das sie besaßen. Sie kauerten sich zusammen, um wenigstens ein bißchen Wärme zu spüren, zogen die Knie bis ans Kinn und versuchten zu schlafen.

Ein zweistöckiges Betongebäude im Zentrum des Geländes war das interne Gefängnis des Lagers. Hier schliefen auch die diensthabenden Offiziere, nachdem sie sich vor dem Fernseher die halbe Flasche zweitklassigen Wodka einverleibt hatten, der zu ihrer täglichen Verpflegungsration gehörte.

Das Lager Tulun bei Irkutsk, einer der größten Städte Sibiriens, beherbergte fünfhundert Gefangene; unter ihnen waren fünf Diebesbrüder oder Gangsterbosse, von denen jeder über seine eigene Gang von etwa dreißig Muskelmännern verfügte, angeführt von einem Vizeboß oder Schläger. »In der UdSSR ins Gefängnis zu kommen, ist kein Kunststück«, lautete ein geflügeltes Wort. Und wenn beispielsweise ein Häftling, der zu fünfzehn Jahren Zwangsarbeit verurteilt worden war, gefragt wurde, was er verbrochen hatte, und dieser antwortete: »Nichts«, so kam als Entgegnung: »Unmöglich, für nichts kriegt man doch bloß zehn Jahre.«

In der größten, tiefsten unterirdischen Zelle des internen Lagergefängnisses saß der wichtigste Mann von Tulun, der Meisterverbrecher, bekannt als der Jap, der Japaner. Er war hellwach, trank Cognac und starrte nachdenklich ins knisternde Kaminfeuer.

Bei seinem Eintreffen im Lager war Jap sofort in diese Zelle gebracht worden, die mit großem, durch seine Bestechungsgelder finanzierten Aufwand eigens für ihn gebaut worden war. Man hatte ihn nie dazu aufgefordert, sich in die Arbeits-*Zona* zu begeben, wo gewöhnliche Kriminelle in ungeheizten Holz- und Betonbaracken hausten – zwölf Monate im Jahr, davon acht bitterster Winter. Die Durchschnittstemperatur war ziemlich konstant und lag bei fünfundzwanzig Grad unter Null.

Gedämpftes Licht und das Feuer verliehen der Zelle eine recht gemütliche Atmosphäre. Vor dem Feuer standen zwei bequeme Sessel. Man hatte Fellteppiche auf den Holzfußboden gelegt und an die kahlen Backstein- und Mörtelwände gehängt. In einer benachbarten Zelle war eine Sauna eingerichtet worden, eine dritte Zelle diente Jap als Garderobe und Abstellraum. Auf einem Tisch an der Wand standen ein Farbfernseher und ein Videogerät.

Im Flammenschein schimmerte eine Cognacflasche. Daneben stand eine Platte mit frischem geräucherten Kaninchenfleisch, Lachs und armenischem Bastura und eine große Holzschale mit Gurken- und Tomatensalat in Olivenöl.

Jap trug ein weißes Hemd und einfache schwarze Jeans; an seinem linken Handgelenk glänzte das Markenzeichen eines echten Diebesbruders – die goldene Rolex-Uhr. Er war barfuß, denn er mochte das Gefühl von gebohnertem Holz und weichem Tierfell an den Sohlen.

Er war gerade fünfzig geworden, sah aber mindestens fünf Jahre jünger aus, typisch für einen Mann von – jedenfalls teilweiser – mongolischer Abstammung. Er war nicht sehr groß, aber stämmig, ein wenig O-beinig, breitschultrig, mit einem kurzen Hals und langen, kräftigen Armen. Sein Gesicht war breit mit leicht schrägen Schlitzaugen und einer Boxernase, sein Mund schmal und hart, sein Haar von Natur aus schwarz und dicht.

Der Gefängnischef, Major Karamuschew, tat sein Bestes, um Jap die Haft so angenehm wie möglich zu gestalten – womit er sich und seiner Familie eine Zukunft ohne Geldsorgen sicherte. Auf die Dankbarkeit und Großzügigkeit des berühmten Häftlings konnte man sich verlassen.

Eine schwere Eichentür verband Japs Quartier mit der Sauna. In einem Umkreis von etwa hundert Meilen hatte man die Dörfer abgesucht und schließlich einen riesigen eisernen Kessel aufgetrieben, der als Wasserbecken diente. Jap schwitzte gern und ausgiebig eine bis zwei Stunden auf den hölzernen Brettern, um sich dann in den mit eiskaltem Wasser gefüllten Bottich zu stürzen.

Aus Angst, die Teppiche zu verschmutzen, wagten sich die Wachen kaum je in Japs Zelle. Selbst der Kommandant zog die Stiefel aus, wenn er – was häufig geschah – Jap in seiner unterirdischen Wohnung besuchte, um sich bei einem Cognac und einem luxuriösen Imbiß einen Videofilm anzusehen oder mit ein paar Mädchen zu vergnügen, die vom nahegelegenen Frauenlager hergebracht worden waren. Außerdem führte er häufig geschäftliche Gespräche mit Jap, denn es gab viele Dinge, die Jap draußen erledigen lassen mußte, und das trug beträchtlich zum wachsenden Reichtum des Kommandanten bei.

Die gewöhnlichen Sträflinge, die in den überfüllten Baracken hausten, nannten Jap den »König der Unterwelt«. Sie litten nicht nur unter der beißenden Kälte der endlosen Wintermonate, sondern wurden häufig übel mißhandelt – zum Teil von übereifrigen Wachen, aber auch von sadistischen Mithäftlingen, die in der Lagerhierarchie die Macht erworben hatten, Übertretungen der von den Sträflingsbossen festgelegten Regeln gnadenlos zu ahnden. Solche Sklaven waren zu knochenharter Arbeit verdammt und starben meist lange bevor sie ihre Strafe abgesessen hatten.

Aber Jap war nicht nur ein Krimineller, nicht nur ein unerbittlicher Killer, dessen Name seinen Opfern Todesangst einjagte. Er gehörte zur obersten Schicht der Verbrecherwelt – ein mächtiger Diebesbruder, dessen raffgierige Lakaien selbst jetzt, da ihr Chef im Gefängnis saß, in der Sowjetunion und in ganz Osteuropa gefürchtet wurden.

An der Spitze der »kriminellen Pyramide« stand der »Diebesbruder« – ein Rang, der nur von der offiziellen Versammlung der »Diebesbrüder« verliehen werden konnte, die dann ein Zertifikat ausstellten, eine Art Diplom, das sich mit einem Doktor der Rechtswissenschaft oder der Philosophie im akademischen Bereich vergleichen ließ. Die Urkunde wurde von der Versammlung der »Diebesbrüder« mit den jeweiligen Spitznamen unterschrieben, die untrennbar mit ihrem Titel als Diebesbruder verbunden waren, und so wurde ein neues Mitglied in den Bund aufgenommen.

Nach dem »Gesetz« der Bruderschaft durfte ein Diebesbruder nicht arbeiten – das war unter seiner Würde –, er mußte sein Geld ausschließlich mit kriminellen Aktivitäten verdienen. Er durfte nicht zum Militär und nur heiraten, wenn seine Frau sich unterordnete und praktisch unsichtbar blieb. Ein echter Diebesbruder bekämpfte Behörden und Gefängnisverwaltung, organisierte im Lager eine eigene Bande und ließ gewöhnliche Häftlinge, die wegen kleinerer Verbrechen verurteilt waren, nach seiner Pfeife tanzen. Seine heilige Waffe war sein Dolch, der *Pschak*.

Jap füllte sein Glas auf und nippte langsam daran. Mit geblähten Nasenflügeln genoß er jeden Tropfen, die Wärme des Alkohols breitete sich in seinem Innern aus.

Voll Sorge brütete er wieder einmal über den Verfall seiner Geschäfte. Zwar bemühte sich Japs Organisation draußen, seine frühzeitige Entlassung zu erwirken, aber bisher hatte das lediglich dazu geführt, daß der Moskauer Polizeichef und Japs Feinde im Politbüro seine Kommunikationsprivilegien beschnitten hatten. Jetzt konnte er seine Projekte nicht mehr mit schriftlichen Anweisungen steuern, die von Kurieren rasch und regelmäßig überbracht wurden.

Leise öffnete sich die Tür der zur Sauna umgebauten benachbarten Zelle, und erhobenen Hauptes marschierte eine halbnackte Frau in Japs Wohnzimmer. Ihr dicker Bauch hing über den breiten Uniformgürtel, der den langen ledernen Rock über den ledernen Slippern hielt. Ihre Brüste waren mehr als üppig, jedoch fest. Sie hatte ein kluges slawisches Gesicht, eine Stupsnase, schräge braune Augen und einen großen Mund mit vollen Lippen. Ihre selbstbewußte Haltung ließ auf ein schweres Leben schließen, zu dem sie ohne Vorbehalte stand. Stolz stellte sie eine Vielzahl von Tätowierungen zur Schau, die Geschichten aus ihrer bewegten Vergangenheit erzählten.

Jap liebte es, mit ausgestreckten Beinen vor dem Kamin zu sitzen, während Maria ihm die Geschichten erzählte, die hinter den Tätowierungen steckten. Die ältesten Tätowierungen, die sie ohne jede Scham entblößte, stammten aus der Zeit, als sie vierzehn gewesen war und eine Bande von kleinen Moskauer Ganoven ihr in irgendeinem Hinterhof die Kleider vom Leib gerissen und sie nacheinander vergewaltigt hatten; danach hatten sie ihr mit einem rostigen Nagel lachend den breiten nackten Hintern und verschiedene andere Körperteile tätowiert. Im Lauf der Jahre waren diese frühen Tätowierungen etwas verblaßt, doch ihr Körper lernte in den verschiedenen Arbeitslagern noch wesentlich ausgeklügeltere Versionen der Tätowierkunst kennen.

Die Tätowierungen bedeckten Marias Rücken, ihre Schultern, den Hintern, ihre Schenkel und Brüste. Auf dem Rücken waren Kirchtürme abgebildet, von denen jeder für eine ihrer Verurteilungen stand. Ein Dolch auf der linken Schulter erinnerte daran, daß sie einen Freund, der sie beschimpfte, fast erstochen hätte. Jap kannte auch die Bedeutung des achtstrahligen Sterns auf Marias rechter Schulter: Er war ein Symbol für ihren hohen Rang unter den weiblichen Gefangenen und Zeichen lesbischer Aktivität. Auf Armen und Unterschenkeln prangten in Schnörkelschrift zahlreiche Männernamen – Marias kriminelle Liebhaber. Doch jetzt war sie an die Spitze der Hierarchie von Tulun aufgestiegen.

Maria trat vor das lodernde Kaminfeuer, mit dem Rücken zur Wärme. Jap deutete auf das zweite Glas Cognac, das auf dem niedrigen Tischchen stand, und wartete gespannt, was nun kommen würde. Maria nahm den Cognac, ging zurück vors Feuer und trank ein paar Schlucke.

So stand sie nun barbusig zwischen Jap und dem Feuer. Er lächelte sie an und stellte sich dabei die beiden Schmetterlinge auf ihren Schenkeln vor, die an zwei Ausbruchsversuche erinnerten, und die rot-blaue Rose innen an ihrem linken Oberschenkel, der bedeutete, daß sie gut beim Sex war.

Maria und Jap hoben die Gläser und tranken, dann blicken sie beide auf den glatten, gebohnerten Fichtenholzboden mit den Pelzen von Bären und Luchsen – den Bewohnern der hiesigen Wälder. Vielsagend grinsten sie sich an. Abgesehen von den drei niedrigen Tischchen – eins für Fernseher und Videogerät, eins für die Stereoanlage, eins als Eßtisch – brauchte Jap kaum Mobiliar. Er war in Zentralasien aufgewachsen und hielt nicht viel von europäischem Wohnstil. In der Ecke lagen ordentlich zusammengerollt Decken und Kissen – Jap schlief am liebsten auf dem Boden.

»Möchtest du zuerst die Neuigkeiten aus Moskau hören?« fragte Maria mit herausforderndem Gesicht.

»Kann ich denn heute noch irgendwie eingreifen?« fragte Jap. Seiner Stimme war anzuhören, wie ihn seine Lage bedrückte und wie wenig optimistisch er Marias Informationen entgegenblickte.

Mit einem schelmischen Lächeln schüttelte Maria den Kopf, leerte ihren Drink und schüttelte die Slipper von den Füßen. Dann ging sie über die Fellteppiche zu Jap, der sein Glas abstellte, während sie bereits sein sauberes weißes Hemd aufknöpfte. Japs Garderobe befand sich in der dritten Zelle, die ebenfalls mit dem Wohnbereich verbunden war; seine Wäsche wurde von den Wachen in das acht Kilometer entfernte Frauenlager gebracht. Jap mochte ordentlich gebügelte, helle Hemden, und zwar jeden Tag ein frisches.

Im Handumdrehen hatte Maria Jap ausgezogen; nun lag er nackt auf dem Bauch vor dem Feuer, sein Unterleib schmiegte sich gegen das Bärenfell. Maria schlüpfte aus dem Lederrock. Nackt setzte sie sich auf ihn, ein Knie zwischen seinen Schenkeln, das andere daneben, und begann seinen Rücken zu massieren. Jap seufzte wohlig und gab sich ganz den Bewegungen ihrer kräftigen Finger hin, die sich an seinen verkrampften Muskeln zu schaffen machten.

Schon beim erstenmal, als Major Karamuschew Maria zusammen mit einigen anderen Frauen aus dem benachbarten Frauenlager zu Jap gebracht hatte, hatte sie ihren sexuellen Einfallsreichtum unter Beweis gestellt. Bald war sie Stammgast in Japs Quartier, und Jap erfuhr von ihr alles über ihr Leben im Frauenlager. Manchmal war er schockiert darüber, wie sehr es sich vom Männerlager unterschied.

Marias Enthüllungen erregten Jap auf seltsam erotische Weise – vor allem die Geschichte der Tätowierung auf Marias linker Hinterbacke: Sie zeigte eine Frau, die einen abgeschnittenen, bluttriefenden Penis hochhielt. Maria hatte sich einmal mit sehr einschlägigen Mitteln gegen einen Angriff verteidigt, was nicht nur den Lagerwachen – die weibliche Insassen ansonsten oft vergewaltigten und schikanierten – unauslöschlich im Gedächtnis geblieben war. Nun griff Maria mit geschickten

Fingern zwischen Japs Beine und entlockte ihm ein genüßliches Stöhnen. Sie war eine Meisterin solcher erotischen Massagen, schließlich konnte Jap nicht mehr länger warten und kam unter ihren routinierten Berührungen mit lautem Stöhnen zum Höhepunkt.

Nachdem Maria ihn befriedigt hatte, zog sich Jap Hose und Hemd wieder an. Auch Maria schlang sich den Lederrock wieder um die Hüften und füllte Japs Glas, während er nachdenklich ins Feuer starrte. »Du kennst mich zu gut, Maria«, sagte er leise, doch dann veränderte sich plötzlich seine Stimme. »Also, was hast du gehört?«

»Vor kurzem ist ein Mädchen aus Moskau hergebracht worden. Als sie herausgefunden hat, daß ich ... na ja, daß ich dir nahestehe, da hat sie angefangen zu prahlen, Tofiks Bande würde demnächst alle deine Geschäfte übernehmen.«

»Was?« fragte Jap ungläubig.

»Sie hat mir erzählt, daß ihr ehemaliger Liebhaber, ein Georgier und einer von Tofiks Sechsern, sie kurz vor ihrer Verhaftung – wegen Mittäterschaft bei einer Erpressung – verlassen hat, um nach New York zu gehen. Er behauptet, daß Tofiks Bande dabei ist, dir deine Geschäfte in Amerika streitig zu machen.«

Jap kniff die Lippen zusammen, seine schwarzen Pupillen glitzerten. »Ich habe schon eine Weile den Verdacht, daß einer von den anderen Diebesbrüdern meine amerikanischen Kontakte ausnutzt, aber das ist der erste konkrete Hinweis, der meinen Verdacht bestätigt. Was hat die Frau noch gesagt?«

»Na ja, das meiste ist sicher nur heiße Luft. Sie hat gesagt, ihr Freund trifft sich in New York mit einem Mann, wegen irgendeiner Druckereigeschichte, die er übernehmen soll.«

»Eine Druckereigeschichte!« Jap sprang auf die Füße. »Hat sie einen Namen genannt?«

»Ich glaube nicht. Sie hat gesagt, daß letzte Woche schon einer von deinen Leuten in New York umgebracht worden ist.«

»Frag sie, ob sie den Namen Zekki Dekka kennt.« Wütend starrte Jap ins Feuer. Nach einer Weile fuhr er fort: »Tofik ist hier in Tulun. Offiziell arbeiten wir zusammen. Aber mir kommt heute nicht zum erstenmal der Verdacht, daß er versucht, sich in meine Auslandsgeschäfte einzumischen.«

»Worum geht es bei dieser Druckereisache?«

Jap schwieg. Doch nach einer Weile begann er zu reden, als müßte er sich selbst über etwas klar werden. »Durch vertrauenswürdige Kanäle haben wir Verbindung zu einem Amerikaner aufgenommen. Das war vor elf Jahren, im November 1979, dem Tag, an dem unsere Kosmonauten nach einhundertneununddreißig Tagen im Weltraum zurückgekehrten. Die Amerikaner wollten die Kommunisten mit einer Flut falscher Rubelnoten überschwemmen, und die Diebesbrüder sollten ihnen dabei helfen. Es ging um Beträge in Milliardenhöhe, und unsere Wirtschaft, die ohnehin nicht mehr wert war als ein schlechter Witz, wäre endgültig vor die Hunde gegangen. Es war die Idee des Amerikaners: Wir, die Gemeinschaft der Diebesbrüder, sollten in einem finanziell zugrunde gerichteten Rußland das Heft in die Hand nehmen und das Imperium in sich gegenseitig bekriegende Splittergruppen aufteilen.«

Selten hatte Maria Jap so erregt gesehen. Sie hätte seine Befürchtungen gern zerstreut, aber sie konnte nichts tun, als ihm weiter zuzuhören. »Dreimal hatten wir uns auf die Rubelflut vorbereitet und darauf, die Aktion zu starten, und dreimal machten die Amerikaner im letzten Moment einen Rückzieher. Mir wurde klar, daß der Plan von der US-Regierung stammen mußte. Als ich noch regelmäßig Kontakt nach draußen hatte, hörte ich, daß dieser Amerikaner – ich habe seinen Namen nie erfahren – immer noch Zekki als Kontaktmann zu unserer *Organisazija* benutzte.« Unvermittelt stand Jap auf und füllte Marias Glas nach.

»Zwei Männer, sagst du?«

Maria nickte.

»Wahrscheinlich sind sie inzwischen längst in Amerika. Dann haben wir allem Anschein nach zwei Probleme zu lösen.« Er wandte sich Maria zu. »Ich möchte dich für deine Loyalität gern belohnen. Ich sorge dafür, daß du hier rauskommst, Maria, das verspreche ich dir.«

Sie lächelte ihn an; ihr Blick hatte sich verschleiert. »Aber jetzt müssen wir vor allem Pawel benachrichtigen. Ich glaube nicht, daß er weiß, was du mir gerade erzählt hast, und falls es stimmt, müssen wir schnell handeln.«

»Jap, ich kenne eine Frau, die der Wachhauptmann gerade wegen guter Führung ausgezeichnet hat und die bald nach Hause geht. Ihr kann ich gut eine Botschaft für Pawel mitgeben.«

»Wann kommt sie raus?«

»In ein paar Tagen. Der Hauptmann hat sie geschwängert, und sie muß rechtzeitig für eine Abtreibung wieder in Moskau sein.«

»Sie soll Pawel im Restaurant Pekin aufsuchen und ihm sagen, daß wir ein Problem in New York haben. Daß Tofiks Leute versuchen, unsere amerikanischen Geschäfte zu übernehmen. Pawel muß Zekki Dekka und unsere Leute in New York informieren, und sie müssen das Problem aus der Welt schaffen. Sag der Frau, sie soll Pawel daran erinnern, daß Tofik immer zwei Männer schickt. Er muß beide Probleme aus der Welt schaffen.«

Maria nickte. »Zwei Männer«, wiederholte sie.

Jap ging zu einer Metallkiste, holte eine Goldmünze heraus und reichte sie Maria. »Gib die deiner Freundin. Davon kann sie ein Flugticket nach Moskau bezahlen. Ich möchte, daß Pawel meine Anweisungen umgehend bekommt. Danach können er und ich über die weitere Strategie sprechen.«

»Meinst du, man erlaubt dir, ihn zu sehen?«

»Das ist eine höchst komplizierte Angelegenheit. Karamuschew hat mir gesagt, daß der Erste Parteisekretär der Region

Irkutsk, Nikolai Martinow, die Macht hat, meine Kommunikationssperre aufzuheben und mich hier rauszuholen. Er hat mir außerdem gesagt, daß Martinows Tochter Oksana in Moskau am Maurice-Thorez-Fremdspracheninstitut studiert. Sag deiner Freundin, daß Pawel Oksana Martinowa suchen und eine Möglichkeit finden muß, sie für unsere Zwecke einzusetzen.«

»Glaubst du, das schafft er?« fragte Maria zweifelnd.

»Pawel ist der einfallsreichste Vizeboß der ganzen *Organisazija*. Er weiß, wie er so etwas einfädeln muß.«

»Jap«, meinte Maria besorgt, »mir kommt viel zu Ohren, wie du ja weißt. Was passiert da draußen, daß sich der Haß gegen dich in ganz Tulun ausbreitet?«

Jap zuckte die Achseln. »Was hast du denn gehört?«

»Manche von den Diebesbrüdern draußen haben bei ihren Leuten hier im Lager das Gerücht verbreitet, daß wichtige Mitglieder des Politbüros dich aus dem Gefängnis rausholen wollen.«

Jap grinste listig. »Wir müssen den Ersten Parteisekretär Martinow dazu bringen, sich für meinen Fall einzusetzen.«

»Die befürchten, daß du das Ruder wieder an dich reißt, wenn du erst mal draußen bist. Sie möchten, daß jemand dich hier umbringt.«

»Das hast du gehört? Von wem?«

»Mir hat das keiner hier direkt erzählt – es ist bloß so ein Gefühl, das von all diesen Gerüchten kommt.«

Jap schüttelte den Kopf. »Ich hätte gleich mit dir über Geschäfte sprechen sollen, sobald Karamuschew dich heute hergebracht hat, statt ...« Achselzuckend lächelte er sie an, und seine Augen waren voller Zuneigung. »Ich bin zu lange hier. Angelegenheiten von draußen scheinen zweitrangig neben den Freuden, die ich hier und jetzt genieße.«

Jap hielt inne, als ließe er sich seine Worte noch einmal durch den Kopf gehen. Dann seufzte er tief. »Laß dich morgen von Karamuschew wieder herbringen, sobald du meine Anweisungen an deine Freundin weitergegeben hast. Dann gehen wir zusammen in die Sauna und spielen vielleicht ein bißchen Schach. Das wichtigste ist, daß dieses Mädchen meine Befehle korrekt weitergibt. Und sag ihr auch, daß Pawel die Abtreibung organisiert und bezahlt. Und er wird sich auch darum kümmern, daß sie danach gut versorgt ist.«

»Das wird sie sehr glücklich machen, Jap.«

Sie gingen zur Zellentür.

Jap bediente den Türklopfer. »Maria, das Amerika-Geschäft ist eine große Sache, und ich lasse sie mir von niemandem vermasseln, nicht von Tofik und auch von sonst keinem. Das Mädchen muß Pawel so schnell wie möglich erreichen. Sie muß ihm sagen, daß wir zwei Probleme haben, die unser amerikanisches Projekt gefährden und die wir aus der Welt schaffen müssen.«

Klirrend wurde der Riegel zurückgeschoben, und das Knirschen der sich langsam öffnenden Tür hallte in der Zelle wider.

»Ich werde es ihr genau erklären, Jap«, rief Maria über die Schulter zurück, während sie der Wache aus Japs Wohnung folgte.

2

Der Ermittlungsbeamte Peter Nichilow stürzte aus dem fast menschenleeren Büro der Bezirksstaatsanwaltschaft von Brooklyn, sprang in seinen auf dem Parkplatz vor dem Gebäude abgestellten Wagen und brauste auf dem Ocean Parkway durch die Winternacht nach Süden. Die Scheibenwischer schafften es kaum, die Windschutzscheibe von dem Schneematsch zu säubern, den die anderen Autos aufwirbelten. Er warf einen Blick auf die Uhr am Armaturenbrett. In etwa zehn Minuten würde er in Brighton Beach ankommen.

Es war ein Jahr her, seit Hugh McDonald sich das letztemal gemeldet hatte; er und Peter hatten an einer sowjetischen Ermittlung zusammengearbeitet, bei der Peter vom New York Police Department an die CIA »ausgeliehen« worden war. Heute nun, als sich Peter gerade auf den Heimweg machen wollte, klingelte das Telefon, und er hörte die aufgeregte Stimme des ehemaligen Geheimdienstagenten: »Bitte komm so schnell wie möglich zum Restaurant Kiew in Brighton Beach. Ich brauche dringend deine Hilfe.«

Aus reiner Gewohnheit drehte Peter jetzt sein Autoradio auf Polizeifunkfrequenz. Als er sich dem Ende des Ocean Parkway am Atlantik näherte, hörte er, wie die sachliche Stimme der Zentrale eine Schießerei im Restaurant Kiew in Brighton Beach durchgab.

Peter erreichte die Kreuzung Ocean Parkway und Surf Avenue und erblickte vor sich die Brandung des Atlantik mit seinem weißen Schaum, der aus der Dunkelheit an den Strand wirbelte. Rasch bog er nach links ab und fuhr in östlicher Richtung weiter, parallel zur Strandpromenade. Im kühlen Wind, der böig über den Ozean wehte, waren nur wenige Menschen unterwegs.

Es gab nichts Ungewöhnliches an den Morden in Brighton Beach, das – nach der russischen Hauptstadt des Verbrechens am Schwarzen Meer – auch unter dem Namen »Little Odessa by the Sea« bekannt war. Aber was hatte ein Geheimdienstagent jenseits des Pensionsalters in einer Schießerei zu suchen? Zwei Tote hatte es laut Polizeifunk gegeben.

Peter parkte so nahe wie möglich beim Restaurant auf der hell erleuchteten Surf Avenue gegenüber der Strandpromenade. Nachdem er sein Polizeiabzeichen an die Windschutzscheibe geklemmt hatte, stieg er aus. Vor dem Eingang des Restaurants drängte sich eine Horde Schaulustiger, die von mehreren Polizisten im Zaum gehalten wurde, und als Peter sich umsah, tauchte ein älterer Mann mit schütterem weißen Haar und rotem Gesicht vor ihm auf.

»Hugh!« begrüßte Peter seinen ehemaligen Partner. »Lange nicht gesehen!«

»Schön, daß du da bist«, erwiderte Hugh, und sie schüttelten einander die Hand.

Dann kam der ehemalige CIA-Agent gleich zur Sache. »Die Lage hat sich ganz schön zugespitzt. Wir hatten diese beiden Russen schon ein paar Tage im Auge«, erklärte er etwas atemlos und gestikulierte zum Restaurant. »Sie haben Kontakt mit einem Mitglied der irakischen UNO-Vertretung aufgenommen. Und jetzt sind sie tot.«

»Ich weiß. Ich hab's gerade im Radio gehört, als ich hergefahren bin. Für wen arbeitest du denn jetzt?«

»Für das NEST. Das *Nuclear Emergency Search Team*. Unsere Aufgabe ist es, nukleare Bedrohungen vorherzusehen und zu verhindern. Unsere Leute beobachten die UNO-Vertretungen der Terrorregimes, da sie als potentielle Urheber nuklearer Terrorakte gelten. Meine spezielle Zielperson ist ein Kerl namens Azziz von der irakischen Gesandtschaft.«

Während ihres Gesprächs behielten Hugh und Peter den Restauranteingang an der Surf Avenue stets im Auge. Anders als die meisten Bars und Speiselokale, die sich in den Seitenstraßen versteckten, lag das Kiew mit der Vorderseite zum Atlantik zwischen den Art-Deco-Apartmenthäusern, in denen wohlhabende russische Emigranten residierten. Die Menge vor dem Restaurant hoffte, einen Blick auf die Leichen zu ergattern. »Also, warum hast du mich angerufen?« fragte Peter.

»Ich brauchte jemanden, der russisch spricht – und zwar schnell. Ich habe die beiden Russen früher an diesem Abend beobachtet, wie sie mit Azziz in der irakischen Vertretung verschwanden. Als sie eine Stunde später ohne ihn wieder herauskamen, bin ich ihnen in der U-Bahn bis hierher nach Brighton Beach gefolgt. In dieser Situation bist du mir natürlich als erster eingefallen, und ich hab' dich angerufen, als die beiden ins Kiew gingen.«

»Du hattest Glück; ich war heute länger im Büro als gewöhnlich.«

»Ich hätte dich mit deinem Piepser erreicht, und dann wärst du auch gekommen.«

»Ja, da hast du wohl recht.«

»Als ich angerufen habe, wollte ich, daß du mir hilfst herauszufinden, wer die beiden Kerle sind. Aber kaum hatte ich aufgelegt, da hörte ich Lärm und Geschrei. Bis ich aus der Telefonzelle heraus und wieder im Restaurant war, lebten die beiden schon nicht mehr. Hätte ich dich ein bißchen später angerufen, wäre ich Augenzeuge des Mordes geworden. Verdammt.«

»Und wärst vielleicht selbst getroffen worden. In Little Odessa kümmert sich keiner drum, auf wen er schießt.«

»Ich muß unbedingt herausfinden, wer die beiden Kerle waren.«

»Tja, dann sehen wir doch mal, was wir in Erfahrung bringen können.«

»Danke. Mich hätten die nie reingelassen«, jammerte Hugh. »Und auf dem vorgeschriebenen Weg verliert man nur wertvolle Zeit. Übrigens, Peter – erwähne bloß nicht, daß ich den beiden von der irakischen UNO-Vertretung bis hierher gefolgt bin. Die Überwachung ist streng geheim.«

»Möglicherweise muß ich es irgendwann etwas genauer erklären, aber darum kümmern wir uns später.« Peter Nichilow bahnte sich einen Weg durch die Menschenmenge, hielt den Polizisten, die den Eingang bewachten, seinen Ausweis unter die Nase und wurde sofort durchgelassen. Hugh blieb dicht hinter ihm.

Im Restaurant durchquerten sie eine protzige Imitation des elitären Moskauer Restaurants »Pekin«. Da bis auf ein paar Polizisten und Beamte der Mordkommission alles leer war, wirkte das Lokal riesig. Lieutenant Tom Egan, ein großer Detective in Zivil, wandte den Blick von den beiden Leichen. »Herr des Himmels, Nickeloff«, begrüßte er Peter. Er sprach den Namen immer falsch aus. »Wie zum Teufel kommen Sie denn so schnell hierher? Ich habe die Staatsanwaltschaft doch noch gar nicht informiert.«

»Hallo, Tom. Darf ich Sie mit Hugh McDonald bekanntmachen? Er ist ein alter Freund, wir haben mal zusammen einen Spezialauftrag der CIA erledigt.«

»Freut mich, Sie kennenzulernen, Hugh.« Sofort wandte sich Tom wieder an Peter: »Spaß beiseite, Nickeloff, wie haben Sie davon erfahren?« fragte er mit einem argwöhnischen Blick auf Hugh.

»Instinkt, Tom. Cop-Instinkt.«

»Aha«, meinte Tom, während er Hugh weiterhin mißtrauisch beäugte. Inzwischen inspizierte Nichilow bereits die beiden Leichen unter dem umgestürzten Tisch. Er erinnerte eher an einen Juristen von einer Universität an der Ostküste als an einen ehemaligen Cop, der jetzt als Ermittlungsbeamter des Büros der Bezirksstaatsanwaltschaft in Brooklyn arbeitete.

Die Polizeifotografen machten die üblichen Aufnahmen, achteten aber sorgfältig darauf, nicht in die Blutlachen zu treten, die die Oberkörper der beiden Opfer wie ein unregelmäßiger, purpurroter Heiligenschein umgaben.

»Sieht nach dem Werk eines tschetschenischen Killers aus«, sagte Peter, ohne die Augen von den Leichen zu wenden. »Nach der Methode: Benutze mindestens dreimal soviel Munition wie nötig oder am besten gleich eine Handgranate. Hatten sie Papiere bei sich?«

»Nur das hier.« Egan winkte einen Uniformierten zu sich. In seiner behandschuhten Hand hielt er einen Stapel frischer Hundertdollarscheine. »Mit dieser Art von Papier braucht man ja sonst nichts.«

»Vermutlich gibt es keine Zeugen?«

»Als es passierte, müssen mindestens fünfzig bis hundert Leute hier gewesen sein. Aber« – Egan zuckte resigniert die Achseln – »*Ja nitschewo ne snaju*, niemand weiß von nichts. Angeblich hat nicht mal jemand die Schüsse gehört.«

»Vielleicht hat der Schütze einen Schalldämpfer benutzt.« Jetzt kniete sich Peter neben den umgekippten Tisch und untersuchte die Leichen. »Sie waren noch nicht lange genug im Land, um sich amerikanische Anzüge und Schuhe zu kaufen. Sehen Sie doch. Wahrscheinlich sind es Georgier aus dem Kaukasus. Hat man die Tatwaffe schon gefunden?«

»Wir untersuchen noch die Mülltonnen in der Umgebung«, antwortete Egan.

Peter inspizierte die Opfer noch eine Weile, dann erhob er sich. »Inzwischen ist der Täter sicher längst auf dem JFK-Flughafen auf dem Weg zu seinem Flug nach Europa. Wahrscheinlich nach Frankfurt, denn von dort gehen täglich zwei Maschinen nach Moskau.«

»Genau das hab' ich auch gedacht«, pflichtete Tom ihm bei.

»Dieser Mord war von Rußland aus angeordnet«, erklärte Peter. »Da bin ich mir ganz sicher. Die schwarze Hand aus Moskau reicht bis nach Brighton Beach. Eine Frage des Stils. Wir werden den Mörder nie dingfest machen, falls nicht plötzlich ein Informant auftaucht, was allerdings höchst unwahrscheinlich ist.«

»Und ich hatte schon gehofft, wir könnten uns auf ein ruhiges Neujahr freuen«, seufzte Egan.

»Glauben Sie, wir können die beiden identifizieren?« Hugh deutete auf die Leichen.

»Sicher, irgendwann«, erwiderte Egan. »Die beiden waren auf der Durchreise. Es kann eine Weile dauern, bis jemand nach ihnen sucht.«

Peter blickte auf die Banknoten in der Hand des Sergeants. »Ich frage mich, ob das Blüten sind«, meinte er und betrachtete den Stapel noch einmal genauer, allerdings ohne ihn dabei zu berühren. »Tom, lassen Sie die Scheine untersuchen.«

In diesem Augenblick kam ein dunkelhäutiger, untersetzter Mann mit fettigen Haaren und schwarzem Stoppelbart aus der Küchentür und überschüttete die Anwesenden mit einem russischen Redeschwall. Peter antwortete ihm mit einem ebenso rasanten wie unverständlichen Geschnatter. Nach einer Weile klopfte er dem Mann beschwichtigend auf die Schulter.

Dann wandte er sich an seine beiden Kollegen. »Niko, der Geschäftsführer des Restaurants, ist verständlicherweise ziemlich aufgebracht. Es ist in diesem Winter schon das zweite Massaker – wie er es nennt – in seinem Restaurant.«

»Hat er denn wenigstens gesehen, wer geschossen hat?« fragte Hugh.

Peter lachte. »Natürlich nicht. So etwas zu sehen bedeutet den sicheren Tod.« Er redete noch eine Weile besänftigend auf den Restaurantbesitzer ein, dessen Geschäft für den heutigen Abend natürlich ruiniert war. Dann sagte er zu Hugh: »Laß uns zum Flughafen fahren und uns dort ein bißchen umsehen. Vielleicht fällt uns jemand auf.« Die perfekte Methode, Hugh vom Tatort wegzulocken, bevor jemand anfing, Fragen zu stellen.

3

Während Peter Nichilow zügig in Richtung Norden aus Brighton Beach hinausfuhr, bewunderte Hugh die dezent luxuriöse, blaugraue Lederausstattung des Wagens. »Stellt dir die Staatsanwaltschaft eine Lincoln-Limousine zur Verfügung?« fragte er.

»Nein, der Wagen gehört mir«, antwortete Peter.

»Nicht schlecht. Nicht mal bei der CIA konnten wir uns einen neuen Lincoln oder einen Cadillac leisten.«

»Ich arbeite zwei Tage pro Woche für den Staatsanwalt an russischen Fällen. Den Rest der Zeit habe ich zur freien Verfügung. Gorbatschows Perestroika ist gut fürs Geschäft, wenn man Russisch spricht und weiß, wie man mit den Russen umgehen muß.«

»Was für Geschäfte machst du mit den Sowjets?«

»Ich bin ein Mittelsmann.«

»Wofür zum Beispiel?«

Peter zuckte die Achseln. »Ich erzähl' dir mal von einem Projekt. Aluminium wird zur Zeit für dreizehnhundert Dollar pro Tonne verkauft. Der feste Preis für Aluminium in Rußland liegt bei dreizehnhundert Rubel pro Tonne. Gegenwärtig können wir Rubel kaufen, und zwar von« – er legte eine diskrete Pause ein – »von bestimmten sowjetischen Institutionen. Dreißig Rubel für einen Dollar.« Peter grinste breit. »Also zahlen wir in Rußland vierhundert Dollar für eine Tonne Aluminium, die wir ein paar hundert Kilometer weiter in Finnland für dreizehnhundert Dollar verkaufen und dabei einen netten Profit erzielen.«

»Warum macht das dann nicht jeder?« erkundigte sich Hugh.

»Weil wir auf die Idee gekommen sind, und weil das Industrieministerium nur an staatlich anerkannte sowjetische Unternehmen zum internen Gebrauch verkaufen darf.«

»Und wo paßt ihr da rein?«

»Ich habe das Gesundheitsministerium überzeugt, daß sich die internationale AIDS-Seuche rasch nach Rußland ausbreitet und daß die Gesellschaft, die ich vertrete, bereit ist, Kondome billiger herzustellen und zu vertreiben als alle anderen Unternehmen der Welt. Und daß jedes Kondom einzeln in eine Hülle aus Alufolie verpackt wird.«

Jetzt breitete sich auch auf Hughs Gesicht ein Grinsen aus. »Ich glaube, allmählich dämmert es mir.«

»Alle kommunistischen Bürokraten sind korrupt«, fuhr Peter fort. »Je höher, desto erfolgreicher. Der Gesundheitsminister und der für Metallverarbeitung zuständige Industrieminister haben das Politbüro rasch davon überzeugt, welch großen Nutzen die Kondomfabrik für das sowjetische Volk bringen wird. Meine Kondomgesellschaft erwirbt jetzt in Rußland große Mengen Aluminium, verkauft alles nebenan in Finnland – mit einem Profit von etwa tausend Dollar pro Tonne –, importiert Alufolie aus den Niederlanden und Latexkondome aus Taiwan, läßt die Kondome in Moskau verpacken und verkauft sie zwar mit leichtem Verlust, streicht bei der ganzen Prozedur aber einen enormen Profit aus dem Verkauf von Tausenden von Tonnen Aluminium ein.«

»Kommen die Behörden euch nicht auf die Schliche?« fragte Hugh.

»Die Ministerien drücken ein Auge zu, natürlich aus gutem Grund, denn immerhin verhüten sie eine AIDS-Epidemie in Rußland.«

Hugh schüttelte nur den Kopf. Auch Peter schwieg ein paar Minuten und starrte durch die Windschutzscheibe, auf der die Scheibenwischer immer noch gegen den Spätwinterschnee kämpften. Schließlich fragte er: »Du kennst doch bestimmt andere Leute, die mit so was Geld machen.«

»Klar. In welches Geschäft steigen wohl die meisten Ex-Cops und« – Hugh hielt inne und warf Peter einen vielsagenden Blick zu – »ehemaligen Angehörigen der Green Berets ein?« Er grinste. »Ich sag's dir. In den Waffenhandel. Wir haben Unterlagen über jedes Waffengeschäft auf der ganzen Welt, wer was und für wen kauft und wieviel er dafür bezahlt.«

»Interessant«, räumte Peter ein. »Wer ist der Boß von NEST?«

»Es gibt keinen richtigen Boß wie den CIA-Chef oder den FBI-Direktor. NEST untersteht der Bundes-Energiebehörde in Las Vegas, wie auch das Atomwaffen-Testprogramm. Wir werden zwar vom FBI koordiniert, aber viele von uns sind wie ich ehemalige CIA-Agenten. Wissenschaftler von der Energiebehörde stellen die einzelnen Trupps zusammen. Die Möglichkeit nuklearer Terrorakte wird immer mehr zu einer weltweiten Bedrohung. In ein paar Jahren gerät die Sache höchstwahrscheinlich ganz außer Kontrolle.« Wieder hielt Hugh inne und blickte nachdenklich zu Peter hinüber. »Hin und wieder denke ich an dich. Leute aus den Spezialeinheiten sind wertvoll, vor allem, wenn sie russisch reden, als wäre es ihre Muttersprache. Das ist eine Seltenheit. Ebenso wie Sprengstoffexperten, die über Erfahrung mit sowjetischen Nuklearanlagen in Ostdeutschland verfügen.«

Peter nickte. »In meiner Akte stand aber nichts davon, oder?«

Hugh lächelte geheimnisvoll. »Nein. Nein. In den Unterlagen über den Dienst bei einer Spezialeinheit wird einiges ausgelassen. Aber ein paar Leute wissen trotzdem Bescheid.«

Vor ihnen auf dem Van Wyck Expressway schimmerten schon die Lichter des JFK International Airport. Der dichte Verkehr zwang Peter, langsamer zu fahren. »Suchst du Leute für eine bestimmte Aktion?«

»Noch nicht. Ich denk' bloß darüber nach.«

Sie fuhren durch das Gewirr der Zufahrtsstraßen zu den einzelnen Terminals. Schließlich hielt Peter direkt vor der Lufthansa-Abflughalle, steckte seine Polizeimarke unter den Scheibenwischer und stieg aus. Hugh folgte ihm, und zusammen betraten sie das Gebäude. Ein rascher Blick zu den Schaltern zeigte ihnen, daß die meisten Passagiere bereits ihre Tickets abgeholt hatten. Also nahmen sie die Treppe in den zweiten Stock zum Wartebereich.

Peter ging voraus, dicht gefolgt von Hugh; an der Sicherheitskontrolle machten sie halt. Peter zog etwas aus der Tasche, das aussah wie eine überdimensionale Taschenuhr, noch größer und dicker als die altmodischen Chronometer der Eisenbahnschaffner, und legte es auf das Tablett neben dem elektronischen Abtastgerät. Nachdem sie abgefertigt waren, nahm er das Ding wieder an sich und steckte es zurück in die Tasche.

»Da hast du dir also einen selbstgebastelten uhrenförmigen Knaller besorgt«, stellte Hugh fest.

»Er zeigt mir überall auf einen Blick, wie spät es ist.«

»Die Flughafensicherheit würde Magenschmerzen kriegen, wenn sie davon wüßte.«

»Es ist eben eine Art Sicherheitsnetz für mich geworden.« Er zwinkerte Hugh zu. »Es ist doch immer gut, wenn man weiß, wie spät es in Moskau oder Tokio gerade ist.«

Aufmerksam beobachtete er die Passagiere, die auf die Dreiundzwanzig-Uhr-Maschine warteten. »Natürlich gibt es noch andere Flüge, die der Killer nehmen könnte«, meinte er. »Aber die Moskauer Mafia mag die Lufthansa, weil es in der ersten Klasse dort *Stoli*-Wodka gibt. Und sobald man eine ausländische Maschine betritt, hat man die USA verlassen.«

»Wirklich? Das wußte ich gar nicht. Ich steige trotzdem ein, wenn ich will, und ich verhafte auch jemanden, wenn es sein muß. Niemand hat je versucht, mich aufzuhalten.«

»Am besten suchst du dir jetzt einen Bereich aus und siehst dich dort um. Aber laß dich auf keinen Fall mit einem Verdächtigen ein.«

Peter beobachtete das Gate, das gleich geöffnet werden sollte, während Hugh lässig durch den Warteraum schlenderte.

In den beiden Bars entdeckte er nichts Interessantes. Da es bald Zeit zum Einsteigen war, ging er schließlich zum Aufzug und drückte den Knopf für den First Class Club, den Wartebereich für Passagiere erster Klasse. Kurz darauf trat Hugh in die gedämpfte Atmosphäre des VIP-Clubs – und blieb wie angewurzelt stehen. In einer schwach erleuchteten Ecke standen zwei Männer, die sofort seine Aufmerksamkeit erregten. Ein eleganter Mann mit einem gewachsten Schnurrbart und Mittelscheitel, der eine gestreifte Hose und einen schwarzen, mit grauem Kord verpaspelten Mantel trug, erinnerte ihn an frühere Aktionen. Neben dem schicken Typen stand ein dunkelhäutiger Kerl mit buschigen Haaren. In seinem Gesicht und seiner ganzen Haltung lag die grausame Kälte der Ureinwohner des sowjetischen Kaukasus, zu denen einige der skrupellosesten Mörder der russischen Verbrecherwelt gehörten.

In der Hoffnung, daß niemand ihn bemerkt hatte, schlenderte Hugh aus dem Club und ging rasch hinunter in den gewöhnlichen Wartebereich am Lufthansa-Gate. Peter beobachtete noch immer die Leute, die sich zum Einsteigen bereit machten. Als Hugh ihm von seiner Entdeckung berichtete, nickte er, und sie machten sich zusammen auf den Weg nach oben in den VIP-Club.

Dort warf Peter nur einen kurzen Blick in die Ecke, die Hugh ihm zeigte. »Das ist Zekki Dekka«, sagte er. »Wie üblich ist er gekleidet, als wollte er zu einem Diplomatentreffen. Seinen Begleiter kenne ich nicht, aber er sieht aus wie ein Tschetschene. Das müssen sie sein. Laß mich das allein erledigen, okay?«

»Ich werde dir nicht in die Quere kommen, Peter«, versprach Hugh.

Lächelnd durchquerte Peter den sich rasch leerenden Raum und ging direkt auf die beiden Männer zu, die überrascht aufsahen. Als er vor ihnen stand, sprach er die beiden auf russisch an. Zekki und sein Begleiter betrachteten ihn verwundert.

Nach einem kurzen Wortwechsel erkannte Zekki Dekka plötzlich Hugh McDonald. Ohne Begrüßung, als wäre der CIA-Mann ein alter Bekannter, platzte Zekki auf englisch heraus: »Hey, Hugh! Erklären Sie doch diesem Detective hier, daß er auf dem Holzweg ist!« Er deutete auf den dunkelhäutigen Mann neben sich. »Ich kann für diesen Mann bürgen, ich weiß, was er den Tag über gemacht hat.«

»Haben Sie vielleicht den ganzen Abend hier verbracht?« fauchte Peter.

Mit einem zögernden Blick auf die blonde, nicht mehr ganz junge Frau am Schalter meinte Zekki: »Nein, wir sind erst vor ein paar Minuten gekommen.«

»Ich möchte Ihren Freund gern nach Brighton Beach mitnehmen, ins Restaurant Kiew.«

Zekki sah auf seine Armbanduhr und tat überrascht und vollkommen unschuldig. »Unmöglich. Er muß in fünf Minuten an Bord der Maschine nach Frankfurt sein.«

»Frankfurt läuft ihm nicht davon«, entgegnete Peter. »Ich möchte ihm auch gern im Büro der Bezirksstaatsanwaltschaft von Brooklyn ein paar Fragen stellen.«

»Aus welchem Grund?« wollte Zekki wissen.

»Zwei Sowjets, ich glaube, es waren Georgier, sind mit an Sicherheit grenzender Wahrscheinlichkeit von einem Mann mit ebenfalls sowjetischer Staatsangehörigkeit getötet worden. Mir ist zu Ohren gekommen, daß ein Mann mit dem Spitznamen ›Tschetschene‹ in Little Odessa rumschleicht und jemanden sucht. Ich glaube, Ihr Freund hier ist der Mann, den wir suchen.«

Das Objekt der Diskussion sah zwischen Peter und Zekki hin und her. Plötzlich erhob er sich zu seiner vollen Größe, weit über einsachtzig, und funkelte Peter wütend an, ehe er ihn mit einem Schwall russischer Worte überschüttete.

»Zekki«, sagte Peter mit warnender Stimme, »sagen Sie Ihrem Gorilla, daß ich ihn wegen Ordnungswidrigkeit verhaften kann. Ich möchte seine Papiere sehen. Und zwar sofort!«

Zekki beschwichtigte den Riesen, und dieser zog einen Packen Papiere aus der inneren Manteltasche und reichte ihn Peter.

»Der Paß sieht aus wie eine Fälschung«, meinte Peter kopfschüttelnd. »Im russischen Paß steht immer ein Nationalitätenvermerk, und dieser Mann hier ist ebensowenig ein russisch-jüdischer Emigrant namens Josef Zilinski wie ich.«

»Er ist bei der Immigranten-Schutzorganisation *New York Agency for New Americans* registriert«, erwiderte Zekki. »Sie wissen wahrscheinlich, was die mit einem Cop anstellen, der wegen antisemitischen Verhaltens angezeigt wird.«

»Wie kommen Sie auf die Idee, diesen Tschetschenen als jüdischen Emigranten auszugeben?« wollte Hugh wissen.

»Er hat die Bestätigung der NYANA, und seine Reisedokumente sind vollkommen in Ordnung«, beharrte Zekki. »Wenn Detective Nichilow Mr. Zilinski belästigt, trägt er dafür das volle Risiko.«

Eine Clubangestellte kam auf die Gruppe zu. »Sie sollten jetzt wirklich an Bord gehen, der Flug nach Frankfurt startet gleich«, drängte sie.

Peter wußte, daß er auf verlorenem Posten kämpfte. Verdammt, dachte er. »Okay. Ich kann keinen Verdacht nachweisen, der für eine Festnahme ausreichen würde. Aber ich möchte, daß Sie, Zekki, morgen vormittag um elf beim Bezirksstaatsanwalt von Kings County erscheinen. Und zwar pünktlich!«

»Ich werde da sein, Peter Nichilow«, erwiderte Zekki mit einem vielsagenden Grinsen. Wenigstens sprach er Peters Namen korrekt aus. »Da können Sie ganz sicher sein.«

Als der Emigrant sich erhob, sagte Peter noch ein paar Worte auf russisch. Das einzige, was Hugh verstand, war

Japontschik. Erstaunen und sogar Angst war auf den harten Gesichtszügen des Verdächtigen zu erkennen. Dann verließen er und Zekki die VIP-Wartehalle, gefolgt von Peter und Hugh. Peter blieb ihnen noch bis zum Gate auf den Fersen und beobachtete, wie der Verdächtige der Angestellten an der Sperre sein Ticket gab. Sobald der dunkelhäutige Mann mit beiden Füßen auf der Einstiegsrampe stand, drehte er sich um. Mit gebleckten Zähnen schnitt er Peter eine Grimasse und verschwand im Inneren des Flugzeugs.

Der elegante Zekki Dekka winkte Peter zu. »Bis morgen dann.« Er drehte sich um und schlenderte davon.

Kopfschüttelnd sah Peter ihm nach. »Ich gehe nach Hause und schicke den Leuten in der Petrowka ein Fax. Ich will, daß sie von dieser Szene erfahren. Komm doch auf einen Drink mit, dann fahre ich dich in die Stadt.«

Peter wohnte in einem hübschen Haus in Forest Hills, von wo sowohl der Flughafen als auch sein Arbeitsplatz über den Brooklyn-Queens-Expreßway leicht erreichbar waren. Er bog in die Auffahrt ein und führte Hugh zur Hintertür.

»Lebst du hier ganz allein?« fragte Hugh, als sie die Küche betraten.

»Kommt drauf an«, antwortete Peter augenzwinkernd. Er knipste das Licht an. »Bitteschön.« Er wies Hugh zur hell erleuchteten Kellertreppe. Na, wenn das kein Keller ist, dachte Hugh, während er in den hellen, gemütlichen Raum hinunterging, der gleichzeitig als Büro und Wohnzimmer diente.

»Das ist meine Kommandozentrale«, erklärte Peter stolz. An der linken Wand hing eine Sammlung von Fotos, Gemälden, gerahmten Briefen und ein mit grünem Filz bezogenes Brett, auf das zahllose kleine bunte Anstecker und Medaillen gepinnt waren. Die Wand war ungefähr so russisch wie die Basiliuskathedrale. Es gab sogar ein Bild, das Peter zusammen mit ein paar Freunden auf dem Roten Platz vor den farbenfrohen Zwiebeltürmen zeigte.

»Das ist mein Urgroßvater«, erläuterte Peter und deutete auf einige der Bilder. »Er war General in der Armee des Zaren und wurde als einer der ersten von den Bolschewiken exekutiert.« Hugh nickte und betrachtete den streng dreinblickenden uniformierten alten Mann.

Dann wies Peter auf das Bildnis einer vollbusigen Dame im Spitzenschal. »Das war meine Großmutter. Sie hat meine Mutter und meine Tante zum Haus der Familie in Kiew gebracht. Sie sind in der Ukraine aufgewachsen, und dann, zwischen Stalins künstlich herbeigeführter Hungersnot und der ständigen Hetzjagd auf verdächtige Zaristen –« Er unterbrach sich. »Um eine lange und schmerzliche Geschichte kurz zu machen – irgendwann haben die Frauen meiner Familie den Weg nach Amerika gefunden.«

»War dein Vater Amerikaner?« erkundigte sich Hugh.

Peter schüttelte den Kopf. »Ich bin in Deutschland geboren. Mein Dad ist im Krieg in deutsche Gefangenschaft geraten, wie so viele Russen und Ukrainer, Männer und Frauen. Weil meine Eltern keine Juden waren, durften sie arbeiten, und so haben sich die beiden in Deutschland kennengelernt, wo ich kurz vor Kriegsende geboren bin. Sie haben geschworen, nicht nach Rußland zurückzukehren, solange Stalin dort als Diktator herrschte.«

Peters Gesicht nahm einen bitteren Ausdruck an. »Roosevelt hat in Jalta mit Stalin vereinbart, alle Sowjetbürger zurückzuschicken, ob sie wollten oder nicht. Deshalb hat sich Dad nach dem Krieg ein paar Jahre mit uns in Deutschland versteckt.« Wieder unterbrach er und fuhr dann mit tonloser Stimme fort: »Aber die Amerikaner haben ihn gefunden und den Russen ausgeliefert. Man hat nie wieder etwas von ihm gehört.«

»Jalta.« Auch aus Hughs Mund klang das Wort, als verursachte es ihm einen schlechten Geschmack. »Roosevelt war damals schon ein kranker alter Mann.«

Peter zuckte die Achseln. »Ich hatte Glück. Meine Mutter und meine Großmutter konnten nach New York einwandern, und ich bin in Brooklyn aufgewachsen.«

Jetzt öffnete er die Tür zu einem Nebenzimmer und knipste auch dort das Licht an. Eine wohlsortierte Bar wurde sichtbar. »Bediene dich ruhig schon mal, solange ich das Fax an die Moskauer Milizija fertig mache. Die Leute dort müssen informiert werden, wer da zu ihnen unterwegs ist.« Beim Gedanken daran, daß er mehr oder weniger gezwungen gewesen war, den Tschetschenen laufen zu lassen, seufzte Peter. »Wenn man bedenkt, was für ein Theater die Staatsanwaltschaft hätte veranstalten müssen, wenn ich ihn festgenommen hätte – das wäre die Sache nicht wert gewesen.«

»Du bist also immer noch aktiver Detective?« fragte Hugh.

Peter setzte sich hinter den Computer. »Wenn ich der Moskauer Polizei helfe, ist das gut für meine Geschäftsbeziehungen zwischen Moskau und New York.«

»Soll ich dir auch was einschenken?« fragte Hugh.

»Gern, einen Gin Tonic.«

»Mitten im Winter?«

»Das trinke ich eben am liebsten.«

Peter schrieb das Fax nach Moskau und schickte es ab, dann nahm er den Drink, den Hugh ihm zubereitet hatte.

»Lebt deine Mutter noch?« erkundigte sich Hugh.

»Nachdem meine Tante und meine Großmutter gestorben waren, habe ich ihr dieses Haus hier gekauft. Inzwischen ist sie im Altersheim. Sie und meine Frau sind nicht miteinander ausgekommen, aber kaum war meine Mutter weg, da beschloß meine Frau, die das Haus immer für sich allein wollte und jetzt endlich ihren Willen bekommen hatte, daß eigentlich *ich* es war, den sie nicht ausstehen konnte, und zog aus.«

»Also lebst du allein?«

»Tagsüber geht es in meinem Büro hier meist ziemlich hoch her.«

»Vielleicht könnte ich die Sache mit Zekki Dekka aufklären.«

Erstaunt sah Peter ihn an. »Wir wissen, daß er ein Meisterfälscher ist.«

»Und sein Spezialgebiet sind Banknoten«, ergänzte Hugh. »Die CIA hat ihn aus dem Gefängnis geholt, damit er für uns arbeiten konnte.«

»Warum habt ihr das getan?« Peter war entsetzt.

»Die CIA hatte einen Plan, den Rubel zu destabilisieren«, fuhr Hugh unbeirrt fort.

Er nahm einen großen Schluck aus seinem Glas. »Jedenfalls wollten wir große Mengen falscher Rubel herstellen.«

»Aber ihr habt es nie getan?« fragte Peter.

»Beinahe. Es war in den schlimmsten Tagen des ›Reichs des Bösen‹, wie Reagan es genannt hat. Erinnerst du dich an den Abschuß der koreanischen Maschine im Jahr 1983? An Bord befanden sich mehrere hohe Tiere der US-Regierung. Unter den 269 Todesopfern war auch der Kongreßabgeordnete Larry MacDonald, ein besonderer Freund des Präsidenten und Mitglied des Auswärtigen Ausschusses.«

»Und da hat der CIA-Chef Bill Casey die Operation wieder auf Platz eins gesetzt«, schloß Peter.

Hugh nickte. »Red Rolf und ich haben sogar Zekki Dekka aus dem Gefängnis geholt, damit er uns mit den hohen Rubelnoten helfen konnte. Er gilt nach Expertenmeinung als der handwerklich beste Fälscher der ganzen Szene.«

»Und dann wurdet ihr doch wieder zurückgepfiffen«, setzte Peter an Hughs Stelle die Geschichte mit gespielter Entrüstung fort, »aber ihr habt Zekki frei herumlaufen lassen, damit ich auch noch was von ihm habe. Vielen Dank.«

»Was wäre, wenn der CIA-Plan Jahre später doch in die Tat umgesetzt würde, sagen wir, heute?« überlegte Hugh laut. »Von Leuten, die damals bei der Ausarbeitung geholfen haben. Aber jetzt ganz auf eigene Faust.«

»Dann dürfte man Zekki Dekka nicht aus den Augen lassen.«

»Genau das denke ich auch«, meinte Hugh.

»Tja, dann sollten wir in Kontakt bleiben.«

»Würdest du mit uns zusammenarbeiten?« fragte Hugh.

»Solange es nur darum geht, daß ich Zekki im Auge behalte, ja. Über alles weitere müßten wir verhandeln.«

»Es gibt 'ne Menge erfahrener alter Trottel, die Typen wie dich brauchen. Wenn du an Zekki dranbleibst und die Ermittlungen in dem Mordfall verfolgst, bin ich dir schon sehr dankbar.«

»Abgemacht, Hugh. Ich fahre dich jetzt zurück nach New York, dann schaue ich im Russian Samovar vorbei, welche hübschen neuen Talente aus Rußland eingetroffen sind. Russische Frauen haben viel Verständnis für Zyniker wie mich. Und umgekehrt ebenso. Vielleicht bin ich heute noch Teilzeit-Cop, aber eines Tages will ich wieder eine Familie gründen.«

Er zog seine gewichtige Taschenuhr heraus. »Fast Mitternacht in Manhattan.« Einen Augenblick hielt er die Uhr fest umklammert. »Ich habe da so eine Vorahnung, daß ich diese kleine Kostbarkeit bald für den Zweck verwenden werde, für den sie ursprünglich gedacht war.«

4

Im Herbst 1988 hatten Oksana Martinowa und ihre beste Freundin Tanja ihr erstes Studienjahr am Maurice-Thorez-Fremdspracheninstitut hinter sich gebracht, ihre Prüfungen in Deutsch und Englisch erfolgreich abgelegt und ihr Stipendium erhalten. Die beiden Mädchen vertrauten einander alles an, und es machte ihnen Spaß, gemeinsam englische Bücher zu lesen. An diesem leuchtenden Herbsttag beschlossen sie, eine Flasche Wein, eine Schachtel Zigaretten und vielleicht noch etwas Schokolade zu kaufen und in Oksanas Wohnung ein bißchen zu feiern. Die Wohnung gehörte Oksanas Vater; er benutzte sie aber nur, wenn er zu Politbüroversammlungen und Parteikonferenzen nach Moskau kam.

Oksana und Tanja schlenderten durch die Straßen. Die Sonne schien durch den rosigen Herbstdunst, und ihr mildes, milchiges Licht schuf eine leichte, entspannte Atmosphäre. An der Ecke des Arbat kamen sie zu einem Flohmarkt und reihten sich geduldig in die Schlange auf dem Bürgersteig, die sich vor dem kleinen Spirituosengeschäft gebildet hatte.

An den Tischen auf dem breiten Gehweg gab es alles Erdenkliche zu kaufen. Obwohl auch Sekt in rauhen Mengen feilgeboten wurde, beharrte Tanja darauf, in der Schlange zu warten. Wenn man an einem Straßenstand eine Flasche Sekt erstand, konnte man nie wirklich sicher sein, was darin war, erklärte sie und machte Oksana auf die dunkelhäutigen Männer aufmerksam, die verstohlen an den Ecken der Seitenstraßen herumlungerten. Jeder Straßenverkäufer hatte einen Geschäftemacher hinter sich, der einen bestimmten Prozentsatz der Einnahmen für sich beanspruchte. Als Gegenleistung »beschützte« er den Händler vor anderen Geschäftemachern.

Endlich waren die Mädchen an der Reihe. Sie traten in den

Laden und inspizierten die Wein- und Wodkaflaschen auf den gut gefüllten Regalen. Der alte schnurrbärtige, müde wirkende Verkäufer erkannte Tanja, und da sie spontan einen höheren Preis für die beiden Flaschen sowjetischen Sekt bezahlte, fragte er nicht nach ihrer wöchentlichen Rationsmarke.

Nicht weit von dem Geschäft, in einem Block fünfstöckiger Wohnhäuser, befand sich Oksanas Wohnung.

Gegen elf Uhr abends war eine Sektflasche ganz, die andere fast leer und der Zigarettenvorrat aufgeraucht. Allmählich begann Oksana, sich in Moskau weniger einsam zu fühlen. Noch immer hatte sie Heimweh nach dem Baikalsee und dem Haus ihrer Familie in Irkutsk. Im Grunde war sie immer noch das Mädchen aus Sibirien, und die überwältigende Größe Moskaus bedrückte sie. Doch ihrem Vater zuliebe arbeitete sie fleißig an dem Fremdspracheninstitut; sie hatte hier angefangen, kurz nachdem ihre Mutter im schlimmsten sibirischen Winter seit Menschengedenken gestorben war. An der Schule fühlte sie sich nicht besonders wohl, und mit den unreifen jungen Männern, die sie dort kennenlernte, konnte sie überhaupt nichts anfangen. Sie befummelten Oksana ungeschickt und gaben ihr das Gefühl, ein Gegenstand zu sein, an dem man seine körperlichen Bedürfnisse befriedigen konnte.

Aus Traurigkeit wurde immer mehr Resignation. Dennoch war und blieb das wichtigste Ziel in ihrem Leben, ihren Vater zufriedenzustellen, und sie gab sich alle erdenkliche Mühe, eine hervorragende Dolmetscherin für Englisch und Deutsch zu werden.

Tanja hatte ihr geholfen, sich an das Leben in Moskau zu gewöhnen. Jetzt, während sie weiter an ihren Sektgläsern nippten, kam das Gespräch auf Aphrodisiaka und Drogen im allgemeinen. »Weißt du was?« meinte Tanja. »Ich habe gehört, daß man anfängt zu phantasieren, wenn man Kopfschmerztabletten in Wein auflöst – man kriegt angeblich richtig tolle Halluzinationen.«

»Was denn zum Beispiel?«

»Auf Partys geben die Jungs das Zeug manchmal ihren Mädchen, um sie scharf zu machen.«

»Und werden die Jungs auch scharf?«

»Die brauchen dafür keine Tabletten«, kicherte Tanja.

»Kennst du diesen Kerl, diesen Igor aus dem Deutschkurs?« fragte Oksana. »Wenn der mit mir redet, glotzt er mir immer auf den Busen, keinen Millimeter höher.«

»Ja«, grinste Tanja. »Wahrscheinlich würden unsere Kommilitonen uns nicht erkennen, wenn man ihnen ein Bild zeigt, auf dem nur unser Gesicht zu sehen ist.«

Sie schrien vor Lachen. Oksana fand es sehr gemütlich, mit der hübschen, zierlichen Tanja in der Küche zu sitzen, und streckte ihre langen schlanken Beine in den schwarzen Nylonstrümpfen wohlig aus. Plötzlich stand Tanja auf und ging zu ihrer schwarzen Handtasche aus Knautschleder. »Dann wollen wir doch mal sehen, was ein paar Kopfschmerztabletten mit Alkohol tatsächlich mit einem Mädchen anstellen können«, meinte sie grinsend. »Ich hab' hier 'ne Packung.« Sie holte ein paar Tabletten heraus, kam zurück zum Küchentisch und füllte die Gläser mit dem Rest Sekt.

Dann warf sie die Pillen hinein und rührte mit einem Löffel um. Während die beiden Mädchen das Gemisch schlürften, plauderten sie weiter; nach einer Weile jedoch wurden sie schläfrig, kicherten viel und verloren häufiger den Gesprächsfaden.

»Zeit, ins Bett zu gehen«, meinte Oksana schließlich, »sonst kommen wir morgen früh nicht rechtzeitig ins Institut.«

Sie gingen beide ins Schlafzimmer. Oksana fühlte sich seltsam benommen und hatte auf einmal alle Hemmungen verloren. Sie zog Bluse und Büstenhalter gleichzeitig über den Kopf und ließ beides auf den Boden fallen. Dann streifte sie mit einer einzigen fließenden Bewegung Rock, Strumpfhose und ihren dünnen weißen Slip ab und glitt unter die Decke.

Tanja entkleidete sich ähnlich rasch und schlüpfte zu Oksana ins Bett. Sie war kleiner als ihre Freundin, blond, zierlich, aber wohlproportioniert. Die Laken fühlten sich kalt an, und die Mädchen bekamen eine Gänsehaut. Ohne groß darüber nachzudenken, umarmten sie sich. Nach einer halben Stunde war ihnen behaglich warm. Doch nicht nur das – die Sinnlichkeit ihrer aneinandergeschmiegten jungen Körper verwirrte und überraschte Oksana. Zärtlichkeit und Lust breitete sich zwischen ihnen aus, ihre Gedanken ließen sich treiben, leicht und unbeschwert, kreisten träge wie lustige gelbe Herbstblätter, die vom Baum in den nebligen Garten hinuntersegeln.

Oksana sah Tanja an, und sie zuckte nicht zurück, als diese ihren warmen, feuchten Mund auf die rechte Brust der Freundin drückte und mit ihren vollen Lippen die Brustwarze umschloß. Ihre Zunge preßte die Brustwarze fest in das weiche Fleisch und glitt mit kreisenden Bewegungen unablässig um sie herum. Einen Augenblick wäre Oksana fast die Luft weggeblieben; sie konnte einfach nicht glauben, daß Tanja so etwas mit ihr machte – sie wäre nie auf die Idee gekommen, daß sich zwischen ihr und einer Frau eine solche Intimität entwickeln könnte. Dennoch wurden ihre Brüste fest, ihre Brustwarzen richteten sich auf, während Wellen der Erregung ihre Wirbelsäule entlangliefen und in ihrer Scham zusammentrafen, irgendwo dort in den bedrohlichen Tiefen zwischen ihren Hüften.

Jetzt umarmte Tanja sie noch fester, und ihre Beine umschlangen Oksana mit drängenden, gleitenden Bewegungen. Tanja nahm Oksanas linke Brust in den Mund, ließ die Hand langsam über ihren zarten Bauch wandern, streichelte die weichen gelockten Haare und glitt schließlich hinein in die feuchte, heiße Öffnung. Nun gab es für die beiden Mädchen nichts anderes mehr als die sanften Rundungen von Brüsten, Schenkeln und Hintern. Ihre Lippen trafen sich in einem leidenschaftlichen Zungenkuß.

Tanjas Mund wanderte über Oksanas Körper nach unten, immer weiter. »Nein, tu das nicht, nein … bitte.«

Doch dann hörte Oksana ihr eigenes Stöhnen, mit dem sie ihre offenbar wesentlich erfahrenere Freundin anfeuerte. »Ja, bitte, genau da, oh, was machst du mit mir?« Sie drückte Tanjas Kopf mit den Händen fester zwischen ihre Beine, hielt sie mit den Schenkeln fest umklammert. Ihre Brüste schwollen, und Oksana umschlang sie mit ihren eigenen Armen, während aus ihrer von den Wellen der Lust fast zugeschnürten Kehle wilde, gierige, triumphierende Schreie kamen. Dann plötzlich bäumte sich ihr ganzer Körper heftig auf.

Später folgte sie Tanjas leise gemurmelten Anweisungen und Ermunterungen und schenkte ihrer ersten Geliebten die gleiche unbeschreibliche Lust, die ihr zuvor selbst zuteil geworden war, und staunte über die Schreie hemmungsloser körperlicher Verzückung, die sie ihrer Freundin entlockte.

Als das erste Morgenlicht durchs Fenster fiel, schliefen die beiden Mädchen vollkommen erschöpft ein.

Beim Aufwachen empfanden sie Freude und Zufriedenheit; sie lachten, umarmten einander und gratulierten sich gegenseitig dazu, daß sie jetzt echte Lesbierinnen waren. Sie duschten gemeinsam, und als sie unter dem warmen Wasserstrahl ihre seifigen Körper liebkosten, stieg von neuem die Erregung in ihnen auf. So verbrachten sie mehrere Stunden im Badezimmer, bis sie matt und beinahe gefühllos von soviel sexueller Hochspannung zur Ruhe kamen. An diesem Tag verpaßten sie ohne Gewissensbisse sämtliche Kurse am Fremdspracheninstitut.

Ihre Affäre zog sich ein Jahr lang hin, ohne daß ihre Gefühle abflauten. Mindestens zweimal pro Woche trafen sie sich in Oksanas oder Tanjas Wohnung, um zu lernen und zusammen englische und deutsche Konversation zu üben. Manchmal überkam sie beim Lernen die Begierde, und sie stürzten ins Schlafzimmer, wo sie sich die Kleider fast vom Leib rissen.

Da sie viele englische Bücher lasen, in denen lesbische Aktivitäten beschrieben wurden, verfeinerten sie ihre Liebestechniken und probierten die verschiedensten Variationen aus, sich gegenseitig zu erregen – bis zum Reizen von Brustwarzen und Klitoris mit leichten Nadelstichen. Sie endeckten, daß es am Fremdspracheninstitut eine weitläufige lesbische Gemeinschaft gab, zu der mindestens hundert Mädchen gehörten. Aber die meisten waren einer einzigen wahren Liebe treu.

Die Jungen am Institut waren neugierig und wollten unbedingt herausbekommen, mit wem Oksana sich verabredete, aber ohne Erfolg. Die Mädchen waren äußerst findig, wenn es darum ging, ihre sexuellen Vorlieben zu verbergen; nur die Spuren ihrer Liebe waren oft schwer zu verstecken. Immer wieder kamen sie mit Knutschflecken am Hals zum Unterricht – vor allem Oksana, wenn Tanjas Küsse wieder einmal besonders gierig gewesen waren. Doch der Ursprung dieser Male blieb für die Jungen ein Geheimnis.

Nach einem Jahr jedoch änderte sich Oksanas Leben. Tanja begann sich mit einem Jungen zu treffen, der sehr eifersüchtig war und darauf bestand, soviel Zeit wie möglich mit ihr zu verbringen. Allmählich wurden die Treffen der beiden Mädchen seltener.

Also gab Oksana schließlich den Avancen ihres Kollegen Igor nach, der ihr überallhin folgte und dauernd an ihrer Seite auftauchte. Eines Abends erklärte sie sich bereit, mit ihm auszugehen. Aber nach einigen Verabredungen hatte Oksana die Nase voll. Igor war auch nicht besser als die anderen männlichen Besucher, die sie nach einem gemeinsam verbrachten Abend in ihre Wohnung mitnahm. Er bedrängte sie, und seinen Fingern fehlte die elektrisierende Zärtlichkeit, nach der sie sich sehnen gelernt hatte. Er kam viel zu schnell zum Höhepunkt und hatte nicht die geringste Erfahrung, wenn es um die unendlich lustvollen Küsse ging, bei denen Generationen von Lesbierinnen soviel Expertise entwickelt haben.

Tanja jedoch entdeckte das andere Geschlecht – sie lernte Männer kennen, die ihre Männlichkeit einzusetzen wußten. Da klar war, daß die Beziehung zwischen ihr und Oksana nach und nach zu Ende ging, beschlossen die beiden Freundinnen, ein letztesmal gemeinsam zum Essen auszugehen.

Es war sieben Uhr abends an einem Vorfrühlingstag im Jahr 1991. Das Restaurant Pekin war gut besucht. Zwischen den chinesischen Säulen zogen Rauchschwaden, teils von den milden amerikanischen Marlboros, teils aber auch vom beißenden einheimischen Hanf. Farbenprächtige chinesische Flachreliefs, kombiniert mit traditionellen buddhistischen Zeichnungen, vielfältigen Kompositionen von Blumen, Drachen, Löwen und gräßliche mongolischen Göttermasken schmückten Wände und Decken. Hier konnten pro Abend etwa eintausend Gäste speisen, und das Lokal war immer voll besetzt.

Unter den Besuchern waren zahlreiche Gäste des gleichnamigen Hotels, dessen Räume sich über dem Restaurant befanden, außerdem Ausländer jeder Herkunft, von Vietnamesen, Koreanern, Japanern und Usbeken bis zu Europäern und einer wachsenden Zahl von Amerikanern. Im Kielwasser von Gorbatschows »Perestroika« und »Glasnost« befanden sich die meisten von ihnen auf der Suche nach neuen Geschäftsverbindungen.

Hier traf man Angehörige des KGB wie der Milizija, Mafia- und Parteibonzen, KP-Bosse samt ihrem jeweiligen Fußvolk, aber auch Moskauer Studenten, Prostituierte und alle möglichen Schwindler und Hochstapler.

Oksana und Tanja saßen an einem Tisch neben einem kleinen Wandbrunnen ganz hinten im Lokal. Der Saal war bereits voller Gäste: Mehrere Gruppen feierten, man bestellte das Abendessen oder führte Geschäftsgespräche bei einer Flasche Chartreuse oder bei Kaffee, Prostituierte suchten Kunden, und Touristen genossen die hervorragende Küche.

Stimmengewirr und das Klappern von Geschirr, Gläsern

und Besteck erfüllten die Luft; der Zigarettensmog um die Kronleuchter wurde dichter, je weiter der Abend voranschritt. Oksana und Tanja tranken Kaffee und unterhielten sich über die Studenten und Lehrer am Fremdspracheninstitut. Nachdem sie etwa eine Stunde geplaudert hatten, setzte sich ein Gast an den Tisch neben ihnen. Beide Mädchen starrten die ungewöhnlich große, schlanke und gutgebaute Frau an. Ihr Make-up war makellos, ihr Haar fiel in weichen, dunklen Wellen über ihre zarten Schultern. Sie trug eine weiße Bluse, die einen hübschen Kontrast zu den dunklen Augen und Haaren bildete, dazu einen engen, hochgeschlitzten goldfarbenen Minirock, der die Oberschenkel ihrer langen schlanken Beine in den schwarzen Strümpfen gut zur Geltung brachte. In ihrer Begleitung befanden sich drei nicht mehr ganz nüchterne Männer. Oksana bemerkte, daß einer von ihnen seine Hand auf den Schenkel der Frau gelegt hatte und zielstrebig immer weiter nach oben schob. Doch die achtete zunächst nicht darauf, sondern diskutierte mit den anderen. Nur gelegentlich stieß sie die Hand des Kerls mit einer Bewegung weg, als wollte sie eine Fliege verscheuchen, und wies ihn mit ein paar scharfen Worten zurecht. Die anderen beiden lachten.

Oksana beobachtete die Szene; irgendwie konnte sie sich sehr gut in die Lage der Frau versetzen. Als diese zu ihnen herübersah, um die beiden unschuldig wirkenden Mädchen zu betrachten, begegneten sich ihre Blicke. Sie lächelten sich vielsagend zu, und Oksana fühlte sich sofort zu der älteren Frau hingezogen. Sie war faszinierend. Oksana überlegte, was eine solche Frau in Gesellschaft von drei dermaßen unattraktiven Männern suchte. Kurz darauf wollte Tanja aufbrechen. Die beiden Mädchen hinterließen das Geld für die Rechnung und ein Trinkgeld auf dem Tisch und standen auf.

Oksana und die Frau tauschten gerade einen Abschiedsblick, als Tanja plötzlich sagte: »Ich gehe noch rasch zur Toilette«, und auch schon zwischen den Tischen in Richtung Ausgang eilte. Achselzuckend folgte ihr Oksana. Außer ihnen war niemand in der Toilette, und Oksana wartete, bis Tanja in ihrer Kabine fertig war. Aber als sie sich umwandten, fanden sie den Ausgang versperrt von einer höchst sonderbaren Kreatur, einem zwergwüchsigen, unglaublich schmutzigen alten Mann, der mit der linken Hand eine hölzerne Krücke umklammerte. Seine schlecht sitzenden Kleider waren fleckig, auf dem Kopf trug er eine dreckige graue Mütze. Die kleinen, blutunterlaufenen zusammengekniffenen Augen blickten gleichzeitig dumm und bösartig. Der untere Teil des Gesichts war von schmutzigen Bartstoppeln bedeckt.

Entsetzt starrten Oksana und Tanja den widerlichen Gnom an, den man gewiß nicht im Zentrum Moskaus und noch weniger in diesem teuren Restaurant vermutet hätte. Doch da stand er, den rechten Arm im Jackenärmel, und während die beiden Mädchen ihn noch voller Abscheu musterten, schob er die Faust aus dem Ärmel, und eine lange, schmale glänzende Messerklinge kam zum Vorschein. Die Mädchen erstarrten vor Schreck.

»Na, Mädels«, krächzte die bizarre Gestalt, »nur nicht so eilig. Wir haben Zeit zum Spielen.«

Alles Blut war aus Oksanas Gesicht gewichen, und mit einem raschen Seitenblick stellte sie fest, daß Tanja bleicher war als die Toilettenwand. Der ekelhafte Zwerg kam auf sie zu, mit zuckendem Mund und funkelnden, blutunterlaufenen Augen. Offenbar überlegte er, welches Mädchen er zuerst belästigen sollte. Oksana und Tanja wichen zu den Waschbecken zurück.

»Was zum Teufel geht hier vor?« erklang plötzlich eine scharfe Frauenstimme.

Die beiden Mädchen und ihr Widersacher wandten sich zur Toilettentür. Da stand die schlanke dunkelhaarige Frau in einer verführerischen, selbstsicheren Pose, eine Hand auf der Hüfte, in der anderen eine lange braune Zigarette. Durch die hohen Absätze wirkte sie noch größer.

»Hau ab, du Schlampe. Wir woll'n dich hier nich'«, knurrte der Zwerg, das Messer noch immer auf Tanja und Oksana gerichtet.

»Aha!« rief die Frau, als wäre ihr damit alles klar – auch, wie sie mit dieser merkwürdigen Situation umgehen mußte. Sie nahm die Zigarette zwischen die Lippen, inhalierte tief und blies eine Rauchwolke von sich. Sie klopfte lässig die Asche ab, machte einen Schritt auf den schweinsäugigen Gnom zu und versetzte ihm mit dem rechten Bein einen kräftigen Schlag vor die Brust. Da der Alte wesentlich kleiner war, erwischte ihn der hohe Absatz direkt unterhalb der Kehle.

Das Messer flog zur Seite, die Krücke ebenfalls. Der Zwerg stürzte, ein Bein hoch in die Luft gestreckt. Er fiel rückwärts in eine der Kabinen und blieb reglos liegen.

»Machen wir, daß wir hier rauskommen«, sagte die Retterin. »Los, wir nehmen ein Taxi.«

Als das Taxi sich vom Pekin entfernte, erfuhren die Mädchen den Namen ihrer Beschützerin, Nadja, und nach wenigen Minuten wußten sie auch, daß sie einer professionellen Prostituierten zu Dank verpflichtet waren.

»Ich verlange fünfhundert Rubel für eine Sitzung«, erklärte Nadja nonchalant. »Und was macht ihr?«

»Wir studieren«, antwortete Oksana.

»Wo haben Sie gelernt, so wunderbar zuzutreten?« wollte Tanja wissen.

»Mein Mann hat mich geschlagen, wenn er besoffen war, da habe ich gelernt zurückzuschlagen.«

Oksana lud Nadja auf ein kleines Schwätzchen in ihre Wohnung ein, mußte aber einräumen, daß sie nichts zu trinken hatte. Lachend nannte Nadja dem Fahrer eine Adresse. Als er kurz darauf anhielt, stieg sie aus und kam mit einer Flasche Cognac wieder. Dann gingen die drei Frauen hinauf in Oksanas Wohnung. Nadja lächelte, während sie ihren beiden neuen Freundinnen folgte.

5

Japontschik, der Japaner, hatte seine große Macht als Diebesbruder dem Schicksal zu verdanken, das in der Person von Galina, der Tochter des Parteivorsitzenden Leonid Breschnew, sein Leben verändert hatte. Galinas erster Mann war Bärendresseur beim Zirkus gewesen; dort hatten sie sich auch kennengelernt. Er war ein stämmiger, freundlicher Mann; Galina dagegen ein allseits bekanntes Flittchen. Nach einigen leidvollen Jahren wurde der Zirkusmann bei seinem Schwiegervater vorstellig und gestand, er habe nicht den Mut, seine Frau zu schlagen. Deshalb wolle er sich scheiden lassen. Während ihrer Ehe hatte Galina mehrere Liebhaber gehabt und war oft tagelang nicht nach Hause gekommen.

Breschnew seufzte, gab dem Mann seine Zustimmung und ernannte ihn aus Dankbarkeit dafür, daß er die Ehe mit Galina überhaupt so lange ausgehalten hatte, zum Direktor des Neuen Moskauer Zirkus.

Juri Tschurbanow war ein gewöhnlicher Beamter der Abteilung Sonderermittlungen bei der Milizija in der Petrowka. Er war achtundzwanzig Jahre alt und schön wie ein junger Gott. Von dem Moment an, in dem Galina ihn bei einem Empfang der Milizija erblickte, wurde sie von einer überwältigenden Begierde nach Juri erfaßt. Tschurbanow erlag rasch seiner Machtgier und heiratete die häßliche vierzigjährige Tochter des Generalsekretärs der Kommunistischen Partei.

Juri suchte freundschaftliche Beziehungen zu aufsteigenden Persönlichkeiten der Moskauer Verbrecherelite. So erfuhr er bald, daß ein neuer Diebesbruder, ein gewisser Japontschik, der Japaner, auch Jap genannt, einer der zuverlässigsten Killer der Moskauer Mafia und persönlicher Gefolgsmann des Mongolen war. Bei der Milizija dachte niemand im Traum daran, hochstehende Kriminelle zu verhaften. Solche Leute – und allen voran der Mongole – wurden von einflußreichen Mitgliedern des Politbüros und Funktionären der Kommunistischen Partei geschützt, die ihrerseits kräftig von ihren Beziehungen zur Unterwelt profitierten.

In einer Herbstnacht des Jahres 1974 hatte Jap eine schöne, sehr junge Blondine zu sich eingeladen, die gerade aus Minsk nach Moskau gekommen war. Er liebte blonde Frauen und wollte unbedingt der erste sein, der dieses Mädchen in Besitz nahm. Deshalb war er höchst verärgert, als es an der Tür der Wohnung klopfte, die er bisher für absolut geheim gehalten hatte. Wütend griff er zu seinem *Pschak*, ging zur Tür und schrie, wer auch immer da draußen stehe, solle sich augenblicklich davonmachen oder sterben.

»Milizija!« lautete die Antwort. »Wjatschislaw Kyrillowitsch Jakowlew, öffnen Sie!«

Jap erschrak, als er seinen richtigen Namen hörte. Nur sehr wenige Menschen in Moskau wußten, daß er noch eine andere Identität besaß als Japontschik, der Japaner. Doch er öffnete die Tür einen Spaltbreit und sah zu seinem Erstaunen General Tschurbanow in Zivil vor sich. Jap war Breschnews Schwiegersohn schon zweimal begegnet, denn sein Mentor, der Mongole, unterhielt direkte Geschäftsbeziehungen zu Minister Schelokow. Ohne Zögern steckte Jap das Messer weg und folgte Tschurbanow auf die Straße und in eine glänzende schwarze Limousine, die von einem Polizisten gefahren wurde.

»Man hat mir gesagt, Sie seien ein ernsthafter Mensch. Es geht um eine ernste Sache. Verhalten Sie sich also entsprechend.«

Schweigend nickte Jap, noch immer beeindruckt, daß Tschurbanow seinen richtigen Namen kannte, und machte ein angemessen unterwürfiges Gesicht.

An der Kotelnik-Uferstraße, nicht weit von der Taganka, hielt der Wagen. Es war inzwischen halb ein Uhr nachts. Ein riesiges Gebäude mit mindestens zwanzig Stockwerken, das an eine gotische Kathedrale erinnerte, erhob sich vor ihnen; seine Spitze verschwand im Nachtnebel. Sie stiegen die breite Marmortreppe empor und traten ins Foyer eines Hotels, das den zentralen Teil dieses sowjetischen Wolkenkratzers einnahm.

Der Aufzug brachte sie in den fünfzehnten Stock. Nur sehr wenige Menschen wußten, daß dieses Gebäude mitten im Zentrum von Moskau, das ein Hotel, Luxusapartments und Büroräume beherbergte, in den oberen Stockwerken das exklusivste Bordell der Hauptstadt verbarg. Das Etablissement war in erster Linie den Parteibonzen vorbehalten, aber auch Mafiabosse gingen hier ein und aus .

Am Eingang zu den Bordellräumen empfingen sie zwei makellos gekleidete Männer – das Gebäude wurde rund um die Uhr vom KGB überwacht.

Routinemäßig überprüften die Türsteher Juris Referenzen, aber als sie erkannten, wen sie vor sich hatten, sprangen sie buchstäblich zur Seite, und Juri führte Jap hinein. Es herrschte Hochbetrieb. In dem langen Korridor waberten dicke Rauchschwaden, und es roch unverkennbar nach Anascha, einem hochwirksamen Cannabis, der in Zentralasien angebaut wird.

Überall sah man halbnackte junge Mädchen in verführerischer Reizwäsche: sie saßen den Männern auf dem Schoß, Zigaretten und Drinks in der Hand, oder sie wanderten durch die Räume und unterhielten die zahlreich anwesenden Gäste. Gruppen älterer Männer mit geröteten, strahlenden Gesichtern, in legeren Anzügen, mit gelockerten Krawatten und offenen Hemdkrägen gingen zwischen den Mädchen umher, die sich lebhaft bemühten, ihre Reize zur Schau zu stellen. Die weitläufigen Räumlichkeiten hallten wider vom Gelächter der Frauen, von betrunkenen, freudig erregten Männerstimmen und dem Dröhnen westlicher Jazzmusik.

Ein kleiner dicker Mann in einem blauen Hemd trat auf Juri zu – offensichtlich ein Zigeuner, schwarzhaarig, mit einer goldenen Kette um den kurzen, behaarten Hals. »Hier herein«, flüsterte er. »Ganz leise, bitte.«

Zu dritt betraten sie ein verdunkeltes Zimmer mit schweren roten Vorhängen, die den Blick in den Nebenraum verbargen. Der Zigeuner zog die Vorhänge behutsam etwas auseinander. Dann winkte er Juri und Jap näher. Zuerst konnte Jap nichts sehen, teils weil es hinter dem Vorhang so dunkel war, teils weil Juris breiter Rücken ihm die Sicht versperrte. Aber plötzlich drehte sich Juri abrupt um. Selbst im Halbdunkel sah Jap, daß sich sein hübsches Gesicht vor Wut verzerrt hatte.

Nun trat Jap direkt an den Vorhang und spähte hinein. Es dauerte eine Weile, bis sich seine Augen an die Dunkelheit gewöhnt hatten, aber schließlich erkannte er nackte Körper: anscheinend ein paar Mädchen bei der Fellatio mit ihren Kunden. Zwei von ihnen lagen auf dem Boden; rhythmisch keuchend bewegten sich die auf ihnen liegenden Männer.

Doch dann zogen plötzlich drei Gestalten in der entgegengesetzten Ecke des Raums Japs Aufmerksamkeit auf sich: Eine fette, stark behaarte Frau, etwa Mitte Vierzig, deren riesige, unförmige Brüste im Rhythmus der Stöße eines noch haarigeren Mannes hinter ihr wogten, hielt gleichzeitig das Glied eines anderen Mannes im Mund, der mit gepreizten Beinen unter ihrem Kopf lag, heftig schnaufte und sich alle Mühe gab, seine Bewegungen zu beschleunigen.

Jap meinte die Frau zu kennen. Jetzt drehte sie sich auf den Rücken, spreizte die Beine und hob das Becken, so daß ihre schlabbrigen Brüste zur Seite rutschten. Einen Moment konnte Jap das breite, fleischige, fast bärtige Gesicht der Frau sehen, ehe der dunkelhäutige Mann, der auf dem Rücken unter ihr gelegen hatte, sich aufraffte und ihren Kopf zwischen seine Beine klemmte. Der zweite haarige Akteur der ekelerregenden Darbietung bestieg nun die Frau und setzte seine bisherige Aktivität in einer konventionelleren Stellung fort. So war ihr Gesicht wieder hinter dem nackten Hintern, der sich unablässig hob und senkte, verschwunden … aber Jap hatte genug gesehen. Auf einmal spürte er, wie ihm der kalte Schweiß ausbrach. Das war kein Scherz, kein perverses Spielchen für privilegierte Gäste, die hinter die Vorhänge spähen durften. Die Frau in jenem Raum war Galina Breschnewa, Juris Frau, Tochter einer gewissen, allseits bekannten politischen Größe … Scheiße, dachte Jap. Anscheinend war sie diesmal zu weit gegangen. Jap wandte sich an Juri.

Der Zigeuner versuchte mit hektischer Stimme zu erklären. »Ich konnte nichts dagegen machen! Sie wollte nicht auf mich hören, Sie wissen doch, wie sie ist, wenn sie getrunken hat … Ich habe Sie gleich angerufen … Übrigens … übrigens« – er zögerte und leckte sich die Lippen – »übrigens haben die Männer sie dafür bezahlt …«

»Was?« Juris Stimme überschlug sich fast, »was hast du da gesagt?« Er packte den Zigeuner am Hemdkragen und zerrte ihn wutentbrannt zu sich.

Der Zigeuner flüsterte hastig und aufgeregt: »Die Männer haben dafür bezahlt! Mit Diamanten! Für eine Handvoll von diesen verdammten Klunkern würde diese Frau uns alle an den Feind verkaufen, einschließlich ihres Vaters!«

Langsam beruhigte sich Juri, sein Gesicht entspannte sich. Er strich sich die Haare aus der Stirn. Jap hatte Angst, ließ es sich aber nicht anmerken. Da kam Juri mit ausgestrecktem Zeigefinger auf ihn zu.

»Japontschik, Sie haben alles gesehen und gehört.« Seiner Stimme konnte man die ungeheure Wut und den abgrundtiefen Ekel anhören. »Ich will die Ärsche dieser beiden Mistkerle, egal wie, ich will ihre verfluchten Ärsche! Sie bringen für mich in Erfahrung, wer diese Bastarde sind, woher sie kommen, und dann soll niemand sie je wiederfinden. Aber bevor sie sterben …«

»Verstehe«, warf Jap ein, »ich werde mich darum kümmern, und ich nehme meine Arbeit ernst. Verstehe. Die beiden werden spurlos verschwinden – aber zuvor werden sie leiden, das kann ich Ihnen versprechen. Niemand wird je etwas erfahren. Da können Sie ganz sicher sein.«

Juri nickte; sein Atem hatte sich inzwischen ebenfalls beruhigt. Er nahm ein Glas aus der Hand des immer noch zitternden Zigeuners. Dann wandte er sich nochmals an Jap: »Wenn Sie technische Hilfsmittel benötigen, Waffen oder sonstwas, dann rufen Sie mich einfach an.« Damit drückte er Jap eine weiße Visitenkarte in die Hand, auf der jedoch nur eine Nummer stand. »Zählen sie zu jeder Zahl eins hinzu – unter dieser Nummer erreichen Sie mich.«

»Ich werde eine Dampfwalze brauchen«, sagte Jap.

»Wie bitte?« fragten Juri und der Zigeuner wie aus einem Mund.

»Eine Dampfwalze«, wiederholte Jap. »Viele Straßen in Rußland müssen dringend asphaltiert werden«, fügte er feixend hinzu. »Und noch etwas, wenn Sie so nett wären. Eine von den Überwachungskameras Ihrer Polizei.«

Die Szene, die einige Tage später stattfand, wurde im Bild festgehalten, damit Juri Tschurbanow sich daran ergötzen konnte. Auf einer abgelegenen Baustelle wurden die beiden Georgier mit den Händen an ein Eisenrohr gefesselt, das über die Decke des halbfertigen Hauses lief. Nachdem Japs Männer die beiden im georgischen Restaurant Iweria, etwa vierzig Kilometer von Moskau entfernt, überwältigt hatten, schleppte man sie zu dem vorbereiteten Ort. Sie wußten nicht, daß sie soeben ihr letztes Mahl verspeist hatten. Zuerst wurden sie brutal zusammengeschlagen, dann von Japs gemeinsten Tschetschenen vergewaltigt – die Tschetschenen gelten als die skrupelloseste ethnische Gruppierung in ganz Rußland –, dann zwang man die Gefangenen mit vorgehaltener Pistole zum Oralsex. Danach wurden sie an den Händen aufgehängt, die Peiniger drückten mehrere Dutzend Zigaretten auf ihren nackten Hintern aus und verstümmelten schließlich ihre Genitalien.

Während der Folterprozedur studierte Jap eingehend die Papiere der Männer. Beide waren KGB-Agenten aus Georgien, ein Oberst und ein Major, Gefolgsleute von Eduard Schewardnadse. Die Diamanten, die sie Galina gegeben hatten, waren Schmiergelder, die sie selbst erhalten hatten.

Von den Ganoven, die im Süden für ihn arbeiteten, hatte Jap viel über Schewardnadse, den georgischen KGB-Chef erfahren. Er ließ sich von allen Mafiabossen bestechen, die in seinem Einflußbereich arbeiteten. Und außerdem steckte er in einer noch wesentlich profitableren Operation.

Der KGB besaß Unterlagen über kriminelle Aktivitäten hochrangiger Parteifunktionäre. Nach einem Geheimerlaß, den Chruschtschow nach Stalins Tod und der Absetzung von Geheimdienstchef Beria ausgegeben hatte, mußte der KGB sämtliche Akten über Amtsvergehen von Parteifunktionären vernichten. Dieser Erlaß erstreckte sich auf alle Ränge der kommunistischen Hierarchie, bis hinunter zum kleinsten Bezirksekretär. Auf diese Weise unterlagen die Parteifunktionäre keiner staatlichen Rechtskontrolle mehr und hatten fast unbegrenzte Macht zu tun und zu lassen, was ihnen beliebte. Wenn Hinweise auf Verbrechen an die Öffentlichkeit drangen oder die Polizei auf sich aufmerksam machten, wurden sie umgehend aus den Akten entfernt, zusammen mit allen sonstigen belastenden Aussagen über Parteifunktionäre, die die Milizija im Lauf einer Ermittlung zusammentragen mochte.

Schewardnadse jedoch verbot seinen Beamten, belastendes Material zu vernichten, und ermunterte sie sogar, Berichte über die illegalen Aktivitäten von Partei-Apparatschiks zu sammeln, die glaubten, sie wären vor dem Gesetz immun.

So erpreßte er systematisch die unvorstellbar korrupten georgischen Parteiführer und häufte ein beträchtliches Vermögen an, das er auf Schweizer Banken versteckte oder in Projekte der italienischen und sizilianischen Mafia in Südeuropa investierte. Sein engster Verbündeter war der Erste Parteisekretär der Region Stawropol, ein simpel aussehender Bauernbursche mit einem roten Fleck oberhalb der Stirn namens Michail Gorbatschow. Aber Gorbatschow war gar nicht so simpel. Seine Gier auf Schmiergelder brachte ihm in Stawropol den Namen »Geldsack« ein.

Jap hatte anhand der Dokumente, die er bei den beiden KGB-Agenten fand, noch viel mehr erfahren. Er horchte sie weiter aus, wobei er sie stets im Glauben ließ, er werde ihr Leben verschonen, wenn sie ihm alles gestanden. Sehr rasch wurde ihm klar, wie gefährlich Schewardnadse war – ein weiterer Grund, diese beiden KGB-Offiziere spurlos verschwinden zu lassen. Sonst riskierte er womöglich noch selbst Kopf und Kragen.

Aufgrund des Blutverlusts wurden die Georgier mitten im Verhör mehrmals ohnmächtig. Sie boten Jap Geld und Juwelen an, damit er sie leben ließ, aber das beeindruckte ihn wenig. Die beiden Männer, die sich Juri Tschurbanows Haß zugezogen hatten, weil sie so dumm gewesen waren, sich mit seiner Frau einzulassen, wurden schließlich in eine Plane gewickelt und auf den Feldweg hinausgezerrt, wo bereits die Walze und ein Haufen heißer Asphalt auf sie warteten.

Japs Leute warfen die KGB-Männer in ein Schlagloch und schaufelten eine dicke Schicht heißen Teer über sie. Als sie vollkommen zugedeckt waren, fuhr die Walze darüber. Aber auf einmal bildeten sich Risse und Falten in der glatten schwarzen Fläche, ein Hinweis, daß sich etwas darunter regte. Erst nachdem Japs Männer noch ein paar Schaufeln Teer aufgehäuft hatten und die Walze noch mehrmals darübergerollt war, herrschte endlich Ruhe. Und in Rußland gab es eine geteerte Straße mehr.

Jap tauchte auf keinem der Bilder auf, denn er fotografierte selbst. Nachdem er alle Negative zerstört hatte, zeigte er Juri Tschurbanow die Abzüge. Dieser inspizierte sie in seinem prachtvollen Büro im Milizija-Hauptquartier in der Petrowka-

Straße mit einem Ausdruck tiefster Genugtuung. Aufmerksam lauschte er, während Jap die Informationen über Schewardnadse preisgab.

»Das ist ja sehr interessant«, meinte er höchst angetan. »Das ist verflucht interessant. Papa wird sich freuen, das zu erfahren.«

Damals wäre Jap nicht einmal im Traum auf die Idee gekommen, daß er Schewardnadse einen unschätzbaren Dienst erwiesen und nicht etwa seine Karriere ruiniert hatte.

Durch seine erpresserischen Aktivitäten als Generalleutnant des KGB in Georgien hatte Schewardnadse nicht nur Reichtümer angehäuft, sondern sich auch eine ganze Armee erbitterter Feinde geschaffen. Georgische Parteibonzen beschlossen, die Republik von ihrem KGB-Chef zu befreien. In Tiflis wurde ein Kongreß der Kommunistischen Partei einberufen; alle Mitglieder hatten sich einverstanden erklärt, bei einer geheimen Abstimmung für Schewardnadses sofortige Ablösung zu stimmen. Nach seiner Amtsenthebung würde man Schewardnadse dafür bezahlen lassen, daß er die Abgeordneten gedemütigt hatte, und mit Hilfe der Mafia würde man ihn zwingen, ihre finanziellen Verluste auszugleichen.

Breschnew selbst wurde vom Chef der Kommunistischen Partei Georgiens informiert, daß Schewardnadse in den Augen der Parteimitglieder inakzeptabel und der falsche Mann für das Amt sei, das er mißbraucht hatte, um sich selbst zu bereichern.

Am Vorabend des georgischen Parteikongresses wurde der »falsche Mann« von Tschurbanows Leuten in ein Flugzeug gesetzt und nach Moskau gebracht. Schewardnadse war ein reicher und pragmatisch denkender Mann, aber nicht raffgierig. Er traf mit zwei Aktenkoffern voller Juwelen in Moskau ein, und eine Stunde später hatte er den einen Innenminister Schelokow und den anderen Generalsekretär Breschnew überreicht. Am gleichen Abend ließ der Führer der Sowjetunion die kostbaren Steine nachdenklich durch seine Finger gleiten. Dann führte er ein Telefongespräch mit Tiflis, in dessen Verlauf er genaue Anweisungen an die Schlüsselfiguren der georgischen KP erließ.

Am nächsten Morgen kehrte Schewardnadse nach Georgien zurück. Der Parteikongreß war bereits in vollem Gang, als er ankam, und bei dieser bemerkenswerten Zusammenkunft zeigte sich einmal mehr die unerschütterliche Einigkeit der Kommunistischen Partei mit der Arbeiterschaft. Die Partei bestätigte ihre Absicht, dem Kurs des großen Lenin auch weiterhin zu folgen – zum Wohl des sowjetischen Volkes und im Dienste des Weltfriedens.

Eduard Ambrosi Schewardnadse, ehrenwerter Sohn der sozialistischen Republik Georgien, ein echter Kommunist vom Schlage Lenins wurde zum Ersten Parteisekretär der Kommunistischen Partei gewählt; sein Vorgänger mußte bedauerlicherweise aus gesundheitlichen Gründen zurücktreten.

6

Zu Semesterende, Anfang Juni, erhielt Oksana das Angebot, als Dolmetscherin für das Hotel Rossija im Zentrum Moskaus zu arbeiten und dabei in den Sommerferien ihre Sprachfähigkeit zu trainieren. Endlich konnte sie für Ausländer übersetzen, und nun wurde ihr klar, wozu ihr Institut wirklich diente.

Das Maurice-Thorez-Fremdspracheninstitut, benannt nach seinem Gründer, dem französischen KP-Chef, war im Grund eine als Bildungsinstitution getarnte Unterabteilung des KGB. Wenn die Studenten ihre Abschlußprüfung hinter sich gebracht hatten, wurden sie auf die eine oder andere Weise zu Handlangern des KGB; etwa ein Viertel aller Abgänger wurden direkte KGB-Agenten. Eine Dolmetscherkarriere war ohne Schutz des KGB unmöglich. Als Gegenleistung erwiesen viele Übersetzer und Dolmetscher dem KGB alle möglichen kleinen Gefallen – sie lieferten Informationen über ausländische Gäste, für die sie dolmetschten, durchsuchten im Hotelzimmer heimlich das Gepäck ihrer Schützlinge, schmuggelten Drogenpäckchen in ausländische Koffer, wenn der KGB vorhatte, einen Skandal zu provozieren, und erledigten zahlreiche andere kleine Dienste dieser Art.

Schon am ersten Tag ihrer neuen Arbeit sah sich Oksana mit dieser besonderen Situation konfrontiert. Ihre Gruppe, die aus fünf Studenten bestand – drei weiblich und zwei männlich –, wurde in einen Institutsraum gerufen, in dem sie ein junger Mann mit ausdruckslosem Gesicht erwartete. Oksana bemerkte sofort, wie er ihre Beine in den neuen Seidenstrümpfen fixierte.

»Nun, Genossen«, begann der KGB-Offizier, »morgen beginnt also euer erster Arbeitstag, und wir, die ›Kämpfer an der unsichtbaren Front‹« – er ließ den Ausdruck stolz auf der Zunge zergehen –, »werden euch zur Seite stehen und zeigen, wie ihr Fehler vermeiden könnt.«

Sein Vortrag begann mit der Bemerkung: »Westler können sehr liebenswürdig und freundlich sein, aber ihr müßt immer daran denken, daß unter der Maske der Freundlichkeit ein potentieller Feind lauert.«

In diesem Stil dozierte er zwei Stunden lang, warnte vor Dissidenten, Verrätern und CIA-Söldnern. Er wies die Studenten an, über jede Bewegung und jedes Wort der Gäste Bericht zu erstatten und die Augen offenzuhalten nach Drogen, pornographischem Material (vor allem dem *Playboy*) und nach Abhörvorrichtungen.

Schließlich gab er ihnen die Zimmernummern, die von den KGB-Agenten bei den Überwachungen benutzt wurden. Als die Gruppe dann entlassen wurde, hielt er Oksana zurück. Seine Augen verschlangen sie förmlich. Sie fühlte, daß sie die Situation nicht unter Kontrolle hatte, und wurde nervös.

Der KGB-Mann schien sich ebenso unwohl zu fühlen wie sie. »Genossin Martinowa, wir zählen auf Sie ...« Unvermittelt hielt er inne und schluckte heftig.

»Entschuldigen Sie ... wie meinen Sie das?«

»Nun ... Sie sind eine attraktive junge Frau. Manche der Ausländer werden Sie sicher aufs Zimmer einladen ...«

»Und?« erwiderte sie. Sie nahm das Gespräch entschlossen in die Hand. »Sind Sie vielleicht eifersüchtig?«

»Sie müssen solche Annäherungsversuche ablehnen«, erklärte er streng.

»Sehe ich vielleicht aus wie eine Hure oder was?«

»Nein, so habe ich es nicht gemeint.«

»Nun, wenn es Ihnen nichts ausmacht – ich muß jetzt gehen.«

Der junge Mann war noch vor Oksana an der Tür. »Übrigens, mein Name ist Marat ...«

»Nett, Sie kennenzulernen«, antwortete Oksana schroff und ging hinaus.

In den folgenden Tagen stellte Oksana mit Erstaunen fest, in welchem Umfang der KGB seine Überwachungsmaßnahmen im Hotel Rossija betrieb. Im Kellergewölbe unter dem Hotelgebäude war ein komplettes Überwachungszentrum mit hochentwickelten elektronischen Geräten eingerichtet. Zweitausend Mädchen, Absolventinnen von KGB-Schulen, belauschten rund um die Uhr mit Kopfhörern die Vorgänge in den Zimmern, mit denn sie verbunden waren. Wenn etwas Interessantes passierte, stellten sie ein Tonband an, das alles – von Gesprächen bis zum Seufzen und Stöhnen der unvermeidlichen sexuellen Begegnungen – aufzeichnete.

Die Angestellten der Abhörzentrale erreichten ihren Arbeitsplatz durch einen unterirdischen Gang, und zwar vom KGB-Quartier auf der anderen Seite des Roten Platzes aus. Sie verließen den Keller auf demselben Weg. Weder das Hotelpersonal noch die Gäste bekamen die Besatzung der »unsichtbaren Front« je zu Gesicht. Oksana erfuhr von den stillen weiblichen Lauscherinnen durch eine lesbische Freundin, die dort arbeitete. Später begriff Oksana, daß alle anderen Moskauer Hotels, in denen Ausländer abstiegen, ähnliche Einrichtungen in unterirdischen Räumen besaßen. Außerdem gehörten fast alle hochrangigen Hotelangestellten entweder zum KGB oder zur Milizija. Sogar manche Prostituierte in den Hotelhallen, in den Bars und Restaurants waren KGB-Spitzel – sonst ließen sie die Türsteher nicht mehr herein.

Das Dolmetschen machte Oksana großen Spaß. Der Umgang mit den liebenswürdigen, zuvorkommenden Besuchern war angenehm. Die meisten Ausländer waren höflich, freundlich, gut gekleidet und wohlhabend. Das Letzte, woran sie dachten, war Spionage. Auf der Suche nach neuen Geschäftsverbindungen lockte sie die Perestroika unwiderstehlich an, und so knüpften sie Kontakte und schlossen Freundschaften.

Die Fremden merkten natürlich nicht, daß sie von dem Augenblick an, da sie in Moskau den ersten Schritt taten, vom KGB beobachtet wurden: in Gestalt von Türstehern, Dolmetschern, Kellnern, Zimmermädchen, Barkeepern – eine allgegenwärtige Präsenz, unsichtbar, schweigend, höflich, aber wachsam und listig, die jede Kleinigkeit registrierte – und die Fremden natürlich verstand. Allerdings nicht in dem Sinn, den sich die Gäste wünschten. Tausend Jahre repressiver russischer Kultur, gekrönt von siebzig Jahren Atheismus, hatten in der Psyche der Moskauer das Mißtrauen und den Argwohn gegen alles Fremde und sogar gegen die eigenen Mitbürger geschürt.

Marat war nicht aufrichtig mit seinen fünf Studenten gewesen; er hatte ihnen gezielt verschwiegen, daß einer von ihnen, Paul, bereits Juniorleutnant beim KGB war. Paul fungierte als Marats interner Spion, der nach Anzeichen von mangelnder Linientreue seitens der Gruppenmitglieder Ausschau hielt.

Oksana war glücklich in der Gruppe; es machte ihr Spaß, sich mit Ausländern zu unterhalten. Gewöhnlich arbeitete sie abends und nachts, tagsüber schlief sie dann in ihrer Wohnung. Gelegentlich gab sie den Avancen einer lesbischen Freundin nach, aber eigentlich hatte sie sich vorgenommen, aus dieser Phase herauszuwachsen. Ihr Leben ging einen geregelten Gang, wie sie ihrem Vater berichtete, wenn er gelegentlich zu einem Treffen des Politbüros nach Moskau kam. Der Sturm, der ihr Leben umstürzen sollte, kam völlig unerwartet.

Es war nach Mitternacht, als Oksana Anders Prahl begegnete. Sie saß am Dolmetschertisch in der Nähe der Türen im Erdgeschoß. Es gab insgesamt vier Eingänge, aber hier im Nordflügel war der wichtigste Empfangsbereich.

Zwei Männer kamen durch die gläserne Drehtür. Einer war ein Gepäckträger ohne Gepäck, was an sich schon auffallend war. Aber wirklich sonderbar war der zweite Mann. Er war riesig, sicher über zwei Meter; seine Schultern waren doppelt so breit wie bei einem durchschnittlich großen Mann, seine Arme muskulös, behaart und offensichtlich bärenstark, seine Beine wie zwei Säulen und ebenfalls sehr muskulös. Die Haare standen wild vom Kopf ab, ungezähmt von Kamm und Bürste, das faltige Gesicht wirkte herb und männlich. Eine große Hakennase und die kleinen Augen, die zwischen den dichten Brauen und den hohen Wangenknochen fast verschwanden, erinnerten an einen Falken.

Der Mann war zwar massiv, hatte aber keinerlei Bauchansatz; sein Gang war jugendlich und beschwingt. All diese Einzelheiten waren nicht zu übersehen, denn er trug lediglich blaue Seidenshorts und ein ärmelloses T-Shirt. In der Empfangshalle blieb er stehen und sah mit durchdringendem Blick um sich. Die Halle war fast leer.

Bald darauf hatte sich die ganze Dolmetschergruppe um den seltsamen Gast geschart, der inzwischen in eine Decke gehüllt rauchte. Seine hünenhafte Gestalt überragte die Studenten bei weitem; die selbstgerollte Zigarette zwischen seinen dünnen Lippen verbreitete einen sonderbaren durchdringenden Geruch. Das goldene Zigarettenetui mit Zigarettenpapier und losem Tabak war sein einziges Gepäck.

Der Riese stellte sich vor und erklärte auf englisch seine Lage. Er war unterwegs nach Athen, wo er seinen Urlaub verbringen wollte. In dieser warmen Nacht Anfang September hatte seine Maschine eine Zwischenlandung auf dem Scheremetjewo-Flughafen gemacht, und er hatte beschlossen, kurz auszusteigen. Während er die Gegend auskundschaftete und nach einer Bar suchte, startete das Flugzeug ohne ihn.

Oksana konnte die Augen nicht von dem lebhaften, leicht verwirrten Hünen abwenden. *So ein Mann – dieser Anders Prahl ist ein echter Wikinger*, dachte sie. Sie überlegte, ob wohl alles an ihm so groß war – auch ein ganz bestimmter Körperteil ... dann schlug sie sich den Gedanken wieder aus dem Kopf. Trotzdem wurde sie rot und spürte eine seltsame Hitze in sich aufsteigen.

Unterdessen unterhielt sich Prahl mit den Dolmetschern, auch andere junge Leute vom Fremdspracheninstitut schlossen sich ihnen an. Prahl erzählte von seinem gefährlichen Job auf einer Bohrinsel in der Nordsee, von den Jahren anstrengender körperlicher Arbeit, die, so schlossen die jungen Leute, sicher für seine erstaunliche Verfassung verantwortlich war.

Nach ein paar Minuten Unterhaltung begab sich Prahl, in seine Decke gehüllt, zur Bar und kaufte von den letzten Dollars, die sich in den Taschen seiner Shorts befanden, eine Flasche Wodka.

»Was tun Sie denn da?« schalt ihn Oksana, die ihm zur Bar gefolgt war. Sie konnte einfach nicht von der Seite des Wikingers weichen – als wäre sie durch ein unsichtbares Seil mit ihm verbunden. »Jetzt haben Sie kein Geld mehr, um ihr Zimmer zu bezahlen.«

»Zum Teufel mit dem Zimmer«, dröhnte Anders. »Ein warmer Sessel, Zigaretten und ein guter Drink – mehr brauch' ich nicht. Wenn man monatelang auf See ist, lernt man rasch den Wert einfacher Dinge zu schätzen: ein warmes Kaminfeuer, ein heißes Bad, ein Omelett ... vielleicht eine verständnisvolle Frau.«

Er lächelte Oksana zu und nahm die Flasche vom Tresen. Am meisten erstaunte Oksana an dem Wikinger die Tatsache, daß er der erste Mann war, der sie ansah, ohne sofort zu versuchen, seine Finger in ihr Höschen zu stecken. So oft und so lange hatte sie diesen gierigen, abwägenden Ausdruck in dummen Männeraugen gesehen, daß seine Abwesenheit sie überraschte und nur noch stärker zu dem Wikinger hinzog.

Wieder saßen sie in der Hotelhalle; der Wikinger trank den Wodka aus der Flasche, als wäre es Mineralwasser. Die belegten Brote, die man ihm gebracht hatte, rührte er nicht an.

»Russen sind gute Menschen«, meinte der Wikinger, der immer redseliger wurde. »Ich war noch nie in Rußland, aber ich habe auf See oft Russen kennengelernt. Und wenn man auf

See jemandem begegnet, weiß man innerhalb von fünf Minuten, mit wem man es zu tun hat. Abschaum erkennt man sofort. Und ich hab' bei den echten russischen Seeleuten nichts davon gesehen.« Er hielt inne. »Nun ja«, korrigierte er sich dann, »ein paarmal hab' ich ziemlich üble Kerle auf einem russischen Schiff gesehen, die waren aber nicht wie gewöhnliche Seeleute; später haben mir meine russischen Freunde erklärt, daß es irgendwelche Mistkerle vom KGB waren. Sie machen den Seeleuten das Leben schwer.«

»Wissen Sie noch, auf welchem Schiff das war?« erkundigte sich Paul aus Oksanas Studentengruppe.

»Vergiß es, Kumpel. Ich bin ein einfacher Mann, nur ein alter skandinavischer Seebär.« Er nahm noch einen langen Zug aus der Flasche. »Aber ich hab' in meinem Leben genug gesehen, ich erkenne auf den ersten Blick, wer von euch Fünfen an der unsichtbaren Leine hängt. Ich sag nur eines – in wirklich schlimmen Situationen mit echt harten Kerlen geht man schnell den Bach runter. Denk mal drüber nach.«

Die Studenten schwiegen unbehaglich; der Wikinger hatte den Juniorleutnant so eindeutig bloßgestellt, daß es allen Angst einjagte. Offiziell gehörte es zu ihren Pflichten, Ausländer davon zu überzeugen, daß die Geheimpolizei mit den Dolmetschern nichts zu tun hatte – allenthalben herrschte Demokratie, lang lebe Gorbatschow! Aber die Wahrheit war so offensichtlich, die Klugheit und das Selbtsbewußtsein dieses Mannes so unerschütterlich, daß niemand ein Wort herausbrachte.

Um nicht in Schwierigkeiten zu geraten, verabschiedeten sich zwei der Studentinnen schließlich unter einem Vorwand, die dritte entfernte sich mit einem der Jungen und erklärte, ihre Arbeitszeit sei vorüber.

Doch Paul, der Juniorleutnant, ging direkt zur Suite des KGB im zweiten Stockwerk, um das unziemliche Verhalten des Norwegers zu melden, seine schreiende Respektlosigkeit gegenüber der Geheimpolizei und seine offene antikommunistische Propaganda. Er kochte vor Wut, weil der Wikinger ihn vor den anderen Studenten bloßgestellt hatte.

Oksana und Anders Prahl unterhielten sich noch weitere zwei Tage. Sie brachte dem Wikinger Essen mit, damit er während seines Aufenthalts in der Hotelhalle keinen Hunger leiden mußte. Einem Gast ohne Geld gewährte das Hotel keine reguläre Unterbringung, aber man ließ ihn in einem leerstehenden Raum schlafen und sich waschen. Seine Papiere, ein Koffer und Geld wurden ihm aus Athen zurückgeschickt, und der Wikinger rief seine Frau an, damit sie ihm Geld an das Postamt im Hotel Rossija überweisen konnte. Ab da war er ein willkommener Gast, denn er zahlte mit harten Devisen.

In sein Zimmer begleitete Oksana ihn nie, denn sie wußte Bescheid über die Wanzen des KGB. Also verbrachten sie viel Zeit in der Hotelhalle, und er erzählte ihr von seinem harten Leben auf hoher See. Der Wikinger hatte Oksana vollkommen in seinen Bann geschlagen. Da er ein Ausreisevisum brauchte, verlängerte sich sein Besuch.

Als Nadja Oksana in ihrer Wohnung eine Stippvisite abstattete, was des öfteren vorkam, erzählte Oksana ihr alles über den Skandinavier.

»Vielleicht solltest du ihn zu mir bringen«, schlug Nadia vor. »Ältere Männer mögen mich, und du sagst, er zahlt in harter Währung.«

Seltsamerweise machte Oksana dieses Ansinnen eifersüchtig; daran wurde ihr endgültig klar, daß sie mehr für Anders empfand als bloße Freundschaft. »Er ist kein alter Mann, er ist wesentlich vitaler als diese Knaben, die ich kennengelernt habe. Er ist ein echter Mann!« Nadja lachte über den Eifer ihrer Freundin.

»Tja, dann will ich hoffen, daß du eine Kostprobe seiner Männlichkeit bekommst, ehe er abreist. Ich hab' das Gefühl, das brauchst du, damit du wieder klar denken kannst.«

An Anders' letztem Abend in Moskau saß er mit Oksana an einem Tisch für zwei in einer Spezialnische mit Wänden aus rotem Leder, und beide genossen das beste Abendessen, das der Wikinger sich leisten konnte. Er trug einen eleganten dunkelblauen Anzug und ein schneeweißes Hemd, diamantenbesetzte Manschettenknöpfe und eine goldene Nadel in der schwarzen Krawatte. Sein Oberkörper ragte so hoch über den Tisch, daß der Kellner im Stehen direkt in Anders' Augen blickte.

Oksana trug ihr einziges Abendkleid; es war tief ausgeschnitten, so daß die langen schwarzen Locken über ihre nackten Schultern fielen und der Ansatz ihrer vollen Brust sichtbar blieb. Anders sollte früh am nächsten Morgen die Maschine nach Athen nehmen, und Oksana wollte, daß er sie nicht vergaß. Beide fühlten sich etwas unbehaglich, beide waren traurig, daß sie sich trennen mußten.

»Ich gebe Ihnen meine Adresse«, versprach Anders. »Allerdings weiß ich nicht recht – ich bin acht Monate im Jahr auf See, und wahrscheinlich wäre meine Frau nicht sonderlich erfreut, wenn ein junges Mädchen mich anruft.«

Achselzuckend und mit einem Lächeln fügte er hinzu: »Aber wer weiß, vielleicht nimmt das Leben eine ganz andere Wendung, und Sie brauchen einmal die Hilfe eines Mannes aus Nordeuropa, und dann werde ich mein Bestes tun, um Sie zu unterstützen. Auf das Wort eines alten Seebären kann man sich verlassen.«

Spontan streckte Oksana ihren wohlgeformten Arm aus und ergriff seine Hand. »Ich weiß, daß ich mich auf Sie verlassen kann, Anders. Sie sind der … der echteste Mann, den ich je kennengelernt habe. Die meisten Männer, egal welchen Alters, denken nur an sich selbst, sie wissen nicht mal, wie man einer Frau eine Freude macht, sie besitzen keine Männlichkeit …«

»Haben Sie einen festen Freund?«

»Na ja, ich hatte mehrere, aber – es hat nicht geklappt, deshalb … wissen Sie …« Sie zögerte und sah ihn um Verständnis bittend an. »Ich mag Frauen lieber, und ich weiß nicht –«, platzte sie heraus, »ich weiß nicht, ob das vielleicht schlecht ist.«

Einen Augenblick starrte Anders auf den Boden und biß sich auf die Unterlippe. Dann sagte er: »Nein – nein, ich glaube nicht, daß das schlecht ist; schließlich müssen Sie Ihren Gefühlen folgen. Aber geben Sie der Zukunft eine Chance, ihren Lebensweg vielleicht in eine neue Richtung zu lenken.«

Mit ernstem Gesicht beugte er sich über den Tisch, und sein eisblauer Blick versank tief in ihren Augen. »Aber denken Sie daran, Oksana, daß sie immer wachsam bleiben müssen – selbst bei ruhiger See kann plötzlich eine gefährliche Flutwelle über Sie hereinbrechen.« Er nickte bekräftigend. »Vergessen Sie nie, daß der am besten dran ist, der sich mit dem Gürtel an der Reling festschnallt ... Sie können sich nur auf sich selbst verlassen. In der Not ist man auf sich selbst gestellt.«

Sie lächelte schwach. »Genug Moralpredigten für heute abend. Trinken Sie doch einen Likör. Der schmeckt gut, vor allem mit Schokolade.«

»Und Sie?«

»Ich bestelle mir einen Wodka mit Zucker und Pfeffer – wie auf hoher See.«

Nach Mitternacht verließen sie das Restaurant, ohne Marat und Paul zu bemerken, die in einer Ecke saßen und sie beobachteten. Schon erhob sich die Flutwelle am Horizont, unsichtbar, aber bereit, alles unter sich zu begraben, was sich in ihrer Reichweite befand.

Oksana und Anders standen vor dem Restaurant in der schwach erleuchteten Halle im zweiten Stock. Kein Mensch war in der Nähe. Ihnen war klar, daß sie sich hier trennen mußten, aber beide wollten den Moment solange wie möglich hinauszögern.

»Wir könnten in meinem Zimmer noch etwas trinken«, schlug Anders schüchtern vor.

»Nein«, erwiderte Oksana, »ich habe Ihnen doch gesagt, daß es in den Zimmern Wanzen gibt. Außerdem haben wir heute schon ziemlich viel getrunken, und Sie dürfen morgen Ihren Flug nicht wieder verpassen.«

Resigniert zuckte er die Achseln, legte beide Hände auf ihre Schultern und küßte sie sanft. »*Do swidanija*. Russische Worte, die ich lieber nicht aussprechen würde. Leb wohl.« Er lächelte traurig.

Oksana schöpfte tief Luft; ihr Herz pochte bis zum Hals. »Nein, geh so nicht weg. Ich möchte, daß du mit mir schläfst, bevor wir uns trennen.«

Anders starrte auf den Fußboden und biß sich in die Unterlippe. »Weißt du, Oksana ... ich bin soviel älter als du – du könntest meine Tochter sein. Ich möchte dich um nichts in der Welt verletzen; du hast meinen ungeplanten Aufenthalt in Moskau so wunderschön für mich gemacht. Aber ... ich kann das nicht tun.« Er wandte sich ab, aber sie ergriff seinen Arm.

»Warte ... du kannst mich doch nicht einfach stehen lassen! Du bist doch ein Wikinger! Warum tust du das?«

Erstaunt über ihren Ausbruch blieb Anders stehen. »Wie hast du mich eben genannt? Einen Wikinger?«

»Das bist du doch.«

Einen Moment schwiegen sie. »Vergib mir, Oksana«, sagte er schließlich. »Ich habe einen Fehler gemacht. Ich habe vergessen, wie das Leben wirklich läuft. Du hast recht, ich hätte dich bitten, ja anflehen sollen. Es ist nur, daß ich soviel älter bin.«

»Ich möchte aber nur einen älteren Mann. Wenn ich heirate, dann suche ich mir einen Mann, der so alt ist wie mein Vater.«

»Nun ... mein Zimmer wird abgehört, sagst du?«

Sie nickte. »Vor dem Hotel steht ein Reisebus, offen und leer. Es dauert mindestens noch zwei Stunden, bis die ersten Passagiere einsteigen ... niemand wird es je erfahren.« Ihre

Stimme klang so entschlossen, als plante sie einen Banküberfall. Trotz seiner Stärke fühlte sich der skandinavische Riese plötzlich schwach angesichts der Leidenschaft, die von dieser jungen Frau ausging, die so offen und ehrlich zu ihrem Verlangen stand.

»Dann warte. Ich bringe meine Sachen ins Zimmer, und du steigst als erste in den Bus, damit man uns nicht zusammen sieht. Ich komme dann in ein paar Minuten nach.« Kopfschüttelnd setzte er hinzu, als könnte er es immer noch nicht begreifen: »In einem Bus, wer hätte das gedacht ...«

Sie liebten sich auf der Rückbank des Moskauer Reisebusses, in der milden Spätsommernacht. Zuerst rauchten Anders und Oksana eine kleine Portion Haschisch. Der Bus füllte sich mit dem schweren süßen Duft; sie fühlten sich ein wenig schwindlig, und alles schien seltsam unwirklich.

Später erinnerte sich Oksana nur an den mächtigen Torso des Wikingers, an die großen, festen Muskeln seiner Brust und seiner Schultern, die sich glatt wie Marmor und doch warm und erregend anfühlten. An den Moment, in dem Oksana aus dem Abendkleid schlüpfte und sie seine Hände auf ihrem weichen, heißen Körper spürte, erinnerte sie sich später nicht mehr. Merkwürdigerweise waren diese riesigen Pranken nicht grob. Sie liebkosten sanft ihren Rücken, ihren Hintern, das Tal zwischen ihren Brüsten; Oksana spürte die süßen heftigen Stöße zwischen ihren feuchten Schenkeln, spreizte die Beine und umklammerte ihn, die Knöchel über seinem Rücken fest verschlungen. Seine Arme glitten zärtlich über ihren ganzen Körper, hielten ihn fest an sich gepreßt, und es war, als erzeugten sie überall ein elektrisches Prickeln.

Oksana schrie leise auf, und ihre Zähne gruben sich in Anders' Schulter. Seine Hände umschlossen ihre Hüften und führten ihr Becken direkt zu der kraftvollen Männlichkeit, nach der sie sich so gesehnt hatte. Sie biß ihn heftiger und drängte sich gegen das gigantische harte Organ, das tief in sie eindrang, sich wieder zurückzog und dann von neuem mit einem unbegreiflich köstlichen Stoß in sie hineinglitt. Ihre runden schweißglänzenden Hüften begegneten den seinen in einem mitreißenden Rhythmus, der ihr fast die Besinnung raubte, und zum erstenmal begriff sie, was es bedeutete, genau in dem Moment zum Orgasmus zu kommen, in dem auch der Geliebte zum Höhepunkt kam und sich in sie ergoß. In all den englischen Büchern hatte Oksana darüber gelesen, aber jetzt hatte sie es am eigenen Leib erfahren.

Eine Stunde lang lagen sie vollkommen erschöpft beieinander; ihre Kleider auf dem Boden verstreut. Der riesige Körper des Wikingers drückte sich auf die Polster, die ihm kaum genug Platz gewährten, Oksana lag neben ihm auf dem Boden, die schlanken, feuchten Beine ausgestreckt. Sie fühlte sich ungeheuer wohl; ihr Herz war leicht, ihr war, als zwitscherten kleine Singvögel ihre Melodien in jeder einzelnen Körperzelle. Anders war ein einmaliger Mensch, und seine Wärme erweckte in ihr ein einmaliges Gefühl.

Als der Morgen dämmerte, standen sie in ihren zerknautschten Kleidern neben dem Bus. Eine Gruppe schläfriger Touristen stieg träge ein, um sich zum Scheremetjewo-Flughafen bringen zu lassen.

Das Gepäck war bereits verstaut, und noch immer versuchte der Wikinger, Oksana »*do swidanija*« zu sagen, ohne Aufmerksamkeit auf sich zu ziehen. Aber keiner von beiden brachte die Abschiedsworte über die Lippen. Erst als der Bus abfahren wollte und der Fahrer Anders durch die Tür schon ungeduldige Blicke zuwarf, faßte dieser in die Tasche und holte sein silbernes Feuerzeug hervor. Dann nahm er Oksanas Hand, drückte das Feuerzeug hinein und schloß ihre Finger fest darüber.

»Denk an uns, wenn du dir eine Zigarette anzündest. Ich sage nicht Lebwohl. Wir werden uns wiedersehen.«

»Bitte, Anders, ja«, erwiderte sie mit flehender Stimme.

Sein Gesicht wurde ernst. »Oksana, hüte dich vor der Flutwelle. Paß auf, daß du dich gut an der Reling festbindest.«

Dann war er weg, und Oksana blickte dem Bus nach, der den Hügel zur Autobahn hinunterrollte und im morgendlichen Verkehr verschwand.

7

Als Oksana ihre Wohnung betrat, klingelte das Telefon. »Hier Marat«, meldete sich die kalte Stimme des KGB-Offiziers. »Genossin Martinowa, wir müssen dringend etwas besprechen. Ich erwarte Sie um drei Uhr heute nachmittag in unserer Suite im zweiten Stock des Hotel Rossija. Bitte seien Sie pünktlich.«

Bis sie von dem als Türsteher fungierenden KGB-Mann ins Hotelfoyer eingelassen wurde, hatte sie sich einigermaßen gefaßt. Schließlich hatte sie ja nichts verbrochen. Ihre kurze Affäre mit Anders konnte wohl kaum als Vorwand für größere Schwierigkeiten dienen, überlegte sie. Aber sie irrte sich.

Marat saß in einem Sessel hinter dem Tisch und erwartete sie. Er begrüßte Oksana wie eine alte Freundin und forderte sie auf, auf einem Holzstuhl ihm gegenüber Platz zu nehmen. Gierig musterte er ihre üppige Figur. Oksana spürte den Blick, mit dem er sie bis auf die Haut auszog. Seine falsche Freundlichkeit war ihr zutiefst zuwider.

»Nun, Genossin Martinowa«, begann er, während er sich eine Zigarette ansteckte. »Oder darf ich Sie vielleicht einfach Oka nennen? Das macht Ihnen doch nichts aus, oder? Ich bin ja nicht viel älter als Sie.«

»Nein, es macht mir nichts.« Sie schüttelte den Kopf, ihr Mund war wie ausgetrocknet.

»Wunderbar. Das ist ein guter Anfang.« Er lehnte sich vor und schnippte die Asche von seiner Zigarette. »Also, Oka, wie geht es Ihnen heute?«

»Ich dachte … ich dachte, wir wollten über etwas Geschäftliches sprechen.« Oksana bemühte sich, ihre Nervosität zu verbergen. Wieviel wußte Marat über die letzte Nacht mit ihrem Wikinger?

»Ja, reden wir über das Geschäft.« Er warf ihr einen langen, durchdringenden Blick zu. »Also … wir würden gern alles über Anders Prahl erfahren.«

»Aber warum? Er hat doch an dem Abend, als er sein Flugzeug verpaßt hat, schon alle Fragen beantwortet …«

»Sehen Sie, Oksana, es interessiert uns, was Sie uns über ihn erzählen können. Sie sind eine Sowjetbürgerin, nicht? Wollen Sie uns helfen?«

»Ja.«

»Also?«

»Nun … Er hat meist von seiner Arbeit gesprochen, von seinen Erlebnissen auf See.«

»Ja, das wissen wir bereits alles. Auf den Korridoren sind auch Wanzen, wissen Sie. Wir haben sogar Ihr Gespräch im Restaurant aufgezeichnet – wo Sie ein wirklich überraschendes Geständnis abgelegt haben. Sie mögen also keine Männer. Vielleicht sind Sie lesbisch. Wir haben auch gehört, worüber Sie vor seiner Tür gesprochen haben, bevor Sie sich in den Reisebus zurückgezogen haben.« Wieder sah er sie durchdringend an. »Wären Sie bitte so freundlich, mir zu erzählen, worüber Sie sich dort mit Anders Prahl unterhalten haben?«

Oksanas Gesicht brannte, aber sie erwiderte ruhig: »Da gibt es nichts zu erzählen. Ich erinnere mich nicht, das ist alles.«

»Ja, natürlich erinnern Sie sich an nichts, Sie waren ja so damit beschäftigt, sich nach allen Regeln der Kunst bumsen zu lassen. Da gab es keine Gelegenheit zu reden.«

Vor Empörung zitternd sprang Oksana auf die Füße. »Das geht Sie nichts an, das geht Sie überhaupt nichts an, verdammt! Was wollen Sie überhaupt von mir?«

»Die Wahrheit, nur die Wahrheit. Reißen Sie sich zusammen. Und rufen Sie sich bitte erstens ins Gedächtnis, daß uns in diesem Land alles etwas angeht. Zweitens« – wieder warf er ihr einen kalten Blick zu – »gibt es im Strafgesetzbuch einen Paragraphen gegen Prostitution.«

»Wie bitte?«

»Nun ja – wollen Sie etwa bestreiten, daß Sie wegen seines Geldes mit dem alten Mann geschlafen haben? Lassen Sie den ganzen Unsinn von wegen Liebe doch einfach beiseite. Wie hat er Sie eigentlich bezahlt?«

»So ein Quatsch!« rief sie. »Das müssen Sie beweisen.«

»Oh, Beweise haben wir mehr als genug«, entgegnete er selbstzufrieden. »Wir haben Tonbänder von allen Gesprächen, und es gibt Videoaufnahmen – sehr interessante Videoaufnahmen, nebenbei bemerkt – von dem, was Sie im Bus mit dem Alten angestellt haben. Wir können auch Ihre Wohnung durchsuchen, und Sie dürfen mir glauben, daß wir dort finden, was wir brauchen.«

Oksana fühlte sich einer Ohnmacht nahe. Sie kannte die Methoden des KGB: Bei einer solchen Durchsuchung würde ein Stapel Dollar oder Kronen oder Deutsche Mark in ihrer Wohnung deponiert und dann angeblich gefunden werden. Niemand würde ihr glauben. Einer Prostituierten? Sie war wirklich dumm gewesen, daß sie sich nicht besser versteckt hatte.

»Was wollen Sie wirklich von mir?« fragte sie.

»Ich habe es Ihnen doch gesagt. Dieser Skandinavier hat den Idioten gespielt, der sein Flugzeug verpaßt hat. Was wollte er wirklich?«

»Wollen Sie andeuten, daß Anders ein Spion war?«

Nun klang seine Stimme ärgerlich. »Haben Sie vor, uns an der Nase herumzuführen? Sie wissen alles über den Mann. Warum hat er Ihnen seine Adresse gegeben?«

Oksana traute ihren Ohren nicht. »Sie denken sich eine Spionagegeschichte aus, dabei haben Sie nichts als Spekulationen in der Hand. Anders Prahl ist kein Spion. Sie versuchen doch nur, sich wichtig zu machen. Halten Sie mich für blöd? Sie haben keinerlei Beweise. Ich denke, dieses Gespräch ist sinnlos.«

»Aha ...« Marat runzelte die Stirn, als müsse er sich ihre

Argumente durch den Kopf gehen lassen. »Nun, Genossin Martinowa. Ich muß Ihnen leider sagen, daß wir Sie wohl falsch eingeschätzt haben. Sie machen mir den Eindruck, als wären Sie nicht unsere Freundin. Das ist schade. Aber die Ermittlungen werden fortgesetzt. Wir werden Sie zu einem späteren Zeitpunkt noch einmal befragen, und ich hoffe, Sie verhalten sich dann etwas kooperativer.«

Damit erhob sich der junge Offizier – bemüht, wie ein erfahrener Verhörführer zu wirken. Einen Augenblick blieb er hinter dem Schreibtisch stehen. »Sie können gehen, aber verlassen Sie bitte die Stadt nicht. Falls Sie es sich doch noch anders überlegen, falls Ihnen etwas einfällt und Sie sich doch zur Kooperation entschließen, dann haben Sie ja meine Telefonnummer.«

»Ich bezweifle, daß ich die brauche«, erwiderte sie eisig. »Auf Wiedersehen.«

»Sie werden ihren Mangel an Kooperationsbereitschaft noch bereuen«, rief er ihr nach, als sie die Suite verließ. Sie fühlte sich schwach, war schweißgebadet und wollte nur zurück in ihre Wohnung.

Zwei Tage später wurde Oksana zum Dekan des Fremdspracheninstituts bestellt, ein kleiner, kahlköpfiger, etwa sechzigjähriger Mann mit einem dicken Bauch. Nervös teilte er Oksana mit, daß man sie aus Gründen des Staatsinteresses von der Schule verwies. In der folgenden Woche könne sie noch einmal vorbeikommen und ihre Papiere abholen.

»Ihr Verhalten, Studentin Martinowa, ist außerordentlich beschämend. Sie haben das Privileg, als sowjetische Dolmetscherin zu arbeiten, skrupellos mißbraucht. Ich bin Dekan dieses Instituts und kann Ihren schlechten Einfluß auf unsere Studenten, Ihre Kommilitonen, nicht länger dulden. Haben Sie irgend etwas zu Ihrer Verteidigung vorzubringen?«

Am liebsten hätte Oksana um eine Zigarette gebeten, aber bei einem so ernsten Treffen mit dem Dekan war Rauchen untersagt. Sie überlegte, was der KGB mit ihr vorhatte. Würde man ihr die Wohnung wegnehmen? Natürlich waren die KGB-Leute dazu fähig, andererseits aber lief die Wohnung auf den Namen ihres Vaters, einem bekannten Volksdeputierten. Doch der Gedanke, daß womöglich auch er in die Geschichte mit hineingezogen wurde, war ihr äußerst unbehaglich.

»Studentin Martinowa, haben Sie meine Frage verstanden?« fuhr der Dekan sie ungeduldig an.

»Sie haben kein Recht, mich hinauszuwerfen. Ich habe nichts getan –«

»Sehr bedauerlich, daß Sie nicht einmal bereuen«, fiel er ihr ins Wort.

»Ich bin nicht dazu verpflichtet, Ihnen Rechenschaft über mein Privatleben abzulegen.«

»Das ist ja die Höhe!« rief er. »Und dabei stammen Sie aus einer loyalen sowjetischen Familie!«

»Lassen Sie meine Familie aus dem Spiel!« Oksanas Stimme wurde immer schriller. »Ich habe nie gegen das sowjetische Gesetz oder gegen die Regeln des Instituts verstoßen. Warum glauben Sie den Unsinn, den man Ihnen über Ihre Studenten eintrichtert?«

»Man?« kreischte er. »Wen meinen Sie denn mit ›man‹?«

»Den KGB.«

Sein Gesicht verkrampfte sich vor Angst. »Genossin Martinowa, ich habe Ihnen nichts mehr zu sagen. Verlassen Sie bitte augenblicklich das Gebäude.«

Am nächsten Morgen rief Oksana bei Marat an. Seine Stimme klang förmlich.

»Worum geht es?« erkundigte er sich kühl.

»Nun, Sie haben damals gesagt, falls mir etwas einfällt ...«

»Aha, es ist Ihnen also etwas eingefallen. Exzellent. Wir treffen uns morgen abend.«

»Im Hotel?«

»Nein. Ich gebe Ihnen eine andere Adresse. Die Angelegenheit ist zu vertraulich. Ihr norwegischer Seeman hat sich als doch nicht ganz so simpel entpuppt.«

Oksana schrieb sich die Adresse auf. Der Treffpunkt lag in der Nähe des Arbat, mitten im Labyrinth der Moskauer Altstadt mit ihren verwinkelten Gassen.

»Sorgen Sie dafür, daß keiner weiß, wo Sie hingehen«, mahnte er sie. »Und seien Sie pünktlich.«

Am frühen Abend ging Oksana den Arbat entlang, vorbei an den Buden des Flohmarkts, wo die Straßenhändler vergeblich versuchten, ihr etwas anzudrehen. Dann bog sie von der Straße ab und stieg einen kleinen Hügel zu einem fünfstöckigen, grauen Holzhaus hinauf. In der Halle inspizierte sie die Briefkästen und Klingelknöpfe. Noch einmal überprüfte sie die Nummer, die Marat ihr gegeben hatte, und drückte dann auf den Knopf für den fünften Stock. Allem Anschein nach standen die übrigen Wohnungen leer. Sämtliche Gebäude der Umgebung waren verlassen und warteten auf ihre Renovierung.

An der Tür der Wohnung im fünften Stock erwartete sie Marat mit ernstem, fast mürrischem Gesicht. Er trug den grauen Dreiteiler, die Zivil-Uniform des KGB. Von dem langen, dunklen Korridor gingen drei Türen ab; die mittlere war offen und führte in ein spärlich möbliertes, schmales Zimmer. Durch das Fenster am anderen Ende des Raums sah man die Wand des Nachbarhauses, das so eng angebaut war, daß kaum etwas vom Licht des ersterbenden Sommerabends hereinfiel. Auf dem Fußboden lag ein dicker Teppich; in der Mitte des Zimmers stand ein Tisch aus Eichenholz, um den mehrere Sessel gruppiert waren, als sollte hier demnächst eine Konferenz stattfinden. In einem der Sessel saß Paul mit übereinandergeschlagenen Beinen. Er rauchte und starrte Oksana entgegen.

Oksana wandte sich zu Marat. »Weshalb ist er hier?« fragte sie scharf, mit einem Blick auf Paul.

»Er ist – oder war – Ihr Gruppenoffizier.« Er deutete auf einen leeren Sessel. »Nehmen Sie bitte dort drüben Platz.«

Als sie alle drei saßen, fragte Marat: »Nun ... was haben Sie uns zu erzählen?«

»Ich ... ich bin bereit, Ihnen zu helfen. Ich werde tun, was Sie verlangen, wenn ich weiter aufs Institut gehen kann.«

»Mit dem Institut haben wir nichts zu tun. Die Leute dort fällen ihre Entscheidungen selbständig. Wir haben lediglich Ihr kleines Techtelmechtel im Bus mit einem potentiellen ausländischen Spion gemeldet. Was haben Sie sonst noch zu sagen?«

Einen Augenblick war Oksana sprachlos. Diese unverschämten Lügner! Sie hatten den Dekan dazu gebracht, sie ohne jeden Grund hinauszuwerfen. Aus dem, was der Dekan ihr gesagt hatte, war eindeutig zu entnehmen, daß der alte Dummkopf KGB-Befehle ausführte.

»Ihr Dreckskerle!« schrie sie. »Wie meint ihr das – ihr habt nichts damit zu tun?« Oksana sprang auf, aber Marat schlug ihr erst mit der Handfläche, dann mit dem Handrücken hart ins Gesicht. Blut rann aus beiden Nasenlöchern. Oksana taumelte in den Sessel zurück, bedeckte das Gesicht mit den Händen und begann bitterlich zu weinen.

»Sie gemeiner Kerl! Sie haben kein Recht, mich zu schlagen –«

»Halt den Mund, Schlampe! Du tust jetzt genau das, was wir dir sagen, verstanden! Lies das und unterschreib!«

Marat schob ein Blatt Papier und einen Stift über den Tisch. Mit zitternden Fingern nahm Oksana das Papier und las es im schwachen Dämmerlicht. Es war ein Vertrag zwischen einer Antragstellerin und dem KGB der UdSSR, in dem die Antragstellerin sich verpflichtete, sechs Monate lang eine geheime KGB-Schule zu besuchen. Außerdem verpflichtete sie sich, keinerlei Information über dieses Training preiszugeben; andernfalls drohte ihr ein Aufenthalt im Arbeitslager.

Am Ende der Ausbildung würde sie besondere Aufträge als weibliche KGB-Agentin erhalten. Ganz unten auf dem Formular war eine gestrichelte Linie für die Unterschrift.

Voll Entsetzen erinnerte sich Oksana an Nadjas Erzählungen, wie sie KGB-Mädchen in die Kunst der Fellatio einweisen mußte, bis sie richtige kleine Kobras waren, wie die Expertinnen für Fellatio genannt werden. Alles hübsche Mädchen unter sechsundzwanzig, die das, was sie bei Nadja lernten, besonders privilegierten KGB-Offizieren angedeihen ließen, die sie ihrerseits in alle sonstigen Techniken des Geschlechtsverkehrs einwiesen.

Das war es dann wohl, dachte sie resigniert. Man wollte aus ihr eine staatliche Hure machen. Immer noch schluchzend fragte sie: »Besondere Aufträge jenseits der Staatsgrenzen – was bedeutet das?«

»Klingt gut, was?« grinste Marat. »Nun, es bedeutet, wenn du alle Prüfungen bestehst, endest du vielleicht im Harem eines saudiarabischen Prinzen. Wir haben dort nur eine sehr begrenzte Anzahl guter Agenten.«

Ein paar Sekunden schwieg Oksana und tupfte sich mit dem Taschentuch das Blut von der Nase. Marat und Paul beobachteten sie.

»Wenn es dir so gut gefällt, dann unterschreib doch selbst!« rief Oksana plötzlich, und ihre Augen flammten auf. »Bestimmt würde es einem arabischen Prinzen viel Spaß machen, einen tollen weißen Spion wie dich in den Arsch zu ficken!«

Die beiden Männer schnappten einen Augenblick nach Luft. Dann stand Marat auf und kam um den Tisch herum. »Du dreckige Hure, ich werde dich Gehorsam lehren!«

Auch Oksana sprang auf. Der Sessel fiel um, und sie schob ihn rasch zwischen sich und ihren Angreifer, während sie versuchte, zur Tür zu gelangen. Doch Paul eilte Marat zur Hilfe, beide stürzten sich auf Oksana und packten sie. Mit einer einzigen heftigen Bewegung riß Marat ihr die Bluse auf. Obwohl sie wild um sich stieß und nach ihnen trat, warfen die beiden Männer sie zu Boden und fesselten ihre Handgelenke an eines der schweren Tischbeine. Oksanas Schreie verhallten ungehört.

Paul preßte ihr die Beine auseinander. Daß sie sich wehrte, erregte ihn nur noch mehr. Ein stechender Schmerz durchzuckte sie. Im Nu hatten beide Männer ihren Höhepunkt gehabt, drehten Oksana auf den Bauch, ohne auf ihre um das Tischbein gefesselten Hände Rücksicht zu nehmen, und setzten ihre Attacken von hinten fort. Oksana verlor jedes Zeitgefühl, nach einer neuen Welle des Schmerzes wurde sie ohnmächtig.

Als sie wieder zu sich kam, lag sie auf ihrem Bett; offensichtlich hatten die Männer sie in ihre Wohnung gebracht. Ihre Kleider waren zerrissen, und den schmutzigen Fetzen, der von ihrem Slip übriggeblieben war, hatten sie ihr in den Mund gestopft. Mit ihrer trockenen, fast gefühllosen Zunge drückte sie den Knebel heraus und sah sich um. Zu ihrem Entsetzen entdeckte sie Marat rauchend neben ihrem Bett. Als er sah, daß sie wach war, beugte er sich über sie.

»Hör zu, Mädchen, wir machen keine Witze«, sagte er drohend. »Das ist ein Spiel für Männer. Wir wollen, daß du für uns arbeitest. Überleg's dir. Wenn du dich weiter gegen uns wehrst« – er hielt inne und fixierte sie kalt –, »dann übergeben wir dich einer Gangsterbande auf dem Land. Die werden dich noch wesentlich gröber durchbumsen und dir mit ein paar rostigen Nägeln auch noch deine Titten und deinen Arsch tätowieren. Bleib in deiner Wohnung, bis wir zurück sind. Eine falsche Bewegung – und du wirst dir wünschen, du wärst tot.«

Mühsam drehte sie den Kopf weg; sie stand viel zu sehr unter Schock, um etwas zu sagen, und wünschte nur, er würde mit seinem ekelhaften Geschwätz aufhören. Kurz darauf hörte sie, wie die Tür hinter ihm ins Schloß fiel. Sie versuchte sich aufzusetzen, doch da fiel ihr Blick auf den Spiegel am Fußende ihres Betts. Lange betrachtete sie die seltsame Kreatur, die ihr daraus entgegenblickte, mit dem rotblau angelaufenen

Gesicht, der herabhängenden, geschwollenen Unterlippe und der bis zur Taille aufgerissenen Bluse. Auf den Brüsten leuchteten blaue Flecke, wo grobe Hände sie brutal gepackt hatten, der Rock war schmutzig und zerfetzt, die Strümpfe ebenfalls. Dann spürte sie die heftigen Schmerzen im Unterleib, die sie daran erinnerten, was diese beiden Männer ihr angetan hatten. Wieder verlor sie das Bewußtsein.

Sie wußte nicht, wie spät es war, als sie das nächstemal erwachte, sie hätte nicht einmal sagen können, welcher Tag es war. Ihr Kopf war vollkommen leer. Auf allen vieren kroch sie ins Badezimmer, drehte den Hahn auf und sah zu, wie das warme Wasser einlief. Dann ließ sie sich samt ihren zerfetzten, schmutzigen Kleidern in die Wanne sinken und blieb dort mehrere Stunden reglos liegen. Langsam kam sie zu sich, aber ihr Kopf weigerte sich, über das nachzudenken, was ihr widerfahren war. Schließlich zog sie ihre Kleider aus und wusch sich gründlich. Dann stieg sie aus der Wanne, hüllte sich in eine Decke und fiel wieder aufs Bett. Noch immer verdrängte sie die Erinnerung, und endlich sank sie in die tröstliche Dunkelheit des Schlafs.

Ein paar Stunden später erwachte sie wieder. Ihr Kopf schmerzte. Sie schleppte sich in die Küche und fand im Kühlschrank eine halbvolle Flasche Wodka. Wie ein Alkoholiker, der unbedingt den nächsten Drink braucht, kippte sie den Schnaps hinunter, bis die Flasche leer war. Wenig später war ihr warm, und sie fühlte sich etwas wohler. Noch immer in die Decke gehüllt, zündete sie sich eine Zigarette an, und nun versuchte sie, über das Vergangene nachzudenken. Doch ihr Bewußtsein sträubte sich nach wie vor gegen die Realität.

Wieder hatte ihr Zeitgefühl sie im Stich gelassen, als ein Klingeln an der Tür sie mit einem Ruck in die Gegenwart zurückholte. Sie rührte sich nicht und starrte hinaus auf den kleinen Korridor und die Wohnungstür. Ein zweitesmal klingelte es, aber sie blieb sitzen. Wer mochte das sein? Vielleicht

Tanja? Nein, Tanja war sauer auf Oksana, und sie hatte Angst. Vielleicht war es Nadja. Sie weiß Bescheid über solche Männer, dachte Oksana hoffnungsvoll. Sie würde wissen, wie man mit diesen KGB-Bestien umgehen mußte.

Die Klingel ertönte ein drittesmal, und dann hörte sie zu ihrer Bestürzung, wie ein Schlüssel ins Schloß gesteckt und umgedreht wurde. Plötzlich fiel ihr ein, daß sie die Kette nicht vorgelegt hatte, also konnte sie nichts tun, als sich unter ihre Decke zu kauern und zur Tür zu starren. Sie hörte, wie das Schloß aufschnappte und die Tür sich quietschend öffnete. Mit angstvoll aufgerissenen Augen betrachtete sie den Schatten, den die Flurlampe durch die offene Tür warf.

Und dann sah sie mit blankem Entsetzen, wie Marat und Paul zusammen mit einem dritten Mann– etwa Mitte vierzig, in einem schwarzen Mantel – ihre Wohnung betraten. Paul und Marat trugen jeder eine dicke schwarze Tasche. Der Alptraum begann von neuem.

»He, du hast Besuch!« rief Marat fröhlich, als wären sie alle gut befreundet. »Du müßtest doch wissen, daß kein Türschloß der ›unsichtbaren Front‹ widerstehen kann.«

Oksana hörte ihre eigene Stimme, zitternd und heiser: »Was wollt ihr hier?« Sie wußte, daß sie sich ihre Furcht nicht anhören lassen durfte, aber sie war froh, beim Anblick der Eindringlinge überhaupt ein Wort herauszubekommen.

»Wir wollen nur was trinken und uns ein bißchen amüsieren. Übrigens siehst du mit der Decke großartig aus.« Er wandte sich an den älteren Mann. »Hab ich's Ihnen nicht gesagt, Oberst – ein süßes Mäuschen, oder?«

»Laßt mich in Ruhe«, flehte Oksana. »Habt ihr mir nicht schon genug angetan?«

»Das ist aber keine nette Einstellung für ein hübsches Mädchen wie dich«, meinte der als »Oberst« titulierte Mann. Auf seinen Wink hin riß Marat ihr die Decke weg, so daß sie splitternackt vor den drei Männern stand.

»Geht doch weg, bitte«, rief Oksana. »Ihr verstoßt gegen das Gesetz. KGB oder nicht – es gibt immer noch Gesetze.« Aber in den kleinen, farblos glänzenden Augen des Oberst konnte sie lesen, was ihr bevorstand. Paul und Marat warfen sie zu Boden; der ältere Mann griff mit einer raschen Bewegung in seine Tasche und zog eine bereits gefüllte Spritze heraus. Er drückte ein paar Tropfen aus der Nadel und stach sie dann tief in die Vene an Oksanas Armbeuge. Sie schrie auf, aber Marat hielt ihr rasch den Mund zu. Sie versuchte, ihn in den Finger zu beißen. Lachend preßte er ihre Wangen zwischen Daumen und Finger, so daß sie den Kopf nicht mehr bewegen konnte. Doch er mußte sie nicht lange festhalten. Plötzlich übermannte Oksana ein Gefühl der Euphorie, sie wurde schwach, nachgiebig und benommen.

Paul half ihr auf die Beine und führte sie im Zimmer umher, nackt, vor aller Augen. Halb benebelt hörte sie zu, wie der Oberst, dem anscheinend die Ehre zustand, sie als erster zu nehmen, ihr ausführlich beschrieb, was er mit ihr vorhatte; ein paarmal hörte sie sich über seine Vorschläge lachen. Schließlich knöpfte der Mann die Hose auf, entblößte seinen steifen Penis vor ihr und forderte sie auf, sich wie ein kleines Mädchen auf seinen Schoß zu setzen. Sie ließ alles mit sich geschehen – ohne Gegenwehr, wie im Traum spürte sie, wie er in sie eindrang; er stellte sein Cognacglas weg und begann sich heftig in ihr auf und ab zu bewegen, während er sie mit beiden Händen an sich preßte. Kurz darauf merkte sie, wie der Oberst unter den anfeuernden Rufen Pauls und Marats zum Höhepunkt kam.

Marat verschwendete keine Zeit, zog Oksana ins Schlafzimmer, warf sie aufs Bett, stellte sich über sie und drang von hinten in sie ein. Mit einem spöttischen Lachen, das ihn einen Moment lang in Rage versetzte, stellte sie fest, daß er sogar noch schneller kam als der Oberst. Dann war Paul, der Jüngste des Trios, an der Reihe.

Danach wanderte sie wieder nackt im Zimmer herum und befolgte die Anweisungen der Männer. Mechanisch bereitete sie das von ihnen mitgebrachte Essen zu, schenkte Cognac ein und brachte Teller; dabei schoben ihr die drei immer wieder eine Hand zwischen die Beine oder befingerten ihre Brustwarzen. Ohne die Zigarette aus dem Mund zu nehmen, zog der Oberst sie ein zweitesmal auf seinen Schoß. Die Dringlichkeit, mit der er sich auch diesmal Befriedigung verschaffte, erstaunte Oksana. Auch die anderen beiden machten sich noch mehrmals über sie her, doch schließlich verlor Oksana, geschwächt vom Alkohol, den sie ihr einflößten, unter den Strapazen der ununterbrochenen sexuellen Betätigung und den Nachwirkungen der Injektion endgültig das Bewußtsein.

8

Als Oksana am nächsten Morgen erwachte, schien die Sonne hell durchs Fenster – niemand hatte die Vorhänge zugezogen. Sie lag nackt auf dem Boden, mit gespreizten Beinen, ihre Schenkel waren feucht und klebrig. Mühsam setzte sie sich auf und versuchte sich an die Vorgänge der letzten Nacht zu erinnern. Ihr ganzer Körper schmerzte. Und allmählich kam die Erinnerung.

Was sie am meisten anekelte, war, daß sie sich freiwillig in den Mißbrauch gefügt hatte. Voller Scham dachte sie an die Wirkung der Droge, die man ihr gespritzt hatte.

Gedankenverloren starrte sie hinaus in den Sonnenschein. Schließlich schaffte sie es, sich ein Hemd überzuziehen, war aber noch zu betäubt, um es zuzuknöpfen. So saß sie mehrere Stunden, rauchte und verstreute dabei die Asche um sich. In ihrer Wohnung herrschte ein entsetzliches Durcheinander von schmutzigem Geschirr und leeren Flaschen; auf dem Teppich, auf ihren Schenkeln, Beinen und ihrer Brust klebte getrocknetes Sperma. Sie erinnerte sich daran, wie widerlich die Absonderungen der drei Männer in ihrer Kehle gebrannt hatten. Dabei hatte sie immer gedacht, wenn ein Mann einmal den Höhepunkt erreicht hatte, wäre er fertig. Wie unwissend sie doch gewesen war!

Und jetzt war sie allem Anschein nach am Ende. Sie hatte einen schwerwiegenden Fehler gemacht. Sie hätte ihren Vater schon vor ein paar Tagen anrufen sollen – am besten gleich, als man sie so aus dem Institut hatte werfen wollen. Damals hatte sie sogar ein Telefongespräch nach Irkutsk in Sibirien angemeldet.

Aber es dauerte immer lange, bis die Verbindung über eine solche Entfernung klappte, und während sie wartete, überlegte sie, wie sie ihrem Vater die Affäre mit dem Wikinger und andere intime Details ihres Lebens beibringen sollte. Bevor sie tatsächlich zu ihrem Vater durchgestellt wurde, sagte sie den Anruf bei der Vermittlung wieder ab.

Und nun? Innerhalb von zwei Tagen hatte sie sich in eine ekelerregende Kreatur verwandelt, eine monströse Hure – jeder Blick in den Spiegel war ihr eine Qual. Der Selbsthaß quälte sie am meisten, und sie wünschte sich, die Droge hätte sie wenigstens vergessen lassen, was geschehen war.

Schließlich versuchte sie, auf die Füße zu kommen, indem sie sich am Griff der Schreibtischschublade über ihr festklammerte. Aber die Schublade rutschte heraus, und der Inhalt ergoß sich über den Fußboden. Oksana fing an, ihn zu durchwühlen. Und fand das Rasiermesser ihres Vaters mit der messerscharfen Klinge.

Eine Weile starrte sie es an. Von Schuldgefühlen und Hoffnungslosigkeit übermannt, kam ihr eine Idee. Der KGB würde ihren Vater nicht vernehmen. Es war das beste für ihn.

Oksana legte die Klinge auf ihr linkes Handgelenk, fand aber nicht den Mut, die Vene aufzuschneiden. Sie drückte das Rasiermesser flach gegen die Haut und genoß die Berührung des kühlen Metalls, bis es sich auf ihre Hauttemperatur erwärmt hatte und nicht mehr zu spüren war. Dann drehte sie mit einer kurzen, entschlossenen Bewegung das Messer quer zum Handgelenk und schnitt tief ins Fleisch. Dunkles, heißes Blut spritzte aus der Wunde und tropfte auf den Boden.

Verschwommen nahm sie noch wahr, wie ihre Wohnungstür aufgestoßen wurde, und das letzte, was noch in ihr Bewußtsein drang, war Nadja, die ins Zimmer trat. Im Bruchteil einer Sekunde durchschaute Nadja die Szene, riß Oksana das Messer aus der Hand, warf sich über sie und umklammerte ihr Handgelenk, um die Blutung zu stoppen.

Oksana war viel zu geschwächt, um Widerstand zu leisten. Nadja schleppte sie in die Küche, packte ein Geschirrtuch und preßte es als Druckverband auf Oksanas Handgelenk oberhalb des Schnittes. Aus den Küchenschubladen holte sie alles, was an Verbandmaterial zu finden war, und versorgte die Wunde, so gut es eben ging. Wie eine Puppe sank Oksana wieder zu Boden und starrte benommen auf ihr Handgelenk.

Nadja rief eine Freundin an, die in einem Krankenhaus arbeitete, und bat sie, Beruhigungsmittel und Antibiotika samt Spritzen und Desinfektionsmittel zu Oksanas Wohnung zu bringen. Natürlich staunte die Freundin nicht schlecht, aber Nadja ließ sich auf keine Diskussion ein. Eine Stunde später waren die gewünschten Medikamente an Ort und Stelle. Nadja ließ ihre neugierig gewordene Freundin nicht einmal hereinkommen, sondern nahm ihr nur dankend das Päckchen ab. Sie verpaßte Oksana, die eindeutig unter Schock stand, eine Antibiotika-Spritze und verband die Wunde mit einem ordentlichen Druckverband. Dann ließ sie warmes Wasser in die Badewanne laufen, setzte Oksana hinein und wusch sie gründlich mit Seife und Desinfektionslösung.

Zum Schluß hielt sie Oksanas Mund auf, flößte ihr eine halbe Tasse Cognac ein, wickelte ihre Patientin in mehrere Decken, als wäre sie ein Baby, und packte sie ins Bett. Dank der Kombination von Beruhigungsmittel und Alkohol sank Oksana rasch in einen tiefen, entspannenden Schlaf. Als letzten Handgriff bestrich Nadja die blauen Flecke auf dem Gesicht der Freundin mit Jodlösung, damit sie schneller abheilten.

Nun hatte Nadja Zeit, die Wohnung zu inspizieren. Durch ihre abenteuerliche Vergangenheit besaß sie in solchen Dingen die Expertise eines pensionierten Polizeibeamten. Ihr war sofort klar, daß Oksana unter Drogen gesetzt und von mehreren Männern vergewaltigt worden war. Die blauen Flecken an der Einstichstelle der Nadel verrieten, daß die Vergewaltiger von Injektionen nicht viel verstanden. Deshalb waren es sicher keine Drogenabhängigen, sondern Leute, die nur anderen Drogen verabreichten – wahrscheinlich Polizisten oder, schlimmer noch, KGB-Agenten. Die drei Gläser mit Cognacpfützen sagten ihr, daß sie zu dritt gewesen waren, und eine zwar geöffnete, aber noch fast volle Flasche Cognac ließ darauf schließen, daß sie zurückkommen würden.

Nadja hatte schon viele KGB-Männer kennengelernt und mit vielen geschlafen, aber keiner von ihnen hätte je eine halbvolle Flasche Cognac irgendwo stehenlassen. Ein geflügeltes Wort besagte, daß ein KGB-Angehöriger mehr mit der Leber als mit dem Kopf arbeitete. Kein Wunder: Vom Gründer der Geheimpolizei, Felix Dserschinski, hieß es, er sei selbst drogenabhängig und alkoholsüchtig gewesen und habe junge Mädchen mißbraucht.

Nadja zweifelte keinen Moment daran, daß es sowohl für sie als auch für Oksana lebensgefährlich war, in dieser Wohnung zu bleiben. Ein Taxi konnte sie nicht anrufen – wenn man es mit dem KGB zu tun hatte, mußte man immer damit rechnen, bespitzelt zu werden.

Also verließ sie das Appartement, hielt auf der Straße ein Taxi an, gab dem Fahrer ein großzügiges Trinkgeld und bat ihn, einen Moment zu warten. Dann lief sie zurück in die Wohnung und packte ein paar von Oksanas Anziehsachen und Toilettenartikeln zusammen, damit die Vergewaltiger denken sollten, Oksana wäre weggelaufen. Mit dem Gepäck rannte sie zurück zum Taxi, warf die Sachen hinein und holte dann Oksana, die, immer noch in ihre Decken gewickelt, barfuß und gänzlich benommen, halb von Nadja getragen, die Treppe hinunterwankte und mühsam in das wartende Taxi kletterte.

Dem Fahrer erklärte Nadja, sie sei Ärztin und müsse eine Patientin mit Alkoholvergiftung ins Krankenhaus bringen.

In der Klinik angekommen, schleppte Nadja Oksana auf die Station, auf der ihre Freundin arbeitete. Mehrere Stunden kümmerten sie sich zu zweit um Oksana, verbanden den Schnitt am Handgelenk neu und versorgten die Prellungen und Schürfwunden.

Als letzte Maßnahme verpaßten sie Oksana eine gründliche Vaginaldusche und eine Dosis der sogenannten »Pille danach«, die Nadja selbst des öfteren benutzte. Dann bekam Oksana eine Spritze, die sie wieder zu Bewußtsein brachte, und Nadja führte sie durch den selten benutzten Hinterausgang zum Bahnhof.

Drei Stunden später erreichten sie eine Datscha; sie gehörte einer von Nadjas engsten Freundinnen, die zunächst sehr überrascht reagierte. Aber sobald sie merkte, in welchem Zustand das Mädchen war, stellte sie keine Fragen mehr, sondern bettete Oksana auf die Couch im Wohnzimmer.

Hier auf dem Land waren sie in Sicherheit und konnten in Ruhe beraten, was als nächstes zu tun war.

»Das Schlimmste liegt nicht hinter dir, sondern vor dir«, meinte Nadja. »Die drei Dreckskerle haben sich an dir vergangen, deshalb werden sie dich nie vergessen. Ich weiß nicht, was ich dir raten soll. Vom KGB habe ich mich immer ferngehalten. Ich hatte mit der Milizija schon genug Probleme.«

»Was werden sie als nächstes tun?« fragte Oksana ängstlich.

»Sie werden dich suchen – heimlich. Aber hier werden sie dich nicht finden.«

»Bestimmt nicht?«

»Nicht hundertprozentig, aber diese Männer sind doch nichts weiter als arrogante Saufbrüder mit viel zuviel Macht. Ich hab' dich rechtzeitig rausgeholt.«

»Wie bist du eigentlich reingekommen?«

»Die Kerle haben die Tür offengelassen, sie wollten ja zurückkommen. Ich hab' nur dagegengedrückt. Und dann bot sich mir ein ziemlich beeindruckender Anblick ...«

»Sie merken bestimmt, daß mir jemand geholfen hat.«

»Es wird eine Weile dauern, bis sie zwei und zwei zusammenzählen. Sie müssen ja auf eigene Faust handeln, ohne Hilfe der KGB-Maschinerie. Offiziell haben sie nichts gegen dich in der Hand. Im Gegenteil, sie haben sogar Angst, daß ihre Bosse rausfinden, was sie verbrochen haben. Ich hab' eine Menge KGB-Brüder gevögelt, und ich sage dir, am meisten Angst haben sie davor, daß etwas von ihren Sperenzchen an die Öffentlichkeit dringt.«

»Vielleicht sollte ich versuchen, nach Hause zu fahren, zu meinem Vater. Ich hatte Angst davor, aber er weiß sicher, was ich tun soll. Er ist ein hohes Tier in der Partei.«

»In welcher Funktion denn?«

»Erster Parteisekretär des Regionalkommitees ... Volksdeputierter.«

»Welche Region?«

»Irkutsk.«

Nadja fuhr auf. »Der ganzen Region Irkutsk? Ich glaube, dann kenne ich einen Mann, der uns helfen kann.«

»Aber wie?«

»Hör zu, ich glaube, es ist am besten, wenn dein Vater erst davon erfährt, nachdem wir alles andere geregelt haben.«

»Wer ist denn dieser Mann, von dem du glaubst, daß er uns gegen den KGB verteidigen kann?«

»Wir haben nicht den ganzen KGB gegen uns, denk daran. Nur drei spermaspritzende Idioten, die ihre Position ausnutzen. Du hast gesagt, den älteren nannten sie Oberst, stimmt's?«

»Ja.«

»Hmmm. Es wird schwer werden, aber wir schaffen es. Ich fahre morgen zurück nach Moskau; du bleibst solange hier. Deine neue Freundin Sofia kümmert sich um dich. Wir werden diese Scheißkerle fertigmachen. Ich lasse nicht zu, daß sie eine Hure aus dir machen. Es reicht, daß ich eine bin.«

Das Restaurant Baikal im ersten Stock des großen Moskauer Einkaufszentrums auf dem Arbat erfreute sich sowohl bei den Persönlichkeiten des öffentlichen Lebens als auch in kriminellen Kreisen der Stadt größter Beliebtheit. Fast immer standen Touristen davor Schlange, um einen Blick auf die illustren

Gäste zu werfen. Drei Tage nach ihrer Befreiung saß Oksana ganz unauffällig mit Nadja an einem Tisch weit hinten. Nadja bestellte Sekt und eine große Tafel Schokolade – ihren Lieblingsimbiß. Sie ließ ein Stück Schokolade in ihr Sektglas fallen und sah zu, wie es wieder an die Oberfläche trieb, umgeben von goldenen Blasen. Schließlich sah Nadja auf und sagte: »Ah, da ist er ja endlich.«

Oksana folgte ihrem Blick und entdeckte einen Mann, der durch den engen Gang zwischen den Tischen auf sie zukam. Allem Anschein nach war er kein Fremder hier, denn an den Tischen wandten viele Gäste den Kopf nach ihm um und grüßten ihn.

Der Mann war ziemlich groß und gut gebaut, mit breiten Schultern und einem massigen Kopf. Sein Gesicht war breit, mit einer schmalen, geraden Nase und kleinen grauen Augen, die fast ganz unter den Lidern verschwanden. Seine hellen Haare waren streng aus der Stirn gekämmt; er war glattrasiert und trug einen teuren Maßanzug. Als er an den Tisch trat, stieg Oksana der leichte Duft eines teuren Toilettenwassers in die Nase. Ein zurückhaltendes Lächeln, das schöne weiße Zähne entblößte. Das also war Pawel.

»Hallo, Mädchen«, sagte er mit leiser, angenehmer Stimme. »Was gibt's?«

»Hallo, Pawel.« Nadja steckte sich eine Zigarette an. »Nett von Ihnen, daß Sie sich an eine alte Freundin erinnern.«

»Eine Frau wie Sie vergißt man nicht so leicht. Sie sind wie ein Sonnenstrahl an einem kalten Wintertag«, meinte er galant und setzte sich zu ihnen. Oksana musterte Pawel neugierig, sagte aber nichts.

Der Kellner stand schon an ihrem Tisch. Pawel bestellte sich eine Karaffe Cognac und Stör mit Salatbeilage. Weil das Restaurant so gut besucht war, dauerte es gewöhnlich mindestens eine Stunde, bis man bedient wurde, doch Pawels Bestellung erschien umgehend auf dem Tisch.

Die beiden jungen Frauen wollten nichts essen, aber Pawel bestellte Kaffee und Dessert für sie. Er aß langsam, mit makellosen Manieren, die breite weiße Serviette in den Kragen gesteckt.

»Sie sind also Oksana.«

»Ja.« Oksana nahm eine Zigarette von Nadja.

Pawel sah sie aufmerksam an, die nur langsam verblassenden blauen Flecke unter ihrem Make-up entgingen ihm nicht. Er nickte.

»Nennen Sie mich Pawel.« Er goß sich einen Cognac ein, kostete ihn, nahm dann einen kräftigen Schluck und stellte das Glas neben seinen Teller, um mit seiner Mahlzeit fortzufahren.

»Ich war schockiert über das, was Nadja mir erzählt hat.« Kopfschüttelnd kaute er an seinem Störfilet. »Ich habe durchaus Phantasie, aber ich möchte die Einzelheiten gern noch einmal direkt von Ihnen hören ...« Als Oksana ansetzte zu protestieren, hob er die Hand. »Ich verstehe, es ist schwer für Sie. Aber ich muß alles wissen, wenn wir die Sache angemessen regeln wollen.«

»Womit soll ich anfangen?« fragte Oksana.

»Wir werden nicht hier darüber sprechen. Hier können wir essen und ein wenig plaudern, aber für ernste Gespräche ist es nicht der richtige Platz.«

Mit einem liebenswürdigen Lächeln wandte sich Pawel an Nadja und strich ihr zärtlich übers Knie.

»Klingt vernünftig«, pflichtete Nadja ihm bei. »Wohin sollen wir gehen?«

»Ich werde euch mitnehmen.« Immer wieder erschienen Leute am Tisch, um Pawel zu begrüßen, und Oksana hatte das Gefühl, sie würden ihm am liebsten die Hände küssen, wenn er es zuließe – soviel mit Furcht vermengte Bewunderung leuchtete aus ihren Augen. Gegen zehn hatte Pawel seine Mahlzeit beendet und stand auf. Als Trinkgeld hinterließ er einen Hundertrubelschein, obwohl die Rechnung nur ungefähr die Hälfte davon betrug. »In einer Stunde erwartet Sie mein Wagen gegenüber vom Theater«, erklärte er. »Amüsieren Sie sich, bestellen Sie sich noch ein wenig Sekt. Aber kommen Sie pünktlich.« Damit verließ er den Tisch.

Eine Stunde später stiegen Nadja und Oksana in eine schwarze Wolga-Limousine, Nadja vorn neben Pawel, Oksana auf den Rücksitz. Während sie die Gorki-Straße aus dem Stadtzentrum hinausfuhren, sprachen sie kaum ein Wort. Schon bald befanden sie sich auf der Autobahn zwischen Moskau und Leningrad. Oksana bemerkte, daß ihnen ein Wagen folgte. Pawel lächelte. »In meiner Branche ist es immer klug, ein paar Freunde um sich zu haben.«

Inzwischen hatten sie Moskau hinter sich gelassen, und der Wagen brauste zwischen endlosen Feldern und Wäldern dahin, vorbei an der kleinen Stadt Klin, immer weiter nach Norden. Abgesehen von dem Wagen, der hinter ihnen herfuhr, war die Autobahn leer. Nach etwa zwei Stunden erreichten sie das Ufer der Wolga. Schon am Oberlauf in der Nähe der Quelle war die Wolga ein großartiger Fluß: eine gut eineinhalb Kilometer breite Wasserfläche mit sumpfigen, dicht bewaldeten Ufern. Die Autobahnbrücke über den Fluß war zwei Kilometer lang und sehr stabil gebaut. Im Westen erhob sich die Eisenbahnbrücke der Strecke Moskau-Leningrad, die parallel zur Autobahn verlief.

Nachdem sie die Brücke überquert hatten, zog sich die Straße anderthalb Kilometer zwischen jahrhundertealten Pappeln dahin. Hier drosselte Pawel das Tempo und hielt schließlich am Straßenrand. Auf seine Anweisung hin stieg Oksana aus und hüllte sich fest in ihren schwarzen Mantel. Obwohl es erst September war, wurde es nachts schon empfindlich kalt. Oksana folgte Pawel und Nadja in den Fichtenwald am Wolgaufer und sah hinaus auf die dicht mit Büschen und Bäumen bewachsenen Inseln, die im Mondlicht auf dem Fluß zu schwimmen schienen.

Jenseits der Straße standen mehrere große Landhäuser.

»Wem gehören die?« fragte Nadja.

Pawel deutete auf die prächtigste Villa. »Dieses Haus gehört dem Direktor des Moskauer Gemüsegroßhandels, Giwi Gigauri.«

»Na so was!« rief Nadja. »Den fetten Kerl kenn' ich doch.«

»Momentan sitzt er im Gefängnis von Byturka – in Untersuchungshaft.«

»Er wird schon wieder rauskommen – er ist schlau«, meinte Nadja zuversichtlich.

Pawel führte Oksana und Nadja zu einem windstillen Platz, von wo aus sich die Wolga wie ein silbernes Band im Mondschein vor ihnen wand.

»Nun, Oksana«, sagte Pawel, »hier möchte ich gern die ganze Geschichte noch einmal hören. Lassen Sie nichts aus, auch nicht das kleinste Detail, und hetzen Sie sich nicht. Wir haben reichlich Zeit. Niemand wird uns hier stören.«

Mit einer Kopfbewegung deutete er zu dem Wagen, der sie eskortiert hatte. Durch die Fenster sah man drei Zigaretten glühen.

Stück für Stück, mit vielen Pausen, erzählte Oksana alles, einschließlich ihrer lesbischen Affäre mit Tanja. Sie wandte ihren beiden Begleitern dabei den Rücken zu und sprach in die Dunkelheit, in die Windböen, in den gigantischen Strom. Pawel lauschte aufmerksam. Hin und wieder stellte er eine kurze Zwischenfrage, aber er brachte Oksana nie aus dem Konzept.

Als sie endlich zum Ende gekommen war, schwiegen alle. Pawel zog eine Zigarre aus der Tasche und zündete sie sich nachdenklich an.

Auch Nadja steckte sich eine Zigarette an. »Eine interessante Geschichte, was?«

»Ja«, nickte Pawel. »Ja. Nun, wir müssen damit leben. So ist es nun mal. Also, Oksana, wenn ich richtig verstanden habe, möchten Sie nicht nur aus dem Schlamassel herauskommen, sondern sich auch rächen.«

»Genau.« Oksanas Stimme klang kalt und scharf.

Das gefiel Pawel offensichtlich. »Dann lassen Sie uns offen miteinander sprechen. Ich bin … sagen wir mal, ein Geschäftsmann. Nach sowjetischer Denkweise bin ich ein Verbrecher, ein Mafiaboß. Wenn Sie mit mir gegen diese Leute vorgehen wollen, Oksana – dann werden wir gewinnen. Aber von da an werden Sie nie mehr allein sein. Unser gemeinsames Unternehmen wird uns für immer miteinander verbinden, bis daß der Tod uns scheidet, wie man in der Hochzeitszeremonie so schön sagt.« Bedächtig paffte er seine Zigarre.

»Ich meine damit natürlich nicht, daß Sie an meinen Geschäften beteiligt sind, aber Sie werden eine von uns sein – und es kann der Fall eintreten, daß ich Sie um Hilfe bitte. Ich werde nichts von Ihnen verlangen, was Ihre Fähigkeiten übersteigt, aber es könnte passieren, daß Sie dabei Ihr Leben aufs Spiel setzen müssen … denken Sie also gut darüber nach.«

Doch Oksana antwortete sofort. »Ich verstehe, was Sie meinen.« Dann hielt sie inne und zündete sich mit dem großen silbernen Feuerzeug eine Zigarette an. Einen Augenblick starrte sie es an. »Die Flutwelle ist gekommen. Zeit, sich mit dem Gürtel an der Reling festzuschnallen.«

»Wie bitte?« Pawel warf ihr einen fragenden Blick zu.

»Sie können sich auf mich verlassen«, erwiderte Oksana. »Ich werde Ihre Hilfe nie vergessen.«

Zufrieden nickte Pawel. »Nadja, meine Liebe, öffnen Sie doch bitte das Handschuhfach. Dort liegt eine Flasche Cognac. Bringen Sie sie bitte her.« Nadja tat, wie ihr geheißen.

»Danke«, sagte Pawel, nahm einen Schluck aus der Flasche und reichte sie dann Oksana. Auch sie trank. Damit war der Handel besiegelt.

»Ich kann die Kerle spurlos verschwinden lassen, ich kann sie in Stücke hacken und sie über offenem Feuer braten lassen, ich kann Ihnen ihre Köpfe auf einem Silbertablett servieren, mit dem Pimmel im Mund. Ihr Wort genügt.«

»Sie sollen nur – spurlos verschwinden«, flüsterte Oksana.

Pawel nickte. »Und Sie können mir auch einen großen Gefallen tun.«

»Welchen?«

»Der KGB-Abschaum wird vernichtet, und Sie werden wieder am Institut aufgenommen. Dann stellen Sie mich Ihrem Vater vor.«

»Sie wollen meinen Vater korrumpieren?«

»Sind Sie denn so naiv zu glauben, daß ein Kommunist von seinem Rang nicht längst korrupt ist? Ihr Vater soll mir nur in einer bestimmten Angelegenheit helfen, als Gegenleistung für das, was ich jetzt für Sie tue.«

»Also müssen Sie ihm den ganzen Schmutz erzählen«, meinte Oksana düster.

»Die Details über den Wikinger werden wir auslassen, das ist schließlich Ihre persönliche Angelegenheit. Aber wir werden ihm von Ihren Problemen berichten und auch, daß Sie sich nichts haben zuschulden kommen lassen. Ihr Vater wird sicher verstehen, daß es keinen legalen Weg gab, Ihre Schwierigkeiten aus der Welt zu schaffen.«

Noch einmal nippte Pawel an der Flasche und gab sie Oksana, die seinem Beispiel folgte. »Wahrscheinlich könnten Sie dafür sorgen, daß die Kerle wegen des Skandals degradiert werden, aber dann hätten Sie den gesamten KGB gegen sich. Diese Leute können jede Lüge zur Wahrheit erklären. Der KGB würde Ihnen nachweisen, daß Sie schon als kleines Mädchen Prostituierte waren und daß Sie diese drei unschuldigen Familienväter vergewaltigt haben.«

Pawel hielt inne und sah Oksana nachdenklich an. »Aber wenn Sie Angst haben, könnten wir natürlich ...«

»Lassen Sie das«, fauchte Oksana. »Es ist beschlossene Sache. Mein Vater wird Ihnen helfen, das verspreche ich.«

Noch etwa eine Stunde standen sie in der dunklen Nacht, umgeben von dichtem Wald und umschlungen von der Biegung des großen Flusses, und besprachen die Einzelheiten. Ihre Zigaretten glühten in der Finsternis.

9

Marat in seiner Suite im Hotel Rossija anzurufen, kostete Oksana zwar Überwindung, aber ihr war klar, daß Pawels Plan davon abhing. Nadja stand hinter ihr am Telefon und machte ihr Mut.

»Hallo, junger Mann«, säuselte Oksana, als Marat sich meldete, »wie geht's denn so?« Sie legte ihren ganzen weiblichen Charme in diese einleitende Frage und versuchte, möglichst lasziv zu klingen – ein sexbesessenes junges Flittchen, gerade einem heißen Bad entstiegen, nur in eine Decke gehüllt. Oksana konnte sich Marats lüsternes Grinsen genau vorstellen. Bestimmt ging ihm schon durch den Kopf, wie er von seinen Vorgesetzten dafür belobigt wurde, daß er eine neue Agentin rekrutiert hatte. Oksana lächelte sarkastisch – da stand sie nun in ihrer zerstörten Wohnung, das Telefon in der Hand, in ihren schwarzen Mantel gehüllt, das Gesicht noch immer geschwollen und bleich. Es machte ihr Spaß, den Mann an der Nase herumzuführen, der für das sterben würde, was er ihr angetan hatte.

»Schön, dich zu hören«, erwiderte Marat. »Wie geht es dir?«

»Es war ein wenig anstrengend, nicht ganz das, was ich erwartet hatte.«

»Aber es hat dir gefallen?« Seine Stimme klang ein wenig ungläubig.

Sie zwang sich zu kichern. »Dir etwa nicht? Was war in der Spritze, die ihr mir verpaßt habt?«

»Die hat dich richtig auf Touren gebracht, was? Beim zweitenmal ist es noch besser.« Noch immer war eine Spur von Argwohn zu hören. »Was ist mit den Papieren, die du unterschreiben solltest?«

»Deshalb ruf' ich ja an. Ich möchte das gern bald in Ordnung bringen.«

»Du willst also wirklich für uns arbeiten?« Jetzt war sein Erstaunen überdeutlich.

»Wenn ich es bis hierher geschafft habe, kann mich nichts mehr bremsen. Ich möchte gern mehr darüber erfahren, was ihr mit mir vorhabt.«

»Wir waren ziemlich grob mit dir. Tut mir leid.«

»Ihr habt mir gezeigt, wozu ihr fähig seid. Ich vermute, es sollte eine Art Prüfung sein«, entgegnete sie.

»Agentenarbeit ist manchmal ganz schön hart.« Jetzt hörte er sich wieder so fanatisch an wie früher. »Aber du kannst eine Heldin des Vaterlands werden«, fuhr er enthusiastisch fort.

»Klingt aufregend.«

»Du hast dem Oberst sehr gefallen.«

»Ach ja?«

»Ja, er hat gesagt, du könntest eine seiner besten Agentinnen werden.« Er hielt inne. »Geht es dir gut? Bitte, nimm es uns nicht übel. Wir können tolle Sachen machen.«

»Ihr wart ziemlich unverschämt, weißt du. Ich habe so etwas früher nie getan. Ihr hättet wenigstens ein bißchen sanfter sein können. Ich meine, gleich drei von euch und so ...« Sie ließ den Satz unvollendet.

»Ich glaube, wir haben uns alle ein wenig hinreißen lassen. Manche Frauen mögen es so, weißt du. Wirklich. Aber wenn du erst mal zu uns gehörst, dann revanchieren wir uns. Du wirst eine wertvolle und geachtete Agentin. Eine von uns«, fügte er stolz hinzu.

»Was soll ich als nächstes tun?« hauchte sie und merkte dabei, wie schwach sie sich noch fühlte.

Eifrig schnappte er nach dem Köder. »Wir drei könnten uns doch noch mal treffen und über alles reden, Oksana.«

Jetzt sorgte sie dafür, daß man ihrer Stimme einen gewissen Argwohn anhörte. »Wirklich nur, um zu reden?«

»Selbstverständlich, Oksana. Genossin Martinowa. Es wird eine seriöse geschäftliche Unterredung. Versprochen.«

»Wann?« fragte sie.

»Wie wäre es heute abend?«

»Ich brauche noch etwas Ruhe.«

»Wann wäre es dir denn recht?« Marats offenkundige Freude brachte ein hämisches Grinsen auf Oksanas Lippen.

»Bitte laß mir noch ein bis zwei Tage Zeit.«

»Einverstanden ... bist du zu Hause?«

»Hier treffen wir uns nicht mehr«, fauchte sie und konnte wenigstens einen Moment ihren Gefühlen freien Lauf lassen.

»Das verstehe ich. Ich rufe dich an. Paß auf dich auf.«

Oksana schluckte ihren Zorn über seine herablassende Ermahnung hinunter. »Ich werde da sein. Gib mir nur ein paar Tage Zeit.«

Aber Marat konnte nicht warten. Schon am Nachmittag des nächsten Tages rief er an. Um acht Uhr abends warteten die drei Männer in der Wohnung auf dem Arbat auf sie.

Um halb acht hielt die weiße Limousine in einer Seitenstraße. Pawel saß auf dem Beifahrersitz, denn die Sache war zu wichtig, um einen anderen damit zu betrauen. Sein Fahrer sah ihn immer wieder von der Seite an und wartete auf Anweisungen. Mischa, der Killer, saß in einem langen schwarzen Mantel neben Oksana auf dem Rücksitz. Er war etwa Ende dreißig, ein hagerer Mann mit glänzend schwarzen Haaren, einem zerfurchten Gesicht, dunklen Bartstoppeln auf Wangen und Kinn. Er kniff permanent die Augen zusammen, als schmerzten sie, weil er zu lange in die Sonne geschaut hatte.

Pawel drehte sich auf seinem Sitz nach Oksana um. »Bleiben Sie ruhig im Wagen sitzen und steigen Sie unter keinen Umständen ohne Mischa oder mich aus. Stimmt die Adresse?«

»Ja, ich werde dieses Haus nie vergessen, das können Sie mir glauben.«

Eigentlich wußte Pawel auch längst Bescheid. Seine Männer hatten gleich nachdem er vom Wolgaufer zurückgekehrt war alles überprüft. Oksana ahnte nichts davon, auch nicht, daß es seit sechs Uhr in der Gegend von Pawels Leuten wimmelte – von allen Seiten peilten Scharfschützen von den umliegenden Dächern den KGB-Unterschlupf an. Gegen sieben hatten sie Pawel verständigt, die drei Männer seien angekommen und benähmen sich, als seien sie auf Urlaub.

Pawel stieg aus, ging zum Kofferraum und holte einen großen schwarzen Kasten heraus, den er zusammen mit Mischa vor die Tür des halbverlassenen Hauses trug.

Leise stiegen sie in den fünften Stock hinauf, und Mischa stellte den Kasten vor der KGB-Wohnung ins Treppenhaus. Sein langer schwarzer Mantel, der bis zu den Knöcheln reichte, verbarg die Kalaschnikow-Maschinenpistole, die er bei sich trug.

Nun ging Pawel zur Wohnungstür, überprüfte noch einmal die Nummer, holte dann einen kleinen, gebogenen Draht aus der Tasche und steckte ihn ins Schlüsselloch. »Ach ja, die Schweizer!« seufzte Pawel. »Das ist einfach ausgereifte Technik. Apropos«, fügte er flüsternd hinzu, »warst du eigentlich schon mal in der Schweiz?«

»Nein, nur in Afghanistan.«

»Na, das ist ein großer Unterschied … Macht nichts, aber nimm dir ruhig mal vor, einen kleinen Einkaufstrip in die Schweiz zu unternehmen.«

Marat, Paul und der Oberst saßen um den schweren Eichentisch herum, der mit Wodka- und Cognacflaschen, Imbißplatten und Zigaretten übersät war. Sie hatten bereits mehrere Gläser Cognac intus und warteten gutgelaunt auf ihre dunkelhaarige leidenschaftliche Freundin.

Von draußen hörte man ein Rascheln. »Das ist sicher Oksana«, rief Marat und sprang auf.

Der Vorhang an der Tür wurde zurückgeschlagen. Drei erwartungsvoll funkelnde Augenpaare weiteten sich vor Schreck, als plötzlich eine Hand mit einer Neun-Millimeter Luger Parabellum Automatik erschien; auf dem Lauf steckte ein Schalldämpfer.

»Ein Hoch auf glühende Herzen und saubere Hände, wie Papa Felix immer gesagt hat«, verkündete Pawel mit der obligatorischen KGB-Anspielung auf Felix Dserschinski. Damit trat er ins Zimmer, Mischa dicht hinter ihm.

Nun sprangen Paul und der Oberst ebenfalls auf. Mischa schwenkte drohend den Lauf seiner Pistole und richtete sie auf die Gesichter der KGB-Männer.

»Was haben Sie hier zu suchen?« fragte der Oberst mit heiserer Stimme.

»Bitte setzen Sie sich doch«, entgegnete Pawel mit ruhiger Stimme und setzte gespielt bescheiden hinzu: »Ich bin schließlich weder der Generalsekretär noch ein KGB-Chef. Es gibt also keine Veranlassung, in meiner Gegenwart aufzustehen. Aber wir sollten uns unterhalten.«

»Wer sind Sie? Was wollen Sie von uns? Ich bin KGB-Oberst, wenn ich will, lass' ich mir Ihren Arsch servieren. Nehmen Sie sofort die Waffen weg!« tobte der Oberst.

Pawel lachte und hielt ihm die Luger noch etwas dichter unter die Nase. »Offenbar ist Ihnen die Situation nicht ganz klar, lieber Oberst.«

»Was zum Teufel meinen Sie damit?«

»Genau das, was ich sage. Nein, verschwenden wir lieber keine Zeit. Ich bin Geschäftsmann, und eine sehr profitable Angelegenheit führt mich hierher. Ich will es Ihnen gern erklären, aber schreien Sie nicht so herum, damit ziehen Sie nur die Aufmerksamkeit der Scharfschützen auf dem Dach gegenüber auf sich, und die werden Sie durchlöchern, ehe Sie auch nur einen Furz lassen können. Und das wäre ausgesprochen schade, denn wir müssen zu einer Übereinkunft kommen

– und das werden wir auch. Ich bin noch nie einem Menschen begegnet, mit dem ich mich nicht einigen konnte, ich habe nämlich einen sehr umgänglichen Charakter.« Er lächelte grimmig.

»Scheißtyp«, brummte der Oberst, allerdings mit leiser Stimme. »Wie können Sie es wagen, sich mit dem KGB anzulegen? Wir werden Hackfleisch aus Ihnen machen. Zu welcher Verbrecherbande gehören Sie überhaupt?«

»Nun, lieber Oberst, ich werde nicht lange um den heißen Brei herumreden. Vor ein paar Tagen haben Sie und diese beiden Hosenscheißer ein Mädchen vergewaltigt und schwer verletzt. Das war ein Fehler, und dafür werden Sie bezahlen.«

Die Gesichter der drei Männer wurden aschfahl, Paul und Marat begannen zu zittern.

Der Oberst sank auf einen Sessel, schlagartig ernüchtert. »Wer sind Sie?« fragte er. »Verwandte des Mädchens?«

»Ja, sozusagen. Wir sind alle Mitglieder der gleichen Familie, wenn Sie so wollen, und wir werden nicht mal Gott erlauben, daß er unseren Leuten Schaden zufügt.«

»Wir ... wir könnten doch sicher etwas aushandeln«, meinte der Oberst kleinlaut.

»Ja, sicher, das wollte ich ja gerade vorschlagen, als Sie mich mit Ihrem Geschrei unterbrochen haben.«

»Was sollen wir tun?« fragte der Oberst, der sichtlich die Lage begriffen hatte.

»Das klingt schon besser.« Pawel nickte Mischa zu. »Siehst du, wie selbst hartgesottene Kommunisten plötzlich flexibel werden, nur weil man ihnen eine Pistole unter die Nase hält?«

Wieder zum Oberst gewandt, fuhr Pawel fort: »Wir verlangen nicht viel. Erstens die Akte über Oksana Martinowa, die der Schlappschwanz zu Ihrer Rechten angelegt hat. Zweitens die Aufnahme von der Szene im Bus. Drittens einen Anruf.«

Mit zitternden Lippen murmelte Marat: »Die Akte ist nicht hier.«

»Ach ja? Soll ich danach suchen?«

Marat, der auf seinem Sessel zusammengesunken war, sprang auf, rannte zum Tisch, öffnete die Schublade und holte einen sauberen Aktenordner heraus, den er Pawel hastig in die Hand drückte. Mischa ließ die KGB-Männer nicht aus den Augen und sorgte dafür, daß sie sich stets in der Schußlinie seiner Maschinenpistole befanden.

In dem Ordner fand sich lediglich ein Foto von Oksana mit einem großen, stämmigen weißhaarigen Mann, Zeugnisse vom Fremdspracheninstitut, einige Notizen von Marat und Transkripte einiger Gespräche.

»Wo ist das Tonband?«

»Im Überwachungszentrum.«

»Und die Videoaufnahme?«

»Es gibt keine ...«

»Sind Sie sicher?« Pawel hielt den Lauf der Luger unter Marats Kinn. »Überlegen Sie noch mal.«

»Wir haben kein Video gemacht«, kreischte Marat. »Es war ein Witz, bloß ein Witz. Wenn man nachts Aufnahmen machen will, braucht man eine Spezialkamera, und die haben wir nicht. Ich bin bloß ein kleiner Leutnant.«

»Aha«, nickte Pawel. »Dachte ich mir doch. Na gut.«

Mischa hatte den Oberst nun schon eine ganze Weile unverwandt angestarrt. »Schau ihn dir doch mal an, diesen ehrenwerten KGB-Offizier, der so gerne junge Mädchen vergewaltigt.«

»Abschaum«, zischte der Oberst und funkelte Mischa böse an. »Kaukasischer Dreck ...«

Mit einem raschen Schritt trat Mischa auf den Oberst zu und schlug ihm den Lauf seiner Maschinenpistole ins Gesicht. Beim Geräusch splitternder Knochen verloren Marat und Paul endgültig die Fassung und schrien entsetzt auf. Der Oberst stürzte zu Boden und blieb mit blutendem, entstelltem Gesicht liegen.

Mit gespielter Entrüstung wandte sich Pawel an seinen Gefährten: »Michail, bist du verrückt? Beruhige dich, bitte. Wir haben eine geschäftliche Angelegenheit zu regeln.«

Der Oberst griff nach dem Sessel und hievte sich mühsam vom Boden empor. »Ich weiß nicht, wovon dieser Wahnsinnige spricht«, brachte er mit gurgelnder Stimme hervor, das Blut strömte ihm aus Mund und Nase.

Paul warf sich auf die Knie, robbte über den Boden zu Pawel und versuchte, seine Knie zu umfassen. »Er lügt!« schrie er. »Er hat Oksana die Spritze verabreicht. Er hat sie vergewaltigt. Ich nicht. Töten Sie mich nicht. Ich tue alles für Sie, alles. Ich habe Oksana nicht vergewaltigt, das schwöre ich! Es war alles seine Idee« – er zeigte auf Marat –, »er ist draufgekommen, als er sie mit dem Norweger gesehen hat …«

»Scheiße! Er lügt!« fauchte Marat, außer sich vor Angst.

Pawel versetzte Paul einen Fußtritt. »Mischa, laß die beiden nicht aus den Augen.« Dann wandte er sich an Marat. »Und du, du Held der ›unsichtbaren Front‹, hör auf zu schreien. Wenn wir euch glauben sollten, hätte sie keiner vergewaltigt. Du rufst jetzt den Dekan des Fremdspracheninstituts an.«

»Den Dekan? Weshalb?« wollte Marat wissen. »Außerdem ist er bestimmt schon zu Hause.«

»Du sagst ihm, der KGB hat einen Fehler gemacht. Studentin Martinowa ist eine aufrichtige, engagierte Agentin des KGB, und wenn er sie hinauswirft, ist er seinen Job los.«

Pawel legte ein Funktelefon vor Marat auf den Tisch. »Wir werden Ihr internes Überwachungszentrum nicht mit diesem Anruf belästigen«, sagte er. Eilig suchte Marat die Nummer in seinem Adreßbuch, sprach kurz darauf stockend und zitternd mit dem Dekan des Fremdspracheninstituts, pries Oksanas Tugenden und ihren Wert für den KGB und schloß wie automatisch mit dem Satz: »Und grüßen Sie bitte Ihre Frau recht herzlich von mir und richten Sie ihr aus, daß es mir sehr leid tut, Sie zu Hause gestört zu haben. Gute Nacht.«

»Das war's«, meinte Marat. »Jetzt haben wir alles gemacht, was Sie uns befohlen haben. Was wollen Sie noch von uns?«

»Nichts«, antwortete Pawel und nahm das Telefon wieder an sich.

Sofort begann Marat wieder um sein Leben zu betteln. Aber Pawel sah ihn ohne eine Spur von Erbarmen an. »Habt ihr Oksana gegenüber etwa Gnade gezeigt?« fragte er. »Nein«, beantwortete er seine eigene Frage. »Ihr habt sie schikaniert, ihr habt sie alle drei vergewaltigt. Und ihr hattet vor, ihr dasselbe heute abend noch einmal anzutun. Jetzt werde ich euch eine Vorstellung davon vermitteln, wie es ist, vergewaltigt zu werden.«

Marat sah, wie Pawel mit seiner Pistole zwischen seine Beine zielte, und warf sich zu Boden – aber nicht schnell genug, denn Pawel hatte bereits abgedrückt. Heulend vor Qual, die Hände auf die Wunde pressend, wand sich Marat am Boden, während sich unter ihm rasch eine Blutlache bildete. Unbeirrt wandte sich Pawel an Paul, der weinend nach seiner Mutter schrie.

»Sie kann dir jetzt auch nicht mehr helfen«, meinte Pawel gelassen. »Du wirst nie mehr jemanden vergewaltigen.« Paul griff sich zwischen die Beine, als könnte er die Kugel aufhalten, die sich ihm in die Genitalien bohrte. Stöhnend stürzte er neben den zuckenden, heulenden Marat.

Der Oberst sank jetzt ebenfalls auf die Knie. »Tun Sie es nicht. Man hat mich gezwungen ...«

»Mischa, ich überlasse dir die Entscheidung«, unterbrach ihn Pawel mit seinem harten Lachen. »Ich persönlich würde ihn am liebsten so sterben lassen, wie er es verdient – daß er im Feuer über seine Sünden nachdenken kann.«

Mit einem Ruck drehte sich Mischa zu dem winselnden Oberst, flippte geschickt den Hebel an seiner Waffe auf Einzelschuß und feuerte zwei wohlplazierte Schüsse auf die Genitalien. Der KGB-Oberst stürzte neben die beiden anderen Männer.

»Hol den Kasten herein«, befahl Pawel. »Rasch! Sonst hört doch noch jemand das Heulen dieser drei Schakale.«

Sie öffneten den Kasten, verschütteten einen Kanister Benzin im Zimmer und plazierten noch zwei Kanister in der KGB-Wohnung. Dann streute Pawel eine Schachtel mit einer Mischung aus Eisenoxid und Aluminiumpulver über die sich windenden Opfer. In der Hitze des Feuers würde sich eine Aluminium-Eisen-Verbindung bilden, die selbst die Stahlplatten eines Panzers zerfressen konnte; sie würde die Leichen völlig unkenntlich machen, ja sogar die Kugeln in ihrem Innern schmelzen und so alle Spuren beseitigen.

Rasch verließen die beiden Männer die Wohnung. Als sie auf der Straße waren, gab ein Verbindungsmann in einem Wagen am Ende des Häuserblocks dem Schützen auf dem Dach ein Zeichen, der seinerseits dem nächsten Scharfschützen zuwinkte. Eine phosphorhaltige Patrone landete durch eins der Fenster in der konspirativen Wohnung.

Einen Augenblick später erschütterte eine Welle von Explosionen das Gebäude, und ein roter Feuerball raste durch den fünften Stock des heruntergekommenen grauen Wohnblocks. Im ganzen Arbat-Viertel hörte man das Krachen. Scharenweise flogen die Tauben in den Himmel auf.

Im Wagen überreichte Pawel Oksana die Akte. »Bitteschön. Es steht nichts Ernsthaftes drin, aber ich rate Ihnen, das Zeug zu Hause sofort zu verbrennen und die Asche ins Klo zu spülen. Ein Videoband existiert nicht, genau wie ich es vermutet habe.«

»Danke, Pawel. Das werde ich Ihnen nie vergessen. Wie ist es gegangen?«

»Ich werde Ihnen nichts davon erzählen, damit Sie nicht in die Falle gehen, falls sie je vernommen werden sollten. Ich kann Ihnen aber versprechen, daß Sie nie mehr zu leiden brauchen. Die Männer sind gestorben wie Hunde, auf dem Bauch kriechend und um Gnade winselnd.«

Ein Feuerwehrwagen raste mit heulenden Sirenen an ihnen vorüber in Richtung Arbat, wo eine dicke, ölige Rauchsäule in den Abendhimmel stieg.

»Wie kann ich Ihnen jemals zurückzahlen, was Sie für mich getan haben?«

»Sie wissen ja, was ich will – weiter nichts. Danach sind wir quitt. Sie gehören jetzt sozusagen zur Familie.«

»Zu welcher Familie?« fragte Oksana.

»Sie werden schon sehen«, lachte Pawel. »Demnächst werden wir gemeinsam Ihren Vater in Irkutsk besuchen. Wir helfen Ihnen, und Sie helfen uns. Sie werden den Kopf unserer Organisation, der zur Zeit in der Nähe von Irkutsk residiert, persönlich kennenlernen. Sie werden ihm gefallen.«

»Wer ist es denn, Pawel?«

»Das werden Sie früh genug erfahren.« Schon wieder brauste ein Feuerwehrwagen an ihnen vorüber. Pawel sah ihm über die Schulter nach, wie er auf den Rauch im Stadtzentrum zuraste. »Ja, Oksana Martinowa, nun sind wir verbunden durch Feuer und Tod.«

Oksana schauderte, und Pawel nahm sanft ihre Hand. »Sie haben von uns nichts zu befürchten. Aber es würde mich interessieren, was Sie von dem System halten, unter dem wir leben – von der Kommunistischen Partei, dem KGB, dem Politbüro? Ich weiß, Ihr Vater ist ein hoher Parteifunktionär. Und Ihnen zuliebe wird er uns helfen. Aber Sie – sind Sie wirklich die Genossin Martinowa, stets bereit, auch in der nächsten Generation die leninistischen Ideale zu verfechten?«

Sie schüttelte heftig den Kopf.

»Nun, Sie und ich, wie denken sehr ähnlich, Oksana. Und wir werden gemeinsam dafür sorgen, daß ihre englischen Studien entweder am Institut oder privat fortgeführt werden können.«

Der Wagen hielt nicht weit von der amerikanischen Botschaft entfernt, am Gartenring. »Raus mit Ihnen, Mädchen«, forderte Pawel Oksana jetzt auf. »Nehmen Sie die Metro, aber vergessen Sie nicht, die Akte zu verbrennen, sobald Sie zu Hause sind. Ich vertraue Ihnen, aber es war nicht leicht, an die Papiere zu kommen, also enttäuschen Sie mich nicht.«

»Das werde ich nicht.«

»Ich weiß. Sie sind jetzt eine erwachsene Frau, Sie haben gesehen, wie es in der Welt zugeht. Ich werde Sie anrufen, wenn die Zeit reif ist. Bereiten Sie Ihren Vater auf unseren Besuch vor. *Do swidanija*.«

Der Wagen fuhr los. Oksana ging durch die nächtliche Moskauer Menschenmenge, den blauen Pappordner mit dem weißen Band fest an sich gepreßt.

10

Die Gruppe russischer Emigranten, auf Besichtigungstour in New York, scharte sich um Peter Nichilow und schoß eifrig Fotos von der Freiheitsstatue, unter den wachsamen Blicken eines Beamten der Immigranten-Schutzorganisation *New York Agency for New Americans*. Man hatte sie in den Battery Park am untersten Zipfel von Manhattan gebracht, damit sie an der obligatorischen Pilgerfahrt zum Symbol der Freiheit teilnehmen konnte, der Freiheit, die auch ihr durch das Verlassen ihres früheren Heimatlands zuteil geworden war. Peter hatte eine lange Nacht mit seinen Freunden der Moskauer Milizija hinter sich; zum erstenmal war ein Boxturnier zwischen der Moskauer und der New Yorker Polizeibehörde organisiert worden. Doch er war zufrieden, daß er der Versuchung widerstanden hatte, dieses Unternehmen abzusagen. Denn wie das Schicksal es so wollte, entdeckte er in der Menge Zekki Dekka mit einem offensichtlich aus dem Kaukasus stammenden Ganoven, einem dunkelhäutigen Kerl mit blauschwarzen Stoppeln auf Wangen und Kinn.

Auch Peter richtete seine Kamera auf die Freiheitsstatue jenseits des Hafens. Im Gegensatz zu den Amateurfotografen, die ihre Apparate in die gleiche Richtung hielten, sah er durch seinen Sucher jedoch eine Szene, die in einem Neunzig-Grad-Winkel zu der gewöhnlichen Sichtlinie der Kamera lag. Sorgfältig justierte er die Speziallinse, bis er ein scharfes Bild von Zekki und seinem stämmigen Kumpel hatte. Der trug einen schlecht sitzenden Anzug, den Zekki bestimmt in einem Secondhand-Laden in Brighton Beach für ihn erstanden hatte. Peter machte ein Foto von den beiden und dann noch eine Porträtaufnahme des angeblichen Emigranten. Mit an Sicherheit grenzender Wahrscheinlichkeit war er ein Killer, der nach

Amerika gekommen war, um für Zekki irgendeinen heiklen Job zu erledigen. Beim dritten Blick durch den Sucher merkte Peter, daß Zekki ihn entdeckt hatte.

Die Kamera an ihrem Riemen über der Schulter, schlenderte er hinüber zu Zekki, während der Mann von der NYANA seine Initialen auf die gefälschten Papiere des falschen Einwanderers kritzelte und damit bescheinigte, daß der Mann tatsächlich das Wahrzeichen der Freiheit besichtigt hatte.

»Morgen, Zekki«, begrüßte Peter den Fälscher. »Lady Liberty ist doch immer wieder inspirierend!«

»Oh, Mr. Nichilow, Sie suchen wohl immer noch Ärger mit der unterdrückten russisch-jüdischen Minderheit?«

»Und Sie haben wohl schon wieder einen kaukasischen Import mitgebracht?«

»Er ist offiziell der NYANA gemeldet.«

»Ihre Dokumente müssen wirklich Kunstwerke sein, wenn jemand glauben soll, daß dieser Mann ein jüdischer Emigrant ist.« Er lachte. »Wieviel haben Sie der NYANA bezahlt, um eine Bescheinigung für diesen *Dgigit* zu bekommen?«

Der Ganove mit den blauschwarzen Wangen blickte bei dem vertrauten Wort erstaunt auf. Peter wandte sich auf russisch an ihn: »Lassen Sie sich von Ihrem Sponsor bloß nicht zu irgendwelchen illegalen Machenschaften verleiten, zum Beispiel dazu, wieder mal einen Menschen zu ermorden. Denn dann sorge ich persönlich dafür, daß Sie lebenslänglich hinter Gittern landen.«

»Einen armen jüdischen Einwanderer, der noch keinen Freund in diesem Land gefunden hat, so zu schikanieren!« rief Zekki, doch sein Kumpel starrte mit offenem Mund den Amerikaner an, von dessen Lippen so mühelos russische Sätze flossen.

Zekki machte Anstalten, den Beamten von der NYANA zu rufen. »Nur zu«, spottete Peter. »Holen Sie ruhig Mr. Epstein und erzählen Sie ihm, daß das Büro der Bezirksstaatsanwaltschaft von Brooklyn einen der diskriminierten Killer belästigt, denen die NYANA attestiert, jüngst befreite *Refusniki* zu sein.«

»Eines Tages werden Sie Ihr Maul zu weit aufreißen, Nichilow.«

»Und Sie haben es bereits getan, Zekki.« Der Kaukasus-Ganove trat drohend auf Peter zu, doch dieser grinste nur. »Nur zu, Zekki. Auf in den Kampf, wie man so schön sagt.« Auf russisch fügte er hinzu: »Wir werden Sie im Auge behalten, *Dgigit*.«

In letzter Sekunde hinderte Zekki den Kaukasus-Abkömmling daran, auf seine Art zu reagieren. Plötzlich hörte man Piepgeräusche aus der Gegend von Peters Gürtel, und auf Peters Piepser erschien die Nummer von Hugh McDonald. Peter ließ die beiden Ganoven stehen, um Hugh anzurufen.

»Es hat sich da was Wichtiges ergeben«, erklärte Hugh atemlos. »Ich hab' gestern ein Bild gemacht, und es wäre mir recht, wenn du es dir mal ansehen könntest.«

»Treffen wir uns in zwei Stunden im Foyer des Beverly Hotels in der Lexington Avenue«, schlug Peter vor.

Das Beverly Hotel wurde nicht nur von russischen Beamten frequentiert, es war auch das New Yorker Quartier des Boxteams der Moskauer Milizija auf seiner Vier-Städte-Tour durch Amerika. Hugh McDonald wartete bereits im Foyer, und Peter setzte sich zu ihm aufs Sofa. »Was gibt's, Hugh?« fragte er gleich.

»Wir haben die UN-Vertretung Nordkoreas beobachtet und schon zweimal einen vornehm gekleideten Russen dort aus- und eingehen sehen. Ich hab' nämlich inzwischen gelernt, wie man Russen erkennt«, fügte er erklärend hinzu und fuhr dann fort: »Beim zweitenmal, also gestern, habe ich eine Teleaufnahme von ihm gemacht. Die FBI-Agenten bei der *Foreign Mission Control* konnten ihn nicht identifizieren. Sie sind ganz sicher, daß es sich nicht um einen akkreditierten

Diplomaten irgendeiner Vertretung handelt. Da hab' ich gedacht, vielleicht kannst du mir bei der Identifizierung helfen.«

»Falls nicht, könntest du dich auch an die Typen wenden, die sich im oberen Stockwerk auf den Kampf heute abend vorbereiten.«

Peter studierte das Foto, das Hugh ihm reichte, und schüttelte den Kopf. »Gehen wir hinauf zu Generalmajor Bodajew. Vielleicht kann er uns helfen.«

Wenige Minuten später begrüßte Peter den General in seiner Suite und zeigte ihm Hughs Foto. Mit einem überraschten Grunzen meinte Bodajew: »Ist der jetzt in New York?«

»Allerdings.« Peter drohte dem Milizija-General scherzhaft mit dem Zeigefinger. »Er war schon zweimal in der nordkoreanischen UN-Vertretung. Dabei dachte ich, daß ihr euch nicht mehr mit den Nordkoreanern einlaßt.«

»Meine Regierung nicht«, entgegnete Bodajew. »Das ist ein hochrangiges Mitglied eines mächtigen georgischen Verbrechersyndikats. Nebenbei gehört er auch zur Volksdeputiertenkammer, was ihn vor Verhaftungen schützt. Wir würden ihm liebend gern den Prozeß machen, wenn wir etwas gegen ihn auftreiben könnten. Er hat studiert und verfügt über hervorragende Beziehungen. Der Anführer seiner *Organisazija* ist bekannt als Tofik; wir haben ihn für zehn Jahre ins Arbeitslager gesteckt, aber seine Bande hat nur noch mehr Macht gewonnen.« Er deutete mit dem Zeigefinger auf das Bild. »Das ist Eduard Gardenadse. Ich frage mich, was er in New York zu suchen hat.«

»Ja, und auch noch in der nordkoreanischen Vertretung«, sagte Hugh, als Peter ihm übersetzte, was der General gesagt hatte.

»Mal sehen, ob ich vielleicht einen Zusammenhang herstellen kann«, meinte Peter und gab dem General das Foto, das er im Battery Park aufgenommen hatte.

»Den kenne ich nicht. Sieht aus wie ein Mann aus dem Kaukasus. Ich lasse die anderen mal einen Blick darauf werfen.« Er griff zum Telefonhörer, und wenig später versammelte sich das ganze Boxteam der Milizija in seinem Zimmer. Während Bodajew die Fotos herumreichte, machte Peter Hugh mit Boris Burentschuk bekannt, einem schlanken, gutgekleideten Mann Mitte dreißig. Boris, vor kurzem zum Major aufgestiegen, arbeitete bei der Milizija nicht nur als Polizeiinspektor, sondern auch als Pressesprecher, erklärte Peter. Er erkannte Politkriminelle auf Anhieb; auch für den großgewachsenen Coach des Boxteams, Major Juri Nawakoff, war er kein Unbekannter. Doch niemand konnte Zekkis russischen Begleiter identifizieren – bis Hauptmann Valerie Kutusow hereinkam.

»Valerie ist unser Starboxer«, verkündete Bodajew stolz. »Kein Amerikaner wird ihn schlagen.« Er drückte dem jungen Milizija-Offizier Peters Foto in die Hand. Kutusow starrte eine Weile darauf und nickte schließlich.

»Ja, wir hatten ihn zweimal auf einer Liste von Mordverdächtigen. Er ist Georgier und hat sich in Moskau der Gang von Victor Kalina angeschlossen.«

»Kalina!« rief Bodajew. »Das ist doch der uneheliche Sohn von Jakowlew oder Japontschik, wie sie ihn nennen.«

»Ja, von Jap hab' ich schon gehört«, entgegnete Peter. »Was meinen Sie, was ein Schläger aus der Bande seines Sohns hier bei Zekki Dekka zu suchen hat?«

»Wir haben Informationen über ihn«, sagte Valerie.

»Wie wäre es, wenn ich dem Schlaufuchs in Moskau das Bild zufaxe?« schlug Peter vor.

»Gute Idee«, pflichtete Bodajew ihm bei. »Wie spät ist es jetzt zu Hause?«

Peter holte seinen Chronometer heraus. »Acht Uhr abends.«

»Dann erreichen wir Wladimir Iwanowitsch nicht vor morgen früh.«

Hugh McDonald verstand natürlich nicht viel von dem, was gesprochen wurde, also mußte ihm Peter noch einmal alles ausführlich erklären. »Den Mann auf deinem Foto kennen alle, aber meiner scheint ziemlich rätselhaft. Oberst Wladimir Iwanowitsch Netschiajew ist Chefinspektor in der Petrowka, dem Hauptquartier der Milizija. Sie nennen ihn den Schlaufuchs. Ich will ihm mein Bild zufaxen, dann sehen wir, was zurückkommt.«

»Und was sagen die Leute dazu, daß dieser Politgauner die nordkoreanische UN-Vertretung besucht?«

»Nur, daß es nichts Offizielles sein kann.«

»Für die NEST ist jeder, der die Vertretung eines Terrorregimes besucht, verdächtig«, erwiderte Hugh.

»Weißt du, wo Gardenadse wohnt?« erkundigte sich Peter.

»Einer meiner Kollegen ist ihm gefolgt, nachdem ich das Foto gemacht habe, aber in den Seitenstraßen von Brighton Beach hat er ihn leider verloren.«

»Hast du Lust, dir heute abend die Boxkämpfe anzusehen?« fragte Peter. »Ich hab noch ein paar Freikarten und außerdem fünf oder sechs von New Yorks süßesten russischen Mädchen, die ich zum Jubeln mitbringen kann.«

»Nein danke«, lehnte Hugh ab. »Jetzt, wo mein Typ identifiziert ist, möchte ich mehr über Eduard Gardenadse in Erfahrung bringen. Könntest du deine Freunde in Moskau bitten, uns sein Dossier zu schicken? Wir wissen, daß Nordkorea Atomwaffen bauen will. Vielleicht ist er ein Verbindungsmann für inoffizielle Plutoniumgeschäfte.«

»Ich werde mein Bestes für dich tun. Wie immer.«

Peter saß ein paar Reihen oberhalb des Boxringes im Long Island Coliseum, umringt von hübschen russischen Mädchen, die er zusammengetrommelt hatte, damit sie ihre Landsleute bei ihrem Kampf gegen die New Yorker Polizei anfeuerten.

Hauptmann Valerie Kutusow ging mit einem furiosen

Hagel linker Haken und rechter Querschläger auf seinen Gegner los.

»Va-LEE-rie!« skandierten die Mädchen schrill und aufmunternd.

Die Glocke zeigte das Ende der dritten und letzten Runde an und ersparte somit dem amerikanischen Boxer weitere Prügel. Als Valerie in seine Ecke zurückkehrte, grinste und winkte er in Richtung seiner Fans. Erregtes Geschrei quittierte seine Geste. Major Juri Nawakoff, der russische Coach, warf ein Handtuch über Valeries Schultern. Dann kam auch der Ringrichter und riß Valeries Arm in die Höhe, um seinen Sieg anzuzeigen. Applaus und Freudengeschrei brachen los. Valeries geschlagener Gegner trat ebenfalls zu ihm, und die beiden Boxer schüttelten sich die Hände in den dicken Boxhandschuhen. Die Russen hatten vier der fünf Kämpfe gewonnen, und jetzt freuten sie sich auf die Party, die die New Yorker Polizei in einem nahegelegenen Restaurant ausrichtete.

Peter war stolz auf seine Bemühungen für die Milizija-Männer. Er hatte genug russische Mädchen für alle aufgetrieben, und als sich die New Yorker unter die Russen mischten, fungierte Peter als offizieller Dolmetscher.

Kurz vor Mitternacht erschien der Polizeichef der New York Police. Er gratulierte General Bodajew zum Sieg der Russen und ging dann zu Peter Nichilow, der gerade eines der Mädchen auf einen Schlummertrunk in seine Wohnung eingeladen hatte. »Wir haben ein großes Problem, Nichilow.« Das Gesicht des Polizeichefs war finster. »Vielleicht können Sie uns helfen. Ich hab' versucht, Sie zu erreichen. Sie haben Ihren Piepser nicht dabei.«

»Ich dachte, ich hätte einen freien Abend. Worum geht es denn, Chef?«

»Um einen Mord mit möglicherweise ernsten politischen Auswirkungen. Vor einigen Stunden ist ein russischer Diplomat, der unserem Land einen inoffiziellen Besuch abgestattet hat, getötet worden. Wir haben das russische Konsulat noch nicht verständigt. Ich dachte, diese ehrenvolle Aufgabe könnten Sie übernehmen.«

Peter schlug sich mit der flachen Hand an die Stirn. »Herrgott, ich hätte früher darauf kommen müssen. Das gleiche Schema.«

»Wie bitte?« fragte der Polizeichef verwundert.

»War der Name des Opfers vielleicht Eduard Gardenadse?«

»Woher wissen Sie das?«

»Und jetzt ist es zu spät, um noch zum Flughafen zu fahren.«

»Was hat das mit unserem Problem zu tun?«

»Weil dort der nächste Killer außer Landes flieht. Wir müssen unbedingt mit General Bodajew sprechen.«

»Ich muß mich entschuldigen, weil ich dieses Kongreßmitglied, oder wie sie das in Moskau nennen, nicht besser schützen konnte.«

»Da wird er sich freuen. Aber es geht hier etwas sehr Ernstes vor.«

»Können Sie das näher erklären?«

»Später.« Er wandte sich an das russische Mädchen, mit dem er sich verabredet hatte, und erklärte ihr, er müsse leider doch arbeiten und werde den Abend nachholen.

Bodajew mußte sich zwingen, sein Bedauern über den Mord auszusprechen, als der Polizeichef ihn informierte. Mit Peter als Dolmetscher berieten sie das weitere Vorgehen. Dem Polizeichef fiel ein Stein vom Herzen, als er hörte, daß sich in Rußland niemand sonderlich über den Todesfall aufregen würde, abgesehen von einer georgischen kriminellen *Organisazija*, für die Gardenadse offensichtlich als Kurier fungiert hatte.

Peter nutzte die Gelegenheit und bat den Polizeichef, ihn im Sommer nach Moskau zu schicken, um dort Kommunikation und Kooperation zwischen der New Yorker und der Moskauer

Polizei auszubauen. Bodajew unterstützte ihn nach Kräften, und nun, da die befürchteten diplomatischen und politischen Komplikationen auszubleiben schienen, erklärte sich der Polizeichef bereit, seinen ganzen Einfluß zugunsten dieses Projekts spielen zu lassen. Die Party ging weiter, aber Peter begleitete den Polizeichef, um ihm die volle Bedeutung des Mordes aus seiner Sicht zu erklären.

Am Sonntag morgen diskutierten Peter und Hugh den Mord noch einmal ausführlich. Zweimal hatten russische Staatsangehörige inoffiziell die UN-Vertretung eines Terrorregimes besucht. Und zweimal waren sie wenig später ermordet worden. Beide Male hatte man Zekki Dekka in Begleitung eines typischen Killers aus dem Kaukasus gesehen. Woran war Moskau interessiert?

11

Die Erkenntnis, daß es wirklich eine Moskauer Mafia gab, war die letzte Lektion in Oksana Martinowas Ausbildung zur Englisch-Dolmetscherin. Sie saß im Zug von Moskau nach Irkutsk und blickte zum Fenster hinaus auf die endlose schneebedeckte Ebene, die zum Horizont floß, wo sie sich in einem hellen Gebirgszug auflöste. Hohe sibirische Kiefern und Fichten erhoben sich auf den Wällen, die die Gleise vor Schneeverwehungen schützten.

Nachdem der Zug in einem Schneesturm mehrere Stunden verloren hatte, gewann er jetzt wieder Geschwindigkeit und würde wahrscheinlich fast pünktlich in Irkutsk ankommen. Im vorderen Teil des Zuges drängten sich die Passagiere. Der unvermeidliche Streit zwischen zwei betrunkenen Soldaten, die vom Militärdienst heimkehrten, war für die Zerstörung einer Toilette und einer Fensterscheibe verantwortlich, durch die ein kalter Wind hereinblies. Aber Oksana fuhr erster Klasse, und hier, am Ende des Zuges, waren die Waggons sauber und luxuriös, mit bequemen Liegewagenabteilen für zwei Personen. Die meisten Reisenden hier waren Regierungsbeamte.

Oksana trug eine locker fallende schwarze Bluse und eine enge schwarze Hose. Ihre Füße steckten in pelzgefütterten knöchelhohen Stiefeln.

Sie rauchte eine braune Damenzigarette und sah aus dem Fenster. Es war schrecklich lästig, vier Tage im Zug sitzen zu müssen, wo der Flug nur einen einzigen Tag dauerte. Aber stürmische Winde hatten den gesamten Flugverkehr der Gegend lahmgelegt, und sie mußte ihr Ziel ja so bald wie möglich erreichen.

Vor vier Jahren, als Oksanas Mutter in einem besonders harten sibirischen Winter gestorben war, hatte ihr Vater, der

Erste Parteisekretär der Region Irkutsk, für Oksana einen Studienplatz im Fach Englisch am Moskauer Maurice-Thorez-Fremdspracheninstitut arrangiert. Sie war jung und naiv, die hübsche Tochter eines mächtigen Parteibonzen; für sie war alles strahlend und schön, die Abenteuer der Jugend erwarteten sie, eine vielversprechende Karriere lag vor ihr.

Nun jedoch kehrte sie zurück, um sich bei ihrem Vater für einen der berüchtigsten Kriminellen der Sowjetunion einzusetzen, für Wjatscheslaw Jakowlew, bekannt unter dem Namen Japontschik, der Japaner, Jap. Noch immer konnte sie kaum glauben, was ihr im Lauf der letzten sechs Monate zugestoßen war und jetzt in dem Besuch zu Hause gipfelte, zusammen mit Pawel, Jakowlews wichtigstem Partner, der im Nebenabteil saß. Bei den Mahlzeiten hatte sich Pawel als äußerst höflicher Gesellschafter erwiesen. Eigentlich entsprach er gar nicht der landläufigen Vorstellung von einem Kriminellen.

Auf einmal hatte Oksana das seltsame Gefühl, daß jemand sie anstarrte. Sie blickte auf. An der offenen Abteiltür stand der junge Mann, der schon seit der Abfahrt in Moskau versuchte, mit ihr Kontakt aufzunehmen. Ein paarmal hatte sie mit ihm auf dem Korridor ein paar Worte gewechselt, seine Einladung auf ein Glas Cognac in seinem Abteil jedoch ausgeschlagen. Und jetzt erschien Mischa, Pawels Leibwächter, neben dem jungen Mann und drängte ihn weg.

Zur gleichen Zeit, als Oksana über die jüngsten Ereignisse in ihrem Leben und die lange Reise nach Sibirien nachdachte, wartete Wjatscheslaw Jakowlew begierig auf Nachricht, wie die Versuche vorwärtsgingen, ihn aus dem Gefängnis zu befreien. Die Größe seines *Obschak*, wie die Geldreserven eines Diebesbruders genannt werden, ermöglichte ihm ein relativ luxuriöses Leben im Arbeitslager, aber nach neun Jahren Haft begann seine Macht deutlich zu schwinden.

Während der Zug weiter seinem Zielort Irkutsk entgegenraste, erschienen am Horizont die Silhouetten der Wachtürme des Lagers. Pawel, Mischa und Oksana gingen gemeinsam zum Frühstück in den Speisewagen. Pawel amüsierte sich köstlich über die mondgesichtigen, wohlgenährten Kellner, die sich ihrer Beziehungen zum KGB oder zur Mafia brüsteten, die ihnen diesen Job verschafft hatten. Zugkellner verdienten sich ein Extra-Trinkgeld, indem sie unterwegs, wenn der Zug an einer Station hielt, ihre Essensvorräte an die hungernde Bevölkerung verhökerten. In Sibirien bekamen die Geschäftemacher wertvolle Marder-, Zobel- und Nerzpelze im Austausch für ihre Fleischportionen. In diesen abgelegenen Gegenden bekamen die Menschen oft monatelang weder Fleisch noch Eier auf den Tisch und mußten sich kärglich von halb erfrorenen Kartoffeln und Rüben ernähren.

Die drei saßen noch beim Frühstück, als der Zug an einem kleinen Bahnhof hielt und ein paar alte Frauen in den Speisewagen kletterten, um mit den Kellnern zu feilschen. Da der Aufenthalt nie länger als fünf Minuten dauerte, mußten sie schnell handeln und vor allem immer darauf achten, daß das Küchenpersonal sie nicht übers Ohr haute. Als der Zug sich ratternd in Bewegung setzte, sprangen alle ab. Doch eine ärmliche *Babuschka* hatte zu lange gewartet, und jetzt wagte sie nicht, mit ihrem Päckchen blutigem Schweinefleisch vom fahrenden Zug zu springen. Der Zug beschleunigte, und die Stimmen ihrer Freundinnen wurden immer leiser. Der nächste Halt war etwa hundertfünfzig Kilometer entfernt, also würde die alte Frau mindestens einen Tag brauchen, um heimzukommen.

Das hysterische Gejammer der alten Frau hallte durch den Speisewagen, sie rannte auf dem schmalen Gang zwischen den Tischen hin und her, und Tränen liefen ihr über die faltigen Wangen. Die Kellner lachten sie aus und feuerten sie an, doch noch abzuspringen.

Angeekelt legte Oksana ihre Serviette beiseite. Sie sagte Pawel, sie wolle zurück in ihr Abteil und stand auf. Rasch ging sie hinter der Alten her, drückte ihr ein paar Hundertrubelnoten in die Hand, und augenblicklich verstummte das Klagegeheul.

»Hier, Babuschka, Sie brauchen sich nicht so aufzuregen«, sagte Oksana beschwichtigend. »Damit kommen Sie ohne Probleme nach Hause.«

Vollkommen verblüfft zählte die Frau das Geld mit ihren nassen Fingern, das Fleisch fest an die Brust gedrückt. Soviel Geld hatte sie in ihrem ganzen Leben noch nicht gesehen, geschweige denn in Händen gehalten, und sie war so verwirrt, daß sie sogar vergaß, sich bei ihrer hübschen jungen Wohltäterin zu bedanken.

Später kam Pawel zu Oksana ins Abteil, um ihr noch einmal zu erklären, was sie Jap sagen sollte. Wie in allen Geschäftsangelegenheiten war er auch bei diesem Thema äußerst sorgfältig.

»Erstens müssen Sie ihm sagen, daß der Auftrag in New York erfolgreich erledigt worden ist. Zweitens erklären Sie ihm alle Einzelheiten über das Arrangement für seine Entlassung. Drittens ist Zekki Dekka in New York mit dem Plan so weit, daß es losgehen kann. Dann wird Jap Ihnen Informationen für mich geben.«

»Ich weiß«, sagte Oksana. »Sie haben das schon einmal mit mir durchgesprochen.«

»Ja. Entschuldigen Sie. Ich möchte nur ganz sichergehen. Sogar Sie sehen ihn danach vielleicht nie mehr wieder.«

Es war fast Mittag, als der Zug auf dem Bahnhof von Irkutsk einfuhr. Obgleich die Sonne schien, waren die Bahnsteige noch mit Schnee bedeckt, der in der Nacht zuvor gefallen und erst teilweise getaut war. Das heruntergekommene Backstein- und Betongebäude ragte vor ihnen auf; es war schon über hundert Jahre alt und erinnerte an eine Kathedrale.

Auf dem Bahnsteig war kaum ein Mensch. Oksana sah sich um und zog den Mantel enger um die Schultern. Auch Pawels

Blicke wanderten unruhig umher, bis er endlich eine kleine, stämmige Gestalt entdeckte, die mit raschen Schritten näher kam.

Oksana rannte dem Mann entgegen, ohne auf die Schneepfützen zu achten. Schon fiel sie ihm in die Arme, und er hob sie vor Freude hoch.

Fest umschlungen gingen Oksana und ihr Vater zu ihren Reisegenossen zurück. Pawel war mindestens einen Kopf größer als Oksanas Vater, aber abgesehen von Größe und Alter sahen sich die Männer merkwürdig ähnlich. Mischa musterte sie schweigend, den schweren Mantel bis zum Kinn zugeknöpft.

»Papa, das ist mein Freund Pawel«, stellte Oksana vor.

Martinow streckte ihm seine breite, rauhe Hand entgegen.

»Freut mich, Sie kennenzulernen. Nennen Sie mich Nikolai.«

»Ihre Tochter hat mir viel Gutes über Sie erzählt. Ich bin ihr Freund, sie vertraut mir, auch wenn sie mit mir nicht … die engste Beziehung hat.«

»Aha.« Martinow wandte sich an Oksana. »Es gefällt mir, was er sagt, mein Liebes.« Dann blickte er zu Mischa. »Und wer ist der *Dgigit*?« fragte er, denn er hatte den finsteren Mischa gleich als Georgier erkannt.

Noch immer sagte Mischa kein Wort, sondern beobachtete den Parteifunktionär nur sehr aufmerksam.

»Er ist mein Sekretär«, antwortete Pawel an seiner Stelle, ohne mit der Wimper zu zucken. »Er hat eine sehr akkurate Handschrift.«

»Ach wirklich?« meinte Martinow lächelnd, er begriff, daß er einen berufsmäßigen Mörder vor sich hatte.

»Ja, er schreibt sogar mit beiden Händen gleichermaßen deutlich.«

»Und in jeder Lage?«

»Selbstverständlich.«

»Aha. Und wer sind Sie?«

»Ich bin Geschäftsmann, aber das hat Ihnen Oksana sicher bereits erzählt.«

»Ja«, räumte Nikolai ein. »Nun, ich bin Politiker und deshalb engagiere ich mich natürlich nur in staatlichen Angelegenheiten.«

»Verstehe. Ich bin gekommen, um etwas zu besprechen, was für uns beide von Interesse sein dürfte. Ob Sie mir etwas Zeit widmen können?«

Nun wandte sich Nikolai an seine Männer, die unter dem Bahnhofsvordach warteten. Er wies auf die Gepäckstücke, die soeben aus dem Zug geladen wurden. Auch Mischa war schon dorthin unterwegs, und die Männer folgten ihm, um zu helfen.

An den kleinen Schalterfenstern standen Soldaten und lächelnde, gerade entlassene Häftlinge aus den nahe gelegenen Arbeitslagern. Vor dem Bahnhof warteten ein Lieferwagen, zwei Jeeps und ein amerikanischer Cadillac. Dank der intensiven Nachforschungen, die Pawel über Nikolai Martinow angestellt hatte, wußte er, daß das Fahrzeug in der Maschinenfabrik von Togliatti an der Wolga praktisch zu einem Panzer umgebaut und mit Waffen bestückt worden war. Martinow öffnete die Tür, um Oksana einsteigen zu lassen. Während er sich hinten neben Oksana niederließ, winkte er Pawel und Mischa herein. Mischa nahm den mittleren Klappsitz, und Pawel saß vorn mit Nikolais altem Faktotum Tuwa. Dessen Name war Pawel ebenfalls bereits bekannt.

»Wohin fahren wir?« fragte Oksana.

»Aufs Landgut. Ich habe deine Sachen in das Zimmer im zweiten Stock bringen lassen, das dir immer so gut gefallen hat.«

Es dauerte fast eine Stunde, ehe der Konvoi die Vororte von Irkutsk erreichte. Die Stadt war von russischen Kosaken in der zweiten Hälfte des sechzehnten Jahrhunderts gegründet worden. Die Gegend war reich an Fischvorkommen, Vogelarten und Pelztieren. Außerdem lag hier eine sehr ergiebige Goldmine. Unter den Zaren hatte es in der Stadt von russischen, chinesischen und englischen Handelshäusern, Restaurants und Läden gewimmelt. In jenen Tagen maulten die Einwohner von Irkutsk, wenn auf den Marktständen weniger als fünfzehn verschiedene Fischsorten angeboten wurden. Jetzt war aufgrund der kommunistischen Strenge Schluß mit dem Überfluß, und die großen Papierfabriken hatten den Fischen in den Flüssen der Region den Garaus gemacht. Die Stadt war hart, abweisend und geldgierig geworden. Ihre Bedeutung verdankte sie nun mehr ihrer Funktion als Zentrum der Arbeitslager-Region, in denen sich Tausende von versklavten Sowjetbürgern im unwirtlichen Klima zu Tode schufteten.

Drei Stunden nach Verlassen des Bahnhofs gelangte die Gesellschaft ans Tor von Martinows Landsitz am Ufer des Baikalsees. Der Fahrer drückte auf die Fernbedienung, und schon glitt das Tor lautlos auf. Hinter der Fahrzeugkolonne schloß es sich sofort wieder.

Pawel folgte seinem Gastgeber und Oksana durch den Haupteingang in ein prächtiges Empfangszimmer. Kristall- und Bronzelüster hingen von den hohen Decken, auf dem glänzenden Parkettboden häuften sich mehrere Lagen von Eisbärfellen. Goldgerahmte Landschaftsgemälde und Porträts hingen an den Wänden neben üppig verzierten mongolischen und chinesischen Schwertern, Schilden und Helmen. Zwei breite Treppen führten in den zweiten Stock. Die luxuriöse Einrichtung stand einem westlichen Luxushotel in nichts nach.

Martinow lachte leise, als Pawel sich beeindruckt umschaute. »Ja, mein Freund, ich liebe nun einmal schöne Dinge.«

Während Oksana die mit dicken Teppichen belegte Treppe hinaufstieg, folgten Pawel und Mischa ihrem Gastgeber durch eine weitere Doppeltür hinaus auf einen Hof. Sie gingen einen von Zedern gesäumten Weg entlang, bis hinter einer Kurve ein großes, scheunenartiges Gebäude in Sicht kam, umgeben von einem robusten, drei Meter hohen Stacheldrahtzaun.

»Das ist ein hübsches Plätzchen, ruhig und abgeschieden«, sagte Martinow. »Hervorragend zum Arbeiten geeignet. Hier in meinem Büro stört mich niemand. Sie werden gleich sehen, warum.«

Das Gebäude schien ein langer hölzerner Stall zu sein. Martinows Fahrer schob den Riegel der Doppeltüren beiseite und stieß sie auf. Im Innern sah man Eisengitter; rechts, ungefähr auf halber Höhe, zog sich vom Boden bis zur Decke eine Holzwand quer durch das Gebäude. Ein seltsamer Tiergeruch hing in der Luft. Martinow ergriff eine Eisenstange, die am Gitter lehnte, und klopfte mit ihr gegen die Stäbe. Augenblicklich erklang lautes Brüllen aus dem Innern des Käfigs, und ein riesiges gestreiftes Tier erschien.

»Mögen Sie Katzen?« kicherte Martinow. »Das ist ein sibirischer Tiger. Neben ihm wirkt der indische richtig kümmerlich.«

Pawel und Mischa starrten das Tier sprachlos an.

»Drei Männer habe ich auf der Jagd nach diesem Tiger verloren«, erzählte Martinow. »Aber gehen wir jetzt in mein Büro. Ich kann Ihnen garantieren, daß wir nicht gestört werden, und vielleicht können wir ja schon ein erstes Sondierungsgespräch führen.«

Er führte seine Gäste zu einer Tür in der Trennwand; dahinter lag ein großer Raum mit einer Glaswand am einen Ende, durch die man über einen Rasen auf die Bäume am Ufer des Sees hinunterblickte. Auch hier bedeckten Tierfelle den Holzfußboden; zwischen den Bücherregalen prangten allerlei Jagdtrophäen an der Wand. Mitten im Raum stand ein riesiger Holzschreibtisch, von dem aus man den Blick ins Freie genießen konnte.

»Möchten Sie etwas trinken? Wodka, Cognac? Vielleicht wäre Cognac besser.« Martinow wandte sich an den Mongolen, der an der Tür stand und wartete. »Tuwa, wir trinken alle Cognac, und dann sorge bitte dafür, daß wir ungestört bleiben.«

Nachdem sie das erste Glas geleert hatten, schenkte Martinow nach und deutete dann aus dem Fenster. Draußen schlich der sibirische Tiger umher und warf ihnen hin und wieder einen Blick zu. »Nun, sprechen wir über die Angelegenheit, die Sie dazu bewogen hat, meine Tochter auf dieser langen Reise zu ihrem alten Vater zu begleiten. Ich bin überzeugt, daß Sie nicht nur gekommen sind, weil Sie schon immer einen Blick auf unseren Heiligen See werfen wollten.« Er machte eine Kopfbewegung zum Ufer des Baikal.

»Oksana meinte, Sie wären möglicherweise geneigt, etwas für uns zu tun – als Gegenleistung für einen Dienst, den Mischa und ich ihr erweisen konnten. Es ist uns gelungen, ihre Karriere, ihren guten Ruf und ihre Tugend zu retten.«

Martinow warf Pawel einen kalten Blick zu. »Was wissen Sie über Oksanas Tugend?«

»Als sie, hm … als sie in Gefahr geriet, habe ich Oksana geholfen, sie zu bewahren.«

»Was ist mit Oksana geschehen?«

»Sie hatte Probleme mit dem KGB.«

»Meine Oksana? Warum hat sie mich nicht angerufen?«

»Warum fragen Sie sie nicht selbst? Sie hatte Schwierigkeiten mit ein paar miesen Typen. Abschaum. Wir haben Ihre Tochter von ihnen befreit.« Pawel ließ Martinow Zeit, die Information zu verdauen, dann fügte er hinzu: »Ich gehe davon aus, daß Sie längst wissen, weshalb ich hier bin.«

Martinow ließ sich mit der Cognacflasche hinter seinem Schreibtisch nieder. »Ich habe mit dem Leiter des Lagers in Tulun gesprochen und Erkundigungen eingeholt über Jakowlew, den Japaner, wie man ihn nennt.«

Pawel lehnte bequem in einem Sessel neben dem Schreibtisch, Mischa dagegen saß auf der anderen Seite wachsam auf einem Holzstuhl mit gerader Lehne und warf immer wieder einen beunruhigten Blick auf den Tiger, der hinter der Glaswand auf und ab schlich.

Nun spielte Pawel seine erste Trumpfkarte aus. »Sie und Jap haben etwas gemeinsam, wissen Sie.«

»Ach ja?« Martinow klang überrascht.

»Ja. Sie haben beide Ihre Macht durch das Wohlwollen des Genossen Breschnew erworben.«

»Jap kannte Breschnew?«

»Aber selbstverständlich. Sie wissen doch sicher, daß General Tschurbanow von der Milizija, der Schwiegersohn des Generalsekretärs, und Jakowlew eng zusammengearbeitet haben.«

»Ja, ich glaube, ich habe davon gehört«, räumte Martinow ein. »Natürlich nicht hier, fünf Zeitzonen entfernt – hier erfahren wir nur wenig von dem, was in Moskau vor sich geht.« Er goß noch einmal Cognac in die drei Gläser, und sie tranken auf Japs Wohl.

»Und jetzt«, nahm Martinow den Faden wieder auf, »jetzt sitzt Tschurbanow hinter Gittern, und Sie wollen mich bitten, meinen Einfluß spielen zu lassen, damit Jap frühzeitig entlassen wird. Ist Ihnen eigentlich klar, welches politische Risiko ich eingehe, wenn ich mich für diesen Diebesbruder einsetze?«

»Sie haben solche Dinge schon öfter getan«, entgegnete Pawel. »Man hat mir berichtet, es sei schon mehrmals vorgekommen, daß ein Lagerchef zu Ihnen Kontakt aufgenommen hat, um die Freilassung eines Gefangenen zu erwirken – der natürlich alle Beteiligten entsprechend großzügig dafür entlohnt hat. Die Lager sind eine unerschöpfliche Einnahmequelle für Sie, Martinow, denn dort gibt es einen unbegrenzten Vorrat an unbezahlten Arbeitskräften, und hie und da läuft Ihnen ein Mann wie Jap über den Weg, an dem Sie sich eine goldene Nase verdienen können.«

»Leider ist dieser Fall sehr kompliziert«, wandte Martinow

ein. »Jap hat nicht nur Freunde, sondern auch Feinde in einflußreichen Positionen.«

Punkt für Punkt zählte Martinow die Schwierigkeiten auf, die mit Japs Freilassung verbunden waren. Nachdem Pawel sich alles angehört hatte, meinte er matt: »Ich bin bereit, Ihnen einhunderttausend Rubel zu zahlen.«

Martinow schrie auf, als hätte jemand ihn mit dem Messer angestochen. »Halten Sie mich für einen Bettler – bei dem Risiko, das ich eingehen muß?«

»Wieviel verlangen Sie denn?«

»Eine Mille.«

»Eine Million?« lachte Pawel. »Warum nicht gleich zwei?«

Martinow lächelte herablassend. »Das wäre schön, aber eine Mille reicht mir ... für den Anfang.«

»Zweihunderttausend«, lautete Pawels Gegenangebot.

Nach langer Debatte einigte man sich schließlich auf fünfhunderttausend. Martinow schenkte noch drei Gläser Cognac nach und seufzte. »Und machen Sie sich keine Sorgen. Ihr Japaner wird in Tulun bestens behandelt, bis wir ihn frei haben.«

Zufrieden nickte Pawel. Dann griff er in die Tasche und zog einen kleinen Lederbeutel hervor. Gerade wollte er ihn vor Martinow umdrehen und ausschütten, da hielt er im letzten Moment inne. »Erinnern Sie sich noch daran, wie Sie das einmal für Breschnew getan haben?«

Die Überraschung verschwand rasch aus Martinows Gesicht, als ein glitzernder sechs- bis achtkarätiger gelber Diamant auf den Schreibtisch kullerte.

»Zur Besiegelung unserer Abmachung«, sagte Pawel.

Eine Weile starrte Martinow auf den Stein. Dann fuhr er sich mit der Zunge über die Lippen, kippte seinen Cognac hinunter und nahm den Stein in die Hand. »Woher haben Sie so ein wunderschönes Stück?« schnaufte er. »Dieser Stein kommt nicht aus Rußland.«

»Er ist eine Rarität«, bestätigte Pawel lachend und reichte seinem Gastgeber den Beutel. »Wir haben eben die richtigen Leute am richtigen Ort. Und so macht das gute Stück die Runde.«

Martinow strich zärtlich über den Stein, ließ ihn dann wieder in den Beutel fallen und wandte sich zur Tür. »Tuwa!« rief er. »Hol die Katze rein und gib ihr das Abendessen. Wir wollen in die Sauna.«

Nachdem der Tiger wieder in seinen Käfig zurückgebracht worden war, ging Martinow mit Pawel von seinem Büro ein Stück am Ufer des Baikalsees entlang zur Saunahütte. Mischa hatte keine Lust mitzukommen, aber die beiden anderen schwitzten sich nüchtern und badeten in der natürlichen Mineralquelle, auf der die Saunahütte gebaut worden war.

Am Abend wimmelte es im Salon von Dienstboten, denn Martinows Gefolgsleute und seine Kollegen von der Parteispitze mit ihren Frauen waren zu Gast. Die Männer trugen schwarze Anzüge, die Frauen ihre schicksten Kleider. Der Tisch war mit seinem weißen Tischtuch, den silbernen Kerzenhaltern und dem goldenem Besteck wie für einen König geschmückt, und im Grunde war Nikolai Martinow ja auch der ungekrönte König dieser sibirischen Region, die etwa so groß war wie Frankreich.

Er thronte am Kopfende des Tisches, Pawel und Mischa saßen als Ehrengäste zu seiner Rechten.

Oksana erschien auf der breiten Treppe und schritt langsam zu den Gästen herunter. Sie trug eine weiße Seidenbluse zu einem engen, knielangen schwarzen Rock; die Haare hatte sie am Hinterkopf zu einem Knoten hochgesteckt. Zwei Männer im Smoking führten sie an ihren Platz zur Linken ihres Vaters, Pawel gegenüber.

»Er ist ein kluger junger Mann«, meinte Nikolai, während er sich seine Lieblingsspeise – geräuchertes Bärenfleisch – auf der Zunge zergehen ließ, und nickte Pawel zu.

Auf einer schmalen silbernen Platte trugen die Köche einen fast zwei Meter langen Stör herein, der vor kurzem im Baikalsee gefangen und eigens für diesen Anlaß eingefroren worden war.

Er war mit Pilzen, Gemüse und einem ganzen Hühnchen gefüllt im Ofen gebraten und mit einer warmen gelben Fettbrühe übergossen worden, auf der Fenchel- und Petersilienblätter schwammen. Als er aufgetragen wurde, applaudierten die Gäste, und die Sektkorken knallten.

Oksana warf Pawel einen fragenden Blick zu, den er mit einem Lächeln und einem Nicken erwiderte. Als der Wein eingeschenkt war, hob Pawel sein Glas und sah Oksana an. »Ihr Vater ist ein sehr umsichtiger Mann. Ich trinke auf eine für uns alle einträgliche Geschäftsbeziehung!«

12

Oksana konnte ihr Zittern kaum unterdrücken, als hinter den Stacheldrahtzäunen und Wachtürmen die dicken Backstein- und Betonmauern des internen Gefängnistrakts von Tulun sichtbar wurden. Mischa, der neben Martinows Chauffeur saß, drehte sich zu ihr um und schenkte ihr ein, wie er wohl glaubte, beruhigendes Lächeln. Doch sein Gesicht mit den dunklen Bartstoppeln brachte nur ein verzerrtes Grinsen zustande. Er deutete auf das Backsteingebäude zu ihrer Rechten. »Alle diese Lager sind nach dem gleichen Schema aufgebaut. Das hier ist das Krematorium.«

Oksana starrte auf den grauen Rauchschwaden, der über dem Schornstein des Gebäudes hing, und schauderte.

Major Karamuschew empfing den Wagen auf dem Gefängnishof. Diensteifrig sprang Mischa heraus und riß die hintere Tür auf. Oksana verließ die Wärme des Wageninneren und blickte sich unbehaglich fröstelnd um.

»Es ist mir eine große Ehre, daß die Tochter des Ersten Parteisekretärs der Region uns besucht, Genossin Martinowa.« Der Gefängnischef beäugte die Wildledertasche, die von Oksanas rechtem Arm baumelte. »Slawa Jakowlew erwartet uns schon.«

Karamuschew verbeugte sich und führte Oksana vorbei an den mit Maschinengewehren bewaffneten Wachen; durch eiserne Doppeltüren gelangten sie in den Verwaltungstrakt.

Oksana folgte dem Kommandanten eine Steintreppe hinunter und wartete mit hocherhobenem Kopf, während er die letzte Eisentür öffnete. Plötzlich befand sie sich in einem unerwartet luxuriösen und gemütlichen Raum, der sie an das Arbeitszimmer ihres Vaters erinnerte, mit Tierfellen an den Wänden und auf dem Holzfußboden. Ein knisterndes Feuer tauchte die Umgebung in ein freundliches Licht, und auf einem langen, niedrigen Tisch standen Cognac- und Weinflaschen, Kristallgläser und Teller mit belegten Broten. Nichts erinnerte an eine Gefängniszelle, man fühlte sich eher wie in einer heimeligen *Datscha*.

Neben dem Kaminfeuer stand ein eleganter, leicht orientalisch wirkender Mann. Er hielt ein Glas Cognac in der Hand, und als Oksana ins Zimmer trat, erschien ein höfliches Lächeln auf seinem Gesicht. Er trug ein frisch gebügeltes blaues Hemd und schwarze Jeans; seine Füße steckten in Fellslippern.

Er stellte sein Glas ab und kam auf sie zu, nahm ihr den Pelzmantel ab und hängte ihn an den Messinghaken neben der Tür.

»Sie sind also Oksana«, sagte er freundlich. »Wie hübsch Sie sind. Ich habe mich sehr auf Ihren Besuch gefreut.«

»Genosse Jakowlew«, begrüßte sie ihn und streckte ihm die Hand entgegen. »Ich soll Ihnen herzliche Grüße von Ihren Freunden und auch von meinem Vater, Nikolai Martinow, ausrichten.«

Jap beugte sich über Oksanas Hand und küßte sie leicht. »Bitte nennen Sie mich doch Slawa«, bat er lächelnd. »Ich bin kein Kommunist und war auch nie einer. Außerdem wird mit dieser Genossen-Unsitte ohnehin bald Schluß sein.«

»In Ordnung, Slawa.«

»Möchten Sie vielleicht etwas zu trinken nach der langen Fahrt? Ich bin sicher, unser Freund« – er lächelte zum Gefängnischef hinüber – »wird uns Gesellschaft leisten.«

Karamuschew nahm den Cognac, während Oksana ihr Haar ausschüttelte. Fasziniert sahen die beiden Männer zu. Als Oksana sich aufrichtete, zeigte sich ihr jugendlicher Körper in seiner ganzen Schönheit: Die verführerische Rundung ihrer Brust in dem anliegenden schwarzen Oberteil, die langen, schlanken Beine unter dem kurzen Rock. Beiden Männern stockte einen Augenblick fast der Atem. Lächelnd griff Oksana in ihre Tasche und holte ein viereckiges Schächtelchen aus blauem Samt hervor, das sie Karamuschew reichte. »Mein Vater hat mich gebeten, Ihnen dies zu geben.«

Der Major ließ das Kästchen aufschnappen und blickte gebannt auf zwei glitzernde, blauweiße, birnenförmige Diamanten. »Die sind ja prachtvoll. Ich werde sie hüten wie einen Schatz und das Andenken Ihres Vaters immer in Ehren halten.«

Um Karamuschew zu beschäftigen, wandte sich Oksana dann an Jap: »Von Ihrer Frau Olga soll ich besonders liebe Grüße bringen; sie hofft sehr, daß Sie bald entlassen werden.« Der Kommandant hatte Oksanas Besuch nämlich hauptsächlich deshalb genehmigt, weil sie vorgab, eine Freundin der Familie zu sein, die keinerlei Verbindung zu Japs Geschäften hatte. Nun wandte sie sich wieder an Karamuschew: »In meinem Wagen ist ein Korb mit Essen und gutem Wein. Könnten Sie wohl veranlassen, daß die Sachen hierhergebracht werden?«

»Ich werde mich sofort darum kümmern.« Die Samtschachtel fest umklammernd, ging Karamuschew durch die Eisentür hinaus und ließ Jap und Oksana allein.

»Es war sehr großzügig von Ihrem Vater, dem Gefängnischef ein solches Präsent zu schicken«, meinte Jap.

»Pawel hat die Diamanten zur Verfügung gestellt.«

»Ich wünschte, mein treuer Freund Pawel könnte selbst herkommen und mich besuchen«, sagte Jap wehmütig. »Da draußen passiert soviel, über das nur er Bescheid weiß.«

»Nicht einmal mein Vater kann die Regeln so weit beugen, daß Sie Besuch von ihren Geschäftspartnern bekommen dürfen. Wenn er sich zu sehr engagiert, könnte das Ihre Entlassung aufs Spiel setzen.« Sie lächelte. »Aber mich, die Freundin Ihrer Frau, der ich leider noch nie begegnet bin, läßt man herein. Mein Vater konnte nicht selbst kommen.«

»Selbstverständlich nicht«, erwiderte Jap. »Als Politiker muß er auf der Hut sein. Nebenbei bemerkt, ist es aber ein großes Vergnügen, eine so hübsche Besucherin empfangen zu dürfen.«

»Pawel hat mir einige Dinge aufgetragen, die ich Ihnen berichten soll«, begann Oksana, denn nun waren sie ja allein. »Er wollte mir nichts Schriftliches geben, also habe ich alles auswendig gelernt.«

Jap schenkte ihr ein Glas Wein ein, und sie fuhr fort: »Pawel ist in Irkutsk. Er sagt, Ihre Macht innerhalb der *Organisazija* schwindet sowohl in New York als auch hier.«

Jap nickte ernst, und Oksana erzählte weiter: »Pawel und mein Vater haben sich letzte Woche jeden Tag getroffen. Die Telefonleitungen zwischen hier und Moskau laufen Ihretwegen heiß. Und während wir hier zusammensitzen, werden bereits Zahlungen an Freunde im Rat der Volksdeputierten und im Büro des Staatsanwalts geleistet. Bevor der Frühling vorüber ist, sind Sie wahrscheinlich wieder in Moskau.«

»Sagen Sie Pawel, er soll keine Kosten scheuen. Ich muß so schnell wie möglich freikommen.«

»Er tut, was er kann. Aber es gibt da auch noch das Problem mit dem Deputierten von Samarkand, der versucht, Sie in ein Lager in Usbekistan verlegen zu lassen.«

»Das darf auf keinen Fall passieren«, meinte Jap. »Sagen Sie Pawel, daß ich auch von hier aus daran arbeite, eine Verlegung zu verhindern.«

»Und noch etwas ganz Wichtiges muß ich Ihnen sagen«, fuhr Oksana fort. »Der Auftrag in New York wurde erfolgreich ausgeführt, aber es gibt noch andere Leute aus der georgischen Truppe, die versuchen, sich in Ihre Geschäfte mit den Amerikanern einzumischen. Deshalb läßt Pawel fragen, ob Ihre Männer dort noch mehr Aufträge ausführen sollen.«

»Diese Georgier gehören zu einem Diebesbruder hier in Tulun. Ich habe Tofik schon gewarnt, seine Männer sollen gefälligst die Finger von meinen Geschäften lassen. Richten Sie Pawel aus, er soll tun, was er für nötig hält. Vielleicht bekommen wir Probleme mit Giwi, Tofiks Schläger in Moskau. Aber ich will keinen Krieg mit ihm.«

»Ich werde es ihm sagen, Slawa.«

»Gibt es sonst noch Neuigkeiten über meine Entlassung?« erkundigte sich Jap eifrig.

»Mein Vater hat mit dem Volksdeputierten, dem Generaldirektor des Instituts für Augenchirurgie, Swjatoslaw Federow telefoniert.«

Jap nickte erfreut. »Er ist der reichste und angesehenste Arzt von ganz Rußland.«

»Ja, und auch international bekannt. Er hat ein persönliches Gnadengesuch für Sie bei Boris Jelzin eingereicht.«

Oksana beugte sich zu ihm. »Mein Vater hat seinem Freund, dem Vorsitzenden der Menschenrechtskommission beim Obersten Sowjet, geschrieben und sich persönlich beim Innenminister für Sie eingesetzt.«

»Sie sind überwältigend, Oksana.« Jap ergriff ihre Hand und hielt sie fest.

»Wenn ich wieder in Moskau bin, werde ich bei diesen Leuten noch einmal nachhaken«, versprach Oksana.

»Und wenn eine schöne und brillante Frau wie Sie eine Botschaft überbringt, wird diese dadurch noch hundertmal eindringlicher.«

Oksana strahlte bei diesem Kompliment.

»Pawel wollte Sie außerdem wissen lassen, daß er sich selbst durch seine Verbindungsleute beim Stellvertretenden Präsidenten des Obersten Gerichtshofs der Russischen Föderation, Merkuschew, für Sie verwendet hat. Merkuschew wird das Gnadengesuch in Ihrer Angelegenheit vor Gericht vertreten.«

»Sie haben ja die höchsten Instanzen eingeschaltet.«

»Ja, und Pawel hat vorgeschlagen, daß ich einen Ihrer Freunde, den Volksdeputierten, Sänger und Schauspieler Josef David Kobzon, besuchen soll. Ich freue mich wahnsinnig, ihn kennenzulernen.«

»Und ich bin sicher, daß er sich wahnsinnig freuen wird, Sie kennenzulernen«, entgegnete Jap mit einem Augenzwinkern. »Ich kenne Josef. Er liebt nichts mehr als schöne Frauen.«

»Pawel meint, wenn er alles bezahlt hat, werden Sie sich neues Geld drucken müssen, aber glücklicherweise ist Zekki Dekka in New York bereit, das Druckprojekt zu starten.«

Interessiert beugte sich Jap zu ihr. »Zekki Dekka soll umgehend die Verladung der Pressen und des Materials nach Moskau organisieren. Sobald ich wieder frei bin, müssen wir mit unserer Aktion beginnen. Ich gehe davon aus, daß sich der Kommunismus noch vor Jahresende in Anarchie verwandelt, und wir müssen bereit sein, entsprechende Maßnahmen zu ergreifen.«

Jap atmete heftig, denn er war sich der schwerwiegenden Folgen seiner Anweisungen wohl bewußt. »Sorgen Sie dafür, daß Pawel erkennt, wie wichtig es ist, unsere zukünftigen Handelspartner, vor allem Nordkorea und den Irak, bei der Stange zu halten. Und wir müssen weiterhin sämtliche Konkurrenten ausschalten. Sobald ich draußen bin, werde ich nach Amerika reisen.«

»Vielleicht brauchen Sie in Amerika eine vertrauenswürdige Dolmetscherin«, meinte Oksana.

Zu ihrer großen Freude lachte Slawa: »Ja, die brauche ich bestimmt. Ich bin zu alt, um Englisch zu lernen. Bringen Sie Ihren Vater dazu, daß er mich aus dem sowjetischen Gefängnis befreit, und ich verspreche Ihnen, daß Sie mit nach Amerika kommen. Abgemacht. Doch nun haben wir genug über Geschäfte gesprochen, ich möchte gern etwas über Sie persönlich erfahren. Was fangen Sie denn so mit Ihrem Leben an?« Oksana erzählte ihm von ihrer Arbeit als Dolmetscherin im Hotel Rossija und von den Umständen, unter denen sie Nadja kennengelernt und sich mit ihr angefreundet hatte.

An diesem Punkt kehrte Major Karamuschew mit dem Korb zurück. Obwohl Jap ganz in Oksanas Geschichte vertieft war, bot er dem Gefängnischef höflich etwas zu essen und zu trinken an. Beides wurde dankbar angenommen. Jetzt schweifte das Gespräch auf oberflächliche Themen ab, beispielsweise die lange Zugfahrt nach Irkutsk.

Beim zweiten Glas Wein kam Karamuschew, der seine Augen nicht von Oksana abwenden konnte, noch einmal darauf zu sprechen, daß man sich von Seiten Moskaus immer wieder wegen des Gefangenen Jakowlew einmischte.

»Bleiben Sie hart«, riet ihm Jakowlew. »Bald sind Sie im Ruhestand und können Ihren Reichtum genießen.«

»Ich würde mich gern jetzt schon zur Ruhe setzen, aber was würde dann mit Ihnen passieren?« Er warf Jap einen scherzhaft besorgten Blick zu. »Ich hoffe sehr, daß Sie bald entlassen werden, damit wir beide aus diesem Hexenkessel herauskommen.« Nach einem letzten Cognac brach Karamuschew auf und ließ die beiden wieder allein.

»Erzählen Sie weiter«, bat Jap begierig. »Endlich ist das alte geldgierige Schlitzohr weg.«

Jap hörte aufmerksam zu, wie Oksana einen Bericht von ihrer kurzen Begegnung mit dem Norweger lieferte und dann ausführlich die seelischen und körperlichen Qualen schilderte, die die drei KGB-Offiziere ihr zugefügt hatten.

Jap wurde an diesem Punkt von Oksanas Erzählung wütend, hörte jedoch mit großer Befriedigung die Nachricht vom Tod der drei; Pawel hatte Oksana die Szene inzwischen widerwillig beschrieben, damit sie Jap davon erzählen konnte. »Es wird nicht mehr lange dauern, dann müssen all diese staatlich sanktionierten Vergewaltiger, Folterer und Mörder teuer für ihre Exzesse bezahlen.«

Und Oksana verdrängte ganz bewußt die Geschichten, die ihr über gewisse Exzesse des Japaners zu Ohren gekommen waren.

Schweigend probierten sie die Köstlichkeiten, die Oksana mitgebracht hatte, und schlürften den Wein aus Nikolais Keller. Schließlich sah Jap Oksana fragend an. »Sagen Sie mir, ist es nicht seltsam, daß Sie trotz Ihrer hervorragenden Ausbildung und Ihrer privilegierten Stellung zu einer Organisation gehören, die vom Staat als illegal erachtet wird?«

Einen Moment nippte Oksana nachdenklich an ihrem Weinglas. Dann setzte sie es ab und antwortete: »Ich werde nie vergessen, was diese staatlich sanktionierten Vergewaltiger, wie Sie sie genannt haben, mir angetan haben. Ich wußte nicht, wo ich Schutz vor weiteren Übergriffen suchen sollte. Es war, als hielte der Staat mich selbst für schuldig. Irgendwann nach dem Feuer im Arbat hatte ich eine Art Erleuchtung.«

Jap nickte verständnisvoll. »Ich lese hier sehr viel. Ich würde gern Näheres von Ihrer Erleuchtung erfahren.«

»Es ging letztlich darum, was gut und was böse ist. Zuerst konnte ich nicht glauben, daß der kommunistische Staat, den ich zu respektieren gelernt hatte, nicht nur das entschuldigte, was der Oberst und die beiden jungen KGB-Männer mir angetan hatten, sondern mich auch noch dafür bestrafen wollte, indem man mich aus dem Fremdspracheninstitut warf.«

Sie schüttelte nachdenklich den Kopf. »Ich habe versucht, mich umzubringen. Nadja, eine Prostituierte, und Pawel haben mich vor diesem System gerettet – sonst wäre das naive junge Mädchen, das ich einmal war, unter die Räder gekommen. Meine Abmachung mit Pawel habe ich bis heute nicht bereut.«

»Sie haben das Richtige getan. Diese drei hätten Ihr Leben zerstört. Wie Dostojewski schrieb: ›Er hat mir einst ein großes Unrecht angetan und es mir bis heute nicht verziehen.‹ Diese Kerle hätten ihr Verbrechen nie vergessen, und irgendwann hätten das schlechte Gewissen und die Angst sie dazu getrieben, ihr Opfer zu töten.«

Geduldig wartete Jap, daß Oksana ihren Bericht fortsetzte; seine unverminderte Aufmerksamkeit ermunterte sie zum Weitererzählen. Oksana nahm noch einen Schluck Wein. Trotz seines Rufs hatte ihr seltsamer Gesprächspartner einen angenehm beruhigenden Einfluß auf sie, und die Unterhaltung machte ihr Freude.

»Allmählich begreife ich, daß Gut und Böse nicht so eindeutig sind«, meinte sie nachdenklich. »Die meisten Menschen verlassen sich auf die Religion, die ihnen diesen Unterschied zeigen soll, aber diese Möglichkeit blieb mir versagt. Meine Mutter hat mir zwar immer wieder von Gott und Jesus erzählt, aber mein Vater war immer überzeugter Kommunist und Atheist und ließ die Kirchen niederbrennen. Nur anhand persönlicher Erfahrungen kann man Gut und Böse unterscheiden.«

»Sie haben vollkommen recht, Oksana«, pflichtete Jap ihr bei. »Moral ist wie alles im Leben subjektiv.«

Er holte tief Luft und griff nach Oksanas Hand. »Das, was Sie Ihre Erleuchtung nennen, hilft mir, Ihnen vorbehaltlos zu vertrauen, Oksana.« Damit ließ er ihre Hand los, stand auf, goß sich einen Cognac ein und füllte Oksanas Weinglas nach.

»Sie haben aus erster Hand erfahren, daß die Kommunistische Partei im Sterben liegt, Oksana, sie will es nur selbst noch nicht wahrhaben.«

Oksana nickte. Erst bei ihrem jetzigen Besuch war ihr klar geworden, daß auch ihr Vater seinen Einfluß, seinen Reichtum und seine bequeme Zweitwohnung in Moskau einzig und allein ungehemmter Korruption verdankte.

»Die Partei ist durch und durch verfault«, fuhr Jap fort. »Ein kleiner Stoß, ein politischer oder militärischer Aufstand, und die ganze Struktur wird über Nacht zusammenbrechen.« Am Funkeln seiner schrägen dunklen Augen war zu erkennen, wie ernst er seine Prophezeiung meinte. »Ich muß draußen sein, bevor es passiert, damit ich das Chaos zu meinem Vorteil nutzen kann.«

Jap ging in seiner Zelle auf und ab. »Es ist ein großer Nachteil für mich, daß ich von meinen Informationsquellen abgeschnitten bin. Aber wenigstens weiß ich jetzt, daß der Tschetschene in New York erfolgreich war, und sicher hat auch Tofik inzwischen davon erfahren. Gibt es sonst noch etwas?«

»Pawel meint, daß ein paar von Tofiks Georgiern aus Giwis Truppe immer noch vorhaben, die Aktion in Moskau durchzuziehen. Wollen Sie, daß der Tschetschene noch weitere Aufträge ausführt?«

»Nein, nein, auf keinen Fall«, antwortete Jap, plötzlich ganz hektisch. »Pawel muß dafür sorgen, daß sich der Tschetschene in Moskau zurückhält. Wir wollen keinen Krieg.« Eine Weile schwieg er, dann breitete sich langsam ein Lächeln über sein Gesicht. »Sagen Sie Pawel, er soll versuchen, einen von unseren Leuten in Giwis Organisation einzuschleusen – am besten Mischa, er ist auch Georgier. Und sagen Sie ihm, daß Victor zumindest für eine gewisse Zeit mit Giwi Frieden schließen soll.«

Jetzt war Oksanas angeborene Neugier geweckt. »Wer ist Victor? Auch ein Geschäftsmann?«

»Victor Kalina ist mein unehelicher Sohn.« Er lächelte Oksana traurig an. »Er versucht, ein Geschäftsmann zu werden, aber er ist jung und macht Fehler. Die Milizija hat ihn bei einem Drogenprojekt erwischt, und er hatte noch Glück, daß sie ihm nur drei Jahre aufgebrummt haben – dank meiner politischen Kontakte.«

»Ist er wieder eingestiegen, als er aus dem Gefängnis kam?« fragte Oksana.

Seufzend nickte Jap. »Ein Glück, daß ich auch bald wieder draußen bin, denn Victor versucht, direkt mit Giwi und Tofik zu konkurrieren, und das ist für meinen Sohn eine Nummer zu groß.«

»Sie hängen wohl sehr an ihm«, bemerkte Oksana. »Hat er Sie hier schon besucht?«

»Er durfte mich zweimal in Tulun besuchen, ehe General Juri Tschurbanow, Breschnews Schwiegersohn, selbst ins Gefängnis kam«, antwortete Jap ausweichend.

Noch eine Stunde unterhielten sie sich, dann kam Major Karamuschew, um Oksana zu ihrem Wagen zurückzubringen. »Es tut mir leid, daß wir den Besuch nicht verlängern können, vielleicht auch über Nacht«, meinte er, und Oksana ignorierte geflissentlich sein vielsagendes Grinsen, »aber wie ich schon sagte, aus Moskau löchert man mich sowieso schon dauernd wegen Wjatscheslaw Jakowlew.«

»Wir werden uns um die Angelegenheit kümmern, Major Karamuschew«, versprach Oksana. »Mein Vater läßt fragen, ob er irgend etwas für Sie tun kann«, fügte sie hinzu.

»Richten Sie ihm aus, wenn ich Probleme bekomme, sage ich sofort Bescheid«, antwortete der Kommandant.

Oksana wandte sich an Jap. »*Do swidanija*, Slawa. Ich hoffe, das nächstemal werden wir uns in Moskau treffen.«

Jap begleitete sie zur Eisentür. Zum Abschied führte er wieder ihre Hand an die Lippen, aber sie gab ihm impulsiv einen Kuß auf die Wange. »Ich richte Olga alles Liebe von Ihnen aus.« Dann folgte sie Karamuschew in den Korridor.

Jap lauschte dem Klicken ihrer hochhackigen Stiefel auf dem Betonfußboden vor seiner Zelle; allmählich verklangen die Schritte. Schließlich kehrte er in seine innere Zelle zurück und schenkte sich einen Cognac ein. Seine Gedanken wanderten zu Olga.

Sie waren sich im Jahr 1978 ganz zufällig begegnet, fast vier Jahre vor Japs Verurteilung. Er hatte immer vorgehabt, sich der Diebesbruderregel zu unterwerfen, die eine Ehe ablehnte – doch eine Stunde, nachdem er Olga kennengelernt hatte, war sein Entschluß ins Wanken geraten. Bis heute war sie ihm eine gute und treue Ehefrau. Glücklicherweise hatte sie aber immer ihr eigenes Leben in den gehobenen Kreisen der Moskauer Gesellschaft geführt. Japs großzügige Geschenke – Geld und bei Bedarf auch mal handfestere Überzeugungskünste – hatten einiges zu Olga Jakowlewas Prestige beigetragen, ihre Geschäftspartner brachten ihr große Hochachtung entgegen.

Josef Kobzon war schuld, daß sie sich getroffen hatten. Der bekannte Sänger hatte so arrogant geklungen wie immer, als er Jap anrief. Er behandelte die Diebesbrüder, einschließlich Jap, mit einer solchen Dreistigkeit, daß man hätte denken können, all diese Gangster wären ihm zutiefst verpflichtet, statt umgekehrt. Denn Josef David Kobzon war ein Star geworden, weil die Gangster Kinobesitzer und Filmproduzenten eingeschüchtert und schikaniert hatten.

»Wir treffen uns in einer halben Stunde im Cinema«, hatte Kobzon verkündet.

Das Cinema lag in einer Seitenstraße unweit des Weißrussischen Bahnhofs im Zentrum Moskaus. Es war ein großes, dreistöckiges Gebäude mit einem Restaurant im Souterrain, mehreren intimen Bars und einer Ausstellungshalle.

Jap erwartete Kobzon an einem kleinen Tisch in der Ecke des Restaurants. Die geschäftliche Unterredung war rasch beendet – Jap versprach, seinen Teil der Abmachung zu erledigen, und Kobzon verschwand. Damals war er der gefragteste Künstler bei Konzerten und Regierungsveranstaltungen. Jap blieb noch eine Weile sitzen, um auszutrinken. Schließlich ging er hinaus in die Halle und wollte gerade ins Kino, in dem der neueste Fellini-Film lief, als er Olga entdeckte. Sie stand im Korridor, der von ein paar roten Lampen schwach erleuchtet war, und richtete sich vor einem der Spiegel die Haare.

Jap war hingerissen von ihrer graziösen Figur, ihren kurzen blonden Haaren, ihrem hübschen, schmalen Gesicht mit den grauen Augen und dem kleinen und dennoch vielversprechenden Mund. Sie trug ein braunes Lederkostüm mit einem engen Rock, der ein Stück über dem Knie endete, graue Strümpfe und hochhackige Schuhe, wodurch sie noch größer und schlanker wirkte. Sie spürte Japs Blick und wandte den Kopf zu ihm. Aber Jap sah nicht weg, im Gegenteil, er starrte sie weiter unverwandt an. Ihr Gesicht nahm einen ärgerlichen, etwas arroganten Ausdruck an.

Abrupt wandte sie sich ab und ging die Treppe hinunter.

Einen Moment überlegte Jap, dann folgte er ihr; er spürte ein brennendes Verlangen, und sein Herz klopfte wild. Im unteren Stockwerk waren die Wände mit grauen Marmorplatten verkleidet, die Lampen verbreiteten unter braunen Schirmen gedämpftes Licht. Dort gab es noch eine Bar und mehrere Gästegarderoben. An der grün beleuchteten Bar stand kein Mensch; nicht einmal ein Barkeeper war zu sehen. Japs Blick fiel auf die Toilettentür.

Jap zauderte; er dachte an jenen Tag, als er die gestohlene Pistole auf den alten Usbeken gerichtet hatte. Damals hatte er den Mut besessen, um abzudrücken. Warum zauderte er jetzt plötzlich? Entschlossen stieß er die Tür zur Damentoilette auf und marschierte hinein. Die Dame, die er suchte, stand vor dem Spiegel am Waschbecken. Als sie Jap darin erblickte, zuckte sie nicht mit der Wimper.

Mit ernstem, fast finsterem Gesicht näherte sich Jap ihr, ohne Hast. Sie wandte sich ihm zu, den grazilen Hintern ans Waschbecken gepreßt. Einen Moment lang trafen sich ihre Blicke. Dann senkte Jap die Augen zu Olgas langen schlanken Beinen in den grauen Seidenstrümpfen. Ganz langsam glitt seine Hand unter den Saum ihres Rockes und innen an ihren seidenverhüllten Oberschenkeln empor. Doch Olgas schmale Hand packte Japs breite Pranke, schob sie weg und schlug Jap so heftig ins Gesicht, daß er ins Wanken geriet.

Kerzengerade stand sie vor ihm, wortlos und ruhig, mit ausdruckslosem Gesicht. Im nächsten Moment schlug er zu; ein schmaler Blutfaden floß aus ihrer Nase. Sie schnappte kurz nach Luft, gab aber keinen Laut von sich, sondern schloß nur die Augen. Sanft legte Jap die Hand erneut zwischen ihre Schenkel und schob den Rock nach oben. Mit ihren langen, gepflegten Fingern umfaßte sie seine Schultern, während seine Hand bereits in ihren Seidenslip griff. Und da geschah das Unglaubliche – sie öffnete seine Gürtelschnalle und knöpfte ihm die Hose auf. Jetzt gab es kein Zurück mehr, und sie veränderte ihre Haltung gerade so, daß er in sie eindringen konnte.

Eine halbe Stunde später saßen sie nebeneinander in der Bar, erhitzt und ein wenig verlegen, doch ohne einen Funken Reue, ihr makelloses Äußeres eine Spur zerknautscht.

»Wie heißt du?« fragte sie, während sie sich eine Zigarette aus der Packung holte.

Er gab ihr Feuer.

»Ja– », begann er, unterbrach sich aber. »Eh … Slawa.«

»Ich bin Olga«, sagte sie.

Eine Woche später heirateten Olga und Wjatscheslaw – gegen das ungeschriebene Gesetz der Diebesbrüder. Das Paar hätte kaum verschiedener sein können: Sie war sieben Jahre jünger und einen Kopf größer als er, sehr schlank, fast mager. Ihre blonden Haare trug sie immer kurzgeschnitten.

Olga war stellvertretende Direktorin des Hotel Rossija, eine wohlhabende Frau mit weitläufigen Beziehungen. Sie wußte genau, wer Jap war und in welche »Geschäfte« er verwickelt war. Aber sie heiratete ihn trotzdem.

Jap hob sein Glas. »Auf Olga«, sagte er laut und gab sich alle Mühe, nicht mehr an die unerreichbare Oksana zu denken.

13

Boris Burentschuk, der noch vor dem amerikanisch-russischen Boxturnier zum Major der Abteilung Sonderermittlungen befördert worden war, hatte bei seiner Rückkehr mit dem Team sein eigenes Büro in der Petrowka bekommen. Es ging auf den Innenhof des Milizija-Hauptquartiers hinaus, einen unebenen Asphaltplatz, aufgebrochen von den Wurzeln riesiger Linden. Ein paar Milizija-Fahrer standen neben ihren Wagen, die Schirmmützen mit den roten Bändern in den Nacken geschoben. Neben ihren Pistolenhalftern hingen große Schlüsselbunde von ihren Gürteln. Es war schon Ende Oktober, und in Moskau wurde es allmählich kalt; deshalb trugen die meisten Milizija-Beamten bereits ihre Wintermäntel.

Boris wartete schon den ganzen Nachmittag auf den Anruf von Oberst Wladimir Netschiajew, dem Chefinspektor der Milizija. Seine Tür stand halb offen, so daß man das Stimmengewirr aus dem schmalen, hellen Korridor deutlich hörte. Die Angehörigen der Abteilung Sonderermittlungen eilten von einem Büro ins andere, eine Wolke von Zigarettenrauch verbreitend.

Im Gegensatz zu vielen seiner Kollegen, die ihre Krawatten locker um offene Hemdkragen trugen, war die von Boris stets ordentlich gebunden. Daß er sein graues Jackett über die Stuhllehne gehängt hatte, war sein eiziges Zugeständnis an die muffige Atmosphäre des Büros. Unter seiner linken Achsel hing das Halfter seines Marakow-Revolvers. Die Waffe selbst lag im Safe.

Auf dem Schreibtisch vor ihm stand, umgeben von Papierbergen, seine Schreibmaschine, in die ein eng beschriebenes Blatt eingespannt war – die letzte Seite seines Berichts über den Mord an drei KGB-Agenten. Die Abteilung Sonderermittlungen hatte mit dem KGB an der Lösung des Falls zusammengearbeitet, allerdings nicht sonderlich eifrig. Man war der Lösung des »Arbat-Massakers«, wie die Presse es nannte, vom Ende des Sommers bis jetzt, fast zwei Monate später, praktisch keinen Schritt näher gekommen. »Die Sache ist null und nichtig« murmelte man im Jargon der Petrowka.

Um sich seiner neuen Position würdig zu erweisen, hatte Boris sämtliche Fakten des Falls aufgelistet. Unbekannte Täter hatten drei KGB-Offiziere – einen Oberst und zwei Leutnants – in ihren eigenen vier Wänden, das heißt in einem geheimen Unterschlupf der Organisation im Arbat, getötet und verbrannt.

Boris hatte jedes Detail des Vorfalls und jedes einzelne Zeugenprotokoll eingehend studiert. Dutzende von Einwohnern hatten den Knall der Explosion gehört, aber niemand hatte etwas Verdächtiges oder Ungewöhnliches bemerkt. Selbst die üblichen Polizeiinformanten konnten sich keinen Reim auf die Sache machen. Aber Verbrecher waren auch Geschäftsleute. Welchen Sinn hatte es für sie, den KGB so offen vor den Kopf zu stoßen?

Laut KGB-Protokoll hatte der Geheimdienst drei Wochen gewartet, ehe er der Polizei meldete, daß drei seiner Leute vermißt wurden. Zwei weitere Wochen verstrichen, ehe Unterlagen über das Gebiß der verschwundenenKGB-Leute an die Milizija weitergeleitet und mit den Zähnen verglichen wurden, die man am Tatort gefunden hatte. Sie hatten als einzige Indizien das Feuer überstanden; Zähne sind feuerfester als jedes Metall. Die Identifikation verlief positiv. Außerdem hatte der Gerichtsmediziner rußgeschwärzte Flaschenscherben entdeckt, was auf ein Trinkgelage hindeutete – beim KGB durchaus keine Seltenheit. Zwar wies Chefinspektor Oberst Netschiajew seine Leute an, Genaueres über die Opfer herauszufinden, aber der KGB rückte nur sehr zögernd mit Informationen heraus und verweigerte Boris und den anderen Ermittlern auch den

Zugang zu Tonbändern, die am Tatort aufgenommen worden waren, bevor das Feuer die Wanzen zerstört hatte.

In der Zwischenzeit ließ der Staatsanwalt nicht locker; er wollte Ermittlungsergebnisse sehen, was das Verhältnis zwischen Polizei und KGB nur noch weiter belastete.

Boris Burentschuk war ein bescheidener und diplomatischer Ukrainer, der an der Universität von Kiew studiert hatte – was dazu beitrug, daß er anfangs bei der Moskauer Milizija ein schlechtes Image hatte. Doch als echter »Uke« bemühte er sich stets, höflich und zuvorkommend zu sein. Als Pressesprecher bewies er rasch sein Talent, bei den Medien eine für die Polizei recht positive Berichterstattung zu bewirken.

Seinem Instinkt folgend, hatte General Alexi Bodajew, der Chef der Kriminalbrigade, Burentschuk zum Major befördert und ihm den Fall des Arbat-Massakers übertragen.

Um sechs Uhr abends kam der Anruf. Boris durchquerte den langen Korridor im dritten Stockwerk der Petrowka und betrat Netschiajews relativ geräumiges Büro. Der Schlaufuchs, wie Polizeiangestellte und Kriminelle gleichermaßen den Chefinspektor bezeichneten, wollte ihn mit sämtlichen Aspekten des Arbat-Falles betrauen.

In Netschiajews Büro wartete auch Major Juri Nawakoff in seinem blauen Jeansanzug mit der amerikanischen Flagge über der linken Brusttasche. Man hatte ihm den Anzug beim amerikanischen Boxturnier geschenkt, und inzwischen war er Juris Markenzeichen geworden. Aus dem gleichen Grund hatte man ihm den Spitznamen »Amerikanski« gegeben – er sah aus wie Dirty Harry. Sein Spezialgebiet war die Straßenkriminalität; er arbeitete in Zivil und trug stets einen großen Revolver bei sich. Vor jedem Mann am Tisch stand ein Glas, in das Netschiajew jetzt eine großzügige Portion Wodka einschenkte.

»Nun, Männer« – er hob sein Glas –, »verflucht sei der Augenblick« – seine Stimme nahm einen schneidenden Ton an,

»in dem die Soldaten der ›unsichtbaren Front‹ ihre Finger in unsere Ermittlungen steckten.«

Alle kippten ihre Gläser, bis auf Boris, der an seinem nur höflich nippte. Inzwischen nahmen die Kollegen von der Milizija Boris' Abneigung gegen Alkohol mit Nachsicht zur Kenntnis. Er war eben ein Uke und demzufolge ein komischer Kauz.

Netschiajew schenkte Wodka nach. »Ich meinerseits habe das sichere Gefühl, daß dieser abstruse Mord ganz spezielle Motive hatte. Wenn Jap Jakowlew nicht in Tulun säße, würde ich ihn sofort zum Verhör vorladen. Die Morde tragen eindeutig seine Handschrift.«

»Könnte er irgendwelchen Besuchern Anweisungen gegeben haben?« fragte Boris.

»Kontakte mit seinen alten Freunden sind ihm streng untersagt. Soweit ich weiß, hat man seiner Frau oder einer ihrer Freundinnen letzte Woche einen Besuch genehmigt, aber das war lange nach den Arbat-Morden.«

Nach einem Moment des Schweigens fuhr Netschiajew fort: »Hoffen wir, daß er seine gesamte Strafzeit absitzen muß, also noch mal fünf Jahre.« Er wandte sich an Boris: »Major Burentschuk, ich übergebe Ihnen diesen grotesken Fall mit einem letzten Ratschlag. Es handelt sich garantiert nicht um einen gewöhnlichen Mord. Kein Mensch, nicht einmal ein Irrer, erhebt die Hand gegen den KGB, es sei denn, er hat einen guten Grund oder eine Menge Macht.«

»Ganz Ihrer Meinung.« Boris nickte.

»Ich sage Ihnen«, fuhr Netschiajew nachdenklich fort, »diese Arbat-Geschichte ist nur die erste von vielen. Aber wenn es Ihnen gelingt, die erste zu klären, werden Sie auf etwas sehr Interessantes stoßen. Und wahrscheinlich auf etwas ganz Wichtiges.«

»Ich stelle ausgiebige Nachforschungen über die Opfer an«, sagte Boris. »Und ich werde mir auch Paul Warankows Studentengruppe noch einmal vornehmen. In zwei, höchstens drei Tagen kann ich Ihnen darüber berichten.«

»Noch etwas.« Netschiajew starrte in sein leeres Wodkaglas. »Ich glaube nicht, daß es etwas mit dem Arbat-Fall zu tun hat, deshalb habe ich es bisher noch nicht zur Sprache gebracht, aber es könnte durchaus noch etwas im Spiel sein. Kurz bevor wir New York verließen, berichtete uns unser amerikanischer Kollege Peter Nichilow, daß der Mord am Volksdeputierten Gardenadse eng mit dem Mord an den beiden Georgiern zusammenhängt, die zwei Monate zuvor in Brighton Beach erschossen wurden. In beiden Fällen hat Peter die Mordverdächtigen, zwei Tschetschenen, mit demselben Mann gesehen, einem gewissen Zekki Dekka. Peter glaubt, daß Dekka Kontakte zu unserem lieben Japontschik unterhält. Wenn einer von Ihnen also in nächster Zeit einen Tschetschenen hochnimmt, sollte man ihn fragen, ob er etwas darüber weiß, was sich zur Zeit in New York abspielt.«

Mit einem gequälten Lächeln drehte Netschiajew sein leeres Glas um, stellte es dann wieder auf den Tisch und füllte es zusammen mit denen der anderen. »Zwischen solchen Vorfällen bestehen oft die seltsamsten Verbindungen. Die New Yorker Morde könnten sehr wohl der Anfang eines Krieges sein, der auf unseren Straßen ausgefochten wird.«

Am folgenden Tag bestellte Boris Burentschuk die acht Studenten aus der Gruppe des toten KGB-Offiziers einzeln in einen der weniger einschüchternden Verhörräume der Petrowka.

Keiner der Studenten wußte etwas Besonderes über den Vorabend von Pauls Verschwinden zu berichten. Zwei der jungen Männer meinten, Paul habe an diesem Abend sogar einen besonders fröhlichen Eindruck gemacht.

»Weshalb war er so fröhlich?« fragte Boris. Die Studenten zuckten die Achseln. »Spätsommer, hübsche Mädchen«, antworteten sie vage. »Das Institut ist bekannt für seine attraktiven Studentinnen.«

Während der Befragungen spürte Boris ein Zögern, wenn es um gewisse Aspekte von Pauls Persönlichkeit ging. Als er die jungen Leute davon in Kenntnis setzte, daß die Milizija über Pauls KGB-Aktivitäten Bescheid wußte, nickten sie. Aber keiner gab freiwillig Informationen über den KGBpreis.

Für die letzte Zeugin der Gruppe, Oksana Martinowa, interessierte sich Boris besonders. Sie war sehr geschmackvoll gekleidet. Ihr schwarzer Kaschmirpullover betonte ihre wohlproportionierte Figur, und Boris konnte nicht umhin zu bemerken, daß Oksana eine höchst attraktive junge Frau war. Aber am meisten beeindruckte ihn die undefinierbare Trauer, die er in ihren Augen zu entdecken glaubte.

Oksana wartete, bis Boris sie aufforderte, Platz zu nehmen. Dann schob sie lässig den Stuhl zurück und setzte sich, offenbar ohne sich ihrer Wirkung bewußt zu sein. Boris warf einen kurzen Blick auf die übereinandergeschlagenen Beine und sah rasch wieder weg. Ihr Verhalten war sehr selbstbewußt, beinahe arrogant.

»Stört es Sie, wenn ich rauche?« fragte sie.

Als Boris den Kopf schüttelte, holte sie ein Päckchen Zigaretten und ein großes silbernes Feuerzeug aus ihrer Handtasche. Sie bot ihm eine Zigarette an, die er dankend ablehnte. Das Feuerzeug entpuppte sich als wahrer Flammenwerfer. Bestimmt hat es ursprünglich einem Mann gehört, dachte Boris, wahrscheinlich einem, der viel Zeit im Freien verbringt. Er beschloß, Netschiajews Trick anzuwenden: Der Chefinspektor tat gern so, als wäre er müde und unaufmerksam, womit er seinen Zeugen häufig ein unabsichtliches Geständnis entlockte.

Oksanas Aussage war kürzer als die der anderen, ihre Antworten knapp und präzise.

»Also … Sie haben Paul nicht besonders gut gekannt, sagen Sie?«

»Richtig.«

»Aber Sie haben doch mehrere Jahre zusammen studiert. Warum haben Sie sich da nicht angefreundet?«

»Wenn man in derselben Studiengruppe ist, heißt das noch lange nicht, daß man befreundet ist – ganz zu schweigen von noch näheren Kontakten.«

»Wußten Sie, daß er KGB-Leutnant war?«

»Nein, davon hatte ich nicht die leiseste Ahnung«, antwortete Oksana. Boris fand es seltsam, daß sie die einzige der Gruppe war, die abstritt, Pauls Status zu kennen.

»Ist Ihnen irgend etwas Besonderes eingefallen, als Sie von seinem Tod erfuhren?«

Oksana schüttelte den Kopf.

»Keine auffälligen Details?«

»Nichts.« Ihre Stimme klang fest.

»Er wurde zusammen mit seinem Vorgesetzten, Leutnant Marat Ogurtsow, getötet. Kannten Sie diesen Mann?«

»Ja, er war der KGB-Ausbilder am Institut. Er hat uns eine Menge Unsinn über Ausländer erzählt und uns beigebracht, wie wir stehlen und spionieren sollten.«

»Sie mochten ihn wohl nicht sonderlich?«

»Zeigen Sie mir jemanden, der ihn gemocht hat. Er war ein widerlicher Mensch.«

»Hatte er Feinde?«

»Wahrscheinlich. Alle versuchten, dem KGB entweder zu helfen oder sich möglichst von ihm fernzuhalten.«

»Was war Ihnen lieber?«

»Distanz. Ich hatte mit Leutnant Marat Ogurtsow deswegen immer Schwierigkeiten.«

»Beispielsweise?«

»Er wollte, daß ich den Koffer eines Ausländers durchsuchte, während dieser nicht in seinem Zimmer war.«

»Und wie haben Sie auf dieses Ansinnen reagiert?«

»Ich habe ihm gesagt, er sei doch der Geheimagent. Er

könne es selbst tun. Mein Job sei Übersetzen, nicht Kofferdurchsuchen.«

Boris lachte. Das Mädchen war ihm sympathisch. Sie besaß eine Sachlichkeit und eine innere Festigkeit, die man bei jungen Frauen nicht oft antraf.

»Vermutlich hat ihm das nicht gepaßt?«

»Natürlich nicht. Er hat sich sogar beim Dekan des Instituts beschwert, daß die marxistische Erziehung der Studenten nicht ordentlich überwacht würde. Daraufhin hat mir auch der Dekan das Leben schwergemacht.«

»O ja, so ist der KGB.« Beinahe hätte Boris erzählt, wie viele Probleme die Milizija mit dem KGB hatte, biß sich aber in letzter Sekunde auf die Zunge. Diese junge Frau hat eine Art, daß man ihr sofort das Herz ausschütten möchte, dachte er. »Haben Sie Paul und Marat oft zusammen gesehen?«

»Ein paarmal.«

»Gab es am Vorabend ihres Todes irgend etwas Besonderes?«

»Ich hatte einen freien Tag«, antwortete sie.

»Nun gut. Haben Sie je einen der beiden mit diesem Mann gesehen?« Boris schob eine Fotografie über den Tisch. Mit unbewegtem Gesicht betrachtete Oksana das Bild; eine kleine Rauchspur stieg von der Zigarette zwischen ihren Fingern auf. Der Oberst war makellos gekleidet, ein leicht unverschämter Ausdruck lag auf seinem scharfgeschnittenen Gesicht. Das Foto sah dem Mann, den sie kennengelernt hatte, nicht sehr ähnlich – ein vom Alkohol aufgequollener Mann mit seltsam farblosen Augen, gierigen Fingern, die sie angrapschten, und einem von Drogen aufgeputschten Körper, der sie vergewaltigte. Sie reichte Boris das Bild zurück.

»Nein, ich habe sie nie zusammen gesehen. Wer ist das denn überhaupt?« Boris spürte, daß ihre Stimme fast unhörbar zitterte. Zwar behauptete sie, Nasarow auf dem Bild nicht zu erkennen, aber er glaubte ihr nicht.

»Das ist Oberst Nasarow, das dritte Opfer.« Boris atmete tief durch und schob seinen Stuhl zurück. »In Ordnung, das reicht für heute.«

Damit stand er auf und kippte den Inhalt des Aschenbechers in den Papierkorb. Dann nahm er sein Jackett von der Stuhllehne und streifte es über.

Ganz nebenbei, als stünde er persönlich vor einem Rätsel und legte Wert auf ihre Meinung, fragte er: »Genossin Martinowa, sagen Sie mir – ganz unter uns –, wie passiert so etwas? Ein Mann studiert, hat Freunde und Freundinnen, arbeitet für den KGB und dann wird er ohne ersichtlichen Grund in einer lauen Spätsommernacht ermordet. Und niemand, keine Freunde, keine Kollegen, keine Verwandten, kann auch nur den kleinsten Lichtstrahl in diese Tragödie bringen?«

Oksana zuckte gleichgültig die Achseln. »Fragen Sie den KGB, er war doch dessen Protegé. Die Leute dort wissen bestimmt viel mehr, als sie vorgeben.«

»Was macht Sie so sicher, daß der KGB die Wahrheit vertuscht?«

»Ich bin mir gar nicht sicher, über nichts«, entgegnete sie. »Kann ich jetzt gehen?«

»Selbstverständlich. Es hat mich gefreut, Sie kennenzulernen. Ich wünsche Ihnen noch einen schönen Abend.«

Oksana stand auf und durchquerte mit festen Schritten den Verhörraum. Boris sah ihr nach und bemerkte die bewundernden Blicke der Beamten, an denen sie vorbeikam. Schließlich verschwand sie durch die graue Tür am Ende des verrauchten Korridors, und er war sicher, daß auch sie wesentlich mehr wußte, als sie ihm verraten hatte.

14

Bei einem *Skschod*, dem offiziellen Treffen von Diebesbrüdern, war es Sitte, daß alle mit nackten Oberkörpern erschienen, so daß keiner eine Waffe oder eine kugelsichere Weste verbergen konnte. Deshalb trug auch Maria, als sie kurz vor dem abendlichen Treffen aus der Sauna in Japs Zelle trat, nur ihren üblichen geschlitzten Lederrock mit dem breiten Gürtel. In der Sauna saßen die anderen vier in Tulun inhaftierten Bosse des organisierten Verbrechens – Maxim, Tofik, Potma und Josik – und schwitzten heftig. Sobald sie sich entspannt hatten und ins kalte Wasser gesprungen waren, sollte die Versammlung richtig beginnen.

Jap saß vor dem Kaminfeuer und beobachtete ruhig die Saunatür.

»Sie sagen, sie sind ungefähr in einer halben Stunde soweit«, berichtete Maria, während sie mit einem Handtuch den Schweiß von ihren großen Brüsten und aus den Achselhöhlen wischte.

»Sie lassen sich Zeit«, bemerkte Jap.

Die Versammlung war nicht Japs Idee gewesen, aber aufgrund der Gerüchte, die in Tulun kursierten – daß Japs Macht zugunsten rivalisierender Gruppen abnahm –, hielt er es für unumgänglich, sich den Anführern dieser Banden zu stellen. Nach dem ungeschriebenen Gesetzen der inhaftierten Diebesbrüder bat Jap den Kommandanten des internen Gefängnisses von Tulun, Major Karamuschew, nach einem harten Arbeitstag zusammen mit seinen Freunden in der Sauna etwas ausspannen zu dürfen. Bekanntermaßen saß Jap in der luxuriösesten Zelle und vor allem der einzigen mit Sauna. Wie immer hatte Karamuschew auch heute seine Einwilligung gegeben. Nachdem die gewöhnlichen Gefangenen in ihre dunklen, kalten Baracken zurückgekehrt waren, eskortierten bewaffnete Wächter die vier Gangsterbosse zu Japs unterirdischer Zelle.

Endlich öffnete sich die Saunatür, und die vier Männer erschienen. Auf ihren schweißglänzenden nackten Oberkörpern sah man deutlich jede Tätowierung und jede Narbe, die für ihren Rang in der kriminellen Hierarchie standen. Jap hieß seine Gäste willkommen, und alle umarmten sich herzlich. Maria legte vier Teppiche bereit, auf denen die Gäste sich niederlassen konnten, stellte zwei zusätzliche Flaschen Cognac und vier Weingläser auf den Tisch, wo bereits ein appetitliches Sortiment von gesalzenem Fisch, Scheiben von frischem Kaninchenfleisch und sogar schwarzer und roter Kaviar auf sie wartete. Jap saß an seinem Platz mit dem Rücken zur Wand.

Der Georgier Tofik nahm neben Jap Platz. Auch unter dem dunklen Haarwuchs auf Brust und Rücken erkannte man seinen Hautschmuck. Die größte Tätowierung, die er sich schon als junger Mann hatte machen lassen, zeigte einen Adler mit ausgebreiteten Schwingen über den Umrissen der russischen Grenzen – Tofik schweifte im Namen der organisierten Kriminalität im ganzen Land umher. Neben ihm saß Potma, ein eher unscheinbarer, aber sehr mächtiger Mann; Potmas Schlüsselbein trug als Tätowierung einen blutroten Dolch, der den Hals durchbohrte: auf der einen Seite sah man den Griff, auf der anderen die heraustretende Klinge, was Rache an einer untreuen Freundin versinnbildlichte. Den drei Männern gegenüber saßen Josik, Anführer des jüdischen Verbrechersyndikats von Sankt Petersburg, und Maxim, der älteste der fünf Männer, ein alter Diebesbruder aus Odessa, dessen ganzen Körper ein kunstvolles Netz von Tätowierungen überzog.

Sie brachten einen Toast aus; dann ergriff Tofik, ein ehemaliger Berufsringer mit langen Armen und Schmerbauch, das Wort.

»Wir müssen einen Vorsitzenden wählen. Ich glaube, diesmal ist Maxim an der Reihe, er ist der Älteste.«

Bei allen vorangegangenen Treffen hatte Jap als Vorsitzender fungiert. Die Wahl des Vorstands gehörte zur regulären Tagesordnung – als wäre man auf einem Parteitag der Kommunisten. Das verlangte die Demokratie der Diebesbrüder. Jap schluckte seine Überraschung hinunter und reagierte ohne Zögern: »Ich stimme zu, Maxim ist ein vernünftiger Mann.«

Es entging ihm nicht, daß sich das Gesicht von Potma, dem mächtigen Weißrussen, einen winzigen Moment lang wütend verzog. Also hatten die vier Männer tatsächlich geglaubt, sie könnten Jap mit ihrem Vorschlag aus der Fassung bringen und verärgern. Einmal mehr wurde Jap klar, wie übel sich die Situation draußen für ihn entwickelt haben mußte. Seit Oksanas Besuch war in Moskau mit Sicherheit etwas Schwerwiegendes vorgefallen. Rasch überlegte er: Wer besaß die engsten Verbindungen nach Moskau – jetzt, wo er keinen Zugang zu Informationen von draußen hatte?

Maxims Gebiet lag im Süden am Schwarzen Meer. Der stämmige Potma stammte aus Minsk und hatte vor allem Beziehungen zu Polen. Josik war ein Leningrader Jude, ein Stadtmensch, hager, eigentlich nur aufgrund einer Panne hinter Gitter geraten – er machte in Leningrad glänzende Geschäfte und kontrollierte den Kunst- und Ikonenhandel mit Nordeuropa und Finnland. Gewöhnlich kamen solche Leute nicht hinter Schloß und Riegel, denn sie waren immun – wie fast alle Millionäre der Sowjetunion. Nach den Maßstäben der Diebesbrüder war Josik noch sehr jung, erst achtundzwanzig. Nur Jap wußte, daß er sich bei einem Diebesbrüdertreffen für fünfzigtausend harte US-Dollar den Titel und das offizielle Zertifikat gekauft hatte.

Der einzige, der Verbindungen zu Moskau besaß, war also Tofik. Alle Georgier hatten Ehrfurcht vor dieser großen Stadt, die auf sie so anziehend wirkte wie Honig auf Bienen. Tofik machte Geschäfte mit Drogenhändlern und Zuhältern, aber er hatte auch einflußreiche Beziehungen zur Mafia. Sie handelten mit Devisen, und Tofik wußte von der Fälschungsaktion, über die der Amerikaner damals mit Jap verhandelt hatte.

Maxim wurde also zum Vorsitzenden ernannt. Jap begriff, daß die anderen nichts wirklich Wichtiges mit ihm zu besprechen hatten. Dennoch ergriff er die Gelegenheit, noch einmal nachzuhaken. »Wir müssen zusammenarbeiten und uns nicht wegen irgendwelcher Kleinigkeiten gegenseitig bekämpfen. Amerika – das ist das Land, woher wir die Kraft und Energie bekommen werden, um unser System in Gang zu bringen.«

Eine friedliche Allianz mit den anderen Bossen war Japs bevorzugte Lösung. »Wenn wir eng zusammenarbeiten, werden unseren Profiten in Zukunft keine Grenzen gesetzt sein.«

»Klingt gut«, meinte Tofik. »Unsere Gruppen vereinigen sich zu einem großen Syndikat, geleitet von einem Mitgliederausschuß und überwacht von einem Vorsitzenden.«

»Vermutlich wirst du dieser Vorsitzenden sein, stimmt's, Jap?« erwiderte Potma mit beißendem Sarkasmus. Jetzt wußte Jap, was in den Köpfen seiner Kollegen ablief.

»Wenn ihr es so wollt«, antwortete er bescheiden, aber doch so, als hätte er sich den Köder geschnappt.

»Ja – genauso, wie du hier alles an dich reißt!« rief Potma.

»Was meinst du damit?« konterte Jap. Er merkte, daß sich Maxim bei Potmas Ausbruch auf die Lippen beißen mußte, denn nach dem »Gesetz« hätte Maxim als Vorsitzender den jüngeren Diebesbruder zur Räson rufen müssen.

Aber Potma fuhr unbeirrt mit seiner Tirade fort: »Ich meine … ich meine, für wen hältst du dich eigentlich? Für 'nen beschissenen König oder was?«

Jap warf Potma einen kalten Blick zu, der ihn eigentlich hätte zur Vernunft bringen müssen. »Ich hoffe, daß wir fünf, wenn wir wieder draußen sind, einen Ausschuß der Bosse bilden und unseren Disput vernünftig lösen.«

»Und du bist dann vermutlich auch in diesem Ausschuß der Vorsitzende«, feixte Potma. »Hier in deinem unterirdischen

Königreich hältst du dich wohl für was Besseres als wir.« Er wies auf die luxuriöse Zelle.

»Ich halte mich jedenfalls für einen Diebesbruder, der es nicht nötig hat, sich diesen Scheiß von einem Schleimer wie dir anzuhören«, entgegnete Jap leise. »Würdest du jetzt freundlicherweise den Mund halten und aufhören, so rumzuschreien, sonst hetzt du uns noch die Wächter auf den Hals.«

Potma sprang auf und baute sich mitten in der Zelle vor den anderen auf. »Hier!« Er deutete mit dem Finger auf den Boden vor sich. »Stell dich hierher. Dann will ich dir mal was sagen.«

Mit einem Ruck kippte Jap den Tisch vor sich um, daß Weingläser und Flaschen zu Boden krachten. Dann stieg er über die Scherben und trat Potma entgegen. Zu den Glaubenssätzen der Diebesbrüder gehörte, daß ein Faustkampf unter ihrer Würde war. Die Waffe der Diebesbrüder war das Messer, aber hier hatten sie natürlich keine. Potma war größer als Jap, hatte breitere Schultern, einen mächtigen Stiernacken und einen großen runden Kopf. Jap war kleiner, aber stämmiger, mit Fäusten so groß wie Bierkrüge. Ein unbehaglicher Moment verstrich.

Schließlich stand Maxim auf und stellte sich zwischen die beiden. »Hört auf«, sagte er. »Als Vorsitzender befehle ich euch aufzuhören. Es ist weder der richtige Ort noch der richtige Zeitpunkt, um zu kämpfen.«

Mit finsterem Blick musterte Jap den älteren Mann. Du Mistkerl, dachte er. Ihr habt das alles geplant. Und deine falsche Friedensmission untergräbt lediglich meine Autorität. Morgen wird man überall im Lager wissen, daß irgendein lausiger kleiner Diebesbruder Japontschik, den Japaner, beschimpft hat und damit durchgekommen ist. Dann wird sich die Legende vom besiegten Jap ausbreiten, zu jedem Boß und in jede Gruppe, nicht nur in den russischen Republiken, sondern in ganz Europa und sogar in Amerika.

Jetzt gab es kein Zurück mehr. Wenn der König der Unterwelt sich von Potma beschimpfen ließ, war seine Autorität für immer zerstört.

Jap ließ seinen Blick von einem barbrüstigen Mann zum andern wandern. Die Augen seiner Kollegen glitzerten forschend, die Lippen waren fest zusammengepreßt, die angespannten Muskeln zuckten unter den unrasierten Wangen. Sie alle sahen sich schon als Japs Nachfolger, erst hier in Tulun und später, wenn sie draußen waren, in Moskau, Odessa, Kiew, Minsk und Tiflis. Unterhandlungen wären Jap wesentlich lieber gewesen, aber ihm war klar, daß jede Form von Diplomatie ihn jetzt nur weiter schwächen würde.

»In Ordnung«, sagte er in verbindlichem Ton zu Maxim. »Wahrscheinlich habe ich ihn zuviel Cognac trinken lassen. Er ist so etwas Gutes ja nicht gewohnt.« Sofort spürte Jap, wie in Potma die Wut hochstieg. Mit einem abschätzigen Lächeln sah Jap ihm ins Gesicht. »Du hast Glück, Potma, denn ich bin nicht nachtragend. Entschuldige dich, dann können wir mit unserem Gespräch fortfahren.« Damit trat er einen Schritt zurück. Potma kochte vor Wut.

»Warum sollte ich mich entschuldigen?« wandte er sich an Maxim, als wäre Jap gar nicht da. »Ich hab' keine Angst vor ihm, warum sollte ich mich entschuldigen?«

Während sie noch diskutierten, strich Jap sich mit der linken Hand die Haare aus der Stirn – ein Manöver, bei dem er sein Handgelenk an die Stirn drückte, so daß das Armband seiner Uhr aufsprang. Als er den Arm wieder senkte, fiel die schwere Golduhr zu Boden, und das Uhrglas sprang ab. »Mist!« schimpfte er. »Meine Uhr!«

Er bückte sich, um sie aufzuheben, aber eigentlich ging es ihm natürlich nicht um die Uhr. Neben dem umgekippten Tisch lag ein zerbrochenes Weinglas. Jap packte diese Waffe, stürzte sich auf Potma, der noch immer hitzig mit Maxim diskutierte, und ehe der Diebesbruder sich verteidigen konnte, stieß Jap die rasiermesserscharfe Kristallscherbe mit beiden Händen in die Grube über Potmas rechtem Schlüsselbein. Ein saugendes Geräusch war zu hören, als er es wieder aus dem Fleisch zog. Potma schrie auf, Jap warf die improvisierte Waffe hinter sich und versetzte seinem Gegner gleichzeitig einen Schlag vor die Brust.

Potma stolperte rückwärts gegen die Tür und taumelte wieder nach vorn. Seine Augen flammten vor Wut, doch plötzlich rutschte seine rechte Hand, mit der er die Wunde umklammert hatte, kraftlos herunter. Wie eine Tasche öffnete sich die Verletzung, ein dicker roter Blutstrahl schoß heftig heraus, spritzte bis an die Decke und klatschte heftig wieder ins Zimmer herunter, in einem grausigen Schauer großer roter Tropfen. Alles im Raum war sofort blutgesprenkelt, und die rote Fontäne versiegte nicht – als hätte Potma eine Pumpe in sich. Das Blut spritzte auf die Glühbirne, und das Licht im Zimmer wurde rot wie in einer Nachtbar.

Plötzlich brach Potma zusammen. Zweimal zuckte sein Körper noch, dann blieb er reglos liegen. Die blutige Fontäne erstarb, aber Blut floß noch immer auf den Boden und durchweichte die Teppiche. Einen Moment lang herrschte fassungsloses Schweigen. Jap fing als erster an, sich das Gesicht abzuwischen, verschmierte aber nur das Blut mit den Händen. Dann kam auch Leben in Maxim, und er packte Jap an der Gurgel.

»Du verdammter Bastard!« brüllte er. »Was hast du getan? Was zum Teufel glaubst du denn, wer du bist? Dafür wird uns der Chef büßen lassen!«

Verächtlich schubste Jap ihn beiseite. Sein Gesicht wirkte auf fast obszöne Weise ruhig angesichts der grusligen Szene, die er soeben eigenhändig hervorgerufen hatte. »Potma hat jedes unserer Gesetze übertreten, auf das wir geschworen haben. Ich konnte nicht zulassen, daß er nach einer solchen Respektlosigkeit weiterlebt. Das ist euch allen klar.« Er fixierte Maxim mit durchdringendem Blick. »Gibt es einen Grund, weshalb du ihn nicht zur Ordnung gerufen hast?«

Schweigend starrte Maxim auf die Blutlachen zu seinen Füßen. Josik stand in einer Ecke der Zelle und zitterte, als hätte er Fieber. Immer wieder stotterte er unverständliches Zeug, ohne dabei Jap aus den Augen zu lassen, der ihn seinerseits erbarmungslos musterte.

Nur Tofik blieb ruhig. Gelassen wischte auch er sich das Blut aus dem Gesicht. Den Blick zu Boden gerichtet, sagte er schließlich, als spräche er mit sich selbst: »Ich wußte schon immer, daß der Japaner ein Mann ist, ein echter Diebesbruder, nicht einer von diesem Abschaum.«

Dann hob er den Kopf. »He, Maxim und Josik, reißt euch zusammen und setzt euch wieder hin. Jap, hör mal«, wandte er sich dann an diesen, »Jap, schenk uns noch einen Cognac ein ... Scheiße, sogar in meinem Glas ist Blut ... Meine Kehle ist ganz ausgetrocknet, und Josik braucht auch dringend einen guten Schluck, sonst macht er sich noch in die Hosen, und dann gibt es in der Zelle nicht nur Blutlachen ... Maxim! Du alter Idiot, setz dich endlich! Ich sag's ja, was bist du bloß für ein Vorsitzender? He, Jap. Hol deine tätowierte Schlampe aus der Sauna ... Wir brauchen jemand, der hier ein bißchen saubermacht ...«

Als Maria ins Zimmer trat, blieb ihr der Mund offenstehen, und sie konnte einen überraschten und entsetzten Schrei nicht zurückhalten. »Heilige Jungfrau Maria – Scheiße, verdammte Scheiße. Was sollen wir jetzt machen!?«

»Bring uns eine neue Flasche Cognac«, antwortete Jap nachdenklich. »Wir haben etwas zu besprechen ...«

15

Am nächsten Morgen wurden die vier überlebenden Bosse in Major Karamuschews Büro gerufen. Obwohl Karamuschew eigentlich einen niedrigeren Rang innehatte als der Lagerchef, wollte dieser nicht für Verbrechen verantwortlich sein, die in seinen Gefängnissen verübt wurden – vor allem nicht, wenn es sich um einen Mord handelte –, und deshalb fiel die Rechtsprechung in solchen Fällen dem zweiten Mann in der Hierarchie, nämlich dem Gefängnischef, zu. Außerdem eignete sich dieser gut als Sündenbock, falls etwas Unangenehmes passierte.

Major Karamuschews Büro war klein und ordentlich. Auf dem breiten Eichenschreibtisch waren Stifte, Papier und ein gläsernes Tintenfaß säuberlich aufgereiht.

Ein Porträt von Felix Dserschinski, dem Gründer der Tscheka, hing hinter ihm an der Wand; hellgelbe Chrysanthemen standen auf dem Sims des einzigen Fensters und versuchten, den vergitterten, zugefrorenen Scheiben etwas Freundlichkeit zu verleihen.

Die vier Bosse, die vor Karamuschew saßen, hatten bereits schriftliche Zeugenaussagen über die Ereignisse des vorangegangenen Abends verfaßt und waren einzeln von Karamuschews Leuten vernommen worden. Jetzt mußten sie seine Fragen direkt beantworten, und danach würde der Kommandant entscheiden, ob die Ermittlungen weitergehen sollten. Karamuschew lehnte sich in seinem Stuhl zurück. Er war ein hagerer Mann Anfang sechzig; seine blauen wäßrigen Augen und die dünnen grauen Haare verliehen ihm das Aussehen eines freundlichen Großvaters. Nur die schwarze Kommandantenuniform, der militärische Gürtel und das Lederhalfter mit dem vorschriftsmäßigen Makarow-Revolver straften den liebenswürdigen Eindruck Lügen. Nun blätterte er in den Aussageprotokollen und studierte immer wieder die ausdruckslosen Gesichter ihrer Verfasser. Die vier Aussagen klangen, als hätte sie ein und derselbe Mann verfaßt. Den Berichten zufolge hatten sich die fünf Diebesbrüder im internen Gefängis zur Sauna verabredet. Während sie gemütlich dasaßen und ganz entspannt plauderten, war Potma plötzlich hinausgegangen – natürlich hatte keiner erwartet, daß er sich umbringen würde, indem er sich eine große Glasscherbe in den Hals stieß. Es war schrecklich schnell passiert, erklärten die vier übereinstimmend, denn als sie aus der Sauna kamen, um einem Geräusch, das sie gehört hatten, nachzugehen, war Potma bereits tot. Sofort hatten sie die Wachen gerufen und der Gefängnisverwaltung auf jede erdenkliche Weise geholfen.

»Tja, Jungs«, sagte Karamuschew, »ich denke, ihr versteht, daß ihr vier – oder sollte ich sagen fünf – mich vor den Behörden als Idioten hingestellt habt. Was sollen wir jetzt tun?«

»Es tut uns wirklich unheimlich leid«, meinte Tofik. »Aber so ein Unfall, so eine Tragödie ... wir können es ja selbst kaum glauben.«

»Na, ich glaube es auch nicht«, gab der Major zurück. »Die Wachen behaupten, sie hätten nichts gehört, ehe Jap, eh, ich meine, ehe der Häftling Jakowlew sie gerufen hat.«

»Wir wollten noch nie jemandem was zuleide tun, Kommandant«, schaltete sich Maxim beschwichtigend ein. »Wir haben Alexi geliebt wie unseren Bruder. Das war ein wirklich tragischer Selbstmord ...«

»Ich weiß, ich weiß«, unterbrach ihn Karamuschew ungeduldig. »Ihr liebt euch ja bekanntlich alle. Auch wenn manchmal einer der Geliebten bei einem Stelldichein ermordet wird. Das ist es ja gerade, was ich an eurem ›Diebesbruder-Gesetz‹ nie kapiert habe.«

»Wenn Sie es verstehen würden, Kommandant, dann wären Sie ja einer von uns.«

Wütend starrte der Kommandant Maxim an. »Lassen Sie mich bloß mit diesem Mist in Ruhe. Ich will keinen Ärger in Tulun; ich mache euch keine Schwierigkeiten bei euren Geschäften. Vergeßt nicht, ich bin bloß ein altes, abgehalftertes Arschloch. Aber ich möchte meinen Ruhestand ohne Probleme erreichen. Heute ist das letztemal, daß ich mich so mit euch unterhalte. Das nächstemal wird derjenige, der überlebt, mit den Handgelenken an eine Deckenleitung gefesselt und muß sich so mit mir unterhalten. Und ich garantiere euch, der kommt nicht mit so einer erbärmlichen Selbstmordgeschichte davon. Habe ich mich klar und deutlich ausgedrückt?«

»Glasklar«, grinste Tofik.

Karamuschew drückte den Knopf an seinem Tisch, mit dem er die Wachen herbeirief. »Raus mit euch. Reißt euch gefälligst zusammen und benehmt euch.«

Später am Tag besuchte Karamuschew Jap in dessen Zellen-Wohnung. Alle Blutspuren waren beseitigt. Selbst die Teppiche hatte man ausgewechselt. Jap nickte dem Major schweigend zu, bedeutete ihm, Platz zu nehmen, und goß ihm einen Cognac ein. Nachdem er ihn geleert hatte, beugte sich Karamuschew zu Jap.

»Hören Sie zu, Jap«, sagte er in vertraulichem Ton, »hier braut sich doch etwas zusammen, stimmt's?«

Jap nippte an seinem Glas. Ungeduldig fuhr Karamuschew fort: »Sie wollen es mir also nicht verraten? Auch gut. Aber ich erwarte von Ihnen, daß Sie mich warnen, wenn es Ärger gibt.«

»Ich weiß noch nichts, aber Sie haben recht, ich werde nicht für immer Ihr Gast sein, das ist Ihnen sicher klar. Was heute hier in Ihrem Lager geschieht, sind alles Vorbereitungen für die Zeit, wenn wir wieder draußen sind. Und möglicherweise ist die Eliminierung dieses Diebesbruders hier« – er deutete auf seine eigene Brust – »das Ziel der anderen im Lager.«

»Wann werden Sie wissen, was wirklich los ist, wenn ich fragen darf?« Karamuschew war deutlich anzumerken, daß er sich über seine Zukunft Sorgen machte.

»Keine Bange. Sobald ich es weiß, werden Sie es ebenfalls erfahren.«

»Ich werde bereit sein.«

»Sagen Sie dem Posten draußen, er soll heute abend meine Anweisungen befolgen«, sagte Jap, als der Kommandant aufstand, um zu gehen.

Karamuschew nickte und verließ die Zelle.

Es dämmerte schon fast, als Jap sein Quartier verließ. Die Wache brachte ihn zu der Zelle, in der Josik schlief.

Jap rüttelte Josik an der Schulter. Mit einem Ruck setzte sich dieser auf, aber es dauerte ein paar Sekunden, bis er richtig wach war. Als er Jap vor seinem Bett stehen sah, weiteten sich seine Augen, und er begann zu zittern.

»Was willst du, Jap?«

»Hab doch keine Angst, Mann«, meinte Jap beruhigend. »Ich will dir nichts tun. Wir müssen uns nur unterhalten.«

»Worüber?«

»Ich möchte wissen, weshalb der *Skschod* neulich einberufen worden ist.«

»Keine Ahnung.« Josik zuckte die Achseln. »Der übliche Vorgang. Die Zeit war reif.«

»Also keine Ahnung«, seufzte Jap matt. »Weißt du, was Lao-tse gesagt hat?«

»Wer?«

»Lao-tse, der chinesische Philosoph. Er hat gesagt, Ignoranz ist das schlimmste aller Verbrechen. Du sagst, du hast keine Ahnung. Aber ich bin nicht so unwissend, und ich möchte dir eine Geschichte erzählen. Vor zwei Jahren fand in Moskau, im Hotel Pekin, ein offizielles Diebesbrudertreffen statt. Rolik Kabadgan, der Armenier, führte den Vorsitz. Unter anderem wurde einem sehr jungen Mann der Titel des Diebesbruders zuerkannt, einem Mann, der noch nie im Gefängnis gewesen war, nie einen Feind getötet hatte, sich nie wirklich vor den Gesetzen der Diebesbrüder bewähren mußte. Aber dieser junge Kerl hatte fünfzigtausend amerikanische Dollar, harte Währung, die bei der Versammlung verteilt wurden. Die Anwesenden gaben ihre Zustimmung und setzten ihre Unterschrift unter das Zertifikat. Das war allerdings eine reine Gewissensfrage – schließlich hat sich keiner dazu verpflichtet, mit dem jungen Mann wirklich Geschäfte zu machen.«

Im Dämmerlicht der einzelnen nackten Glühbirne auf dem Korridor konnte Josik sehen, wie Japs Augen gefährlich blitzten. Der König der Unterwelt fuhr fort.

»Weißt du, Josik, was mit solchen falschen Dieben in den Gefängnissen und Lagern passiert, wenn seine Kumpel den Schwindel rauskriegen? Man kreuzigt sie an der Wand und tötet sie mit Messerstichen.«

»Du willst doch nicht ...«, begann Josik flehentlich.

»Nein. Ich will nicht. Aber ich will dir erzählen, was ein anderer Philosoph, Baltazar Gracián, gesagt hat. ›Die Wahrheit gehört wenigen und muß bewahrt werden im Tempel der Stille‹.«

»Ja, ja, sehr schlau. Was verlangst du von mir?«

»Ach, Josik, was verlange ich wohl? Ich weiß die Wahrheit über dich, aber ich werde sie in meinem Tempel der Stille bewahren, wenn du dich auf meine Seite stellst. Was war also mit diesem Treffen?«

Jetzt zögerte Josik nicht mehr. »Es war Maxims Idee. Potma und Tofik haben ihn unterstützt.«

Das überraschte Jap. Maxim, den klugen alten Veteranen, hätte er nie verdächtigt. Offenbar hatte er sich geirrt, und das war schlimm. Er verlor die Kontrolle über das Gefängnis und über seine Leute draußen.

»Warum Maxim?« fragte er mit hohler Stimme.

»Maxim hat von seinen Leuten in der Regierung erfahren,

daß man dich in ein Lager in Zentralasien verlegen will. Die Usbeken dort haben was gegen dich.«

Plötzlich mußte Jap an den usbekischen Schurken Mamatagdi denken: Blut und Gehirnmasse über die Wand verspritzt, der junge Slawa, der die Geldkassette leerräumte. In den usbekischen Familien wurde Haß über Generationen hinweg wachgehalten. Die Usbeken waren die wichtigsten Drogenhändler, und sie würden jeden reich belohnen, der Jakowlew, den Japaner, ins Jenseits beförderte.

»Maxim war zu dem Schluß gekommen, daß du ohnehin ein toter Mann bist, deshalb hat er darauf spekuliert, daß er, wenn er dich umbringt, deine Autorität im Gefängnis und draußen übernehmen und damit seine Verbindungen zur Drogenszene ausbauen kann. Aber Maxim wollte, daß Potma den Mord für ihn erledigte. Potma ist ein Idiot – war ein Idiot. Und Tofik … Tofik will, daß seine Georgier deine Geldfälschungsaktionen in New York und Moskau übernehmen.«

»Woher wußte er soviel darüber?« fragte Jap verwundert.

Josik holte ein paarmal tief Luft und sah Jap an, als erwarte er ein Lob. »Tofik ist für dich am gefährlichsten.«

Jap nickte und dachte mit stiller Befriedigung daran, daß Tofiks Männer in New York tot waren.

Gefährlicher als Tofik war jedoch die Tatsache, daß Jap hier im Gefängnis so wenig Informationen über seine Verbrecherfamilie draußen bekam, während Tofik anscheinend über zuverlässige Quellen verfügte. Es war frustrierend, daß er seine Belange nicht persönlich regeln konnte, seine Handlungsunfähigkeit lastete schwer auf ihm.

Jap war einfach zu lange weg vom Fenster gewesen. Doch nun wurde ihm klar, was er zu tun hatte. Er mußte in Tulun einen ernsten Zwischenfall provozieren, einen Streik, einen Aufstand, irgend etwas, was seine Verlegung nach Zentralasien unmöglich machte. Er beugte sich über Josik, so daß sein Gesicht dicht über dessen angstvoll aufgerissenen Augen schwebte. »Also Josik, du wirst dich um folgendes kümmern. Einer aus deiner Gang muß einen von den Kerlen aus den Baracken so beleidigen, daß ein Mitglied von Maxims oder Tofiks Gang getötet oder zumindest ernsthaft verletzt wird. Verstanden?«

»Verdammt, Jap, das wird ... weißt du, was das für Konsequenzen hat?«

»Es geht nicht anders, Josik. Entweder überleben wir oder ... denk dran, wenn sie mich umbringen, bist du als nächster an der Reihe. Du bist zu schwach, außerdem könnten die anderen erfahren, was ich weiß – du bist kein echter Diebesbruder, und ich bin der einzige hier, der das weiß. Alles wird gut werden, wenn du tust, was ich dir sage.«

Josik nickte heftig. »In Ordnung, Jap. Ich mach's.«

»Wir haben nur noch sehr wenig Zeit. Wir müssen zusammenarbeiten.« Jap hob warnend den Zeigefinger. »Tempel der Stille.«

Damit verschwand Jap ebenso unvermittelt, wie er gekommen war.

16

Die Fahrt von dem Appartementhaus in der New Yorker Upper East Side, wo die schöne russische Überläuferin Lena wohnte, quer durch Manhattan und dann durch den Lincoln Tunnel nach Hoboken, New Jersey, war an diesem frühlingshaften Sonntag sehr angenehm. Die Health Club Mills, ein großes Textillagerhaus, lag zehn Blocks westlich vom Hudson River. Als Peter Nichilow in der Nähe des Gebäudes parkte, bemerkte er einen großen Sea-Land-Container, der an der Seite des Lagerhauses am Ladedock lag. »Sieht aus, als wäre 'ne Menge Klamotten unterwegs nach Moskau«, bemerkte Peter auf russisch zu Lena, die neben ihm saß.

Die junge Frau kuschelte sich dankbar an ihn und antwortete in ihrer Muttersprache: »Aber vorher darf ich mir noch aussuchen, was ich will.«

Hugh McDonald wartete am Eingang und führte die beiden hinein. Sein Gesicht war gerötet, er trug eine randlose Brille und ein blaues Hemd mit blauer Krawatte, was ihm ein seltsam anonymes Aussehen verlieh.

»'Ne Menge Russen hier«, berichtete er, als sie das Lagerhaus betraten. »Heute ist Sonderverkauf für die sowjetischen Diplomaten und Staatsangestellten. Sie decken sich ein für ihren jährlichen Besuch zu Hause.«

Peter klopfte Lena auf die Schulter. »Das steht dir alles zur Verfügung, Schätzchen. Nimm dir soviel, wie du schleppen kannst.«

»Oooooh«, quietschte sie vor Begeisterung. »Ich liebe dich.« Sie stürzte sich in die Schar russischer Sonderangebotsjäger, um die riesigen Kleiderberge zu durchwühlen.

Mit einem breiten Grinsen sah Hugh ihr nach. »Die ist ja wirklich süß. Wie ist sie aus Rußland hierhergekommen?«

Auch Peter grinste. »Auf die gleiche Art wie viele Frauen ihres Typs. Irgendein älterer amerikanischer Geschäftsmann hat sie in Moskau kennen- und liebengelernt, ihr ein Visum besorgt, das Flugticket bezahlt und ihr hier ein Appartement gemietet. Nach nicht allzu langer Zeit hat sie eine interessantere Arbeit gefunden. Und jetzt – jetzt ist sie New Yorkerin.«

Peter beobachtete Lena, die sich gerade einen Angorapulli an die Brust hielt, und lächelte liebevoll. »Diese russischen Mädchen sorgen gut füreinander, vermitteln einander Superjobs, zum Beispiel als Garderobiere in den russischen Restaurants, bis ihnen irgendwann was Besseres über den Weg läuft, sie lachen sich reiche Freunde an und helfen sich gegenseitig bei Einwanderungsproblemen. Fast allen ist die Einwanderungsbehörde auf den Fersen, deshalb sind die armen Mädchen häufig Opfer von Mißbrauch und Erpressung. Ich helfe ihnen, wo ich kann.«

»Kein Wunder, daß du nicht verheiratet bist«, scherzte Hugh.

»Womöglich werde ich mich eines Tages selbst überraschen. Diese Russinnen sind großartige Frauen. Wie auch immer – Lena hab' ich nur zur Tarnung mitgebracht.«

Sie stellten sich vor die Stapel mit T-Shirts, Sweatshirts und Pullis. Im Gedränge und dem aufgeregten Geschrei der russischen Schnäppchenjäger konnte sie niemand belauschen. »Okay, Hugh«, sagte Peter, »jetzt müßten wir eigentlich sicher genug sein. Was zum Teufel ist eigentlich los?«

»Wir haben den alten Zekki immer gut im Auge behalten, was nicht leicht ist, weil er keine feste Adresse hat und natürlich auch kein Telefon, das wir anzapfen können. Fünf Leute waren damit beschäftigt, ihm auf den Fersen zu bleiben.«

»Und was habt ihr rausgekriegt?«

»Nun, er treibt sich gern im Delegiertenfoyer der Vereinten Nationen herum. Anscheinend kennt er die reichen Muslim-Abgeordneten, und zweimal haben wir ihn auch mit einem nordkoreanischen Beobachter gesehen. Das paßt zu dem Mord an Gardenadse vor der nordkoreanischen Botschaft. Diejenigen, die versuchen, mit Zekki zu konkurrieren, müssen sterben. Zekki hofiert international geächtete Verbrecherregimes, die zur Nuklearmacht aufsteigen wollen.«

Achselzuckend blickte sich Peter in der Halle um. »Und was hat NEST mit diesem Kaufrausch hier zu tun?«

»Wir sind Zekki letzte Woche hierher gefolgt. Er ist eine ganze Weile geblieben und hat sich mit Joe Koehler unterhalten, dem Besitzer des Ladens. Wie sich herausstellte, schickt der Duke of Hoboken, wie Joe genannt wird, jede Woche einen Container mit Textilien im Wert von etwa fünfzigtausend Dollar los. Die Käufer bezahlen im voraus, direkt hier, und verkaufen das Zeug dann in Moskau und Sankt Petersburg für fünf- bis zehnmal soviel.«

»Na und? Darum geht es doch bei Perestroika und Glasnost. Ich habe ein paar russische Partner, denen würde so was gut gefallen. Und welche Rolle spielt Zekki bei der ganzen Geschichte?«

»Das weiß ich noch nicht. Aber wir wissen, daß eine Druckplatte für die Oberseite der Hundertdollarnote aus der Gelddruckerei des Finanzministeriums abhanden gekommen beziehungsweise gestohlen worden ist. Wir wissen außerdem, daß zwei von den Leuten, die Red Rolf und ich vor einigen Jahren in die Gelddruckerei eingeschleust haben, seit einem Monat nicht mehr gesichtet wurden. Das könnte irgendwie mit Zekki zusammenhängen.«

»Ich dachte, bei der Fälschaktion ginge es um Rubel.«

»Red kam auf die geniale Idee, daß wir, wenn wir die Russen dabei erwischen, wie sie Millionen gefälschter US-Dollar durch europäische Banken schleusen, ihren Handel mit harten Devisen ruinieren könnten.«

»Und diese Idee hat Zustimmung gefunden?« fragte Peter ungläubig.

»Nein. Wir haben sie nur mal angedacht. Aber offensichtlich ist der Plan jetzt außer Kontrolle geraten. Eine der Originaldruckplatten ist verschwunden.«

Schrille Entzückensrufe unterbrachen Hugh: Zwei Russinnen drückten sich begeistert ein Wildlederkostüm an die Brust, wobei sie aufgeregt beteuerten, daß sie sich so etwas schon immer gewünscht hatten – ein Wildlederkostüm für nur fünfzig Dollar!

»Dann mach mal weiter mit deiner Theorie über Zekki«, sagte Peter, als die Frauen sich wieder beruhigt hatten.

»Ich will mich kurz fassen. Zekki ist nicht im Klamottengeschäft, aber wie mir der Duke mal berichtet hat, hat er Ambitionen, einen ganzen Container mit Textilien zu kaufen und nach Rußland zu liefern.«

Nachdenklich nickte Peter. »Das ist wirklich merkwürdig. Bestimmt geht es ihm um den Container, nicht um die Klamotten.«

»Na klar. Schmuggel. Und Red Rolf hat die CIA verlassen. Es wäre also möglich, daß Red Rolf und Zekki Dekka vorhaben, die bewußte Operation auf eigene Faust in die Tat umzusetzen. Zekki wäre auch der ideale Mann, um die Rückseite der Hundertdollarnote hinzukriegen.«

»Sie brauchen aber Russen mit guten Beziehungen, um die Sache durchzuziehen«, meinte Peter.

»Und eine gut ausgerüstete Druckerei für das Tiefdruckverfahren«, fügte Hugh hinzu. »So ein Container könnte'ne Menge Druckereigeräte transportieren, wenn man die Klamotten drum herum packt.«

»Wir sollten uns mit dem Duke unterhalten«, schlug Peter vor.

Also gingen sie hinüber zur Kasse, wo Hugh Peter den Besitzer der Health Club Mills vorstellte, einen fidelen Zeitgenossen Anfang fünfzig, der sich im Erfolg seines Unternehmens sonnte.

»Sieht aus, als würden Sie Ausverkauf machen, Duke. Was ist mit dem Container draußen am Ladedock?« erkundigte sich Hugh.

»Der soll morgen nach Helsinki gehen, mit dem, was heute übrigbleibt. Morgen nachmittag kriege ich zehn Fabrikausverkäufe rein. Wir sind ganz schön schnell.«

»Und was passiert, wenn das Zeug in Finnland ist?« fragte Peter.

»Wenn der Container im Hafen ankommt, holt ihn ein Truck aus Huolintakesus – hey«, unterbrach sich der Duke lachend, »wißt ihr überhaupt, wie viele Ladungen ich verschiffen mußte, ehe ich den Namen korrekt aussprechen konnte?«

»Was passiert dann also?« bohrte Peter.

»Die laden den Container auf und transportieren ihn in sechs Stunden nach Sankt Petersburg oder in vierundzwanzig den ganzen langen Weg nach Moskau.«

»Und die Abnehmer stehen schon bereit, um ihn zu entladen und die Ware zu verteilen?«

»Die verkaufen die Klamotten, so schnell ich sie nur liefern kann.«

»Was ist mit dem Zoll?«

Joe lachte. »Dafür sind allein meine Abnehmer verantwortlich. Aber ich hab' läuten hören, daß die Zollbeamten zu den bestgekleideten Leuten in Rußland gehören.«

Peter sah Hugh an, und sie nickten sich vielsagend zu. In diesem Moment hörte man von draußen das Zischen von Luftbremsen und ein dröhnendes Hupen. »Das ist bestimmt der nächste Bus vom Weißen Haus«, grinste der Duke.

»Von wo?« Hugh klang überrascht.

»So nennen die Russen das große weiße Appartementhaus in Riverdale, wo so viele von ihnen wohnen«, lachte Peter.

»Ja, sie haben mehrere Busse gemietet, nur um hierherzukommen.« Joe wandte sich an einen seiner Assistenten. »Hey, Tom, wir brauchen Nachschub mit dem Bier.«

»Es geht um folgendes, Duke«, meinte Peter in vertraulichem Ton und beugte sich zu dem Besitzer des Textillagers, »ich mache häufig Geschäfte in der Sowjetunion. Kann ich Ihnen nächsten Monat eine Containerladung abkaufen, für meine Moskauer Verkaufsstellen?«

»Dafür bin ich ja da. Kommen Sie, wann Sie wollen, dann können wir Genaueres besprechen. Ich garantiere Ihnen die niedrigsten Preise, die es gibt.«

Er winkte der Busladung aufgeregt plappernder Russen zu – Männer und Frauen aller Altersstufen –, die durch die Eingangstür hereinströmten, die Ware begutachteten und sich Freibier zapften. »Ich kann in großen Mengen nur an Leute verkaufen, die die Ware außerhalb der USA an den Mann bringen. Ich kaufe die Sachen fünfzig Prozent billiger als jede andere Verkaufsstelle, solange die Ware das Land verläßt.«

»Wäre es in Ordnung, wenn ich ein paar Maschinenteile mit in den Container packe, die ebenfalls nach Moskau müssen?« fragte Peter.

Joe Koehler musterte Peter mit einem langen, fragenden Blick. Er verstand ziemlich schnell, worauf Peter hinauswollte, antwortete aber nicht, denn in diesem Moment trat Lena an die Kasse; sie hielt einen Berg Klamotten auf den Armen – ganz oben eins der Wildlederkostüme. »Lena, darf ich dir Joe Koehler vorstellen, den Duke of Hoboken?« sagte Peter auf russisch. Dann meinte er, wieder an Joe gewandt: »Ich hab' ihr versprochen, ich würde ihr alles kaufen, was sie schleppen kann.«

»Wunderbare Frauen, diese Russinnen«, bemerkte Joe. »Rechne das Zeug doch mal zusammen«, sagte er zu seinem Assistenten.

Wieder wandte er sich an Peter: »Kommen Sie morgen vorbei, oder wann immer Sie sonst Zeit haben, dann sprechen wir über die Lieferung. Und um Ihre Frage von vorhin zu beantworten – wenn Sie die Klamotten kaufen, gehört der Container Ihnen. Also können Sie reinpacken, was immer Sie wollen, solange Sie mir Textilien im Wert von fünfzigtausend Dollar abnehmen. Ich verkaufe Ihnen die Ware und helfe Ihnen, einen Container zu finden und besorge Ihnen einen ordentlichen Preis für die Lieferung nach Rußland. Ich liefere meine Ware frei an Bord zur Hoboken Ramp. Von hier passiert das mit Inlandsfrachtbrief. Den internationalen Frachtbrief und die Zollerklärung für die Lieferung nach Rußland müssen Sie ausfüllen – oder die Transportfirma oder sonstwer.« Damit wandte er sich einem russischen Paar zu und half ihm beim Sortieren ihrer Erwerbungen.

»Was hältst du von meiner Theorie?« erkundigte sich Hugh, während sie den Platz an der Kasse freimachten. Lena blieb noch, um ihre Einkäufe zusammenzupacken, Peter und Hugh suchten sich ein stilles Eckchen, wo sie ungestört weiterreden konnten.

»Zekki konnte doch gar keine bessere Möglichkeit finden, um die Pressen, die Tinte, die Chemikalien und das Papier für den Druck des Falschgelds nach Rußland zu bringen«, meinte Peter. »Aber hier muß eine verdammt mächtige Schutzorganisation die Hände im Spiel haben. Es gibt ein paar ehrliche Cops in der Milizija, aber sie besitzen keine Zollhoheit. Daß Zekki Druckgeräte und Papier und Tinte aus New York ausführt, verstößt nicht gegen die Zollgesetze der Vereinigten Staaten. Es ist ein Verstoß gegen den russischen Zoll, sie einzuführen. Solche Geräte sind russische Schmuggelware, aber hier in New York können wir nicht viel tun, um der Sache einen Riegel vorzuschieben.«

»Wie gesagt, wir hatten das alles schon mal durchgeplant. Vielleicht haben Red Rolf und Zekki schon längst ihre Rußland-Connection aufgebaut, womöglich mit Jap persönlich oder jedenfalls mit seiner Organisation.« Hugh sah Peter nachdenklich an. »Was weißt du über den Japaner? Ich hab' gehört, wie du am Flughafen zu dem Tschetschenen etwas über Japontschik gesagt hast.«

»Meine Informanten behaupten, er kommt bald aus dem Gefängnis.«

»Denk bloß an die Diamanten, das Platin, die unschätzbaren Ikonen, ganz zu schweigen von den strategisch wichtigen Metallen, die sie sich mit dem Falschgeld kaufen und im Westen verhökern können, wo sie dann echte Kreditbriefe und echtes Geld dafür bekommen.«

Peter schüttelte den Kopf. »Sie können das Geld drucken, aber wenn sie es ausgeben, erwischt man sie. Wenn sie schlau sind, beschränken sie sich auf ein großes Geschäft. Und was kauft man für fünfzehn oder zwanzig Millionen Falschgeld und verkauft es über Nacht für echtes Geld?«

»Atomwaffen.«

»Richtig. Jetzt müssen wir nur noch diese Russen, die in Brighton Beach ermordet wurden, und Gardenadse in der Geschichte unterbringen. Sie haben alle mit Verbrecherregimes Geschäfte gemacht.«

»Erinnerst du dich – einer der Erschossenen hatte Hundertdollarscheine in der Tasche.«

»Das waren Blüten, wie ich vermutet habe. Und zwar schlechte Blüten, Laserkopien.«

»Stimmt. Und Zekki wirbt offenbar um atomare Kundschaft. Hilfst du uns?«

Peter nickte bedächtig. »Mach' ich doch schon. Im Sommer werde ich mein Moskau-Projekt anleiern. Vielleicht fange ich sogar wirklich mit einer Containerladung vom Duke an. Aber du mußt mir Einsicht in alle deine Unterlagen gewähren.«

»Du kriegst von uns alles, was du willst, das verspreche ich.«

»Ich brauche auch Zugang zu deinen Unterlagen über weltweite Waffengeschäfte.«

»Warum Waffengeschäfte? Ach, du brauchst es mir nicht zu erklären.«

»Und du erwartest auch nicht von mir, daß ich gratis arbeite, oder?«

»Nein, natürlich nicht. Sonst noch was?«

»Ja. Ich muß mit dem Büro des Bezirksstaatsanwalts von Brooklyn eine Absprache treffen, daß man mich nach Moskau läßt. Der Polizeichef steht hinter mir.«

»Wir werden dir auch dabei helfen, wenn es nötig ist. Alles, was du brauchst.«

Peter suchte Lena, nahm ihr eine der Kleidertüten ab und führte sie durch das Gedränge zum Ausgang. Dann verabschiedete er sich von Joe und bezahlte Lenas Sachen auf dem Weg hinaus. »Ich melde mich bei Ihnen«, versprach er Joe. Eine lange Schlange russischer Frauen stand bereits vor den beiden kleinen Damentoiletten, andere benutzten den leeren Platz hinter dem Container als Notlösung. Die Männer erleichterten sich auf der Straße vor dem Lagerhaus vom Freibier, sehr zur Bestürzung des Polizisten, der die Aufgabe hatte, eine ausgelassene Menschenmenge an diesem hellen Frühlingssonntag in Schach zu halten.

17

Der Tschetschene war froh, wieder in Moskau zu sein. Der amerikanische Inspektor am New Yorker Flughafen hatte ihn gewaltig verunsichert, und ein paar Minuten lang hatte er tatsächlich geglaubt, er würde in den Vereinigten Staaten verhaftet und wegen Mordes angeklagt. Den ganzen Weg nach Frankfurt hatte er Wodka geschlürft und sich darauf gefreut, endlich wieder *Anascha* rauchen zu können. An das Leben in New York konnte er sich nicht gewöhnen, obwohl er genug Englisch gelernt hatte, um durchzukommen und seinen Job zu erledigen. Er haßte es, sich wie ein Amerikaner anziehen zu müssen, damit er in einer Menschenmenge nicht auffiel. Vor allem haßte er die Seife und das viele Duschen – da roch er überhaupt nicht mehr wie ein echter Tschetschene. Ganz in der Tradition seiner uralten mongolischen Vorfahren glaubte auch er, daß man das Glück wegwusch, wenn man zuviel badete. Nicht daß ihm sein Auftrag etwas ausgemacht hätte. Japontschik bezahlte Zekki Dekka gut, und der Tschetschene seinerseits machte einen erklecklichen Profit bei seinen amerikanischen Ausflügen.

Aber es war gut, wieder in dem Moskauer Stadtteil zu wohnen, wo die Tschetschenen zu Hause waren. Das Geld aus dem New Yorker Auftrag würde die Familie mehrere Jahre gut ernähren.

Momentan war sein einziges Problem, daß ihm sein nordkaukasischer Hanf ausgegangen war und er momentan kein Bargeld zur Hand hatte. Doch er wußte, wo er welches kriegen konnte. Mit großen Schritten ging er von der Metro-Station aus den Wernadski-Prospekt entlang, die Hände in den Taschen, den Blick nach vorn, die Schultern durchgedrückt. Er trug einen dicken Lammfellmantel, dessen weißer Kragen sein dunkles Gesicht mit dem Dreitagebart betonte. Die schwarze Pelzmütze bedeckte Ohren und Stirn. Da er sich darauf freute, bald eine ordentliche Portion *Anascha* zu bekommen, war er ausgesprochen gut gelaunt, was man seinem finsteren Äußeren jedoch keineswegs ansah. Passanten wichen beiseite, um ihm den Weg freizumachen.

Nun näherte er sich dem Haus, in dem Mischa, sein Kollege aus Pawels Truppe, lebte. Es war ein fünfzehnstöckiges Gebäude in der Nähe des Wernadski-Prospekts. Da es der Universität gehörte, wurde es hauptsächlich von Studenten und Tutoren bewohnt. Mischa hatte ein Zimmer im zehnten Stock und zahlte dem Inspektor dafür eine Gebühr – teils Haschisch, teils Bargeld. Für Mischa war die Wohnung ein ausgezeichneter Unterschlupf. Wer kam schon auf die Idee, einen berüchtigten Mörder inmitten von Studenten einer angesehenen Bildungseinrichtung zu suchen?

In dem Gebäude mußte sich der Tschetschene erst mühsam einen Weg durch die in der Halle versammelten jungen Leute bahnen; die Fahrt im Aufzug bis in den zehnten Stock dauerte fast zehn Minuten, weil in jedem Stockwerk Studenten aus- und einstiegen. Manchmal hielt jemand noch die Tür für einen Freund auf, der den Korridor heruntergerannt kam und unbedingt noch in den Aufzug mußte. Man sah junge Frauen und Männer jeder Hautfarbe und in jeder Art von Kleidung. Das Gebäude galt als wichtiger Umschlagplatz für alle möglichen Schwarzmarktwaren.

Endlich im zehnten Stockwerk angekommen, klopfte der Tschetschene an die Tür zu Mischas Zimmer.

»Komm rein, es ist offen!« hörte er ihn rufen.

Der Tschetschene stieß die Tür auf. Der Raum war von einer nackten Glühbirne hell erleuchtet. Er war klein, mit einem Fenster, aus dem man über die Stadt blickte, und zerfetzten Tapeten. Mischa saß auf einer breiten Matratze, die den größten Teil des Bodens bedeckte. Vor ihm kauerten auf einer

Decke zwei Mädchen im Teenageralter. Sie waren stark geschminkt und trugen kurze Röcke über schwarzen Strumpfhosen. Eins der Mädchen war nackt bis zur Taille, und der Anblick ihrer birnenförmigen festen Brüste verursachte dem Tschetschenen ein heftiges Pochen zwischen den Beinen. Vermutlich sind die beiden Studentinnnen, überlegte der Tschetschene, denn neben der Decke lagen ein Notizheft und ein Lehrbuch. Auf dem Boden standen außerdem mehrere Bierflaschen. Die drei spielten *Rischkit*, die russische Version von Strip-Poker. Mischa hatte offensichtlich gerade eine Glückssträhne.

Als er den Tschetschenen sah, sprang er auf und ging auf ihn zu. Er trug ein sauberes weißes Hemd über einem gestreiften Militär-T-Shirt.

»Was gibt's, Arsen?« fragte er. Er sprach den Tschetschenen mit einem auf dem Kaukasus gebräuchlichen Namen an.

»Wie ich sehe, amüsiert ihr euch gut.« Der Tschetschene räusperte sich. »Ich brauche ein bißchen Bargeld. Erinnerst du dich?«

»Klar. Wieviel war es noch mal? Ich war besoffen, als ich es dir abgenommen habe.«

»Zweihundert. Hast du soviel?«

Mischa ging zu seinem Mantel, der an der Wand hing, fischte ein paar zerknitterte Scheine aus der Tasche und streckte sie dem Tschetschenen entgegen. Dieser zählte das Geld und blickte dann fragend auf.

»Hör zu, Arsen. Ich kann dir den Rest in amerikanischen Dollar geben, wenn es dir nichts ausmacht.«

»Scheiße, natürlich nicht. Wieviel?«

»Ich hab einen Hundertdollarschein. Damit bist du der große Macker in den Devisenläden. Heute ist dein Glückstag.«

»Okay, ich nehme ihn.«

Mische langte in die Hosentasche, holte einen zerknitterten Schein heraus und reichte ihn dem Tschetschenen. Augenblicklich schrillten in dessen Kopf die Alarmglocken. Der Tschetschene war lange genug in Amerika gewesen, um sich an die US-Währung zu gewöhnen, und mit diesem Schein stimmte etwas nicht – er war eine Fälschung, das spürte er. Obwohl das Papier zerknüllt war, fühlte es sich viel zu weich und glatt an. Er hielt den Schein gegen das Licht. Das Bild war in Ordnung, ganz einwandfrei. Trotzdem stammte die Banknote mit Sicherheit nicht aus dem amerikanischen Münzamt. Der Tschetschene packte das Notizbuch neben dem barbusigen Mädchen und rieb den Geldschein am Einband. Er hatte in Amerika ein paar Tricks gelernt, und dazu gehörte, wie man vor allem bei hochdotierten Geldscheinen erkannte, ob man eine Blüte vor sich hatte. Kein bißchen grüne Farbe blieb auf dem Notizbuch zurück.

»Was ist denn los?« fragte Mischa, der den Tschetschenen mißtrauisch beobachtete.

»Das ist eine Laserkopie«, rief der Tschetschene. »Ein Judentrick. Zekki hat mich davor gewarnt.« Er ließ den Schein fallen und schrie: »Du hast versucht, mich übers Ohr zu hauen! Woher hast du das Ding, du Scheißkerl?«

»Nimm das zurück, und zwar augenblicklich!« Mischas Stimme war heiser vor Zorn über die Beleidigung.

»Ich zieh dir das Fell über die Ohren, wenn du versuchst, so einen Trick mit mir abzuziehen!« Der Tschetschene wollte seinen Revolver aus der Innentasche ziehen, aber Mischa versetzte ihm einen blitzschnellen Kinnhaken mit der rechten Hand. Bevor der Tschetschene seine Waffe in Anschlag bringen konnte, verlor er das Gleichgewicht und stolperte rückwärts über die Mädchen, das Bier, die Karten und den Kleiderstapel. Schreiend verkrochen sich die Studentinnen in eine Zimmerecke. Mit einer raschen Handbewegung packte Mischa ein gefährlich aussehendes Stilett vom Regal. Der Tschetschene kniete noch am Boden und versuchte gerade aufzustehen, als Mischa ihm das Messer mit voller Wucht in den Hintern stach.

Trotz der Haschischreste, die er am Nachmittag noch geraucht hatte, spürte der Tschetschene den stechenden Schmerz. Ungeschickt rappelte er sich auf, stieß aber gegen ein Regal und fiel wieder um. Die beiden Mädchen rannten halbnackt aus dem Zimmer.

Endlich gelang es dem Tschetschenen aufzustehen, die Waffe immer noch in der ausgestreckten Hand. Er spürte eine warme klebrige Flüssigkeit am rechten Bein und einen heftigen Schmerz im Hinterteil. Aber was er nun vor sich sah, raubte ihm fast die Sinne. Mischa stand am Fenster, das blutige Messer in der linken Hand, während seine rechte eine gemaserte Kugel aus grauem Stahl umklammerte, etwa so groß wie eine Orange. Und Mischas Finger preßten den Hebel fest an den Eisenfortsatz, der oben aus dem Ball ragte.

Der Tschetschene senkte die Augen und sah, daß zu seinen Füßen, mitten im Chaos von Decken, Spielkarten und Flaschen der kleine Stahlring glitzerte, der die Granate gesichert hatte. Die Handgranate in Mischas Faust war scharf – er brauchte sie nur loszulassen, und das halbe Stockwerk flog in die Luft.

»Laß die Pistole fallen, Muslim-Scheißer!« schrie Mischa. Die Augen starr auf die Granate gerichtet, tat der Tschetschene, was Mischa verlangte. »He, Michail, was soll das?« fragte er. »Das ist kein Witz«, fuhr er fort. »Na gut, ich entschuldige mich, ich war im Unrecht, Bruder, das geb' ich zu.«

»Gut.« Mischa klang besänftigt. »Aber sag so was lieber nicht noch mal. Ich bin genauso aus dem Kaukasus wie du, du solltest mich lieber nicht ärgern.«

»Jetzt mach den Ring wieder an die Granate«, drängte der Tschetschene.

»Das geht leider nicht«, antwortete Mischa verlegen. »Wenn er erst mal ab ist, kann man das Ding nicht mehr sichern.«

Der Tschetschene wurde blaß. »Wie lange kannst du die Granate festhalten?«

»Weiß ich nicht, der Hebel ist ziemlich stark. Höchstens eine Stunde.«

Kalter Schweiß trat auf die Stirn des Tschetschenen. »Ich helf' dir beim Anziehen. Dann gehen wir irgendwohin und schmeißen das Ding weg. Mach aber bloß keine plötzlichen Bewegungen. Der Teufel weiß, was man damit alles in die Luft jagen kann.«

»In Afghanistan hat so eine Orange einen Panzer in Stücke zerlegt. Gib mir meinen Mantel.«

Es dauerte ein paar Minuten, bis Mischa angezogen war. Schließlich steckte er die rechte Hand tief in die Manteltasche.

»Wie fühlst du dich?«

»Die Finger werden taub. Beeilen wir uns.«

Aber sie steckten wieder eine Viertelstunde im Aufzug fest. Bei jedem Schritt wurde dem Tschetschenen mulmiger; bald war er schweißgebadet. Mischa sah gedankenverloren und angespannt aus. Als sie endlich das Erdgeschoß erreichten, schwitzte auch er.

Am Eingang wurden sie wieder aufgehalten. Eine lärmende Studentengruppe kam ins Gebäude, lachend und allem Anschein nach mit *Anascha* abgefüllt. Ein großer Schwarzer ging auf Mischa zu und klopfte ihm freundschaftlich auf die Schulter. »Hey, Michail! Was gibt's Neues?«

»Nichts«, antwortete Mischa kurz angebunden. »Hör mal, ich bin in Eile.«

»Eile? Ach, vergiß es. Komm mit, wir gehen einen trinken.«

Der Tschetschene griff nach seinem Revolver und merkte, daß er die Waffe in Mischas Zimmer hatte liegenlassen. Mischa versuchte unterdessen, die Einladung des Studenten auf die sanfte Tour abzulehnen, aber dieser drängte ihn so sehr, daß Mischa schließlich nachgeben mußte. »In Ordnung, aber ich trinke hier, auf der Stelle. Gib mir die Flasche.«

»Hier? Mann, du bist ja komisch drauf heute. Okay, Jungs, gebt ihm die Flasche.«

Mischa nahm die Flasche mit der linken Hand.

»Hey, Mann, was ist mit deinem rechten Arm? Wärmst du dir die Eier oder was?«

Am liebsten hätte Mischa den Kerl angeschrien, bald würden ohnehin alle die Eier verlieren, wenn man ihn nicht gehen ließ. Aber statt dessen kippte er mit einem Zug die halbe Flasche hinunter, sein Kopf drehte sich. Er fühlte eine angenehme Wärme in sich aufsteigen, und sogar der Hebel in seiner Tasche schien sich plötzlich leichter unten halten zu lassen. Einen Augenblick lang war er so kühn gestimmt, daß er ihn fast losgelassen hätte. Erschrocken drückte er das Ding wieder an seinen Platz, aber seine schmerzenden Finger gehorchten ihm nur noch widerwillig.

»Was ist denn los mit deiner Hand?« fragte der große Mann noch einmal.

»Die Finger tun weh.«

»Vielleicht solltest du sie das nächstemal nicht in was Falsches reinstecken!« Die ganze Gruppe brach in schallendes Gelächter aus, aber Mischa rannte schon durch die Doppeltüren auf die Straße, der Tschetschene direkt hinter ihm.

Beinahe im Laufschritt entfernten sie sich von dem großen Gebäude.

»He, Michail, wohin gehen wir?«

»Es gibt einen Teich in der Nähe.«

»Einen Teich?«

»Ja, wir haben keine andere Möglichkeit. Und glaub' nicht, du könntest abhauen. Die Splitter haben eine Reichweite von einem Kilometer im Umkreis.«

Nach wenigen Minuten erreichten sie einen künstlich angelegten Tümpel, der in sicherer Entfernung von den nächsten Gebäuden lag und von Bäumen abgeschirmt war. Seine Oberfläche war von einer dünnen, schmelzenden Eisschicht bedeckt. Mischa zog die Hand mit der Granate aus der Manteltasche. Inzwischen konnte er die verkrampften Finger kaum noch bewegen. Er legte die linke Hand über die Granate, griff nach dem Hebel und mußte die Kugel buchstäblich aus der gelähmten Rechten reißen. Nach einem kurzen Blick in die Runde schleuderte er die Granate ungeschickt in die Luft. Mit angehaltenem Atem sah der Tschetschene zu, wie sie träge über den Teich flog, dann abrupt durch das Eis brach und verschwand.

»Machen wir, daß wir hier wegkommen«, meinte Mischa, wandte dem Teich den Rücken zu und massierte sich kräftig die rechte Hand.

Plötzlich hörte man eine laute Explosion auf dem Grund des Tümpels. Ein pilzförmiger Wasserschwall erhob sich, Eisstücke flogen durch die Gegend, dann fiel das Wasser mit einem lauten Klatschen zurück.

Als sie wieder in Mischas Zimmer waren, hob der Tschetschene als erstes seinen Revolver vom Boden auf und steckte ihn zurück in das Halfter unter seinem Arm. Dann setzten sich die beiden Männer auf die Decke und rauchten. Eine Weile sagte keiner ein Wort. »Hör mal, Michail, woher hast du den verdammten Dollarschein?« fragte der Tschetschene schließlich.

»Ich wußte nicht, daß er falsch ist. Das schwör' ich dir beim Grab meines Vaters.«

Plötzlich wurde der Tschetschene ernst: »Hör zu. Ich weiß, daß Leute aus Tofiks Truppe in New York und Deutschland diese Laserkopierer ganz oder in Teilen nach Moskau geschleust haben. Es ist meine Aufgabe, sie zu finden und zu zerstören. Ich hab' überall in der tschetschenischen Brigade gesucht – nichts. Auf einmal tauchst du auf und hast genau das, wonach ich suche. Woher kommt das Zeug?«

»Reso hat mich letzten Monat damit ausbezahlt.«

»Reso?« wiederholte der Tschetschene verwundert. »Reso ist Trumpf Sechser bei Giwi und Tofik. Was machst du bei ihren Leuten?«

»Das war Pawels Idee, und du solltest es für dich behalten, wenn du keinen Ärger willst. Reso ist ein Boß bei Giwi, und er hat uns offenbar mit falschen Dollars bezahlt. Du solltest mit Pawel sprechen.«

»Das werd' ich auch. Wo wohnt Reso?«

»Er teilt sich mit zwei von Giwis Sechsen – Schurab und Tschatscha – eine riesige Luxussuite. Nummer 539 Nord im Hotel Rossija.«

Der Tschetschene inspizierte noch einmal den Hundertdollarschein. »Der stammt von einem Xerox-Laserkopierer, und das Bild ist echt gut. Wo haben sie die Maschinen versteckt?«

»Ich glaube, sie wollen direkt vom Hotel aus arbeiten.«

»Das muß ich verhindern. Zekki geht in die Luft, wenn er erfährt, daß jemand den Markt für sein gutes Zeug versaut.« Der Tschetschene trat zu der Kiste, in der Mischa seine Handgranaten aufbewahrte. »Hast du keine Angst, diese Dinger bei dir im Zimmer aufzubewahren?«

»Ich verkaufe sie nach und nach. Aus Afghanistan hab' ich damals zwei Dutzend mitgebracht. Jetzt sind nur noch elf übrig.«

»Verkauf mir ein paar.«

»Wie viele?«

»Sagen wir ... fünf, vielleicht auch sechs.«

»Zehntausend«, verlangte Mischa entschieden.

»Willst du mich verarschen?«

»Ein guter amerikanischer oder belgischer Revolver kostet dich hunderttausend. Eine dieser Orangen kann mehr Schaden anrichten als zehn Colts. Also ist es ein vernünftiger Preis.«

»Dann nehme ich eine – wenn ich später bezahlen kann.«

»Kein Problem. Bevor du sie wirfst, solltest du dafür sorgen, daß du dich irgendwo verkriechen kannst. Die Splitter können bis zu einer Entfernung von sechzig Metern tödlich sein.«

»Ich werde aufpassen«, erwiderte der Tschetschene.

Pawel saß im Kaspischen Restaurant bei schwarzem Kaviar, Toast und eisgekühltem Wodka, als der Tschetschene ihn endlich fand und herauswinkte. Widerwillig ließ Pawel seinen Imbiß stehen und kam zur Tür. Sie gingen zu Pawels Wolga und setzten sich auf den Rücksitz. Der Tschetschene hielt Pawel den Hundertdollarschein unter die Nase, und dieser inspizierte die Banknote sorgfältig. »Die gefährden unser Geschäft«, sagte der Tschetschene. »Früher oder später werden die *Menti* die Blüten entdecken und Verdacht schöpfen.«

»Was schlägst du also vor?« fragte Pawel.

»Laß mich die Dreckskerle beseitigen. Und was hat Mischa in Tofiks Truppe verloren? Ich dachte, er arbeitet für uns!«

»Das geht dich nichts an. Behalt es für dich. Und ansonsten unternehmen wir überhaupt nichts.«

»Du meinst, wir lassen sie damit davonkommen?« fragte der Tschetschene ungläubig.

»Wenn der fette Giwi Blüten in Umlauf bringt, dann tun es auch andere. Wir halten uns bedeckt und warten, bis wir mit dem echten Zeug in Produktion gehen können. Das ist alles kein Grund, mich vom Essen wegzuholen. Jetzt raus aus meinem Wagen – und daß du kein Wort mehr über die Sache verlierst.«

Der Tschetschene stand auf der dunklen Straße und sah den Rücklichtern von Pawels Wolga nach. Erst ein Messerstich in den Hintern, dann die Panne mit der Handgranate, dann die Entdeckung, daß das Projekt, an dem er mit Zekki in New York gearbeitet hatte, gefährdet war, und jetzt auch noch Pawels kaum verhohlene Geringschätzung. Die Wut brodelte in ihm, und er hatte nur noch einen Gedanken im Kopf. Hotel Rossija, Suite 539 Nord. Er befingerte die Stahlkugel in seiner Tasche.

Zum Hotel Rossija brauchte er zehn Minuten, und als er durch den Nordeingang trat, erblickte er Giwis Trumpf Sechser – Reso. Der Tschetschene verdrückte sich ins geschäftige Nordfoyer, aber Resos stechende Augen schienen ihn auch dort zu durchbohren. Obwohl sie sich vor mehreren Monaten das letztemal begegnet waren, war sich der Tschetschene sicher, daß Reso ihn erkannt hatte. Glücklicherweise hatte er wohl einen dringenderen Termin, sonst hätte er jedes Mitglied einer rivalisierenden Bande, das einfach in dieses Hotel marschierte, sofort anhalten und ausquetschen müssen. Schließlich residierten hier seine eigenen Leute.

So nahm der Tschetschene den Aufzug in den fünften Stock. Als ihn die Aufseherin hinter ihrem Schreibtisch fragend anblickte, gestikulierte er den Korridor hinunter, von wo man festlichen Lärm hörte.

»Man erwartet mich«, brummte der Tschetschene.

Die Frau am Schreibtisch nickte. Offenbar fand eine große Party statt, denn aus dem zweiten Aufzug traten jetzt zwei Männer, begleitet von grell geschminkten Mädchen in schrillen Abendkleidern. Auch sie winkten der Frau nur zu und machten sich auf den Weg den Flur hinunter. Der Tschetschene folgte den Partygästen. Ein Kellner, der offenbar gerade Speisen und Getränke geliefert hatte, kam ihm entgegen. Die beiden Pärchen wurden laut und fröhlich begrüßt.

In der Tür blieb der Tschetschene stehen und betrachtete mit gleichmütigen Augen die Feiernden, die Hände tief in den Taschen seines Lammfellmantels vergraben. Um einen langen, niedrigen Tisch saßen Giwis Männer mit ein paar aufreizend gekleideten Mädchen. Direkt neben dem Türpfosten stand eine riesige Frachtkiste mit deutscher Aufschrift. Vermutlich enthielt sie den Laserkopierer, der die US-Dollars produzierte.

In aller Ruhe zog der Tschetschene den Sicherungsring von der Granate und warf die Stahlorange auf den Tisch, mitten zwischen Flaschen und Gläser. Eins der Mädchen schrie laut auf. Mit einem raschen Sprung verzog sich der Tschetschene zurück auf den Flur, weg von der Wand der Suite. In diesem Moment brauste ein wahrer Hurrikan von Feuer und Stahlsplittern durch die Suite, Köpfe und Gliedmaßen wurden weggeschleudert, der riesige Karton zersprang in tausend Stücke, Fenster und Fensterrahmen barsten, der Fernsehapparat explodierte. Nicht einmal die Wand hielt dem Ansturm stand, und ein paar Splitter trafen den Tschetschenen leicht im Gesicht.

Hustend rannte er durch den Qualm zum Aufzug; seine Ohren waren von dem Knall so taub, daß er das Heulen des Feueralarms und die Schreie der Aufseherin, deren schreckensbleiches Gesicht plötzlich vor ihm auftauchte, gar nicht wahrnahm. Eine Aufzugtür öffnete sich, und er drängte sich hinein, ohne auf die Fahrgäste zu achten, die wie vom Donner gerührt sein wildes dunkles Gesicht mit den getrockneten Blutspritzern und Rußspuren auf Wangen und Stirn anstarrten. Im Erdgeschoß entdeckte der Tschetschene zu seiner Überraschung Reso, der ins Foyer lief. Aus irgendeinem Grund mußte der Trumpf Sechser hierher zurückgekommen sein. Reso entdeckte den Tschetschenen und versuchte, sich durch die Menge einen Weg zu ihm zu bahnen. Jetzt wußte er mit Sicherheit, wer für den Anschlag im Hotel verantwortlich war.

Doch der Tschetschene duckte sich rasch und verschwand in der Menschenmasse. So gelangte er unbehelligt hinaus auf die Straße, winkte ein Taxi heran und sprang hinein. Während er dem Fahrer Geldscheine in die Brusttasche stopfte, rief er ihm die Adresse zu.

Dann ließ er sich in die Polster sinken und bedeckte das Gesicht mit seinen schmutzigen Händen. Jetzt wollte er nur noch untertauchen und eine ganze Weile unsichtbar bleiben.

18

Nach dem Mord an Potma überlegten die Diebesbrüder, wie sie am besten mit Bugai, Potmas stämmigem und als ausgesprochen bösartig bekannten Schläger, umgehen sollten. Er und seine Truppe waren jetzt führerlos und stellten eine ernste Bedrohung für die Disziplin im Lager dar. Zuerst schickte Maxim seinen eigenen Schläger zu Bugai, um ihm eine Partnerschaft und sogar den Titel eines Diebesbruders anzubieten – eine große Ehre, da Maxim selbst ein alter und angesehener Diebesbruder war.

Außerdem zeigte das Angebot natürlich auch, wie mächtig und gefürchtet Bugai war, eine lebende Legende unter den Schlägern. Er war an die zwei Meter groß, kräftig wie ein Bulle, von Natur aus gewalttätig und aggressiv. Er hatte drei Mädchen und sechs Jungen vergewaltigt und ermordet; nach seiner Meinung machten Jungen mehr Spaß, weil sie sich heftiger wehrten. Das Gericht hatte versucht, ihn zum Tode zu verurteilen, aber das Gesetz verbot die Hinrichtung von Jugendlichen unter achtzehn. Also brummte man Bugai fünfzehn Jahre Zwangsarbeit auf, aber er kannte keine Reue. Nach fünf Jahren wurde er aus einen Jugendstraflager nach Tulun gebracht und einer von Potma beherrschten Baracke zugewiesen. »Macht ihn mir gefügig, und zwar schnell!« befahl der Kommandant.

Eine Stunde später waren vier von Potmas Sechsern schwer verletzt und zwei andere vor dem wütenden Riesen aus den Baracken geflohen.

Der Vorfall wurde rasch im ganzen Lager bekannt und war Anlaß für großes Gelächter und viele dreckige Witze. Selbst die Gefängnisverwaltung amüsierte sich. Die beiden geflohenen Sechser verloren ihre Position und wurden rasch zu sogenannten Gockeln oder Ziegen degradiert – zu passiven

Homosexuellen, einer Kategorie, die im Lager am tiefsten verachtet und gequält wurde. Maxim stellte eine einzige Bedingung für sein Angebot, Bugai zu beschützen und zum offiziellen Diebesbruder zu machen: Wenn die Zeit reif war, sollten er und seine Männer Maxim dabei helfen, Jap zu töten. Bugai stimmte sofort zu.

Ein paar Tage nach der Vernehmung in Karamuschews Büro brachten die Gefängniswärter Maxim in Japs Zelle. Es war spät am Abend; überall war schon das Licht gelöscht worden. Jap hatte eine Flasche armenischen Cognac, eine Auswahl leckerer belegter Brote und zwei kristallene Weingläser in Erwartung seines Besuchs auf dem niedrigen Tisch bereitgestellt. Er saß auf dem Boden hinter dem Tisch, in einem frisch gebügelten blauen Hemd und den üblichen schwarzen Jeans.

Maxim erschien in der gewöhnlichen winterlichen Lagermontur: einer dicken, baumwollgefütterten, taillenlangen Jacke, einer dunklen, weiten Arbeitshose und *Walenki* – den russischen Fellstiefeln, der häufigsten Fußbekleidung der Häftlinge in den Arbeitslagern des Nordens.

Als er die Zelle betrat, zog er die Stiefel aus, und dicke Wollsocken kamen zum Vorschein – ein Luxus, den sich nur ein Diebesbruder leisten konnte. »Ich habe gehört, du verläßt deine Zelle und kehrst zurück in die Baracken«, bemerkte Jap beiläufig. »Hast du etwas Besonderes vor?«

Maxim schüttelte den Kopf. »Ich glaube nur, die Männer brauchen mich eine Weile in ihrer Nähe.« Er setzte sich auf den Boden und kippte ein Glas Cognac.

»Bediene dich nur«, sagte Jap.

Maxim goß sich ein zweites Glas Cognac ein und kippte es ebenfalls in einem Zug. Dann legte er sich eine Scheibe Schinken auf ein Stück Brot und fing an, langsam zu kauen.

»Wir müssen miteinander reden, Jap. Es geht um eine ernste Sache. Für uns alle.«

»Ohne Tofik und Josik?«

»Stimmt. Da braut sich was zusammen. Du und ich, wir sind in Gefahr.«

Jap sah ihn gelassen an. »Wer hat die letzte *Skschod* einberufen und Potma dazu gebracht, meine Autorität in Frage zu stellen?«

»Tofik. Er ist hinter dir her – hinter uns beiden. Er hat sich mit Potma und Josik verbündet, um uns auszuschalten.«

»Das verstehe ich nicht. Was habe ich Tofik getan? Ich weiß nicht, was zwischen euch ist – aber was hat er gegen mich?«

Maxim beugte sich über den Tisch. »Nachdem du Potma erstochen hast, bekam Josik Angst, sich mit Tofik gegen mich und dich zu verbünden. Gestern nacht war der Jude bei mir in der Zelle und hat mir alles gestanden. Tofik will dich umbringen, weil er glaubt, dein Tschetschene hätte im Restaurant Kiew in New York seine Georgier erledigt. Mindestens ein Dutzend Leute haben den Tschetschenen erkannt und wußten, daß du von hier aus den Befehl ausgegeben hast. Jetzt ist sein Plan mit der Fälscherei erst mal für ein weiteres halbes Jahr vom Tisch.«

Auf diesen Vorwurf war Jap gefaßt und setzte ein angemessen beleidigtes Gesicht auf. »Tofik irrt sich, wenn er denkt, ich kann und will meinen Arm von Tulun bis nach New York ausstrecken, um seine Leute ermorden zu lassen.«

»Ich glaube dir ja, Jap. Ich habe Tofik gesagt, daß es nicht stimmt. Aber darüber hinaus hat er jetzt auch noch erfahren, daß dein Tschetschene im Hotel Rossija vier seiner Männer und zwei ihrer Freundinnen mit einer Handgranate getötet hat. Und heute bekam er die Nachricht, daß in New York schon wieder ein Mann erledigt wurde. Er vermutet, daß es Eduard war, sein wertvollster Vizeboß.«

Jap ließ sich den Schock über die nicht sanktionierte Gewalttat des Tschetschenen nicht anmerken. Pawel hätte einen solchen Vorfall nie zugelassen. Auch der neuerliche Mord in New York wunderte ihn. Es war wohl ein weiteres Anzeichen dafür, daß ihm die Kontrolle über seine *Organisazija* zusehends entglitt. »Wenn so etwas passiert ist, dann gewiß nicht auf meine Veranlassung.«

»Tja, Tofik ist überzeugt, daß du dahintersteckst.«

»Was hat Josik sonst noch erzählt?«

»Er fürchtet sich und möchte sich aus der ganzen Sache raushalten.«

»Das kann er nicht. Ich werde ihm ein Angebot machen.«

»Ja. Wir brauchen seine Männer.«

»Was meinst du damit, Maxim?« fragte Jap.

»Tofik hat Karamuschew eine Million Rubel bezahlt, daß er den Gefängnischef und seinen Partner dazu bringt, die Mannschaft ein paar Stunden vom Lager abzuziehen. Dann will Tofik einen Kampf provozieren und uns beide erstechen lassen.«

»Warum will er dich töten?« fragte Jap.

»Tofik will mich erledigen, weil meine Leute in Odessa seine Glücksspiel-Geschäfte an der Schwarzmeerküste übernommen haben. Es gibt mehrere georgische Banden, die Tofik viel Geld zahlen, wenn er uns aus dem Weg räumt.«

Maxim kippte den dritten Cognac, rülpste ausgiebig und fuhr dann fort: »Später kommen die Wachen dann zurück und erledigen den Rest von unseren Leuten. Die Gefängnisbehörde kriegt ein Lob dafür, daß sie eine Meuterei von zwei mächtigen Bossen niedergeschlagen hat – von dir und mir.«

In diesem Augenblick klopfte es an der Zellentür. Höflich wie immer wartete Karamuschew, bis Jap »Herein« rief, erst dann trat er ins Zimmer.

»Kommandant, mein Lieber«, rief Jap, »das ist ja eine nette Überraschung.« Damit wandte er sich zur Saunatür und rief: »Maria!«

Halbnackt, aber ohne jede Scham, erschien Maria in der Tür zur Badezelle, zwei Flaschen Cognac im Arm.

»Schön, Sie zu sehen, Mädchen«, dröhnte der Kommandant, während er die Stiefel auszog. »Seien Sie so nett, bringen Sie noch ein Glas für einen alten Mann. Es ist verteufelt kalt draußen. Ich kann einen guten Cognac wahrhaftig gebrauchen.«

Jap nickte Maria zu. »Und bring uns auch noch von dem Schinken.«

»Danke, Jap. Sie haben wenigstens noch Respekt vor älteren Menschen. Das wärmt einem das Herz noch besser als der Alkohol.«

Maria trat mit einem Glas neben den Kommandanten, goß es voll und ließ die Flasche daneben stehen. Karamuschew nahm sich von dem Schinken. »Na, das laß ich mir gefallen«, brummte er lobend, goß sich den nächsten Wodka aus der Flasche ein, die Jap eigens für ihn reserviert hatte, und bediente sich noch einmal an dem von Maria vorbereiteten Imbiß. »Es wissen eben nur die Ukrainer, wie man Fett richtig zubereitet.« Jap und Maxim lachten zustimmend, während der Kommandant die Flasche ansetzte und seine Meinung über eine Sängerin kundtat, die er jüngst auf einem von Japs Videos gesehen hatte, eine gewisse Madonna.

»Wenn einer behauptet, die hat 'nen Busen – wie nennt er dann die Titten unserer Mädchen?«

Nach und nach lenkte Jap das Gespräch geschickt auf das eigentliche Thema. »Jetzt sind Sie also reich«, sagte er zu dem offensichtlich betrunkenen Kommandanten. »Und Tofik hat eine ganze Million Rubel beigesteuert, sagen Sie?«

»Ich dachte, ich könnte zu Tofiks Million noch mit einem kleinen Präsent von Ihnen beiden rechnen«, röhrte Karamuschew. »Tofik hat einen schlauen Plan ausgeheckt, um Sie und Maxim mit Hilfe meiner Soldaten aus dem Weg zu räumen. Ich schlage vor, daß Sie mit Ihren Männern den ersten Schlag führen und wir Ihnen dann mit unseren Truppen unter die Arme greifen.«

»Wie wollen Sie uns beweisen, daß wir in Sicherheit sind?« fragte Maxim geradeheraus, und seine Augen glitzerten.

Karamuschew schenkte sich den nächsten Wodka ein, kippte ihn hinunter, als wäre es Wasser. »Nun, junger Mann, Sie sollten älteren Menschen immer vertrauen. Zwei Drittel des Geldes von Ihnen und Jap bekommen wir erst, nachdem die Sache gelaufen ist. Ja?«

»Wieviel wollen Sie denn?« fragte Jap.

Karamuschew zuckte die Achseln. »Nicht viel. Noch eine Million. Und wenn ihr euch die Summe teilt, ist das doch kein Problem.«

»Ich habe die Verschwörung aufgedeckt«, sagte Maxim. »Ich gebe vierhunderttausend. Der Rest ist Japs Sache.«

»Einverstanden.« Jap nickte. »Ihre Informationen und Ihre Freundschaft sind für mich mehr wert als Geld«, fuhr er, an Karamuschew gewandt, fort. »Wann will Tofik zuschlagen?«

»Am Montag. In vier Tagen also. Bereiten Sie einen Angriff für Sonntag vor, einen Tag vor den anderen. Sie haben also noch morgen und Samstag.«

»Auf wessen Seite werden sich Potmas Sechser stellen?« fragte Jap. »Ich wette, Tofik hat sie schon für sich rekrutiert. Dieser Bugai ist ein echter Scheißkerl.«

»Die Soldaten des Kommandanten werden dich doch beschützen, kein Problem«, entgegnete Maxim.

Während sie weiter aßen und tranken, besprachen sie die Einzelheiten des Plans. Sie beschlossen, Karamuschew das Geld am Samstag per Boten zukommen zu lassen. Wenn es darum ging, die Bestechungsgelder für den Kommandanten flüssig zu machen, ließen sich die Verbindungen zu den Geldreserven eines Diebesbruders rasch herstellen. Schließlich erhob sich der Kommandant, offenbar etwas wackelig auf den Beinen. Die leere Wodkaflasche zeigte, wo er gesessen hatte.

»Also, Jungs«, lallte er, »ich denke, wir haben nichts vergessen. Sollten Probleme auftauchen, dann informiert mich umgehend. Aber wie man so schön sagt: ›Frost und Kälte tun mir weh, 's wird Zeit, daß ich mal pissen geh'.‹ Bis dann.« Nachdem er die Zelle verlassen hatte, leerte Maxim das letzte Glas Cognac und erhob sich ebenfalls. »Es gibt viel zu tun in den Baracken. Ich glaube nicht, daß ich zum Schlafen komme, ehe alles vorüber ist.«

»Es ist nie vorüber«, meinte Jap leise.

»Wie wahr. Soll ich auch deinen Leuten Bescheid sagen?«

Jap schüttelte den Kopf. Genau wie die anderen Diebesbrüder legte es auch Maxim immer wieder darauf an, Japs Autorität zu untergraben, selbst bei seinem Schläger und seiner Truppe. »Ich verbreite die Nachricht lieber selbst.«

Die beiden Männer umarmten und küßten sich zum Abschied. Dann ging Maxim; die Zellentür fiel krachend hinter ihm ins Schloß. Jap setzte sich wieder hinter den Tisch und goß sich noch einen Cognac ein. Die Saunatür öffnete sich vorsichtig, und Karamuschew erschien auf der Schwelle, vollkommen nüchtern, als hätte er den ganzen Abend keinen Tropfen getrunken. »Sie haben Ihre Sache hervorragend gemacht, Kommandant. Ich wußte, es würde eines Tages von Vorteil sein, daß die Sauna eine Hintertür hat.«

Doch Karamuschew musterte Jap ernst. »Sie sind in einer beschissenen Lage, Jap«, sagte er. »Die haben es alle auf Sie abgesehen. Ich hab noch nie gesehen, daß jemand so Theater spielt wie Maxim gerade eben.«

»Außer Sie selbst«, lachte Jap.

Ein verschwörerisches Grinsen erschien auf dem Gesicht des Kommandanten. »Maxim und Tofik haben mir je eine halbe Million für Ihren Kopf bezahlt und noch eine halbe, daß ich die Soldaten abziehe, damit sie Fofa und Ihre Truppe umlegen können. Als Höhepunkt der Aktion soll ich Sie dann persönlich erschießen.«

Jap nickte nachdenklich, sagte jedoch kein Wort.

»Und all das wegen irgendwelchen Morden in New York, in

Amerika, ist das zu glauben?« sinnierte Karamuschew. »Und dann auch noch die Granate gegen Tofiks Männer im Hotel Rossija. Ich kann verstehen, daß ihn das ärgert.«

»Ich wollte, ich wüßte etwas über diesen Zwischenfall in Moskau«, meinte Jap ratlos. »Wie haben Sie davon erfahren?«

»Ich habe Tofik einen Besuch aus Moskau erlaubt«, lächelte der Kommandant. »Ich würde das gleiche auch für Sie tun, aber weil jemand von der Staatsanwaltschaft Sie auf dem Kieker hat und alle Kontakte genauestens überprüft, ist das ziemlich schwer. Ich werde Sie nach Kräften unterstützten, aber Sie dürfen sich nicht wundern, wenn ich nicht alles genauso regeln kann, wie Sie es brauchen. Im Hauptbüro des Lagers ist kürzlich ein neuer junger Verwalter aufgetaucht. Wie alle anderen hofft auch er darauf, eines Tages Innenminister zu werden. Ich muß sehr vorsichtig sein, wenn ich mich friedlich in den Ruhestand zurückziehen möchte.«

»Nicht nur friedlich, sondern auch sehr, sehr reich.«

»Ich werde versuchen, Ihnen zu helfen, aber ich muß auch an mich und meine Familie denken. Jedenfalls lasse ich Ihnen mindestens zwei gute Männer mit Maschinengewehren zu Ihrem Schutz hier.«

»Kommandant, nach dem ganzen Theater heute abend habe ich keinen Zweifel, daß Maxim und Tofik am Samstag angreifen werden. Ich habe nie geglaubt, daß Maxim mein Freund und Verbündeter ist.«

»Da haben Sie vollkommen recht, Jap«, nickte Karamuschew.

»Also haben wir nur zwei Tage Zeit für die Vorbereitungen.«

»Morgen werden sich Maxim und Tofik schon gegenseitig dazu gratulieren, daß Sie den Sonntagmorgen nicht mehr erleben. Ich habe versprochen, die Wachen am Samstag lange genug abzuziehen, damit die beiden Sie und Ihre Truppe vernichten können.«

»Wie sieht es aus mit Waffen – wenigstens Piken und Spitzhacken für meine Männer?«

»Darum müssen die sich selbst kümmern. Aber ich werde dafür sorgen, daß Ihre Sechser ohne Schwierigkeit in den Werkzeugschuppen können.«

»Und Sie geben mir die Erlaubnis, morgen früh mit dem Verwalter meiner Bank in Irkutsk zu telefonieren –«

»Selbstverständlich, Jap«, versicherte Karamuschew.

»Bis morgen abend liegt Ihre Million bereit.«

Karamuschew musterte Jap lang und durchdringend. »Wir wissen beide, daß wir nur durch eine Untersuchung des Aufstands Ihre Verlegung verhindern können, bis Martinow Ihre Freilassung erwirkt hat.«

Jap nickte. »Wenn Tofik und Maxim die Revolte nicht überleben, gibt es nächste Woche eine weitere Million für Sie.«

Der Gefängnischef nickte ebenfalls. »Passen Sie auf sich auf, Jap.«

»Keine Sorge, Kommandant. Die beiden sind Idioten, und Idioten ziehen immer den kürzeren. Immer. Setzen Sie sich und trinken Sie noch was Richtiges, dann können wir uns noch über die Beschaffung von Piken, Hacken und Brecheisen für meine Männer unterhalten. Und über Geld, vielleicht sogar über Diamanten, und darüber, wie manche altgedienten Offiziere reich werden.«

Die Aussicht auf den Kampf schien Jap zu erregen. »Maria! Wo zum Teufel steckst du? Bring uns eine Flasche echten Wodka ... und natürlich noch mehr Schinken. Der Kommandant ißt gern Schinken.«

19

Eine von Karamuschews Wachen brachte Fofa in die Höhle des Königs der Unterwelt. Der Schläger lauschte Japs Instruktionen mit großer Sorgfalt. Er war ein sehr vernünftiger und ausgeglichener Mann, eindeutig der intelligenteste der fünf Schläger im Lager.

In den Baracken informierte Fofa dann seine Sechser und die *Kenti*, wie die gewöhnlichen Gefangenen hießen, daß die gegnerische Truppe am Samstag einen Angriff auf sie plante. Die üblichen Wachen würden sich nicht zu ihrer Verteidigung im Lager befinden, deshalb erteilte Jap hiermit durch Fofa die Anweisung an seine Männer, sich zu bewaffnen.

Fofa stand vor den Dreistockpritschen, auf denen die Gefangenen schliefen oder ruhten, wenn sie in ihren Baracken waren. Auch jetzt lauschten sie ihm von dort.

»Also, Jungs ... es sieht so aus, als würden ein paar von uns dran glauben müssen. Maxim und Tofik wollen unsere Truppe vernichten.«

»He, Fofa«, rief jemand. »Was ist mit den Gefängniswärtern, den *Sirhicki*?«

»Das ist ja genau der Punkt«, antwortete Fofa, »Jap hat erfahren, daß Maxim und Tofik mit dem Kommandanten eine Absprache haben, die Wachen in ihren Baracken zu lassen.«

Alle schwiegen; Fofa fuhr fort. »Sie sind drei zu eins in der Überzahl. Vier zu eins, falls Josik sich ihnen anschließt. Jap hat mir gesagt, daß er ein Abkommen mit dem Kommandanten hat, und wenn die *Sirhicki* zurückkommen, sind sie auf unserer Seite und ballern mit ihren Maschinengewehren jeden auf dem Hof über den Haufen. Also – alle, die Waffen bei sich tragen, sollen diese jetzt hier auf den Boden legen. Laßt uns mal sehen, was wir da haben.«

Am häufigsten benutzten die Häftlinge Stechwaffen, etwa die »Pike«, eine Art Dolch, ein angespitztes Rohr oder ein Schraubenzieher, ein spitzes, scharfes Messer. Die Messer waren unterschiedlich lang; manchmal schmiedeten sich die Sträflinge Schwerter von über einem halben Meter Länge. Im Gefängnislager gehörten geschickte Handwerker zu den angesehensten und privilegiertesten Männern. Und wie das russische Sprichwort sagt: »Ein nackter Mensch ist erfinderisch.«

Leider waren die Waffen, die vor Fofa auf dem Boden ausgebreitet wurden, nur gewöhnliche Piken, etwa zwanzig gespitzte Schraubenzieher, ein großes scharfes Küchenmesser und zehn unterschiedlich lange, geschliffene Eisenstangen mit stumpfen Enden und mit dicker Schnur umwickelt, damit sie besser in der Hand lagen. Zur Verteidigung von fünfzig Männern gegen den Angriff einer Übermacht von hundertfünfzig war das absolut unzureichend. Trotzdem war Fofa überrascht, wieviel zusammenkam. Erst vor einer Woche war die Baracke nach Waffen gefilzt worden, ohne daß man auch nur eine einzige Pike gefunden hatte.

»Nun, Jungs, das reicht bei weitem nicht. Wir müssen uns Zugang zum Geräteschuppen neben der Kantine verschaffen.« Er sah in die Runde. »Dafür brauchen wir die besten Männer. Sie sollen losgehen und Waffen für den Rest besorgen.«

Fofas Blick ruhte auf Wolodja, einem jungen blonden Mann mit einem lauernden, gehetzten Gesichtsausdruck. Angeblich war er erst ein- oder zweiundzwanzig, aber die tiefen Falten um Kinn und Wangen ließen ihn wie mindestens Mitte dreißig aussehen. Er saß ganz in Fofas Nähe auf der obersten Etage einer Dreierpritsche. Ein zuverlässiger Mann, dem Fofa vollkommen vertraute.

Wolodjas Gefängnisvergangenheit war eine Barackenlegende. Er war mit siebzehn hinter Gitter gekommen, fälschlicherweise verurteilt wegen einer Vergewaltigung. Im Jugendgefängnis hatte man ihn brutal zusammengeschlagen; mit achtzehn verlegte man ihn in ein Arbeitslager in Nordkasachstan. Hier führte Wolodja eine blutige Revolte gegen die sogenannten Mistkerle – zur Gefängnisverwaltung übergelaufene Sträflinge –, die versuchten hatten, ihn fertigzumachen, indem sie ihn fast zu Tode prügelten, vergewaltigten und hungern ließen. Wolodja und seine Männer töteten sämtliche Mistkerle und stellten ihre Köpfe auf Stangen zur Schau. Deshalb war es für Fofa eigentlich nur logisch, daß er Wolodja für die wichtigste Schlacht des bevorstehenden Kriegs auswählte.

Fofa gab Wolodja eine Literflasche Wodka. »Gib die der Wache am Tor. Wenn er sie nicht nimmt, erstich ihn. Bleibt nicht zu lange im Geräteschuppen. Nehmt alles Nützliche mit und kommt sofort wieder.«

»Ich brauche fünf Männer«, erwiderte Wolodja.

»Such dir aus, wen du willst«, sagte der Schläger.

Piken unter den dicken Jacken, Mützen mit Ohrenschützern auf dem Kopf, so machten sich die sechs Männer vorsichtig auf den Weg durch das offene Tor. Es war schon fast fünf Uhr morgens und noch stockdunkel. Das Lager schien verlassen, nur die Wachen standen auf ihrem Posten. Deutlich hoben sich die Gestalten der sechs Gefangenen gegen den weißen Schnee ab. Als sie sich dem Tor am Zaun näherten, hob der Posten, ein achtzehnjähriger Junge, das Maschinengewehr, auf dessen Lauf ein Bajonett steckte.

»Halt!« befahl er.

»He, *Sirhick*, nicht schießen«, antwortetet Wolodja. »Wir müssen mit dir reden. Ich bin unbewaffnet, und die Jungs bleiben brav hier stehen. Kann ich näher kommen?«

»In Ordnung. Fünf Schritte. Aber mach keinen Quatsch, sonst blas' ich dir das Gehirn weg.«

Wolodja machte fünf Schritte auf den Posten zu. Trotz der Kälte spürte er, wie ihm der Schweiß über den Rücken lief. Er holte die Wodkaflasche heraus. »Nur die Ruhe, Mann. Wir müssen hier durch, aber wir sind in genau fünf Minuten zurück … das hier ist für dich.«

Der Posten beäugte die Flasche. In etwa fünfzehn Minuten war es Zeit für seine Ablösung. Selbst wenn die Gefangenen etwas Verbotenes vorhatten, würde es frühestens in einer Stunde entdeckt, und dann war die nächste Wache dafür verantwortlich. Bis dahin war er längst in einer Wachbaracke und briet mit seinen Kameraden Kartoffeln, die sie mit Wodka runterspülten, um besser zu schlafen.

»Klingt gut«, rief er. »Reich rüber.«

»Mach du erst das Tor auf.«

Der Posten öffnete das Tor und führte sie in die Arbeits-*Zona*. Wolodja drückte dem Jungen die Flasche in die Hand.

»Bewegt eure Ärsche!« rief der Posten. »In fünfzehn Minuten ist Wachablösung.«

Die sechs Männer rannten zum Werkzeugschuppen. Drinnen brannte Licht. Wolodja spähte durch das vereiste Fenster. Armen, ein fetter, behaarter kaukasischer Gefangener mit privilegiertem Status, ein sogenannter *Esel*, saß an einem Tisch.

Wolodja stieß leicht gegen die Tür. Sie war nicht abgeschlossen. Also packte er den Griff seines gespitzten Schraubenziehers im Ärmel seiner Jacke und ging hinein. Sein bester Freund Boris und die vier anderen blieben vorerst zurück.

Armen hob den Kopf. »He, was willst du denn hier?«

»Ich wollte dich besuchen. Wir müssen uns unterhalten.«

»Warum willst du dich mitten in der beschissenen Nacht unterhalten? Wer hat dich durchgelassen? Schaff deinen Arsch hier raus!«

»Na hör mal, Mann. Mach nicht so 'nen Wind. Ich sag' dir doch …«

»Scher dich zum Teufel! Ich würd' dir einen Tritt in den Arsch verpassen, wenn ich nicht Angst hätte, daß mein Stiefel drin steckenbleibt!«

»He, Armen. Reg dich ab.«

»Was!? Meinetwegen kannst du Stacheldraht scheißen!«

»So wie du?«

»Verdammte Scheiße! Ich ruf' gleich die Wache.«

»He, Armen, was ist denn das hinter dir?«

Der simple alte Trick funktionierte. Armen verrenkte seinen fetten Hals, um nachzusehen. Wolodja zückte die Pike, rammte sie über dem linken Schlüsselbein in Armens Brust und zog sie gleich wieder heraus, um zum nächsten Stoß auszuholen. Armen preßte beide Hände auf die Wunde.

»Suka!« schrie er nach der Wache und versuchte aufzuspringen, aber sein dicker Bauch blieb unter dem Tisch hängen, lang genug, daß ihn die Pike das zweitemal zwischen der Nase und dem linken Augenwinkel erwischte; sie drang durch den dünnen Knochen hinter dem Augapfel und zerstörte den Hirnstamm. Blut spritzte in dicken Strahlen aus den Nasenlöchern, und Armen stürzte mit lautem Gepolter zu Boden. Er war sofort tot.

Jetzt stieß Wolodja einen schrillen Pfiff aus. Augenblicklich erschienen Boris und die vier anderen. Sie schlossen die Tür hinter sich und sammelten in Windeseile die Werkzeuge ein. Schraubenzieher, Hammer, Feilen und Pfrieme kamen in die mitgebrachten Kissenbezüge, Brecheisen, Spaten, Pickel und Äxte in zwei große Säcke. Innerhalb von drei Minuten hatten sie fast das ganze Lager leergeräumt; nur ein paar Dutzend alte, kaputte Spaten blieben liegen.

Trotz der schweren Last rannten sie erstaunlich behende zurück zum Tor.

Dem Wachposten blieb der Mund offenstehen. »He, Jungs, was habt ihr denn vor?« rief er, ließ sie aber widerspruchslos wieder herein.

»Wir fangen heute schon ganz früh mit der Arbeit an«, erklärte Boris. An den Baracken wurden die Tore sofort für sie geöffnet, die sechs Plünderer warfen ihre Last ab, fielen auf den

Boden und rangen erst einmal nach Luft. Die anderen Häftlinge begannen gleich, die Waffen zu sortieren.

Auf Japs Anordnung hatten Wolodja und seine Kumpel mehr Waffen angeschleppt, als sie verwerten konnten, damit um so weniger für ihre Feinde übrigblieb.

»Was ist mit Armen?« fragte Fofa.

»Armen schläft. Alles lief reibungslos«, antwortete Wolodja.

»Er schläft? Ganz bestimmt?«

Das grimmige Lächeln auf Wolodjas Gesicht überzeugte Fofa, daß er nicht weiter nachzubohren brauchte.

Unterdessen stand der Soldat, der die Wodkaflasche bekommen hatte, vor seinem diensthabenden Wachoffizier. »Wo ist meine Ablösung?«

»Es gibt keine Ablösung. Der Befehl lautet, daß wir uns alle in die Baracken zurückziehen«, lautete die Antwort.

»Ja, aber ...«

»Mund halten! Das geht Sie überhaupt nichts an!«

Der Posten, der froh war, keinen Dienst mehr tun zu müssen, folgte dem Offizier von seinem Posten und drückte die verborgene Flasche enger an seinen Bauch.

Nachdem die Wachen ihre Posten verlassen und die Soldaten sich aus dem Hauptlager zurückgezogen hatten, führte Bugai die Sechser des verstorbenen Potma aus ihren Baracken, die Messer unter den dicken Jacken versteckt, und ging mit ihnen die Hauptstraße des Lagers hinunter. In der Nähe der Baracken Fofas und seiner Männer hielten sie an. Der Trumpf Sechser, der für die Eröffnung der Unterredungen ausgewählt worden war, marschierte zum Tor und klopfte kräftig. Zuerst kam keine Reaktion. Dann rief eine schläfrige Stimme: »Was zum Teufel willst du hier?«

»Steht auf, Jungs«, antwortete der Mann munter. »Die Bruderschaft hat beschlossen zu streiken. Wir wollen wissen, was eure Baracken davon halten. Öffnet das Tor.«

Das Tor ging auf. Drinnen war es dunkel, alles schien noch zu schlafen. Doch als sich die Augen des Unterhändlers an die Dunkelheit gewöhnt hatten, sah er Japs Männer vor sich, mit allerlei schweren Geräten in den Händen. Und das war auch das letzte, was er sah. Ein Hammerschlag auf die Stirn tötete ihn augenblicklich.

Eine Weile wartete Bugai mit vier Sechsern draußen. Gerade hatte er ihnen den Befehl erteilt, zum Lager zu gehen und sich Geräte zu beschaffen, als die Barackentür aufging und ein Häftling heraustrat. In der Hand hielt er ein Päckchen. Der Mann aus der Baracke machte ein paar Schritte in Bugais Richtung, warf ihm das Päckchen zu, wandte sich rasch um und rannte zurück zum Tor, das hinter ihm ins Schloß fiel.

Bugai schickte einen Mann los, um das Päckchen aus dem Schnee zu holen. Ein schmutziger Lappen wurde entfernt, und im fahlen Morgenlicht starrten Bugai und seine Männer auf den abgetrennten Kopf seines Trumpf Sechsers; zwischen den durchschnittenen Nerven und Muskeln ragten die Überreste des Rückgrats hervor.

Die dem grausigen Geschenk am nächsten stehenden Männer schnappten unwillkürlich nach Luft. Ehe Bugai reagieren konnte, kamen die sechs Männer, die er zum Gerätelager geschickt hatte, zurückgerannt: »Wir stecken bis zum Hals in der Scheiße, Bugai! Der Werkzeugschuppen ist leergeräumt!« Einer der Männer drückte Bugai einen blutbeschmierten Schraubenzieher in die Hand. »Den hab ich aus Armens Kopf gezogen.«

Einen Augenblick stierte Bugai sprachlos auf die tödliche Waffe. »Holt alle her!« schrie er dann. »Wir stürmen die verdammten Baracken!« Eine Minute später warf sich Potmas gesamte Truppe mit Bugai an der Spitze gegen das Tor, doch die Brecheisen, mit denen sie es zu öffnen versuchten, wurden von innen mit Hämmern weggeschlagen. Als sich endlich die ersten Erfolge zeigten, hörte Bugai plötzlich Schreie von der linken Seite seiner Truppe. Er wandte sich von dem Tor ab, hinter dem sich Japs Männer verbargen, und sah eine Truppe von Häftlingen, die mit schweren Werkzeugen und Geräten aller Art auf seine Männer zustürmte.

Josik selbst führte seine Leute an. Verwirrt kam der Koloß Bugai – dessen geistige nicht seiner körperlichen Kraft entsprach – zu dem Schluß, daß Josiks und nicht Japs Gefolgsleute Armen im Geräteschuppen getötet hatten. Blinde Wut erfaßte ihn, und mit einem Ruck wandte er sich der Attacke aus dieser unerwarteten Richtung zu.

Josik hielt sich gewissenhaft an die Strategie, die Jap ihm bei ihrem Geheimtreffen am Vortag empfohlen hatte. Seine Männer haßten Bugai mehr als alle anderen Sechser und Schläger im ganzen Lager, was seinem Plan natürlich zugute kam. Josik war ein Gerücht zu Ohren gekommen – und auf Japs Anweisung hatte er es sorgfältig verbreitet –, daß nämlich, wenn die ganze Sache überstanden war, Bugai von Maxim zum Diebesbruder gemacht werden würde. Das brachte Josiks Männer so in Rage, daß sie verlangten, von Josik zum Angriff auf Bugai geführt zu werden – und genau das hatte Jap gewollt.

Josik schritt vor seiner Truppe die Hauptstraße entlang, die Pike unter der Jacke. Bugai war schon halb verrückt vor Wut, als sich die beiden Anführer mit ihren Männern gegenübertraten. Josik machte einen Schritt nach vorn, und plötzlich wurde aus ihm wieder der Juwelenhändler aus Leningrad. Vielleicht ließ sich ein Kampf verhindern, wenn man jetzt, bevor es richtig losging, Verhandlungen führte.

Mit lauter, wenn auch nicht allzu fester Stimme rief er: »Hört zu, Schläger!« Er hoffte, daß er mit dieser Anrede den aufgebrachten Bugai einigermaßen zur Vernunft bringen würde. »Wir müssen uns unterhalten.«

»Unterhalten?« brüllte Bugai, ging auf Josik los und rammte ihm die Pike in den Bauch, mit der Wolodja eine Stunde zuvor Armen getötet hatte.

»Mama!« heulte Josik auf und sank auf die Knie. Seine Sechser jedoch brüllten vor Wut und stürmten los. Waffenschwingend prallten die beiden Truppen aufeinander. Obwohl sie zahlenmäßig etwa gleich waren, wurden Bugais Männer auseinandergetrieben, und Josiks Truppe machte sich mit Hämmern, Spaten und Pickeln über sie her. Die Auseinandersetzung wurde zu einem blutigen Kampf auf Leben und Tod, Mann gegen Mann.

Der Riese Bugai schlug seine Angreifer mit der linken Faust nieder, während er in der rechten eine Spitzhacke schwang. In Sekundenschnelle hatte er vier Männer getötet und drei weitere verstümmelt; seine Spitzhacke spaltete die Köpfe seiner Feinde wie Melonen; Rippen und Schulterknochen zersplitterten auf beiden Seiten.

Die gräßlichen Schmerzensschreie der Verwundeten erfüllten die Luft. Aber Bugais Männer erlitten schwere Verluste; zwei Sechser wurden getötet. Tote und Verwundete lagen im Schnee, der sich blutrot färbte.

20

Von ihren Baracken aus beobachteten Japs Männer das Gemetzel. Schließlich meinte Wolodja zu Fofa: »Ich glaube, wir sollten Josiks Männern zu Hilfe kommen.«

Aber der schüttelte den Kopf. »Noch zu früh. Jap hat gesagt, wir sollen warten, bis Maxim und Tofik auftauchen.«

Wolodja warf einen Blick durch den Türschlitz. »Die machen Josiks Männer fertig.«

»Jap hat seine Anweisungen gegeben. Wir warten noch.« Fast die Hälfte von Bugais Männern lagen tot oder schwer verwundet im Schnee. Und in diesem Moment stürzten sich ein paar von Potmas Sechsern auf den Riesen. Alle haßten und fürchteten ihn, und jetzt war eine gute Zeit, Rache zu nehmen. Eine der Piken traf Bugai in den Hintern, die andere in den Rücken. Der Koloß heulte auf, drehte sich um, zertrümmerte dem einen Mann den Schädel und schlitzte dem anderen mit der Spitzhacke die Brust auf, als wäre sie eine Blechdose. Die drei restlichen Angreifer zogen sich mit gezückten Piken zurück. Noch mehr von Bugais Männer fielen; Josiks Truppe trieb sie immer mehr in die Enge. Bugai wäre am Ende gewesen, wäre nicht plötzlich eine Schar Sträflinge von den Baracken aufgetaucht. Äxte schwingend führten Maxim und Tofik diese Männer an. Sie überrannten Josiks Truppe und töteten mehrere Kämpfer. Jetzt waren Josiks Männer zwei zu eins in der Minderzahl; Maxim und Tofik mähten ihre Gegner mit ihren Äxten einfach um und schlugen Schädel ein, wo sie nur erreichbar waren.

Das war der Moment, in dem Fofa nach Japs Anweisung zuschlagen mußte. »Es ist Zeit!« schrie er, um das Kampfgetümmel von draußen zu übertönen. »Sonst verlieren wir den Überraschungsmoment … los geht's, Jungs!« Er warf seine

Zigarettenkippe weg. »Öffnet die Tore! Macht euch nicht in die Hosen! Ich bin bei euch! Wir schmeißen die andern kopfüber ins Scheißloch!«

Die Tore gingen auf, und fünfzig Männer stürmten wild entschlossen nach draußen, dank Wolodjas Raubzug gut bewaffnet, eine unerwartete wilde Flut, die sich auf Maxims und Tofiks Kämpfer warf. Mehrere Sechser, die in den hinteren Reihen standen, um zögernde Häftlinge in die Schlacht zu schubsen, wurden auf der Stelle überrannt. Wie wilde Stiere warfen sich Japs Männer auf die überraschten Feinde; ihre Waffen wüteten nach allen Seiten, Blut spritzte in die Gesichter der Kämpfenden. Nun bewegte sich das Kampfgetümmel in Richtung des Stacheldrahtzauns; manche Gefangenen versuchten, der Schlacht durch den Maschendraht zu entkommen, manche krochen darunter durch, andere stürzten sich einfach hinein, ohne auf Verletzungen zu achten.

Maxim und Tofik kämpften mit aller Kraft gegen Japs unerwartet starke Truppe; beide Anführer bluteten bald aus zahlreichen Wunden. Da erwischte Bugai einen von Japs Sechsern.

»Wo ist Jap? Wo ist der verdammte Jap?« schrie Bugai, während er den verletzten Mann auf die Füße hievte, als wäre er ein Fliegengewicht.

Maxim rannte zu ihm. »Jap ist im internen Gefängnis, du Idiot! Schnapp dir ein paar Männer und geh hin! Er wird nicht bewacht, ich hab' eine Absprache mit dem Boß! Jetzt kannst du den Dreckskerl erledigen ...«

»Halt's Maul! Ich weiß selbst, was ich zu tun habe!« fauchte Bugai. Er zerrte den nach Luft ringenden Mann hinter sich her, nahm seine Spitzhacke und humpelte in Richtung Gefängnisgebäude. Immer wieder mußte er über Leichen steigen, und der Schmerz in seinem Hintern trieb ihn fast zum Wahnsinn.

Beide Seiten hatten schwere Verluste erlitten; die Hälfte der Männer war kampfunfähig, viele versuchten, sich irgendwo in

Sicherheit zu bringen. Auch Wolodja erkannte erschöpft, daß es Zeit war, sich zurückzuziehen, denn auch die Soldaten konnten jeden Moment zurückkommen. Da rannten drei von Maxims Männern auf ihn zu, eine Pike, eine Spitzhacke und ein Stemmeisen schwingend. Da er gegen sie keine Chance hatte, ergriff Wolodja die Flucht; fluchend und schreiend verfolgten ihn die Männer.

Wolodja sprang über die Leichen und rannte in den Durchgang zwischen zwei Baracken. Seine Verfolger fielen zurück, aber auch Wolodja war außer Atem – in den schweren Fellstiefeln durch den Schnee zu rennen, war schrecklich anstrengend. Weil er die Füße kaum noch heben konnte, stolperte er über einen herumliegenden Spaten, sein Hammer fiel ihm aus der Hand, und er blieb atemlos im Schnee sitzen. Noch immer tobte der Kampf, und seine Feinde kamen wieder näher.

»Jetzt bin ich geliefert«, dachte er, überrascht, daß er keinerlei Angst verspürte, während er seinen Todfeinden entgegenblickte. Aber plötzlich warfen die drei Männer die Arme in die Luft und ließen ihre Waffen fallen. Blutige Stoffetzen flogen aus ihren Jacken, Rauch drang aus ihren Oberkörpern, und dann floß das Blut in Strömen. Die Männer stürzten zu Boden, ein Fellstiefel löste sich von einem Fuß und wurde durch die Gegend geschleudert. Erst jetzt hörte Wolodja das Rattern der Maschinengewehre.

Er verbuddelte sich im Schnee, und nun brach die Hölle los. Salven aus hundert Maschinengewehren fegten aus allen Richtungen über den Platz, die Kugeln wirbelten den Schnee in die Luft. Überall an den Schneehaufen hinter dem Stacheldrahtzaun um die Baracken-*Zona* kauerten Soldaten. Inzwischen war die Sonne aufgegangen, und im Morgenlicht waren die Sträflinge im Schnee ein leichtes Ziel.

Im Kugelhagel fielen die Männer dutzendweise; Gehirnmasse spritzte aus den Köpfen, Hände und Ohren wurden abgerissen. Das Kreuzfeuer tötete sofort alle, die sich in der

Nähe der Schußlinie befanden, aus den gefütterten Jacken flogen blutige Baumwollfetzen, die qualmten und Feuer fingen.

Die Magazine der Maschinengewehre hatten für diesen Anlaß eine spezielle Ladung – abwechselnd eine gewöhnliche Patrone, dann ein weißer phosphorhaltiger Brandschuß und ein Leuchtspurgeschoß. Die entsetzten Häftlinge ließen voneinander ab und flohen in alle Richtungen; ihre Waffen warfen sie achtlos weg. Manche rasch reagierenden Männer hatten sich, sobald die Schießerei begann, zu Boden geworfen und versuchten verzweifelt, sich im Schnee zu verbuddeln. Andere rannten zu den Barackentoren und versuchten sie zu öffnen. Doch während sie noch mit den Toren kämpften, wurden sie von hinten getroffen; nur wenige erreichten die relative Sicherheit der Baracken. Auch dort gab es keinen wirklichen Schutz, da Kugeln durch halboffene Tore oder die Fenster schlugen. Voll Angst krochen die Überlebenden unter die Pritschen.

Nach wenigen Minuten war kein meuternder Häftling mehr auf dem Schlachtfeld. Die Männer in der Nähe des inneren Zauns starben dort, manche gegen den Zaun geworfen, andere am Stacheldraht hängend.

Wolodja schaffte es von der Schneewehe in die Baracke. Fofa erreichte als einer der ersten die Barackentore, riß sie auf und stürmte hinein, während ein Kugelhagel um seine Beine pfiff. Ihm folgte schreiend eine Gruppe von Japs Männern, alle verwundet und bluttriefend; auch von ihnen wurden viele noch getroffen, als sie sich bereits in Sicherheit wähnten. In den Baracken herrschte ein Getümmel von sich windenden, schreienden Körpern. Fofa schloß bereits das Tor, als noch einige aus den anderen Truppen herbeieilten – inzwischen waren alle nur noch auf der Flucht vor den Soldaten. Schon schwangen die schützenden Torflügel nach innen.

»Offenlassen! Wartet, verdammt!« brüllten die Männer. In diesem Augenblick erwischte sie das Kreuzfeuer von mindestens zehn Gewehren. Schneefontänen, Splitter und Funken flogen durch die Luft, und die Sträflinge stürzten schreiend vor dem geschlossenen Tor zu Boden, als hätte ein riesiger Besen sie weggefegt. Der erste warf sich noch gegen das Tor und durchtränkte das splitternde Holz mit seinem Blut, ehe er rückwärts stürzte.

Wie durch ein Wunder blieben Fofa und Wolodja verschont. Das Maschinengewehrfeuer erstarb ebenso plötzlich, wie es begonnen hatte. Stille senkte sich herab, und die Soldaten hoben die Köpfe, um nachzusehen, was in der Baracken-*Zona* vorging. Überall lagen Leichen und Waffen verstreut.

Nach und nach wurde das Stöhnen der Verwundeten lauter. Der Schock ließ nach, und die Häftlinge spürten ihre Verletzungen. Sie begannen zögernd sich zu bewegen, manche versuchten, zu den Baracken zu kriechen. Die Schußverletzungen und die von Hacken und Spaten geschlagenen Wunden waren entsetzlich, und die knappe medizinische Ausstattung des Lagers reichte bei weitem nicht für ihre Versorgung. Manche Männer hatten ein paar Finger oder eine ganze Hand verloren, von aufgerissenen Wundrändern hing die Haut in Fetzen herab. Am schlimmsten stand es um die Häftlinge mit Bauchverletzungen – ihnen war ein qualvoller Tod so gut wie sicher.

Jetzt kam der Augenblick der Häftlinge, die sich totgestellt hatten. Die meisten sprangen auf und rannten zu den Baracken. Schüsse peitschten sofort über das Schlachtfeld, denn ein paar Soldaten und Offiziere schossen nun zum Vergnügen auf die fliehenden *Kenti*. Wenn ein Mann in vollem Lauf getroffen wurde, sprang er mit einem schrillen Aufschrei hoch und stürzte dann so heftig nach vorn, daß er sich fast überschlug.

Die zweihundert Soldaten und fünfundzwanzig Offiziere hatten drei Magazine verfeuert; da erhielten sie neue Befehle. Sie mußten nachladen und die Bajonette aufpflanzen, und so betraten sie die *Zona* im Gänsemarsch, die Gewehre im Anschlag.

Die überlebenden Häftlinge beobachteten den Vormarsch der Soldaten durch die Barackenfenster und die Schlitze in den Metalltoren. Dort fühlten sie sich einigermaßen sicher, denn in den Baracken durften die Soldaten nicht schießen. Aber jene, die in diesem Augenblick noch im Schnee lagen, waren zum Tode verurteilt. Erneut peitschten Schüsse durch die Winterluft. Die Soldaten stießen die herumliegenden Körper mit dem Bajonett an, und schossen, sobald sich etwas rührte. Einer der am Stacheldraht hängenden Männer stöhnte und bewegte sich. Sofort trat ein Soldat hinter ihn und feuerte eine ganze Salve, bis die Leiche zerfetzt vom Zaun sank. Major Karamuschew betrat die *Zona* mit seiner Abteilung in der Nähe von Maxims und Tofiks Baracken. Noch immer war die Lage völlig unklar. Als Karamuschew mit seinen Wachen näher kam, knarrte das Tor, und Maxims Kopf erschien. Sofort legten die Soldaten auf ihn an, aber der Kommandant befahl ihnen, die Waffen zu senken, und winkte Maxim zu sich. Hinkend, mit zerrissener Jacke, aus der das Baumwollfutter heraushing, ging Maxim auf den Kommandanten zu. Er war über und über mit Blut beschmiert, und seine linke Hand, die von einem Brecheisen getroffen worden war, hing kraftlos herunter. Aber er ging mit festen Schritten auf Karamuschew zu, in dem Glauben, die Million Rubel, mit der er und Tofik den Kommandanten bestochen hatten, schütze ihn vor jeder Gefahr. Sein rechter Arm steckte in der Jacke.

»Hallo, Kommandant«, sagte Maxim. »Alles in Ordnung? Der Plan hat sich doch nicht geändert? Sie sind ein bißchen zu früh zurückgekommen. Das war so nicht abgesprochen.«

»Von welcher Absprache reden Sie?« Karamuschew knöpfte sein Pistolenhalfter ab.

»He, Kommandant … Sie haben doch Ihr Geld bekommen. Das ist nicht recht.« Maxim starrte auf das Halfter und seine Augen funkelten ängstlich und haßerfüllt. »Sie machen einen Fehler. Dafür werden Sie bezahlen ...«

»Ich mache keine Fehler, Maxim«, gab der Kommandant kühl zurück und zog den Revolver.

»Dafür … dafür könnte man ihren Kopf auf die Pike stecken«, schrie Maxim, und seine Stimme überschlug sich. Er drückte den Knopf am Griff seines Klappmessers, und als er es unter der zerfetzten Jacke hervorzog, sprang die lange, schmale, tödlich scharfe Klinge auf. Er setzte zum Sprung an, doch sein verwundetes Bein hinderte ihn. Es war seine letzte Chance.

»Ich denke, du hast einen Fehler gemacht«, brummte Karamuschew mürrisch und schoß Maxim in den Bauch.

Maxim sank auf die Knie, seinen Leib umklammernd, den Mund weit aufgerissen. Das Messer fiel in den Schnee. »Ahh … verdammte Scheiße …«, stöhnte er, und das Blut lief ihm aus den Mundwinkeln. Karamuschew trat einen Schritt auf den knieenden Diebesbruder zu und drückte den Lauf der Pistole an seine Stirn. Wieder peitschte ein Schuß durch die kalte Luft.

Maxim rutschte nach hinten. Blut floß aus seinem zerschmetterten Kopf auf den Schnee, so daß sich ein großes, rotes Loch bildete. In dieses Loch sank Maxims Kopf, das unrasierte Kinn zum grauen, wolkigen Himmel emporgereckt.

Karamuschew blickte auf und sah Tofik auf sich zukommen, die Jacke aufgeknöpft, so daß sein mächtiger Bauch herausragte, die kräftigen Ringerhände baumelten herab. Mit seinen großen dunklen Augen betrachtete er den Kommandanten grimmig und gelassen, als starrte er durch ihn hindurch. Tofiks kurz geschnittene Locken waren fast weiß, seine linke Schläfe blutverschmiert. Gespannt beobachteten die Häftlinge die Szene durch die Barackenfenster und klammerten sich aufgeregt an die Gitterstäbe.

Karamuschew richtete seine Waffe auf Tofik und knurrte ungeduldig: »Auf die Knie, du Abschaum! Schneller!«

Doch Tofik schenkte den Worten des Kommandanten keinerlei Beachtung. Er ging weiter, die finsteren Augen weiter starr auf Karamuschew gerichtet. Laut und würdevoll sagte er: »Sie sind selbst Abschaum, Kommandant, stinkender Abschaum. Wissen Sie, was? Stecken Sie sich den Revolverlauf doch in den Hintern – vielleicht wird Ihnen dann wärmer. Es ist ziemlich frostig heute.«

Mit diesen Worten spuckte er aus, und eine dicke Ladung Speichel klatschte auf Karamuschews Stiefel. Dann wischte sich Tofik mit der behaarten Pranke über den Mund, drehte dem Kommandanten den Rücken zu, ging ein paar Schritte den Abhang zu den Baracken hinauf und hob die Arme. »Brüder!« rief er den Häftlingen zu, die aus den Baracken herausspähten. »Verbreitet überall die Nachricht, daß wir Jap die Planung und Durchführung dieses ganzen blutigen ...« Weiter kam er nicht. Drei Maschinengewehrsalven rissen seinen Rücken von der rechten Schulter bis zur linken Hüfte auf, die Kugeln durchschlugen seinen Körper; Fleisch, Knochen und Blutklumpen spritzten aus Tofiks mächtiger Brust. Die Steppjacke qualmte. Sein Kopf fiel nach hinten, und die Augen starrten in den Himmel; graue Wolken und Krähenschwärme, angelockt vom Geruch reicher Beute, waren das Letzte, was in sein Bewußtsein drang. Er torkelte einen Schritt vorwärts und stürzte mit dem Gesicht voran in den Schnee, tot, noch ehe sein Körper den Boden berührte. Einer der Soldaten trat hinter ihn und feuerte noch eine Salve in den ausgestreckten Körper. Die Phosphormunition setzte die Steppjacke in Brand; blasse, fast unsichtbare kleine Flammen züngelten auf.

In diesem Augenblick stürmte ein Soldat auf den Kommandanten zu. »Die Gefängnistüren sind eingeschlagen«, schrie er atemlos. »Zwei Wachen sind tot!«

Karamuschew fluchte laut. »Mir nach!« schrie er und rannte zum Gefängnisgebäude, seine Soldaten dicht hinter sich.

21

Bugai hinkte zum internen Gefängnis, Japs verwundeten Sechser im Schlepptau. Gerade als die Soldaten draußen die letzten Häftlinge niedermetzelten, trat er durchs Haupttor. Hinter dem dicken Metalltor hörte er das Knattern der Maschinengewehre, und ihm war klar, daß etwas schiefgegangen sein mußte. Aber das spielte für ihn keine Rolle mehr. Jetzt ging es ihm nur noch um Jap.

»Hörst du denn nicht, was da draußen los ist?« schrie Japs Sechser. »Wir sollten zusehen, daß wir wegkommen, sonst knallt man uns hier in der Falle ab.«

»Zerbrich dir darüber nicht den Kopf«, höhnte Bugai und stieg unbeirrt die Treppe hinunter, den hilflosen Verletzten hinter sich herschleifend. Am nächsten Tor blieb er stehen. Durch das Guckloch erkannte er die Steintreppe, die zur innersten unterirdischen Zelle führte. Er hob die Spitzhacke und schlug das Schloß entzwei. Dann warf er sich mit seiner geballten Kraft gegen das Tor, zwängte sich durch und lief weiter, bis er das herabgelassene Fallgitter am Fuß der Treppe erreichte. Als er das Gitter nach oben wuchtete und die Sperrklinke einrasten ließ, hörte er das Maschinengewehrfeuer kaum noch.

Bugai quetschte sich unter den Sperren des Fallgitters hindurch, den verwundeten Sechser hinter sich herzerrend, und stand endlich vor der schweren Eichentür an Japs Allerheiligstem. Er hob die Hacke und zerschmetterte mit einem einzigen Schlag das Schloß. Dann schob er den angstschlotternden Sechser vor sich ins Zimmer.

»Du zuerst«, befahl er.

Der Mann machte nur zwei Schritte, da peitschte Maschinengewehrfeuer durch den finsteren Korridor. Grüne und rote

Leuchtspurmunition glühte auf, Japs Mann stieß einen Schrei aus, taumelte rückwärts aus dem inneren Korridor und stürzte Bugai vor die Füße.

»Keine Wachen, ja?« Bugai preßte seinen mächtigen Körper gegen die Wand, die Spitzhacke mit beiden Händen umklammernd, das Messer zwischen den Zähnen. Schritte näherten sich, und eine Wache mit Maschinengewehr sprang aus dem Korridor. Blitzschnell holte Bugai aus, die schwere Hacke traf den Posten in die Brust. Er fiel so ungeschickt vor das Gewehr seines Genossen, daß er diesem die Waffe blockierte, während Bugai sich auch schon auf den Mann stürzte und sein Messer durch die Pelzkappe in dessen Stirn rammte. Einen Augenblick noch spie das Maschinengewehr knatternd seine Kugeln gegen die Korridordecke, dann hob Bugai wieder die Spitzhacke und tötete auch die zweite Wache mit einem Schlag in die Brust. Er ließ die beiden blutüberströmten Leichen liegen; ihre Waffen interessierten ihn nicht, ihm war sein Messer lieber. So näherte er sich Japs Zelle und rüttelte an der letzten Tür. Sie war nicht verriegelt. Bugai stolperte hinein, ohne auf den Schmerz zu achten, den ihm der Messerstich in seinem Hintern immer noch verursachte.

Die üppig eingerichtete Zelle wurde von einer Glühbirne erhellt, die an einem Kabel von der Decke hing. Jap stand mitten im Zimmer, ruhig und gefaßt, den glänzenden *Pschak* in der rechten Hand. »Ah, du verfluchter König, jetzt bist du tot!« schrie Bugai und duckte sich zum Sprung.

»Das werden wir ja sehen.« Japs Gesicht blieb ungerührt.

Da stürzte sich Bugai auf ihn, sein Messer in großem Bogen vor sich her schwingend. Doch Jap wich dem ungestümen Angriff mühelos aus und stach selbst gezielt zu. Tief bohrte sich der Dolch in den rechten Arm des Riesen. Bugai ließ sein Messer fallen, schrie auf und sprang zurück.

Doch dann erwischte er seinen Gegner mit dem blutenden rechten Arm an der Kehle und drückte zu. Schon verschwamm die Welt vor Japs Augen, und er begann, das Bewußtsein zu verlieren.

Wie im Traum sah er Maria aus der Sauna stürzen und in das glimmende Kaminfeuer greifen. Sie packte einen brennenden Scheit, sprang Bugai von der Seite an und schlug ihm die Fackel gegen den Kopf. Augenblicklich lockerte sich der Würgegriff um Japs Hals, und der Riese brüllte wie ein verwundeter Elefant. Er ließ Jap los und fiel über Maria her, packte sie an den Haaren und schlug ihr heftig ins Gesicht. Aber Maria blieb stehen – sie war auf den Angriff vorbereitet und hielt das Messer, das Bugai hatte fallenlassen, fest umklammert. Mit einem Wutschrei stieß sie ihm die Waffe bis zum Griff in den Bauch. Der blutüberströmte Riese hörte auf zu brüllen und packte Maria an der Kehle. Während Jap sich aufrappelte, hörte er etwas, das klang, als wäre ein trockener Zweig zerbrochen. Ohne weiter nachzudenken, hob er seinen *Pschak* vom Boden auf und rammte ihn Bugai von hinten in den Hals.

Dann packte er den Giganten an den Haaren und stach ein ums anderemal in den massigen Stiernacken. Mit gezielten Hieben sorgte er dafür, daß sein Ruf als legendärer König der Unterwelt in der Geschichte des Arbeitslagers nie verblassen würde. Bugais Körper krümmte sich, bis Jap den abgetrennten Kopf an den Haaren hochhielt. Fast lebendig erschien der Kopf mit seinen verzerrten Gesichtszügen, als Jap ihn ins Feuer schleuderte.

Ohne den blutigen Dolch aus der Hand zu legen, beugte sich Jap über Maria. Bugai hatte ihr das Genick gebrochen; sie lag im Sterben. Jap blickte in ihre tränennassen Augen, doch sie brachte kein Wort mehr heraus. Ihre Lippen zuckten, die Augen rollten krampfhaft nach oben. Wie betäubt starrte Jap sie an. Keine Tränen, aber doch eine Art Feuchtigkeit stieg in seinen Augen auf, und sein Herz pochte heftig. Sanft schloß er Marias Lider, die er mit seinen blutigen Händen beschmierte.

Er saß noch auf dem Boden und blickte Maria an, als Karamuschew in die Zelle stürzte, das Gewehr im Anschlag, die Soldaten direkt hinter ihm. Entsetzt und verwirrt blieb er stehen. Das Zimmer war ein Trümmerfeld. Der Kommandant wandte den Kopf und starrte unvermittelt in die toten Augen des geschwärzten Schädels in der Glut des Kaminfeuers.

22

Eine halbe Stunde später saßen Jap und der Kommandant nebeneinander in der Sauna, die kein Blut abbekommen hatte. Auf der Bank vor ihnen stand eine halbleere Flasche Wodka. Draußen waren die Soldaten dabei, die Leichen auf offene Lastwagen zu werfen. Sie hatten den Befehl, alle Toten im Krematorium zu verbrennen.

»Dieser verdammte Dreckskerl«, knurrte Jap. »Arme Maria.«

»Ich hab' ja schon viel gesehen in meinem Leben, aber so was noch nie.«

»Wo ist der Rest?«

»In der Hölle … Sie können ganz ruhig sein, sich entspannen … Jetzt ist alles in Ordnung.«

»Ich bin niemals ruhig … vielleicht bin ich deshalb noch am Leben … Wie sieht es denn draußen aus?«

»Haufenweise Leichen … ein totaler Sieg.«

Hundertneunzig Tote lagen vor den Baracken und starrten mit gefrorenen Augen in den leeren Himmel. Später trug man noch fünfundzwanzig Leichen aus den Baracken. Nur achtunddreißig Männer hatten das Massaker überlebt, unter ihnen nur ein Schläger, nämlich Fofa. Kein einziger Sechser war mehr am Leben, aber zwei Diebesbrüder: Jap und Josik. Bugai hatte ihn nur verwundet, und bei der Schießerei war er reglos zwischen zwei Leichen im Schnee liegengeblieben.

»Kommandant, ich würde gern Josik im Krankenzimmer besuchen, bevor er ins Zivilkrankenhaus von Irkutsk gebracht wird.«

Karamuschew nickte, trank sein Glas leer und führte Jap aus der Zelle.

In dem kahlen, als Krankenzimmer benutzten Kabuff im ersten Stock des internen Gefängnisses lag Josik auf einer blutbeschmierten Pritsche. Jap zog einen Stuhl heran und setzte sich neben ihn.

»Na, du bist ja doch wesentlich schlauer, als ich gedacht hatte«, sagte Jap freundlich. »Herzlichen Glückwunsch. Du hast diese elenden Idioten ausgetrickst wie ein echter Profi.«

»Ja, ein Profi mit 'nem Loch im Bauch. Himmel, die haben mir eine Höllenangst eingejagt.«

Josik keuchte jämmerlich und hielt sich mit beiden Händen den Bauch. »Wenn ich wieder gesund bin und entlassen werde, bist du der erste Diebesbruder, mit dem ich Kontakt aufnehme – wenn du wirklich draußen bist«, fügte er hinzu und zwinkerte.

»Du und Fofa und auch Wolodja – wir werden alle bald wieder draußen sein. Aber jetzt sag mir mal: Warum waren diese beiden Arschlöcher Maxim und Tofik dermaßen blöd, Karamuschew um Hilfe zu bitten?«

»Ich habe ihnen erzählt, daß du ihm fünfhunderttausend Rubel gegeben hast, damit er sie in ihren Zellen umbringen läßt. Da hatten sie die Hosen voll, sind zum Kommandanten gelaufen und haben ihm doppelt soviel geboten, damit sie dich umbringen können. Er hat dir dann Bescheid gesagt und wahrscheinlich sein Einkommen damit verdoppelt. Stimmt's?«

»Mann, das war wirklich klug. Hier«, er hielt Josik eine Flasche hin, »ich hab' dir Cognac mitgebracht. Den kannst du trinken, wenn man deinen Bauch in Irkutsk wieder zusammengeflickt hat.«

»Und dann muß ich hierher zurück«, jammerte Josik.

»Wenn ich erst draußen bin, versuche ich, eine Straferleichterung für dich zu erwirken. Wir haben eine große Zukunft vor uns.«

»Ich hab' das Gefühl, daß ich die beste Zeit meines Lebens hinter mir habe.«

»So solltest du das nicht sehen. Der Tag deiner Entlassung wird der erste Tag vom Rest deines Lebens sein.«

Die Baracke, in der die Überlebenden von Japs Truppe hausten, war nahezu leer. Nur zwölf Häftlinge lagen auf den Pritschen. Mehrere waren noch im Zivilkrankenhaus, unter ihnen auch Fofa. Nur eine einzige Glühbirne funktionierte noch und tauchte das braune höhlenartige Innere der Baracke in düsteres gelbes Licht. Alle Arbeit im Lager war wegen der Untersuchung der Revolte vorerst eingestellt worden, die Häftlinge lagen auf ihren Pritschen und starrten dumpf ins Halbdunkel. Gelegentlich sagte einer der Männer etwas, doch meistens rauchten sie nur, erschöpft und ausgelaugt von den Ereignissen. Sogar die drohenden zusätzlichen Schuldsprüche schreckten sie momentan nicht. Das geflügelte Wort »Gefängnis – unser Zuhause« schien in großen Lettern über ihrer Zukunft zu schweben.

Träge diskutierten sie die Verhöre im Gefängnisgebäude, denen sie jeden Abend unterzogen wurden, und tauschten Details der Aussagen aus, die sie abgegeben hatten.

Direkt unter der letzten Glühbirne lag Wolodja auf dem Bauch und rauchte eine selbstgerollte, reichlich mit *Anascha* versetzte Zigarre. Er war nackt bis zur Taille, denn der Lagerkünstler, der wie durch ein Wunder das Massaker überlebt hatte, arbeitete an seinem Rücken und den Schultern, wo er eine epische Tätowierung eines Drachen schuf, der den geflügelten Teufel an der Kehle packt. Die dargestellte Legende war japanischen Ursprungs und einzigartig in ihrer Ausführung, wie es sich bei einem Helden zweier Sträflingsrevolten gehörte. Unendliche Mühe und Tausende schmerzhafter Nadelstiche waren für das Kunstwerk vonnöten. Aber Wolodja spürte nichts; der süße, aromatische Rauch machte seinen Kopf leicht und benommen, als flöge er irgendwo über seiner dunklen Sklavenhöhle inmitten grauer und weißer sibirischer Wolken.

Bald nachdem der Kampf entschieden war, hatte Karamuschew Wolodja in die Zelle des Königs der Unterwelt gebracht. Jap hatte durch Fofa schon von Wolodja gehört, denn die beiden hatten sich ausführlich unterhalten. Wolodja hatte nicht erwartet, daß der berüchtigte, hartgesottene König der Unterwelt ein so vernünftiger, ruhiger und kluger Mann war.

Jap ernannte ihn zum zweiten Krieger und gab ihm ein von ihm unterzeichnetes Zertifikat, das ihm den offiziellen Titel Diebesbruder verlieh. Dieses Dokument würde ihn in allen Arbeitslagern und Gefängnissen wesentlich besser schützen als jede Waffe. Doch der krönende Lorbeer war Japs Versprechen, ihn herauszuholen, sobald die Zeit reif war, und Wolodja in das Geschäftsimperium einzubeziehen, das er neu aufzubauen plante.

Während er so unter der Glühbirne lag, rauchte, die Nadelstiche nur als leichtes Pieken und den Atem des Künstlers sanft im Nacken spürte, lächelte Wolodja zufrieden. Er fürchtete sich vor nichts mehr – er fühlte sich stark und voller Vertrauen, daß er alle Lager, alle Gefängnisse und Folterqualen überstehen würde. Er würde es schaffen, er würde in die Welt draußen zurückkehren und eine treibende Kraft in Japs *Organisazija* werden.

23

Um elf Uhr abends hatte Oksana gerade ihre Wohnung nach einer kleinen Party für Freunde aus dem Institut saubergemacht, als es an der Tür klingelte. Beunruhigt ging sie von der Küche in den Korridor. Die Erinnerung an die drei KGB-Offiziere, die sie zuerst in der konspirativen Wohnung im Arbat und dann in ihrer eigenen vergewaltigt hatten, war in ihr noch sehr lebendig, obwohl Pawel die Schuldigen bestraft und Oksana eigentlich keine Feinde hatte. Als sie durch das Guckloch spähte, sah sie aus der Fischaugen-Perspektive mitten in einen üppigen Blumenstrauß – rote Rosen und weiße Lilien. Vorsichtig öffnete sie die Tür, ohne die Kette zu lösen.

»Hoffentlich störe ich Sie nicht«, sagte eine sanfte Männerstimme.

Durch den Türspalt sah Oksana eine Gestalt in dunklem Mantel und Pelzmütze, die ihr vage bekannt vorkam. Sie öffnete, ihr Besucher trat ein und streckte ihr die Blumen entgegen. Er hatte ein nettes Gesicht und ein freundliches Lächeln, aber sie kam immer noch nicht darauf, woher sie ihn kannte.

»Darf ich reinkommen?« fragte er und blieb an der Türschwelle stehen. Dann überreichte er ihr die Blumen und fügte hinzu: »Ich dachte, die würden Ihre Wohnung an einem kalten Abend etwas aufheitern.«

»Danke«, erwiderte Oksana. »Ja, kommen Sie ruhig rein. Aber … was hat das alles zu bedeuten? Kenne ich Sie? Gehören Sie zu Pawels Leuten?«

»Wer – ich?« Lächelnd schüttelte er den Kopf. »Nein. Sie haben mich vergessen, aber ich Sie nicht, und meine Kollegen auch nicht. Ich bin Major Boris Burentschuk von der Milizija. Erinnern Sie sich an unsere letzte Begegnung in der Petrowka?«

Ihre Nervosität kehrte zurück, aber Oksana nahm sich zusammen. »O ja, natürlich. Kommen Sie doch rein. Wollen Sie nicht den Mantel ablegen?«

Boris trug einen braunen Dreiteiler und eine gediegene braune Krawatte, alles sehr unauffällig. Seine Augen blickten sie sanft an. Jetzt erinnerte sie sich, wie er sie damals vernommen hatte, höflich und zuvorkommend. »Was wollen Sie jetzt noch von mir? Ich war letzten Oktober bei Ihnen, und jetzt ist Ende März.«

Oksana brauchte ein paar Minuten, um die Blumen in zwei kleinere Sträuße zu teilen. Boris folgte ihr, während sie die Vasen ins Wohnzimmer stellte. Mit bunten Blumenbezügen auf den dunklen Möbeln hatte Oksana versucht, der Wohnung ihres Vaters eine weiblichere Note zu geben.

»Die Blumen sind wunderschön«, sagte sie. »Danke, Major Burentschuk. Vermutlich gibt es einen Grund, weshalb die Milizija zu mir kommt.«

»Setzen wir uns doch. Wir müssen etwas besprechen.« Boris sah sich im Zimmer um. »Sie haben eine sehr gemütliche Wohnung.«

Oksana wies auf zwei Stühle am Küchentisch. »Möchten Sie eine Tasse Tee? Oder vielleicht Kaffee?«

»Kaffee, bitte. Sie hatten Gäste?«

»Ja.«

»Es ist schön, wenn Freunde kommen, aber das Aufräumen hinterher ist immer so lästig. Meine Frau ärgert sich jedesmal über diesen unangenehmen Nebeneffekt, wenn wir zu Hause Gäste empfangen.«

Oksana setzte den Wasserkessel auf und machte zwei Tassen Pulverkaffee. Dann nahm sie gegenüber von Boris am Tisch Platz und fragte: »Was steckt hinter diesem ungewöhnlichen, freundlichen Besuch eines fast fremden Mannes?«

»Das haben Sie schön gesagt«, erwiderte Boris, nahm eins der übriggebliebenen belegten Brote und rührte Sahne und

Zucker in seinen Kaffee. »Und es steckt wirklich etwas dahinter. Wir müssen über ein sehr ernstes Problem sprechen, das uns beide angeht – mich beruflich und Sie persönlich.«

»Soweit ich mich erinnere, konnte ich Ihnen bei unserem Gespräch in Ihrem Büro nicht allzuviel helfen«, meinte Oksana mit einem bedauernden Lächeln.

»Aber vielleicht haben Sie inzwischen mehr erfahren, was mir nützlich sein könnte.« Boris griff in seine Jackettasche und zog einen kleinen roten Ausweis heraus. Oksana warf einen Blick auf das Foto und las Boris' Namen. »Ich weiß, so ein Ausweis macht gleich einen furchtbar pompösen Eindruck. In Wirklichkeit benutzen mich eine Menge Leute als Fußabstreifer – der KGB, der Generalstaatsanwalt, mein Chef, Oberst Netschiajew, und auch die Ganoven vom organisierten Verbrechen – wie Jap und Pawel.«

Oksana kam sich vor, als hätte er sie geohrfeigt. Darum ging es also! Und sie war so dumm gewesen, Pawels Namen gleich an der Tür zu erwähnen. Beschwichtigend tätschelte Boris ihr Knie.

»Nein, nein, Sie brauchen nicht so entsetzt zu sein. Ich möchte mich nur mit Ihnen unterhalten und ein paar Dinge klären. Natürlich hätte ich Sie auch aufs Revier einladen können, aber ich dachte, es wäre sicher angenehmer für Sie, wenn wir uns hier treffen. Möchten Sie eine Zigarette?«

Als Oksana nickte, zog er eine Schachtel Marlboro hervor. Sie nahm sich eine, und er gab ihr Feuer. »Ich versuche, mir das Rauchen abzugewöhnen«, erklärte er, während er die Zigaretten rasch wieder wegsteckte. »Nun – seit ich das letztemal mit Ihnen über den Vorfall gesprochen habe, den die Presse so passend das ›Arbat-Massaker‹ nennt, habe ich den Dekan des Fremdspracheninstituts interviewt, und seine Aussage steht in krassem Widerspruch zu dem, was Sie mir erzählt haben. Sie hatten eine schlimme Auseinandersetzung mit Marat und dem Dekan und sollten aus irgendeinem mysteriösen Grund, der ebenfalls mit Marat zusammenhing, von der Schule verwiesen werden. Doch dann hat der KGB-Knabe es sich plötzlich anders überlegt und den Dekan angewiesen, Sie weiter auf dem Institut studieren zu lassen.«

Boris blickte Oksana fragend an. »Vielleicht können Sie mir sagen, weshalb er seine Meinung so plötzlich geändert hat.«

»Ich weiß es nicht. Ich hatte keinen Streit mit dem Dekan und auch nicht mit Marat.«

»Wir könnten den Dekan in Ihrer Anwesenheit dazu befragen, aber es ist ohnehin nur eine Lappalie, verglichen mit dem, was folgte.« Wieder trat der mitfühlende, aber forschende Ausdruck in sein Gesicht. »Wie Sie bestimmt wissen, gibt oftmals eine kleine Lüge Anlaß zu einem schwerwiegenden Verdacht. Sehen Sie, Marats Anruf bei dem Dekan fand fünf Minuten vor der Explosion statt, bei der Marat zu einem Häuflein Asche verbrannt ist. Wir haben diese bemerkenswerte zeitliche Verknüpfung eingehend überprüft. Der Dekan konnte sich genau an den Moment erinnern, weil er gerade ein Fußballspiel im Fernsehen abgeschaltet hatte. Wir haben Ihnen damals keine Fragen gestellt, weil unsere Ermittlungen darauf hinwiesen, daß wesentlich bedeutendere Leute in den Fall verwickelt sind.« Er machte eine Pause und sah Oksana nachdenklich an. »Aber seither haben wir Sie überwachen lassen.«

»Da haben Sie sich aber eine sehr uninteressante Zeit meines Lebens ausgesucht«, bemerkte Oksana.

»Ja, die letzten Monate waren vom romantischen Standpunkt aus nicht besonders abenteuerlich«, pflichtete Boris ihr bei. »Offen gesagt sieht es ganz danach aus, als hätten wir zu dem Zeitpunkt, als der KGB uns gegenüber etwas mitteilsamer wurde und wir die Identität der Opfer und ihrer Verbündeten aufdecken konnten, einen denkwürdigen Besuch verpaßt, den Sie zu Hause in Irkutsk gemacht haben.«

Jetzt war Oksana endgültig verwirrt und in die Defensive gedrängt. »Ist es denn so denkwürdig, daß ich meinen Vater besuche?« fragte sie. »Auch wenn mein Vater gelegentlich zu einem Parteitag nach Moskau kommt, fahre ich trotzdem hin und wieder nach Hause. Ich erinnere mich gern an die schönen Zeiten, als meine Mutter noch lebte. Sie ist in einem besonders schlimmen sibirischen Winter gestorben.«

»Das tut mir leid. Ihr Vater hätte Ihre Mutter im Winter lieber auf die Krim schicken sollen.«

»Sie war ihm treu ergeben und wollte sich nicht von ihm trennen«, seufzte Oksana. »Mir wird erst jetzt klar, wie abhängig er von ihr war. Nach ihrem Tod hat er sich sehr verändert. Ich besuche ihn, sooft ich kann.«

»Oh, Sie waren aber nicht nur bei Ihrem Vater, sondern auch an einem für ein junges Mädchen sehr ungewöhnlichen Ort – im Arbeitslager von Tulun. Und dort sitzt ein hochinteressanter Mann, der bald entlassen wird. Jedenfalls befürchten wir das.«

»Ja, ich habe Slawa Jakowlew besucht. Ich kenne seine Frau. Es war ein Freundschaftsbesuch. Ich habe ihm Wein und ein paar Leckerbissen gebracht, um ihm das Leben im Gefängnis etwas angenehmer zu machen.«

»Und zweifellos hatten Sie Nachrichten von der Außenwelt zu überbringen und wahrscheinlich auch Anweisungen von Jakowlew an seinen Vizeboß Pawel.«

»Soll das eine Anschuldigung sein?« fragte Oksana herausfordernd.

Boris hob die Hand, als wollte er ihren Zorn abwehren. »Lassen Sie mich weitersprechen. Während Sie zu Hause waren, hat sich Ihr Vater mehrmals mit einem Mann getroffen, den Sie bereits erwähnten, als ich hereinkam – mit Pawel. Ihr Vater führte lange Gespräche mit diesem berüchtigten Gangsterboß, und schließlich kam man zu einer Übereinkunft, und alles endete mit einem luxuriösen Abendessen in einem schicken Restaurant für Parteifunktionäre in Irkutsk. Dann kehrten Sie zurück nach Moskau.«

»Sie scheinen übermäßig viel Zeit mit Nachforschungen über mich zu verschwenden, wo Sie doch statt dessen lieber Verbrecher jagen sollten.«

Boris lächelte. »Auf der Fahrt nach und von Irkutsk hat Sie ein sehr merkwürdiger Mann begleitet. Vielleicht wissen Sie nicht, wer es ist, aber unsere Recherchen haben ergeben, daß es sich um einen gewissen Michail Tschitschladse handelt. Sie nennen ihn Mischa. Er hat tapfer in Afghanistan gekämpft und nicht nur muslimische Rebellen, sondern auch Frauen und Kinder mit raffinierten Foltermethoden getötet. Er wird bis heute von der Internationalen Menschenrechtskommission gesucht. Er hat für Pawel gearbeitet und gehört jetzt zu einer Verbrecherorganisation unter der Leitung von Giwi Gigauri, einem Vizeboß des verstorbenen Tofik, dem Diebesbruder, der vor kurzem beim Aufstand in Tulun getötet wurde.«

»Aber was hat das mit mir zu tun?« Oksana versuchte das Zittern aus ihrer Stimme zu verbannen.

»Vielleicht gar nichts.«

»Wenn Sie andeuten wollen, daß Mischa und ich irgendeine Beziehung hatten –«

Boris hob die Hand. »Nein, nein! Selbstverständlich nicht. Sie haben für eine so junge schöne Frau sogar ein außergewöhnlich enthaltsames Leben geführt. Man bekommt fast den Eindruck, als wären Sie von einem Mann oder vielleicht von mehreren Männern schlecht behandelt worden und wollten nichts mehr mit dem männlichen Geschlecht zu tun haben. Wir haben mit einem anderen Mädchen gesprochen, das aus dem Institut verwiesen wurde. Auch sie hat im Hotel Rossija gearbeitet. Marat hat versucht, sie dazu zu bringen, schmutzige Spielchen mit ihm und seinen Vorgesetzten zu treiben, allerdings ohne Erfolg.«

»Marat war ein Tier.« Oksana hob die Stimme. »Ich bin froh, daß er tot ist!«

»Wir haben die Telefonzellen in der Nähe Ihrer Wohnung

überwacht und mehrere Gespräche zwischen Ihnen und Nadja Bolschokowa aufgezeichnet, einer Prostituierten und engen Vertrauten von Pawel.«

Oksana gab sich Mühe, gleichmütig zu sprechen. »Weshalb erzählen Sie mir das alles?«

»Wie es aussieht, wird Jap, Wjatscheslaw Jakowlew, möglicherweise wesentlich früher aus dem Gefängnis entlassen als vorgesehen. Nächsten Monat, um genau zu sein. Einflußreiche Parteifunktionäre haben sich verbündet, um seine vorzeitige Freilassung zu erwirken. Zu ihnen gehört auch der Erste Parteisekretär von Irkutsk, Ihr Vater.« Wieder fixierte Boris sie mit festem Blick. Nach einer kurzen Pause fuhr er fort. »Ich bin zu dem Schluß gekommen, daß Sie eine vernünftige junge Frau sind und Ihre Verbindung zu diesen Kriminellen deshalb höchstens oberflächlich sein dürfte. Es liegt nicht in meiner Absicht, Sie zu erschrecken oder Ihnen weh zu tun; genaugenommen hätte ich Sie sogar schon vor einiger Zeit in Untersuchungshaft stecken können.«

»Soll ich Ihnen dankbar sein, daß Sie es nicht getan haben?«

»Frauengefängnisse sind keine sonderlich angenehmen Aufenthaltsorte, schon gar nicht für ein junges Mädchen wie Sie. Ich hätte nie zugelassen, daß man Sie länger als eine Stunde dort festhält. Außerdem wären Ihre sogenannten Freunde womöglich mißtrauisch geworden und hätten vielleicht versucht, Sie aus dem Weg zu schaffen. Schließlich gehören Sie ja nicht wirklich zu ihnen, Sie sind ja nur Amateurin.«

»Hätten Sie gern noch einen Kaffee?« fragte Oksana, betont freundlich, um etwas Zeit zu gewinnen.

»Ja, bitte.« Boris lächelte nachdenklich. »Meine Kehle ist ganz trocken vom vielen Reden.« Oksana ging zum Herd, setzte den Kessel wieder auf, und während sie mit dem Rücken zu dem Polizeiinspektor zwei weitere Tassen Pulverkaffee bereitete, versuchte sie, ihre Fassung zurückzugewinnen. Dann kam sie an den Tisch und setzte sich wieder. Boris nahm einen großen Schluck Kaffee und wiederholte seine letzte Bemerkung. »Ich werde Sie nicht festnehmen, werde Sie nicht vor Gericht stellen und auch sonst nichts dergleichen. Aber ich hätte gern Ihre Hilfe.«

Oksana stellte irritiert ihre Tasse ab und starrte Boris schweigend an.

»Sie wissen, was in Jap und Pawels Truppen vor sich geht. Sobald Jap auf freiem Fuß ist, kriegen Sie zumindest ein wenig von seinen Plänen mit. Halten Sie mich auf dem laufenden.«

Oksana blickte ihn ungläubig an.

»Ich kann Ihnen nichts sagen, wenn ich nichts weiß.«

»Also wird dieser Killer Tschitschladse, Ihr georgischer Leibwächter –«

»Ich habe ihn seit meiner Rückkehr aus Irkutsk nicht zu Gesicht bekommen«, unterbrach Oksana.

»Dieser Mischa also wird weiterhin frei herumlaufen, und selbst wenn wir Jap und Pawel finden, oder Giwi, für den er momentan anscheinend arbeitet, wird er weiterhin neue Mörder rekrutieren –«

»Ich habe Ihnen doch gesagt, Major«, unterbrach ihn Oksana zum zweitenmal mit erhobener Stimme, »ich weiß nichts von dieser Geschichte. Ich habe hart geschuftet, um Dolmetscherin zu werden. Das ist alles, was mich interessiert.«

»Ob es Sie interessiert oder nicht, Sie haben etwas mit Jap und Pawel zu tun«, beharrte Boris ruhig.

»Nein!« protestierte Oksana.

»Jemand muß Japs Befehl weitergegeben haben, die Suite von Giwis Leuten im Hotel Rossija in die Luft zu jagen.«

Oksana schüttelte den Kopf, schockiert über den impliziten Verdacht. In sanftem Ton fuhr Boris fort: »Sie müssen doch davon gehört haben, daß Jap in Tulun einen blutigen Aufstand provoziert hat. Ungefähr zweihundert Häftlinge sind dabei ums Leben gekommen...«

»Tut mir leid, das zu hören, aber was habe ich damit zu tun?«

»Vielleicht hat Jap bei Ihrem Besuch etwas gesagt, und Sie hätten das Massaker verhindern können, wenn sie uns darüber informiert hätten.«

»Sie sind die Milizija, Sie fangen die Verbrecher – dafür werden Sie bezahlt!«

»Aber wir sind auf die Hilfe von aufmerksamen, gesetzestreuen Bürgern angewiesen, wenn wir unsere Arbeit erledigen wollen«, entgegnete Boris.

»Als ich eine schwere Zeit durchmachen mußte, hat mir auch niemand geholfen – außer Nadja.«

»Und Pawel«, ergänzte Boris. »Ich verlange nichts Menschenunmögliches von Ihnen, nur ein paar Informationen.«

»Sie wollen aus mir also einen Milizija-Spitzel machen?«

Boris wußte, daß sie recht hatte. Genau das war seine Absicht. »Ich möchte Ihr Freund sein, Oksana.« Er konnte nicht leugnen, daß er sie sehr attraktiv fand. »Aber Sie müssen die Situation realistisch betrachten.«

Oksana wollte protestieren, aber Boris hob wieder die Hand. »Ich habe mindestens zwei Frauen gekannt, die von diesen« – seine Stimme wurde bitter – »von diesen ›Kämpfern an der unsichtbaren Front‹ grausam mißhandelt wurden.«

Mit großen Augen starrte Oksana ihn an, und ihre Hände zitterten. Aber Boris redete unbeirrt weiter. »Vielleicht ist jemand zu weit gegangen, als er Marat dazu zwang, dem Dekan zu sagen, er soll Sie wieder aufnehmen – genau fünf Minuten bevor alles in die Luft flog. Das hat uns sehr zu denken gegeben.«

Als Boris sah, wie sehr seine Worte Oksana trafen, schaltete er gleich wieder einen Gang zurück. »Denken Sie daran, ich kann nicht beweisen, daß Sie in die Sache verwickelt sind. Ich werde nicht mal versuchen, es zu beweisen oder weitere Ermittlungen anzustellen. Aber ich brauche Ihre Hilfe für die

Zukunft, wenn Jakowlew wieder auf freiem Fuß ist. Zum Beispiel, was ist sein nächstes Projekt? Sie könnten mir viel erzählen, was meine Arbeit sehr erleichtern würde.«

Plötzlich richtete Oksana sich auf. »Major Boris Burentschuk, ich bin Dolmetscherin für Englisch und Deutsch, kein Polizeispitzel. Ich bin eine erwachsene Frau. Und das ist mein letztes Wort.« Sie schenkte ihm ein mattes Lächeln. »Noch Kaffee?«

Boris stand auf und sah Oksana eine Weile traurig an. »Nein danke. Ich habe genug. Aber irgendwann werden Sie sich meine Hilfe wünschen, davon bin ich fest überzeugt.« Er griff in die Tasche, zog eine Visitenkarte heraus und legte sie auf den Tisch. »Unter dieser Nummer erreichen Sie mich rund um die Uhr. Warten Sie nicht zu lange, ehe Sie mich um Hilfe bitten. Und es könnte durchaus sein, daß ich wieder mit Ihnen Kontakt aufnehme. Wir haben gelegentlich Besuch aus Amerika, der einen Dolmetscher braucht.«

»Für solche Zwecke helfe ich Ihnen sehr gern. Und danke für die Blumen. Sie sind wunderschön.«

»Es ist schade, daß wir uns nicht einigen konnten«, meinte Boris mit einem bedauernden Lächeln, »aber ich werde dafür sorgen, daß Sie keine Schwierigkeiten mit der Milizija bekommen.«

»Und die Überwachung?«

»Diese Entscheidung müssen wir nach professionellen Erwägungen treffen.«

»Aha, das ist wirklich nett. Meinen Sie, daß Sie besser sind als der KGB?«

»Ja, und ich glaube, Sie meinen das auch. Noch eins ... «

»Ja?«

»Seien Sie bitte nicht so dumm, Ihren ›Freunden‹ von unserer Unterredung zu erzählen oder auch nur etwas Derartiges anzudeuten – sonst werden Sie vielleicht früher als Sie denken zu spüren bekommen, wie recht ich habe. Ihr Leibwächter, Mischa, könnte plötzlich Ihr Mörder werden. Gute Nacht.«

Nachdem Boris gegangen war, wäre Oksana am liebsten mit ein paar Kopeken zu einer der Telefonzellen vor dem Haus gelaufen, aber sie fürchtete, beobachtet zu werden. Irgendwie mußte sie Nadja am nächsten Morgen unbemerkt erreichen.

Ihr dämmerte allmählich, daß man, wenn man von Leuten wie Pawel Hilfe annahm, nie aufhörte zu bezahlen. Slawa Jakowlew würde bald aus dem Gefängnis kommen. Ob sie wollte oder nicht, sie steckte mitten in einem Netz fragwürdiger Machenschaften. Und so etwas hatte sie nie gewollt.

24

Die Beamten der Moskauer Milizija erwarteten sehnsüchtig die Lobrede auf den alkoholsüchtigen, drogenabhängigen Mädchenschänder, der die Tscheka – die Vorläuferin der Milizija – gegründet hatte. Diese warmen Worte bedeuteten nämlich das Ende der langatmigen Rede von Generalmajor Nikolaij Myrikow, dem Chef der Moskauer Polizei. Alle atmeten auf, als es soweit war. »Und wie unser brillanter und mutiger Gründervater, Felix Edmontowitsch Dserschinski, immer gesagt hat: ›Jetzt muß ich mich mit den Politikern beraten‹.«

Myrikow schob den Stuhl zurück und erhob sich, wobei er dem neben ihm sitzenden General Alexi Bodajew, einem graumelierten, rotbackigen Mann mit buschigen Augenbrauen, zunickte. »Ich lege die Versammlung jetzt in die fähigen Hände meines Stellvertreters«, verkündete Myrikow.

Auch General Bodajew, Chef der Kriminalbrigade der Milizija, stand auf. »Wir wünschen Ihnen viel Erfolg beim Justizminister, Genosse Generalmajor.«

Myrikow sah sich im prachtvollen Großen Konferenzraum des Innenministeriums in der Petrowka um, und einen Moment lang erschien ein resignierter Ausdruck auf seinem Gesicht. »Zwei Monate argumentiere ich nun gegen Jakowlews Freilassung.« Der Polizeichef schüttelte den Kopf. »Allem Anschein nach hat er viele Freunde in einflußreichen Positionen. Wenn es mir nicht gelingt, den Minister zu überzeugen, daß mit Jakowlews Freilassung eine Welle von Verbrechen auf Moskau zurollt, werden wir hier in den nächsten Jahren nicht zur Ruhe kommen. Ja, Sie können mir wirklich nur Glück wünschen.«

Langsam schritt Myrikow über den breiten blau-rot-goldenen Perserteppich, der unter dem majestätischen, blankpolierten Konferenztisch aus Mahagoni lag, zu den Doppeltüren, durch die man den Saal mit seinen gleichmäßig an der Decke verteilten Kronleuchtern betrat und verließ.

Die Türen schlossen sich hinter ihm, und Bodajew übernahm die Leitung der Versammlung. Seine Untergebenen bemerkten, wie er die Augen zum mittleren Kronleuchter hob, der direkt über seinem Kopf schwebte – beinahe eine Art Eingeständnis der Tatsache, daß die KGB-Abteilung der Milizija-Kontrolle sämtliche Aktivitäten in der Petrowka elektronisch überwachen ließ. Dann winkte er Boris Burentschuk in seinem üblichen makellosen braunen Anzug mit geschmackvoll dezenter Krawatte.

»Bevor ich die Versammlung schließe – haben Sie irgend etwas über den Arbat-Fall zu berichten?«

Boris erlaubte sich ein kurzes, verkniffenes Lächeln, während auch er die Augen zum Kronleuchter hob. »Ich arbeite immer noch an der Identifizierung der Mörder der drei KGB-Offiziere. Vor kurzem habe ich mich mit Oksana Martinowa in ihrer Wohnung getroffen.«

»Ich würde mich auch gern mal mit der Martinowa in ihrer Wohnung treffen«, kicherte jemand.

Boris runzelte die Stirn. »Wenn wir sie schikanieren, verlieren wir eine Frau, die uns eine große Hilfe sein kann«, mahnte er.

Oberst Wladimir Netschiajew, der Schlaufuchs, blickte zum Kronleuchter empor und schmunzelte. »Ja, Major Burentschuk, wir alle wissen Ihre Anstrengungen bei der Jagd auf den Killer der drei tapferen KGB-Offiziere sehr zu schätzen.«

Bodajew nickte. »Sonst noch Fragen oder Anmerkungen? Damit löse ich die Versammlung auf.«

Schweigend folgten die Ermittlungsbeamten ihrem Chefinspektor Netschiajew aus dem Konferenzraum durch den langen Korridor in sein Privatbüro. »Sind wir hier sicher, Taki?« fragte Netschiajew.

»Ich garantiere dafür«, lächelte der schlanke junge Mann mit den dichten, nach hinten gekämmten Haaren. Der Griff einer Automatik lugte aus dem Schulterhalfter unter seiner rechten Achsel hervor.

Major Juri Nawakoff, genannt Amerikanski, trat ins Büro, dicht gefolgt von Oberst Alexander Kamerow, General Bodajews Stellvertreter. Im Gegensatz zu seinem Chef war Kamerow groß und breit gebaut, mit einem roten, gutmütigen Gesicht. »Ich werde General Bodajew in sicherer Umgebung von unserer Diskussion berichten.« Der Schlaufuchs ging zu einem Schränkchen hinter dem Schreibtisch und holte eine Flasche Wodka heraus. Taki fand ein paar Gläser und stellte sie auf den Konferenztisch, der mit dem Schreibtisch ein großes T bildete.

Netschiajew schenkte ein und hob sein Glas. Die anderen folgten seinem Beispiel. »Zur Hölle mit dem KGB und allen seinen korrupten Schergen.«

»KGB-Arschlöcher«, stimmte der Amerikanski ein.

»Soll er Scheiße fressen, der KGB«, sagte Kamerow in sachlichem Ton.

»Soll er sich selbst ins Knie ficken, der KGB.« Taki schwang seinen elektronischen Überwachungsdetektor, der garantierte, daß nichts von den Gesprächen, die in diesem Zimmer geführt wurden, nach außen drang.

Juri Nawakoff leerte sein Glas schweigend. Der Schlaufuchs füllte die Gläser der versammelten Beamten nach, während er einem Neuling von der regionalen Milizija erklärte, daß man alle heiklen Diskussionen im Großen Konferenzsaal und auch in allen anderen Teilen der Petrowka vermeiden mußte, die nicht mindestens einmal täglich auf Wanzen durchsucht wurden.

»Der KGB verpetzt uns sofort, sobald jemand etwas entdeckt, was die Organisation als antisowjetisch einstufen könnte«, warnte Netschiajew den Neuling. »Wir wissen, daß Jap nicht nur unter den Abgeordneten viele mächtige Verbündete hat, sondern auch im Politbüro und sogar beim KGB. Immerhin war es Merkuschew, der Stellvertretende Präsident des Obersten Gerichtshofs der Russischen Föderation, der erfolgreich vor dem Präsidium des Moskauer Gerichts für Jakowlews vorzeitige Entlassung plädiert hat. Jetzt, wo Jap bald rauskommt und die Führung seiner *Organisazija* wieder übernimmt, müssen wir alles tun, damit der KGB nichts von unseren Aktionen gegen ihn erfährt.«

»Man könnte glauben, der KGB will gar nicht, daß wir den Mörder seiner drei Offiziere dingfest machen«, bemerkte Juri.

»Darf ich Sie daran erinnern, daß es die Pflicht des KGB ist zu verhindern, daß wir belastendes Material gegen hochrangige Funktionäre der Kommunistischen Partei aufdecken«, entgegnete Kamerow. »Jap hat eine Menge Volksdeputierte und Politbüromitglieder in der Tasche.«

»Unter anderem Nikolai Martinow, denke ich«, bemerkte der Schlaufuchs.

»Was bringt uns, denen die Milizija wirklich am Herzen liegt, eigentlich dazu, ehrlich zu bleiben?« fragte Juri Nawakoff, der Amerikanski, angeekelt.

»Die Angst, daß einer umgedreht wird«, meinte Netschiajew, und seine Augen funkelten.

In diesem Augenblick öffnete sich die Tür zum Vorzimmer. Oberst Netschiajew blickte erstaunt auf, weil jemand hereinkam, ohne daß der Sekretär im Vorzimmer ihn gemeldet hatte, und entdeckte Boris Burentschuk, lächelnd, eine Papiertüre unter dem Arm. Als Pressesprecher hatte Boris innerhalb der Milizija-Struktur in der Petrowka eine einzigartige Position. Aber er war zu sehr Politiker und Diplomat, als daß ihm die mißtrauischen Polizeibeamten über den Weg getraut hätten, und er war der einzige Milizija-Offizier, der Zugang zu sämtlichen einflußreichen Kreisen hatte, wenn Polizeioperationen vom Innenministerium veranlaßt wurden.

Daß er von den KGB-Leuten akzeptiert wurde, die die Arbeit in der Petrowka überwachten, machte Boris bei seinen Kollegen suspekt. Aber in heiklen Situationen, wie sie eigentlich permanent vorkamen, wandte man sich an ihn um Rat und Hilfe. Widerstreitende Strömungen von Intrigen und Verschwörungen waren typisch für alle internen Sicherheitsoperationen. Boris durchschaute diese Strömungen und konnte mit ihnen umgehen – genau diese Fähigkeit war der Grund, weshalb man ihm das besonders leidige Arbat-Massaker übertragen hatte.

Zu Boris' Aufgaben gehörte es außerdem, die Informationen für die gierigen Journalisten zu filtern, die im Klima der von Präsident Gorbatschow propagierten Glasnost und Perestroika wie Pilze aus dem Boden schossen. Boris war es, der entschied, von welchen Personen die Medien Notiz nahmen und was über die Betreffenden berichtet wurde. Wie in der ganzen Welt konnte auch in Moskau eine gute Presse eine politische Karriere fördern, und deshalb war Boris für alle wertvoll.

Da er für Netschiajew eine hervorragende Informationsquelle hinsichtlich der Aktionen in den anderen Abteilungen des Innenministeriums war, mußte der Schlaufuchs annehmen, daß Boris auch Informationen darüber weitergab, was im Ermittlungsbereich vor sich ging. Kurz gesagt war Major Burentschuk also ein Mann, den man sich warmhalten, mit dem man aber sehr vorsichtig umgehen mußte. Vor allem in einem Bereich, nämlich bei den Frauen der Moskauer Halbwelt, stand er in dem Ruf, raffinierter zu sein als selbst die erfahrensten Beamten der Petrowka. Nimm einen Uke, sagte man in Anspielung auf Boris' Herkunft, dann kannst du sicher sein, daß eine Sache unter Kontrolle bleibt.

Netschiajew begrüßte Boris freundlich: »Ah, Boris, gerade rechtzeitig für einen Schluck Wodka.«

Lächelnd schüttelte Boris den Kopf und stellte seine Papiertüte auf dem Tisch neben der Tür ab. Anders als die meisten seiner Kollegen trank er selten Alkohol, und dann meist Bier oder Wein. Diese Eigenschaft machte ihn bei manchen seiner Genossen noch suspekter.

»Was haben Sie für uns?« fragte Netschiajew mit einem Lächeln.

»Was machen wir mit Jakowlew, dem Japaner?« konterte Boris.

»Haben Sie ein spezielles Interesse an ihm?« erkundigte sich Netschiajew.

»Ich freunde mich gerade mit der hübschen Tochter eines seiner Wohltäter im Politbüro an. Ich kann Ihnen genau sagen, was im Arbat passiert ist und wer dahintersteckt, das Problem ist nur, daß wir keine Beweise haben. Ich bin überzeugt, daß Oksana mißbraucht worden ist, wahrscheinlich eine Gruppenvergewaltigung, wie sie der KGB so liebt. Über ihre Freundin, die Prostituierte Nadja, hat sie Pawel kennengelernt und den Einfluß ihres Vaters als Gegenleistung für die Ermordung der drei Offiziere eingesetzt, die sie mißhandelt hatten.«

»Sie wissen, daß es so war, aber wir werden es nie beweisen können«, meinte der Schlaufuchs. »Bei Jap haben wir es mit einer hochentwickelten kriminellen Intelligenz zu tun.« Er lachte heiser. »Wie unser Staatsanwalt neulich sagte, kein Politbüromitglied hat beim organisierten Verbrechen eine führende Position, also gibt es dort auch keine Inkompetenz.«

»Wenn man mir Zeit läßt und die Möglichkeit, meine eigenen Methoden anzuwenden, kann ich viel über Jap herausbekommen«, bot Boris an. »Der Vater von Oksana Martinowa steht ihm nahe, und wir können sicher sein, daß sie wissen wird, was er macht, wenn er aus dem Gefängnis kommt.«

»Ist Oksana eine Ihrer Geliebten?« fragte der Amerikanski.

»Ich habe Freundinnen, und wir helfen einander«, erwiderte Boris mit einem vorwurfsvollen Blick zu Nawakoff. »Aber alle wissen, daß es nicht mehr ist. Diese Abteilung hier hat mich schon mehrmals von ziemlich ungeschickten Hornochsen beschatten lassen. Aber ich gehe immer nach Hause zu meiner Familie, wenn ich meine Arbeit erledigt habe, bei Tag und bei Nacht.«

»Was schlagen Sie also vor?« kam Netschiajew zurück zum Thema.

»Wenn Sie mehr über Jap in Erfahrung bringen wollen, kann Oksana mir sicher helfen.«

»Warum sollte sie das tun?«

»Weil sie Angst hat, und weil ich ihr Freund sein werde. Ihr ist klar, daß ich weiß, welche Rolle sie beim Arbat-Massaker gespielt hat. Und obwohl ihr auch klar ist, daß ich nichts beweisen kann, möchte sie verhindern, daß ich es auch nur versuche. Sie ist Englisch-Dolmetscherin. Ich werde ihr wichtige Dolmetscher-Aufträge vermitteln.«

»Nikolai Martinow«, meinte Netschiajew nachdenklich. »Ja, auch eines der Politbüromitglieder, die von dem Verkauf der Scud-Raketen an den Irak profitiert haben.«

Sascha Kamerow lachte bitter. »Deshalb haben wir heute Hunderte reicher Parteifunktionäre.«

»Und wir können nichts gegen die Korruption unternehmen«, ergänzte Juri resigniert und streckte dem Schlaufuchs sein leeres Glas hin. Sofort füllte Netschiajew allen nach – nur Boris lehnte dankend ab.

»*Na sdarowje*!« Netschiajew kippte den Wodka hinunter. Dann wandte er sich an Boris: »Was schlagen Sie wegen Oksana Martinowa vor?«

»Sie wird mir erzählen, was Jakowlew vorhat.«

Juri Nawakoff grinste anzüglich. »Sie kann jederzeit für mich übersetzen, wann immer sie Zeit hat.«

Boris warf ihm einen bösen Blick zu. »Ich wiederhole, was ich vorhin schon gesagt habe. Wenn wir ihr Angst machen, verlieren wir sie.« Damit stand er auf und setzte mit einem Wink zu der mitgebrachten Papiertüte hinzu: »Wenn der Wodka alle ist, bedienen Sie sich bitte.«

25

Die Milizija-Beamten und die Ermittler von den Internen Angelegenheiten waren wie vor den Kopf geschlagen, als das Entlassungsschreiben für Jakowlew, v.k. im Gefängnis eintraf. Sie verfluchten die Dummköpfe vom Obersten Gerichtshof, denn nun standen sie vor dem Problem, wie sie ihre Untersuchungen ohne den Hauptakteur der Geschichte fortführen sollten. Unterdessen wartete Jap bereits vor dem Kontrollposten des Lagers. Die riesige schwarze amerikanische Limousine, die vor einigen Monaten Oksana Martinowa zu Jap nach Tulun gebracht hatte, stand jetzt bereit, um ihn abzuholen.

Karamuschew war offiziell bereits von seinem Posten in Tulun abgezogen worden, trug aber noch immer Uniform und leitete das interne Gefängnis, bis sein Nachfolger eintraf. Jetzt verabschiedete er sich von Jap.

»Karamuschew«, sagte Jap leise, »ich möchte Sie um einen letzten Gefallen bitten.«

»Was für einen Gefallen?«

»Suchen Sie Marias Grab im Frauenlager. Verlegen Sie es nach außerhalb. Ich möchte, daß Sie ihr ein Denkmal errichten.«

»Ein Denkmal? Dieser Hure?«

Einen Moment flackerten Jap Augen gefährlich auf und sein Gesicht verzog sich wütend. Rasch trat Karamuschew zurück und meinte in verändertem Ton: »Was für eine Art Monument stellen Sie sich denn vor, Wjatscheslaw Kyrillowitsch?«

»Natürlich war sie eine Hure«, brummte Jap. »Aber Maria war vor allem eine Frau, eine echte Frau. Sie hat den Aufenthalt hier erträglich gemacht, ja manchmal sogar angenehm. Und am Ende hat sie mein Leben gerettet, indem sie ihr eigenes opferte.« Er nickte vor sich hin, als spräche er ein letztes Gebet für seine Freundin. Falls er zu so etwas fähig war.

»Es soll ein Denkmal sein für eine Frau, deren Leben vom System kaputtgemacht wurde«, verkündete er dann. »Von einem verdammten politischen System, das sie in eine Hure verwandelt hat, ihre Menschlichkeit aber nie zerstören konnte. Tun Sie es für mich, Karamuschew, und schicken Sie mir ein Foto an meine Moskauer Adresse.«

»Nun ... in Ordnung, selbstverständlich. Kein Problem. Ich werde es baldmöglichst erledigen.«

Jap warf einen Abschiedsblick auf das Lager, in dem er die letzten neun Jahre verbracht hatte. Die ekelhafte Rauchwolke über dem Schornstein des Krematoriums hatte sich verzogen. Nach dem Aufstand hatte es im Lauf weniger Tage die Arbeit mehrerer Jahre erledigt, und so waren die Leichen verbrannt, noch ehe die Ermittler aus Moskau das abgelegene Tulun erreicht hatten. Obwohl eine erstaunliche Menge von verformten Bleikugeln bei den Erz- und Eisenresten gefunden worden waren, unternahm niemand etwas, um zu beweisen, daß es geschmolzene Munition war – Rückstände der willkürlichen Erschießung von über zweihundert Häftlingen.

Neben der hinteren Tür des Wagens stand Japs rechte Hand Pawel, den Major Karamuschew noch aus der Zeit kannte, bevor Breschnews Schwiegersohn General Juri Tschurbanow im Gefängnis gelandet war. Juri hatte unbegrenzte Besuchs- und Kommunikationsprivilegien für Jap mit Pawel und seinen sonstigen Partnern arrangiert, doch bei Juris Verhaftung waren sämtliche Privilegien annulliert worden. Niemand hatte erwartet, daß Jap neun Jahre in Tulun bleiben würde, am allerwenigsten Jap selbst. Jetzt, beim Verlassen des Lagers, trug Jap einen perfekt geschneiderten Maßanzug, einen eleganten Pelzmantel und feine Lederhandschuhe. »Nun, Jap«, sagte Karamuschew, »keine unguten Gefühle zwischen uns, ja? Wir haben fast zehn Jahre miteinander verbracht, und ich kann nicht behaupten, daß es die schlimmste Zeit meines Lebens war. Ich hoffe, Sie mußten nicht über schlechte Behandlung klagen.«

»Lieber Kommandant, Sie sind noch ein echter Mann. Und machen Sie sich keine Sorgen über diese Idioten von der Kommission. Freuen Sie sich an Ihrem Reichtum und lachen Sie über alles andere. Was noch in meiner Zelle ist, gehört Ihnen – Fernseher, Video, sämtliche Teppiche, die nicht« – er räusperte sich – »die nicht verseucht sind, wenn Sie wissen, was ich meine. Nehmen Sie sich alles, sozusagen als zusätzliches Geschenk, in Erinnerung an unsere Freundschaft.«

»Danke, Jap. Sie sind der einzige Diebesbruder, den ich je bewundert habe. Wissen Sie, warum? Diese anderen Nieten – Maxim, Potma, Tofik – wofür haben sie gelebt? Sie haben gelebt wie Hunde und sind auch so gestorben. Mit Ausnahme von Tofik vielleicht – doch, der war ein Mann. Er hat nicht mit der Wimper gezuckt, als er den Revolverlauf an der Schläfe spürte, er hat einfach ausgespuckt. Hmm ... na ja, zum Teufel damit.«

Jap machte einen Schritt auf die wartende Limousine zu und wandte sich dann doch noch einmal um.

»Noch etwas, Kommandant. Mir sind Gerüchte zu Ohren gekommen, daß zwei Überlebende aus meiner Truppe, Wolodja und Fofa, vielleicht in den Krasnogulag 86 verlegt werden sollen. Bitte lassen Sie das nicht zu.«

»Ich werde versuchen, es zu verhindern, aber meine Machtbefugnisse sind stark engeschränkt.«

»Aber sagen Sie mir oder Pawel wenigstens Bescheid, falls es doch soweit kommen sollte.«

»Ich werde Sie informieren, Jap.«

»Ja, benachrichtigen Sie mich.« Damit bestieg Jap die Limousine.

Karamuschew sah dem davonfahrenden Wagen nach, bis er hinter einer Kurve verschwunden war, wo die großen Fichten, die das Lager umgaben, ihn vor seinen Blicken verbargen. Jetzt konnte auch er diesen Ort der Verdammten verlassen und sich darauf freuen, irgendwo zu wohnen, wo es ihm gefiel. Seine Frau hatte bereits ein Haus auf der Krim ausgesucht, so weit weg von Sibirien, wie es innerhalb Rußlands möglich war.

Unterdessen saß Jap in der schimmernden, geräumigen Limousine. Pawel beugte sich vor und holte aus einer in die Lehne des Vordersitzes eingebauten Bar eine Flasche Cognac und zwei runde Gläser. Dann füllte er beide, gab eins davon Jap, und nachdem er die Flasche wieder verstaut hatte, ließ er sich neben seinem Boß in die Polster zurücksinken.

»Ein phantastischer Wagen«, bemerkte Jap. »Schwer zu glauben, daß ein solches Fahrzeug in diesem Teil der Welt überhaupt existiert.«

Pawel lächelte geheimnisvoll. »Du wirst den Eigentümer in etwa zwei Stunden kennenlernen, sobald wir in Irkutsk sind.«

»Oksanas Vater?« fragte Jap.

»Wer sonst? Wir sind zu Gast beim Ersten Parteisekretär, bis wir nach Moskau zurückkehren.«

»Ich freue mich darauf, diesem Wohltäter endlich zu begegnen, den du da entdeckt hast, und mich persönlich bei ihm bedanken zu können.«

»Und er wird noch eine Menge für uns tun. Das wirst du noch erfahren, ehe unser gemeinsames Essen heute abend vorbei ist«, lachte Pawel.

In den zwei Stunden, die sie nach Irkutsk brauchten, brachte Pawel Jap auf den neuesten Stand ihrer Projekte. So erfuhr Jap zu seinem Entsetzen, daß der Tschetschene ohne entsprechenden Befehl im Hotel Rossija vier von Giwis Leuten ermordet hatte, zwei von ihnen Sechser.

»Und wo ist der Tschetschene jetzt?«

»Er ist untergetaucht, bis du über sein Schicksal entscheidest.«

Jap dachte einen Moment darüber nach und schlürfte seinen

Cognac. »Wir haben also sechs von Tofiks Leuten erledigt, und Tofik selbst ist beim Aufstand umgekommen.«

»Wofür man dich persönlich verantwortlich macht«, ergänzte Pawel. »Und es sind sogar sieben von Tofiks Männern tot. Viktor hat einen Killer nach New York geschickt, um Eduard umzulegen, der versucht hat, uns bei den Nordkoreanern auszustechen.«

Jap schüttelte den Kopf. »Kein Wunder, daß sie mich umbringen wollten. Was hat Giwi vor, wenn er hört, daß ich wieder draußen bin?«

»Giwi und Viktor haben für heute ein Friedenstreffen vereinbart. Es ist in unser aller Interesse, momentan einen Krieg zu vermeiden.«

»Am wichtigsten ist jetzt – hast du alle Vorbereitungen für das Treffen mit dem Chef von Krasnow 86 erledigt?«

»Nikolai Martinow hat alles veranlaßt. Jewgeni Wolkow erwartet uns morgen früh in der Nuklearanlage Dom.«

»Und das andere?«

»Es hat einige Tage gedauert, bis wir seine Familie gefunden hatten, aber jetzt ist alles klar«, schmunzelte Pawel.

»Gut. Sonst würde man uns nicht mal in die Nähe des Dom lassen. Galina Breschnewa hat Wolkow immer den ›Hamster‹ genannt, weil er so fett und pelzig ist. Er würde mich gern am Arsch kriegen, wie man so schön sagt.«

Ein Glitzern trat in seine Augen. »Aber ich freue mich, Oksana wiederzusehen.«

»Ja, aber zuerst hat Olga ein Essen mit engen Freunden für dich ausgerichtet. Auch Viktor wird da sein. Bis dahin müßte er eigentlich mit Giwi Frieden geschlossen haben, denn Giwi liegt ja ebensoviel daran wie uns. Mein bester Trumpfsechser aus dem Restaurantgewerbe, Hakim, widmet sich den ganzen Tag der Vorbereitung des Festmahls.«

Jap lachte schallend. »Dann ist also mein alter kasachischer Freund, Jap der Zweite, immer noch bei uns?«

Auch Pawel lachte. »Ja, die Gäste werden nicht wissen, wer der Kellner ist und wer der Hausherr.«

»Ich hätte Hakim an meiner Stelle nach Tulun schicken sollen«, brummte Jap. »Niemand hätte anhand von Fotos den Unterschied bemerkt.« Er hielt inne. Nach einer Weile fuhr er fort: »Erzähl mir alles über Oksanas Vater. Er hat sich sehr für meine Freilassung eingesetzt.«

»Für einen dicken Batzen aus deinem *Obschak*. Aber so nützlich uns Nikolai Martinow bis jetzt war, er wird noch viel wichtiger werden, wenn wir erst einmal unser Großprojekt starten. Bisher hat er eine ganze Million in Bargeld und Diamanten bekommen und –«

»Besser haben wir unser Geld noch nie angelegt«, warf Jap ein.

»Ich freue mich, daß du so darüber denkst. Ich überlasse es dir, mit ihm darüber zu diskutieren, wieviel wir für die Atomwaffen bezahlen müssen.«

»Wir haben sicher ein sehr interessantes Gespräch mit Nikolai heute abend.« Jap nickte und lehnte sich zurück, das Cognacglas in der rechten Hand.

26

Am Morgen nach seiner Freilassung aus dem Arbeitslager von Tulun stand Jap mit Pawel und Nikolai Martinow am Rand des ehemaligen Sportplatzes in einem abgelegenen Wohngebiet von Irkutsk, der in einen Helikopter-Flugplatz verwandelt worden war. Während sie auf den Hubschrauber warteten, der sie an ihr Ziel bringen sollte, begann Martinow zu erklären, was es mit dem Dom auf sich hatte.

»Ja, ja«, überlegte Jap laut. »Ein hübsches Plätzchen. Die einzige Drohung, die den Kerlen in Tulun Angst gemacht hat, war eine Verlegung in den Krasnogulag 86.« Da hörte man aus der Ferne das Dröhnen der Propeller.

Nikolai sah zu, wie der Helikopter landete. »Die Einwohner der Geheimen Stadt Krasnow 86 nennen die privilegierten Verwaltungsangestellten, die hier in Irkutsk leben und jeden Tag vom Himmel herabschweben, die ›Schraubflügelengel‹.« Stirnrunzelnd bemerkte er dann: »Jewgeni Iwanowitsch hat nicht die offizielle Libelle geschickt?«

Der grüne Militärhubschrauber landete; ein Adjutant in Zivil führte die drei Männer zur Mitte des Feldes. Während sie hinter dem Piloten und dem Kopiloten Platz nahmen, drehten sich die Propellerflügel langsam weiter, dann ging der Turbinenmotor wieder auf Hochtouren, und der Helikopter hob sich mit einem ohrenbetäubenden Knattern vom Boden. In Sekundenschnelle erreichte er seine Flughöhe und brauste nach Nordosten. Der klare blaue Baikalsee erstreckte sich unter ihnen bis zum Horizont, und keiner hätte ihm die überall fortschreitende heimtückische Umweltverschmutzung angesehen. Doch die seit dem Zweiten Weltkrieg an den Ufern des Sees erbauten Zellulosefabriken leiteten ihre chemischen und bakteriellen Abfälle skrupellos ins Wasser.

Nach fast einer Stunde Flugzeit erschien am Horizont eine weite Wüstenlandschaft mit zerklüfteten Felsen. Zehn Jahre lang hatte man unter den Bergen das Gestein weggesprengt, und jetzt erstreckte sich hier auf einer Fläche von fünf Quadratkilometern und über eine Höhe von drei Kilometern eine gigantische unterirdische Fabrikanlage. Die Aushöhlung des Gebirges hatte zu einer ökologischen Katastrophe geführt; in einem Umkreis von über siebzig Quadratkilometern war alles tierische und pflanzliche Leben ausgestorben. Beim Bau der geheimen Uranminen, der Fabriken zur Plutoniumverarbeitung und zur Herstellung von nuklearen Sprengköpfen und Atomraketen, die allesamt in dem gigantischen geheimen Dom untergebracht waren, hatten hunderttausend Gefangene ihr Leben gelassen. Dutzende von Aufzugsschächten und sechzig Kilometer Gänge verbanden die zehn Ebenen miteinander. Eine Eisenbahn wand sich durch die monströse, von Menschenhand geschaffene Höhle.

Zuerst schufteten und starben Gefangene, dann ersetzte man sie durch zwanzigtausend hochbezahlte Facharbeiter und ihre Angehörigen, die in der geheimen Stadt Krasnov 86 lebten, dem einzig bewohnbaren Lebensraum mitten in der durch den Bau des Doms geschaffenen Einöde. Alle arbeiteten im Dom, der innen und außen von zweitausend Wachposten gesichert wurde. Vom Krasnogulag mitten in der Felsenwüste kamen die Zwangsarbeiter für die Weiterverarbeitung von Plutonium und Uran, die eine hohe Strahlenbelastung mit sich brachte.

Langsam begann der Helikopter den Abstieg zu dem leicht erhöhten Landeplatz aus Schottersteinen, von denen auch fast die ganze Umgebung bedeckt war. Da der Helikopter innen über keinerlei Lärmdämmung verfügte, machte das Knattern von Motor und Propeller jede Verständigung unmöglich, bis er endlich wieder auf dem Boden stand und sich die Rotorblätter nur noch in sanften Runden drehten.

Gefolgt von Pawel und Martinow stieg Jap aus dem Hubschrauber. Vom Landeplatz erstreckte sich die Felswüste in alle Richtungen. Wachen am Rand des Platzes sicherten das Gebiet und die ankommenden Hubschrauber. Der junge Zivilist, der sie begleitet hatte, führte sie zum Terminal-Gebäude auf dem felsigen Gipfel des Doms.

Nach einem kurzen Telefongespräch bedeutete er den Gästen, ihm in das Gebäude aus Beton und Ziegelsteinen zu folgen. Gleich darauf standen sie vor einer Wand mit drei großen Schiebetüren. Eine davon öffnete sich; ihr Begleiter winkte alle herein und drückte auf einen roten Knopf. Die Türen schlossen sich, und sanft senkte sich der Aufzug in die Tiefe des Granitberges. Schweigend sah Jap sich um. Drei Seiten der Kabine waren mit Spiegeln und poliertem rotem Sandelholz verkleidet. Garantiert war diese Kabine dazu bestimmt, Gäste zum Büro des Direktors zu bringen – ein wichtiger Mann in der Sowjethierarchie.

Jewgeni Iwanowitsch Wolkow saß an seinem Schreibtisch auf der obersten Ebene des Doms und wartete auf die Ankunft seines Besuchs. Zwei Kilometer unter ihm lagerten die umfangreichsten nuklearen Ressourcen der Sowjetunion. Die genaue Größe des Verstecks war nur Wolkow und einigen seiner direkten Untergebenen bekannt.

Das Büro war nicht groß, aber gut ausgestattet. Von der Telefonanlage aus konnte er sich sofort mit jedem seiner Assistenten in Verbindung setzen, es gab einen heißen Draht zum Verteidigungsminister im Kreml und Direktverbindungen zu den verschiedenen Präsidenten der größeren Sowjetrepubliken, die Wolkow mit spaltbarem Material versorgten.

Eine Wand des Büros war eigentlich die Schiebetür zum Aufzug, der Wolkow bei Bedarf zum Helikopter-Landeplatz auf dem Berg brachte. Sein Leben lang hatte er gehorsam die Befehle ausgeführt, die ihm seine politischen Vorgesetzten gaben, und reichlich Geld dafür kassiert. Bald, so glaubte er, würde die Gelegenheit kommen, persönlich die enormen Profite einzustreichen, von denen er seit den Tagen am Hof von Prinzessin Galina Breschnewa träumte. Dies war auch der Grund des heutigen Treffens. Ein internes Telefon summte. Er nahm den Hörer ab. Der Leiter des Hubschrauberunternehmens meldete ihm die Ankunft des Ersten Parteisekretärs der Region und seiner Begleiter.

»Sie sollen herunterkommen«, befahl Wolkow. Als er erfahren hatte, daß auch ein Geschäftsmann, ein gewisser V. K. Jakowlew, zu den Gästen zählte, war er zunächst regelrecht schockiert gewesen. Aber Jakowlew war ein häufiger Name, und wahrscheinlich war der Mann gar nicht der Jap, den er kannte. Doch nun, da er seine Besucher, auf dem Überwachungsbildschirm näher in Augenschein nahm, erkannte Wolkow zweifelsfrei die leicht orientalischen Gesichtzüge. Der Direktor hatte zwar gehört, daß Jap ins Arbeitslager geschickt worden war, der Nachricht aber bis zum jetzigen Augenblick keine Beachtung geschenkt. Was in Moskau passierte, erreichte ihn, wenn überhaupt, meist in ziemlich verstümmelter Form. Nun jedoch wurde ihm klar, daß Jap tatsächlich hinter Gittern gewesen, inzwischen aber wieder frei war und unter Martinows Schutz stand. Es würde bestimmt eine interessante Begegnung werden. Wolkow nahm sich vor, seinen Geschäftssinn nicht von seinem Haß auf den berüchtigten Verbrecher trüben zu lassen.

Die Tür ging auf, und Nikolai Martinow, gefolgt von Jap und Pawel, trat in das hell erleuchtete Büro des Direktors der Dom-Anlage. Wolkow stand hinter seinem Schreibtisch, einen listigen Ausdruck auf seinem Gesicht mit den Hamsterbacken und der kurzen, etwas schiefen Nase. Hinter den geschwollenen Lidern verschwanden seine kleinen Augen fast vollständig; seine fettigen, dünnen schwarzen Haare waren glatt zurückgekämmt – er ähnelte ein wenig seinem ersten Mentor, Leonid Breschnew. »Nikolai«, begrüßte er den Ersten Parteisekretär von Irkutsk herzlich, »welch eine Freude, Sie wiederzusehen.« Dann wandte er sich an den Adjutanten, der die Besucher hergebracht hatte, und sagte: »Danke, daß Sie meine Gäste begleitet haben. Lassen Sie uns jetzt bitte allein und sorgen Sie dafür, daß wir nicht gestört werden.« Der Mann verschwand im Aufzug, dessen Türen sich augenblicklich hinter ihm schlossen.

»Jewgeni, darf ich Ihnen meine Partner aus Moskau vorstellen? Dies ist –«

»Sie brauchen mir unsere lieben Gäste nicht vorzustellen«, unterbrach der Direktor. »Ich kenne Jap« –, fuhr er fort und wandte sich ihm zu. »Wie lange ist es her, seit wir uns das letztemal gesehen haben?«

»Die Welt ist klein, Direktor«, antwortete Jap. »Und es ist sehr lange her.«

»Was ist los, Jewgeni?« Martinow war erschrocken, wie kalt der Direktor Jap musterte.

»Ich habe Ihnen doch gesagt, Sie müssen die richtigen Leute für dieses heikle Geschäft suchen, Nikolai. Wissen Sie denn nicht, wen Sie mir da anschleppen?«

»Ach, kommen Sie, Direktor«, meinte Jap lässig, »sehen Sie sich doch um, wo Sie gelandet sind. Am Ende haben Sie doch gewonnen. Und ich kann Ihnen versprechen, zusammen mit Nikolai und meinem Partner« – er machte eine Handbewegung zu Pawel – »werden Sie Millionen harter US-Dollar scheffeln. Das ist gewiß interessanter, als einen Groll aus grauer Vorzeit warmzuhalten.«

»Sie kennen sich?« Martinow nahm die gespannte Atmosphäre dieser Wiedererkennungsszene etwas erstaunt zur Kenntnis, denn er war fest überzeugt gewesen, daß sich hier zwei Fremde begegneten. Jap lachte. »Ich glaube, Hamster und ich verdanken den Erfolg in unserem Leben beide Leonid Breschnew. Und von Ihnen kann man ja das gleiche sagen, Nikolai.«

»Hamster?« wiederholte Martinow verwundert.

»So hat Galina ihn immer genannt, weil er so fett und pelzig ist.« Jap ignorierte Wolkows verärgerten Gesichtsausdruck. »Na dann, wie hat das Leben Sie denn so behandelt, Direktor?« Jap fischte eine Zigarette aus der Tasche, zog einen Stuhl an den Schreibtisch und setzte sich. Pawel folgte seinem Beispiel.

»Was haben Sie hier im Dom zu suchen?« Wolkows Stimme klang schneidend.

»Alles rein geschäftlich.« Jap steckte die Zigarette an. »Wären Sie wohl so nett, mir den Aschenbecher rüberzuschieben?«

Wolkow kam der Bitte nach. »Bedienen Sie sich. Was für Geschäfte, wenn ich fragen darf?« hakte er nach, obwohl ihm sofort klar war, daß Martinow die Angelegenheit mit Jap ausführlich besprochen haben mußte.

»Die Dinge verändern sich. Große Möglichkeiten liegen vor uns.« Japs ganzes Auftreten strahlte Selbstsicherheit und Optimismus aus. »Schließlich haben Sie ja wirklich nicht sonderlich viel für sich persönlich rausgeholt, als Gorbi Geldsack und seine Anhänger im Politbüro mit Ihrer Hilfe dreitausend nicht registrierte SK-14 Raketen, besser bekannt unter dem Namen Scuds, samt Abschußbasen und Treibstoff an Saddam Hussein verkauften.« Jap lächelte über das erstaunte Gesicht, mit dem Wolkow zu Martinow hinüberschielte.

Nach einer Weile meinte der Direktor trocken: »Sie scheinen gut informiert zu sein, vor allem in Anbetracht dessen, wo Sie die letzten Jahre verbracht haben.«

Jap ließ die Bemerkung auf sich beruhen. »Ich habe schon damit gerechnet, daß unsere früheren Unstimmigkeiten heute ein Problem sein könnten. Aber in einer Stunde werden meine Partner und ich Ihren Dom mit einer Vereinbarung über unsere zukünftigen Transaktionen verlassen, durch die Sie beinahe so reich werden wie Gorbi persönlich.«

»Ich höre, Jap«, antwortete Wolkow.

»Wenn es mit der Kommunistischen Partei vorbei ist – was zwangsläufig passieren muß – und wir das Heft in die Hand nehmen, dann werden meine Partner und ich Ihre wichtigsten Kunden. Wir kaufen Raketen direkt von Ihnen, nukleare Sprengköpfe, Plutonium 239 und angereichertes Uran, um das Zeug dann in internationalem Rahmen weiter zu verhökern. Das alles können Sie nicht persönlich machen, genausowenig wie das Politbüro oder gar der Präsident. Wir sind die Geschäftsleute, die all das regeln.«

»Glauben Sie denn, ich bin auf Sie angewiesen? Ich finde immer Abnehmer für meine Produkte.«

»Und wir können unseren Bedarf auch ohne weiteres in der Ukraine kaufen. Es gibt mindestens hundert Uken, die Raketen und Sprengköpfe unter Kontrolle haben und die Russen hassen.«

»Stimmt«, räumte Wolkow ein, fügte jedoch mit einem listigen Grinsen hinzu: »Aber kein Ukrainer kennt die Abschußcodes ihrer Raketen.«

Jap zuckte die Achseln. »Nun, ich bin momentan bereit, dreimal zehn Gramm Plutonium 239 zu kaufen und für ein paar ausländische Geschäftsleute als Probe mit nach Moskau zu nehmen, damit sie sehen, daß wir im entsprechenden Moment in der Lage sind, unser Versprechen einzulösen.«

Wolkow starrte Jap an. »Ich soll Ihnen Plutonium verkaufen? Zehn Gramm, kombiniert mit einem einfachen konventionellen Sprengstoff – Plastik, TNT, sogar Dynamit –, reichen aus, um einen Umkreis von fast einem Kilometer, zum Beispiel ein ganzes Stadtzentrum, ein Jahr lang zu verseuchen.«

»Wenn das Geld stimmt, werden Sie selbstverständlich verkaufen. Wie war das mit der SK-14?«

»Dabei handelte es sich um eine Geheimbestellung direkt vom Präsidenten. Hier bin ich der Boß, und ich denke, es war ein großer Fehler, daß Sie sich hierhergewagt haben.«

Jap zuckte die Achseln. »Das glaube ich nicht, Hamster.« Er beugte sich vor und schnippte die Zigarettenasche in den Aschenbecher.

Wolkow musterte ihn wütend. »Als Sie hier reingekommen sind, habe ich mir überlegt, was ich tun soll. Ich könnte auch jetzt noch die Wachen rufen, die würden Sie rausschleppen und Ihnen die Köpfe wegballern, weil Sie versucht haben, in eine geheime staatliche Fabrikanlage einzudringen. Dann würde ich meine Leute zu dem Vorfall vernehmen, sie ein bißchen ausschimpfen, weil sie so voreilig gehandelt haben, und ihnen fünf Tage Urlaub verpassen.«

»Seltsam«, meinte Jap, an Pawel gewandt. »Warum nur fünf Tage? In den Lagern geben die einem für so 'nen Scheiß zehn Tage frei.«

»Aha. Sie glauben mir also nicht?« grinste Wolkow.

Jap schüttelte den Kopf. »Wenn ich in drei Stunden nicht wieder in Irkutsk bin, werden dort die Maßnahmen ergriffen, die ich für einen solchen Fall angeordnet habe.«

Wolkow lief es eiskalt über den Rücken. Einen Augenblick hatte er tatsächlich alles vergessen, was er über Jap wußte. »Welche Maßnahmen?« fragte er, und seine Stimme zitterte unüberhörbar.

Mit der Zigarette deutete Jap auf das Telefon auf dem Schreibtisch des Direktors. »Rufen Sie Ihre Frau an und fragen Sie, wie's den Kindern geht.«

Wolkow griff zum Hörer und wählte mit bebenden Fingern seine Privatnummer in Irkutsk.

»Ja? Wer ist da?« bellte er. »Ich will meine Frau sprechen!« Eine kurze Pause trat ein. Dann brüllte Wolkow: »Scheiße, wie meinen Sie das, nicht möglich? Ich brauche eine Erlaubnis? Was denn für eine beschissene Erlaubnis?« Wieder war einen Moment Stille, dann schrie er: »Die von Jap?«

In aller Ruhe drückte Jap seine Zigarette im Aschenbecher aus. »Hören Sie, Direktor, lassen Sie sich von Ihren Familienangelegenheiten nicht ablenken; wir haben über wichtigere Dinge zu sprechen.«

»Arschloch!« fauchte der Direktor. »Dafür werden Sie teuer bezahlen!«

Jetzt meldete sich Martinow erstmals zu Wort. »Jap, lassen Sie die Familie frei, sonst kommen wir nicht ins Geschäft.« Seine Stimme klang heiser. »Was zum Teufel ist zwischen Ihnen beiden geschehen?«

»Möchten Sie es ihm erzählen, Hamster?«

»Der Mann ist ein Mörder und ein Betrüger!« schrie Wolkow.

Als er sah, daß auch Martinow, sein wichtigster Sponsor, aufgebracht war, erklärte Jap in ruhigem Ton: »Jewgeni Iwanowitsch war einer von Galina Breschnewas Lieblingen. Vermutlich mochte sie die vielen Haare auf seinem runden Körper. Galinas Ehemann Juri und ich waren Partner.« Er lächelte Wolkow verbindlich zu. »Wo lag ihr damaliger *Katran*, Hamster? In der Nähe der Gorki-Straße, soweit ich mich erinnere.« An Martinow gewandt, erläuterte er: »*Katran* nennen wir einen Spielsalon.« Er grinste. »Und natürlich gab es bei Galina auch noch blutjunge Huren, als besonderen Anreiz.«

»Was hat das mit unserem Geschäft heute zu tun?« fragte Martinow ungehalten.

»Möchten lieber Sie dem Ersten Parteisekretär die Geschichte erzählen, Genosse Direktor? Oder soll ich weitermachen?« fragte Jap spöttisch.

Da Wolkow nichts sagte, fuhr Jap fort: »Eigentlich sollte es keinen Einfluß auf unser heutiges Geschäft haben, aber ich denke, es läßt sich doch nicht ganz vermeiden. An einem Abend vor fünfzehn Jahren war ich in Moskau mit Juri Tschurbanow im *Katran* seiner Frau zum Würfelspielen verabredet. Er versicherte mir, ich würde gewinnen, aber er kam nicht rechtzeitig. Da sah ich unseren Freund Hamster am Würfeltisch stehen, und hinter ihm das exotischste junge Tatarenmädchen, das man sich vorstellen kann. Erst später habe ich herausgefunden, daß sie Hamsters Geliebte war.«

»Ich scheiß auf Sie, elender Betrüger!« knurrte Wolkow.

Mit einem tiefen Seufzer erzähle Jap weiter: »Nun, um es kurz zu machen – ich habe fast meinen ganzen Einsatz an unseren Freund hier hinterm Schreibtisch verloren« – er gestikulierte in Richtung des grimmig dreinblickenden Wolkow –, »und dann erschien mein Freund Juri doch noch. Er bemerkte meine schlechte Lage, und innerhalb weniger Minuten wendete sich das Blatt. Ich gewann mein ganzes Geld zurück. Juri manipulierte die Würfel erfolgreicher als seine zänkische Galina – sie setzten übrigens beide Magneten ein –, und so verlor Hamster sein ganzes Geld an mich.«

»Sie haben mich betrogen«, knurrte Wolkow wieder und starrte auf sein Telefon.

»Das hört sich an, als wäre General Tschurbanow der Betrüger«, bemerkte Martinow. »Anscheinend eine alte Gewohnheit von ihm. Aber Jewgeni Iwanowitsch, wollen Sie wegen eines Würfelspiels, das sie vor fünfzehn Jahren verloren haben, ein Geschäft in Millionen- vielleicht sogar Milliardenhöhe platzen lassen? Es geht um eine Menge Geld – und zwar Dollar, nicht Rubel!«

»Nun, Nikolai«, mischte Jap sich ein, »es gab noch etwas, was dazu beigetragen haben mag, daß Hamsters Groll sich noch immer hält, obgleich es sich im Grund um ein unbedeutendes Ereignis handelte.« Er bedachte Wolkow mit einem geringschätzigen Lächeln. »Nachdem ich die Fotos gesehen habe, die unsere Leute letzte Woche von Ihrer Frau und den Kindern gemacht haben, kann ich mir wirklich nicht erklären, weshalb Sie immer noch sauer auf mich sind.«

Martinow merkte, daß der Dom-Direktor vor Wut und Erniedrigung außer sich war, und meinte vermittelnd: »In Ordnung, Jap, kommen Sie zum Schluß, damit wir uns endlich dem Geschäft widmen können.«

»Sie haben mich gefragt, was passiert ist, und ich erzähle es Ihnen. Jedenfalls«, fuhr er fort, »jedenfalls habe ich Hamster aus reinem Sportsgeist die Gelegenheit gegeben, alles mit einem Wurf zurückzugewinnen. Ich setzte mein gesamtes Geld und schlug Hamster vor, eine Nacht mit dem Tatarenmädchen dagegenzuhalten.« Jap lachte laut auf und gestikulierte über den Tisch. »Er hat mich angestarrt, genau wie jetzt. Als das Mädchen zustimmte – und ich muß sagen, es schien ihr nicht schwerzufallen –, gingen wir die Wette ein – und ich gewann das Mädchen. Als sich herausstellte, daß uns eine Nacht nicht genügte, drehte Wolkow durch. Aber der krönende Höhepunkt der Geschichte war, daß Galina ihren Vater dazu brachte, Jewgeni Iwanowitsch zum Direktor von Krasnow 86 zu ernennen.«

Martinow nickte und musterte Jap streng. »Sie lassen jetzt augenblicklich die Familie des Direktors frei. Ich werde dafür sorgen, daß Ihnen hier nichts zustößt. Wie ist es überhaupt zu dieser – dieser Geiselnahme gekommen?«

»Mein brillanter Vize Pawel hat mit einigen unserer besten Sechser eine Woche in Irkutsk verbracht.« Jap deutete auf Wolkow. Das Gesicht des Direktors war knallrot, er fluchte und schnaubte wie ein Stier. »Ich bezweifle, daß er auf Sie hören wird. Schließlich ist er hier der Boß.«

»Aber ich bin der Erste Parteisekretär der ganzen Region«, verkündete Martinow.

Der Direktor drohte Jap mit der Faust. »Sie werden das Tageslicht nicht wiedersehen! Nie mehr!«

Jap schenkte Martinow ein halbherziges Lächeln. »Jetzt verstehen Sie sicher, weshalb ich Vorsichtsmaßnahmen ergreifen mußte.«

Fast eine halbe Stunde verging, bis es Martinow und Jap gelang, Wolkow einigermaßen zu beruhigen. Schließlich saßen die vier Männer in Hemdsärmeln um den Tisch. Angespannt, gierig rauchend, widmeten sie sich ihren Verhandlungen.

»Für dreißig Gramm Plutonium zahle ich Ihnen dreißigtausend Rubel.«

»Unmöglich!« schrie Wolkow.

»Sie brüllen so laut, daß Ihre Frau Sie noch in Irkutsk hören kann«, entgegnete Jap ruhig.

Da fiel dem Direktor wieder ein, daß Jap ihn in der Hand hatte. Seine Frau und seine Kinder waren Geiseln.

»Außerdem wird allmählich die Zeit knapp«, fuhr Jap ungerührt fort. »Hunderttausend für dreißig Gramm.«

»Zweihunderttausend für dreißig Gramm«, forderte Wolkow.

»Abgemacht«, stimmte Jap zu.

Er gab Pawel ein Zeichen, und dieser öffnete den mitgebrachten Aktenkoffer, der mit dicken Bündeln frischer Hundertrubelscheine gefüllt war. »Zweihunderttausend. Genau«, sagte Jap beinahe zärtlich.

Wolkow starrte das Geld an und griff zum Telefonhörer. Im Handumdrehen hatte er seinen Assistenten beauftragt, ins Lager zu laufen und drei ordentlich verpackte Zehngrammportionen Plutonium 239 zu holen. »Woher wußten Sie, auf welchen Preis wir uns einigen würden?« fragte er dann.

»Weil es der Preis war, den ich festgelegt habe«, antwortete Jap. »Ich war sicher, nach unserer Unterhaltung würden Sie Vernunft annehmen.«

Wieder spürte Wolkow eiskalte Angst. Der Japaner war wieder da und noch skrupelloser als früher.

»Dann sollten wir jetzt über die Raketen und Sprengköpfe sprechen, die wir für Sie auf den Markt bringen, außerdem über das Plutonium 239 und das angereicherte Uran.« Jap warf Wolkow einen listigen Blick zu. »Übrigens, wie möchten Sie bezahlt werden? Wir haben hervorragende Beziehungen für Kreditbriefe in Zürich.«

»Von Ihnen, Jap? Von Ihnen will ich Bargeld«, sagte Wolkow barsch.

»Amerikanische Hundertdollarscheine, ja?«

»Das ist annehmbar. Zu zahlen hier in meinem Büro bei Lieferung.«

»Selbstverständlich. Die Plutoniumproben werden in Zukunft eine Menge Bestellungen nach sich ziehen. Wieviel würden Sie für die neue SS-25 Festbrennstoff-Rakete verlangen? Die Sichel nennt man sie, soweit ich informiert bin.«

»Es ist unmöglich, Vorhersagen zu machen, aber ich schätze, fünf Millionen Dollar!« Wolkows Stimme bebte. »Das ist eine ganz spezielle Neuentwicklung. Das Ding transportiert einen Sprengkopf von fünfzehn Megatonnen über annähernd zwanzigtausend Kilometer.«

»Der Sprengkopf ist sicher im Preis inbegriffen?« hakte Jap nach.

Nun schaltete sich auch Martinow in die Verhandlung ein. »Niemand, nicht mal Saddam, zahlt über fünf Millionen Dollar für das Transportsystem ohne Sprengkopf.«

»Natürlich. Die Sprengköpfe sind bereits befestigt. Und der Code. Das wird Ihr Trumpf«, meinte Wolkow stolz. »Erst wenn die letzte Zahlung eingegangen ist, bekommt der Kunde den Code.«

Eine Weile schwiegen alle, dann sagte Wolkow achselzuckend: »Aber wie können wir über etwas sprechen, was ein bis zwei Jahre in der Zukunft liegt?« Jetzt war seine Stimme vollkommen ruhig. »Es gibt da noch ein Problem, das ich bisher nicht erwähnt habe. Ich habe einen Stellvertreter, Dr. Silko, und ich fürchte, er berichtet über meinen Kopf hinweg direkt nach Moskau. Gerade heute mußte ich ihm den offiziellen Vorstands-Hubschrauber überlassen, weil er eine andere geheime Stadt besuchen wollte. Wenn die Zeit reif ist, werden wir ihn irgendwie neutralisieren müssen. Aber –«

»Ich bin sicher, daß wir dieses Problem lösen können«, unterbrach ihn Pawel.

»Wir werden sehen, was wir unter den gegebenen Umständen tun können. Auf alle Fälle aber können wir jetzt noch keinen endgültigen Preis festlegen.«

Jap nickte. »Ja, Sie haben recht, was den Zeitpunkt der Verhandlungen über dieses Geschäft angeht. Wenn sich das neue Gesicht der sowjetischen und russischen Politik zeigt – und ich weiß, in spätestens einem Jahr ist es soweit –, werden wir beschließen, was angemessen wäre. Außerdem müssen Sie uns dabei helfen, eine Möglichkeit zu finden, wie wir die Raketen, Sprengköpfe und das radioaktive Material zu unseren Kunden transportieren können, Hamster.«

»Ich fürchte, Jap, Sie müssen sich um die Beschaffung einer AN-22 Turboprop-Frachtmaschine kümmern. Es ist das einzige Flugzeug, das die vollständige SS-25 Sichel-Rakete samt Abschußrampe über zehntausend Kilometer weit transportieren kann.«

»Sie haben also keinen Zugang zu einer solchen Maschine?«

Traurig schüttelte Wolkow den Kopf. »In seiner unermeßlichen Weisheit hat der Kreml die Verantwortung für Lieferung und Lagerung der Raketen auf zwei verschiedene Ministerien verteilt. Hätte ich beide Befugnisse, könnte ich überall in der Welt verkaufen und liefern.«

»Sagen Sie mir nur noch, wo wir die AN-22-Maschine landen würden«, meinte Jap selbstbewußt.

»Hinter dem Haupttunnel am Fuß des Doms gibt es eine Landebahn. Sie ist etwa dreieinhalb Kilometer lang, also für Flugzeuge aller Art geeignet. Die Abschußrampe der SS-25 kann aus dem Dom auf die Landebahn und über eine Rampe direkt in den Bauch der AN-22 gefahren werden.«

»Ich werde das Flugzeug besorgen«, versprach Jap.

In diesem Moment erschien Wolkows Assistent und stellte vorsichtig eine kleine Schachtel auf den Schreibtisch. Dann trat er hastig den Rückzug zum Lift an. Nachdem sich die Tür hinter ihm geschlossen hatte, meinte der Direktor, auf das Kästchen deutend: »Nehmen Sie das Ding mal in die Hand, Jap.«

Jap ergriff den Bleibehälter, und nahm dessen Gewicht mit Befriedigung zur Kenntnis.

»Denken Sie daran, es nur unter sicheren Bedingungen zu öffnen. Also nicht etwa im Handschuhfach.«

»Mir muß also vorerst Ihr Wort genügen, daß das hier drin ist, was Sie behaupten«, meinte Jap, während er die schwere Schachtel in der Hand wog. »Aber gemäß Ihrem Vorschlag werden sich Experten darum kümmern.«

Achselzuckend ging der Direktor zum Safe, öffnete ihn und entleerte den Inhalt des Aktenkoffers. »Und mir muß Ihr Wort genügen, daß der Betrag stimmt. Aber wir haben ja alle die Absicht, auch in Zukunft Geschäfte miteinander zu machen.«

Damit gab er den leeren Aktenkoffer an Pawel zurück, der den Bleibehälter hineinlegte und den Deckel zuschnappen ließ. Inzwischen ging der Direktor zum Schrank und kam mit einer Flasche Wodka in der einen und vier Weingläsern in der anderen Hand wieder. Er stellte alles auf den Schreibtisch.

»Ein Anliegen habe ich noch«, verkündete Jap. Er zog ein zusammengefaltetes Papier aus der Tasche und reichte es Wolkow. »Hier sind die Namen und Nummern von zwei Sträflingen im Arbeitslager Tulun.« Es waren die Unterlagen von Fofa und Wolodja. »Falls sie in den Krasnogulag 86 verlegt werden, wäre ich Ihnen sehr verbunden, wenn Sie mich benachrichtigen und die sofortige Freilassung dieser beiden Männer arrangieren könnten.«

»Ich habe keine Befugnis –«

»Wenn jemand fragt, sind sie einfach gestorben, wie die anderen Sklaven – an Strahlenvergiftung, etwas früher als gewöhnlich.«

»Aber –« stotterte Wolkow.

»Diese Männer sind mir jeweils fünfzigtausend Rubel wert, wenn ich sie frei und unverstrahlt zurückbekomme.«

Endlich verstand Wolkow das Arrangement und auch die Folgen, falls er Japs Angebot ausschlug. Er nickte. »Sollen wir auf unsere Transaktion anstoßen?« schlug er vor und goß den Wodka in die Weingläser. Sie kippten ihn in einem Zug.

»Ich hoffe, Ihnen ist klar, welches Gepäck Sie da mit sich rumschleppen, Jap«, meinte Wolkow warnend mit einem vielsagenden Blick auf den Aktenkoffer. »Plutonium muß in einer vollkommen trägen Atmosphäre gelagert werden. An der Luft entzündet es sich augenblicklich, und wenn das winzigste bißchen in die Nähe der Haut kommt, entsteht unweigerlich Krebs.«

»Wir werden es nur sicheren und erfahrenen Händen übergeben«, erwiderte Jap.

Wolkow füllte Wodka nach.

Jap hob sein Glas. »Und uns allen, mein lieber Jewgeni, liegt Ihre und auch die Sicherheit Ihrer Familie sehr am Herzen. Um sie zu garantieren, bleiben meine Sechser in der wunderschönen Stadt Irkutsk am Baikalsee, der Perle Sibiriens, und obgleich niemand sie zu Gesicht bekommen oder ihre Gegenwart bemerken wird, sind sie doch dauernd in Ihrer Nähe – zu Ihrem persönlichen Schutz.«

Stumm leerte Wolkow sein Glas, doch innerlich zitterte er. Nicht einmal der Wodka entkrampfte seinen Magen. Allein Japs Name versetzte viele seiner potentiellen Opfer in Angst und Schrecken.

»Vielleicht schicken Sie uns jetzt am besten in einem Ihrer Hubschrauber zurück nach Irkutsk«, schlug Jap vor. »Ich muß die Nachtmaschine nach Moskau erwischen. Wir haben noch viel vor bis zu unserem nächsten Treffen. Wobei der Erwerb einer AN-22-Frachtmaschine nicht das Unwichtigste ist.«

Wolkows Blick fiel auf den Safe, in dem er soeben zweihunderttausend Rubel verstaut hatte. Grinsend entgegnete er: »Selbstverständlich, Jap. Noch einen letzten Wodka, bevor Sie gehen?«

Doch Jap schüttelte den Kopf. »Ich muß innerhalb der nächsten« – er warf einen Blick auf seine Armbanduhr –

»innerhalb der nächsten Stunde wieder in Irkutsk sein. Erinnern Sie sich?«

»Selbstverständlich«, versicherte Wolkow und griff zum Hörer, um den Befehl für den Hubschraubertransport zu geben.

»Rufen Sie in einer Stunde Ihre Frau an, sie freut sich bestimmt, von Ihnen zu hören. Und sagen Sie ihr, sie wird so etwas nie wieder durchmachen müssen, weil meine Leute ab jetzt rund um die Uhr zu ihrem Schutz abgestellt sind. Keiner wird sie sehen, aber sie werden immer da sein.«

Wolkow nickte ernst und stand auf, um den Aufzug zu rufen.

»Nun, mein Freund«, meinte Jap zu Nikolai, »hiermit haben wir das erste Kapitel unseres Geschäfts mit dem Dom abgeschlossen. Ich freue mich auf eine höchst einträgliche Zusammenarbeit.«

Zum guten Schluß schien Wolkow nun doch noch von der Hochstimmung angesteckt. An einem einzigen Tag hatte er so viel Geld in seinen Safe gelegt, wie ein Facharbeiter in seinem ganzen Leben verdiente.

Jap ging hinter Martinow zum Aufzug, drehte sich aber noch einmal um und nickte Wolkow zu. »Auf daß die Zeit bald reif ist für unser zukünftiges Projekt!«

Als letzter verließ Pawel das Büro. »Und machen Sie sich keine Sorgen wegen ihres Stellvertreters«, rief er über die Schulter zurück. »Ich betrachte ihn ab heute als meine persönliche Angelegenheit.«

27

An diesen Teil seiner Arbeit konnte sich Wladimir Netschiajew einfach nicht gewöhnen. Er hob die Plane hoch und starrte auf die Leiche von Viktor Kalina, Japs unehelichem Sohn. Der Tote lag an der Stelle, wo man ihn gefunden hatte, mit dem Gesicht nach oben vor dem Aufzug seines Wohnblocks in der Soljanka-Straße. Eine einzige Kugel war aus nächster Nähe direkt in sein Gesicht abgefeuert worden. Ein Bewohner des Gebäudes hatte den Vorfall gemeldet, und die Milizija war innerhalb weniger Minuten an Ort und Stelle gewesen. Als die Beamten die Verbindung zu Jap aufdeckten, riefen sie Netschiajew an, der umgehend zum Tatort eilte.

»Ich wußte, daß wir durch Japs Rückkehr Probleme kriegen, dabei ist er noch nicht mal in Moskau gelandet«, seufzte Netschiajew und ließ die Plane wieder herabfallen. »Das ist nur der Anfang.«

Die Milizija war mit den Fingerabdrücken und dem Sammeln möglicher Indizien fertig, Netschiajew überprüfte den Tatort noch einmal, als Taki seinen Boß eilig ans Funkgerät im Wagen rief.

Es war General Bodajew. »Kommen Sie zur Kreuzung Autobahn Leningrad und Prawda!« bellte er. »In der Seitenstraße hat es ein Massaker gegeben, direkt vor Olga Jakowlewas Haus. Das ist Japs Frau.«

»Ach du Scheiße«, stöhnte Netschiajew. »Scheiße, Scheiße, Scheiße. Das kann ja heiter werden.«

»Ich warte auf Sie«, schrie Bodajew aus dem Funkgerät. Netschiajew sprang auf den Beifahrersitz. »Bringt die Leiche ins Leichenschauhaus«, rief er einem der Beamten zu, als der Wagen losfuhr.

An der Prawda bot sich Netschiajew ein grausiger Anblick. Drei von Kugeln zerfetzte Leichen lagen auf dem Gehweg, ein ausgebranntes Auto mit einem weiteren verkohlten Körper stand am Straßenrand. Auf dem blutbespritzten Gehweg lagen Patronenhülsen, dazwischen mehrere Revolver, die wohl den Leibwächtern aus der Hand gefallen waren. Im dritten Stockwerk des gegenüberliegenden Gebäudes fanden zwei Milizija-Männer einen noch qualmenden Granatwerfer und jede Menge Patronenhülsen von einem Maschinengewehr.

Netschiajew erreichte den Tatort, als die Ermittler gerade die letzten Fotos machten. Offenbar war es ein Hinterhalt gewesen. Bodajew eilte gleich auf seinen Chefinspektor zu. »Haben Sie was bei Kalina gefunden?«

Netschiajew schüttelte den Kopf. »Professionell ausgeführt, allerdings ohne Schalldämpfer. Jemand hat den Schuß gehört und die Polizei alarmiert. Nur ein Schuß, keine Patronenhülse, keine Zeugen. Es war frühmorgens. Die Waffe hat in einem Briefkasten auf den Killer gewartet; der Kasten stand offen und innen war ein Ölfleck.« Mit zusammengekniffenen Augen sah er sich auf dem Schlachtfeld um. »Irgendwas Interessantes hier?«

»Ich will Ihnen was zeigen.« Bodajew führte den Chefinspektor zu einer zerfetzten Leiche im Tor des uralten Gebäudes, das in ein Mietshaus umgebaut worden war. »Erkennen Sie den?« Netschiajew starrte auf den blutüberströmten Körper. Das Gesicht war noch zu erkennen. »Unmöglich!« rief Netschiajew. »Er sieht aus wie ... «

»Aber er ist es nicht. Das ist Hakim, ein Kasache und Japs Doppelgänger.« Er deutete auf eine weitere von Schüssen durchlöcherte Leiche. »Er hat noch gelebt, als wir ankamen, und hat uns erzählt, was passiert ist. Giwis Sechser hatten Olgas Wohnung unter Dauerbeobachtung, weil sie auf Jap warteten. Hakim und drei andere, die in der Wohnung eine Willkommensfeier vorbereiten wollten, sind in den Hinterhalt geraten.« Bodajew schüttelte den Kopf. »Zuerst wird Viktor ermordet, und jetzt das! Bestimmt haben die Kerle inzwischen gemerkt, daß sie nicht den echten Jap erwischt haben. Wir sollten ihn am Flughafen empfangen.«

Mit einem kurzen Blick zur Uhr meinte Netschiajew: »Eigentlich müßten Jap und Pawel jetzt schon ein paar Stunden draußen sein. Wo sind die Reserveleute der Kriminalbrigade?«

»Wissen Sie das nicht?« rief Bodajew erstaunt. »Ein Teil der Reserveeinheit ist zum Schutz von Jelzin und Gorbatschow abgestellt, eine Abteilung steckt noch in Tulun und ermittelt wegen des Aufstands, und Jap – der sitzt im Flugzeug unterwegs nach Moskau. Wegen eines einzelnen beschissenen Mafioso rennen zweihundert Milizija-Männer hin und her wie aufgescheuchte Hühner! Ich werde mich hier um alles kümmern. Wir durchsuchen die Wohnung. Gehen Sie derweil zum Flughafen und organisieren Sie eine lückenlose Überwachung. Wir können uns weitere Morde nicht leisten.«

Die nächsten zwei Stunden verbrachte Netschiajew am Scheremetjewo I, dem Flughafen für Inlandsflüge, wo er Zivilbeamten und Scharfschützen an strategisch günstigen Stellen postierte. Videokameras und Sicherheitsbeamte des Flughafens behielten das Terrain im Auge. »Man könnte meinen, der Generalsekretär wäre im Anmarsch«, kommentierte Nawakoff.

»Irgendwie ist er ja so eine Art Generalsekretär«, erwiderte Netschiajew. »In Begleitung seines Stellvertreters Pawel.« Angeekelt schüttelte er den Kopf. »Wenn ich mir vorstelle, daß wir ihn *beschützen* müssen!«

Als Netschiajew und Nawakoff durch den Terminal gingen, rannte Taki auf sie zu.

»General Bodajew war am Funkgerät. Japs Frau Olga ist gerade in ihre Wohnung gekommen, und nachdem Bodajew ihr erzählt hat, was passiert ist, hat sie sich auf den Weg gemacht, um ihren Mann abzuholen. Wir haben einen von Japs Männern, der in der Wohnung war, wegen Waffenbesitz festgenommen.«

Kaum hatte der Milizija-Mann Bodajews Nachricht überbracht, knisterte Netschiajews Walkie-talkie, und jemand sagte durch, daß Japs Frau in einem Mercedes samt Chauffeur und Leibwächter am Haupteingang des Terminal-Gebäudes eingetroffen sei.

Kurze Zeit später konnten sie beobachten, wie eine gutaussehende, große Frau mit kurzen blonden Haaren und einem langen Pelzmantel den Terminal betrat. Netschiajew war jede Sekunde in Alarmbereitschaft, ließ seine Blicke ständig forschend über die Gesichter der Passanten gleiten, um einen potentiellen Mörder rechtzeitig stellen zu können, aber entgegen seiner Erwartungen verlief die Ankunft von Japs Flugzeug ohne Zwischenfälle.

Dann schritt Jap durch das Portal in den Terminal, begleitet von Olga auf der einen und Pawel auf der anderen Seite. Es sah aus, als führten sie Jap, der etwas benommen wirkte. Wahrscheinlich hatte Olga ihm bereits von Viktors Tod und dem Anschlag in ihrer Wohnung erzählt. Diskret befahl Netschiajew seinen Posten, Jap und seine Leute durchzulassen.

»Beobachtet ihn, wenn er einsteigt, und folgt dem Wagen«, sagte er in sein Funkgerät. Aber zu seiner Überraschung machten Jap, Pawel und Olga keinerlei Anstalten, zum Mercedes zu gehen. Sie holten nicht einmal das Gepäck ab, sondern stiegen statt dessen in den Flughafenbus zum Zentrum. Der Fahrer und der Leibwächter blieben im Mercedes sitzen, da sie offenbar keine andere Anweisung erhalten hatten. »Sie haben das Transportmittel gewechselt«, rief Netschiajew ins Funkgerät. »Folgt dem Bus.«

Nun kam eine Anweisung von Bodajew, daß Netschiajew zu Olgas Wohnung fahren sollte, wo er das Trio vielleicht antreffen würde. Eine Milizija-Gruppe war noch immer vor der versiegelten Wohnung postiert. Netschiajew hatte über eine Stunde gewartet, als Olga auftauchte. Sie war allein und schien verwirrt.

»Tut mir leid, daß ich Sie zu einem so ungünstigen Zeitpunkt belästigen muß«, sagte Netschiajew. »Wir mußten leider Ihre Wohnung durchsuchen und ein paar Beamten hier stationieren. Ich weiß, das ist unangenehm, aber es dient Ihrem Schutz. Und dem Ihres Mannes. Wissen Sie, wo er sich gegenwärtig aufhält?«

Auf Olgas Antwort war er nicht gefaßt. »Mein Mann ist zur Petrowka gefahren. Er möchte sich mit Ihnen und Ihren Vorgesetzten unterhalten.«

Netschiajew sprang in seinen Wagen. Während Taki die Leningrader Autobahn in Richtung Stadtmitte entlangraste, rief der Schlaufuchs vom Autotelefon im Büro an. Boris Burentschuk antwortete.

»Sie werden nie drauf kommen, wer Sie hier erwartet!«

»Doch, ich weiß es schon«, entgegnete Netschiajew matt. »Was macht er?«

»Gar nichts. Er wartet draußen auf dem Korridor. Ich hab' ihm eine Zigarette gegeben.«

»Sagen Sie ihm, ich bin in fünf Minuten da.«

28

Sie saßen sich gegenüber; Jap starrte mit zusammengekniffenen Augen und unbewegtem Gesicht gedankenverloren aus dem Fenster. Netschiajew war Jap noch nie persönlich begegnet, und der legendäre Diebesbruder war ganz anders, als er ihn sich vorgestellt hatte. Eigentlich sah er aus wie ein ganz normaler Vater, der um seinen Sohn trauert, und einen Augenblick lang vergaß Netschiajew, daß der Tote ein berüchtigter Gangster und sein Vater wahrscheinlich der gefürchtetste Kriminelle von ganz Rußland war.

»Möchten Sie einen Kaffee?« bot Netschiajew an.

»Danke, gern. Aber nur eine kleine Tasse.«

»Zigarette?«

»Ja, bitte.«

Jap inhalierte tief, dann griff er in die Brusttasche und zog zwei zusammengefaltete Papiere hervor, die er Netschiajew überreichte. Das eine, die Entlassungsurkunde, unterzeichnet vom Leiter der Ermittlungsbrigade in Tulun, gab der Schlaufuchs ihm gleich wieder zurück, denn Jap mußte das Dokument später gegen seinen Paß eintauschen, der im Büro des Milizija-Bezirks von Japs letztem Wohnsitz aufbewahrt wurde. Das zweite Papier war ein Antrag an die Kriminalbrigade der städtischen Milizija von Moskau in der Petrowka. In ihm forderte der Bürger Jakowlew die Aufklärung des Mordes an Viktor Wjatscheslawitsch Jakowlew, seinem Sohn. Zum erstenmal hörte Netschiajew, daß man Viktor mit Nachnamen Jakowlew nannte. Wie rührend, dachte er, daß Jap versucht, seinen Sohn nachträglich zu legitimieren.

Der Schlaufuchs legte den Antrag in einen Aktenordner auf seinem Schreibtisch. »Mein herzliches Beileid, Bürger Jakowlew. Viktor war noch sehr jung; wir sind alle bestürzt über seinen Tod. Aber – wie Sie selbstverständlich wissen – gehören Sie zu den wenigen Menschen, die uns bei der Verhinderung von weiterem Blutvergießen auf den Straßen Moskaus sehr hilfreich sein können.«

Jap fuhr sich mit der Hand übers Gesicht. »Kommandant, ich will kein Blutvergießen mehr.«

»Kennen Sie diesen Reso?«

»Ja. Er gehört zu Tofiks Männern.«

»Man hat ihn heute morgen in der Nähe der Wohnung Ihrer Frau gesehen. Wir glauben, daß die Verbrecherorganisation von Giwi Gigauri, also die Truppe des inzwischen verstorbenen Tofik, Sie und Ihren Sohn töten wollte. Wir haben Sie im Flughafen beschützt, aber bei Ihrem Sohn haben die anderen wohl zuerst zugeschlagen.«

Jap nickte. »Ich habe Ihre Leute am Flughafen bemerkt, vielen Dank. Ich weiß Ihre Mühe zu schätzen.«

»Haben Sie irgendwelche Informationen zu den Ereignissen heute morgen?«

»Meine Männer wurden direkt vor der Wohnung meiner Frau überfallen. Wahrscheinlich hat man einen von ihnen – Hakim – mit mir verwechselt.«

»Hat Reso ihn erschossen?«

»Ich weiß es nicht mit Sicherheit. Ich bin erst seit wenigen Stunden wieder in Moskau, nach beinahe zehnjähriger Abwesenheit. Ich war noch nicht mal zu Hause.«

»Wir unterhalten uns ganz inoffiziell.«

»Sonst würde ich Ihnen auch nichts sagen«, entgegnete Jap.

»Ihnen ist sicher klar, daß Sie jetzt, wo ich Ihnen die Namen der Verdächtigen genannt habe, zur Verantwortung gezogen werden, falls den Betreffenden etwas zustößt?«

»Ja, das ist mir klar. Aber ich habe Ihnen ja gesagt, ich habe das Blutvergießen satt. Ich will die Mörder vor Gericht sehen.«

»Können Sie mir Informationen über Giwis Organisation liefern?«

»Soviel Sie wollen. Ich hatte viele Gespräche mit Tofik, bevor er von den Wachsoldaten in Tulun erschossen wurde.«

»Haben Sie keine Angst, daß die anderen Diebesbrüder Sie für einen Verräter halten?«

»Nein. Was unsere Unterredung angeht, wird ja niemand etwas davon erfahren.«

Zufrieden nickte Netschiajew. »Okay. Keine schriftliche Aktennotiz.«

Jap zündete sich die nächste Zigarette an.

Pawel saß am Schreibtisch in der Wohnung, die er für Japs Rückkehr vorbereitet hatte. Er warf einen Blick auf seine Armbanduhr und sah dann zu Mischa, der vor dem Schreibtisch stand, die abgesägte Kalaschnikow unter dem langen schwarzen Mantel verborgen. »Du hattest ungefähr zwei Stunden, Giwis und Resos Befehl zu gehorchen und deine ehemaligen Arbeitgeber aufzuspüren und umzulegen«, sagte Pawel. Er goß Cognac in das vor ihm stehende Glas und nahm einen großen Schluck. »Giwi wartet sicher schon ungeduldig auf deinen Bericht. Wir sollten das fette Schwein nicht länger auf die Folter spannen.«

Mischa nickte. »Als ich von Giwi weg bin, hat er sich gerade mit seinem Reisebüroagenten unterhalten und Fahrkarten nach Tiflis und Odessa für sich und seine Sechser bestellt, für den Fall, daß ich Mist baue. Nur Alexei bleibt in Moskau. Ich hab' Giwi noch nie so verängstigt gesehen.«

»Der sollte auch Angst haben.« Pawel nahm den Telefonhörer ab und wählte die Nummer, die Mischa ihm gegeben hatte. Mischa beugte sich über den Schreibtisch, um mithören zu können. Ein gutturales »*Da, Da Da Da*« kam aus dem Hörer, den Pawel ein Stück vom Ohr entfernt hielt.

»Giwi, ich bin's, Pawel.«

Giwis Stimme klang ruhig, fast gleichgültig: »Schön, daß du dich mal meldest, alter Freund. Was gibt's?«

»Es ist nicht der richtige Zeitpunkt für solche Scherze, Giwi«, entgegnete Pawel scharf. »Bist du denn total übergeschnappt?«

»Was meinst du damit?«

»Krieg ist nicht gut fürs Geschäft.«

»Sag das Jap und seinen Kerlen mit den Handgranaten«, fauchte Giwi.

»Halt den Mund, Giwi. Ich will mich nicht mit dir streiten. Möchtest du, daß dieses Blutvergießen ewig weitergeht?«

»Was meinst du damit?«

»Du weißt verdammt genau, was ich damit meine!«

»Hör mal, Pawel, du klingst so seltsam«, säuselte Giwi, und die falsche Anteilnahme in seiner Stimme hätte Pawel beinahe die Beherrschung verlieren lassen. »Und woher hast du eigentlich meine Nummer?«

»Von diesem Mistkerl Mischa.«

Jetzt war die Besorgnis echt. »Wo ist Michail?«

Pawel schlug einen theatralischen Ton an. »Aha, du willst also Michail sprechen. Na ja, du kannst ja mal unseren Schöpfer persönlich fragen, vielleicht gibt er dir seine Telefonnummer in der Hölle!«

»Was soll das heißen?« fragte Giwi zögernd.

»Was das heißen soll?« brüllte Pawel ins Telefon. »Das heißt, euer Scheiß-Michail hat Jap erledigt und ist selbst von den *Menti* erschossen worden. Ich hab' deine Nummer in seiner Tasche gefunden.«

»Warum von den *Menti*?«

»Weil Jap, seit er wieder hier war, von der Milizija bewacht wurde, du Vollidiot. Seit dem Augenblick, als ihr Arschlöcher Viktor umgelegt habt, sind sie in Alarmbereitschaft. Sie haben auch die Leiche von diesem anderen georgischen Rindvieh, diesem Mischa, den ihr mir ausgespannt habt. Sie bereiten eine großangelegte Hetzjagd auf dich und deine Leute vor; und wenn sie dich nicht kriegen, dann wird sich jede Truppe in

Moskau, die zu Viktor und Jap hält, an deine Fersen heften … « Er hörte, wie Giwi den Hörer auf die Gabel knallte, und grinste Mischa triumphierend an.

»Was wird Giwi jetzt wohl machen?« fragte Pawel.

»Er wird untertauchen, so schnell er kann, garantiert.«

»Wir müssen ihm den Weg abschneiden, bevor er in Georgien verschwindet. Denn sonst würde er später mit Tofiks Truppe nach Moskau zurückkommen, um sich zu rächen.«

Vor dem Haus stiegen Pawel und Mischa auf den Rücksitz eines schwarzen Lieferwagens, und der Fahrer preschte in die Nacht hinaus.

»Ich hoffe, du hast recht mit dem Hotel Kosmos«, meinte Pawel. »Ich möchte Giwi ungern entwischen lassen. Es wäre ein Signal, daß Jap den Krieg nicht gewinnen kann, den Giwi angezettelt hat.«

»Giwi bewahrt sein ganzes Zeug in einer Suite im Kosmos auf«, antwortete Mischa. »Er kann nirgendwohin abhauen, ohne erst dorthin zu gehen.«

Eine Stunde später schrie Giwi, der höchst unbequem auf den Beifahrersitz eines gelben Taxis gequetscht war, Reso und zwei andere Sechser auf dem Rücksitz an, sie sollten gefälligst aufwachen. Sie waren am Hotel Kosmos angekommen. Giwi kramte ein Bündel Rubelscheine aus der Tasche und machte dem Fahrer ein Kompliment über das rasante Tempo, das er vom Taxistand am Rand von Moskau bis zum Hotel vorgelegt hatte.

Als Giwis Taxi am Bordstein hielt, näherte sich von hinten ein einzelner Mann. Er war gerade aus dem dunklen Lieferwagen gestiegen, der schon einige Zeit gegenüber vom Hotel geparkt war.

»He, Giwi, wer ist denn das da hinten?« schrie Reso heiser.

Giwi warf einen raschen Blick in den Seitenspiegel und erstarrte. Er blickte in Mischas Gesicht: gespenstisch angestrahlt von den Neonlampen vor dem Hotel, mit böse funkelnden schwarzen Augen, die Lippen verzerrt und eng zusammengepreßt.

Im nächsten Augenblick schwang er seine Maschinenpistole auf Höhe des Rücksitzes und drückte ab. Eine endlose Salve traf die Rückseite des Taxis, durchschlug das Blech in einem Muster quer über das Fahrzeug und zerfetzte Reso und die beiden anderen Sechser.

Dann zielte Mischa auf Giwis breiten Rücken neben dem Taxifahrer und eröffnete zum zweitenmal das Feuer. Einige der Kugeln trafen wieder Reso, so daß er zwischen Vorder- und Rücksitz hin und her geschleudert wurde, sein mächtiger Boß jedoch sank unter der nächsten Salve in sich zusammen. Blut spritzte auf die Windschutzscheibe, die in Sekundenschnelle im Kugelhagel zu Glaskonfetti zersplitterte. Giwis Kopf fiel nach hinten, sein Mund stand weit offen, die linke Hand umklammerte noch die Geldscheine.

Passanten kreischten und sprangen beiseite, die Warteschlange an der Bushaltestelle wich zurück, und mehrere Leute stießen unsanft mit den Metropassagieren zusammen, die aus der Unterführung kamen. Flüche und Schreie erfüllten die Luft.

Mischa senkte die qualmende Waffe und taxierte mit einem schnellen Rundblick die Lage. Der Platz selbst hatte sich im Handumdrehen geleert, aber die Passanten drängten voller Angst kopflos in alle Richtungen, so daß er nicht zu dem Lieferwagen, seinem Fluchtfahrzeug, zurückkehren konnte. Also drehte er sich um und floh in die Dunkelheit, in Richtung einer Gruppe fünfstöckiger Häuser. Niemand verfolgte ihn. Das kugeldurchsiebte Taxi blieb am Bordstein stehen.

Im Lauf der etwa zweistündigen Unterredung mit Jap erfuhr Netschiajew mehr über Giwi Gigauris »Gemüse-Mafia« als nach zweijährigen polizeilichen Ermittlungen. Es waren

Informationen, mit denen der Staatsanwalt im vorigen Jahr, als Giwi vor Gericht stand, ohne weiteres seine Verurteilung erreicht hätte. Schließlich beendete Jap seinen Bericht und zündete sich noch eine Zigarette an. Der Aschenbecher war bereits voller Kippen, die Luft im Büro blau vom Rauch. In diesem Augenblick ging die Tür auf, und General Bodajew marschierte herein.

Jap wandte den Kopf und begegnete dem festen Blick des Generals.

»Guten Abend, Bürger Jakowlew. Seltsam, Sie an diesem Ort anzutreffen.«

»Guten Abend, Kommandant. Nun, so ist das Leben.«

»Ich möchte Ihnen mein Beileid zum Tod Ihres Sohnes aussprechen. Wir konnten die Tragödie leider nicht voraussehen, und Ihre Leute sind oft auch sehr schwer zu beschützen.«

»Es war nicht Ihre Schuld, General.«

»Was haben Sie in nächster Zeit vor, wenn ich fragen darf?«

»Ich möchte einfach weiterleben. Aber zuerst einmal würde ich gern die Leiche meines Sohnes sehen, wenn es möglich wäre.«

»Selbstverständlich. Oberst Netschiajew, bitte führen Sie Bürger Jakowlew in unsere Leichenhalle.«

Das Leichenschauhaus war ein schmales, niedriges Gewölbe im Keller der Petrowka, erleuchtet von einem Dutzend Glühbirnen, die ein ungleichmäßiges, gelbliches Licht verbreiteten. Die alten Bodenfliesen waren rissig.

Der zuständige Beamte, ein wortkarger, glattrasierter Glatzkopf, schlug die Nummer nach, öffnete das entsprechende Fach, zog die metallene Lade halb heraus und schlug das fleckige Laken zurück – alles mit einer raschen, geübten Bewegung. Jap stand vor Viktors nacktem, bläulich angelaufenem Körper. Die hellen Haare waren ein wenig zerzaust, auf seiner Stirn war ein blauer Fleck und auf der linken Seite der Nase ein glattes schwarzes Loch, wo der Schuß ihn getroffen hatte. Man brauchte gar nicht nach der Wunde auf dem Hinterkopf zu suchen. Viktor hatte seinen Tod kommen sehen. Jap streckte die Hand aus und berührte Viktors Kinn mit den Fingerspitzen, wobei er leise etwas murmelte, was der Schlaufuchs nicht verstand. Nach einer Weile wandte sich Jap wieder an den Chefinspektor. »Wann kann ich ihn mitnehmen?«

»Morgen, nach der Autopsie.«

»Ist so etwas wirklich notwendig?«

»Tut mir leid, aber er ist ein Verbrechensopfer, und in solchen Fällen gehört eine Autopsie zur Routineprozedur.«

»Verstehe.« Mit einem letzten langen Blick zog Jap das Tuch über den Körper seines Sohnes und wandte sich ab, während die Lade zurückgeschoben wurde.

Wieder in Bodajews Büro warf Jap einen raschen Blick auf seine Uhr und meinte dann: »Ich glaube, ich werde jetzt gehen. Ich bin vollkommen verwirrt von der Zeitverschiebung, die ich heute hinter mich gebracht habe. Könnten Sie mir sagen, wie spät es jetzt in Moskau ist?«

»Halb zwölf«, antwortete Bodajew. »Wohin gehen Sie?«

»Zur Wohnung meiner Frau.«

»Dort ist eine Milizija-Patrouille. Sie dürften also keine Schwierigkeiten bekommen.«

»Nochmals vielen Dank. Ich hole die Leiche morgen ab.«

»Am besten gegen fünf Uhr«, schlug Bodajew vor.

»Ich werde hier sein, Kommandant.«

Netschiajew rief einen diensthabenden Beamten. »Begleiten Sie Bürger Jakowlew zum Vorderausgang«, befahl er.

Nachdem Jap mit seiner Eskorte den Raum verlassen hatte, horchten Bodajew und Netschiajew noch lange auf die Schritte im Korridor und dann auf der Eisentreppe. Schließlich zündete sich Bodajew eine Zigarette an und stieß eine Rauchwolke aus. »Ich kann mir nicht helfen, aber ich glaube, daß mehr hinter diesem Besuch steckt als nur die Trauer eines Vaters«, brummte er. »Was hat er Ihnen erzählt?«

»Er hat eine Menge Information über Giwis Organisation preisgegeben. Es wird eine Weile dauern, bis alles überprüft ist, aber wir sind auf dem besten Weg, einen neuen Fall aufzubauen.«

Ein verkniffenes Lächeln erschien auf Bodajews Gesicht. »Das Unglück des einen kann zum Vorteil des anderen werden. Ein gemeinsamer Feind führt zu den seltsamsten Bündnissen. Viktors Tod hat Jap dazu gebracht, seine Feinde an uns zu verraten. Ich brauche einen ausführlichen Bericht, mit dem Vermerk ›Streng geheim‹. Nicht mal der KGB verfügt über solches Material.«

Das Telefon klingelte. Bodajew hob ab und lauschte. Plötzlich lief sein Gesicht puterrot an und verzerrte sich vor Wut. Dann knallte er den Hörer auf die Gabel und wandte sich an Netschiajew. »Schon wieder eine Schießerei. Diesmal vor dem Hotel Kosmos. Es gibt mehrere Tote.«

Die üblichen Schaulustigen fehlten, als Bodajew und Netschiajew die blutige Szenerie nach der dritten Schießerei dieses Tages erreichten. Major Juri Nawakoff, wie üblich beim Streifendienst in seiner Jeanskluft mit der amerikanischen Flagge über der linken Brusttasche, erwartete sie am Hoteleingang und führte sie zu dem zerschossenen Taxi. Sie untersuchten den Wagen; die Windschutzscheibe war zerschmettert, die Tür stand offen, die Leichen hingen über den Sitzen.

»Alle vier tot«, erklärte Nawakoff. »Der Taxifahrer ist davongekommen, nur seine Hose hat was abgekriegt. Eine professionelle Hinrichtung.«

Netschiajew betrachtete die Leichen und seufzte: »Giwi und seine Männer. Garantiert steckt Jap dahinter.«

»Jetzt ist alles vollkommen klar«, sagte Bodajew, als zum drittenmal an diesem Tag die Experten von der Gerichtsmedizin den Tatort durchkämmten und die Fotografen ihre Bilder machten.

Langsam gingen die beiden Kriminalbeamten zu ihrem Wagen zurück. Die vordere Tür war noch offen, und Bodajew ließ sich auf den Sitz fallen. »Wer hätte so was gedacht –?« begann Netschiajew.

»Ich weiß«, unterbrach ihn Bodajew. »Denken scheint nicht zu den herausragenden Qualitäten unserer Brigade zu gehören, ihren Chef eingeschlossen. Jetzt verstehen Sie vielleicht, weshalb Jap wegen der Zeitverschiebung so verwirrt tat und bestätigt haben wollte, daß er um halb zwölf bei uns war.«

Netschiajew zuckte kleinlaut die Achseln, blieb aber stumm. »Ich bin ein alter Mann«, murmelte Bodajew voller Entrüstung. »Bevor die Woche vergangen ist, wird die halbe Moskauer Milizija, der ganze KGB und die gesamte Staatsanwaltschaft sich totlachen.« Er schüttelte traurig den Kopf. »Und warum auch nicht? Ein berüchtigter Diebesbruder trinkt gemütlich Kaffee mit dem Chef der Kriminalbrigade, während seine Bande dabei ist, in den Straßen der Stadt einen Gangsterkrieg auszufechten. Warum sollte man nicht darüber lachen, wenn unsere Brigade nichts weiter zustandebringt, als Leichen zu fotografieren?«

»Jap war in der Petrowka?« fragte Nawakoff ungläubig.

»Ja«, bestätigte Netschiajew. »Und auf diese Weise hat er sein Alibi unanfechtbar gemacht.«

Plötzlich begann Bodajew zu lachen. »Stellt euch das mal vor, Jungs. Morgen früh fragt der Staatsanwalt Jap: ›Wo waren Sie gestern abend von acht bis elf Uhr?‹ Und Jap antwortet: ›Ich war bei Oberst Netschiajew und General Bodajew in ihrem Büro und habe ihnen bei ihren Ermittlungen geholfen. Sie können die Herren gerne selbst fragen.‹«

Bodajew mußte einen Moment Luft holen, dann nahm er seine Tirade wieder auf: »Und der Oberst und der General nicken mit ihren blöden Köpfen und sagen: ›Jawoll, jawoll, Jap war bei uns, die halbe Kriminalbrigade kann das bestätigen, wir natürlich auch.‹ Klingt gut, was?«

»Ach, hören Sie doch auf, General«, knurrte Netschiajew. »Das ist nicht komisch.«

»Wirklich? Sie finden das nicht komisch? Übrigens, Schlaufuchs, haben Sie Jap auch eingeschärft, er soll auf keinen Fall an Gigauri und seinen Leuten Rache üben?«

»Ja, genau das hab' ich ihm gesagt«, antwortete Netschiajew mürrisch.

»Guter Junge«, meinte Bodajew. »Jetzt wird Jap behaupten, daß er von Ihnen erfahren hat, wer Viktors Mörder waren und deshalb einen solch ausgemachten Quatsch wie den Mord an Giwi nie hätte planen können.« Er holte tief Luft, und sein Gesicht rötete sich wieder. »Wißt ihr was, Jungs, wenn wir so weitermachen, werden wir noch erleben, daß Jap einen Orden für seinen verdienstvollen Kampf gegen die organisierte Kriminalität bekommt.«

Die drei Männer schwiegen. Nach etwa einer Stunde kam der Notarztwagen, die Leichen von Giwi und seinen drei Sechsern wurden auf Bahren gehoben und mit Tüchern bedeckt. Giwi war so schwer, daß sie ihn zu viert vom Beifahrersitz zerren und auf die Trage hieven mußten. Seine ausgebreiteten Arme, die bereits starr wurden, hingen auf beiden Seiten unter dem Laken hervor – kein Laken war breit genug, um ihn ganz zu bedecken.

Bodajew beobachtete den Abtransport vom Wagen aus. »Alles klar, Jungs«, rief er schließlich, »vergeßt es. Nur wer gar nichts macht, macht auch keine Fehler. Seien Sie nicht eingeschnappt, Schlaufuchs, ich war genauso schuld daran. Vergeben Sie einem alten Mann das Keifen. Das sind bloß die Nerven, wissen Sie. Jap ist noch nicht mal einen Tag aus dem Lager – und was passiert? Ein Mord, zwei ausgewachsene Massaker. Was meint ihr, auf was wir uns noch gefaßt machen müssen?«

29

Zwei Tage später, um die Mittagszeit eines sonnigen Spätfrühlingstages, bewegte sich eine stattliche Prozession von etwa fünfzig Limousinen auf den Wagankowski-Friedhof zu. Am Eingang dieses Friedhofs, der zu den ältesten von Moskau zählt und auf dem inzwischen nur noch die berühmtesten Funktionäre der Kommunistischen Partei und die reichsten Privatbürger eine Grabstätte bekommen, hatte sich die Creme der Unterwelt versammelt, um einem Mitglied ihrer Gemeinde, Viktor Wjatscheslaw Jakowlew, die letzte Ehre zu erweisen.

Das offene Grab war von einem Meer prächtiger Kränze und Girlanden umgeben. Bis alle Trauernden die Grabstätte erreicht hatten, verging einige Zeit. Der uralte Friedhof war so dicht mit Grabmälern bestückt, daß sich die Trauergäste zwischen den Grabsteinen im Gänsemarsch hindurchschlängeln mußten.

Die Veranstaltung hätte glatt als Modenschau eines etwas überkandidelten Pariser Designers durchgehen können. Die Männer trugen elegante, teure Maßanzüge in allen Schattierungen. Über vorstehenden Bäuchen spannten sich dicke goldene Uhrketten. Juwelenbesetzte Goldringe glitzerten an den behaarten Wurstfingern der Moskauer Bosse, ihrer Schläger, Berater und Finanzexperten. Fast alle Männer waren in Begleitung ihrer Frauen oder ihrer Geliebten – letztere zum größten Teil Edelnutten. Die weiblichen Trauergäste trugen gedeckte, meist schwarze Kostüme oder Kleider unter schwarzen Nerzmänteln, ihre Gesichter waren schwarz verschleiert, und beinahe alle hielten Blumen in den Händen. Auch eine Anzahl hübscher junger Frauen ohne Begleitung stand verstreut in der Menge – eine Auswahl von Viktors zahllosen Freundinnen, die trotz Trauerkleidung bemerkenswert sexy wirkten.

Moskauer Kino- und Showbusiness-Berühmtheiten wurden vorgestellt – als wäre man bei einem Kunst- oder Theaterfestival. Sie alle waren mit Viktor befreundet gewesen und dem Verstorbenen aus den verschiedensten Gründen zu Dank verpflichtet. Manche hatten eng mit ihm zusammengearbeitet, so etwa der Sänger und Schauspieler Josef Kobzon, der mit seiner neuesten, etwa zwanzig Jahre jüngeren Geliebten erschienen war. Auch eine ganze Reihe Volksdeputierter hatte sich unter die Trauergemeinde gemischt.

Auf dem Rasen am Rand des Prominentenfriedhofs stand ein Imbiß für fünfhundert Gäste bereit, doch es waren wesentlich mehr gekommen, um Viktor Lebewohl zu sagen und gleichzeitig am bedeutendsten Unterwelt-Ereignis seit Jahren teilzunehmen.

Von der Moskauer Börse war eine eigene Delegation erschienen, um den Tod eines hervorragenden Geschäftsmannes zu betrauern. Trotz seiner Jugend hatte Viktor sein Geld in eine Menge profitabler Projekte investiert. Vertreter der Kunst- und Literaturszene – unter ihnen bekannte sowjetische Schriftsteller, Dichter und Maler – hatten sich eingefunden; viele hatten von der Großzügigkeit des kunstbeflissenen Viktor profitiert. Ein Streichquartett des Moskauer Symphonieorchesters spielte angemessen getragene Musik.

Überrascht und stolz nahm Jap zur Kenntnis, wie erfolgreich Viktor in seinem kurzen Leben gewesen war, was sich jetzt an der erlesenen Trauergemeinde zweifelsfrei zeigte. Und dann kam plötzlich eine schlanke, verschleierte junge Frau in einem knöchellangen schwarzen Kleid auf ihn zu. »O Slawa, es tut mir so schrecklich leid.«

Ihre Stimme war ihm vertraut, und sein Herz zog sich zusammen, als sie den Schleier lüftete. Er starrte in das schöne Gesicht, das ununterbrochen in seinen Gedanken gewesen war.

»Oksana.« Zum erstenmal an diesem Tag gehorchte ihm seine Stimme nicht. »Wie aufmerksam von Ihnen, heute zu kommen.«

»Seit ich von der Tragödie gehört habe, konnte ich nur noch daran denken, was Sie mir in Tulun sagten. Ich weiß, wieviel Viktor Ihnen bedeutet hat – nicht nur wegen Ihrer gemeinsamen Zukunftspläne.«

Seine Hand berührte sanft ihre Schulter, und die Spannung zwischen ihnen durchfuhr Jap wie ein elektrischer Schlag. »Bald werde ich Ihnen erklären können, wie viel es mir bedeutet, daß Sie hier sind. Aber heute darf ich meinen Gefühlen nicht freien Lauf lassen.« Als Oksana beiseite trat, damit der nächste Gast kondolieren konnte, wurde Jap plötzlich ganz leicht ums Herz. Oksanas Erscheinen an diesem tragischen Tag vermittelte ihm plötzlich einen großen inneren Auftrieb.

Viele Reden wurden an Viktors kostbarem Sarg geschwungen. Man pries ihn für eine lange Liste von Tugenden und Verdiensten, die kein menschliches Wesen je besessen hat oder jemals besitzen wird. Die Lobeshymnen wären noch bis in die Nacht fortgesetzt worden, hätte Jap nach zwei Stunden am offenen Grab der Prozedur nicht mit einer einzigen entschlossenen Geste endlich Einhalt geboten. Der Sarg wurde langsam ins Grab gesenkt, und Jap warf die erste Handvoll Erde auf den Deckel.

Viktors Mutter schob ihren Schleier zurück und warf die zweite. Wortlos und ohne Jap eines Blickes zu würdigen, zog sie den Schleier wieder vors Gesicht und verschwand in der Menge.

Jap wandte sich abrupt vom Grab ab und ging an Olgas Arm durch das Labyrinth der Grabsteine zu den prächtig geschmückten Tischen.

Eine Stunde später, als das Essen in vollem Gang war und eine Menge ernster Trinksprüche ausgebracht worden waren, gesellte sich Jap zu den Anführer der Moskauer Syndikate, die sich an einem separaten Tisch versammelt hatten. Das Begräbnis war eine willkommene Tarnung für ein solches Treffen. Die Männer saßen sich in zwei langen Reihen gegenüber. Alle waren gekommen, denn Japs Rückkehr und der Ausbruch des Bandenkrieges signalisierten den Beginn einer neuen Ära. Keiner der Bosse und Vertrauensleute befürwortete es, daß ein anderer versuchte, ihm seine Einflußgebiete streitig zu machen. Jap war sich darüber im klaren, daß das Massaker an Giwi und drei seiner besten Männer nur wenige Stunden nach Japs Entlassung aus dem Gefängnis bei den anderen heftige Unruhe ausgelöst hatte. Doch Jap wußte auch, daß nur wenige ihn derzeit als höchste Autorität anerkannten.

Also beschloß er, seine Position ohne jede Überheblichkeit deutlich zu machen. Er stand an der Spitze der Tafel, die Hände in den Taschen, sein schwarzer Trauermantel wehte im Wind. Er starrte geradeaus über den Tisch, ohne jemanden wirklich anzublicken, beinahe, als wäre niemand da. Er sprach mit gedämpfter Stimme, so daß alle gezwungen wurden, die Ohren zu spitzen.

»Ich danke euch allen, daß ihr gekommen seid. Wie Horaz in seinen Oden geschrieben hat ›Der bleiche Tod klopft gleichermaßen an die Tür des armen Mannes wie an den Palast der Könige‹.« Er unterbrach sich, um unvermittelt fortzufahren: »Keine Schüsse mehr. Kein Blutvergießen. Es wird mir meinen Sohn nicht zurückbringen. Es hätte nicht geschehen dürfen, aber er war so jung« – seine Stimme stockte einen Sekundenbruchteil –, »und man verwehrte mir die Möglichkeit, ihm das beizubringen, was ich in diesem unserem Leben selbst gelernt habe.«

Jap hielt wieder inne und blickte in die Runde der am Tisch versammelten Drahtzieher der Moskauer Unterwelt, die hier isoliert von den anderen Trauergästen saßen, die auf ehrbarere Weise Rang und Namen erworben hatten. »Sagt Gigauris

Männern, Jap wird keinem von ihnen ein Haar krümmen. Jeder kann zu seinen Geschäften zurückkehren. Aber ich übernehme Giwis Projekte mit Zentralasien.«

Eigentlich hatte er beschlossen, genau das nicht zu tun, aber jetzt, wo sich die Situation so drastisch verändert hatte, war es aus Gründen der Disziplin ein unvermeidlicher und zudem sehr profitabler Schachzug.

»Das ist nur recht und billig«, fuhr er fort. Die Anwesenden murmelten zustimmend. »Zukünftig werden alle Konflikte auf friedlichem, direktem Wege gelöst.« Japs schwarze Pupillen hinter den schrägen Augenschlitzen leuchteten.

»Derjenige, der den Frieden stört, wird sehr schnell seine Strafe erhalten. Darauf gebe ich mein Wort. Wir sind Geschäftsleute und keine Ganoven. Vergeßt das nie. In ein paar Monaten gibt es eine große Konferenz zu einem sehr wichtigen Thema. Haltet euch bereit. Ich werde alle rechtzeitig benachrichtigen.«

Jetzt schenkte er den Anwesenden ein liebenswürdiges, offenherziges Lächeln. »So, ich hoffe, ihr amüsiert euch noch ein wenig … trinkt auf die Seele des Verstorbenen. Sagt Giwis Verwandten, daß sie ihn begraben können, wo sie wollen. Hier oder in Georgien. Mir ist das egal. Und organisiert ihm und seinen Männern ein anständiges Begräbnis. Gesellen wir uns nun zu den Damen und denken wir an Viktor, während wir uns an diesem Mahl zu seinen Ehren erfreuen.«

Jap wandte sich ab und ließ die versammelten Verbrecherbosse stumm und nachdenklich zurück. Als er nach rechts blickte, sah er einen großen, schwarz gekleideten Georgier auf sich zukommen. Es war Alexei, Giwis Vertrauter und anscheinend sein zukünftiger Nachfolger in der Organisation. Die Männer an der Tafel erstarrten. Alexei ging schweigend weiter, sein Gesicht völlig unbewegt. Ein paar Sekunden standen er und Jap sich reglos gegenüber.

»Ich wollte dich sehen, Jap. Was passiert ist, tut mir leid. So ist« – er zuckte die Achseln, als könnte er das richtige Wort nicht finden – »so ist es eben in unserem Geschäft.«

Jap nickte stumm.

»Ich bin allein gekommen, und ich spreche dir kein Beileid aus, das wäre Heuchelei. Ich habe dir ein Geschenk gebracht. Dort drüben.« Er deutete zum Zaun auf der anderen Seite des Friedhofs. Jap drehte dem Tisch den Rücken zu und sagte: »Pawel, komm mit uns.«

Zu dritt gingen sie zwischen den Gräbern und Denkmälern hindurch zum Eingang. Die Bosse am Tisch sahen ihnen nach.

Am Friedhofseingang parkte eine schwarze Wolga-Limousine. Kein Leibwächter war zu sehen, nur der Chauffeur hinterm Steuer und eine Gestalt auf dem Rücksitz.

»Alexei«, sagte Pawel mit harter Stimme, »wenn das ein Witz sein soll, dann ist es der letzte in deinem Leben.«

Alexei jedoch lachte leise, ging zur hinteren Tür des Wagens und riß sie auf. Pawel und Jap erblickten einen schmächtigen Knaben im Teenageralter, mit pickeligem Gesicht, Triefnase und auf den Rücken gefesselten Händen. Unbehaglich rutschte er von der Tür weg, als wollte er dem Tageslicht ausweichen, und blinzelte mit zusammengekniffenen Augen zu Jap und Pawel empor.

»Wer zum Teufel ist denn das?« fragte Pawel verblüfft.

Alexei steckte sich in aller Ruhe eine Zigarette an. »Ein Freund von Zaza, einem von Giwis perversen Schlägern. Diese kleine Ratte hat Viktor erschossen.«

Jap war sprachlos. Er trat näher an die Tür heran und spähte ins Wageninnere, um den Jungen besser in Augenschein nehmen zu können. Plötzlich packte er den Knaben am Kragen und zerrte ihn aus der Limousine.

»Raus damit«, knurrte er. »Und sag die Wahrheit, sonst wirst du es bereuen.«

Der Junge fiel zurück gegen den Wagen, und ein Wortschwall kam aus seinem Mund. »Ich hab' nichts getan. Zaza war ein Scheißkerl, er hat mich in den Arsch und den Mund gefickt, das tat weh, wißt ihr. Eines Tages hat er gesagt, geh da hin, finde diesen Kerl. Er hat mir ein Foto gegeben. Und einen Briefkastenschlüssel. Da ist 'ne Pistole drin, erschieß den Kerl, hat er gesagt.«

»Kanntest du den Mann, den du erschossen hast?«

»Ich hab' ihn mal bei Giwi gesehen. Zaza hat mich in Resos Wagen geschubst, und wir sind zwei Stunden hinter ihm hergefahren, zu dieser Wohnung in Moskau. Sein Fahrer und ein anderer haben ihn aus dem Auto getragen und rein in das Haus.«

»Viktor hat mit Giwi um die Wette getrunken«, erklärte Alexei.

Jap nickte und musterte den Jungen mit einem derart heiteren Gesicht, daß dieser, hätte er sich mit Diebesbrüdern ausgekannt, begriffen hätte, daß er so gut wie tot war. »Und was hast du gemacht?«

»Hab' die ganze Nacht gewartet, daß der Kerl rauskommt, und morgens ist er schließlich rausgekommen und zu seiner Wohnung gegangen, wo Zaza die Kanone in den Briefkasten gelegt hat.«

Jap glaubte ihm kein einziges Wort. Der kleine Ausreißer hätte jederzeit vor Zaza davonlaufen können, und Zaza hätte sich einfach am nächsten Tag einen anderen jugendlichen Freund gesucht. Nach dem Mord hatte der Junge von Zaza bestimmt ein bißchen Geld bekommen. Und Viktor war nicht das erste Opfer dieser kleinen Ratte. Nie im Leben hätte Zaza einen so wichtigen Mord von einem Anfänger erledigen lassen. Dieses pickelige Frettchen hatte trotz seines zarten Alters wahrscheinlich eine lange Liste von Morden auf dem Kerbholz – es war ein typischer Vertreter einer widerwärtigen neuen Spezies in der kriminellen Szene, ein auf Morde trainierter Teenager. Diese unreifen Knaben waren oft grausamer, skrupelloser und kaltblütiger als die meisten erwachsenen Killer.

Einen Moment schauderte Jap und erinnerte sich an seine eigene Vergangenheit, wie er als jugendlicher Rächer mit einer gestohlenen Pistole Mamatagdi das Gehirn weggepustet hatte. Strafte das Schicksal ihn jetzt dafür? Indem sein eigener Sohn von einem jungen schwachsinnigen Sadisten ermordet worden war?

»Ich weiß diese Geste zu schätzen, Alexei«, sagte Jap. »Es soll zwischen uns kein Blut mehr vergossen werden. Ich verzeihe dir.«

Während er den Georgier in die Arme schloß, fragte er: »Alexei, was wirst du jetzt machen?«

»Ich gehe zurück nach Georgien. Für mich gibt es hier nichts mehr zu tun.«

»Wenn du willst, kannst du bleiben. Aber du mußt etwas zu Viktors Begräbnis beitragen.«

»Wieviel?«

»Eine halbe Million. Nicht sehr viel.«

»Abgemacht.«

Damit war eine ehrenvolle Geste vollendet; Alexei gab Jap eine Zigarette und zündete sie für ihn an. In diesem Augenblick hörten sie hinter sich einen gellenden Schrei. Als sie sich umdrehten, sahen sie, daß der Junge mit gefesselten Händen aus der Limousine zu fliehen versuchte, aber Pawel trat ihn gegen das Schienbein, und sein Opfer stürzte schreiend zu Boden. Pawel setzte den Fuß auf den Hals des Knaben und wandte sich an Jap.

»Was sollen wir jetzt tun?«

Jap inhalierte tief und stieß den Rauch langsam wieder aus, ohne den Blick vom leuchtenden Horizont jenseits des Friedhofs abzuwenden. »Alexei hat recht«, sagte er. »Das ist weiter nichts als eine Ratte. Nimm das Ungeziefer und begrab es in heißem Asphalt. Lebend. Wie auch Viktor die Kugel kommen sah, die ihn getötet hat.«

»Ah, so kenne ich den guten alten Jap«, grinste Alexei.

»In manchen Dingen sollte man einfach den altbewährten Methoden treu bleiben«, pflichtete Pawel ihm bei.

»Es ist ein Neuanfang – ohne Viktor.« Das Bild von Oksana mit hochgeschlagenem Schleier erschien vor Japs innerem Auge. »Ich kann keine Rachegelüste mehr in mir entdecken, es gibt in mir keinen Raum mehr für Bitterkeit.«

Der Junge zuckte und wand sich unter Pawels Fuß. Einen Augenblick sah Jap gedankenverloren auf ihn herab. »Wenn ich es mir recht überlege – laß ihn laufen. Die *Menti* kriegen ihn früh genug.«

Buch 2

Die Milizija

30

Direktor Jewgeni Wolkow saß in seinem Büro im unterirdischen »Dom«, der großen Fabrikanlage in der geschlossenen Atomstadt Krasnow 86. Er wartete auf einen Bericht vom Testgelände, das einige Kilometer ostwärts lag. Eine Gruppe von Technikern aus der Raketenwerkstatt und eine Abordnung vom Raketenregiment überwachten das Auftanken des letzten SS-19-Geschosses, das im Werk fertiggestellt worden war. Die über achtzehn Meter lange Stahlzigarre lag auf der massiven Plattform des Raketenträgers, umgeben von einer Schar von Tankfahrzeugen. Zusammen verfügten sie über 36.000 Pfund Festbrennstoff und Oxidatoren für die Tanks der Rakete. Nur auf einer ebenen Fläche in absolut ruhiger Umgebung konnte das Auftanken vorgenommen werden, und zwar immer nur von einem Tankwagen auf einmal.

Der mühsame Testvorgang dauerte doppelt so lange wie bei einer tatsächlichen Zündung, weil die Mannschaft, nachdem sie die Rakete mit Treibstoff versorgt hatte, diesen wieder zurück in die Tankwagen pumpen mußte – mit tonnenweise Treibstoff im Inneren konnte die Rakete nicht sicher transportiert werden. Bei der Raketen-Brigade hatte die Prozedur zwei Kosenamen: »Bumsen« und »Wichsen«.

Auf dem Testgelände waren acht Soldaten in Gummianzügen mit den Tankvorgängen beschäftigt. Die Treibstoffdämpfe waren hochgiftig; wer über ein Jahr mit dem Zeug arbeitete, mußte mit einer Menge Beschwerden rechnen, von permanenten Kopfschmerzen und extremer Nervosität bis hin zu Impotenz.

Die Soldaten, die dieses letzte Auftanken einer Flüssigtreibstoffrakete vornahmen, waren durchweg Anfänger, und der

Oberst der Raketenbrigade ärgerte sich darüber, daß sie so lange brauchten. Und danach mußten die Tanks ja auch noch leergepumpt werden, bis auf den kleinen Rest, der genau eine Minute zu brennen hatte.

»Erhöht den Druck in der Pumpe«, befahl er. »Wir sind schon weit hinter dem Zeitplan!«

Der Hauptmann – ein erfahrener Mann – versuchte seinem Vorgesetzten zu erklären, daß der Schlauch alt und brüchig war, weil der frühere Befehlshaber bei seiner Versetzung den neuen Schlauch für persönliche Zwecke mitgenommen hatte. Doch der Oberst winkte nur ungeduldig ab, und schließlich marschierte der Hauptmann hinüber zum Tanklaster und gab widerwillig den Befehl zur Druckerhöhung weiter.

In sicherer Entfernung machte sich der Oberst nun daran, die Quittungen über den Empfang des Treibstoffs auszufüllen. Doch plötzlich hörte er, wie einer der Techniker laut aufschrie. Als der Oberst hinsah, wurde er totenbleich: Über der Rakete stieg eine dicke braune Wolke auf. Ein Soldat war aufgrund der tödlichen Dämpfe bereits zusammengebrochen – anscheinend waren Gummianzug und Gasmaske ein unzureichender Schutz. Aus dem zerborstenen Schlauch spritzte der Treibstoff in einem Strahl, so dick wie ein Männerarm. Sobald die Flüssigkeit mit der Luft in Berührung kam, verwandelte sie sich in Giftgas.

»Hahn abdrehen!« schrie der Hauptmann.

Aber statt dessen machte der Fahrer eines Tankfahrzeugs Anstalten zu flüchten. Panisch warf er den Rückwärtsgang ein und brauste los, streifte dabei aber den neben ihm stehenden Lastzug. Funken sprühten.

Und dann stieg ein Feuerball über dem Testgelände auf, heller als die Sonne. Die Explosion warf die Tankwagen um, als wären sie Spielzeug, und verwandelte sie in Sekundenschnelle zu glühendheißem Schrott. Sämtliche Gebäude und mehrere hundert Meter Stacheldrahtzaun brachen zusammen. Nach allen Richtungen wurden die brennenden Splitter des Raketenkörpers und der Tanker geschleudert. Noch fünf Kilometer weit entfernt brachte der Knall die Häuser zum Beben; im Umkreis von zweieinhalb Quadratkilometern brannte alles nieder. Achtzehn Tonnen Brennstoff explodierten fast gleichzeitig und verwandelten alles in ihrer Reichweite, einschließlich des Raketenregiments, in einem schwarzen Staubpilz, der sich hoch in den sonnigen Morgenhimmel hob.

Der Zweite Chefingenieur Plotnikow stürzte aus dem Aufzug in Wolkows Büro. »Schon wieder eine ... « brüllte er die Neuigkeit heraus. »Die ganze beschissene Rakete!«

»O Scheiße! Was ist denn da schiefgegangen?« fragte Wolkow.

»Das weiß keiner. Die Flammen sind immer noch viel zu dicht, da kommt die Feuerwehr nicht durch.«

»Na ja.« Wolkow war offenbar verärgert, wirkte aber nicht sonderlich betroffen. »Unfälle passieren in jedem Unternehmen, vor allem in einem wie unserem.«

»Daran werde ich mich nie gewöhnen«, stöhnte Plotnikow.

»Verständlicherweise. Nun, finden Sie Einzelheiten heraus, und halten Sie mich auf dem laufenden.«

Erst am Nachmittag hatten Plotnikow und seine Techniker genügend Informationen für einen direkten Telefonbericht nach Moskau beisammen. Dort war es Vormittag des 21. August 1991.

Wolkow beschloß, Verteidigungsminister Jasow persönlich zu informieren, ehe er mit dem Vorsitzenden des Zentralkomitees sprach.

Auf alle Fälle wollte er vermeiden, daß die Minister aus einer anderen Quelle von dem Unfall erfuhren. Direkte Telefongespräche mit Moskau waren eher ungewöhnlich. Je weniger Kontakt die – in der Nähe von Irkutsk gelegene – geschlossene Stadt Krasnow 86 zur Außenwelt pflegte, desto lieber war es den sicherheitsbesessenen Verantwortlichen im Innen- und Verteidigungsministerium.

Zwar drang man zu den Topleuten in Moskau immer etwas schwer vor, aber trotzdem war Wolkow erstaunt, wie lange der Verteidigungsminister brauchte, bis er sich an seinen persönlichen Apparat im Kreml bequemte. Laut Vorschrift hätte der diensthabende Offizier den Anruf umgehend entgegennehmen müssen, falls Minister Jasow nicht an seinem Schreibtisch war. Gerade als Wolkow resignieren wollte und beschloß, es ein paar Stunden später noch einmal zu versuchen, wurde doch noch der Hörer in Moskau abgehoben.

»Wer ruft denn jetzt schon wieder an, verdammt?« dröhnte Jasows Stimme höchst ungnädig aus dem Hörer.

»Genosse Marschall, hier spricht Direktor Wolkow von der Anlage Krasnow 86 ... «

»Aha! Stillgestanden! ... Sind Sie auf meiner Seite, Kamerad?«

»Wie bitte? Äh– selbstverständlich, Genosse Marschall ... «

»Gut! Sehr gut! Schade, daß Sie nicht mit mir anstoßen können ... «

Erst jetzt begriff Wolkow, daß der Minister betrunken war. Irgend etwas stimmte nicht. Es war gerade erst neun Uhr morgens in Moskau.

»Genosse Marschall, ich wollte Ihnen nur mitteilen, daß unglücklicherweise ... «

»Nein! Ich will nichts von beschissenen Unglücksfällen hören! Ich brauche Glück!« Er schrie so laut in den Hörer, daß Wolkow sechseinhalbtausend Kilometer weit weg in seinem Sessel hochfuhr.

»Wolkow!«

»Ja, Genosse Marschall ... «

»Ja, ja«, äffte ihn der Minister nach. »Sie selbst sind also noch nicht in die Luft geflogen, Sie und Ihr ganzer beschissener Dom mit all Ihrem blöden Zeug? Nein?«

»Nein. Aber da Sie das Thema schon mal anschneiden …«

»Halten Sie den Mund! Halten Sie den Mund … Sie werden schon nicht in die Luft fliegen! Merken Sie sich gut, was der gute alte Jasow Ihnen sagt.«

Allmählich verlor Wolkow die Geduld. »Genosse … «

»Lecken Sie mich am Arsch! Glauben Sie etwa, ich weiß nicht, was los ist? Scheißkerle«, knurrte er plötzlich. »Ihr habt das ganze verdammte Land verhökert. Diebe. Ihr seid Diebe, alle miteinander!«

»Genosse!« flehte Wolkow.

»Maul halten! Informieren Sie doch, wen Sie wollen! Morgen werde ich entweder das ganze Land beherrschen oder ich hocke im Gefängnis, haben Sie verstanden?«

»Im Gefängnis?«

»Na, jetzt noch nicht, aber wenn wir nicht gewinnen, dann schon. Achromejew hängt bereits in seinem Arbeitszimmer. Der Idiot hat's schon mal versucht, aber der Strick ist gerissen. Beim zweitenmal hat die Schlinge dann gehalten. Nett, was? Erzählen Sie sich Ihren Unglücksfall doch selbst. Und vergessen Sie nicht, daß Sie sich in einer Notsituation mir und dem Komitee gegenüber loyal zu verhalten haben.«

Damit war die Leitung tot.

Sechs Stunden später begriff Wolkow endgültig, daß sich die Machtverteilung in der Sowjetunion für immer verschoben und die Kommunistische Partei sich selbst zerstört hatte. Mehrmals telefonierte er noch mit dem Zentralkomitee in Moskau – wo alle unter Schock standen und gegen Panik ankämpften –, führte Gespräche mit dem Weißen Haus – wo Jelzin und seine treuen Gefolgsleute ihren Triumph feierten –, und allmählich wurde ihm das Ergebnis des versuchten Staatsstreichs klar. Wolkows ehemalige Vorgesetzte waren ebenso unrettbar verloren wie die Techniker und das Raketenregiment auf dem immer noch qualmenden Versuchsgelände.

Wolkow reagierte rasch und entschlossen. »Plotnikow«, rief er durchs Büro. »Wie viele Raketen sind zerstört?«

»Nur eine, aber es war die größte Flüssigkeits-Interkontinentalrakete, die SS-19.«

»Ja, ja. Verstehe. Keine Überlebenden?«

»Nein.«

»Was für eine Tragödie! Hören Sie, Alexis«, fuhr er nachdenklich fort, »nur für den Fall des Falles brauche ich einen offiziellen Bericht von Ihnen, mit allem dazugehörigen Papierkram, dem zu entnehmen sein muß, daß nicht eine, sondern vier Raketen zerstört wurden; jawohl – vier!« wiederholte er mit fester Stimme. »Drei von unseren neuesten SS-25 Feststoffgeschossen, den besten Raketen der Sowjetunion – und der Vereinigten Staaten, nebenbei bemerkt.«

Plotnikow war verblüfft, nickte jedoch gehorsam. »Hmmm. Ja, aber wie … ? Ich meine, Dr. Zilko wird den Bericht zu Gesicht bekommen und sofort wissen, daß wir drei unserer neuesten Waffensysteme irgendwo verstecken.«

Wolkow nickte, stand auf und begann im Büro hin und her zu wandern. Nach einigem Nachdenken wandte er sich plötzlich seinem Untergebenen zu: »Plotnikow, wären Sie gern die Nummer zwei in Krasnow 86? Das würde eine Gehaltserhöhung bedeuten, und Sie wären direkt mir unterstellt.«

Entsetzt starrte Plotnikow ihn an. »Aber Dr. Zilko … ?«

»Zilko hat sich zwei Jahre mit mir wegen jeder unbedeutenden Kleinigkeit angelegt«, fiel ihm Wolkow ins Wort. »Als Chef des Sicherheitslabors der geschlossenen Stadt Krasnow 86 trägt er die Verantwortung für diese Katastrophe. Wie viele Männer sind wegen seiner Nachlässigkeit bei lebendigem Leibe verbrannt?«

»Wir haben noch keinen endgültigen Bericht, aber wie es aussieht, gibt es in einem Umkreis von gut zwei Kilometern kein Leben mehr. Demnach ist das ganze Raketenregiment vom Oberst bis zum letzten Gefreiten vernichtet. Mindestens hundert Männer. Aber man kann Dr. Zilko nicht wirklich die Schuld dafür geben.«

»Halten Sie den Mund! Ich bin Ihr Vorgesetzter, und ich weiß ganz genau, was ich tue. Ich werde persönlich dafür sorgen, daß Zilko verhaftet und aus dem Dom eskortiert wird. Seine Unbedenklichkeitsbescheinigung wird widerrufen. Wenn er einem Verhör entgehen möchte, das ihn bloßstellt und vors Kriegsgericht bringt, sollte er nicht in sein Büro zurückkehren.«

Wolkow klopfte seinem neuen Assistenten aufmunternd auf die Schulter. »Ab jetzt übernehmen Sie Zilkos Räume. Schon bei der nächsten Abrechnung wird sich Ihre Gehaltserhöhung kräftig niederschlagen.«

»Ich werde mein Bestes tun, Genosse Direktor. Aber ich war vier Jahre lang nur der Erste Belüftungsingenieur!«

»Ich weiß. Dann müssen Sie jetzt eben um so schneller Experte für Raketen und atomare Sprengköpfe werden.«

»Und was wird aus Zilko?« fragte Plotnikow. Er sah ziemlich betreten drein.

»Ich würde ihm vorschlagen, beim Ersten Parteisekretär Nikolai Martinow vorstellig zu werden und sich um ein politisches Amt zu bewerben. Ich schreibe ihm gern eine Empfehlung für irgendeine Bürotätigkeit außerhalb der geschlossenen Stadt. So wird er weiterhin für seine Familie sorgen können – es sei denn, er macht Schwierigkeiten.«

Noch immer schritt Wolkow ruhelos im Zimmer auf und ab. »Vier! Richtig?«

»Vier was, Genosse Direktor?«

»Vier von unseren SS-25 Interkontinentalraketen sind zerstört worden. Und wenn Sie schon mal dabei sind, setzen Sie doch gleich noch eine mobile Abschußrampe auf die Liste.« Triumphierend zog er weiter seine Runden. »Also haben wir hier in Krasnow 86 eine Zukunft in der schönen neuen Welt vor uns, und zwar ganz ohne Vorgesetzte! Legen Sie mir Ihre

Schadensmeldung vor und unterzeichnen Sie das Formular als stellvertretender Direktor, Plotnikow.«

Als Plotnikow in den Aufzug stieg, griff Wolkow zum Telefon. Die Gelegenheit, auf die er und der Erste Parteisekretär Nikolai Martinow – und natürlich auch Jap – gewartet hatten, war gekommen.

31

Der Versammlungssaal in der Petrowka drohte aus den Nähten zu platzen, als sich weit über hundertfünfzig Milizija-Beamte, Männer und Frauen, hereindrängten. Das Durcheinander ängstlicher Fragen und Behauptungen, gedämpfter Tuscheleien und vorsichtiger Spekulation steigerte sich zu einem mächtigen Summen. In den vorderen Reihen saßen Generalmajor Alexi Bodajew und seine Kriminalbrigade.

Ohne sich mit den üblichen Höflichkeitsfloskeln abzugeben, eröffnete der Generalleutnant Nikolai Myrikow die Sitzung, und allmählich kehrte im Saal Ruhe ein. »Heute ist ein bedeutsamer und sehr schwerer Tag«, begann er, auf den Staatsstreich der Rechten Bezug nehmend.

»Wir haben zur Zeit keine Informationen über den Gesundheitszustand von Michail Gorbatschow«, fuhr er fort. »Aber es ist die Pflicht der Milizija, die Bürger von Moskau ohne Furcht und ohne Vorurteile weiterhin gegen die zunehmende Gewalt seitens krimineller Elemente zu verteidigen.«

Keine Seite hätte sich von Myrikows Ausführungen beleidigt fühlen können; selbst der übliche Hinweis auf Felix Edmontowitsch Dserschinski fehlte heute. Der General verließ das Rednerpult, nachdem er seine neutrale Haltung für jeden verständlich dargestellt und, wie er hoffte, außerdem deutlich gemacht hatte, daß seine persönliche Machtposition unangetastet blieb, gleichgültig, welche politische Gruppierung letztlich als Sieger aus den momentanen Wirren hervorging.

Höchst besorgt berief Bodajew nach der Rede eine Versammlung aller ihm direkt unterstellten Männer ein.

»Keiner weiß, wie der Konflikt enden wird«, meinte er. »Wir können nur General Myrikows Anweisung befolgen, neutral zu bleiben und die Arbeit zu erledigen, die man von der Milizija erwartet.« Er wandte sich an Netschiajew. »Was hat sich denn bezüglich der gefälschten Hundertdollarnote ergeben, die vorige Woche bei uns abgegeben worden ist?«

»Ich glaube, daß Jap dahintersteckt«, antwortete Netschiajew. »Peter Nichilow, unser Kollege aus New York, ist zur Zeit privat in Moskau. Vor seiner Abfahrt hat er entdeckt, daß hochwertige Fälscherpressen und entsprechendes Papier in einem Container mit Kleidungsstücken von einem New Yorker Großhandel hierhergeschickt wurden. Einer von Japs Männern in New York ist anscheinend in die Sache verwickelt.«

In den Nachrichten des Radiosenders »Moskauer Echo« war die Rede von Menschenaufläufen vor dem Weißen Haus – Rußlands Parlamentsgebäude an der Moskwa –, zu dem bereits die Panzer vorrückten. Nach dem ergebnislosen Treffen kehrten die Angehörigen der Kriminalbrigade in ihre Büros zurück. Sie waren durchweg überzeugte Demokraten, den Idealen von Boris Jelzin – den sie alle gewählt hatten – ebenso verpflichtet wie dem Präsidenten, Michail Gorbatschow, den sie alle unterstützten. Major Juri Nawakoff trat als erster der Kriminalbrigade aus der Kommunistischen Partei aus, als die Panzer auf das Weiße Haus zurollten. Bald hatten sämtliche Milizija-Ermittler ihre roten Mitgliedsausweise voller Verachtung durch die offene Tür des Parteihauptquartiers in der Petrowka geschleudert. Ein gewagter Schritt, doch die Beamten hatten das Gefühl, daß sie ihre Haltung gegen den Rechtsputsch so deutlich wie nur möglich demonstrieren mußten.

Seit dem frühen Morgen berichtete CNN live aus Moskau und versorgte die Welt als einziger Fernsehsender mit Informationen über den Staatsstreich. Die sowjetischen Fernsehstationen wurden von den Putschisten kontrolliert; gesendet wurde nur das Ballett »Schwanensee«, und zwar alle drei Stunden wieder von vorne. Aus irgendeinem Grund hatte man vergessen, auch die Sendeanstalt von CNN zu schließen, und als den Verschwörern klar wurde, daß international über ihr Komplott berichtet wurde, hatten sie schon die Unterstützung der hochrangigen russischen Fernsehleute verloren, die befugt und imstande gewesen wären, die Satellitenverbindung von CNN zu kappen.

Am Montag nachmittag versammelte sich im Hotel Ukraine, das auf der anderen Seite der Moskwa dem Weißen Haus gegenüberlag, eine Gruppe von Stewardessen der PanAm. Mit all der Wimperntusche, die sie auftreiben konnten, schrieben sie auf ein Laken »AMERIKA FÜR JELZIN« und hängten es aus ihrem Fenster im zwölften Stockwerk – unter dem Beifall der Menge.

Am Dienstag rollten auf Befehl von Vizepräsident Janajew und seinen Mitverschwörern weitere Panzer nach Moskau, gefolgt von bewaffneten Personaltransportern und zusätzlichen Truppen; CNN berichtete ununterbrochen über die Ereignisse, während das staatliche sowjetische Fernsehen weiterhin stur den »Schwanensee« wiederholte. Unterdessen gab es in Leningrad, das bereits wieder in Sankt Petersburg umbenannt worden war, massive Proteste gegen den Putsch. Doch der militärische Druck derjenigen, die einen harten Kurs verfolgten, ließ keineswegs nach.

Am Nachmittag begann es zu regnen und hörte fast die ganze Nacht nicht auf. Den Milizija-Angehörigen, die vor dem Weißen Haus ausharrten – gut sichtbar für Kameras und putschfreundliche KGB-Spitzel –, war klar, daß sie von ihrem obersten Herrn und Meister, Boris Pugo, allesamt entlassen, inhaftiert, des Landes verwiesen und wahrscheinlich im alten bolschewistischen Stil liquidiert würden, falls der Staatsstreich erfolgreich verlaufen sollte.

Niemand verfolgte den Putsch mit größerer Aufmerksamkeit als Wjatscheslaw Jakowlew. Er saß mit Zekki Dekka, Red Rolf und Pawel in seiner geräumigen neuen Moskauer Wohnung. »Seht ihr«, meinte Pawel stolz, »das Bestechungsgeld hat sich gelohnt, jetzt können wir den amerikanischen CNN-Kanal hier im Haus empfangen, nicht nur in den Hotels.«

»Was erzählen die eigentlich, Zekki?« erkundigte sich Jap, der so gut wie kein Englisch verstand.

Zekki Dekka übersetzte den Kommentar der großäugigen Blondine, die aus Atlanta im US-Bundesstaat Georgia über den Putsch berichtete. Red Rolf, der Amerikaner, starrte gebannt auf den Bildschirm, auf dem zu sehen war, was nur wenige Kilometer entfernt vor dem russischen Parlamentsgebäude geschah. Er war groß und schlank; seine roten Haare wurden an den Koteletten weiß, und sein grauer Anzug sorgte dafür, daß er in einer russischen Menschenmenge nicht weiter auffiel.

»Was bedeutet das für unsere Operation?« fragte er.

Zekki übersetzte Japs Antwort: »Es bedeutet, daß du zur rechten Zeit mit deinem Druckprojekt nach Moskau gekommen bist. Chaos ist der Freund jedes Diebesbruders, Anarchie seine Geliebte. Wir müssen unbedingt dafür sorgen, daß die Barrikaden stehenbleiben. Eins ist jedenfalls klar – der Rubel, wie wir ihn kennen, ist tot. Während der Dollarkurs stabil bleibt«, fügte Zekki hinzu. »Jap, du bist wirklich ein Genie.«

»Wie geht die Produktion voran?«

»Wir sind jetzt beim Tiefdruckverfahren«, antwortete Zekki. »Eigentlich müßten wir demnächst in Rekordzeit zweiunddreißig Hundertdollarscheine pro Durchgang produzieren.«

»Und wie steht's mit der Sicherheit?«

»Jap, das haben wir doch alles durchgekaut«, meinte Zekki matt. »Rund um die Uhr stehen vier Tschetschenen Wache.«

»Vorher hattet ihr fünf. Und jetzt sitzt schon einer davon im Butyrka-Gefängnis«, mischte sich Pawel ein. »Der dämliche Koloß mußte unbedingt nach Moskau kommen, seine Freundin besuchen und sich einen Nachschub *Anascha* besorgen.

Und kaum war er in der Stadt, hat er nach guter alter Tschetschenen-Manier einen Ladenbesitzer erpreßt. Worauf die *Menti* sich ihn schnappten.«

»Wir haben schon in New York gehört, daß er hinter Gittern sitzt«, rief Zekki. »Was ist bloß in ihn gefahren? In Brighton Beach hat er perfekte Arbeit geleistet, und hier dreht er plötzlich durch.«

»Wir müssen rasch handeln«, mahnte Jap. »Der Tschetschene weiß, wo wir unser Projekt durchziehen.«

»Der Tschetschene packt nicht aus«, sagte Pawel. »Er weiß, daß wir seine Familie im Auge haben. Unser Anwalt besucht ihn regelmäßig und macht ihm klar, daß er sich keine Sorgen zu machen braucht, solange wir hinter ihm stehen.«

Jap wandte seine Aufmerksamkeit wieder dem Bildschirm zu. Genaugenommen war jeder Kommentar unnötig, denn die Bilder sprachen für sich.

»Pawel«, rief Jap unvermittelt, »wir müssen loslegen. Heute abend wird sich alles entscheiden. Wenn die Demonstranten die von den Putschisten verhängte Sperrstunde um elf ignorieren und bis morgen früh vor dem Weißen Haus Widerstand leisten, sind die Bolschewisten erledigt.«

»Was schlägst du vor?«

»Sagt allen Diebesbrüdern Bescheid. Wir müssen unsere Leute zu den Barrikaden schicken.« Er ging zum Fenster und sah hinaus. »Es regnet, das drückt die Moral. Bringt den Leuten Schirme. Und Geld sollten wir ihnen auch geben. Wenn wir den Widerständlern eine halbe Million oder meinetwegen noch mehr zukommen lassen und sie dafür den Putsch vereiteln – besser können wir unser Geld gar nicht anlegen!«

Am Dienstag abend hatten die Diebesbrüder alles organisiert: Mehrere hundert Kriminelle kauften von Tausenden ihrer unrechtmäßig erworbenen Rubel Lebensmittel, Kaffee, Wodka, Zigaretten und ähnliche Annehmlichkeiten und verteilten sie an die Demonstranten. Sie kauften McDonald's, Pizza Hut und andere Imbißrestaurants leer und brachten das Essen zu den Unverdrossenen, die noch immer Arm in Arm vor dem Parlamentsgebäude ausharrten.

Typischerweise gingen sie bei ihrer Aktion keinerlei Risiko ein. Sie bauten die Demonstranten auf, weiter unternahmen sie nichts, und sie achteten sorgfältig darauf, sich aus der Schußlinie zu halten, für den Fall, daß doch plötzlich ein Angriff gestartet wurde. Aber sie machten ihre Sache gut, sie knauserten nicht mit ihrem Geld, und die Aktion zeigte Erfolg: die Stimmung unter den Demonstranten stieg beträchtlich.

Gelegentlich gab es gutmütige Geplänkel zwischen der Milizija und ihren traditionellen Feinden; auf beiden Seiten wurde spekuliert, wie diese schicksalhafte Regennacht enden würde. Schon dämmerte der Morgen des 21. August.

»Wenn die Kommunisten gewinnen, dann läßt euer Chef Pugo euch alle erschießen oder mindestens lebenslänglich nach Sibirien deportieren«, meinte der alte Moskauer Mafia-Killer Dimitri beim Kuchenverteilen spöttisch zu Juri Nawakoff.

»Und wenn Pugo und seine Bande gewinnen, dann werden sie euch Gauner alle ausrotten, wenn ihr nicht die Hälfte von eurem erpreßten Geld ans Politbüro und die Parteiapparatschiks abgebt.«

»Aber wenigstens haben wir dann nichts mehr mit euch jungen schlechtbezahlten Helden zu tun.«

Damit hatte der Ganove einen wunden Punkt getroffen, und Juri runzelte die Stirn. Tatsächlich kamen er und seine Kollegen mit ihrem Lohn kaum über die Runden; es reichte gerade zum Überleben. »Warum kommt ihr dann her und gebt Summen aus, mit denen ihr die Milizija ein ganzes Jahr lang bezahlen könntet?« gab er zurück.

»Vielleicht tricksen wir statt der alten Bolschewiken lieber die Milizija aus«, entgegnete Dimitri und wandte sich von den Barrikaden ab, um Nachschub für die Widerständler zu holen.

Während die kriminelle Bruderschaft weiter an den Barrikaden Erfrischungen austeilte, entdeckte Nawakoff plötzlich eine vertraute Gestalt, die in den üblichen ausgebleichten Jeansklamotten und einer Seemannsmütze durch eine Gasse zwischen den Eisenstangen und zerbeulten Lastwagen auf ihn zukam. Natürlich waren die Barrikaden eher symbolischer als praktischer Natur. Für die Panzer bedeuteten sie kein Hindernis, und wenn die Schwarzmützen des KGB den Befehl erhielten, konnten sie sich problemlos über sie hinwegsetzen und ihre Mitbürger dem Willen der Junta unterwerfen.

»Peter Nichilow!« rief Juri. »Warum riskieren Sie hier zwischen den Barrikaden Ihr Leben?«

»Weil hier russische Geschichte stattfindet«, antwortete Peter. »Ich wünschte, mein Vater würde miterleben, wie die Russen endlich den alten Stalinisten die Stirn bieten.«

Juri zuckte die Achseln. »Vielleicht gehorchen doch noch irgendwelche putschistentreue Einheiten dem Befehl, uns niederzuwalzen. Das könnte uns alle das Leben kosten.«

Peter warf einen Blick hinter die Barrikaden, auf die Boote, die die Moskwa blockierten, so daß kein militärisches Wasserfahrzeug zum Weißen Haus vorstoßen konnte. »Ich glaube, wir sehen heute das Ende des Kommunismus.«

»Hoffentlich haben Sie recht«, antwortete Juri. »Wir treten alle aus der Partei aus. Wenn die Kommunisten gewinnen, sind wir tot.«

»He, Juri«, sagte Peter und klopfte sich auf die Brust. »In meinem amerikanischen Körper wohnt eine russische Seele. Echte Russen werden nicht aufeinander schießen.«

»Hoffentlich haben Sie auch damit recht. Aber ich kenne die Schwarzmützen des KGB besser als Sie.«

»Hören Sie«, meinte Peter, »ich hab' heute abend etwas Interessantes entdeckt. Unterwegs zu diesem historischen Ereignis habe ich gesehen, wie Zekki Dekka Kaffee und Kuchen verteilt.«

»Wer ist Zekki Dekka?«

»Er war mit den tschetschenischen Mördern zusammen, über die ich Ihnen das Fax geschickt habe.«

Auf einmal drang lauter Jubel durch die regnerische Morgendämmerung: Die Panzer machten auf ihren Ketten kehrt und rollten ratternd und scheppernd davon. Triumphschreie hallten über die Barrikaden, während Peter seinen russischen Kollegen am Arm packte und auf einen rundlichen bebrillten Mann mittleren Alters in einem unförmigen Regenmantel zeigte, der einen Schlapphut gegen den Regen weit ins Gesicht gezogen hatte. In einer Hand hielt er einen aufgespannten Regenschirm, mit der anderen verteilte er Kuchen an die hungrigen Demonstranten.

»Wie gesagt«, erklärte Peter trocken, »hätte ich nicht Zeitzeuge werden wollen, wäre ich nicht hier draußen gewesen und hätte den guten alten Zekki Dekka nicht gesehen.«

»Ist er das große Fälschergenie?«

Peter nickte. »Falls der Putsch morgen vorbei ist, solltet ihr ihn gut im Auge behalten.«

»Falls wir dann noch im Amt sind.«

»Natürlich seid ihr das. Wir glauben, Zekki hat die besten Druckplatten für Hundertdollarscheine samt dem besten Papier, das man je außerhalb des amerikanischen Münzamts gesehen hat, nach Moskau transportieren lassen.«

Juri Nawakoff hakte sich bei dem Amerikaner unter und führte ihn von den Barrikaden weg. »Peter, Sie sollten das, was Sie mir gerade anvertraut haben, unbedingt auch Oberst Netschiajew erzählen.«

Er führte Peter zu Netschiajew und Boris Burentschuk, die nebeneinander standen und zusahen, wie sich das organisierte Verbrechen und die Milizija gegen den gemeinsamen Feind, die doktrinären Kommunisten, vereinten.

»Oberst Netschiajew«, rief Juri, »werfen Sie schnell einen Blick da rüber, da ist ein Mann mit einem Schirm. Sie kennen doch alle Kriminellen zwischen Leningrad und Odessa. Kennen Sie den dort auch?«

Netschiajew musterte den Mann und schüttelte den Kopf. »Den hab' ich noch nie gesehen.«

Peter wiederholte seine Geschichte.

»Was hat denn der auf freier Wildbahn zu suchen?« fragte Boris.

Peter zuckte lächelnd die Schultern. »Eine gewisse amerikanische Regierungsbehörde gelangte zu der Auffassung, sie könnte ihn für ihre Zwecke benutzen. Deshalb hat sie seine Freilassung bewirkt.«

»Hier draußen stehen doch eine Menge Milizija-Leute rum«, bemerkte Netschiajew. »Sagen Sie ihnen, sie sollen diesem Zekki folgen und herausfinden, wo er wohnt und mit wem er sich rumtreibt.«

Nun wandte sich Netschiajew wieder an Nawakoff. »Juri, ich lege die Überwachung dieses Mannes in Ihre Hände.«

Überzeugt, daß der Putsch rasch in sich zusammenbrechen würde, verließen Zekki, Dimitri und noch ein weiterer Sechser aus Japs Truppe die Barrikaden. Zwei Milizija-Männer in Zivil, die sich an ihrem freien Tag eigentlich nur zu ihren Kollegen gesellt hatten, um gegen den Putsch zu protestieren, folgten den russischen Ganoven und ihrem amerikanischen Komplizen durch die ausgelassene Menschenmenge.

In seiner Wohnung beglückwünschte Jap seine Männer überschwenglich. Da klingelte das Telefon. Argwöhnisch blickte Jap auf. »Wer kennt denn diese Nummer?« fragte er.

»So gut wie niemand«, antwortete Pawel und nahm den Hörer ab. »*Da*«, sagte er, und ein Grinsen breitete sich auf seinem Gesicht aus. Er blickte zu Red Rolf und dann zu Zekki. »Sag Mr. Rolf, daß seine Freundin Nadja am Apparat ist.« Pawel lauschte noch eine Weile und schrieb eine Nummer auf den Block neben dem Telefon. »Ja, Nadja, Sie, Zekki und der Amerikaner werden zu der Fabrik in Zilisi zurückkehren. Vielleicht schon morgen. Danke, und sagen Sie auch Oksana herzlichen Dank.«

»Wer war das?« wollte Jap wissen, als Pawel auflegte.

»Oksana hat Nadja von einer Telefonzelle aus angerufen und ihr gesagt, daß ihr Vater sich bei ihr gemeldet hat.«

»Ich kann mir vorstellen, daß er sich Sorgen um seine Tochter macht«, räumte Jap ein.

»Nikolai möchte, daß du ihn sofort unter seiner Privatnummer anrufst und sobald wie möglich nach Irkutsk kommst.«

»Dann versuch am besten gleich, zu Nikolai durchzukommen«, schlug Jap vor.

Im Lauf der nächsten Stunde wählte Pawel ununterbrochen, legte den Hörer auf und wählte wieder neu. »Anscheinend will gerade jeder nach außerhalb telefonieren«, brummte er ungehalten.

Doch dann blickte er plötzlich auf. »He, Jap, ich glaube, ich bin durch.« Er senkte die Stimme. »Nikolai, ich versuche seit einer Stunde, Sie zu erreichen. Schreiben Sie sich unsere Nummer auf, für den Fall, daß wir getrennt werden.« Langsam und deutlich sagte er die Nummer ins Telefon. »Ich gebe Ihnen Jap.«

Pawel überreichte seinem Chef stolz das Telefon.

»Nikolai, ich hab' in den letzten drei Tagen viel an Sie gedacht«, begann Jap herzlich. »Ohne die Zentralregierung sind Sie jetzt der unumstrittene Herrscher der Region.«

Die Antwort brachte ihn zum Lachen. »Natürlich waren Sie schon immer der König. Die Dinge entwickeln sich schneller, als eine Interkontinentalrakete aufs Ziel zuschießt, womit wir beim Thema wären – ich nehme an, daß wir die Pläne, die wir in Irkutsk mit dem Hamster besprochen haben, nun verwirklichen können.«

Nach kurzem Schweigen fuhr er fort: »Ich habe meine Spezialisten dafür sorgen lassen, daß dieses Telefon sicher ist, und außerdem haben die berufsmäßigen Spitzel zur Zeit so viel um die Ohren, daß sie mit solchen Dingen nicht nachkommen.«

Den langen Intervallen, in denen Jap lauschte, und seinen gemurmelten, kryptischen Antworten entnahmen die Umstehenden, daß es sich um eine ernste Unterredung handelte.

Nach einer weiteren langen Pause schlug Jap jedoch wieder einen herzlichen, ja fast leutseligen Ton an. »Ich freue mich darauf, Sie bald wiederzusehen, Nikolai. Ja, selbstverständlich. Ich werde persönlich bei Oksana vorbeischauen und Ihnen einen Brief von ihr mitbringen. Tut mir leid, daß ich Sie mitten in der Nacht aus dem Bett gescheucht habe. Ja, es hat sich wirklich gelohnt. Leben Sie wohl.«

Jap lächelte seine Gefährten triumphierend an. »Die letzten Tage haben einen wahren Erdrutsch neuer Möglichkeiten ausgelöst. Auf diese neue Welt habe ich seit Jahren gewartet.« Dann wandte er sich an Zekki Dekka. »Zekki, du setzt dich mit unserem irakischen Freund Azziz in Verbindung und sagst ihm, daß wir zu einem Geschäft bereit sind und er den Kreditbrief seiner Regierung vorbereiten soll. Außerdem mußt du Kontakt zu dem Nordkoreaner, diesem Kim Tong Park, aufnehmen. Laß ihn wissen, daß wir früher liefern können als erwartet. Dann fährst du mit dem Amerikaner nach Zilisi und sorgst dafür, daß die Anlage so schnell wie möglich ihren Betrieb aufnimmt. Wir müssen die bevorstehende Anarchie ausnutzen, ehe sich andere Leute in unser Geschäft einmischen.«

Zekki übersetzte Japs Anweisungen für Red Rolf, der die Aufregung spürte, aber nicht wußte, worum es im einzelnen ging. Über seine Antwort mußte Zekki lachen. »Red Rolf bittet darum, daß wir Nadja mit ihm zurückschicken.«

»Bereits erledigt«, entgegnete Jap. »Wir tun doch alles, damit unsere Leute glücklich sind und die Produktion läuft.«

32

Nachdem der Putsch erfolglos abgebrochen und die Kommunistische Partei praktisch für tot erklärt worden war, nahm Peter Nichilow an einem Treffen der leitenden Ermittler in General Bodajews geräumigem Büro teil, von dem man über den grasbewachsenen Hinterhof der Petrowka blickte. Peter redete nicht lange um den heißen Brei herum. »Wo haben eure Leute Zekki Dekka aus den Augen verloren?«

»Irgendwo in den engen Gassen, die von der Arbat-Straße abzweigen«, antwortete Juri Nawakoff.

Netschiajew grinste. »Kennen wir nicht ihre Verstecke? Man könnte doch einfach einen von ihnen herschleppen, dann wissen wir bald alles, was wir wissen müssen.« Er wandte sich an Peter: »Was können Sie uns sonst noch über diesen Zekki erzählen?«

»Er ist ein hervorragender Stahlpräger, der sein Talent nach Amerika exportiert hat.«

»Wenn wir Jap herbringen und befragen, könnten wir vielleicht was rauskriegen«, schlug Netschiajew vor.

Jetzt meldete sich Boris Burentschuk zu Wort. »Nein, das wäre ein Fehler und würde letztlich unsere Pläne durchkreuzen.«

Überrascht sah Bodajew ihn an. »Unsere Pläne? Welche Pläne denn?«

Achselzuckend deutete Boris zur Decke. Bodajew nickte.

Peter lächelte ironisch: »Kurz bevor ich die Staatsanwaltschaft von Brooklyn verlassen habe, hat mir ein Informant aus Moskau berichtet, daß Zekki Dekkas Killer, bekannt als der Tschetschene oder auch Josef Zilinski, hier im Gefängnis sitzt.«

»Vielleicht weiß dieser Tschetschene oder Zilinski, wo Zekki sich momentan aufhält?« erkundigte sich Bodajew eifrig.

»Zekki hat sich in New York um ihn gekümmert«, sagte Peter.

»Seht in den Verhaftungsunterlagen nach«, ordnete der Schlaufuchs an. »Findet diesen Zilinski.«

»Viel Glück, Wladimir«, erwiderte Peter. »Er hat vier oder fünf verschiedene Identitäten.«

»Wir finden ihn schon«, erklärte Netschiajew im Brustton der Überzeugung.

»Wir müssen ihn finden«, bekräftigte General Bodajew.

»Dann schlage ich vor, daß wir uns nach dem Essen hier treffen, General«, entgegnete Netschiajew. »Wir suchen die Akten über sämtliche Verhaftungen im letzten halben Jahr heraus und versuchen, hinter die wahre Identität des Tschetschenen zu kommen.«

Peter Nichilow und Boris Burentschuk gingen zusammen in ein Restaurant, in dem man sich früher schon relativ ungestört unterhalten konnte, und das jetzt dank des Chaos im KGB erst recht unbedenklich war. »Wann können wir uns mit Oksana treffen?« fragte Boris.

»Lassen Sie mir noch zwei Tage, ich hab' noch etwas zu erledigen. Dann schlüpfe ich in die Verkleidung, die wir uns ausgedacht haben.«

»Was müssen Sie denn noch erledigen?«

»Nichts, was mit unserem Plan zu tun hätte«, antwortete Peter ausweichend.

»Verzeihen Sie mir, falls die Frage zynisch klingt«, meinte Boris, »aber weshalb wollen Sie uns eigentlich bei den Ermittlungen gegen Jap helfen?«

»Zum einen habe ich immer noch meinen Job beim Staatsanwalt von Brooklyn, und was immer Jap in Rußland treibt, schlägt sich irgendwann in meinem Zuständigkeitsbereich nieder – in Brighton Beach und in Brooklyn. Deshalb ist er ebensosehr mein Problem wie Ihres.«

»Freut mich, daß Sie es so sehen«, entgegnete Boris ernst.

»Ich werde für Sie also ein Amerikaner russischer Herkunft, der im Land seiner Ahnen unbedingt Geschäfte abwickeln will. Ich spreche kein Russisch und brauche einen Dolmetscher. In Amerika war ich früher Polizist und habe mich mit der Milizija angefreundet. Jetzt bin ich im Waffengeschäft tätig. Da man in Rußland Polizisten automatisch für korrupt hält, müßten Oksanas sogenannte Freunde davon ausgehen, daß sie mit mir Geschäfte machen können.«

»Und ich beneide Sie, Peter«, sagte Boris lächelnd. »Oksana ist nicht nur eine gute Dolmetscherin, sondern außerdem eine bildschöne Frau. Sie werden sie morgen abend kennenlernen. Ich hoffe bloß, sie mag mich auch noch, wenn wir die Falle zuschnappen lassen«, setzte er nach einer Weile hinzu, und seine Augen wanderten über den appetitlich gedeckten Tisch.

»Damit wäre ja wohl alles geregelt, und wir können essen«, lächelte Peter und griff nach dem Kaviar.

Um fünf Uhr nachmittags waren Peter und die Milizija-Leute von der Abteilung Sonderermittlungen noch immer dabei, die Akten der in den letzten Monaten in Moskau verhafteten und in Butyrka einsitzenden Männer durchzusehen.

Sie hatten keine Ahnung, welchen Decknamen der Tschetschene benutzt hatte, und bis jetzt war weder eine Verhaftung noch eine Inhaftierung eines Josef Zilinski aufgetaucht. Peter griff in die Tasche und zog seine große Uhr heraus.

»Was ist denn das?« wollte Boris wissen.

»Sie zeigt die Zeit überall auf der ganzen Welt. In Brooklyn ist es jetzt zehn Uhr morgens. Kann ich mal telefonieren?«

»Sind Sie sicher, daß Sie Zilinski erkennen, wenn Sie ihn wiedersehen?« fragte Netschiajew, während Bodajew nach einem Telefonapparat auf einem Tisch hinter sich griff und auf den Schreibtisch stellte. »Was hat er gesagt, als Sie auf dem New Yorker Flughafen mit ihm gesprochen haben?«

»Er wollte mich für dumm verkaufen«, antwortete Peter achselzuckend. »Er ist etwa Mitte Dreißig und könnte genausogut als orientalisch aussehender Jude durchgehen wie als Tschetschene. Ich hätte ihn liebend gern festgenommen, aber das hätte mir massive Schwierigkeiten mit der Immigranten-Schutzorganisation eingebracht.«

Netschiajew grinste verschmitzt. »Bei uns gab es vor dem mißglückten Coup ein ähnliches Problem. Wir konnten uns keinen Angehörigen der Volksdeputierten schnappen, weil das gesamte Politbüro gegen Verhaftung und Verhör immun war. Jetzt sind sie wie alle anderen«, fügte er feixend hinzu.

Während Bodajew wählte, meinte der Chefinspektor zu Peter: »Ich muß Sie warnen – es gibt in diesem Gebäude keine abhörsichere Leitung. Obwohl der KGB seit dem mißglückten Umsturzversuch mehr oder weniger außer Dienst ist, haben wir immer noch genügend Spitzel – Maulwürfe, wie ihr Amerikaner sie nennt –, die unser altersschwaches Telefonnetz überwachen.«

»Aus New York erfahre ich sowieso nichts, was die Ganoven nicht schon längst wissen«, grinste Peter.

»Höchstens, daß wir informiert sind«, bemerkte Netschiajew.

»Wird hier in der Petrowka wirklich soviel spioniert?« fragte Peter.

»Unter uns gesagt, mein amerikanischer Freund«, antwortete Bodajew traurig, »es ist kein Monat vergangen, in dem wir nicht einen von der Milizija dabei erwischt haben, wie er Informationen verkaufte.«

»Na, ihr braucht nicht zu denken, daß ihr dieses Problem gepachtet habt«, entgegnete Peter mitfühlend. »Wir erwischen auch laufend Cops, die sich für ein bißchen Information schmieren lassen.«

Inzwischen hatte General Bodajew die Vermittlung erreicht, die Genehmigung für das Ferngespräch nach New York erteilt, und nun mußte sich Peter der mühsamen Aufgabe widmen, eine Verbindung nach Übersee herzustellen.

Fünfzehn Minuten später kam der harsche Brooklyn-Akzent von Doug LeViens, dem Ermittlungschef der Bezirksstaatsanwaltschaft, durch die Leitung. Peter bestätigte seinem Teilzeit-Boß, er werde genau nach Zeitplan aus Rußland zurückkommen; dann sprach er das Problem mit Zekki Dekka und dem Tschetschenen an.

»Zekki ist also in Moskau?« Die Aufregung war selbst über die weite Entfernung spürbar. »Hören Sie, Peter, wir haben gerade etwas erfahren. Das Münzamt hat endlich zugegeben, daß die fehlende Druckplatte für die Oberseite der Hundertdollarnote gestohlen und nicht verlegt wurde. Zwei Angestellte, beide eingebürgerte Immigranten, sind ebenfalls verschwunden.«

»Herrgott! Dann ist sie wahrscheinlich schon hier!« rief Peter.

»Warum sollten sie die Platte nach Rußland schicken?«

»Das kann ich jetzt nicht erklären«, antwortete Peter, »aber die Platte ist in Moskau bestimmt tausendmal mehr wert als in den Staaten. Tun Sie mir doch bitte den Gefallen und sehen Sie, was Sie über Zekki Dekka und seinen Kumpel rauskriegen – diesen Kerl, den die Einwanderer den Tschetschenen nennen. Sein letzter Deckname war Zilinski. Und ich brauche alle Informationen über Fälscher in Brighton Beach. Ich rufe Sie am späten Nachmittag – Ihre Zeit – von einem Hotelapparat für Überseegespräche noch mal an.«

Damit legte Peter auf und sah zu Bodajew hinüber. »Ich weiß, daß Sie alle Verhaftungsakten durchgegangen sind und keine Spur von einem Zilinski gefunden haben. Ich habe nichts anderes erwartet. Aber wenn ich mich einfach unter den Gefängnisinsassen ein wenig umsehen könnte, würde ich den irren Tschetschenen vielleicht erkennen, und wir könnten ihn vernehmen.«

Bodajews Blick wanderte von Peter zu den Umsitzenden und wieder zurück. »Inzwischen bin ich bereit, alles zu versuchen. Wir müssen auf dem laufenden bleiben, was Japs Aktivitäten angeht. Aber in Butyrka sitzen drei- bis viertausend Männer. Wie wollen Sie sich die alle ansehen?«

»Es muß eine Möglichkeit geben«, erwiderte Peter. »Und außerdem soll die Suche ja auch nicht wie eine Polizeiermittlung aussehen. Garantiert hat der Tschetschene – oder wie auch immer er sich jetzt nennen mag – Mittel und Wege gefunden, sich bei Bedarf mit der Außenwelt in Verbindung zu setzen.«

»Ich kann Oberst Arkadi Sergejewitsch Matlowow anrufen, den Kommandanten von Butyrka«, bot Bodajew an.

»Und Sie sind ganz sicher, daß Sie diesen Tschetschenen wiedererkennen würden?« erkundigte sich Netschiajew noch einmal.

»Hundertprozentig«, antwortete Peter im Brustton der Überzeugung.

33

Das Café TrenMos, das seinen Namen zu Ehren der Partnerstädte Trenton in New Jersey und Moskau trägt, füllte sich rasch, hauptsächlich mit englischsprachigen Gästen aus Wirtschaft und Politik. Eine ähnliche Klientel hätte man in jedem Großstadtrestaurant der gehobenen Klasse in den Vereinigten Staaten antreffen können. Ab sechs Uhr abends drängten sich an der Bar Liebhaber amerikanischer Cocktails.

Größtenteils kamen die Besucher aus dem Westen, waren geschäftlich unterwegs und suchten ein bißchen Heimatgefühl. Man sprach über Politik und über die Vorgänge in der amerikanischen Botschaft, oder man machte Geschäfte mit harter Währung. Das Restaurant liegt im Moskauer Lenin-Distrikt, in dem auch einige der besten Hotels, der Rote Platz, das Bolschoi-Theater und viele wichtige Regierungsgebäude zu finden sind. An der Decke hängen die Flaggen der amerikanischen Bundesstaaten, an den Wänden Fotografien prominenter Restaurantbesucher.

Boris Burentschuk half Oksana aus dem Mercedes, den er sich für diesen Abend in der Petrowka ausgeliehen hatte. Für Oksana war es der erste Besuch im TrenMos; allerdings hatte sie von den Touristen im Hotel schon viel darüber gehört.

Der amerikanische Eigentümer des Lokals, Jeffrey Zeiger, begrüßte Boris am Eingang und machte kein Hehl aus seiner Bewunderung für Oksana. Eine Weile plauderte er auf englisch mit ihr, dann brachte der Restaurantchef seine Gäste zu einem Zweiertisch an der Wand. »Diese Blumen hat Boris speziell für Sie kommen lassen«, erklärte Zeiger. »Ich hoffe, sie gefallen Ihnen.«

»Sie sind wunderschön«, sagte Oksana und lächelte Boris strahlend an. Sie trug ein modisches schwarzes Trägerkleid und dazu einen Amethystanhänger, der den Blick auf ihr Dekolleté lenkte. Die Geschäftsmänner an der Bar konnten die Augen nicht von ihr abwenden.

Interessiert betrachtete Oksana die Dekorationen an Wänden und Decke, das Klavier vor dem großen Fenster, durch das man auf den Lenin-Prospekt hinausblickte, die Gäste an der Bar. Doch den großen grauen Briefumschlag, den Boris ganz nebenbei auf den Tisch gelegt hatte, übersah sie geflissentlich.

Boris bestellte russischen Champagner; als der Kellner eingeschenkt hatte und die Flasche im Eiskübel neben ihm stand, brachte er einen Toast aus: »Auf Ihr Wohl, Oksana. Und auf die Zukunft. Auf daß sie uns beiden nur Gutes beschert.«

Sie lehnten sich in den bequemen Lederstühlen zurück und nippten an dem Champagner. Mit ihrem zuvorkommenden Begleiter hier in diesem berühmten Restaurant zu sitzen, kam Oksana eigenartig vor, und sie fühlte sich nicht recht wohl dabei. Ihre großen Augen ruhten auf Boris, wachsam, abwartend. Offensichtlich hatte der Polizeibeamte sie nicht nur aus niederen Beweggründen zum Essen eingeladen. Er war kein spermaspritzender KGB-Ganove. Aber der Umschlag lag bestimmt nicht zufällig auf dem Tisch.

Sie brauchte auch nicht lange zu warten, da kam Boris auf seine etwas umständliche Art endlich zum Thema.

»Sicher hat Ihr Freund Jakowlew Ihnen schon von dem interessanten Abend erzählt, den wir nach Viktors Tod, also vor ein paar Monaten, zusammen verbracht haben.«

»Ich habe Slawa nicht gesehen«, entgegnete Oksana kühl.

»Er hat uns wertvolle Informationen über Betrügereien im Lebensmittelhandel verschafft. Anhand dieser Beweise hätten wir Giwi überführen und ins Gefängnis stecken können, aber leider war er zu diesem Zeitpunkt bereits tot.«

»Major Burentschuk, das ist alles sehr verwirrend für mich«, meinte Oksana mit einem ratlosen Lächeln. »Ich kann Ihnen wirklich nichts über Slawa Jakowlew erzählen.«

»Nun, wissen Sie, er interessiert sich für Geschäfte in Amerika, und wahrscheinlich hätte er Sie gern als Dolmetscherin. Da ihm die Gesellschaft der Milizija nicht unangenehm zu sein scheint, dachte ich, Sie könnten Jap ausrichten, daß er sich seit einem Monat nicht mehr bei seinem Bewährungshelfer gemeldet hat und wir gerne wüßten, wo er sich aufhält.«

»Ich habe ihn nicht gesehen.«

Ohne darauf einzugehen, reichte Boris ihr die Speisekarte. »Bestimmt finden Sie hier etwas nach Ihrem Geschmack. Da Sie so gut englisch sprechen, sollten Sie sich auch mit dem Essen vertraut machen, das die Amerikaner mögen.«

Damit lehnte er sich zurück und fragte mit einer Handbewegung in den Raum: »Wie gefällt es Ihnen hier?«

»Hier im Restaurant? Na ja, ich mag unsere eigenen Lokale lieber. Sie sind gemütlicher, und wir hätten inzwischen längst Kaviar, Fleisch, Hühnchen und Schinken auf dem Tisch, zum Knabbern, während wir das Hauptgericht aussuchen.« Wieder fiel ihr Blick auf den Umschlag, aber Boris machte keinerlei Anstalten, ihn zu öffnen.

»Ich hoffe, es gefällt Ihnen trotzdem«, meinte er. »Ich habe einen Amerikaner hierher eingeladen, der einen Dolmetscher braucht. Er bezahlt gut.«

»Machen Sie sich Sorgen um mein Wohlergehen?«

»Nein, ich dachte lediglich, es könnte eine Chance für Sie sein.« Boris lächelte. »Aber Ihr Wohlergehen liegt mir tatsächlich am Herzen. Ich muß noch immer den Arbat-Fall lösen.«

»Warum können Sie diese Anspielungen, daß ich in kriminelle Machenschaften verwickelt bin, nicht endlich sein lassen?« gab Oksana verärgert zurück.

»Bitte, Oksana, ich habe doch nur angeregt, daß wir uns gegenseitig helfen sollten. Und ich kann nicht leugnen, daß ich gern mit Ihnen zusammen bin. Außerdem kennen Sie diesen« – er hielt kurz inne – »diesen Geschäftsmann Jakowlew, für den wir uns interessieren.«

»Das eine Mal, als ich Slawa begegnet bin, hat er mir erklärt, er sei ein Kapitalist und kein Krimineller. Er glaubt fest daran, daß schon bald alle Menschen in Rußland für sich selbst oder für private Unternehmen arbeiten werden, wie das auch in Europa und Amerika der Fall ist. Außerdem meinte er, daß es mit dem Kommunismus bald vorbei sein wird.« Sie lachte trocken. »Er hat sich geirrt. Der war im Handumdrehen am Ende – gerade mal drei Tage hat es gedauert.«

»Und das war das einzige Mal, daß Sie Jap begegnet sind?« hakte Boris nach.

Oksana nickte. Burentschuk konnte unmöglich von ihren geheimen Treffen mit Jap wissen. Als Oksana ihr Glas absetzte, fiel ihr Blick wieder auf den Umschlag. Diesmal bemerkte Boris es, und ein etwas verkniffenes Lächeln erschien auf seinen Lippen. »Ach ja, ich habe da etwas, was Sie vielleicht gern behalten möchten.«

Er nahm den Umschlag und zog ein Hochglanzfoto heraus. Nur mit höchster Selbstbeherrschung konnte Oksana ihr Erstaunen verbergen: Vor sich hatte sie ein körniges, offenbar mit Teleobjektiv aufgenommenes Foto von ihr, wie sie auf Viktors Beerdigung mit hochgeschlagenem Schleier neben Jap stand, die Augen voller Mitgefühl. In Japs Gesicht leuchtete eine unverkennbare, fast schon peinliche Zuneigung; seine sonst oft eng zusammengekniffenen Augen ruhten groß und dunkel auf ihr.

Einen Augenblick überließ Boris ihr das Foto, dann steckte er es zurück in den Umschlag. »Ein rührendes Bild.« Irgendwie klang seine Stimme sogar ehrlich. »Ihr Besuch in Tulun und Ihre Anwesenheit bei der Beerdigung seines Sohnes hatten allem Anschein nach eine wesentlich tiefere Wirkung auf ihn, als Sie vielleicht vermuten.«

Oksana wußte nichts zu erwidern; sie überlegte, ob die Milizija es womöglich auch geschafft hatte, das engmaschige Sicherheitsnetz zu durchbrechen, das Jap bei jedem Rendezvous auslegte. »Behalten Sie die Aufnahme doch«, sagte plötzlich eine Stimme auf englisch. »Alle finden, es ist das rührendste Foto, das bei dem Begräbnis gemacht wurde.«

Zu Oksanas Überraschung und Erleichterung stand plötzlich ein netter junger Mann in einem sehr amerikanischen Anzug hinter Boris. Er hatte dunkle Haare und regelmäßige, leicht slawisch anmutende Gesichtszüge, klopfte Boris auf den Rücken und meinte, wieder auf englisch: »Boris, wie nett, daß Sie einen amerikanischen Saloon für unser Treffen gewählt haben. Das hier ist sicher die junge Dame, die Englisch spricht.« Er wandte sich an Oksana. »Ich bin Peter. Peter Nichilow.«

Boris stand auf, klopfte Peter ebenfalls auf die Schulter, schüttelte ihm die Hand und winkte dem Kellner, der sofort einen weiteren Stuhl zum Tisch brachte.

Das bedrückende Gefühl, das sich in Oksana breitgemacht hatte, löste sich dank der Herzlichkeit der beiden Männer, die ohne Dolmetscher kaum miteinander sprechen konnten. Die offenkundige Harmonie zwischen dem Amerikaner und dem Russen rührte sie.

»Ich habe also das große Glück, meinen Freund Boris in Gesellschaft einer wunderschönen Frau zu treffen, die auch noch übersetzen kann.«

»Woher kennen Sie Boris?« fragte Oksana.

»Ich habe ihn bei den Boxkämpfen in New York kennengelernt. Wir waren beide Pressesprecher, die für Kooperation und Freundschaft zwischen der New Yorker und der Moskauer Polizei warben. Eigentlich war ich damals schon nicht mehr bei der Polizei, sondern hatte mich nur als Freiwilliger um den Job beworben.«

Boris nickte bekräftigend, als Oksana ihm übersetzte, was Boris gesagt hatte.

»Was führt Sie nach Moskau, Peter?« fragte sie.

»Ich bin Geschäftsmann. Obwohl ich kein Russisch spreche, haben mich meine Partner für diese Reise ausgewählt, weil ich mich mit den Moskauer Cops in New York so gut verstanden habe. Außerdem bin ich russischer Abstammung.« Der Kellner brachte einen Sektkelch und schenkte auch Peter Champagner ein.

»Wissen Sie«, fuhr Peter unterdessen fort, »in meiner Branche brauchen wir die Zusammenarbeit mit der Polizei. Himmel, ich hab' mich schließlich selbst 'ner Menge Leute gegenüber kooperativ verhalten, als ich noch in New York als Cop gearbeitet habe.«

Oksana lächelte ihn verständnisvoll an – ihr war klar, was eine solche Kooperation mit der Polizei bedeutete. Peter lachte. »Ja – vielleicht war es nicht genau das, woran Sie jetzt denken. Es lief alles in einigermaßen legalen Bahnen.«

Wieder faßte Oksana für Boris kurz zusammen, was Peter gesagt hatte. Ihr gefiel die Unterhaltung mit dem unverfrorenen Amerikaner.

»In welcher Branche sind Sie tätig, Mr. Nichilow?«

»Bitte nennen Sie mich Peter. Was sollen wir ehemaligen Cops schon machen? Wir gehen zum Sicherheitsdienst oder steigen ins Waffengeschäft ein oder beides. Rein zufälligerweise haben die Roten diesen mißglückten Putsch durchgezogen, und zwar gerade, als ich ankam. Jetzt steht alles zum Verkauf. Den ganzen Tag lang werden mir AK-47er angeboten und auch sonst so ziemlich alles – vielleicht mit Ausnahme ferngesteuerter Raketen. Aber ich möchte wetten, die könnte ich auch kriegen, mit Sprengkopf und allem Drum und Dran.«

»Was würden Sie denn damit anfangen?« fragte Oksana.

»Sie fürs Drei- oder Vierfache an das ostdeutsche Unternehmen verhökern, mit dem ich zusammenarbeite. Wie gesagt – ich bin Geschäftsmann.«

»Sie erinnern mich an einen meiner Freunde.«

»Ach ja? Dann sagen Sie ihm doch, ich kaufe alles und bezahle mit guten, harten US-Dollar. Sagen Sie mal, Sie sprechen nicht zufällig auch Deutsch?«

»Natürlich spreche ich Deutsch«, lächelte Oksana. »Ich habe nicht umsonst vier Jahre studiert, um Berufsdolmetscherin zu werden.«

»Tja, Oksana, Sie sind die Erfüllung all meiner heimlichen Stoßgebete. Darf ich Sie als Dolmetscherin einstellen?« Er zwinkerte Boris zu. »Sagen Sie ihm, was ich gefragt habe.«

Auf Russisch erklärte Oksana: »Ich kann nicht für ihn arbeiten. Ich habe momentan viel zu tun, und ich will nicht in irgendwelche zwielichtigen Geschäfte verwickelt werden.«

Boris schielte ganz offen zu dem Umschlag auf dem Tisch. »Gibt Ihnen Jakowlew so viel zu tun, daß Sie nicht mal einem unserer Freunde helfen könnten?«

»Warum ist Slawa für die Milizija so wichtig?« Oksanas Stimme klang verärgert; Peter blinzelte betreten.

Doch Oksana legte einen Augenblick ihre Hand auf seine und erläuterte ihm auf englisch: »Wir haben unsere kleinen Meinungsverschiedenheiten, aber es ist nichts Ernstes.« Peter nickte und lächelte.

»Gefällt er Ihnen denn nicht?« erkundigte sich Boris. »Er ist sehr nett und außerdem unverheiratet.«

»Was hat das denn damit zu tun?« Einen Moment sah Oksana Peter prüfend an. Er machte einen netten Eindruck, nicht im klassischen Sinn gutaussehend, sondern einfach sehr sympathisch.

»Oksana, Sie würden uns einen großen Gefallen tun, wenn Sie als Dolmetscherin und Reiseführerin bei Peter bleiben. Er wird Sie gut dafür bezahlen, und wir wären Ihnen dankbar, wenn wir mit Ihrer Hilfe einem Freund unter die Arme greifen könnten.«

Amüsiert lauschte Peter Oksanas übersetzter Version des Wortwechsels: Die Milizija würde ihr Bestes tun, Peter in seinen Plänen zu unterstützen. Dank seiner raschen Auffassungsgabe erkannte er, daß jetzt nicht der richtige Zeitpunkt war, um seinem Anliegen Nachdruck zu verleihen. »Nun, Oksana, sagen Sie Boris, der Abend geht auf meine Rechnung. Möchten Sie nicht vielleicht ein echt amerikanisches Dinner versuchen?«

»Ich denke, wenn ich schon Ihre Sprache spreche, sollte ich auch das Essen probieren. Was schlagen Sie vor?« entgegnete sie, sichtlich erleichtert, daß er das Thema gewechselt hatte.

»Haben Sie großen Hunger?«

»Ich bin den ganzen Tag nicht zum Essen gekommen.«

»In diesem Fall empfehle ich Ihnen ein New Yorker Lendensteak. Sagen Sie meinem Freund Bescheid, daß es Zeit ist, einen Blick in die Speisekarte zu werfen.«

Sie wählten jeder eine Vorspeise, und nachdem sie auch das Hauptgericht bestellt hatten, nippte Oksana wieder an ihrem Champagner und beriet Peter, was er von Rußland unbedingt sehen sollte. »Natürlich müssen Sie das Bolschoi-Theater besuchen, und dann gibt es eine hochinteressante Tour durch den Kreml ... «

»Ich möchte unbedingt Sibirien kennenlernen und den Baikalsee«, fiel Peter ihr ins Wort. »Ich möchte soviel wie möglich von der Heimat meiner Vorfahren zu Gesicht bekommen. Kennen Sie die Gegend zufällig? Meine Mutter kommt aus Sibirien.«

»Wo leben Ihre Eltern jetzt?« erkundigte sich Oksana mit echtem Interesse.

»Meine Mutter wohnt noch in Brooklyn. Mein Vater ist ein paar Jahre nach meiner Geburt getötet worden. Wir lebten damals in Deutschland, und die Amerikaner haben ihn nach der Konferenz von Jalta nach Rußland zurückgeschickt. Stalin hat ihn umbringen lassen. Bis heute hatte ich nie das Bedürfnis, von der Sowjetunion irgendwas zu hören oder zu sehen.«

Rasch überschlug Oksana im Kopf, daß Peter Mitte vierzig sein mußte, obwohl er sehr jugendlich wirkte. »Unsere Geschichtsbücher haben erst vor kurzem angefangen, uns die Wahrheit über diese Ära zu erzählen«, meinte sie.

»Tja, und jetzt, wo ich hier bin, möchte ich alles über die Heimat meiner Familie erfahren. Und meine Partner in New York und Deutschland übernehmen sämtliche Reisekosten. Ich würde mich sehr freuen, wenn Sie sich ein bißchen um mich kümmern könnten.«

Ob sie es nun wollte oder nicht – Oksana fand den Amerikaner wirklich sympathisch. »Nun, ich werde sehen, was ich tun kann«, sagte sie. Aus ihren Erfahrungen als Dolmetscherin wußte sie, daß sich viele Amerikaner um ihr russisches Erbe bemühten, und es erfüllte sie mit Stolz, daß Amerikaner ein kulturelles Interesse an Rußland zeigten. Natürlich steigerte es ihre Hilfsbereitschaft, daß Peter sich ganz besonders für den Teil des Landes interessierte, aus dem sie selbst stammte, denn das passierte wahrhaft selten. Nicht viele Amerikaner wollten Sibirien kennenlernen.

Oksana fühlte sich wohl in Peters Gesellschaft. Aber plötzlich merkte sie, wie spät es geworden war. Eilig trank sie ihren Kaffee und ihren Cognac aus und sagte zu Boris: »Ich muß nach Hause. Morgen mache ich die Frühschicht im Hotel, und nachmittags habe ich Kurse am Institut.«

»Ja. Wirklich ein Glück, daß Marat den Dekan angerufen und ihm befohlen hat, Sie wieder aufzunehmen – kurz vor seinem Tod«, bemerkte Boris spitz. »Mein Chauffeur kann mich in der Petrowka-Straße absetzen; dort steht mein Wagen. Dann bringt er euch beide nach Hause. Vielleicht möchten Sie Peter noch Ihre Wohnung zeigen, ehe er zum Hotel zurückfährt. Der Chauffeur ist die ganze Nacht im Dienst, Sie brauchen sich also keine Sorgen zu machen, daß er zu spät heimkommt.« Oksana wurde rot und sah ihn böse an, sagte jedoch kein Wort. Als sie aufstanden, griff Boris nach dem Umschlag, den Oksana an ihrem Platz zurückgelassen hatte. »Es ist noch ein zweiter Abzug hier drin, den können Sie Jakowlew schenken, wenn Sie möchten.« Achselzuckend klemmte sich Oksana das Kuvert unter den Arm.

Draußen half Boris Oksana beim Einsteigen und nahm dann auf dem Beifahrersitz Platz, während Peter sich hinten zu Oksana setzte.

»Also wirklich, die Chef-Cops hier in Moskau leben ja auf großem Fuß«, stellte Peter grinsend fest.

»Oksana, hier ist noch eine Flasche Cognac, falls Sie möchten«, half Boris sofort nach.

»Ich habe alles, was wir brauchen«, entgegnete Oksana unbeeindruckt.

Der Mercedes hielt vor dem Hauptquartier der Milizija, Boris stieg aus und winkte Oksana und Peter zu. »*Do swidanija.*«

»Bis dann«, antwortete Peter. Schweigend fuhren sie zu Oksanas Wohnung. Als der Wagen hielt, stieg Peter aus und half Oksana auf den Bürgersteig.

»Sie können gern noch mit raufkommen, auf einen Schlummertrunk, wie die Amerikaner so schön sagen«, schlug sie vor.

Schon wollte Peter antworten – etwas in der Art wie: »Nur weil Boris es so arrangiert hat, bedeutet das noch lange nicht, daß Sie mich einladen müssen«, aber da fiel ihm gerade noch rechtzeitig ein, daß Oksana diesen Teil von Boris' Erklärung gar nicht übersetzt hatte. So zu tun, als verstünde er kein Russisch, war schwierig. »Gerne«, sagte er.

Sie nahmen den Aufzug; Oksana öffnete die Wohnungstür, und Peter folgte ihr durch den Vorhang aus Perlenschnüren, der den Vorraum vom Wohnzimmer abtrennte.

Oksana brachte Cognac und nahm auf dem Sofa Platz.

»Ich meine es sehr ernst mit meiner Bitte – ich wünsche mir sehr, daß Sie meine Dolmetscherin und Reisebegleiterin werden«, sagte Peter, nachdem er einen großen Schluck Cognac genommen hatte. »Was auch immer der Lohn für eine Vollzeit-Dolmetscherin sein mag, ich verdopple ihn. Ich will dieses Land sehen, ich will nach Sibirien, und ich glaube, im neuen Rußland gibt es viele Gelegenheiten für interessante Geschäftsprojekte. Außerdem möchte ich Russisch lernen. Bei all dem bin ich auf Ihre Hilfe angewiesen.«

»Ich muß noch das letzte Semester am Fremdsprachen-institut hinter mich bringen«, entgegnete Oksana.

»Könnten Sie sich nicht freinehmen, um für mich zu arbeiten? Es würde Ihnen doch sicher auch Spaß machen.«

»Ich muß darüber nachdenken, Peter.« Sie lachte. »Zu allererst muß ich Ihnen beibringen, wie man Ihren Namen korrekt ausspricht. Bei Ihnen klingt es immer nach Nickel! Ganz schön schwierig, das für Boris zu übersetzen.«

»In Zukunft werde ich immer als Ni-chi-low durchs Leben gehen, das schwöre ich«, erwiderte Peter und fügte hoffnungsvoll hinzu: »Können wir uns morgen treffen? Zum Abendessen?«

»Nein.« Als Oksana die Enttäuschung auf seinem Gesicht sah, lenkte sie ein: »Ich weiß nicht, ob ich morgen Zeit habe. Rufen Sie mich doch einfach an. Ich muß es mir überlegen. Jedenfalls kein Essen in einem amerikanischen Lokal. Ich möchte Ihnen ein echt russisches Restaurant vorführen.«

»In Ordnung«, nickte Peter. »Wie kann ich Sie erreichen?«

»Rufen Sie Boris an.«

»Ich brauche einen Dolmetscher, wenn ich mit ihm reden will. Wie wäre es, wenn wir uns hier treffen und Sie rufen Boris für mich an?«

»Aber wenn Sie schon hier sind«, entgegnete sie mit einem Lächeln, »brauchen wir ihn nicht mehr anzurufen.«

»Um so besser.« Auch er lächelte. »Wann soll ich kommen?«

»Ich komme etwa um sechs vom Institut. Lassen Sie mir eine Stunde zum Ausruhen. Und jetzt, Mr. Nichilow, muß ich schlafen.«

»Okay – dann um sieben. Hier.« Peter stand auf, und sie gingen zusammen zur Tür. Oksana öffnete sie. »Gute Nacht, Oksana«, sagte er.

»Do swidanija, Peter.«

Eine Weile blieb Oksana an der Wohnungstür stehen und sah Peter nach, wie er über den Korridor zum Aufzug ging. Unterwegs drehte er sich um, lächelte und winkte ihr zu. Dann glitten die Lifttüren auf, und er war verschwunden. Oksana seufzte zufrieden. Ein sympathischer Mann, dachte sie, ausgesprochen charmant – und zudem noch Amerikaner.

34

Boris Burentschuk wartete mit einer Zivilstreife am Straßenrand vor dem Hotel. Um seine Tarnung als amerikanischer Geschäftsmann noch glaubwürdiger zu machen, war Peter aus seiner gemütlichen Wohnung in ein Hotel umgezogen. Jetzt stieg er zu Boris ins Auto, und sie fuhren durch ein endloses Labyrinth unbeschilderter Straßen, durch öde, verbaute Stadtviertel, bis sie endlich ihr Ziel erreicht hatten und vor einer großen Lagerhalle parkten. Boris wurde im Gefängnis erwartet; man führte ihn und Peter über einen byzantinisch anmutenden gepflasterten Hof, der das Gefängnis umgab: ein vierstöckiges Backsteingebäude mit gleichförmigen Fensterreihen zwischen vier Steintürmen an den Ecken des klotzigen Steinquaders.

Im Empfangszimmer stellte Boris sich und Peter einem jungen Offizier mit schrägstehenden Augen und hohen Wangenknochen vor. »Ich bin Hauptmann Malik Muchamedow. Der Kommandant erwartet Sie bereits«, erklärte dieser, während er in ein gemütliches, holzverkleidetes Büro voranging. Oberst Arkadi Matlowow stand hinter dem Schreibtisch, ein freundliches Lächeln auf dem hageren Gesicht.

»General Bodajew hat mir gesagt, wen Sie suchen, und soweit ich verstanden habe, stehen wir unter Zeitdruck«, begann er. »Wir haben hier viele Sträflinge tschetschenischer Abstammung, und wie jeder bei der Milizija weiß, lassen sich diese Menschen – höchstwahrscheinlich genetisch bedingt – häufig zu blinden Gewalttaten hinreißen.«

Peter lächelte schwach. »Ich werde ihn schon erkennen.« Der Kommandant führte sie auf den Korridor. Als sie zu einer schweren Metalltür gelangten, zog er einen Eisenschlüssel hervor, so altertümlich wie das ganze Gefängnis.

»Ist je ein Häftling aus Butyrka ausgebrochen?« erkundigte sich Peter.

»Soweit ich weiß, in den letzten hundert Jahren nicht«, antwortete Arkadi. »Trotz der antiquierten Fassade besitzt diese Einrichtung ein ziemlich gutes Sicherheitssystem.«

Sie gelangten über eine Eisentreppe in den zweiten Stock, zu einem gefliesten Korridor, der sich die gesamte Länge des Gefängnisgebäudes entlangzog. »Diese Fliesen hat Katharina die Große verlegen lassen, als sie das Gefängnis erbaute.« Dann wies er auf die Reihe von Stahltüren auf beiden Seiten des Ganges. In der Mitte jeder Tür befand sich eine kleine viereckige Luke. »Die öffnen wir, wenn die Insassen ihre *Calanda*, ihr Essen, bekommen.«

Arkadi zeigte auf die Oberkante einer Eisentür. Zwischen ihr und dem zementierten Türrahmen verlief ein etwa fünf Zentimeter breiter Spalt. Mit zwei Fingern ertastete er einen Faden, der sich über die Korridordecke und in den Spalt über der Tür der gegenüberliegenden Zelle spannte.

»›Pferderennen‹ nennen es die Insassen, wenn sie diese Fäden spannen«, erklärte Arkadi. »Sie falten eine kleine Papierrolle zu einem Blasrohr und binden den Faden an eine Erbse, die sie dann über den Korridor hinweg in eine andere Zelle schießen. Dort wird der Faden befestigt, und dann können die Häftlinge Botschaften auf kleinen Papierschnipseln schicken, die an dem Faden von einer Zelle zur anderen wandern.«

Arkadi deutete noch einmal auf den Faden, und die Wache zog die zerbrechliche Kommunikationsleitung mit einem Stock herunter. Augenblicklich erschollen aus beiden Zellen wüste Beschimpfungen. »Verdammter Pferdedieb!« schrien die Insassen – auf englisch, wie sie es von amerikanischen Western und Fernsehshows aufgeschnappt hatten.

Mit einem Blick auf den Faden meinte Arkadi ernst: »Wie Sie sehen, kennen die Häftlinge viele Tricks, sich Nachrichten zu übermitteln. Ich kann nicht garantieren, daß die Nachricht von Ihrer Suche lange innerhalb der Gefängnismauern bleibt.«

Nun stiegen Boris, Peter, der Kommandant und zwei Wachen zwei weitere Treppen empor. »Ich habe versucht, die Tschetschenen von den anderen zu trennen und in eigenen Höfen zusammenzubringen«, sagte Arkadi, als sie am Ende des Ganges auf dem Dach angekommen waren und zusahen, wie die Sträflinge unter ihnen in den kleinen Verschlägen auf und ab gingen, die Arme schwangen und die relativ milde Septemberluft einatmeten. »Auf jeder Seite sind zwanzig Verschläge, insgesamt also vierzig; hier draußen sind jetzt ungefähr vierhundert Insassen. Sehen Sie sich ruhig um. Ich gehe mit Ihnen, damit Sie auch die Gesichter der Männer sehen – die meisten winken mir zu, wenn ich vorbeikomme. Falls Sie Ihren Mann entdecken, beschreiben Sie ihn mir, dann können wir ihn von den anderen trennen.« So wanderten sie den unebenen Plankenweg entlang, während Peter erst rechts, dann links in die Gesichter spähte.

Die Gefangenen schienen sich ehrlich zu freuen, als sie den Kommandanten sahen. »Arkadi Sergejewitsch!« riefen manche. »Mein lieber Kommandant!« Peter war von den Sympathiebekundungen für den Gefängnischef überrascht, die allem Anschein nach nicht geheuchelt waren. Er kannte den Haß, der gewöhnlich der Milizija und dem Gefängnispersonal entgegenschlug. Die Aufmerksamkeit konzentrierte sich glücklicherweise so ausschließlich auf Arkadi, daß keiner der Männer mitbekam, wie Peter sie inspizierte. Schließlich waren nur noch zwei Käfige auf beiden Seiten des Gangs übrig. Aber auf einmal blieb Peter die Luft weg, denn er erkannte klar das Gesicht des Mannes, den er nach den Morden in Brighton Beach gesehen, der auf dem JFK-Flughafen eine Lufthansamaschine bestiegen und ihm dabei Grimassen geschnitten hatte.

Rasch wandte er dem Gefangenen den Rücken zu und sagte Arkadi Bescheid. Im Büro des Kommandanten wandte sich

Arkadi an seinen Assistenten. »Bringen Sie mir den Namen des Häftlings, den der Amerikaner eben identifiziert hat. Ich habe das ungute Gefühl, daß er genau wußte, wem die Inspektionstour galt.«

»Ich glaube, ich habe mich noch rechtzeitig weggedreht«, entgegnete Peter.

»Vielleicht«, meinte Arkadi zweifelnd. Dann befahl er Malik: »Stecken Sie den Mann in eine Einzelzelle und bringen Sie mir seine Akte.«

Nachdem der Hauptmann den Raum verlassen hatte, sagte Boris: »Ich werde Wladimir Netschiajew informieren, daß Peter den Mann identifiziert hat, den die Auswanderer in New York den Tschetschenen genannt haben.«

Arkadi lachte. »Sie wollen meinen Gefangenen also der Gnade und Barmherzigkeit des Schlaufuchses ausliefern? Da wird er bald darum betteln, wieder in eine meiner Zellen zurückkehren zu dürfen.«

Der Kommandant hielt inne, und seine Augen glänzten. Nach einer Weile fuhr er fort: »Kommen Sie, wir trinken zusammen ein Gläschen. Möchten Sie sich die Hände waschen? Man weiß nie, was man sich da oben alles einfängt.«

Nach Arkadis Beispiel kippten Peter und Boris in alter russischer Tradition den Schnaps in einem einzigen Schluck hinunter. Obwohl seine Vorfahren aus Moskau stammten, hatte sich Peter nie an den russischen Umgang mit Alkohol gewöhnen können, aber zum Glück kam ihm der Schnaps wenigstens nicht wieder hoch. Bevor Boris sich ebenfalls dem russischen Trinkkodex unterwarf, schenkte er Peter einen mitfühlenden Blick.

»Als Cop habe ich schon viele Gefängnisse von innen gesehen«, bemerkte Peter. »Aber noch nie habe ich erlebt, daß die Sträflinge ihrem Kommandanten soviel Bewunderung und Zuneigung entgegenbringen. Es sei denn«, fügte er zögernd hinzu, »es sei denn, es ist alles nur Theater.«

»Vielleicht ist es von beidem ein wenig. Die Kerle sind doch auch Menschen und sollten entsprechend behandelt werden. Natürlich leben sie hier in Gefangenschaft unter schrecklich beengten Bedingungen, und ich kann nur versuchen, ihnen den Aufenthalt so erträglich wie möglich zu machen. Ich erkläre meinen Häftlingen, daß wir Partner sind, nur gehen wir, die wir auf der anderen Seite des Gesetzes stehen, abends nach Hause. Allerdings haben dort die meisten von uns nicht viel mehr Platz als sie hier.«

Der Kommandant füllte die drei Gläser nach. »Ich wohne tatsächlich nicht viel komfortabler als meine Gefangenen«, fügte er hinzu. »Wir müssen uns zu sechst zwei Zimmer teilen.«

»Wann können wir uns mit dem Mann unterhalten?« erkundigte sich Peter.

»Mit ihm unterhalten?« Arkadi lachte schallend. »Ich werde schon ein Plätzchen finden, wo der Schlaufuchs ihn verhören kann. Danach bleibt er in Einzelhaft, bis Sie den Fall gelöst haben.«

»Danke, Kommandant.« In diesem Augenblick ging die Bürotür auf, und Malik erschien mit einem dünnen braunen Aktenordner. »Wir haben nur sehr wenig über ihn. Aber die Milizija kann Ihnen sicher mehr sagen, jetzt, wo sie den Namen wissen, unter dem er verhaftet wurde. Er hat sich gewaltsam gegen seine Verhaftung gewehrt, als man ihn dabei erwischte, wie er diesen Ladenbesitzer in der Arbat-Straße ausnehmen wollte. Er hatte einen Parteiausweis dabei, konnte sich aber nicht an den Namen erinnern, auf den er ausgestellt war. Später haben wir festgestellt, daß es ohnehin eine Fälschung war. Er hat garantiert Beziehungen zu hochgestellten kriminellen Kreisen«, meinte Malik, während er die Dokumente noch einmal durchblätterte und den Ordner dann vor seinen Chef auf den Schreibtisch legte. »Er bekommt regelmäßig Besuch von einem sehr teuren Moskauer Anwalt.«

Arkadi nickte bedächtig. »Wenn wir ihn jetzt von seinen Mithäftlingen trennen und sein Anwalt ihn nicht findet, dann wissen seine Leute, daß er wegen einer größeren Strafsache verdächtigt wird.«

»Wie oft besucht ihn denn dieser Anwalt?« fragte Peter.

Malik sah in den Akten nach. »In den letzten zwei Monaten ist er zweimal hiergewesen. Ich könnte mir vorstellen, daß er nächste Woche wieder auftaucht.«

Ungeduldig schlug sich Boris mit der rechten Faust auf die linke Handfläche.

»Uns bleibt nicht viel Zeit.«

»Der Schlaufuchs muß diesmal besonders schnell arbeiten«, meinte Peter. »Womöglich leiert Zekki sein Druckprojekt bereits an.«

Auf Arkadis Gesicht erschien ein grimmiges Lächeln. »Wenn dieser Tschetschene tatsächlich die Antwort auf Ihre Probleme ist, dann werde ich ihn sehr schnell für Sie mürbe machen. Zwar hasse ich solche Methoden und erlaube grundsätzlich nicht, daß sie in meinem Gefängnis angewandt werden, aber ich sorge dafür, daß dieser Mann dem Schlaufuchs die Wahrheit sagt.« Er wandte sich an Malik. »Zeit, die Gefangenen wieder in die Zellen zu schicken. Holen Sie diesen Tschetschenen von den anderen weg und stecken Sie ihn in ›Katharinas Loch‹. Melden Sie sich, wenn alles erledigt ist.« Wieder griff Arkadi nach der Wodkaflasche und schenkte nach. »Ich könnte den Tschetschenen zusammen mit zwei oder drei Mistkerlen einsperren. Sie würden ihn solange vergewaltigen und quälen, bis er alles ausspuckt, was er weiß. Das war der Stil meines Vorgängers. Ich halte nichts von körperlicher Folter, solange sie nicht absolut unvermeidlich ist.«

»Und was ist ›Katharinas Loch‹?« fragte Peter.

Arkadi grinste über die neugierigen Gesichter seiner Besucher. »Als Katharina die Große dieses Gefängnis im Jahr 1786 für politische und kriminelle Häftlinge bauen ließ, wußte sie natürlich, daß auch einige Unverbesserliche unter den Insassen sein würden. Deshalb befahl sie, Verliese einzurichten, in denen die Gefangenen weder stehen noch liegen konnten, sondern sich im Stockdunklen auf dem Steinboden zusammenkauern mußten. Wenn sie etwas aßen, mußten sie mit ihren Exkrementen leben, wenn nicht, verhungerten sie, allein in der lautlosen Finsternis. Ein Jahrhundert lang starben Männer unter diesen unvorstellbar grausigen Qualen. Dann wurde das Loch zwar für gesetzeswidrig erklärt, blieb aber erhalten. Trotz des Verbots von Zar Nikolaus, das die Sowjets beibehielten, landet auch heute manchmal ein Unverbesserlicher im Verlies, vielleicht ein, zwei Tage. Offenbar hat das Loch seine Wirkung nicht verloren. Wenn ein Gefangener herauskommt, erzählt er oft von den verdammten Seelen, die dort angeblich herumspuken. Und die meisten sind bereit, alles zu tun, um einen zweiten Aufenthalt im Loch zu vermeiden.«

Peter nickte zufrieden. »Das schlägt natürlich alle Überredungskünste, die wir in Amerika kennen. Spuk und Gespenster, ja?«

»Wir sind sehr erfinderisch hier in Rußland«, meinte Boris. »Und Gespenster sind nicht teuer.«

»In vierundzwanzig Stunden wird der Tschetschene Ihnen alles erzählen, was er weiß, nur damit er nicht wieder ins Verlies muß«, versprach Arkadi, während er allen noch einen Wodka einschenkte.

Zwanzig Minuten und zwei Wodkas später kehrte Malik mit der Nachricht zurück, der Tschetschene sei nun den Qualen des Verlieses ausgesetzt.

»Hat er den anderen in seiner Zelle etwas zugerufen, als Sie ihn rausholten?« fragte Peter.

»Er hat ihnen gesagt, sie sollten die Nachricht sofort überall verbreiten«, antwortete Malik.

»In diesem Fall müssen wir seine Zellengenossen auch isolieren und ihnen verbieten, ihre Anwälte zu sehen«, verkündete

Arkadi entschlossen. »Das kann allerdings ziemlich heikel werden und Proteste von höchster Ebene nach sich ziehen.«

»Das Loch und der Schlaufuchs werden den Tschetschenen schon zum Reden bringen«, entgegnete Boris.

»Das letztemal, als wir einen Gefangenen ins Verlies gesteckt haben, hat er schon nach ein paar Stunden rumgebrüllt, er wollte wieder raus«, lachte Malik. »Ich glaube, ein Mensch mit übersinnlichen Kräften könnte da drin bestimmt eine Menge Geister identifizieren.«

»Gut. Wir kommen morgen nachmittag wieder«, versprach Boris.

35

Wenige Stunden nachdem der Tschetschene von den übrigen Gefangenen in Butyrka isoliert worden war, hatte das interne Kommunikationssystem die Nachricht an so viele Insassen weitergegeben, daß einer der Häftlinge die Information mit Hilfe seines Anwalts nach draußen schleusen konnte. Bevor der Tag vergangen war, wußte Pawel, daß der Tschetschene in Butyrka einer Sonderbehandlung unterzogen wurde. Sofort beschloß Jap die Verlegung der Fälscherwerkstatt. Am nächsten Morgen machten er und Pawel die zweistündige Fahrt von Moskau in Richtung Nordosten, um den Schließungsbefehl persönlich zu übermitteln. Ein Wagen voller Profikiller folgte ihnen.

Zilisi verfiel immer mehr, nachdem die meisten seiner Fabriken dichtgemacht hatten. Früher war Zilisi wegen seiner Kirchen bekannt gewesen; doch aus deren Ruinen war inzwischen auch die letzte Ikone gestohlen worden.

Sie fuhren am größten und modernsten Gebäude von Zilisi vorbei, dem Hauptquartier der Kommunistischen Partei, einem dreistöckigen modernen Backsteinklotz, jetzt verschlossen und mit Brettern verrammelt, alle Wertsachen konfisziert – jedenfalls diejenigen, die man gefunden hatte.

»Es ist wirklich schade, daß wir hier nicht weitermachen können«, seufzte Pawel. »Wo wir nicht mal genau wissen, ob man den Tschetschenen überhaupt verhört hat.«

»Man hat ihn von den anderen isoliert. Das reicht. Außerdem ist von den Parteibonzen, die wir in der Tasche hatten, keiner mehr einen Pfifferling wert«, bemerkte Jap. »So ist das eben bei einem Umsturz. Jetzt könnte jeder x-beliebige hier auftauchen und seine Nase in unsere Angelegenheiten stecken.«

Sie kamen an der Schule vorbei, vor der sich die Kinder gerade versammelten, und fuhren weiter zu dem dreistöckigen Wohnblock am Stadtrand, der zum landwirtschaftlichen Kollektiv gehörte. Vor der Doppeltür an der Seite des Gebäudes machten sie halt.

Dimitri und seine tschetschenischen Leibwächter, die Maschinengewehre über der Schulter, erkannten ihren Boß und neigten die Köpfe zum Gruß. Jap und Pawel gingen hinein und betraten einen Korridor, der auf beiden Seiten von Kleiderständern mit Herrenanzügen, Kostümen, Jacken, Röcken und Hemden gesäumt war. Vor den Wänden stapelte sich bergeweise Freizeitkleidung. Die Männer durchquerten ein leerstehendes Büro und kamen in die Druckerei, für die man die Wände von vier Wohnungen herausgebrochen hatte, so daß eine große, geschäftige Fabrikhalle entstanden war.

Zekki Dekka stand an einem Tisch; er inspizierte jede Hundertdollarnote, die produziert wurde. Die fertig bearbeiteten und kontrollierten Scheine kamen in einen Tresor, den nur Zekki öffnen konnte. Erstaunt blickte er auf – gewöhnlich ließ Jap sich nicht blicken, wenn kriminelle Aktivitäten im Gang waren. »Was in aller Welt führt dich denn hierher?«

»Ihr müßt umziehen, Zekki«, fauchte Jap. »Deshalb bin ich hier.«

»Umziehen, Boß? Aber warum denn? Es läuft doch alles wie geschmiert.«

»In zwei Tagen muß alles aus Zilisi raus sein. Heute könnt ihr weiterarbeiten, aber ich will, daß ihr morgen abend weg seid.«

»Wo liegt das Problem?«

»Das erzähl' ich dir später. Wieviel haben wir bis jetzt produziert?«

»Als wir gestern abend Schluß gemacht haben, waren genau acht Millionen zweihunderttausend Dollar vollständig behandelter Scheine im Tresor.«

»Ich dachte, wir hätten mehr«, brummte Jap.

»Die Vorbereitungen haben länger gedauert, als ich erwartet habe. Die Oberseite haben wir mit der Platte, die Red Rolf sich in Washington besorgt hat, wunderbar hingekriegt. Wie geplant zweiunddreißig Stück pro Durchgang. Aber die Rückseite müssen wir im Tiefdruckverfahren machen, und zwar jeden Schein einzeln. Dann gab's Probleme mit der grünen Tinte – wie immer. Jetzt endlich sind wir bei gut einer Viertelmillion pro Tag.«

»Wundervoll, Zekki, aber wir ziehen trotzdem um.«

»Tja, mit dem, was wir heute und morgen früh noch produzieren, haben wir mindestens noch mal 'ne Viertelmillion«, meinte Zekki achselzuckend, »inklusive der Scheinchen, die noch im Alterungsraum bearbeitet werden. Möchtest du einen Blick reinwerfen?« fragte er eifrig.

Jap seufzte. Aber Menschen, die ihr Handwerk so meisterhaft verstanden, verdienten als Lohn ihrer Arbeit nicht nur Geld, sondern angemessene Bewunderung. Also folgte er Zekki ins muffige Obergeschoß.

Vier dunkle, unrasierte Männer in Jeans und weiten dunklen Hemden, mit weichen Wollpantoffeln an den Füßen, wateten mit ausladenden Schritten durch einen knöcheltiefen See frisch gefälschter Hundertdollarscheine. Mit grimmigem Gesicht, die Maschinenpistole demonstrativ erhoben, wanderte Mischa zwischen den Männern herum, die sich gegenseitig die Scheine in die Hand drückten, in die Hosentaschen stopften und wieder herauszogen, unter die Nase hielten und gierig daran schnüffelten.

»Ah, du sorgst also dafür, daß sie ehrlich bleiben«, begrüßte Jap seinen Killer.

»Die kommen bestimmt nicht auf dumme Ideen«, brummte Mischa.

»Übrigens, Jap, wir haben bald kein Kokain mehr«, meinte Zekki mit leisem Lachen. »Das Papier schluckt mehr Koks, als ich gedacht hätte. Und natürlich hält es auch die Trampler bei Laune.«

Jap lächelte anerkennend. »Du denkst wirklich an alles.«

»Der Koksgeruch beweist, daß das Geld durch Dealerhände gegangen ist. Wie jeder weiß, speist man einen Dealer nicht mit Blüten ab, wenn einem das Leben lieb ist.« Als sie die Treppe wieder hinuntergingen, seufzte Zekki: »Wohin ziehen wir denn jetzt um?«

»In eine stillgelegte Fabrik am Nordrand von Moskau. Dort können wir alles wieder aufbauen.«

Eine Tür auf der gegenüberliegenden Seite der Fabrikhalle öffnete sich, und der Amerikaner, Red Rolf, kam auf Jap und Zekki zu. »Zekki, hast du Jap erzählt, daß wir endlich mit voller Geschwindigkeit drucken?«

»Der Boß sagt, wir müssen umziehen«, erwiderte Zekki mit einem vielsagenden Schulterzucken.

»Das ist doch lächerlich!«

In diesem Augenblick erschien eine große, schlanke, elegant gekleidete Frau in der Tür: Nadja Bolschokowa. In ihrem hautengen, hochgeschlitzten Kleid sah sie aus, als wollte sie zu einer Cocktailparty.

»Slawa!« rief sie. »Pawel! Wir hatten ja keine Ahnung, daß ihr heute vorbeikommt!«

»Ziehen Sie sich für die Arbeiter immer so an?« fragte Pawel.

»Die letzten Tage habe ich mir die Kleider angeschaut, die mit den Pressen in den Containern waren. Außer mir scheint sich niemand für sie zu interessieren. Dabei könnten wir ein Vermögen verdienen, wenn wir sie im GUM verkaufen.«

»Je weniger Fragen die Leute beantworten müssen, die etwas mit der Sache hier zu tun haben, desto besser«, erwiderte Pawel. »Aber bedienen Sie sich ruhig.«

»Ich nehme das vorhandene Geld gleich mit«, verkündete Jap. »Die Scheine, die jetzt oben bearbeitet werden, macht ihr fertig und bringt sie dann mit dem Rest der Produktion nach Moskau.«

»Komm doch gleich mit ins Büro, da steht der Tresor«, schlug Zekki vor.

»Zekki, das ist doch Quatsch«, protestierte Red Rolf.

»Was Jap sagt, wird gemacht«, konterte Zekki. »Wir drucken noch heute und morgen Vormittag, dann ziehen wir um.«

»Ich möchte gern möglichst viele von den tollen Klamotten mitnehmen«, warf Nadja ein. »Rolf und ich hatten so eine schöne Wohnung – schade drum, schade um das gute Essen hier und den Champagner.«

»Offen gesagt finde ich auch, daß Jap übertrieben reagiert«, pflichtete Pawel ihr bei. »Aber er ist der Boß. Mischa soll bleiben, bis der letzte von uns das Gebäude verlassen hat, falls es doch noch irgendwelche Probleme gibt.«

Er musterte Nadja mit einem verständnisvollen Grinsen. »Sie und der Amerikaner haben sich hier ein kuscheliges Nest eingerichtet, stimmt's? Jap hat für Sie eine der wichtigsten Diebesbruderregeln gebrochen. Laß nie einen Außenseiter, vor allem keine Frau, bei einer laufenden Operation zusehen. Aber der Amerikaner sollte sich wohl fühlen, und er ist ja auch davon ausgegangen, daß wir hier in der Wildnis noch mindestens einen Monat weiterdrucken.«

»Für mich war's schön, und es hat sich auch noch gelohnt«, sagte Nadja. »Der Amerikaner ist mir sehr dankbar für die kleinen Aufmerksamkeiten, die ich ihm erweise, und obendrein sehr großzügig.«

»Gut, dann sorgen Sie dafür, daß es ihm weiterhin gutgeht. Arbeitet Zekki fleißig?«

Nadja lachte schallend. »Er hat sich gerade eine kleine Fünfzehnjährige geholt und ihren Eltern fünfhundert Rubel gegeben, was in dieser kaputten Stadt natürlich ein Vermögen ist. Damit sie erlauben, daß das Mädchen nach der Schule bei ihm bleibt.« Sie schüttelte den Kopf und schnalzte mit der Zunge. »Zekki ist der Meinung, daß eine Frau mit sechzehn ihre Jugend hinter sich hat und mit achtzehn eine alte Schachtel ist.«

»Hauptsache, es kriegt niemand mit, was in dieser Fabrik vor sich geht.«

»Die Leute glauben, wir stellen Klamotten her. Zekki hat dem Vater des Mädchen einen Anzug geschenkt und der Mutter ein schönes Kleid. Es bricht ihm sicher das Herz, wenn er die Kleine verlassen muß.«

»Dann soll er sie doch mitnehmen.« In diesem Moment kam Zekki mit einem Koffer aus dem Büro zurück und stellte ihn neben Jap auf den Boden. Jap klappte ihn auf und lächelte, als er die Stapel ordentlich gebündelter Hundertdollarscheine sah. Dann blickte er auf. »Laßt uns was essen und trinken, ehe Pawel und ich wieder nach Moskau fahren.«

Gefolgt von den anderen trug Jap den Koffer mit dem Falschgeld zum Aufenthaltsraum am Ende des Korridors. Mischa, der die Falschgeldproduktion zu bewachen hatte, schloß sich ihnen an. Jap winkte einen anderen Bewaffneten heran, der sich in ihrer Abwesenheit um die Ehrlichkeit der Geldstampfer kümmern sollte.

»Mischa«, sagte Jap, »ich würde mich hier fühlen wie in Abrahams Schoß, wenn du vor der Tür Wache hieltest.«

Geschmeichelt kam der Killer der indirekten Aufforderung nach und stellte sich vor die Hintertür. Aus der Öffnung der Garage gegenüber ragte die Stoßstange einer glänzenden Limousine, neben der ein bewaffneter Chauffeur stand.

In dem gemütlichen Raum, dessen Wände mit bunten Kleidern vollgehängt waren, deckte Nadja den Tisch mit kaltem Braten, geräuchertem Stör, Schinken, Ananasscheiben und zwei Sorten russischen Schwarzbrots. Zum Schluß holte sie noch eine Flasche Bourbon und eine Flasche Cognac, dann verließ sie das Zimmer und schloß die Tür hinter sich.

Jap forderte Pawel, Zekki und Red Rolf mit einer Handbewegung auf, sich zu bedienen. »Wir stehen kurz vor dem Ziel. Jetzt ist es Zeit, daß ich euch in die Einzelheiten des Plans einweihe. Vielleicht findet ihr mich übertrieben vorsichtig ... «

»Wir stehen alle hinter deiner Entscheidung, Jap«, warf Pawel ein. »Du schuldest uns keine Erklärung.« Zekki und Red Rolf nickten zustimmend.

»Ich weiß euer Vertrauen zu schätzen. Habt ihr Kontakt zu Azziz aufgenommen?«

»Er ist in Moskau, in der irakischen Botschaft. Ich habe gestern mit ihm gesprochen, Red Rolf ebenfalls.«

»Dann hat es ja durchaus auch Vorteile, daß wir nach Moskau umziehen«, meinte Zekki. »Red und ich haben Azziz gesagt, wir könnten ihm alles besorgen, was er will.«

»Rotes Quecksilber will er, um es nach Bagdad zu schicken«, fügte Red Rolf hinzu.

Jap lachte. »Er will rotes Quecksilber? Ist er wirklich so blöd? Das versuchen die Mittelsmänner zur Herstellung *kleiner* Atombomben zu verkaufen. Ich habe ein paar Gramm Plutonium 239 für ihn, damit er seinen Leuten zeigen kann, was wir liefern.«

Als Zekki übersetzt hatte, machte Red Rolf große Augen. »Sie besitzen tatsächlich Plutonium?«

Japs Augen funkelten. »Falls nicht, ist ein Fabrikchef samt Familie inzwischen tot. Ja, wir können alles kriegen, was wir wollen, aber wir müssen erst das Geld dafür herstellen.«

»Ich bringe Azziz das Plutonium persönlich«, bot Red sich an. »Azziz und ich haben 1988 einige Waffengeschäfte für den Irak getätigt, damals als wir die Iraker dazu bringen wollten, im Iran einzumarschieren.«

»Und dann sagen Sie Azziz, daß wir seinem Chef Nuklearsprengköpfe und Transportsysteme liefern können, die von Bagdad nach New York reichen«, rief Jap. »Ich weiß, das würde den Irakern gefallen.«

Red Rolf stieß einen Pfiff aus. »Ich würde mindestens fünfzehn Millionen kassieren, wenn ich ein neueres Modell einer Interkontinentalrakete wie etwa die *Sichel* mit mobiler Abschußrampe liefern könnte.«

»An so was Ähnliches habe ich gedacht«, nickte Jap. »Und wenn der Irak erst mal so ein Ding hat, dann will garantiert jeder verrückte Diktator von Nordkorea bis Nordafrika eine Interkontinentalrakete kaufen oder wenigstens ein paar Kilo Plutonium 239 für« – hier senkte Jap fast ehrfürchtig die Stimme – »für eine Million Dollar pro Kilo, die teuerste Substanz der Welt.«

»Mit dem, was wir hier drucken, können wir außerdem Gold, Platin, Diamanten und Smaragde kaufen«, mischte sich Zekki voller Begeisterung ein.

»Und uns erwischen lassen?« fauchte Jap.

»Natürlich gibt es ein gewisses Risiko«, räumte Zekki ein, »aber ... «

»Ich gehe keine unnötigen Risiken ein, und ich hinterlasse auch keine Spuren«, unterbrach ihn Jap scharf. »Wir kaufen mit unseren Blüten weder Gold noch Schmuck. Dieses Projekt ist zu groß, und wegen solcher Kindereien könnte man uns womöglich auf die Schliche kommen, ehe wir die Sache durchgezogen haben.«

Zekki, Red Rolf und Pawel nickten wieder. »Vielleicht sind über hundert Leute an meinem Geschäft beteiligt«, fuhr Jap fort, »aber nur wir vier hier in diesem Zimmer kennen die Kapitalquelle, aus der die Mittel zur Verwirklichung unserer Pläne fließen.« Wieder hielt er inne. »Du, Zekki«, sagte er dann, »weißt Bescheid, weil du das Genie hinter den Dollars bist und auch die Kreditbriefe fälschen wirst.«

Nun wandte sich Jap an den Amerikaner: »Sie, Red Rolf, sind eingeweiht, weil Sie unser Projekt noch zu Breschnews Zeiten in Amerika angeleiert und uns dieses Jahr die Druckplatten für perfekte Hundertdollarscheine besorgt haben.«

Zekki übersetzte und fügte hinzu: »Und weil er mich aus dem Gefängnis geholt hat.«

»Außerdem war Azziz ursprünglich mein Kontaktmann«, mischte sich auch Red Rolf ein, dem sehr viel daran lag, daß seine Verdienste für Japs »wichtiges Geschäft« angemessen gewürdigt wurden.

»Richtig«, bestätigte Zekki. »Und ich habe jede Menge Kreditunterlagen gefälscht, damit Azziz Waffen kaufen konnte.«

Jap legte Pawel die Hand auf die Schulter. »Und Pawel koordiniert natürlich das Ganze.«

»Niemand stellt dich in Frage, Jap«, rief Pawel.

»Aber eines dürft ihr nie vergessen«, sagte Jap mit bewegter Stimme. »Einige Leute sind nicht mehr am Leben, weil sie Falschgeld in Umlauf gebracht und damit womöglich jemanden auf unsere Operation aufmerksam gemacht haben, ehe mein Geschäft startklar war. Obwohl ich den Anschlag des Tschetschenen im Hotel Rossija nicht gutheiße, hat er wohl immerhin verhindert, daß laserkopierte Scheine in Umlauf gerieten.«

»Von unseren Scheinen ist keiner im Umlauf«, erklärte Zekki. »Und wir müssen auch in Zukunft jedes Risiko vermeiden.«

Jap stand auf, ergriff den Koffer mit den Blüten und wandte sich noch einmal an Pawel. »Sobald die neue Fabrik funktioniert und Zekki eine Vereinbarung mit Azziz ausgehandelt hat, fliegen wir nach Irkutsk und statten dem Hamster wieder einen Besuch ab.« Liebevoll tätschelte er den Koffer mit den Hundertdollarscheinen.

36

Mit der Hilfe von zwei Wachen zerrte Hauptmann Malik Muchamedow den Tschetschenen nach vierundzwanzigstündigem Aufenthalt aus dem schwarzen Loch der großen Katharina. Man führte ihn ins Kellergeschoß des Gefängnisses und schubste ihn auf einen Stuhl, der von einem grellen Scheinwerfer angestrahlt wurde. Wladimir Netschiajew und Peter Nichilow traten aus der Finsternis hervor und näherten sich dem totenbleichen, stämmigen Gefangenen, der sich die Fäuste vor die Augen preßte, um sich vor dem Licht zu schützen.

Aus den Schatten ertönte die Stimme des Kommandanten. »Nun, Tschetschene, oder wie immer dein richtiger Name lautet, du hast einige Zeit an einem Ort verbracht, an den wir dich für immer verbannen können, zusammen mit den ruhelosen Seelen, die vor dir dort gestorben sind.«

»Ich will meinen Anwalt sprechen.« Der Tschetschene versuchte trotzig zu klingen. »Mein Chef ist Volksdeputierter.« Arkadi lachte höhnisch. »Die Kommunistische Partei existiert nicht mehr, ihr Apparat ist zerschlagen. Dein Chef wird wahrscheinlich auch bald eine unserer Zellen bewohnen. In ganz Moskau gibt es keinen Menschen, der dir helfen kann, außer diesem Amerikaner hier.« Unwillkürlich blickte der Tschetschene voll Hoffnung zu Peter empor.

»Du warst das also!« stieß der Tschetschene auf englisch hervor. »Ich hab' denen in meiner Zelle noch gesagt, daß ich dachte, ich hätte damals 'nen New Yorker Bullen auf dem Dach gesehen. Was hast du hier zu suchen?«

»Ich suche immer noch den Mörder der beiden Georgier in Brighton Beach«, antwortete Peter auf russisch. »Hast du mir vielleicht was zu erzählen?«

Nachdem der Tschetschene stumm blieb, wandte sich Peter an Arkadi. »Stecken Sie ihn zurück ins Loch. Ich kann nichts mit ihm anfangen.«

Arkadi spielte mit und gab Malik einen Wink. »Sperren Sie ihn wieder ein und vergessen Sie ihn.«

»Nein! Nein, tut das nicht!« kreischte der Tschetschene auf russisch, und seine Stimme überschlug sich. »Was wollt ihr von mir? Ich werde versuchen, euch zu helfen.«

»Wer bist du?« konterte Peter rasch. »Josef Zilinski? Oder hast du vielleicht schon so viele Namen benutzt, daß du gar nicht mehr weißt, welcher der richtige ist?«

»Mein Name ist unwichtig! Was wollt ihr wissen?«

»Wo ist Zekki Dekka?«

»Ich weiß nicht«, brummte der Tschetschene. »Gebt mir was zu trinken.«

»Wenn du nichts weißt, bist du für mich wertlos«, meinte Peter achselzuckend. »Wirklich schade, daß du uns nicht helfen willst, Zekki Dekka zu finden. Ich wäre möglicherweise in der Lage, dafür zu sorgen, daß du Moskau verlassen und zurück nach Brooklyn kannst. Vielleicht vergesse ich sogar die Geschichte mit den beiden Georgiern, die auf so mysteriöse Weise im Restaurant Kiew ums Leben gekommen sind.«

Doch der Tschetschene blieb stumm. Wieder wandte sich Peter an Arkadi. »Tja, Kommandant, es ist anscheinend wirklich zwecklos.«

Malik packte den Tschetschenen an den Schultern, als wollte er ihn zurück ins Loch zerren.

»Nein!« schrie der Gefangene. »Ihr kriegt Schwierigkeiten, wenn mein Anwalt euch bei den Volksdeputierten meldet.«

Malik lachte boshaft. »Kapierst du denn immer noch nicht? Es gibt keine Volksdeputierten mehr, die Sowjetunion ist Vergangenheit. Du könntest den KGB-Chef in der Tasche haben, aber der sitzt selbst in der Lubjanka. Du hast keinen mehr, der dich aus der Klemme holt.«

Der Tschetschene wehrte sich, als Malik ihn auf die Füße zog, aber dieser hob mit einem breiten Grinsen seine Knute. »Ich kann dich halbtot prügeln, bevor ich dich ins Loch zurückschmeiße, oder dich mit zwei von unseren Mistkerlen in eine Zelle sperren.« Der Tschetschene zitterte. »Was ich auch tue – über dem Kommandanten, der hier vor dir steht, gibt es niemanden mehr, bei dem du dich beschweren kannst.«

»Gebt mir Wasser«, keuchte der Tschetschene. Auf einen Wink von Arkadi erschien ein Wärter mit einer Blechtasse.

»Und jetzt fang an, mit dem Amerikaner zu reden«, befahl Arkadi. »Wenn uns das, was du zu berichten hast, gefällt, geben wir dir diese Tasse mit Wasser.«

»Und ich muß nicht wieder ins Loch?« fragte der Tschetschene heiser.

»Das hängt von deinen Informationen ab.«

In diesem Moment trat Netschiajew in den grellen Lichtkreis, in dessen Mitte der Tschetschene saß. Seine schwarzen Augen fixierten den Gefangenen.

Offenbar spürte der Tschetschene die Autorität des Moskauer Chefinspektors. »Zekki ist bei Dimitri«, begann er.

»Natürlich ist er bei Dimitri«, spottete der Schlaufuchs. Dann beugte er sich dicht zu dem Gefangenen herab. »Aber wo ist Dimitri?«

»Mal hier, mal dort. Genau weiß ich es nicht.«

Netschiajew griff nach der Tasse und kipppte dem Tschetschenen das Wasser ins Gesicht. Der Gefangene leckte sich die Tropfen von den Lippen, wand sich auf dem Stuhl und murmelte: »Zekki hat mich aus New York zu Dimitri geschickt, mit der Botschaft, er soll eine ruhige Datscha irgendwo auf dem Land bei Moskau suchen, wo es genug Strom gibt, um Maschinen zu betreiben.«

»Hat Dimitri das getan?« fauchte Netschiajew.

»Ich weiß es nicht«, gab der Tschetschene zurück. Dann stöhnte er: »Wasser! Ich versuche doch zu reden.«

Der Wärter brachte eine neue Tasse Wasser. Sofort nahm Netschiajew sie ihm ab und hielt sie so vor den Tschetschenen, daß sie sich knapp außerhalb seiner Reichweite befand. »Welche Maschinen, welche Geräte zum Fälschen von Geldscheinen sind in den letzten drei Monaten nach Rußland gebracht worden?« fragte er.

»Davon weiß ich nichts«, antwortete der Tschetschene und streckte die Hand nach der Tasse aus.

Netschiajew ließ zu, daß die Finger des Gefangenen die Tasse berührten, sie packten und ein Stück weit zum Mund führten. Dann ließ er sie mit einer raschen Bewegung los, und gerade als der Gefangene die Tasse an die ausgedörrten Lippen setzte, schlug der Schlaufuchs sie ihm aus der Hand, so daß das Wasser ihm von neuem ins Gesicht platschte. Wieder leckte der Tschetschene jeden Tropfen auf, den er mit der Zunge erreichen konnte.

Nun griff Peter Nichilow wieder ins Verhör ein. »Du hast in Brighton Beach und in Moskau mit Zekki Dekka zusammengearbeitet. Da kannst du uns bestimmt ein bißchen mehr erzählen.«

Bei emigrierten Kriminellen löste Peters Sprachgewandtheit jedesmal einen regelrechten Schock aus. »Und was weißt du über die Hundertdollar-Druckplatten, die aus dem Münzamt des amerikanischen Finanzministeriums gestohlen wurden?«

Obwohl ihm das Ganze lächerlich vorkam, tat Peter, als wäre er furchtbar wütend. Mit Donnerstimme brüllte er: »Wo drucken sie das Geld?« Aus einer plötzlichen Eingebung heraus fügte er hinzu: »Du warst mit Zekki und diesem Amerikaner, Red Rolf, in Washington, als die Druckplatten verschwunden sind.«

Peter blickte in das überraschte Gesicht des Tschetschenen und erriet seine Gedanken. Der Mann glaubte, Jap würde ihn rausholen, wenn er nur dichthielt. Peter und der Schlaufuchs wechselten vielsagende Blicke. Jetzt war der psychologisch richtige Moment gekommen, um den Tschetschenen endgültig umzudrehen. Peter stand auf und ging zur Tür.

»Ich hab' alles versucht, was als aktiver Polizeiermittler der Vereinigten Staaten in meiner Macht steht, Chef. Ich weiß Ihr Angebot zu schätzen, diesen Gefangenen mit nach New York zu nehmen, aber es hat keinen Sinn. Ich schlage vor, daß Sie ihn Ihren Mistkerlen überlassen. Kommandant, wenn Sie mir den Ausgang zeigen, können wir den Chefinspektor mit seiner Arbeit fortfahren lassen.«

Unmöglich konnte dem Gefangenen das erwartungsvolle Glitzern in Netschiajews schwarzen Augen entgangen sein. Ob zu Recht oder zu Unrecht, der Chefinspektor genoß bei den Moskauer Kriminellen den Ruf eines sadistischen Folterknechts. »Nein!« schrie der Tschetschene. »Die Hilfsorganisation für russische Einwanderer in Amerika hat mir eine Green Card verschafft. Du kannst mich nicht dem Schlaufuchs überlassen! Er ist ein Killer!«

Doch Peter zeigte sich unbeeindruckt. »Leb wohl, Tschetschene, Josef, oder wie du dich sonst noch nennen magst«, sagte er und winkte mit der rechten Hand. »Wenn du mir nicht helfen kannst, kann ich dir auch nicht helfen.« Er verließ den Lichtkegel und machte sich auf den Weg zur Tür, während Netschiajew dem verunsicherten und verängstigten Tschetschenen noch näher auf die Pelle rückte.

»Also«, begann Netschiajew, »jetzt, wo der Amerikaner weg ist, können wir die Sache ja zu Ende bringen – auf die russische Art.« Der Tschetschene blickte von dem harten Gesicht des Chefinspektors zu dem undurchdringlichen fernöstlichen Maliks und stieß einen erstickten Schrei aus. »Inspektor Nichilow! Kommen Sie zurück, bitte! Ich erzähle Ihnen alles! Ich will zurück nach New York!«

Peter und Arkadi grinsten sich an und wandten sich zufrieden wieder dem Gefangenen zu. Jetzt war er gefügig. Peter holte einen winzigen Kassettenrecorder aus der Tasche.

»Zuerst mal sagst du uns deinen Namen, deinen wirklichen Namen«, begann Peter. »Wir wissen, daß die Hälfte der Papiere, die ihr Auswanderer bei euch tragt, gefälscht sind. Wir werden deine Akte umgehend überprüfen lassen.«

Der Tschetschene sah ihn an wie ein Karnickel in der Falle. »Ihr wollt mich also bloßstellen, bis mir nichts mehr bleibt als meine wirkliche Identität.«

»Du kommst aus der Tschetscheno-Inguschischen Republik Rußlands. Richtig?«

»Mein Name ist Dschaba Gamerdnadse«, antwortete der Gefangene stockend.

»Weshalb bist du wieder in Moskau?« fragte der Schlaufuchs und schüttelte ungläubig den Kopf. »Warum bist du nicht in Amerika geblieben, in diesem Wohlfahrtsstaat, der Kriminelle mit soviel Nachsicht behandelt? Warum hast du diese beiden Georgier in Brighton Beach ermordet?«

Schweigend sah der Tschetschene ihn an.

»Was weißt du über die Handgranate im Hotel Rossija?« unterbrach Netschiajew plötzlich die Stille.

»Nichts«, antwortete der Tschetschene, nach Luft schnappend. »Ich sage euch, wo ihr Zekki findet.«

»Natürlich sagst du uns das«, schrie Netschiajew. »Aber das ist nicht das einzige, was du uns erzählen wirst – bei weitem nicht!«

Zuerst jedoch, so beschlossen Netschiajew und Peter gemeinsam, wollten sie sich auf die wichtigste Information konzentrieren: den Aufenthaltsort von Zekki und Dimitri. »Wo ist diese Datscha auf dem Land?« wollte Peter wissen.

»Es ist keine Datscha, sondern ein dreistöckiges Haus in Zilisi.«

»Die Stadt mit den eingestürzten Kirchen?« bohrte Netschiajew nach. »Dort, wo dein Volk, die Mongolen, vor vierhundert Jahren in die Flucht geschlagen wurden? Ungefähr hundertfünfzig Kilometer nördlich von hier?«

»Richtig. Ich war zweimal mit Dimitri dort. Er fand, das wäre eine gute, sichere Gegend, um Zekkis Maschinen aufzubauen.«

»Wie finden wir das Haus?«

Eine Weile schien der Tschetschene angestrengt nachzudenken. Schließlich sagte er: »Es liegt in der Nähe der Schule. Ich erinnere mich, wie jemand mir gesagt hat, daß im September die Schulkinder auf dem Weg zur Kartoffelernte daran vorbeimarschieren.«

Blitzschnell holte Peter zum nächsten Schlag aus. »Wie habt ihr es geschafft, in Washington die Druckplatte für die Hundertdollarscheine zu stehlen – du und Zekki?«

Der Tschetschene war so verdattert, daß er Peter mit offenem Mund anstarrte.

»Du hast die Frage gehört.« Netschiajews Stimme war leise und drohend. »Wie habt ihr die Druckplatte gestohlen?«

»Keine Ahnung. Zekki und der Amerikaner mit den Kontakten zu hohen Regierungskreisen haben das erledigt. Sie kannten einen Verbindungsmann in dem Laden, in dem das Geld gedruckt wird. Mehr weiß ich nicht darüber.«

»Wer hat noch mitgemacht?« drängte der Schlaufuchs. »Wir brauchen Namen, Personenbeschreibungen.«

»Der Amerikaner war groß, dünn und rothaarig. Sonst erinnere ich mich an nichts. Ich bin nach Moskau zurückgekommen, weil ich Angst hatte, man würde mich in New York wegen Mordes anklagen. Zekki war erst seit einer Woche in Moskau, als ich verhaftet und ins Gefängnis gesteckt wurde.«

Eine lange Pause trat ein, während der Tschetschene seine Gedanken sammelte und inständig hoffte, daß seine Enthüllungen die Gesetzeshüter zufriedenstellten.

Doch diese starrten erbarmungslos auf ihn herab. Er wußte, daß sie weitere Informationen von ihm erwarteten.

»Na, und woran erinnerst du dich noch?« fragte Netschiajew auch schon.

»Zekki hat gesagt, daß der Amerikaner schon viele Jahre geplant hat, Falschgeld in Umlauf zu bringen. Erst Rubel, dann Dollar. Jetzt arbeitet der Rothaarige mit Zekki und Dimitri, und dann gibt es noch irgendeinen Araber.« Inzwischen sprudelten die Worte richtig aus ihm heraus. »Aus dem Irak. Zekki und ich haben uns mal mit ihm getroffen. Er kennt Saddam Hussein, und obwohl der Irak den Krieg verloren hat, hat dieser Iraker in allen möglichen Ländern genug Geld, um Waffen zu kaufen. Seinen Namen kenne ich nicht, aber er trägt immer so teures Zeug aus dem Westen, hat einen Schnurrbart und sieht sogar ein bißchen aus wie Saddam.«

In der darauffolgenden langen Stille tauschten Peter und der Schlaufuchs wieder intensive Blicke. Dann meinte Netschiajew ruhig: »Wir werden alles überprüfen, was du uns erzählt hast, und natürlich auch nach Zilisi fahren. In der Zwischenzeit werden wir den Kommandanten bitten, eine gemütlichere Einzelzelle für dich zu finden.«

»Sollte ich nicht nach Amerika zurück?« fragte der Tschetschene kläglich.

»Wenn deine Information uns hilft, Zekki und Dimitri zu finden und vielleicht auch noch andere, die bei der Sache mit dem Falschgeld mitmachen, sorge ich dafür, daß du nach Brooklyn zurückkommst«, versprach Peter und grinste den Gefangenen an. »Im Mordfall von Brighton Beach wird gegen dich ermittelt, aber ich glaube, du bist immer noch besser dran, wenn du dich der amerikanischen Justiz stellst, als wenn du hierbleibst.«

»Ich hab' euch alles gesagt, was ich weiß.«

»Alles?« wiederholte Peter. »Du hast Japontschik nicht mal erwähnt.«

Beim Klang dieses Namens erstarrte der Gefangene; seine Hände zitterten, und die Angst in seinen Augen war deutlich zu erkennen. »Über den weiß ich nichts«, antwortete er, als er wieder Luft bekam.

»Hat er etwas mit Zekki zu tun?«

»Ich weiß nichts über ihn«, wiederholte der Tschetschene. »Ich hab' immer nur für Zekki gearbeitet.«

»Wenn wir Zekki gefunden haben, unterhalten wir uns mit dir über Jap«, versprach Netschiajew und wandte sich dann an Arkadi. »Kommandant, behalten Sie den Mann in Einzelhaft.«

Der Tschetschene stieß einen lauten Schrei aus. »Nicht wieder ins Loch!«

»Nein«, erwiderte Arkadi beschwichtigend. »Bis wir herausfinden, ob du die Wahrheit sagst, kriegst du eine schöne Zelle ganz für dich allein.«

37

Vierundzwanzig Stunden nachdem Netschiajew den Tschetschenen verhört hatte, erhielt die Kriminalbrigade die Genehmigung, die mutmaßliche Falschgeldfabrik zu stürmen. Zilisi lag hundert Kilometer nördlich der offiziellen Moskauer Gerichtsbarkeit, und da sich die Bürokratie des Innenministeriums in der Petrowka nach dem Putschversuch noch immer in einem Zustand der Betäubung befand, war sie zu keiner schnellen Entscheidung fähig.

Deshalb erreichte der Milizija-Mercedes mit Taki am Steuer und Netschiajew, Boris und Peter als Beifahrern erst am Morgen des dritten Tages nach der Identifizierung des Tschetschenen den Stadtrand von Zilisi. Ihnen folgte ein zweiter Wagen, in dem Juri Nawakoff und drei weitere Milizija-Männer saßen. Die Schule hatten sie bald gefunden; inzwischen näherten sich weitere Einsatzwagen von allen Seiten dem Ziel der großen Razzia.

Hauptmann Valerie Kutusow sollte die Aktion mit seinen Zivilbeamten und in Zusammenarbeit mit der regionalen Polizeibehörde leiten. Er war mit seinen Männern direkt nach Zilisi gefahren, in zwei alten, zerbeulten Privatwagen, die sie nahe der Schule abstellten.

Netschiajew, Peter und Boris stiegen aus dem Mercedes. Juri parkte hinter ihnen, aber als er das Gewehr aus dem Wagen holte, das er für Razzien am liebsten benutzte, hielt Netschiajew ihn zurück. »Wir wollen sie nicht mißtrauisch machen, ehe wir in Position sind. Falls wir gezwungen sein sollten, vorher zu schießen, nehmen wir unsere Revolver.«

Seufzend legte Juri seine Waffe wieder unter den Vordersitz seines Wagens und murmelte dabei: »Ich hab' noch nie erlebt, daß sich ein Tschetschene ohne Gegenwehr verhaften läßt.«

Nun folgten Peter und Netschiajew den bruchstückhaften Beschreibungen, die sie am Tag zuvor in Butyrka erhalten hatten. Der Wohnblock stand am Rand der Felder, die zum kollektiven Ackerland im Norden und Osten der Stadt gehörten.

»Wenn wir Glück haben, können wir die Falschgeldoperation direkt hier stoppen«, meinte Netschiajew. Als er Hauptmann Kutusow entdeckte, der unauffällig den Vordereingang beobachtete, begrüßten sich die beiden Männer mit Handzeichen. Auf der Rückseite des Gebäudes war eine schmale Tür, die auf die Felder hinausging. Rechts und links von der Tür standen Schrubber und Besen. Aus dem offenstehenden Tor eines Schuppens, nur ein paar Meter von der Rückseite des Gebäudes entfernt, lugte die Kühlerhaube einer glänzenden schwarzen Limousine. In dieser ländlichen, typisch russischen Umgebung wirkte der protzige Wagen reichlich deplaziert.

Zwei Jungen näherten sich dem Eingang des Wohnblocks. »Was machen denn die beiden Knaben da unten?« fragte Netschiajew. »Die sollten doch in der Schule sein.«

Auch Boris hatte die beiden entdeckt. »Das sind Tschetschenenkinder. Seht euch mal die Pelzmützen an.« Die Milizija-Männer beobachteten, wie die Jungen das Haus betraten. »Das sind Späher«, meinte Juri. »Sie haben uns entdeckt.«

Kutusow drehte sich zum Moskauer Chefinspektor um und wartete auf ein Zeichen. Juri tippte Netschiajew auf die Schulter. »Lassen Sie mich das übernehmen, Kutusow hat keine Erfahrung mit Tschetschenen.«

Doch es war bereits zu spät. Gemeinsam mit zwei seiner Männer rannte Kutusow auf das Handzeichen des Chefinspektors zum Vordereingang, wo sich ihnen zwei tschetschenische Schläger in den Weg stellten. Einen Augenblick lang verharrten sie in der Dunkelheit des Eingangs, dann schleuderte einer der Tschetschenen eine Handgranate auf die Polizisten und zog sich eilig wieder zurück. Sofort warfen sich Valerie und seine Männer zu Boden und warteten darauf, daß die Granate explodierte und ihre tödlichen Splitter in alle Richtungen schleuderte. Doch nichts passierte.

Ohne lange zu überlegen, führte Kutusow seine beiden Männer durch die Eingangstür ins Haus. Ständer mit Hemden, Mänteln, Kleidern und Hosen und stapelweise Textilien vom T-Shirt bis zum Overall säumten die Wände. Kutusow drehte sich um und rief aus der Tür: »Sind wir hier etwa in einer Warenhausfiliale oder was?«

Nun rannten auch Boris und Netschiajew über den Hof zu Kutusow, während Taki und Juri Nawakoff sich auf den Weg zu dem Schuppen machten, in dem die amerikanische Limousine parkte. Auf Netschiajews Anweisung blieb Peter zurück und behielt die Lage im Auge.

Netschiajew näherte sich dem Gebäude, als ein grinsender Tschetschene mit einer weiteren, bereits entsicherten Handgranate Valerie Kutusow und seinen Männern auf dem Korridor entgegentrat. Die Textilienberge schränkten ihre Bewegungsfreiheit ziemlich ein. Netschiajew sah gerade noch, wie der Tschetschene die Granate zwischen den Kleiderballen über den Boden rollte, als wäre sie eine Bowlingkugel.

»In Deckung!« brüllte der Schlaufuchs, warf sich zurück vor die Tür und auf den Boden. Aber für Kutusow und seine Männer gab es kein Entrinnen. Verzweifelt drückten sie sich in die Kleidungsstücke auf den Ständern. Mit einem Hagel tödlicher Stahlsplitter explodierte die Granate.

Sekunden später stürzte Netschiajew wieder durch die Tür. Kutusow war direkt getroffen worden; seine zerfetzte, blutige Leiche lag in einem Haufen Kleider. In dem Kleiderberg fand Netschiajew auch Kutusows schwer verwundete Männer. Eine Blutlache breitete sich auf dem Korridorboden aus. Auch der Bombenwerfer selbst war tödlich getroffen. Netschiajew rief Hilfe herbei.

Plötzlich kamen drei Männer in Anzügen hinter dem Gebäude hervor und rannten zu der amerikanischen Limousine, während ihre Leibwächter die Gegend, in der die Milizija lauerte, mit Maschinengewehrfeuer unter Beschuß nahmen. Juri Nawakoff und Taki blieben wie angewurzelt stehen. Peter wußte nicht, ob er den Fluchtweg abschneiden oder zuerst Netschiajew helfen sollte.

Das Geknatter einer AK-47 dröhnte über ihren Köpfen; Juri und Taki waren von den tschetschenischen Schützen vorerst außer Gefecht gesetzt. Peter versuchte von seiner Stellung aus einen Blick auf die Fliehenden zu werfen. Soweit er erkennen konnte, war Zekki Dekka einer von ihnen, ein anderer war dem Aussehen nach eindeutig Tschetschene. Wahrscheinlich der Fahrer, überlegte Peter.

Als er noch einmal zurück zur Garage blickte, sah Peter einen rothaarigen Mann in einer typisch amerikanischen grauen Hose mit dunklem Blazer. Er hastete aus der Hintertür und sprang in die schwarze Limousine, die im gleichen Moment aus dem Schuppen setzte und stadtauswärts in Richtung Autobahn davonbrauste. Die tschetschenischen Schützen blieben zurück, feuerten weiterhin auf die Polizeibeamten – und opferten sich so für die Freiheit ihrer Bosse.

Juri drückte Taki seine 9mm-Automatik in die Hand und rannte geduckt zu seinem Wagen zurück, während ihm Taki, so gut es eben ging, Feuerschutz gab, indem er erst mit seinem eigenen und dann mit Juris Revolver auf die Tschetschenen ballerte. Als Juri das Auto erreichte, packte er sein Razziagewehr und seine AK-47, warf sich einen Beutel Munition über die Schulter und verschwand hinter einer Hausecke. Von dort eröffnete er das Feuer auf die Tschetschenen, die immer noch auf Taki schossen.

Nun rannte Peter ins Gebäude; der Anblick, der sich ihm auf dem Korridor bot, verschlug ihm den Atem. Die Kleiderständer waren mit Blutspritzern bedeckt. Der junge Milizija-Hauptmann war offensichtlich tot; sein Gesicht war von den Stahlscherben bis zur Unkenntlichkeit zerrissen.

»Für Valerie können wir nichts mehr tun«, erklärte Netschiajew heiser, während er einen Mantel von einem der Kleiderständer zog und über die Leiche breitete. Inzwischen feuerten die Tschetschenen nur noch sporadisch auf die Milizija, denn sie hatten ihre Mission erfüllt: Ihre Bosse waren davongekommen.

Mit einer Handbewegung zum hinteren Teil des Gebäudes meinte Netschiajew: »Peter, sehen Sie, ob Sie herausfinden können, was hier wirklich los war.«

Peter nickte, verließ den blutigen Korridor und trat hinaus in die späte Vormittagssonne. Tief geduckt pirschten sich Juri und Taki an den Schuppen heran, in dem vorhin der Fluchtwagen gestanden hatte.

Als sich auch die Männer von der regionalen Milizija vorsichtig der Garage näherten, warfen die Tschetschenen ihre Waffen aus der Schuppentür und krochen einer nach dem anderen heraus.

Unterdessen betrat Peter durch die Hintertür die Erdgeschoßwohnung und begann die Räume in Augenschein zu nehmen. Alles wies darauf hin, daß er sich im ländlichen Unterschlupf hochrangiger Krimineller befand – höchstwahrscheinlich der Anführer von Japs großem Falschgeldprojekt.

Er öffnete den Kühlschrank. Auf den Ablagen drängten sich Champagner- und Wodkaflaschen neben Gläsern mit rotem und schwarzem Kaviar. Das Zimmer am Ende des Gebäudes mit direktem Zugang zur Garage war anscheinend der Salon; nirgends gab es Spuren von Maschinen, Dokumenten oder auch nur einem Arbeitstisch.

Doch als Peter ins Nebenzimmer trat, wurde ihm sofort klar, daß sich hier bis vor kurzem irgendeine Art Fabrik befunden haben mußte, die in aller Eile leergeräumt worden war. Offensichtlich hatte hier jemand zwischen drei oder vier Räumen alle Wände herausgebrochen, um eine große Fabrikhalle zu schaffen.

In diesem Moment nahm er aus dem Augenwinkel eine Bewegung wahr, und als er sich umdrehte, entdeckte er das Bein einer Frau, das unter den Falten eines Vorhangs vor einer Nische hervorlugte.

Er zog den Vorhang beiseite und stand vor einer spärlich bekleideten, vollbusigen, schwarzhaarigen Frau reiferen Alters, die ihn aus großen dunklen Augen anstarrte. Mit einer plötzlichen Bewegung schoß sie an ihm vorbei, kam aber nicht weit, da sie an der Tür Netschiajew in die Arme lief. Der Zusammenprall schlug ihm den Revolver aus der Hand, aber er packte die sich aufbäumende Frau, die schrie und fluchte wie ein Bierkutscher, drehte ihr mit einem gekonnten Griff die Arme auf den Rücken und drückte sie mit einer Hand gegen die Wand, während er mit der anderen den Revolver aufhob.

»Na, komm schon, Schätzchen, du bist verhaftet.«

»Du elender Wachhund, verfluchter *Ment*, laß mich los! Du machst mir mit deinen Dreckspfoten lauter blaue Flecke auf die Arme.«

»Vorsicht, Schätzchen, benimm dich. Und paß auf, was du sagst – sonst erschreckst du mir noch meinen Gast hier, der ist nämlich wie die meisten Amerikaner naiv und sentimental. Er glaubt immer noch fest daran, daß Frauen heilig sind.« Damit wandte er sich an Peter. »Irgendwas Interessantes hier?«

Peter bemühte sich, nicht auf die vollen Brüste der Frau zu starren, die kaum in den Büstenhalter paßten. Sie trug fast durchsichtige Reizwäsche, die wenig verhüllte, und ihre dunklen Augen blitzten wild.

»Wer ist sie denn?« fragte Peter. »Lassen Sie sie los, Wladimir.«

Netschiajew lockerte seinen Griff, die Frau schlüpfte wieder hinter den Vorhang, hüllte sich in einen Bademantel und starrte die beiden Männer trotzig an.

Wladimir lachte hämisch. »Sie sehen vor sich die berühmte Mademoiselle Bolschokowa, eine bei vielen sehr beliebte Frau, hoch angesehen in gewissen Kreisen, die mit Sicherheit frei von gesetzestreuen Bürgern sind.« Mit einem kehligen Knurren wandte er sich wieder an sie: »Du steckst bis zum Hals in der Scheiße, weißt du das?«

»Mein ganzes Leben stecke ich schon in der Scheiße, du elender Mistköter. Je näher du mir kommst, desto tiefer wird die Scheiße!« zeterte sie und massierte sich eifrig die Handgelenke.

»Noch ein paar dreckige Sprüche, und du wirst es bereuen, Süße. Hier liegen zwei tote Polizeibeamte. Ich kann dich wegen Beihilfe zum Mord vor Gericht bringen.«

»Zwei? Leck mich doch! Damit hab' ich nichts zu tun.«

»Das kann schon sein, aber es besteht eine ziemlich gute Chance, daß du im Gefängnis gratis Schwänze lutschen darfst, und zwar bis zum Ende deines Lebens.«

Auf dem Gesicht der Frau erschien ein geringschätziges Lächeln. »Bei deinem Gehalt von großartigen fünfhundert Rubeln – verzeih, daß ich das erwähne –, bist eher du es, der gratis Schwänze lutscht.« Hochmütig richtete sie sich auf. »Und was mich angeht – ja, ich werde den Leuten weiter einen blasen, aber ich kriege für einmal soviel, wie du in einem ganzen Monat verdienst.«

Der Schlaufuchs lief vor Wut dunkelrot an. Wütend zischte er: »Na gut, *Kobra*. Wenn du Schwierigkeiten willst, die kannst du haben – du bist verhaftet.«

»Warten Sie«, griff Peter ein. »Sie ist nicht mal richtig angezogen.«

»Das ist doch ihre übliche Aufmachung«, höhnte Netschiajew und machte Anstalten, seine Gefangene aus dem Zimmer zu schubsen.

»Moment, Moment. Ich möchte ihr gern ein paar Fragen stellen.«

Gerade als Netschiajew eine passende Antwort ausspucken wollte, trat Boris Burentschuk herein. »Kommen Sie, Schlaufuchs, ich möchte Ihnen etwas zeigen. Sie werden es nicht glauben.« Mit einem kurzen Blick auf die Frau fügte er hinzu: »Nadja, schön, Sie zu sehen, meine Liebe.«

Jetzt ließ Netschiajew sie endlich los. »Passen Sie auf das Weibsstück auf«, befahl er Peter, bevor er Boris folgte. Nadja richtete einen umgefallenen Sessel auf und ließ sich hineinsinken. Als sie zu Peter emporblickte, sah er die Falten um ihren Mund. Sie machte einen übermüdeten Eindruck. »Haben Sie eine Zigarette für mich?«

Er reichte ihr eine Packung Marlboro und ein Feuerzeug. »Sie sind also Nadja?«

»Sehr richtig.« Sie nahm eine Zigarette aus der Packung und steckte sie sich an.

»Behalten Sie das Päckchen«, sagte Peter und nahm sein Feuerzeug zurück.

»Wer sind Sie, und was wollen Sie?« fragte sie, während sie einen tiefen Zug machte.

»Ich suche einen Freund; jemand hat mir gesagt, er wäre hier. Zekki Dekka.«

»Wer hat Ihnen denn so was erzählt?«

»Ein gemeinsamer Freund von uns beiden. Ein Tschetschene mit einer Menge falscher Namen.«

»Dann hatte Jap also doch recht«, rief sie aus, mehr zu sich selbst als zu Peter. »Er hat tatsächlich geplaudert.«

»Was hat Jap mit diesem Quartier hier zu tun?« hakte Peter nach.

Schweigend erwiderte Nadja seinen Blick und zog an ihrer Zigarette. Ihr war klar, daß ihr unüberlegter Ausruf sie um ihre letzte Chance gebracht hatte, ungeschoren davonzukommen.

»Wir könnten uns gegenseitig helfen«, schlug Peter vor.

Ebenso schnell war Nadja klar, daß ihre einzige Chance, wenigstens ihr nacktes Leben zu retten, direkt vor ihr stand: dieser Amerikaner. Amerika. Nadja zuckte die Achseln, und als sie anfing zu reden, hörte man ihrer Stimme an, daß sie sich entschieden hatte, in erster Linie ihrem Selbsterhaltungstrieb zu gehorchen. »Jap und Zekki und noch ein paar andere fahren nach Sibirien, um mit den Dollars, die sie hier gedruckt haben, irgendwas Wertvolles zu kaufen. Vielleicht Diamanten oder Gold oder Platin.«

»Wer war sonst noch hier? Zwei Männer sind rausgerannt, ins Auto gesprungen und haben Sie einfach hier sitzen lassen.«

»Hören Sie, ich weiß genug, um Ihnen zu helfen. Wenn ich Ihnen alles erzähle, bringen Sie mich dann nach Amerika? Wenn nicht, bin ich tot.«

»Ich werde tun, was ich kann.«

»Einer war ein Amerikaner namens Red Rolf«, fuhr Nadja fort.

»Und Ihre Aufgabe war es, ihm den Aufenthalt hier zu verschönern?«

»Man hat mich nicht hergebracht, um ihn bei seinen Geschäften zu beraten. Wer sind Sie eigentlich, daß Sie mich diesen ganzen Scheiß fragen? Amerikanischer Geheimdienst?«

Peter mußte grinsen; ihm gefiel der Mumm dieser Frau. »Sozusagen.«

»Ich habe mit dem KGB, der Milizija, mit Staatsanwälten und Bankern gebumst, aber bis jetzt mit keinem einzigen von der CIA. Wie wär's mit 'ner Verabredung?«

»Momentan lieber nicht. Und außerdem haben Sie sehr wohl einen CIA-Agenten gebumst oder jedenfalls einen ehemaligen, der zur Gegenseite übergelaufen ist.«

Überrascht sah Nadja ihn an. »Ich hab' gedacht, er wäre von der amerikanischen Mafia.«

»Das ist doch dasselbe. Warum sollte Red Rolf eigentlich hier draußen bleiben?« fragte Peter.

»Er und Jap haben die Sache mit der Geldfälscherei schon vor langer Zeit ausgeheckt. Außerdem ist er der Kontaktmann zu irgendeinem Iraker namens Azziz, den er schon seit einigen Jahren kennt.«

»Warum wurden ausgerechnet Sie dazu auserkoren, sich um den Amerikaner zu kümmern?« fragte Peter.

»Meine Freundin Oksana arbeitet als Dolmetscherin für die Leute hier.«

»Oksana Martinowa?« Peter geriet etwas aus der Fassung, denn er merkte plötzlich, daß er dabei war, seine Tarnung als Amerikaner, der kein Wort Russisch sprach, zu gefährden.

Nadja nickte. »Natürlich. Kennen Sie Oksana?«

»Wie in aller Welt sind Sie mit der Tochter eines Parteisekretärs in Kontakt gekommen?«

»Das war eine abgekartete Sache, die Pawel mit Sonnenstrahl, einem Gangsterzwerg, arrangiert hat. Der hat Oksana in der Damentoilette aufgelauert, und ich kam vorbei und rettete Oksana samt ihrer Freundin. Später ist sie dann in echte Schwierigkeiten geraten, rein zufällig, aber Jap hat davon profitiert. Als ihre Freundin habe ich sie dann an Pawel vermittelt, damit er ihr aus der Klemme helfen konnte.«

»Warum hat man Oksana das alles vorgespielt? Was wollten diese Gangster von ihr?«

»Ihr Vater hatte die Macht, Jap aus dem Gefängnis zu holen, genau wie Sie die Macht haben, mich nach Amerika zu schicken.«

»Das ist eine sehr wichtige Information. Und ich habe Ihnen ja gesagt, daß ich tun werde, was ich kann.«

»Sie müssen mir noch einen Gefallen tun. Ich bin wirklich Oksanas Freundin. Bitte richten Sie ihr das von mir aus und sagen Sie ihr, es tut mir leid, daß ich sie da mit reingezogen habe.«

»Das mache ich. Also, wohin ist das ganze Falschgeld verschwunden?«

»Zekki hatte es furchtbar eilig. Jap und Pawel – Pawel ist Japs rechte Hand – haben ihm gesagt, er muß sofort alles ausräumen. Ich bin noch mal vorbeigekommen, um mir ein paar Klamotten mitzunehmen, bevor die Mistkerle alles wegschmeißen. Und jetzt – liegen da zwei tote *Menti*, und der Schlaufuchs will mich mal wieder ins Gefängnis stecken. Scheiße. Ich hasse Lesben.«

In diesem Augenblick kam Netschiajew zurück, mit ernstem Gesicht. »Na, hast du dich beruhigt?« fragte er Nadja. Sie warf ihm einen eisigen Blick zu.

»Hey, Schlaufuchs«, begann Peter und legte Nadja die Hand auf die Schulter. »Nadja kann uns helfen. Sie weiß eine ganze Menge. Seien Sie nett zu ihr, mir zuliebe. Okay?«

»Meinen Sie, es macht mir Spaß, diese Hexe in die Petrowka zu schleifen? Sie macht allein mehr Ärger als drei verhaftete Ganoven.« Er wandte sich an Nadja. »Zieh dir was an. Zu unserem Pech wirst du eine Weile unser Gast sein. Aber ich werde tun, was Sie sagen, Peter.« Dieser warf Nadja einen aufmunternden Blick zu. Dann folgte er Netschiajew aus dem Zimmer in den Hauptkorridor zu einer Treppe nach oben, die anscheinend erst vor kurzem gebaut worden war.

Das Obergeschoß war leer, verfärbte Stellen an der Tapete zeigten, wo früher einmal Möbel gestanden hatten. An der Wand knieten vier Männer, bewacht von einem Polizeibeamten mit Revolver; alle vier trugen dicke handgestrickte Wollsocken. Ein Teppich von zerknitterten Hundertdollarscheinen bedeckte den Boden. Peter stieß einen überraschten Pfiff aus, während er durch das Geld watete.

»Was denken Sie, wieviel hier rumliegt?« fragte Netschiajew.

Peter starrte auf das Geld, hob eine Handvoll auf und begutachtete die Scheine eingehend. »Exzellente Qualität«, murmelte er. »Als ich hinter dem Kokain-Kartell her war, habe ich gelernt, daß ein mit Hundertdollarscheinen vollgepackter Schuhkarton eine Million Dollar wert ist. Ich würde sagen, hier liegt genug rum, um etwa einen halben Schuhkarton zu füllen.« Nachdenklich befingerte er die Banknoten. »Diese Kerle produzieren praktisch authentische Dollars.«

»Wir haben gerade einen von diesen tschetschenischen Geldstampfern erschossen, weil er uns mit seiner Waffe bedroht hat«, berichtete Netschiajew und grinste. »Eine der Kugeln aus meiner Marakow ist an drei Bündeln Banknoten in seiner Brusttasche abgeprallt. Dreißigtausend Dollar als kugelsichere Weste bei einer Schießerei mit der Milizija – dank unserer schrottreifen Dienstwaffen.«

»Sie sollten dieses ganze Geld, das ich alles andere als witzig finde, lieber einsammeln und schleunigst fortschaffen«, meinte Peter. »Aber sorgen Sie dafür, daß gründlich aufgeräumt wird – es darf keine einzige Banknote zurückbleiben. Und achten Sie darauf, daß keine Nachrichten darüber in Umlauf geraten, ehe wir auch den Rest gefunden haben.«

»Es bleibt so lange wie möglich unser Geheimnis«, nickte Netschiajew. Vor dem Eingang des Wohnblocks wurden die verhafteten Tschetschenen unter den Augen des Chefinspektors mit Handschellen aneinandergefesselt. Ein Krankenwagen brachte die Toten und Verletzten zur nächsten Klinik.

Peter begleitete Nadja, die inzwischen in ein elegantes Tweedkostüm geschlüpft war, aus der Wohnung. Die durchdringenden Blicke, mit denen die beiden tschetschenischen Ganoven Nadja auf dem Weg zum Mercedes anstarrten, entgingen ihm nicht. Offensichtlich wußten sie genau, wen sie vor sich hatten: Die Begleiterin der Männer, denen die Tschetschenen soeben auf Kosten ihrer eigenen Freiheit und womöglich ihres Lebens die Flucht ermöglicht hatten.

Auf ihren harten Tatarengesichtern lag ein Ausdruck, als suchten oder erwarteten sie irgend etwas, und plötzlich überfiel Peter die Befürchtung, daß die Gefahr noch nicht vorüber war. Nadjas Informationen konnten Japs Falschgeldunternehmen empfindlichen Schaden zufügen. Und der Umstand, daß sie, ohne Handschellen und ohne mißhandelt worden zu sein, aus dem Haus trat, mußte die Tschetschenen zutiefst mißtrauisch machen.

Als Nadja merkte, wie die beiden sie anstarrten, blickte sie sich suchend um. »Habt ihr denn wirklich alle Killer geschnappt?« fragte sie.

»Alle, die hier Wache geschoben haben«, antwortete Netschiajew.

Plötzlich ging Nadja auf einen der Tschetschenen los. »Wo ist Mischa?« schrie sie ihn an.

»Wer ist Mischa?« fragte Peter.

»Japs bester Killer.«

»Ein paar von den Beamten aus der Gegend sollen ihn suchen. Aber vielleicht war dieser Mischa ja auch in dem Wagen, in dem Zekki und Red entwischt sind.«

»Nein, er hatte sein Motorrad dabei.«

Peter erkannte deutlich die Angst in Nadjas Augen, deren Blick unruhig über die Felder und Büsche jenseits des Gebäudes schweifte.

Netschiajew wandte sich an Nawakoff, der sein Gewehr in der Armbeuge hielt und außerdem einen amerikanischen Revolver – sein Markenzeichen – am Gürtel hängen hatte. »Sehen Sie sich um, ob sich hier noch ein Killer rumtreibt.«

Kaum hatte Juri das Gelände verlassen, ertönte in einiger Entfernung ein Schuß. Nadja wurde gegen den Mercedes geschleudert. Langsam sank sie zu Boden, und ein roter Fleck erschien auf ihrer Bluse, direkt über dem Herzen.

»Oh, Gott!« schrie Peter und warf sich neben Nadja auf die Knie. Ihr Gesicht war so weiß wie ihre Bluse; einen Augenblick fühlte Peter ihren Puls, dann sah er kopfschüttelnd zu dem schreckensbleichen Netschiajew empor. In der Ferne hörte man ein Motorrad davonbrausen. Peter blickte wieder zu Nadja und nahm ihre Hand. Das Leben in ihren Augen erlosch rasch. »Ich sage Oksana Bescheid«, versprach er. Noch einmal senkte Nadja die Augenlider, dann war sie tot.

Taki sprang blitzschnell in den Mercedes, setzte zurück und fuhr davon, holperte über den Kiesplatz um den Wohnblock herum und verschwand in die Richtung, aus welcher der Schuß gekommen war.

Peter kniete noch immer mit Nadja in den Armen; offensichtlich hatte der Killer aus hundert Metern Entfernung einen nur allzu genauen Schuß abgegeben. Während Netschiajew und die anderen Beamten aus der Petrowka den Tatort noch einmal überprüften, lief dieser Mord, diese Hinrichtung aus dem Hinterhalt, noch einmal vor seinem geistigen Auge ab.

Endlich erhob er sich und warf einen letzten Blick auf das von Müll und Kleiderfetzen übersäte Gelände. »Ich bin sicher, sie haben den Killer dagelassen, für den Fall, daß die Milizija eintrifft, bevor alles geräumt ist – um genau das zu tun, was er jetzt getan hat«, sagte er. »Eine echte Tragödie, daß eine so hübsche Frau, Hure oder nicht, in diesen Dreck hineingezogen wurde.«

Netschiajew schlug sich mit der Faust auf die Handfläche; die Frustration ließ sein ohnehin hartes Gesicht noch grimmiger aussehen. »Wie konnten wir sie einfach so offen in der Schußlinie lassen! Mir ist sehr unwohl bei dem Gedanken, das alles General Bodajew erklären zu müssen.«

38

Boris und Peter standen vor Oksanas Appartement, Boris mit einer Flasche Cognac, Peter mit einem Strauß roter Rosen. Jemand mußte Oksana die Nachricht überbringen, daß Nadja tot war – erschossen von Japs Killer –, und Peter hatte darauf bestanden, sie persönlich zu besuchen. Er selbst konnte ihr die traurige Geschichte allerdings nicht erzählen, denn Oksana durfte nicht erfahren, daß er mit der Milizija in Zilisi gewesen war. Andererseits war es eine gute Gelegenheit, die Beziehung zwischen ihm und Oksana zu vertiefen.

Sie hörten die Schlösser klicken, dann öffnete sich die Tür nach innen, soweit es die Kette zuließ. Oksana spähte vorsichtig heraus. Als sie Boris entdeckte, schloß sie die Tür wieder, um die Kette zu lösen, und ließ die beiden Männer herein. Sie folgten ihr über den kleinen Flur und durch den Perlenvorhang.

»Schön, Sie wiederzusehen, Oksana«, sagte Peter und überreichte ihr die Rosen.

Inzwischen war Boris in die Küche gegangen und hatte drei Gläser mit Cognac geholt.

»Ich habe mich schon gefragt, wann Sie sich wieder melden würden.« Oksana nahm die Rosen entgegen. »Wie sind Sie ohne Ihre Dolmetscherin ausgekommen?«

»Mein Geschäftspartner spricht Englisch.«

»Sie machen beide einen niedergeschlagenen Eindruck. Was ist denn los?«

Bevor er antwortete, reichte Boris ihr und Peter ein Glas Cognac. »*Na sdrowje*«, sagte er, und sie tranken.

»Oksana, es ist etwas sehr Tragisches passiert«, begann er.

Ein ängstlicher Ausdruck trat in ihr Gesicht. »Was denn, Boris? Sagen Sie es mir.«

»Es geht um Ihre Freundin Nadja«, fuhr er zögernd fort.

»Was ist mit Nadja?« Oksana stellte ihr Glas weg.

»Sie ist heute getötet worden. Es tut mir sehr leid.«

»Oh, nein«, stieß sie hervor. »Doch nicht Nadja! Was ist passiert?«

»Wissen Sie, wo Nadja war?« fragte Boris.

Oksanas Gesicht wurde undurchdringlich.

Boris lächelte grimmig. »Ich bin nicht hier, um Sie zu verhören. Nadja war die Begleiterin dieses Amerikaners, Red Rolf, draußen in Zilisi. Auch Zekki Dekka war dort. Wissen Sie, was sie dort gemacht haben?« Als er sah, daß Oksana protestieren wollte hob er die Hand. »Bitte hören Sie mir einfach zu. Das ist kein Verhör. Ich versuche Ihnen nur zu erzählen, was passiert ist.«

»Was sagt Boris?« mischte sich Peter auf englisch ein.

»Ich werde versuchen, Ihnen alles zu übersetzen, sobald Boris und ich fertig sind«, antwortete Oksana. »Dafür bin ich ja da. In Ordnung?«

»Klar«, sagte Peter und ging in die Küche, um die Cognacflasche zu holen. Er füllte die Gläser nach.

»Wir haben den Mann mit dem Spitznamen Tschetschene im Gefängnis befragt«, fuhr Boris unterdessen fort, »und er hat uns verraten, wo wir Zekki finden. Aber als wir heute früh in Zilisi eintrafen, hat man auf uns geschossen. Zekki und Rolf sind in einem Wagen entkommen, unter dem Feuerschutz ihrer tschetschenischen Wachposten. Zwei von unseren Leuten sind bei einem Granatenangriff ums Leben gekommen.«

»Und Nadja?« fragte Oksana leise.

»Wir haben sie in einer Wohnung gefunden, die sie mit dem Amerikaner teilte. Er gehört zu einem Geldfälscherring. Nach einer Weile wurde Nadja sehr entgegenkommend. Wir wollten sie in unseren Wagen bringen, um sie weiter zu befragen, aber plötzlich hat jemand aus der Ferne auf sie geschossen.« Seine Stimme wurde leise. »Sie war sofort tot.«

Oksanas Lippen zitterten, und sie schlug sich die Hand vor den Mund. »Wissen Sie, wer sie ermordet hat?« fragte sie dann.

Langsam nickte Boris. »Einer von Jakowlews Killern. Kurz bevor sie gestorben ist, hat sie nach einem Mann gefragt, vor dem sie anscheinend große Angst hatte – nach einem gewissen Mischa. Klingt das vertraut?«

Wie erstarrt kauerte Oksana auf dem Sofa. Schließlich griff sie nach dem Glas, das Peter aufgefüllt hatte, und nahm einen ausgiebigen Schluck.

»Warum hat er sie umgebracht?« fragte sie.

»Damit sie nicht mehr mit uns reden kann.« Boris stellte sich ans Fenster, während Oksana für Peter übersetzte.

»Aber Sie sind doch nicht in Gefahr, oder, Oksana?« fragte Peter, als Oksana fertig war.

»Nein, nein. Boris spielt mal wieder den Milizija-Inspektor auf heißer Spur. Anscheinend befinde ich mich in einem permanenten Gefecht mit der Polizei. Man versucht mich zu benutzen, um Slawa Jakowlew zu finden. Dabei habe ich keine Ahnung, wo er steckt oder was er treibt.«

Boris schlenderte zurück zu dem kleinen Vorraum bei der Eingangstür, wo eine Reihe von Kleidungsstücken hing, und inspizierte die Sachen. Oksana beobachtete ihn nervös. »Das sind ja alles amerikanische Modelle«, stellte er nachdenklich fest. »Haben Sie das alles im GUM gekauft?«

Oksana schüttelte den Kopf. »Nadja hat sie mir geschenkt.«

»Wissen Sie, woher Nadja die Sachen hat?«

»Ich habe sie nicht danach gefragt«, entgegnete Oksana hochmütig.

»Die Fabrik und die Wohnung, in der Nadja gestorben ist, waren voll von solchen Klamotten. Oksana«, fuhr Boris leise fort, »die Kleidungsstücke, die wir heute in Zilisi gesehen haben, sind in dem gleichen Container nach Rußland gekommen wie Japs Ausrüstung zum Gelddrucken.«

Oksana zuckte die Achseln, blieb jedoch stumm.

»Noch eins«, fuhr Boris mit traurigem Gesicht fort. »Nadja hat uns etwas über Sie erzählt, was Sie wahrscheinlich selbst nicht wissen. Man hat Sie an der Nase herumgeführt – Sie waren von Anfang an Teil eines abgekarteten Spiels. Der Vorfall in der Toilette mit dem Zwerg und dem Messer – das hat Pawel inszeniert, damit Nadja Sie retten und Ihr Vertrauen gewinnen konnte. Jap brauchte Sie, um an Ihren Vater ranzukommen. Kurz bevor sie starb, hat Nadja uns gebeten, Ihnen zu sagen, daß es ihr leid tat.«

Man sah Oksana ihre Betroffenheit deutlich an. »Der Zwerg nennt sich Sonnenstrahl«, fügte Boris noch hinzu.

»Sonnenstrahl«, wiederholte Oksana langsam. Sie dachte an jenen Abend. Nein, es war nicht der Abend mit dem Zwerg gewesen, dieses Wort hatte sie an einem anderen Abend gehört, aber wann? Plötzlich fiel es ihr wieder ein. In dem Restaurant, in dem sie Pawel zum erstenmal begegnet war, hatte er da nicht zu ihr gesagt: »Sie sind wie ein Sonnenstrahl an einem kalten Wintertag«? Für Pawel eine sehr ungewöhnliche Wortwahl. Kein Wunder – es war ein Code gewesen!

Als Peter sah, wie aufgewühlt Oksana war, setzte er sich neben sie aufs Sofa und legte den Arm um ihre Schultern. Mit einem Blick zu Boris fragte er auf englisch: »Können wir sie in diesem Zustand allein lassen? Das alles war sicher ein bißchen viel für sie.«

Oksana dolmetschte, und nachdem Boris geantwortet hatte, übersetzte sie für Peter: »Boris lädt uns ein, mit ihm und Oberst Netschiajew essen zu gehen.«

»Das liegt ganz bei Ihnen, Oksana.«

»Lieber nicht. Ich muß noch über so vieles nachdenken.«

»Vielleicht nur wir beide?« Als sie nickte, meinte er: »Ich überlasse es Ihnen, wie Sie es Boris erklären.«

»Ich werde ihm sagen, daß wir Genaueres über meine Dolmetschertätigkeit für Sie zu besprechen haben, und dann rufe ich Ihnen ein Taxi zum Hotel Rossija. Dort wohnen Sie doch, richtig?«

»Stimmt genau.«

Boris reagierte mit einem Achselzucken, nickte Peter kurz zu und ging dann zur Tür. Oksana und Peter folgten ihm. Noch einmal warf er einen Blick auf die Kleidungsstücke im Flur, dann legte er die Hand auf die Türklinke.

»*Do swidanija*, Boris«, sagte Oksana.

»Es tut mir wirklich sehr leid«, meinte Boris und ging hinaus. Oksana legte die Kette vor und drehte sich um. Sie holte tief Luft und atmete ganz langsam aus, während sie an die Decke starrte. Als käme sie allmählich wieder zu sich, erklärte sie dann: »Wenn Sie hungrig sind, mache ich uns was zu essen.« Peter antwortete nicht. Erneut ließen sie sich auf dem Sofa nieder und tranken noch einen Cognac. Oksana übersetzte den Rest ihres Wortwechsels mit Boris. »Nadja hat mir einmal das Leben gerettet. Jetzt weiß ich, wieso. Gott! Und Slawa … Na ja, wenigstens hat der KGB gekriegt, was er verdient. Sicher habe ich durch die ganze Geschichte auch etwas gelernt«, meinte sie in dem kläglichen Versuch, an den schrecklichen Neuigkeiten etwas Positives zu sehen.

»Dann ist das Spiel jetzt wohl aus«, sagte Peter. »Alle Karten liegen auf dem Tisch.«

»Eigentlich bin ich fast erleichtert. Ich weiß auch nicht. Ich habe nie verstanden, wie das Leben in diesem Land funktioniert, bis mir Nadja und Pawel über den Weg gelaufen sind – und jetzt« – sie stand auf, ging hinüber zum Fenster und sah in die Nacht hinaus –, »jetzt hat sozusagen Slawa meine Erziehung übernommen.«

Wieder trat ein langes Schweigen ein. »Ich frage mich, ob Boris recht hat«, fuhr Oksana fort. »Er ist überzeugt, daß ich diesen Leuten gleichgültig bin, daß sie mich nur benutzen und sofort kurzen Prozeß machen, wenn sie zu der Ansicht gelangen, ich könnte eine Gefahr für sie sein.«

Peter stand auf und legte schützend den Arm um sie. »Wann treffen Sie sich das nächstemal mit Jap und seinen Leuten?«

»Wenn Pawel anruft vermutlich. Er hat immer durch Nadja mit mir Kontakt aufgenommen, aber jetzt ... «

Oksana schwebte in Gefahr, daran gab es für Peter keinen Zweifel. Er betrachtete die schöne, zutiefst beunruhigte junge Frau, die versuchte, sich ihren Ängsten zu stellen. Oft, wenn er eine falsche Identität annahm, glaubte er, die Person, die er spielte, tatsächlich zu sein. Als amerikanischer Ex-Cop auf der Suche nach neuen Geschäftsverbindungen, in Begleitung einer attraktiven jungen Dolmetscherin, konnte er fröhlich weiter so tun, als suchte er nur ein paar neue Erfahrungen. Aber falls je herauskam, daß er Beweismaterial sammelte, um Jap schwerer Verbrechen zu überführen, brachte er damit in jedem Fall das Mädchen und höchstwahrscheinlich auch sich selbst in Lebensgefahr. Natürlich war ihr Leben schon jetzt bedroht. Er hatte Nadja mit eigenen Augen sterben sehen und gab sich keinerlei Illusionen hin: Das gleiche würde mit Oksana und ihm geschehen, falls seine wahren Absichten ans Tageslicht kamen.

»Eigentlich habe ich überhaupt keinen Hunger«, stellte Oksana fest. »Aber ich mache Ihnen gern etwas zurecht. Mögen Sie Würstchen?«

Peter schüttelte den Kopf. »Ich fürchte, mir ist auch der Appetit vergangen. Sie glauben doch nicht im Ernst, daß Sie in Gefahr sind, oder?« fügte er besorgt hinzu.

»Ich glaube, Slawa würde nicht zulassen, daß mir etwas zustößt«, antwortete sie, sah aber noch immer verängstigt aus, als sie sich vom Fenster abwandte. »Er braucht die Hilfe meines Vaters.« Damit durchquerte sie das Zimmer, holte die Cognacflasche und schenkte sich und Peter nach.

»Oksana, werden Sie meine Dolmetscherin?«

Sie nickte bedächtig.

»Das macht mich sehr glücklich und im Hinblick auf meine

Geschäfte sehr zuversichtlich«, sagte Peter. »Ich hoffe, es freut Sie auch, daß wir soviel Zeit zusammen verbringen werden.«

»Ja, es wird sicher schön. Hoffentlich gibt es viel zu tun.«

»Darum kümmere ich mich schon. Außerdem werden wir ziemlich viel herumreisen.«

»Die arme Nadja.« Es klang beinahe wie ein Schluchzen. »Sie war meine einzige Freundin, trotz allem, was Boris heute gesagt hat. Nach der KGB-Geschichte wollten die Mädchen im Institut alle nichts mehr mit mir zu tun haben – aus Angst.«

»Das ist Vergangenheit, Oksana. Aber das Leben geht weiter. Ich werde alles tun, was in meiner Macht steht, um Ihnen zu helfen.«

Er blickte tief in ihre dunklen Augen und fuhr fort: »Wir werden gut zusammenarbeiten. Schon seltsam, wie sehr ich mich zu dem Land hingezogen fühle, aus dem meine ganze Familie stammt. Wissen Sie, ich konnte mich selbst eigentlich nie ganz verstehen, ehe ich vor ein paar Jahren zum erstenmal hierherkam. Dadurch habe ich zu mir selbst gefunden – plötzlich habe ich mich in anderen Menschen wiedererkannt, meine Manierismen, meinen Zynismus. Und es gibt kaum einen zynischeren Menschen als einen Russen.«

»Ich werde Ihnen helfen, so gut ich kann, obwohl Sie sich anhören, als kämen Sie auch ohne mich ganz gut zurecht.«

»Da draußen gilt es eine ganze Welt zu entdecken, Oksana. Ich befinde mich in einer Übergangsphase. Wir leben in einer Zeit großer Veränderungen, für Rußland, für mich, für Sie. Als würden ganze Kontinente in Bewegung geraten. Der Schlüssel liegt jetzt darin, die richtigen Leute zu finden und mit ihnen ins Geschäft zu kommen.« Peter verzog den Mund zu einem schiefen Lächeln. »Womöglich könnte sich sogar ein Geschäft mit Jakowlew ergeben.«

»Was für eine Art Geschäft denn?« fragte Oksana, die offensichtlich genau durchschaute, worum es ihm ging, aber vorsichtig blieb.

»Nun, ich habe zusammen mit meinem Partner hier in Rußland Aluminium gekauft und gewinnbringend in Norwegen abgesetzt. Jetzt habe ich in Deutschland einen Abnehmer für unbegrenzte Mengen roten Quecksilbers ausfindig gemacht. Wenn Jakowlew Beziehungen zu Nuklearanlagen hat, kann er es wahrscheinlich billig erwerben.«

»Was ist rotes Quecksilber?« wollte Oksana wissen.

»Man braucht es zur Herstellung kleiner Nuklearwaffen.«

Kopfschüttelnd meinte Oksana: »Davon habe ich noch nie etwas gehört. Aber ich werde Slawa danach fragen, wenn ich ihn das nächstemal treffe.«

Für den Augenblick schien alles großartig zu laufen. Er kam Oksana näher. Außerdem mochte er sie wirklich. Sie war ein wunderbarer Mensch, auch außerhalb der geschäftlichen Beziehung, die sie mit Peter zusammengeführt hatte.

»Ich muß dich unbedingt küssen«, sagte Peter plötzlich, beugte sich sanft über sie und gab ihr einen Kuß auf die Wange.

Oksana rührte sich nicht. »Warum hast du das getan?«

»Weil ich dich sehr mag.«

Wieder küßte er sie, aber diesmal auf den Mund. Oksana erwiderte den Kuß, und sie sanken sich in die Arme.

Keiner von beiden wollte die Umarmung lösen, aber schließlich machte sich Oksana mit einem Seufzer los. Sofort ließ Peter die Arme sinken, griff nach den fast leeren Cognacgläsern und gab Oksana eines davon. Sie lehnte nicht ab. »Ich fürchte, ich habe mit dem Cognac ein wenig übertrieben. Aber er tut gut und hat mir heute abend über ein paar sehr schmerzliche Neuigkeiten hinweggeholfen.«

»Du hattest eine Menge zu verdauen«, bestätigte Peter. Behutsam ließ er ihre Gläser klingen. »Von jetzt an bieten wir der Zukunft gemeinsam die Stirn.«

»Jedenfalls bis du nach Amerika zurückfährst.« Oksana setzte das Glas an die Lippen.

»Und dich mitnehme – falls du möchtest.« Ihre Blicke trafen sich, und Peter nickte, um seinen Worten Nachdruck zu verleihen.

Nach dem letzten Schluck stellten sie die Gläser auf den Couchtisch. »Ich wollte schon immer mal nach Amerika.«

»Gut, dann ist es also abgemacht. Morgen gehen wir zur Botschaft und beantragen dein Visum.«

Als besäßen seine Worte Zauberkraft, begann Oksanas Gesicht zu strahlen. Mit einem Blick auf die leeren Gläser fragte Peter: »Noch einen winzigen Schluck?«

Oksana lachte. »Oh, Peter, ich hab' doch schon jetzt mehr als genug.« Sie neigte sich in seine Richtung – absichtlich oder unabsichtlich –, und er nahm sie wieder in die Arme. Ihre Lippen berührten sich; ihr Kuß war lang und wurde immer leidenschaftlicher.

Sie wanderten eng umschlungen durchs Wohnzimmer, vorbei an der Küche und der Eßnische, direkt ins Schlafzimmer. Oksana ließ sich aufs Bett fallen und sah zu Peter. Dann klopfte sie mit einer Hand einladend auf den Platz neben sich und rutschte zur Wand, um ihm Platz zu machen.

Rasch streifte Peter seine Slipper und sein Jackett ab und legte sich neben Oksana.

»O Peter«, stöhnte sie. »In meinem Kopf dreht sich alles.«

»Ich bleibe bei dir, bis du dich besser fühlst«, versprach er.

»Aber mir geht's ja hervorragend, ich bin glücklich – obwohl ich es doch gar nicht sein dürfte. Meine arme Nadja.«

»Laß uns doch einfach nur zusammensein. Morgen ist auch noch ein Tag, da können wir das Leben immer noch in Ordnung bringen.«

Schweigend drehte Oksana sich auf die Seite, so daß sie ihm das Gesicht zuwandte, legte den rechten Arm um seine Schulter und schmiegte sich an ihn. Beide waren sie sich der Dringlichkeit ihrer Umarmungen und Küsse bewußt; schließlich flüsterte Peter atemlos: »Oksana, unsere Klamotten stören entsetzlich.«

»Ja, Peter. Weg mit ihnen.«

Sie schlüpfte sie aus der Bluse; er hakte ihren BH auf und entblößte ihre aufrechten, schön geformten Brüste. Zärtlich umfaßte er sie, preßte sein Gesicht dazwischen und strich dabei mit den Daumen über ihre erregten Brustwarzen. Oksana zog ihn noch fester zu sich, tastete mit der anderen Hand nach ihrem Rockbund und schob ihn nach unten. Mit einer raschen Bewegung öffnete Peter seine Gürtelschnalle, und nachdem er von der Taille abwärts nackt war, knöpfte er auch sein Hemd auf und warf es ab.

Jetzt lagen sie eng aneinandergepreßt, keine Kleider störten sie mehr. Sie waren nackt – bis auf Peters Socken, denn im Eifer seiner Erregung war es ihm zu mühsam vorgekommen, sich zu bücken und sie auszuziehen. Einen Augenblick lang mußte er an den kleinen Mann in schwarzen Socken aus den altmodischen Pornofilmen denken. Aber jetzt gab es kein Zurück mehr. Oksana stöhnte vor Lust, als er in sie eindrang.

Die Leidenschaft, die sie die ganze letzte Stunde unterdrückt hatten, flammte auf, geriet zur Extase und entlud sich bei beiden im gleichen Augenblick und gleichermaßen stürmisch. »O Oksana, *ja ljublju was*«, stöhnte Peter und merkte zu spät, daß er russisch gesprochen hatte.

»Aha, du kannst also doch ein wenig Russisch«, stellte sie sofort fest.

»Ich mußte doch lernen, wie man in deiner Sprache ›Ich liebe dich‹ sagt«, versuchte sich Peter herauszureden. »Insgeheim habe ich ja darauf gehofft, daß ich es mal brauchen würde.«

»Was kannst du sonst noch?« fragte sie, nicht ganz überzeugt, weil er vollkommen akzentfrei gesprochen hatte.

»*Spissabo*«, erwiderte Peter grinsend, absichtlich fehlerhaft, als hätte er ihre Gedanken gelesen.

»*Spassibo*«, verbesserte sie ihn, »ich danke dir auch. Es war sehr schön.«

»Und ich kann noch etwas, aber das möchte ich am liebsten überhaupt nie zu dir sagen.«

»Und zwar was?«

»*Do swidanija*.«

»Das möchte ich auch nicht zu dir sagen, Peter«, lachte sie.

Anscheinend hatte er sich wenigstens für den Moment erfolgreich aus der Affäre gezogen, aber ihm war klar, daß er dauernd auf der Hut sein mußte, damit ihm nicht doch noch etwas herausrutschte, was verriet, daß er mit der russischen Sprache aufgewachsen war.

Bevor der Morgen dämmerte, liebten sich Peter und Oksana noch zweimal, nun allerdings weniger eilig. Statt dessen genossen sie das sinnliche Vergnügen, das sie einander schenken konnten. Erst spät am Vormittag standen sie auf, tranken Kaffee und aßen die süßen Brötchen, die Oksana tags zuvor in der Bäckerei an der Ecke besorgt hatte.

Das Klingeln des Telefons schreckte die beiden aus ihrer wohligen Lethargie. »Ich hoffe doch, du hast in absehbarer Zukunft nichts Dringendes vor«, meinte Peter mit ernster Miene.

Oksana schnitt ihm eine Grimasse und hob den Hörer ab. »*Da*.« Einen Moment lauschte sie, warf dann einen raschen Blick auf Peter und antwortete auf russisch. »Ich rufe meinen Vater an und sage ihm, er soll möglichst bald ein Treffen in Krasnow 86 vereinbaren.« Ein lange Pause folgte. »Ich rufe dich an, sobald ich es weiß. Übrigens habe ich inzwischen einen Dolmetscherauftrag, der wahrscheinlich einige Zeit in Anspruch nehmen wird. Ja, der Amerikaner.« Wieder eine Pause. »Na ja, Geld spielt dabei auch eine Rolle. Aber vor allem geht es mir um meinen Beruf. Ich mag meine Arbeit, und er gefällt mir auch.«

Wieder lauschte sie eine Weile, dann antwortete sie ärgerlich: »Nein, er gehört nicht zu denen. Die *Menti* machen mit ihm irgendwelche Geschäfte, um an amerikanische Devisen ranzukommen. Vielleicht kannst du sogar auch mit ihm ins Geschäft kommen. Aber davon erzähle ich dir später.«

Als Oksana aufgelegt hatte, fragte Peter, als hätte er kein Wort verstanden: »Worum ging's?«

»Slawa möchte, daß ihm mein Vater bei einem Projekt in Sibirien unter die Arme greift.«

»Über Nadja hat er wohl kein Wort verloren, oder?«

Oksana schüttelte den Kopf. »Bestimmt hoffen seine Leute, daß ich es möglichst spät erfahre.«

»Wann trefft ihr euch wieder? Hat er darüber was gesagt?«

»Nein.«

»Na ja«, meinte Peter und wechselte das Thema. »Wohin führst du mich heute? Was meinst du – was wäre meinen Geschäften besonders zuträglich?«

Oksana lächelte vielsagend: »Wie kannst du in einem solchen Moment ans Geschäft denken? Tja, wie wäre es mit einer Tour durch die geheimen KGB-Büros in der Lubjanka? Die kleine Tour kostet zwanzig Dollar – schließlich kann man heutzutage alles kaufen. Sogar Staatsgeheimnisse, vorausgesetzt, man bezahlt mit harter Währung.«

»Das ist eine wundervolle Idee. Du kannst denen dort sagen, daß ich gern mehr als zwanzig amerikanische Dollar für ein paar gute Geheimnisse hinlege.« Er hielt inne. »Sind das für dich keine schlimmen Erinnerungen?«

Oksana schüttelte den Kopf. »Nein.«

»Dann führe ich dich schön zum Mittagessen aus, und wir verbringen den Nachmittag damit, um KGB-Geheimnisse zu feilschen.«

»Die du mit großem Profit an die amerikanischen Journalisten hier in Moskau verhökern kannst«, meinte Oksana mit schelmischem Lächeln. Etwas ernster fügte sie hinzu: »Peter, möchtest du vielleicht deine Sachen aus dem Hotel zu mir in die Wohnung holen?«

»Liebend gern. Danke, Oksana.«

39

Mischa traf als letzter von den aus Zilisi geflohenen Männern in dem verlassenen Fabrikgebäude in einem heruntergekommen Randbezirk von Moskau ein. Zekki und Red Rolf waren bereits dabei, den Neuaufbau der Druckanlage zu organisieren. Keinem der Arbeiter war klar, daß sie nur um Haaresbreite einer Polizeirazzia entgangen waren.

Pawel trat in die neue Arbeitshalle und rief Zekki, Mischa und Red in den kahlen Raum, den Jap als Kontrollzentrum benutzte. Seit seiner Anordnung, Zilisi zu verlassen, hatte niemand mehr den Boß zu Gesicht bekommen; alle waren zutiefst beschämt, daß sie die Richtigkeit von Japs Entscheidung, die gut funktionierende Geldfabrik Hals über Kopf zu verlassen, kritisiert hatten.

»Ist noch irgend jemand dort?« fragte Jap scharf.

»Nur die paar überlebenden tschetschenischen Wachen«, antwortete Mischa. »Ich glaube nicht, daß Dimitri fliehen konnte.«

»Was ist mit Nadja?« wollte Red wissen. »Wir mußten sie zurücklassen, sonst wären Zekki und ich geschnappt worden.«

»Sie ist geflohen«, log Mischa.

Ein durchdringender Blick in die Augen seines besten Killers sagte Jap, daß Mischa seine Aufgabe erfüllt hatte. Nadja würde niemanden mehr verraten.

Obwohl Jap für seine Wutausbrüche berüchtigt war, reagierte er bemerkenswert gelassen auf das vielleicht folgenschwerste Desaster. Zekki und Red Rolf mußten gestehen, daß sie bei ihrer Flucht aus der Fälscherwerkstatt eine Viertelmillion Dollar im letzten Produktionsstadium zurückgelassen hatten. Die Alternative – im Besitz des Falschgeldes verhaftet zu werden – wäre schließlich noch schlimmer gewesen.

Dank seiner Schläue und seiner Selbstbeherrschung konnte Jap auf den Rückschlag besonnen reagieren. Er äußerte keinerlei Kritik. »Dieser Vorfall zwingt uns, schneller vorzugehen«, erklärte er statt dessen. »Wir haben einen Fehler gemacht, aber es muß unser letzter sein. Jeder weitere Irrtum« – er blickte jedem seiner Männer eindringlich ins Gesicht – »jeder weitere Irrtum wäre katastrophal – für alle Beteiligten. Doch wir haben nur wenig Zeit, unsere Sache zu Ende zu bringen. Sobald ich die notwendigen Absprachen wegen des Transportflugzeugs getroffen habe, reisen wir wieder nach Krasnow 86.« Nach einer langen Pause wandte sich Jap noch einmal an Pawel: »Aber zuallererst müssen wir jetzt einen ganz bestimmten Gefahrenherd ausschalten.«

»Unser Geld geht an die richtigen Männer in Butyrka«, meinte Pawel, der ahnte, worauf Jap anspielte.

Wie Jap vorausgesehen hatte, verschwendete Oberst Netschiajew keine Zeit und bereitete umgehend ein zweites intensives Verhör des Tschetschenen vor, das diesmal allerdings in der Petrowka stattfinden sollte. General Bodajew rief den Kommandanten von Butyrka an und bat Arkadi Matlowow, den Tschetschenen am nächsten Morgen um halb acht mit einem Konvoi zu schicken.

Um fünf Uhr morgens wurde der Tschetschene in seiner Einzelzelle geweckt und auf den Korridor geschubst, wo die Wachen ihm Handschellen anlegten. Dann steckte man ihn in eine Wartezelle und befahl ihm, sich auf den Steinboden zu legen; zwei Wachen hielten das Gewehr drohend auf seinen Rücken gerichtet. Fast zwei Stunden lag er so mit dem Gesicht nach unten; um sieben Uhr traf endlich der Gefängniswagen ein. Der Tschetschene wurde auf die Beine gezerrt, auf den Hof geführt und durch die hintere Tür in den Wagen gestoßen. Vor dem Einsteigen durfte er weder zur Toilette, noch bekam er auch nur einen Schluck Wasser zu trinken. Auf der Bank vor ihm saß der Konvoi-Offizier; er gähnte und war allem Anschein nach noch ganz verschlafen. An der Hintertür postierten sich wortlos zwei Wachen. Vom Fahrerhäuschen war die Kabine durch eine Stahlwand getrennt.

Durch die stillen morgendlichen Straßen machten sie sich auf den Weg zur Petrowka. Als sie die Kreuzung des Gartenrings mit dem Samoteka-Platz erreichten, starrte der Tschetschene, wütend vor sich hin schimpfend, hinaus auf die Pappeln der Boulevards. Bei jeder noch so geringen Erschütterung des Wagens bereitete ihm seine ohnehin schmerzende Blase wahre Höllenqualen. In diesem Augenblick griff der Konvoi-Offizier, der ihm gegenüber saß, in die Tasche und zog etwas heraus. Seltsam, dachte der Tschetschene, gewöhnlich dürfen Gefängniswärter im Dienst nicht rauchen. Aber er schenkte dem Hauptmann weiter keine Aufmerksamkeit, sondern senkte gleich wieder den Blick und glotzte weiter stumpf und elend hinab auf seine Füße. Plötzlich spürte er einen Stoß vor die Brust. Als er aufblickte, sah er, daß der Offizier ihm die Hand entgegenstreckte – und in der Hand hielt er einen Revolver, dessen Kolben sich in Reichweite des Tschetschenen befand.

»Jap!« schoß es dem Gefangenen durch den Kopf. »Endlich kümmert er sich um mich.«

Ohne mit der Wimper zu zucken, starrten ihn die farblosen Augen des Hauptmanns an. Auch die beiden Wachen saßen reglos an der Hintertür, als wären sie taub und blind. Inzwischen war der Wagen vom Gartenring in die Petrowka-Straße eingebogen und hielt an einer roten Ampel.

»Nimm schon«, flüsterte der Offizier heiser. »Es ist alles geregelt.«

Der Druck in seiner Blase nahm dem Tschetschenen den letzten Rest seiner sonstigen Vorsicht. Er nahm den Revolver in seine beiden gefesselten Hände.

»Schieß durchs Dach«, drängte der Offizier. »Und dann raus. Hinter uns fährt ein gelbes Taxi, in dem sitzen deine

Leute. Spring rein. Die nehmen dir die Handschellen ab. Viel Glück!« Damit entriegelte er die Hintertür.

Mit einem Finger drückte der Tschetschene auf den Abzug. Die Kugel durchschlug mit einem ohrenbetäubenden Knall eine Ecke des Dachs. Er feuerte noch einmal. Einer der Wächter klappte die Hintertür auf, und ohne weiter nachzudenken, sprang der Tschetschene aus dem Gefängniswagen. Im Morgenlicht, das ihn unvermittelt überflutete, sah er das Taxi und die dunklen Gestalten auf den Sitzen. Mit einem einzigen Satz war er dort. Er ließ den Revolver fallen, doch bevor er den Türgriff packen konnte, beschleunigte das Taxi plötzlich, überholte den Gefängniswagen, und brauste davon.

»Ihr Arschlöcher!« schrie der Tschetschene ihm nach. »Der Teufel soll euch holen! Fahrt zur Hölle!«

Blitzschnell drehte er sich um. Während er sich noch hektisch umsah, entleerte sich seine Blase über sein Hosenbein. Und dann sah er die drei Gewehrläufe, die sich aus dem Gefängniswagen auf ihn richteten. Im Bruchteil einer Sekunde dämmerte ihm, daß Jap seinen Tod geplant hatte. Doch bevor er nach der weggeworfenen Waffe greifen konnte, blitzte auch schon ein mächtiger Feuerstrahl auf. In Brust und Kopf getroffen, taumelte er rückwärts vor die Fahrzeuge der zu Tode erschreckten Verkehrsteilnehmer.

So standen Netschiajew und Peter Nichilow beim Verhör um halb acht nicht dem Tschetschenen, sondern dem Hauptmann des Konvois gegenüber. Der Tod eines weiteren Hauptverdächtigen – genaugenommen des letzten überhaupt – war mehr als ärgerlich, aber Netschiajew bewahrte nach außen hin Ruhe. Da sich Jap in Freiheit befand, mußten sie ja mit jedem denkbaren Widerstand gegen ihre Maßnahmen rechnen.

Er verschwendete nicht viel Zeit mit den Ausreden des Konvoi-Offiziers. Irgendwie, so behauptete der Mann, hatte der Gefangene es geschafft, einen Revolver zu verstecken, und die

Wachen gezwungen, ihn aus dem Wagen springen zu lassen. Aber sie hatten ihn erschossen und verdienten eher eine Beförderung als eine Strafe.

Netschiajew schickte den Hauptmann weg und wandte sich an Peter. »Das Witzige an der Geschichte ist, daß sich dieser jämmerliche Kerl wahrscheinlich demnächst mit Japs Geld ein Landhaus bauen wird. Aber irgendwann werden wir ihn oder einen von den anderen Konvoi-Wächtern dabei erwischen, wie sie Drogen an Gefangene verhökern oder ähnliches, und dann verpfeifen die Ratten mit ihren schmutzigen Geschäften sich alle gegenseitig, um den eigenen Hals zu retten. Einer der Wachmänner macht eine Aussage und wird von mehreren Gefängnisinsassen unterstützt. Der Konvoi-Offizier wird degradiert, vor Gericht gestellt und verurteilt. Im Lager schenken die Diebesbrüder und ihre Truppen dem ehemaligen Hauptmann dann besondere Aufmerksamkeit. Es wäre ein Wunder, wenn er da lebend wieder rauskäme.«

»Würde Jap ihm nicht helfen?« fragte Peter.

»Jap?« Netschiajew lachte höhnisch. »Der wäre der erste, der ihn zum Abschuß freigibt. Schließlich hat der Hauptmann allerhand zu erzählen.«

Peter nickte verständnisvoll. »Also stehen der Hauptmann und die beiden Wachen auf der Abschußliste.«

»Die sind so gut wie tot. Warum sollten wir uns also die Mühe machen, sie zu verhaften und das ganze Theater mit dem Innenministerium über uns ergehen lassen?«

»Haben Sie eigentlich die Habseligkeiten des Tschetschenen im Gefängnis untersuchen lassen?« erkundigte sich Peter.

»Ja, sofort nachdem wir ihn ausfindig gemacht hatten«, antwortete Netschiajew. »Nichts Interessantes dabei.«

»Könnte ich mir das Zeug noch mal ansehen?«

»Warum?«

»Sie wissen doch – doppelt genäht hält besser.«

Grinsend griff Netschiajew zum Telefon. »Ich rufe Matlowow an. Boris kann Sie hinfahren.«

Am späten Vormittag führte Arkadi Matlowow Peter in den Lagerraum der Haftanstalt, eine große Halle mit Tausenden von Metallschachteln. Ein Wächter hatte die des Tschetschenen bereits auf einen der Tische gestellt, die in einer Reihe die Mitte des Raums einnahmen, und den Deckel geöffnet. Peter befühlte die Kleidungsstücke und fand ganz unten in der Kiste eine Brieftasche. Abgesehen von einem kleinen Notizbuch war sie leer. Als Peter die leeren Seiten durchblätterte, fiel eine Karte heraus – die Visitenkarte eines gewissen Azziz Faradi, irakischer UN-Abgesandter. Natürlich dachte Peter sofort an Hugh McDonald, dessen Organisation die irakische UN-Vertretung seit einiger Zeit beobachtete. Jetzt gab es also einen weiteren Hinweis auf eine Verbindung zwischen den Bemühungen des Irak, seine Atommacht wieder aufzubauen, und der russischen *Organisazija*.

Auf der Rückseite der Karte entdeckte Peter eine Notiz, die aussah wie eine Telefonnummer: Z/D 291-37-17. Schnell schob er die Karte in den Jackenärmel und wandte sich wieder zu Matlowow, der gähnend in der Ecke saß und wartete. Der Kommandant war verpflichtet, bei dieser praktisch unautorisierten Durchsuchung anwesend zu sein – immerhin war Peter ja ein aktiver ausländischer Polizist im Dienst.

»Ich bin fertig«, verkündete Peter. »Vielen Dank.«

Zufrieden folgte er Matlowow zurück zum Gefängnistor, ohne seine Entdeckung zu erwähnen. Die Zahlenkombination war bestimmt Zekkis Moskauer Telefonnummer. Der Tschetschene hatte die Karte von Zekki bekommen, also mußte dieser Azziz Faradi sie Zekki gegeben haben. Auf der Rückfahrt zur Petrowka erkundigte sich Peter bei Boris: »Kann man anhand einer Telefonnummer eine Adresse herausfinden?«

»Kein Problem.«

Im Polizeihauptquartier nahm Boris die Nummer an sich,

und nach kurzer Zeit überreichte er Peter eine Adresse. Dieser warf einen kurzen Blick darauf. Anschließend ließ er sich zum Hotel National fahren.

Als er seinen Freund Hugh McDonald erreichte, war es in Moskau Nachmittag, in New Jersey also morgens. »Hör mal, Hugh, dein alter Kumpel Red Rolf arbeitet offensichtlich eng mit Zekki Dekka und Jap zusammen«, berichtete Peter. »Außerdem gibt es eine Verbindung zwischen ihm und dem Tschetschenen, der mit ziemlicher Sicherheit die beiden georgischen Ganoven in Brighton Beach auf dem Gewissen hat. Ich brauche alle Informationen über den irakischen UN-Gesandten Azziz Faradi, die du auftreiben kannst. Ich vermute, daß er sich zur Zeit in Moskau aufhält.«

»Ich werde sehen, was ich tun kann.«

»Der Tschetschene, der in New York übrigens den Namen Zilinski benutzt hat, ist heute morgen ermordet worden. Mit an Sicherheit grenzender Wahrscheinlichkeit sind Japs Leute dafür verantwortlich. Sie wollten nicht, daß er mit uns redet.«

»Du hast ganz schön viel um die Ohren, was?«

»Ja, dank dir und meinen *Russki*-Freunden bin ich tatsächlich wieder ein Ganztags-Cop geworden.«

»Bestimmt wissen alle Beteiligten deine Anstrengungen zu schätzen. Ruf mich in ein paar Stunden zurück. Ich werde versuchen, ein paar konkrete Informationen an Land zu ziehen.«

Nach dem Gespräch mit Hugh machte sich Peter auf den Weg zu der Adresse, die Boris für ihn herausgefunden hatte. Sie lag nahe dem Stadtzentrum in der Worowski-Straße. An der langen, engen Straße gab es zahlreiche Bauwerke aus dem neunzehnten Jahrhundert – darunter mehrere ausländische Botschaften –, aber auch einige hohe Wohnblocks. Peter betrat die geräumige Eingangshalle eines zehnstöckigen Backsteingebäudes. Jetzt, am späten Nachmittag, war alles still und menschenleer. Peter nahm den Aufzug in die achte Etage und durchquerte den Korridor zu einer ledergepolsterten Wohnungstür. Er drückte mehrmals auf die Klingel, bis er schließlich nackte Füße über den Boden tapsen hörte. Dann klickte das Schloß, und die Tür öffnete sich.

Ein verschlafenes Mädchen in einem weiten Morgenmantel starrte aus dem Halbdunkel der Wohnung zu ihm empor. Sie konnte höchstens fünfzehn sein, aber ihre Figur hatte bereits eine starke sinnliche Ausstrahlung, was bei diesem kaum pubertären Persönchen äußerst beunruhigend wirkte. Mit ihren zerzausten braunen Haaren, den breiten Wangenknochen, der Stupsnase und den großen runden Augen, die Peter fragend anblinzelten, erweckte sie in ihm den fast unwiderstehlichen Wunsch, sie liebevoll in ihre warme, zarte Haut zu kneifen.

»Guten Tag, Kleine«, begrüßte Peter sie. »Wo ist Zekki?«

»Hallo«, erwiderte sie schüchtern. »Wer sind Sie denn?«

»Ich bin Pawel, Zekkis Freund.«

»Oh, dann kommen Sie doch rein. Ich koche uns Kaffee.«

Ohne weitere Umschweife folgte Peter ihrer Aufforderung und legte seinen Regenmantel ab. »Zekki ist seit gestern weg. Er hat nicht gesagt, wohin er will. Das tut er nie.« Sie verzog schmollend den Mund. »Er hat mich allein hiergelassen, und ich langweile mich furchtbar. Und abends kann ich mir nicht mal ein paar Freunde einladen, weil ich nie weiß, wann er zurückkommt. Er hat mich von Zilisi hierhergebracht.«

»Macht es deinen Eltern nichts aus, daß du hier mit ihm zusammenlebst?« erkundigte sich Peter.

»Er hat ihnen Geld gegeben und jede Menge Klamotten. Ich wollte mir auch was von den ausländischen Sachen aussuchen.« Lächelnd tätschelte sie ihren Po. »Bei meinem breiten Hintern ist es gar nicht so einfach, was zu finden. Ich würde ja gern abnehmen, aber Zekki mag mich so, wie ich bin.«

»Wie alt bist du?« fragte Peter.

»Alt genug«, antwortete sie. »Fünfzehn. Warum stehen Sie da so rum? Wenn Sie mich schon aufgeweckt haben, können

Sie sich auch in der Küche nützlich machen, solange ich dusche und mich anziehe. Wie mögen Sie Ihren Kaffee am liebsten?« Sie schaltete den Herd an. »Und kochen Sie genug Wasser für uns beide.«

Damit verschwand sie im Badezimmer und schloß die Tür hinter sich. Peter konnte kaum glauben, wieviel Information diese rundliche, naive Kindfrau einfach so hervorgesprudelt hatte. Offenbar litt sie so sehr unter der Langeweile, daß kein ausgeklügeltes Verhör vonnöten war, um sie zum Reden zu bringen. Sie würde alles ganz von selbst erzählen. Er hörte, wie das Duschwasser ins Becken prasselte, und begann, sich in der kompakten Einzimmerwohnung umzusehen.

Im Wohnzimmer stahl er sich gleich an den Schreibtisch und studierte die Papiere, die dort herumlagen. Als er eine Schublade aufzog, fand er darin einen an Azziz Faradi adressierten Umschlag. Er war nicht zugeklebt, als sollte noch etwas hineingesteckt werden. Peter blätterte den Inhalt durch und stieß auf mehrere Dokumente, die rechts arabisch und links russisch beschrieben waren. Er überflog den russischen Teil des Textes, aber gerade als er allmählich zu begreifen begann, was Jap und seine Leute planten, wurde im Badezimmer das Wasser abgestellt. Kurz entschlossen raffte er die Seiten zusammen und stopfte sie in die Innentasche seines Jacketts.

Dann ging er in die Küche, goß heißes Wasser in eine Tasse, kippte einen Löffel Pulverkaffee hinein und öffnete den Kühlschrank. Lauter entkorkte Schnapsflaschen standen darin; ein seltener armenischer Cognac fiel ihm besonders ins Auge.

Unterdessen kam seine kindliche Gastgeberin aus dem Badezimmer, erfrischt von der Dusche und noch rosiger als vorher. Ihr üppiger Körper war in einen weißen Morgenmantel aus Seide gehüllt. Genau das hatte Peter von einem alten geilen Bock wie Zekki erwartet.

»Wie heißt du eigentlich, Süße?« erkundigte er sich.

»Helen. Was möchten Sie zu Ihrem Kaffee?«

»Ein Schlückchen Cognac vielleicht?«

Helen machte sich eine Tasse Kaffee und stellte die Cognacflasche vor Peter auf den Küchentisch.

»Was meinst du, wie lange Zekki noch weg ist?« fragte Peter.

»Keine Ahnung. Er hat gesagt, er fliegt nach Sibirien, aber ich glaube, er hat mich bloß auf den Arm genommen.«

»Und du vermißt ihn«, meinte Peter.

»Ich würde nicht behaupten, daß ich Zekki besonders mag, aber er hat Geld und ist nie sauer. Er ist auf alle Fälle besser als irgend so ein russischer Säufer, der einen verprügelt und mit dem Küchenmesser durch die Wohnung jagt. Mein erster Freund war manchmal schrecklich gemein zu mir. Zekki führt mich ins Restaurant aus. Von meiner Freundin Nadja habe ich eine Menge über Männer gelernt.« Sie blickte Peter gierig an. »Ich wünsch' mir bloß noch einen netten jungen Mann, mit dem ich das machen kann, was Nadja mir beigebracht hat.«

Mitleidig musterte Peter das Mädchen, während er an die schöne, elegante Oksana dachte. »Dann will Zekki dich also ganz allein für sich?« gab er zurück.

»Na ja, da ist dieser Araber, Azziz, der gekommen ist, kurz bevor Zekki wegmußte. Anscheinend will Zekki sich bei ihm einschmeicheln. Ich traute mich gar nicht, ihn anzusehen, weil er mich immer so gierig angestarrt hat. Aber ich darf mich doch nicht mit ihm einlassen. Araber sind komisch und haben ansteckende Krankheiten.«

»Du meinst Azziz, den Diplomaten? Ja, der ist wirklich seltsam.«

»Nadja hat mir gesagt, der Kerl ist bei den Vereinten Nationen. Er hat mir Blumen und Schokolade geschenkt und wollte mir sogar eine Diamantkette kaufen. Ich hab' ein bißchen Angst, daß Zekki mich mit diesem dreckigen Araber verkuppelt. Er will irgendwas Wichtiges von Azziz und würde mich bestimmt dafür eintauschen.«

»Hör mal, Kleines, das ist alles wirklich hochinteressant, aber Zekki müßte dir eigentlich gesagt haben, daß er ein Päckchen für mich hat.«

»Oh, tut mir leid ... Nein, er hat nichts gesagt. Er hat bloß seine Reisetasche gepackt, und weg war er.«

Helen räkelte sich in ihrem Sessel und schlug die Beine übereinander, so daß der Morgenmantel etwas auseinanderglitt. Ihre drallen Beine in den schwarzen Strümpfen waren ein verführerischer Anblick. »Wollen Sie denn schon gehen?« fragte sie kläglich.

»Du bist unwiderstehlich, Süße, aber ich habe noch viel zu erledigen. Danke für den Kaffee und den Cognac.«

Als er schon an der Tür war, rief sie ihm noch nach: »Könnten Sie nicht später noch mal wiederkommen?«

Er lächelte sie an. »Ganz bestimmt. Lauf bloß nicht weg.«

Im Taxi auf dem Weg zum Hotel Intourist in der Gorki-Straße, direkt beim Roten Platz, studierte Peter die Papiere aus Zekkis Wohnung. Zwar konnte er den arabischen Text auf der rechten Seite nicht lesen, aber er ging davon aus, daß der russische eine korrekte Übersetzung war. Auf einmal war ihm alles klar. Er bahnte sich einen Weg durch die Menschenmenge am Hoteleingang und schlenderte an den Wächtern vorbei durch die Hotellobby, hinüber zu den internationalen Telefonzellen. Dort schob er seine Visa-Karte durch den Schlitz, und kurz darauf war die Verbindung hergestellt. »Wir hatten Azziz die ganze Zeit im Auge«, erzählte ihm Hugh, »jeden Tag, vom Verlassen der irakischen Vertretung bis zu seiner Rückkehr. Aber irgendwie ist er uns durch die Lappen gegangen, und wir haben ihn schon eine ganze Woche nicht zu Gesicht gekriegt.«

»Er ist hier in Moskau, Hugh. Und er ist dabei, den Kauf von mindestens einer SS-25 Feststoffrakete abzuschließen, bekannt unter dem Namen *Sichel*, mit einem Nuklearsprengkopf von fünfhundertfünfzig Kilotonnen. Meinen neuesten

Informationen zufolge ist die Rakete samt mobiler Abschußrampe gut siebzehn Meter lang.«

»Ach du grüne Neune!« rief Hugh ins Telefon. »Bei NEST wußten wir natürlich, daß er vorhatte, Saddam für den nächsten Krieg mit Atomwaffen auszurüsten.«

»Die *Sichel* verfügt über einen Kaltstart-Modus«, fuhr Peter fort. »Mit anderen Worten: Sie kann überall abgefeuert werden, und sie hat eine Reichweite von elftausend Kilometern.«

Hugh stieß einen entsetzten Pfiff aus. »Was für eine Rakete! Saddam könnte jeden Ort auf der Welt anpeilen. Hast du eine Ahnung, woher das Ding kommt?«

»Irgendwo aus Sibirien, mehr konnte ich bis jetzt noch nicht rauskriegen. Azziz soll die Quelle nicht erfahren, damit die Verhandlungen direkt mit dem Lieferanten laufen können.«

»Und Red Rolf steckt auch irgendwie mit drin«, brummte Hugh. »Die Fälschungsaktion sieht ihm sehr ähnlich, und ich hab' außerdem rausgefunden, daß er, kurz bevor er 1989 die CIA unehrenhaft verlassen hat, an der Aufrüstung des Irak arbeitete. Damals sollte der Irak ja die iranische Militärmaschinerie zerstören und die Regierung dort stürzen. Red Rolf hat dabei eng mit Azziz zusammengearbeitet.«

»Wie ich die Sache sehe, steckt Jap – Jakowlew – hinter der ganzen Geschichte.«

»Aber gegen ihn haben wir nichts in der Hand. Und du hast keine Einzelheiten darüber, wie die Rakete an Saddam geliefert werden soll?«

»Ich weiß nur den Preis und daß sie von den Verkäufern irgendwo in den Irak gebracht wird.«

»Wie hoch ist der Preis?«

»Fünfundzwanzig Millionen für eine Rakete mit mobiler Abschußrampe.«

»Wenn erst mal der Irak eine davon hat, kommt als nächster der Iran, und dann – mein Gott!« rief Hugh. »Kein Ende in Sicht!«

»Außerdem verscherbeln sie auch noch Uran für tausend Dollar pro Kilo und Plutonium 239 für eine halbe Million pro Kilo.«

»Herrgott, Peter! Woher hast du diese Informationen?«

»Das ist eine lange Geschichte, aber ich glaube, die Quelle ist zuverlässig.«

»Was können wir tun, jetzt, wo die Sowjetunion auseinanderfällt und es so gut wie keine zentrale Verwaltung mehr gibt?«

»Mit Hilfe meiner Dolmetscherin werde ich versuchen zu verhindern, daß die Atomraketen in die falschen Hände geraten«, versprach Peter.

»Dolmetscherin? Peter, wozu um Himmels willen brauchst du in Rußland eine Dolmetscherin?«

»Ich gebe mich als amerikanischer Geschäftsmann aus, der schnelle, profitable Deals sucht, aber kein Russisch kann. Außerdem solltest du diese Dolmetscherin mal zu Gesicht kriegen! Bis dann, ich melde mich morgen. Vor der Telefonzelle wartet ein furchtbar ungeduldiger Herr.«

Peter öffnete die Tür, verbeugte sich kurz vor dem Geschäftsmann, der von einem Fuß auf den anderen trat, und machte sich dann sofort auf den Weg zum Kopierraum des Hotels. In aller Ruhe ließ er Zekkis nukleares Lieferabkommen mit Azziz sowie die anderen Unterlagen aus Zekkis Wohnung durch den Kopierer laufen, als handle es sich um irgendwelche Geschäftspapiere. Dann verließ er das Hotel, bahnte sich wieder einen Weg durch die Menschenmenge und stieg in ein Taxi. Dem Fahrer nannte er Zekkis Adresse.

Auf sein Klopfen öffnete ihm Helen mit finsterem Gesicht, aber als sie ihn erkannte, erschien ein Lächeln auf ihren rosigen Lippen. Ihr molliger junger Körper war jetzt in eine enge Bluse und einen kurzen Rock gezwängt. »Sie wissen ja gar nicht, wie froh ich bin, daß Sie da sind!« rief sie. »Ich hatte schon Angst, es wäre Azziz.«

»Der Iraker? Was will der denn hier? Abgesehen vom allzu Naheliegenden«, grinste Peter.

»Etwas, was Zekki für ihn dagelassen hat. Ich hab' ihm erzählt, da wäre nichts.«

»Was hat er dann gesagt?«

»Daß das nicht sein könnte. Er hätte sich gerade mit Zekki unterhalten, irgendwo in Sibirien.«

»Du hast aber nicht erwähnt, daß ich hier war, oder?«

Helen schüttelte entschieden den Kopf. »Wenn ich es ihm verrate, dann sagt er es Zekki, und dann macht Zekki mir die Hölle heiß, weil er glaubt, ich hätte was mit Ihnen angestellt.«

»Tja – warum machst du mir dann nicht einfach eine Tasse Kaffee, kippst ein bißchen Cognac rein, und dann unterhalten wir uns?«

Seine Augen folgten der rundlichen Gestalt, bis sie in der Küche verschwunden war. Dann öffnete er rasch die Schublade des Mahagoni-Schreibtisches und legte den an Azziz adressierten Umschlag zusammen mit den anderen Papieren zurück. Er richtete sich auf und schlenderte in die Küche, wo Helen dabei war, Kaffeewasser zu kochen.

Als er hereinkam, wandte sie sich sofort vom Herd ab, und ihr üppiger Busen drückte sich an einen Augenblick an Peters Brust. Er legte ihr die Hände auf die Schultern, beugte sich zu ihr hinab und hauchte ihr einen keuschen Kuß auf die Stirn. »Hast du auch sorgfältig nach dem Umschlag gesucht, den Azziz abholen wollte?«

»Ich glaube schon.«

»Schau lieber noch mal nach«, riet Peter. Achselzuckend ging Helen zum Schreibtisch. »Vielleicht hat Zekki ihn in die Schublade gelegt«, schlug er vor.

Gehorsam öffnete Helen die Schublade und griff hinein. Plötzlich lachte sie hell auf und zog den Umschlag heraus. »Also wirklich, wieso hab' ich ihn denn vorhin nicht gefunden?«

»Hör mal, Helen, ich möchte ungern hier sein, wenn Azziz wiederkommt. Ich warte lieber draußen.«

»Aber Sie kommen zurück, wenn er weggeht?« fragte sie besorgt.

»Zumindest ruf ich dich an.« Peter drückte einen freundschaftlichen Kuß auf Helens Schmollmund, schritt rasch zur Tür, öffnete sie und trat hinaus auf den Korridor.

Beim Aufzug hörte er, daß sich die Kabine bereits durch den Schacht näherte. Rasch trat er beiseite und fummelte mit seinem Schlüssel an einer Wohnungstür, als wollte er sie öffnen. Die Aufzugstür glitt auf. Peter wandte sich vorsichtig um und erhaschte einen Blick auf einen Mann in schwarzem Anzug und roter Krawatte, der tatsächlich aussah wie Saddam Hussein. Mit forschen Schritten marschierte der Iraker den Korridor entlang zu Zekkis Wohnung, klopfte und wurde sofort eingelassen. Peter sah, wie der Araber die Tür hinter sich schloß.

40

Jap stand in dem langen, schmalen Kellerraum. An einem Ende hingen ein paar Papp-Zielscheiben mit Bildern von Köpfen und Oberkörpern; sie waren an Holzstöcken befestigt und wurden von einem Scheinwerfer angestrahlt. Mit leichtem Unbehagen beobachtete er, wie Max die Waffe in die Hand nahm, ihre polierte Schulterstütze streichelte und zu Jap und Pawel hinüberlächelte. »Absolut geräuschlos, besser als der beste Schalldämpfer«, meinte er. »Und übertrifft in der Reichweite jede gewöhnliche Pistole. Versuchen Sie es ruhig mal.«

Pawel griff nach der Armbrust. »Für derlei Spezialaufträge bin ich zuständig«, erklärte er. »Es ist zwar nicht der Grund unseres Treffens, aber wo wir schon mal hier sind –« Max half ihm, das Magazin mit den Pfeilen korrekt einzulegen. Dann war die Armbrust schußbereit.

Max war mindestens fünfzehn Jahre jünger als Jap. Er war kräftig gebaut. Seine gerade, niedrige Stirn ging in einer geraden Linie in die flache Nase über, die Haare waren kurzgeschnitten. Unter den buschigen Augenbrauen lagen kleine, durchdringende Augen tief in ihren Höhlen. Der schmale Mund schien fast lippenlos, und die gesamte untere Gesichtshälfte war von einem dichten Dreitagebart bedeckt. Seine Ohren und die Spuren in seinem Gesicht erinnerten daran, daß Max in jüngeren Jahren Berufsboxer gewesen war.

»Die Bogensehne geht automatisch in Schußposition«, erläuterte Max. Pawel zielte und drückte ab. Der Pfeil landete mitten in der Zielscheibe, während die Sehne erneut surrte und der nächste Pfeil in Abschußposition gebracht wurde. Pawel peilte eine andere Zielscheibe an und durchschoß einen Kopf.

»Gerade mal einen Monat nach dem fehlgeschlagenen Putsch verkaufen sie schon ihre Waffen«, bemerkte Pawel.

»Drängt der KGB schon auf den privaten Markt?« fragte Jap lächelnd.

»Das trifft auf viele von uns zu«, erwiderte Max tiefsinnig.

Jetzt nahm Jap die Armbrust aus Pawels Hand, zielte und drückte ab. Der Pfeil landete mitten in einem Zielscheiben-Torso.

»Nun, Max«, meinte Jap, »ich habe mir nicht die ganze Mühe gemacht, Sie zu finden, weil ich mittelalterliche Schußwaffen kaufen wollte, so effektiv sie auch sein mögen.« Damit legte er die Armbrust vor sich auf den Tisch. »Das war wirklich eine hochinteressante Demonstration. Sie haben eine großartige Waffe gebaut. Können wir jetzt zum Thema kommen, das mich hierher in Ihre KGB-Höhle bringt?«

»Selbstverständlich, Jap. Ich habe mich nur daran erinnert, daß Sie sich stets für alle Geräte interessiert haben, mit denen man Menschen töten oder verstümmeln kann.«

Jap grinste. »Das war damals, als Sie noch für uns getötet haben, bevor der KGB Ihr Talent erkannte und Sie auf seine Seite zog.«

»Ich hatte wirklich Glück«, räumte Max ein. »Man hat mich vor die Wahl gestellt. Schließ dich der Abteilung A an oder laß dich von ihr eliminieren. Logisch, daß ich mich dem Staatsapparat anschloß.«

»Ja – wenn du nicht gegen sie ankommst, ist es besser, mit ihnen zusammenzuarbeiten«, nickte Jap.

Max nahm wieder die Armbrust, zielte und schoß die drei verbleibenden Pfeile aus dem Magazin ab. Eng beieinander blieben sie in der Stirn einer Zielfigur stecken. Wortlos legte er die Waffe weg. »Wenn Sie mir nun folgen wollen, bringe ich Sie in einen Verhörraum, dort können wir uns in Ruhe unterhalten.«

Die Vorstellung, bald in einem Verhörraum der KGB-Spezialeinheit zu sitzen, war trotz der nach dem Putsch erzwungenen raschen Reform des Geheimdienstes etwas schaurig.

Dennoch verließen Jap und Pawel ohne Zögern den Schießstand und folgten Max über zwei Treppen in seltsam menschenleere Korridore.

»Seit den Ereignissen vom August sind die meisten Angestellten in gastlichere Gefilde abgewandert«, erklärte Max. »Nur ein paar von uns sind im Dienst geblieben; von unseren Vorgesetzten wurden nach dem Scheitern des Staatsstreichs viele verhaftet oder gefeuert.«

Max führte Jap und Pawel in ein kahles Zimmer mit Blick auf den Hof dieser Bastion der Staatssicherheit. In der Mitte des Raums stand ein Tisch und auf ihm eine hübsche polierte Holzkiste, über dreißig Zentimeter lang und fünfzehn bis zwanzig Zentimeter breit. Außerdem lagen auf dem Tisch ein dicker brauner Umschlag und daneben ein Aktenordner. Max zog einen Stuhl heran und bedeutete seinen Gästen, sich auf die beiden anderen Stühle ihm gegenüber zu setzen.

Draußen strahlte warm die Sonne eines späten Moskauer Septembervormittags. Als Jap und Pawel Platz nahmen, wurden sie vom hereinfallenden Sonnenlicht geblendet. Lächelnd setzte sich auch Max und öffnete den Aktenordner, der vor ihm lag.

»Nun, Jap, ich habe mich immer gefragt, wie Ihre Vorgeschichte aussieht. Als Sie zu meiner großen Überraschung letzte Woche mit mir Kontakt aufnahmen, habe ich umgehend Ihre Akte von der Staatssicherheit angefordert.« Er tippte mit dem Finger auf den Aktenordner. »Sie sind garantiert nicht gekommen, um nachzusehen, wie der junge Sechser, der einmal einen Ihrer Feinde unter Straßenbelag hat verschwinden lassen, sich inzwischen beim KGB zurechtgefunden hat.«

»Natürlich, da haben Sie ganz recht, Max«, bestätigte Jap. »Es ist eine Regel unter Diebesbrüdern, daß wir nie mit einem Angehörigen der Staatssicherheit in Verbindung treten. Dank der außergewöhnlichen Umstände hat sich jedoch einiges verändert. Alte Regeln gelten nicht mehr. Und es gibt da etwas,

was ein überlebender KGB-Offizier für mich tun kann. Einen Gefallen, den ich großzügig zu belohnen gewillt bin, mit Rubeln oder Dollar oder meinetwegen auch mit beidem.«

»Möglich, daß wir handelseinig werden«, erwiderte Max bedächtig. »Und da Sie schon einmal hier sind, möchte ich gern mit Ihnen den Lebenslauf in dieser Akte durchgehen. Information ist schließlich nicht umsonst unser wertvollstes Gut.«

Er schlug den Ordner auf. »Jakowlew, Wjatscheslaw Kyrillowitsch. Geboren 1936 in Dscheskasgan, russisch-kasachische Eltern, 1945 Umzug nach Samarkand.«

»Japs Biographie ist bekannt«, unterbrach Pawel, aber Max fuhr unbeirrt fort.

»Der berüchtigte Drogenhändler Ali Mamatagdi, genannt der Schakal, wird tot aufgefunden, zwei Schußwunden. Slawa und seine Mutter kommen nach Moskau. Auf der weiterführenden Schule werden Slawas Zeugnisse deutlich schlechter, dafür wird er Box-Champion beim Moskauer Juniorenwettkampf. Wehrdienst verweigert, unter dem Vorwand einer Boxverletzung, die der weiteren Boxerkarriere jedoch nicht im Weg zu stehen scheint. Gennadi Korkow, genannt der Mongole, entdeckt den jungen Sportler. Kurz darauf ist Slawa Anführer einer Bande, zu der auch einige Prostituierte gehören.«

Obwohl Jap offensichtlich ärgerlich wurde, ging der Vortrag weiter. »Drogenhändler werden mit heißen Eisen gebrandmarkt und reiche Verbrecherbosse von den Mädchen der Bande verpfiffen, so daß sie bereitwillig Japs *Obschak* aufstocken.« Plötzlich blickte Max von der Akte auf. »Aha, da haben wir's ja. Juwelier Nathan Sawitsch tot in seiner Wohnung aufgefunden, gefesselt, eine geschmolzene Eisenstange im Anus.« Seine Stimme wurde scharf. »Die jüdische Gemeinde gerät in Angst. Das ist ein großer Fehler. Schließlich ist Chruschtschows Sohn mit einer Jüdin verheiratet. Ein Bandenmitglied nach dem anderen wird verhaftet. Sogar der Mongole kommt hinter Gitter.«

»Das ist alles sehr interessant«, unterbrach Pawel erneut, »aber wir haben ein Geschäft zu besprechen.«

Max lächelte. »Irgendwie beschwatzt Slawa die empörten Söhne Israels. Er investiert Geld in jüdische Unternehmen. Das Leben meint es gut mit ihm. Auch in Menschen investiert er gern. Parteifunktionäre, Milizija-Beamte, KGB-Offiziere und Berühmtheiten – beispielsweise der Augenarzt Fedorow – alle stehen tief in seiner Schuld.«

Max hielt inne. »Eine Investition, die sich wirklich ausgezahlt hat, war die in Otari Quantrischwili – fünfhunderttausend Rubel.«

»Fünfhundertzwanzigtausend, um genau zu sein«, verbesserte Jap gelassen. »Können wir jetzt endlich zur Sache kommen?«

Max ignorierte die Frage. »Ich werde den Betrag korrigieren. Ja, fünfhundertzwanzigtausend.« Er machte eine Notiz in das Dossier. »Otari, Glücksspielpartner von Galina Breschnewa empfiehlt Jap für Spezialaufträge an den Milizija-General Juri Tschurbanow, Galinas zweiten Ehemann. Jap bewährt sich, und Juri bringt ihn zum Ersten Staatssekretär des Innenministers, Generalleutnant Nikolai Schelokow.«

Wieder mischte Pawel sich ein. »Das ist alles Schnee von gestern, Max. Wir wissen, daß Sie alles wissen oder jedenfalls alles über jeden Menschen herausfinden können. Aber Ihre Organisation hat ihre Macht verloren. Sie können nicht mehr Leute einfach so um die Ecke bringen.«

Eine Weile schwieg Max. »Na schön«, sagte er schließlich. »Wir brauchen dringend eine Säuberungsaktion, dürfen uns aber momentan nicht die Hände schmutzig machen. Sie werden die Säuberung übernehmen.«

»Wen sollen wir denn umbringen?« erkundigte sich Jap vorsichtig.

»Ein paar gefährliche ehemalige Parteisekretäre und ähnliches Gesindel. Und was wollen Sie von mir?«

»Ich brauche ein Flugzeug. Ein AN-22-Transportflugzeug, um genau zu sein.«

»Unmöglich«, konterte Max. »Wozu brauchen Sie das überhaupt?«

»Ich frage Sie ja auch nicht, warum Sie ausgerechnet diesen oder jenen umbringen lassen möchten, und ich erwarte dieselbe Diskretion von Ihnen.«

Das mußte Max einsehen. Er nickte. »Wir brauchen eine unauffällige Aktion, es soll aussehen wie Selbstmord.«

»Wir halten uns bereit«, antwortete Jap, der so schnell wie möglich wieder aus der bedrückenden Atmosphäre des KGB verschwinden wollte. »Aber ich brauche die AN-22. Wir sind zu Ihnen gekommen, weil Sie bekanntlich alles kriegen, was Sie ernsthaft wollen.«

Noch etwa eine halbe Stunde wurde gefeilscht, dann konnten Jap und Pawel endlich aufbrechen.

Max griff zu dem braunen Kuvert auf dem Tisch und hielt es Jap entgegen. »Hier drin sind Schlüssel und Anweisungen, wie Sie in die Wohnung der Zielperson, deren Fall dem Leiter der Abteilung A von höchster Stelle übertragen wurde, hinein- und wieder herauskommen. Ich werde mich in der Zwischenzeit um die Beschaffung der AN-22-Frachtmaschine kümmern.«

Dann hob er auch die Holzkiste vom Tisch und reichte sie Pawel. »Da Sie für die Spezialaufträge Ihrer *Organisazija* zuständig sind, überreiche ich Ihnen hiermit diese Armbrust, ein ähnliches Modell wie die, welche wir im Schießstand ausprobiert haben. Sie ist leicht zusammenzubauen und könnte Ihnen eines Tages nützlich werden.«

Pawel neigte den Kopf und nahm die Kiste entgegen. »Ich weiß dieses Geschenk zu schätzen, Max, und ich versichere Ihnen, daß Abteilung A mit der Ausführung unseres Auftrags sehr zufrieden sein wird.« Auch Jap bedankte sich, und Max führte die beiden endlich nach draußen.

Edmond Krutschina war ziemlich verunsichert, denn sein Leben war innerhalb eines einzigen Monats vollkommen aus den Fugen geraten, seine einstmals unanfechtbare Position als Geschäftsführer des Zentralkomitees der Kommunistischen Partei keinen Pfennig mehr wert. An diesem Morgen hatte er verängstigt seine Frau und seine Kinder aufs Land in ihre Datscha geschickt.

In den Parteigebäuden am Alten Platz hatten seine Untergebenen fieberhaft belastende Dokumente gesammelt und in den Reißwolf gesteckt, bis die Armee und demokratisch gesinnte Milizija-Beamte die Korridore versiegelt hatten. Jetzt waren die Informationen über den Verbleib der Milliarden, die sich die Partei in Form von Gold und Bargeld unrechtmäßig angeeignet hatte, sicher in seinem Gedächtnis und zwischen seinen persönlichen Dokumenten verborgen.

Krutschina hatte fast eine Flasche Cognac intus, und ihn überkam plötzlich das dringende Bedürfnis, der düsteren, unheilschwangeren Atmosphäre zu entrinnen, die ihn in seiner Luxuswohnung fast zu ersticken drohte. Er beschloß, in der frischen Nachtluft den Lenin-Prospekt entlangzuspazieren. Nachdem er eine halbe Stunde herumgewandert war, sich Ladenfenster angeschaut und angeregt mit der diensthabenden Milizija-Streife unterhalten hatte, ging es ihm besser, und er machte sich auf den Rückweg in seine warme, dunkle, trockene Wohnung.

Seine Stimmung hatte sich gebessert. Eine Reise in die Schweiz, und er war bald wieder im Besitz mehrerer Millionen. Doch als er in sein Arbeitszimmer trat, spürte er, daß etwas nicht stimmte. Nach einer Weile entdeckte er den Mann, der im Schatten saß und dessen orientalische Schlitzaugen böse funkelten.

Unwillkürlich machte Krutschina einen Schritt zurück und stolperte über den dicken Perserteppich. Aber er fiel nicht, denn von hinten packten ihn starke Arme. Ein chloroformgetränktes Taschentuch wurde ihm ins Gesicht gedrückt. Jap stieß die Balkontür auf, und Krutschina spürte weder den Regen auf seiner Haut, noch den Wind, noch den Aufschlag auf kaltem, nassen Metall.

Pawel machte ein letztes Foto von den auf Krutschinas Schreibtisch ausgebreiteten Dokumenten.

»He, Jap, es sind wirklich ein paar interessante Sachen dabei!« rief er.

»Mach die Bilder und komm!« Japs Stimme klang nervös. »Jeden Augenblick kann der KGB hier auftauchen. Die sind scharf auf diese Papiere und werden keine Ruhe geben, bis sie sie haben.«

Wenige Minuten nachdem sie Krutschina aus dem Fenster geworfen hatten, stiegen Jap und Pawel in den Wagen, der in einer Seitenstraße hinter dem Haus parkte.

Schon versammelten sich Menschen um die Leiche auf dem Lenin-Prospekt – ein grausiger Anblick. Krutschina war auf einen parkenden Wagen gestürzt, dessen Dach dem Aufprall nicht standgehalten hatte. Im Wageninneren, in dem der Kopf hing, war Blut; die Beine steckten steif aufgerichtet in den Scharten des Durchbruchs, und der größte Teil des Körpers ragte aus dem Wagen heraus wie eine lächerliche Riesenpuppe.

Während sie zügig den Lenin-Prospekt verließen, erkundigte sich Jap noch einmal bei Pawel: »Bist du sicher, daß Chloroform verdampft?«

»Hundertprozentig. In fünfzehn Minuten ist keine Spur davon mehr nachweisbar, nicht mal in der Lunge. Ein Fall von eindeutigem Selbstmord. Der Knabe war besoffen, man wird genug Alkohol im Blut finden.«

»Gut. Jetzt ist Max an der Reihe. Er muß uns das Flugzeug beschaffen.«

Pawel tätschelte seine Kamera. »Und diese Bilder von Krutschinas Dokumenten werden ihn davon überzeugen, daß er unsere Zeit lieber nicht verschwenden sollte.«

41

Den Rest des Septembers und einen Großteil des Oktobers 1991 sah Jap zu, wie die Sowjetunion immer weiter zerbröckelte und in einen Zustand verfiel, den man schon beinahe als Anarchie bezeichnen konnte. Es war eine Zeit der Orientierungslosigkeit und einer rasant steigenden Inflation. Aber für Jap war es genau der Moment, auf den er schon lange gewartet hatte und für den er das ganze letzte Jahr seiner Gefangenschaft im Lager von Tulun Pläne geschmiedet hatte. Politiker – teilweise Nutznießer von Japs großzügigen Bestechungsaktionen – und hochrangige Geschäftsleute aus den wichtigsten Industriezweigen kamen aus allen Teilen der ehemaligen Sowjetunion nach Moskau, denn jeder wollte seine zukünftige Position sichern.

Der frühere Verteidigungsminister Jasow saß im Gefängnis. Das Militär und die Rüstungsindustrie befanden sich mehr oder weniger in Auflösung. Und während das Schicksal der ehemaligen Supermacht im Kreml diskutiert wurde, wurden Ausländer und Touristen aus den Hotels am Roten Platz ausquartiert, weil man Raum brauchte für die größte Versammlung von sowjetischen Politikern und Industriellen in der Geschichte Moskaus.

Nikolai Martinow und Jewgeni Wolkow machten die Reise von Irkutsk nach Moskau gemeinsam. Wolkow nahm sich ein Zimmer im Hotel Rossija. Oksana mußte Peter zu ihrem großen Bedauern bitten, bei ihr auszuziehen und vorübergehend eine eigene Unterkunft zu suchen, während ihr Vater seine Moskauer Wohnung mit ihr teilte. Zwei Tage lang fand sich kein Minister, ja nicht einmal ein Staatssekretär, bei dem sich Martinow und Wolkow melden konnten, wie es ihre Pflicht gewesen wäre. In der zerfallenden Sowjetunion war

Wolkow nicht nur Chef, sondern praktisch Eigentümer der Industrieanlage von Krasnow 86 und Martinow de facto Alleinherrscher über die sibirische Region Irkutsk.

Zur gleichen Zeit, da sich die einflußreichsten politischen Persönlichkeiten und mächtigsten Industriellen aus allen Teilen der früheren Sowjetunion in Moskau versammelten, um über die Zukunft des Landes zu beraten, beschloß der ehrgeizige Bürgermeister der Stadt, Gawriil Popow, für sie einen glänzenden Empfang zu veranstalten.

Gleich nach dem Putsch hatte sich der Bürgermeister das zwanzigstöckige COMECON-Gebäude neben dem russischen Parlamentsgebäude angeeignet; es lag gegenüber dem Hotel Ukraine auf der anderen Moskwa-Seite und sollte das neue Rathaus werden. Die ersten drei Stockwerke und das geräumige Untergeschoß mit angeschlossenem Kino und Parkhaus eigneten sich hervorragend für die geplanten Festivitäten. Mit großzügigen Zuschüssen aus der Stadtkasse richtete man eine der luxuriösesten Galaveranstaltungen aus, die Moskau seit Breschnews Zeiten erlebt hatte.

Persönlichkeiten von Bühne und Leinwand, aber auch die neuen demokratischen Politstars aus Boris Jelzins Regierung, verliehen dem Empfang ein illustres Flair, das man in der nun rasch verblassenden Gorbatschow-Ära nicht gekannt hatte.

Ob die Demokraten die Herrschaft über den riesigen Industriekomplex des Landes übernehmen konnten, hing jetzt ganz von der Unterstützung der Fabrikmanager ab, die sich politisch neu orientieren mußten. Für Boris Jelzin und seine Anhänger war es lebensnotwendig, diese Leute für sich zu gewinnen und damit der Kommunistischen Partei eine weitere Stütze zu entziehen. So war das Fest des Bürgermeisters ein Glied in einer Kette von Maßnahmen, mit denen die Demokraten sich die Macht im neuen Rußland sichern wollten.

Oksana lud Peter Nichilow ein, sie zu der Party zu begleiten. Ihr Vater, die wichtigste politische Persönlichkeit der

Region Irkutsk, hatte sich vor kurzem von der Kommunistischen Partei losgesagt und war nun ein gerngesehener Gast bei den Demokraten. Oksana genoß die festliche Atmosphäre in vollen Zügen; strahlend schön in ihrem schmalen dunkelblauen Seidenkleid, das die Schultern freiließ und vom Knöchel bis zum Schenkel geschlitzt war, zog sie bewundernde Blicke auf sich, und natürlich galt dem Geschäftsmann Peter Nichilow der Neid vieler männlicher Gäste. Zwar konnten Oksana und Peter zur Zeit nicht zusammenwohnen, aber sie hatte ihren amerikanischen Liebhaber vorab ausführlich über die politische und wirtschaftliche Szene informiert, der sich das so plötzlich befreite Rußland stellen mußte.

Über dreihundert Menschen waren bereits eingetroffen, und noch immer kamen neue Gäste. Oft drückten sie Türstehern statt einer Eintrittskarte Hundertrubelscheine in die Hand, denn es war nur eine begrenzte Zahl offizieller Einladungen an Volksdeputierte, Industrielle und Jelzins Demokraten verschickt worden.

Die Gäste taten sich mit der Party im westlichen Stil zunächst schwer, doch da hochprozentige Getränke und auch Champagner in Strömen flossen und dazu delikate Leckerbissen in Hülle und Fülle gereicht wurden, hob sich bald die Stimmung. Die Zungen lösten sich, es wurde gelacht und hitzig diskutiert. Der Bürgermeister mischte sich leutselig unter die muntere Gesellschaft, machte großherzige Versprechungen und hatte für jedermann ein offenes Ohr. Politische und wirtschaftliche Absprachen wurden getroffen, und die Abgeordneten nahmen gern die Chance wahr, mit der einen oder anderen Zusatzverpflichtung ihre mageren Gehälter aufzubessern.

Peter und Oksana schlenderten zur Diskothek, amüsierten sich über die Faxen der Musiker und sahen den Mädchen zu, die für die Gäste in violettglänzenden Leggings zu dröhnender Rockmusik tanzten. Nach einer Weile gingen sie zurück durch den Gang in die hell erleuchtete Empfangshalle. Kaum hatte der Bürgermeister Oksana entdeckt, eilte er auch schon durch die Menge, um sie persönlich zu begrüßen.

Als Azziz die Halle betrat, bemerkte Peter ihn sofort. Er war in Gesellschaft eines stämmigen Manns mit rötlichen Haaren und aufgeschwemmtem Gesicht, der einen schlecht sitzenden Anzug und eine schlampig gebundene Krawatte trug.

»Kennst du die?« erkundigte er sich leise bei Oksana und deutete unauffällig zu den beiden Männern.

»Den Saddam-Doppelgänger kenne ich nicht, aber der andere ist Wladimir Schirinowski. Er hat vor ungefähr einem Jahr eine Partei gegründet. Slawa sagt, er ist ein Faschist und wird von den neuen Industriebossen unterstützt, die ihr Geld in Nationalismus und Wirtschaftswachstum investieren.«

»Ich frage mich, was er bei Azziz zu suchen hat«, meinte Peter nachdenklich.

»Azziz? Pawel hat diesen Namen schon öfter erwähnt«, erinnerte sich Oksana.

Dann plötzlich verstärkte sich der Druck ihrer Hand auf Peters Arm. Peter folgte ihrem Blick und erkannte sofort den Mann, von dem man ihm in der Petrowka schon zahlreiche Fotos gezeigt hatte: Es war Jap.

»Das ist dein Freund Jakowlew, nicht wahr?« fragte er.

»Ja. Man kann sich darauf verlassen, daß er überall dort auftritt, wo sich Politiker und Industrielle treffen.«

»Hat er etwas mit den Irakern und diesem Politiker zu tun?« erkundigte sich Peter.

»Ich weiß nur das, was alle wissen: Schirinowski war im Irak und hat sich mit Saddam getroffen«, antwortete Oksana. »Seine komische kleine Partei unterstützt Saddam immer noch, und im Golfkrieg, als wir alle auf der Seite der Amerikaner stehen sollten, trat er dafür ein, Saddam Waffen zu liefern, am besten Atomsprengköpfe für die Scuds.«

»Hoffen wir, daß Schirinowski nicht politisch Karriere macht«, sagte Peter. Ihm fiel auf, daß der aufstrebende Politiker vertraulich die Hand auf Japs Arm legte, während sich die beiden unterhielten. Dann sah er, wie ein Asiate auf Jap zueilte und ihm ausgiebig die Hand schüttelte. »Das ist Kim Tong Park von der nordkoreanischen Botschaft«, erklärte Oksana. Lachend fügte sie hinzu: »Ich würde zu gern wissen, ob Kim weiß, daß er und Rolf, dieser Amerikaner, quasi Teilhaber sind. Nadja hat mir erzählt, daß sie auf Pawels Anweisung eine Woche mit Kim zusammen war, ehe Red Rolf hier ankam.« Die Party verschaffte Peter einen guten Einblick in das Intrigennetz, in das er immer weiter hineingezogen wurde. Jetzt war er wieder Ermittler, ob er wollte oder nicht.

»Mein Vater sieht zu uns herüber«, bemerkte Oksana.

»Wer ist denn der fette Kerl neben ihm?« fragte Peter.

»Er ist nicht fett, nur breit gebaut. Das ist Jewgeni Wolkow, ein Freund meines Vaters. Der Mann, den du unbedingt kennenlernen wolltest. Erinnerst du dich? Ich hab' dir doch gesagt, er ist der Chef irgendeines riesigen Bergwerks im Reich meines Vaters.«

»Oh, dein Vater, ein gewählter Volksvertreter, hat also ein eigenes Reich?«

Oksana lachte. »So nennt er es jedenfalls.«

Interessiert betrachtete Peter den großen Mann neben Martinow. »Hast du ihm gegenüber erwähnt, daß ich in Rußland bin, um für meine Klienten in Deutschland bestimmte Rüstungsgüter zu erwerben?«

»Ich habe ihm erzählt, daß du rotes Quecksilber kaufen willst«, antwortete sie.

»Was hat er dazu gesagt?«

»Er hat gelacht und gemeint: ›Was? Noch einer, der das Quecksilber-Spielchen spielt?‹«

»Genau diese Reaktion habe ich mir erhofft.«

»Wenn du mit ihm sprechen willst, wäre jetzt bestimmt ein günstiger Zeitpunkt.« Oksana lachte ein wenig verächtlich. »Jeder in diesem Raum hat irgend etwas, was er gegen harte

Währung feilbietet. Amerikaner und Deutsche sind dabei die beliebtesten Ansprechpartner.«

Sie führte Peter zu ihrem Vater, der sich mit Wolkow und einem untersetzten, braunhaarigen Mann in einem eleganten Maßanzug unterhielt. »Das ist Pawel, Slawa Jakowlews Geschäftspartner«, erklärte sie ihrem amerikanischen Freund. »Er interessiert sich auch für Rüstungsgüter.« Sie machte die Männer miteinander bekannt, und Peter durchfuhr ein Schauer der Erregung, als ihm klar wurde, wie nahe er den Männern war, die er verfolgte. In der Petrowka hatte er von allen diesen Leuten Fotos gesehen und ausgiebig ihre Akten studiert. Er überlegte kurz, ob Helen ihrem Liebhaber Zekki erzählt hatte, daß ein Mann namens Pawel bei ihr gewesen war. Wahrscheinlich nicht, denn das hätte sicher eine Menge Fragen nach sich gezogen.

Als Peter Wolkow vorgestellt wurde und seine große, fleischige Hand schüttelte, beäugte ihn dieser mißtrauisch. »Sie sind also Russe, ja? Warum sprechen Sie dann kein Russisch?«

Oksana übersetzte. Peter lächelte höflich und wandte sich an Wolkow. »Warum sprechen Sie kein Englisch?«

»Oooh, er drückt sich vor der Antwort, dieser Schlauberger.« Oksana ließ die Bemerkung unübersetzt; Wolkow rülpste laut und nahm sich noch ein Glas Champagner. Dann warf er sich vor Peter in Manager-Pose. »Oksana hat uns erzählt, Sie hätten Interesse an einem unserer Produkte. Auch wenn wir uns hier bei einem festlichen Anlaß getroffen haben, könnten wir vielleicht dennoch darüber diskutieren, welchen Preis Sie für unser rotes Quecksilber zu zahlen gewillt sind.«

Oksana dolmetschte, und Peter, den diese Offenheit bei Verhandlungen über eine illegale Ware verblüffte, nickte nur.

»Ich bräuchte außerdem die Termine, wann sie die Ware übernehmen und bezahlen können«, fuhr Wolkow fort. »Ich gehe davon aus, daß Sie über die nötigen Transportmittel verfügen, um Ihrem Kunden das Material zu liefern.«

»Den Transport von Moskau nach Deutschland habe ich mit meinem Kunden bereits geregelt«, antwortete Peter nach Oksanas Übersetzung. »Bestimmt finden wir eine Möglichkeit, das Material aus der Fabrik nach Moskau zu transportieren. Ich bin bereit, fünftausend Dollar pro Kilo zu zahlen.«

Als Oksana ihm Peters Vorschlag unterbreitete, machte Wolkow ein entsetztes Gesicht. »Mr. Nichilow«, sagte er nach einer langen Pause, »im Westen liegt der geschätzte Preis für ein Kilo angereichertes Uran bei einhunderttausend Dollar, und nach denselben Schätzungen kostet ein Kilo Plutonium 239 fünf- bis zehnmal soviel.«

»Aber ich spreche von rotem Quecksilber, das genau wie schweres Wasser nur eine Komponente ist, um spaltbares Material zur Explosion zu bringen«, beharrte Peter. »Allein ist es kein waffenfähiges Produkt.«

Wolkow nickte Pawel und Nikolai zu. »Anscheinend weiß er wenigstens in der Theorie, was rotes Quecksilber ist.« An Peter gewandt, fuhr er fort: »Man braucht etwa ein Kilo rotes Quecksilber, um ein Kilo Waffenplutonium zu zünden. Mr. Nichilow, ich weiß nicht, wer Ihre Kunden sind, aber wenn es sich um seriöse Abnehmer handelt, warum kaufen sie dann nicht das fertige Produkt? Ich kann Ihren Kunden – über Ihre Vermittlung selbstverständlich – auch Plutonium 239 anbieten.«

»Darüber werde ich meine Kunden auf jeden Fall informieren«, antwortete Peter. »Wie ich sie kenne, sind sie bestimmt sehr daran interessiert, das Plutonium direkt zu erwerben.«

»Wann dürfen wir mit einem definitiven Bescheid rechnen?« hakte Wolkow nach. »Wir sind höchstens noch ein bis zwei Tage in Moskau.«

»Ich teile Ihnen die Antwort morgen mit.«

Während Oksana übersetzte, wandte sich Wolkow an Pawel und Nikolai. »Wissen Sie, wenn der Amerikaner wirklich liquide Kunden hat, kann ich ihm auch gleich das Richtige anbieten. Ein taktischer Nuklearsprengkopf enthält drei bis fünf Kilo Plutonium 239, der Sprengkopf einer strategischen Rakete wie der SS-25 drei- bis viermal soviel. Im Dom haben wir Plutonium im Wert von mindestens einer Milliarde Dollar auf Lager.«

»Übersetzen Sie das bitte nicht, Oksana«, ordnete Pawel an.

»Nein, lieber nicht«, grinste Wolkow. »Wir sollten zuerst Näheres über die Kunden des Amerikaners herausfinden.«

»Natürlich brauchen meine Kunden eine genaue Berechnung der Gamma-Strahlung, sozusagen einen ›Fingerabdruck‹ des Gefechtskopfs, aus dem das Plutonium 239 entnommen wird«, erklärte Peter mit Oksanas Hilfe.

Wolkow lachte schallend, tauschte sein leeres Champagnerglas gegen einen Cognac und nahm einen großen Schluck. »Und Sie sind zu mir gekommen, um über rotes Quecksilber zu sprechen!«

Peter zuckte die Achseln. »Irgendwo muß man ja anfangen. Ich hätte nie gedacht, daß ich innerhalb von fünf Minuten einen Plutonium-Deal machen könnte, und das auch noch auf einer Party.« Er machte eine ausladende Geste, mit der er den ganzen Raum voller festlich gestimmter Gäste einschloß.

»Seit dem fehlgeschlagenen Putsch im August ist vieles möglich, was früher ausgeschlossen gewesen wäre«, erwiderte Wolkow. »Wer hätte gedacht, daß die Kommunistische Partei verboten und in Rußland über Nacht die freie Marktwirtschaft eingeführt wird, so daß die Fabrikmanager, selbst wenn sie es wollen, niemanden mehr finden, dem sie Rechenschaft schulden?«

Auf ein Nicken von Wolkow übersetzte Oksana die Bemerkung ins Englische. Peter lauschte aufmerksam und sagte dann: »Ich möchte die Gefechtsköpfe sehen, damit ich bei meinen Leuten dafür bürgen kann, daß sie tatsächlich verfügbar sind.«

»Selbstverständlich«, erwiderte Wolkow. »Ich werde persönlich eine Besichtigungstour mit Ihnen machen. Aber sagen

Sie mir eins – haben Ihre Kunden Sie tatsächlich gebeten, rotes Quecksilber zu kaufen?«

»Wenn sie es für möglich gehalten hätten, wäre ihnen Plutonium 239 sicher lieber gewesen.«

Allmählich dämmerte es Pawel, daß Wolkow und Martinow ohne Schwierigkeiten direkt mit Nichilow ins Geschäft kommen konnten, wenn er keinen Riegel vorschob. »Diese ganze Sache muß über die *Organisazija* abgewickelt werden«, mischte er sich hastig ein. »Unser Chef übernimmt die Vermittlung des gesamten radioaktiven Materials aus dem Dom.« Er deutete auf Jap, der in ein intensives Gespräch mit dem Araber und dem Nordkoreaner verwickelt war. »Wenn dieser Amerikaner tatsächlich Kunden hat, organisieren wir den Verkauf. Aber um Details brauchen wir uns jetzt keine Gedanken zu machen.«

Peter, der ja vorgeben mußte, nichts zu verstehen, tat, als ließe er sich wieder völlig von der glanzvollen Atmosphäre der Galaveranstaltung in den Bann ziehen. Doch die Ungeheuerlichkeit der nationalen Lage trat ihm mehr als deutlich vor Augen: In Rußland stand alles zum Verkauf, einschließlich Raketen und Atomwaffen; das einzige, was bei diesem Ausverkauf zählte, war harte Währung. Und allem Anschein nach waren Interessenten aus aller Herren Länder gekommen, um ein Schnäppchen zu machen.

In diesem Moment trat ein eleganter junger Mann zu Oksana und flüsterte ihr etwas zu. Sie sah sich um und nickte.

»Was ist los?« fragte Peter.

»Ich soll zu Slawa kommen. Sein amerikanischer Freund ist jetzt bei ihm, und außerdem der Araber. Sie brauchen mich als Dolmetscherin.«

»Der rothaarige Amerikaner ist Red Rolf, stimmt's?« erkundigte sich Peter.

Oksana nickte. »Ich kann dich gleich mit Slawa bekanntmachen. Es sieht ja ganz danach aus, als würdest du mit ihm und Pawel ins Geschäft kommen.«

Zusammen machten sie sich auf den Weg zu Jap, aber Pawel trat ihnen in den Weg. »Ich glaube, es ist keine gute Idee, diesen Amerikaner zum Boß mitzunehmen« meinte er.

»Warum nicht? Dann können sich die beiden Amerikaner kennenlernen.«

»Wir wissen nicht genug über diesen Mann an Ihrer Seite«, entgegnete Pawel.

»Er ist Geschäftsmann, genau wie Sie.«

Pawel schüttelte den Kopf, sagte aber nichts mehr. Peter blickte zwischen ihnen hin und her, dann folgte er Oksana mit verwirrtem Gesicht. Nachdem Oksana die beiden Männer miteinander bekanntgemacht hatte, musterte Jap Peter so interessiert, daß dieser sich fragte, wieviel Oksana dem Gangsterkönig wohl von ihm erzählt hatte. Die Art, wie Jap ihren Arm nahm, sie zu sich zog und leise auf sie einredete – als verstünde Peter doch Russisch – wirkte sehr besitzergreifend.

Peter wandte sich an Rolf. »In welcher Branche arbeiten Sie?« erkundigte er sich.

»Ich bin Unternehmensberater. In Rußland kann man zur Zeit eine Menge Geld verdienen.«

»Und was ist mit der Sprache?«

»Es gibt immer jemanden, der übersetzt.« Er sah zu Oksana hinüber. »Sie ist die Beste. Aber irgendwann muß ich wohl doch noch Russisch lernen – falls ich in Moskau finanziell Fuß fassen kann«, meinte er seufzend und fügte neugierig hinzu: »Und was machen Sie?«

»Ich bin auch Geschäftsmann. Verstehen Sie, worüber die beiden sich unterhalten?« Er deutete mit dem Kopf zu Jap und Oksana.

»Nicht genau, aber ich glaube, es geht darum, daß Jakowlew findet, daß Sie sich bei Oksana allmählich zu weit auf sein Territorium vorwagen.«

»Machen Sie Geschäfte mit Jap?« fragte Peter, ohne darauf einzugehen.

Rolfs Augenbrauen hoben sich bei der Erwähnung von Jakowlews Spitznamen. »Mit Slawa? Nein, eigentlich nicht. Ich habe ihn durch einen gemeinsamen Freund kennengelernt. Er hat mich zu dieser Party eingeladen und gemeint, heute abend könnte man bestimmt ein paar einträgliche Deals abschließen.«

Wieder schielte Peter zu Oksana und Jap hinüber. Am liebsten hätte er Oksana gepackt und mit ihr die Party verlassen. Sein Spiel wurde immer gefährlicher. Wenn Jap nur den geringsten Verdacht schöpfte, daß Peter über das Geldprojekt und über den Atomwaffenverkauf Bescheid wußte, würde er die Nacht nicht überleben.

Doch die Rettung nahte von unerwarteter Seite: Nikolai trat zu der Gruppe und bat seine Tochter, sich ihm anzuschließen. Ein paar amerikanische und deutsche Geschäftsleute benötigten Oksanas Dienste als Dolmetscherin. Jap beugte sich Martinows Wunsch und ließ Oksana los – wieder eine Geste, als wäre sie sein Privateigentum.

Erleichtert nickte Peter Jap und Rolf zum Abschied zu und folgte Oksana. »Ich glaube, wir sollten hier möglichst schnell verschwinden«, sagte er.

»Aber es ist doch eine wundervolle Party, und ich kann meinen Vater nicht allein lassen. Wohin sollen wir denn auch gehen?«

»Ich habe eine kleine Wohnung, die mir ein russischer Geschäftsfreund überlassen hat, solange dein Vater hier in Moskau ist.«

»Bleib doch noch ein bißchen. Sobald ich eine Möglichkeit sehe, ohne großes Aufsehen zu verschwinden, komme ich mit dir«, versprach sie.

In diesem Moment entdeckte Peter zu seinem Entsetzen in dem Gewimmel neben Jap eine vertraute Gestalt: Die gestreifte Hose, das schwarze Jackett mit silbernen Biesen, die Seidenweste und das breite Revers, die Haare, die verdächtig einer Perücke ähnelten – das konnte nur Zekki Dekka sein. Neben ihm trippelte Helen in einem engen schwarzen Kleid; sie näherten sich Jap und seinen Freunden.

Überstürzt verabschiedete sich Peter von Oksana, die vollkommen verblüfft seiner Erklärung lauschte, seine Geschäftspartner in Amerika erwarteten dringend seinen Anruf. Nikolai Martinow war über Peters abrupten Aufbruch ebenso erstaunt wie seine Tochter, aber Oksana ließ sich rasch wieder von der Hektik des Abends vereinnahmen. Schließlich würde sie Peter bald wiedersehen.

Unterdessen verließ dieser das Gebäude und nahm ein Taxi zum Hotel Intourist in der Gorki-Straße. An der Bar und im zweistöckigen Gartenrestaurant wimmelte es von Gästen. Auch das Casino war offen; am Eingang herrschte großes Gedränge. Das pulsierende Leben in den guten Hotels war einer der Gründe, weshalb man aus den dortigen internationalen Telefonzellen am sichersten telefonieren konnte – vor allem jetzt, da der KGB völlig aus den Fugen geraten war und die Milizija zu beschäftigt, um Anrufe von Hoteltouristen abzuhören.

»Hugh«, sagte Peter, »dein alter Kollege Red Rolf … «

»Der ist schon lange nicht mehr mein Kollege!« schrie Hugh. »Er ist ein verfluchter Gauner wie Ed Wilson und –«

»Würdest du bitte die Luft anhalten und mir zuhören? Ich stehe hier in einer öffentlichen Moskauer Telefonzelle und versuche dir zu helfen, obwohl wir eigentlich eine Situation vor uns haben, für die dein nukleares Notfall-Suchteam NEST zuständig wäre.«

»Entschuldige. Leg los, Peter.«

»Red Rolf und Zekki Dekka bereiten mit Japs *Organisazija* einen Verkauf von Raketen, Atomsprengköpfen und Plutonium 239 vor, und sie haben Abnehmer überall zwischen Nordkorea und Nordafrika.«

»Woher kriegen sie das Zeug?« bellte Hugh ins Telefon.

»Von Jewgeni Wolkow, dem Chef irgendeines Großunternehmens in der Nähe von Irkutsk in Sibirien, wo Raketen, angereichertes Uran und Plutonium 239 produziert und gelagert werden.«

»Wann wollen sie liefern?«

»Keine Ahnung. Ein Möchtegern-Politiker namens Wladimir Schirinowski steckt auch irgendwie mit drin. Soweit ich weiß, ist er ein persönlicher Freund von Saddam Hussein. Jetzt habe ich Wolkow so weit, daß er mir Plutonium verkaufen will. Du glaubst gar nicht, was für ein panischer Ausverkauf hier herrscht – jeder ist scharf auf harte Währung.«

»Du hast wirklich gute Arbeit geleistet, Peter.« Selbst über die große Entfernung hörte man die Bewunderung in Hughs Stimme.

»Danke. Ich mache meinen Job, aber ich brauche Hilfe, wenn wir verhindern wollen, daß Raketen und Plutonium in die Hände irgendwelcher Terrorregimes fallen. Und wie es aussieht, sind diese Gauner kurz davor, einen Deal mit Nordkorea abzuschließen.«

»Wir können in Rußland offiziell nicht eingreifen«, gab Hugh zu bedenken.

»Und was ist mit der US-Botschaft? Die Spione, die hier stationiert sind, müßten doch etwas unternehmen können.«

»Von wegen!« rief Hugh. »Unsere Devise lautet, Finger weg von Moskau, bis sich die Lage endgültig geklärt hat. Sogar die CIA hat strikte Anweisung vom Weißen Haus, sich rauszuhalten.«

»Und inzwischen geht im nuklearen Bazar das Feilschen los, mit Ware aus Sibirien. Als nächstes schmuggelt dann jeder dahergelaufene Terrorist aus dem Nahen Osten Plutonium-Cocktails in die Vereinigten Staaten.«

»Du hast doch sonst immer so gute Ideen. Laß dir was einfallen.«

»Warum ausgerechnet ich?« Jetzt schrie auch Peter. »Um meinen Lieblingsautor Hemingway zu zitieren: ›Ein Mann

allein hat hier keine noch so verdammt beschissene Chance.‹«
Mit einem raschen Blick durch das Glas der Telefonzelle vergewisserte sich Peter, daß niemand auf seinen Ausbruch aufmerksam geworden war, und versuchte sich zu beruhigen. »Hör mal, Hugh, ich habe doch den Plan, du weißt schon, diese Übereinkunft zwischen Japs Vermittler Zekki und Azziz. Ich kann rauskriegen, wo sich diese Waffenfabrik befindet, und ich denke, ich schaffe es auch, mich da reinzuschleusen. Aber ab diesem Punkt bist du dran, du und die NEST Ihr müßt die Schnüffler alarmieren.«

»Wenn du das erledigst, tust du der Menschheit einen großen Gefallen. Du hast ja deinen Chronometer.«

»Ich habe aber auch ein Mädchen, das ich mit nach Hause nehmen und heiraten will. Schon allein deswegen würde ich gern lebend wieder rauskommen.«

»Peter, schlaf dich aus und ruf mich morgen noch mal an. Ich werde sehen, was ich hier für dich tun kann.«

»In Ordnung, tu das. Bis dann, Hugh.«

Buch 3

Die geschlossene Stadt

42

Wenn Max Wert darauf legte, daß Jap jemals wieder einen Auftrag für ihn erledigte, mußte er ihm wohl oder übel das größte Transportflugzeug aus dem sowjetischen Militärinventar, die AN-22, besorgen. Inzwischen war bereits die Anweisung ausgegeben worden, daß auch Gregori Siderow, Krutschinas Vorgänger im Amt des Geschäftsführers der Kommunistischen Partei, durch Selbstmord sterben sollte.

An der Spitze der Luftwaffendivision N42/824, die alle militärischen Transportflüge zwischen Moskau und Sankt Petersburg durchführte, stand Oberst Wadim Hastowetz. Mehrere Tage plante Max, wie er den Basiskommandanten am effektivsten in die Hand bekam. Anhand von Tonbändern und schriftlichen Aufzeichnungen des KGB führte er sich die Lage noch einmal deutlich vor Augen: In der Armee und vor allem in der Transportdivision, die Max interessierte, griff das Chaos um sich und drohte endgültig in Anarchie auszuarten.

Hastowetz, ein stämmiger Mann Mitte Vierzig, legte das Verhalten eines kleinen Kriegsherrn mit großem Gefolge an den Tag. Er hatte ein breites, vom Alkohol gerötetes Gesicht und das schwerfällige Äußere eines ukrainischen Bauern, aber er war schlau und durchtrieben.

Max forschte in den KGB-Unterlagen nach einem bestimmten Vorfall, bei dem der Landebahnbelag der Division abhanden gekommen war. Solche Informationen würden ihm bei den Verhandlungen mit Hastowetz mit Sicherheit Vorteile verschaffen.

Mit einer Mischung aus Haß, Verachtung und Mitleid musterte Oberst Hastowetz den vor ihm sitzenden Hauptmann. Dieser war ein hagerer Mann mit freimütigen wäßrigblauen Augen, die den Kommandanten untertänig musterten.

Die Unterhaltung verlief streng nach dem militärischen Verhaltenskodex, dem sich Hastowetz mit Leib und Seele verschrieben hatte. Scheiß auf deine Untergebenen, tritt Gleichgestellte in den Arsch, versuch schnellstens nach oben zu kommen, damit du selber möglichst wenig Scheiße abkriegst.

»Du bist ein Idiot, Genosse Hauptmann«, keifte der Oberst. »Was ist mit dem beschissenen Aluminiumbelag des Hubschrauberlandeplatzes passiert?«

»Genosse Oberst … ich meine … ich schwöre, ich wollte nicht … der blöde Zahnarzt hat mir 'ne Menge von seinem besten Zeug eingeschenkt, und wie Sie wissen …«

»Wie kannst du dummes Schwein es wagen, bei der Arbeit zu trinken? Du warst im Dienst!«

»Aber der Schnaps war so erlesen, so rein und klar wie die Tränen der Heiligen Jungfrau.« Da diese Erklärung von einem Offizier abgegeben wurde, der reichlich Alkohol konsumierte, und außerdem an einen Vorgesetzten gerichtet war, der höchstwahrscheinlich noch mehr vertragen konnte, klang sie recht vernünftig.

Der Hauptmann legte eine kurze Pause ein, um bei seinem Vorgesetzten noch mehr Verständnis aufkommen zu lassen, dann fuhr er fort: »Es war nicht der scheußliche Industriefusel, den sie aus den Tanks holen und der so grausig schmeckt, daß einem kotzübel wird und man am nächsten Morgen höllische Kopfschmerzen hat.« Immer wieder appellierte er an das Mitgefühl des Oberst, erklärte, daß der schlechte Alkohol seiner Frau den Verstand geraubt hatte und sie sich dafür jetzt mit ihrem ganzen Gewicht von zweihundert Pfund an ihm rächte. In letzter Zeit hatte sie sich darauf spezialisiert, das Bügeleisen nach ihm zu werfen. Wie hätte er da das Angebot des Zahnarztes ablehnen können? Zwei Liter medizinischer Alkohol – ein wunderbares Mittel, Familienkonflikte zu schlichten. Deshalb hatte er einfach ein Auge zugedrückt, als der Zahnarzt ein Seil an den glänzenden Metallstreifen befestigte, die den Hubschrauberlandeplatz bedeckten, und sie in den Lieferwagen hievte, den er als fahrbare Zahnarztpraxis benutzte. Der Metallbelag war genau das, was der Zahnarzt für das Dach seines neuen Hauses brauchte.

»Genosse Oberst, Sie wissen doch, wie's in meiner Familie zugeht«, flehte der Hauptmann. »Ich hab' das nur getan, um Ärger zu vermeiden ...«

»Wie oft soll ich dir das noch sagen?« brüllte der Oberst. »Eine Frau ist keine Verwandte, sondern bloß 'ne Nutte, die du gelegentlich fickst!«

»Jawoll, Herr Oberst!«

»Halt's Maul, du Schwein! Was soll ich jetzt tun, wenn die Arschlöcher vom Hauptquartier anrücken und ihr Hubschrauber kann nicht landen? Die könnten uns alle vor's Kriegsgericht stellen!«

»Wir reparieren –«

»Reparieren?« höhnte der Oberst. »Du kannst ja nicht mal die Möse deiner Tochter reparieren! Nichts für ungut! Aber die Soldaten bumsen sie, wo immer sie grade auftaucht. Verzeihung! Am hellichtem Tag! Ohne jedes Schamgefühl!«

Der Hauptmann ließ die Tirade schweigend über sich ergehen. Der Oberst hatte recht. Aber in einer Militärbasis, wo die Wohnungen und Baracken der Offiziere so eng beisammen lagen, gehörten solche Vorfälle in allen erdenklichen Variationen zum täglichen Leben.

»Wenn der Landeplatz nicht in zwei Tagen einwandfrei in Ordnung ist« – Hastowetz machte eine bedrohliche Pause – »tu, was nötig ist, raub das nächste Regiment aus, such den beschissenen Zahnarzt und hol ihm sein Dach vom Haus. Wenn der Platz nicht rechtzeitig fertig ist, fliegst du hochkant raus, als wärst du selbst ein Hubschrauber. Das schwöre ich! Ich steck dir 'nen Propeller in den Arsch und laß dich fliegen. Wie Sojus und Apollo zusammen. Hab' ich mich klar ausgedrückt?«

»Jawoll, Herr Oberst!«

»Wegtreten!« röhrte der Oberst.

Im Grunde war Hastowetz mit dem Hauptmann nicht allzu hart umgesprungen. Schließlich trank er selbst gern in der Sauna mit dem Zahnarzt ein Schlückchen von dem medizinischen Alkohol, den dieser in rauhen Mengen bei seinen Regimentsbesuchen mitbrachte. Oft gesellte sich auch noch die Zahnarztassistentin, eine etwa dreißigjährige Frau, zu ihnen, um »dem Kommandanten den Rücken zu massieren«. Hastowetz griff zum Telefon, um den Zahnarzt anzurufen. Wenn der Hauptmann zwei Liter von dem guten Fusel geschenkt bekam, hatte Hastowetz als Oberst ein Anrecht auf mindestens zehn Liter, wenn der Zahnarzt wollte, daß er den Mund hielt.

Eine Woche nach dem Zwischenfall mit dem Belag des Landeplatzes erschien der KGB-Offizier des Regiments, Hauptmann Juri Makaschenko, in Oberst Hastowetz' Büro. Er wurde von einem jüngeren Mann in hellgrauem Zivilanzug, weißem Hemd und dunkler Krawatte begleitet. Der Mann war glattrasiert, hatte kurzgeschnittene Haare und dunkle, tiefliegende Augen, die mitten in die Seele des Oberst zu blicken schienen und ihm eine Gänsehaut verursachten. Es war Max.

Der Oberst räusperte sich. »Könnte ich Ihre Papiere sehen? Das Regiment muß sehr auf Sicherheit bedacht sein«, fügte er fast entschuldigend hinzu. Selbst die unteren Chargen des KGB, die nach dem gescheiterten Putsch noch im Amt geblieben waren, übten oft mehr Macht aus als ein General.

Wortlos reichte ihm der Besucher einen kleinen roten Ausweis, der ihn als Mitglied des KGB-Generalvorstands von Sankt Petersburg identifizierte. Hastowetz nickte. »Was kann ich für Sie tun?«

»Meine Behörde erachtet es für notwendig, daß die Luftwaffendivision N42/824 eine Antonow AN-22 Turboprop-Maschine an ein bestimmtes Unternehmen verkauft, mit dem wir zusammenarbeiten. Ich werde Ihnen Kontakt zu den betreffenden Repräsentanten verschaffen. Die Sache muß noch diese Woche erledigt werden. Heute haben wir Montag.«

Hastowetz ließ sich nicht anmerken, daß ihn dieses Anliegen etwas befremdete. »Wir könnten Ihnen auch eine neue AN-22 verkaufen«, meinte er.

»Die Leute brauchen keine Maschine direkt vom Werk.«

»Warum wenden sich Ihre Vorgesetzten dann nicht direkt ans Hauptquartier?«

»Ich bin nicht befugt, Ihnen das zu erklären, denn ich handle selbst streng nach Anweisung. Draußen wartet ein Luftfahrtexperte des Unternehmens.«

Mit Unbehagen musterte Hastowetz den jungen KGB-Offizier in dem eleganten Zivilanzug. »Nun, ich kann Ihnen eine unserer alten AN-22 Maschinen in ihrem Hangar zeigen.«

»Meine Vorgesetzten und ich wären Ihnen dafür sehr zu Dank verpflichtet.«

Hastowetz griff zum Telefon. »Ich informiere rasch den Cheftechniker der Division, Oberst Panin, daß er uns am Hangar erwartet.« Der Experte, ein Mann aus Japs *Organisazija*, fuhr zusammen mit Max und Oberst Hastowetz zu dem Hangar. Dann standen sie vor dem größten Transportflugzeug, das Max je zu Gesicht bekommen hatte. Der Divisionstechniker, den der Oberst herbestellt hatte, war stets darum bemüht, sich mit dem KGB gutzustellen, und begann auch sofort mit einer Lobeshymne auf die Vorzüge der Maschine.

Man könnte beinahe den Eindruck gewinnen, als wollte die Division das Ding unbedingt verkaufen, dachte Max, und eigentlich war er davon auch ausgegangen. Seit dem Scheitern des Staatsstreichs und dem damit einhergehenden wirtschaftlichen Zusammenbruch war die erste Priorität dieser neuen, gierigen Gesellschaft die möglichst effektive Anhäufung von Geld. Oberst Panin begann, die Daten des Transportflugzeugs abzuspulen.

»Die Antonow AN-22 Antheus kann eine Nutzlast von achtzig Tonnen bei einer Geschwindigkeit von rund siebenhundertvierzig Stundenkilometern über Strecken von bis zu dreizehnhundert Kilometern transportieren«, begann er, doch Max hob einhaltgebietend die Hand. Der Techniker und der Experte der *Organisazija* stiegen über eine Leiter zur Seitenluke und vom Laderaum zwei Aluminiumtreppen ins Cockpit hinauf, wo sie eine halbe Stunde blieben und über das großartige Flugzeug diskutierten.

Max fragte sich im stillen, wozu Jap ein solches Transportflugzeug brauchte. Inzwischen konnte Hastowetz seine Neugier nicht länger zügeln und stellte als erste der zahlreichen Fragen, die ihm auf der Seele brannten, die wichtigste: »Wieviel zahlen Ihre Leute?«

Max zuckte die Achseln. »Wieviel verlangen Sie?«

»Mindestens zwei Millionen Rubel.«

»Das ist zuviel«, konterte Max scharf, obwohl er sich fragte, warum er plötzlich für Jap einen Sonderpreis aushandeln wollte.

»Als Kommandant würde ich mich schwerwiegender Kritik aussetzen, wenn ich die Maschine billiger abgeben würde.«

Wieder zuckte Max gleichgültig die Schultern. »Dann finden wir eben einen anderen Kommandanten.«

Diese Bemerkung ließ Hastowetz instinktiv aufhorchen; sein eigener militärischer Verhandlungsstil beruhte größtenteils darauf, seine Gesprächspartner einzuschüchtern und zu schikanieren.

Nach einer eingehenden Inspektion erschienen der Cheftechniker und Japs Experte endlich wieder aus dem Bauch des Flugzeugs. Auf Max' Frage antwortete der auswärtige Experte: »Im Prinzip ist an der Maschine nichts auszusetzen. Zwar hat sie einiges auf dem Buckel, ist im ganzen aber zuverlässig. Außerdem weiß man bei alten Flugzeugen, was man zu erwarten hat, während neue oft unberechenbar sind.«

»Dann gehen wir doch am besten zurück in mein Büro und regeln die Sache«, schlug Hastowetz vor. Jetzt nahm er die Situation in die Hand: Er lud Max ein, mit ihm zu kommen, während er den anderen erklärte: »Genossen, entschuldigt uns, wir wollen einen Augenblick unter uns sein. Wir haben einen sehr wichtigen staatlichen Auftrag zu besprechen … seid so freundlich.«

In seinem Privatquartier nahm er Platz, streckte herausfordernd den Kopf vor. Unter den buschigen Augenbrauen funkelten listig seine kleinen, wäßrig-blauen Augen. »Es ist doch immer sehr angenehm, sich mit unseren lieben Kollegen von der Tscheka zu unterhalten.«

»Die Tscheka hat längst das Zeitliche gesegnet«, meinte Max. »Und bald wird der KGB ihr folgen.« Nachdem er den leutseligen Kommandanten in seine Schranken verwiesen hatte, nahm er ihm gegenüber am Tisch Platz. »Wollen wir gleich zur Sache kommen?«

»Nun, mein Sohn … Wieviel können Sie für die Maschine bezahlen?«

»Ich glaube nicht, daß ich die Ehre habe, mit Ihnen verwandt zu sein, Oberst. Wieviel sollten wir Ihrer Meinung nach für diese altersschwache fliegende Untertasse ausgeben?«

Hastowetz kicherte, und seinem Gesicht war die Habgier überdeutlich anzusehen. »Sie wissen doch, mein Sohn, daß ich überprüfen könnte, woher Ihr Auftrag wirklich stammt?«

Einen Augenblick faßte sich Max mit Daumen und Zeigefinger an die Nasenwurzel, als müsse er scharf nachdenken. »Anscheinend ist Ihnen nicht ganz klar, wen Sie vor sich haben, Oberst«, sagte er dann. »Das könnte üble Folgen nach sich ziehen.«

»Ach, Söhnchen. Wir wollen doch einem alten Oberst keine Angst einjagen.« Er beugte sich über den Tisch. »Also, wozu braucht ihr das Flugzeug?«

Seufzend griff Max in die Manteltasche, zog ein Päckchen

zusammengefalteter Papiere heraus und fing an, sie mit sachlicher Stimme vorzulesen.

Hastowetz lauschte eine Weile und lachte. »Sie haben also meine Dienstakte eingesehen. Die übliche Vorgehensweise.«

»Besonders interessant ist, daß in Ihrer Zeit beim Luftwaffenregiment in Borisowo ein Gefreiter, ein gewisser Berisik, Selbstmord begangen hat, und zwar, weil er von vier aserbaidschanischen Gefreiten sexuell mißbraucht wurde. Aus unseren KGB-Unterlagen geht hervor, daß die Verwandten der Vergewaltiger dem Kommandanten Oberst Hastowetz hunderttausend Rubel bezahlten, damit er die Sache vertuschte und die entsprechenden Beweismittel verschwinden ließ.«

Als er aufblickte, war das Gesicht des Oberst plötzlich grau und starr. »Im Jahr 1987, kurz bevor er Borisowo verließ, verkaufte Oberst Hastowetz illegal zwei gepanzerte Fahrzeuge an zwei georgische Bürger. Außerdem verkaufte er diesen Personen hundert AK-47 Sturmgeschütze, zehn Kisten Handgranaten« – Max lächelte den schockierten Oberst grimmig an – »und eignete sich zu persönlichen Zwecken zwei Militärlastwagen aus Regimentsbeständen an, von denen er einen später an einen Armenier, einen gewissen Aram Grigorian, für einhunderttausend Rubel weiterverkaufte. Ja, und hier ist ...«

»Das reicht!« Hastowetz schnitt Max das Wort ab und griff nach der Wasserkaraffe auf dem Tisch.

»Vielleicht möchten Sie sich jetzt meinen Ausweis ansehen?«

»Nein.« Der Oberst trank das Wasser so gierig, daß seine Haifischzähne an den Glasrand klapperten. »Was wollen Sie?«

»Das habe ich Ihnen doch bereits gesagt. Einen AN-22 Turbojet. Nach den verfügbaren Unterlagen zu schließen, sind Sie ein erfahrener Händler, deshalb habe ich Sie ausgewählt.«

Resigniert erwiderte Hastowetz: »Betrachten Sie den Kauf als getätigt.« Dann fügte er hastig hinzu: »Können Sie die Unterlagen beseitigen?«

»Das sind nur Kopien, aber ich überlasse sie Ihnen als Erinnerung daran, daß jeder mal Fehler macht, für die er früher oder später bezahlen muß. Manchmal sehr viel später.« Energisch fuhr er fort: »Tja, der Preis ist, sagen wir, eine Million Rubel – die Maschine ist alt.«

Der Oberst nickte zustimmend. »Und wie werden Sie bezahlen?«

Max grinste. »Sie verstehen mich nicht richtig, Oberst. Ich bin kein georgischer Mafioso, ich bin Vertreter einer legalen Organisation, der ›bewaffneten Einheit der ehemaligen und zukünftigen Kommunistischen Partei‹ sozusagen.«

»Wie soll der Handel also aussehen?«

»Ich biete Ihnen eine legale Transaktion an, keinen von den Diebstählen, an die Sie sich so gewöhnt haben. Sie verkaufen das Flugzeug an unser Unternehmen, weil es alt und unmodern ist. Das ist Ihr gutes Recht. Sie unterschreiben die Papiere. Wir überweisen das Geld auf das Divisionskonto, achthunderttausend Rubel. Zweihunderttausend Rubel gehen an Sie persönlich. In bar. Die können Sie sich unters Kopfkissen legen oder an Ihre Offiziere verteilen, ganz wie Sie wollen. Morgen früh um neun Uhr kommen die Vertreter des Unternehmens hier an, mit den Papieren und dem Geld. Sie unterschreiben und übergeben das Flugzeug. Es muß flugbereit und vollgetankt sein. Unsere Navigatoren und Piloten nehmen es dann mit.«

»Und die zweihunderttausend? Die tauchen nirgendwo auf?«

»Kein Sterbenswörtchen. Viel Spaß damit.«

Hastowetz erholte sich von seinem Schock. Das Haifischlächeln erschien wieder. »Tja, mein Sohn … Sie haben mich überredet. Mit den heldenhaften ›Kämpfern der unsichtbaren Front‹ läßt sich eben angenehm zusammenarbeiten.«

Max stand auf und begann, die Papiere wieder einzupacken. »Wenn Sie die Kopien immer noch wollen, gehören Sie Ihnen, sobald morgen das Flugzeug gestartet ist.«

43

Die Spanische Bar des Hotel Moskau war fast leer, als Jap hineinschlenderte. Es war noch vor Mittag, und die kubanische Musikgruppe, die spanische Lieder zum besten geben sollte, war noch nicht eingetrudelt. Er entdeckte Max, der allein an einem Tisch saß und die Morgenzeitung las. Vor ihm stand eine dampfende Tasse Kaffee. Durchs Fenster neben dem Tisch sah man hinaus auf den Manegenplatz, hinter dem sich die Kremlmauer erhob.

Als Jap näher trat, sah Max auf. Er faltete die Zeitung zusammen und legte sie neben einen Pappordner auf den Tisch. Unterdessen zog Jap seinen weißen Regenmantel aus und legte ihn über den Arm; sein cremefarbener leichter Anzug war makellos. Er nickte Max zu und nahm ihm gegenüber Platz. Max hatte sich nicht verändert – dunkel gekleidet wie immer, der gleiche Stoppelbart und der gleiche durchdringende Blick in den kalten grauen Augen.

»Schön, Sie zu sehen, Max«, begrüßte ihn Jap und blickte zu der üppigen blonden Bedienung empor, die neben ihm aufgetaucht war. »Einen Kaffee, schwarz, ohne Zucker.«

Als die Kellnerin verschwunden war, holte Max einen Zeitungsausschnitt aus dem Aktenordner. Jap warf einen Blick auf die Schlagzeile: »Rätselhafter Selbstmord eines hohen Parteifunktionärs«.

»Sehr gute Arbeit, wir waren alle zutiefst beeindruckt«, sagte Max. Dann verzog sich sein Mund zu einem sarkastischen Lächeln. »Und was halten Sie von dem Kommentar, den Gregori Siderow, Krutschinas Vorgänger und Nachbar, zu dem Selbstmord abgegeben hat?« Er nahm den Artikel und las laut vor: »Es war die Tat eines mutigen Mannes, doch ich selbst würde so etwas nie tun.«

Jap legte den Zeigefinger auf den Ordner. »Mein nächster Auftrag?«

»Ja. Siderow.«

Jap betrachtete den Ordner, den Max ihm über den Tisch geschoben hatte. »War er auch wie Krutschina die meiste Zeit damit beschäftigt, das Gold der Partei zwischen den Finanzzentren Europas hin und her zu schieben?«

»Was wollen Sie damit sagen?« fauchte Max.

»Um das Leben ein wenig sicherer zu machen, habe ich die interessantesten von Krutschinas Papieren fotografiert. Und weil ich weiß, daß Ihre Mission darin besteht, bestimmte Parteibonzen von ganz oben zu schützen, konnte ich gut verstehen, weshalb Krutschina sich dringend umbringen mußte.«

Max erstarrte, und eine Weile schwiegen beide. Schließlich sagte er, während er Japs undurchdringliches Gesicht musterte: »Sie spielen mit dem Feuer, Jap.«

»Das tun wir beide.«

»Ich will diese Fotokopien.«

»Ich werde sie Ihnen nicht vorenthalten. Aber in dieser Welt ist nur der Tod umsonst.«

»Was verlangen Sie?«

»Ich brauche meine Antonow AN-22 sofort. Die Zeit arbeitet gegen mich, und das Ermorden von Parteifunktionären, die keine Gelegenheit mehr haben sollen, ihre Vorgesetzten zu verpfeifen, gehört nicht zu meinem Beruf.«

»Ihr Flugzeug steht zur Auslieferung bereit. Für eine Million Rubel.«

Ein breites, zufriedenes Lächeln erschien auf Japs Gesicht, sogar seine schrägen Augen glitzerten zufrieden. »Ein guter Preis. Wann kann ich die Maschine abholen lassen?«

»Sofort nachdem der nächste Auftrag ausgeführt ist.« Max legte eine bedeutsame Pause ein. »Und sobald ich die Fotokopien von Krutschinas Dokumenten in Händen halte.«

Jap lehnte sich zurück. »Der Auftrag wird umgehend erledigt. Aber die Dokumente kommen erst nach Lieferung des Flugzeugs.«

»Woher weiß ich, daß Sie sich nicht zusätzliche Kopien anfertigen und behalten?«

»Woher weiß ich, daß ich nicht umgebracht werde, wenn wir alle Aufträge ausgeführt haben?«

Wieder schwieg Max und starrte eine Weile vor sich hin. Schließlich antwortete er: »Abgemacht. Aber keine weiteren Fotos von Dokumenten.«

»Einverstanden.« Jap nahm den Ordner. »Ich erwarte, daß Sie mit mir in Kontakt treten, sobald ich den Auftrag erledigt habe.«

Als Jap aufstand, meinte Max noch, auf den Ordner deutend, den Jap bereits in der Hand hielt: »Da ist alles drin, was Sie brauchen – Lagepläne, Schlüssel und so weiter. Wir behalten Sie im Auge.«

Eine Stunde später studierten Jap und Pawel den neuen Auftrag und stellten fest, daß er höchst problematisch war. Siderow hielt sich gewöhnlich im Kreis seiner Familie auf. »Das ist ein Auftrag für Sonnenstrahl«, rief Jap plötzlich.

»Der Zwerg war uns schon des öfteren nützlich«, bestätigte Pawel.

»Wir haben ein Zeitproblem«, meinte Jap nachdenklich. »Wenn die *Menti* an die Presse weitergeben, was sie in Zilisi gefunden haben, traut der Hamster unseren Hundertdollarscheinen garantiert nicht mehr. Ich möchte, daß unser Sonnenstrahl die Arbeit heute abend erledigt, so daß wir die AN-22 innerhalb der nächsten zwei Tage bekommen.« Er rieb sich die Hände. »Azziz hat mir versprochen, daß die irakischen Kreditbriefe in einer Woche in Zürich bereitliegen.«

Gregori Siderow, ein untersetzter Mann mit einem Schmerbauch, den er sich in vier Jahren Luxusleben zugelegt hatte, betrachtete gern die gerahmten Fotos von sich, seiner Familie und seinen Freunden an den Wänden seines geräumigen Arbeitszimmers. Ganz besonders liebte er die Aufnahmen, die seine Familie bei ihrer Datscha an der Schwarzmeerküste zeigten. Aus den Fenstern seiner Moskauer Wohnung, die zwei Stockwerke umfaßte, blickte man auf das Rasenstück, das den privilegierten Wohnblock für Parteifunktionäre vom Pflaster des Lenin-Prospekts trennte.

Für Normalsterbliche wäre es unmöglich gewesen, bei den beengten Wohnverhältnissen einfach zwei Wohnungen zu einer zu vereinigen, und ganz bestimmt hätten sie nicht die Genehmigung bekommen, in einem der Zimmer ein Wasserbecken mit Springbrunnen einzurichten. Allein die Idee, ein in Amerika vorgefertigtes Bad mit Dusche, Wanne und Toilette zu importieren und es in einen Sowjetbau zu verpflanzen, wäre den sogenannten Massen wie Ketzerei vorgekommen.

Von sowjetischen Parteifunktionären erwartete man nicht einmal, daß sie auch nur eine Kopeke für die Arbeitsbrigaden, die ihre Wohnungen umbauten, aus eigener Tasche bezahlten. In Siderows Fall waren spezielle Durchgänge konstruiert worden, damit seine weitläufige Familie – samt Schwiegertochter und Enkelkindern – nicht getrennt wurde und gemeinsam in den Genuß staatlicher Großzügigkeit kommen konnte.

Sonnenschein, ein kräftiger, etwa neunzig Zentimeter großer Zwerg, war eine Art Geheimwaffe, die nur wenigen Diebesbrüdern bekannt war. Sie bezahlten den Gnom großzügig für das, was er am liebsten tat: die Ausführung besonders komplizierter Morde. So zeigte ihm Jap nun die Schaubilder von Siderows Wohnung, mit den exakten Maßen der Möbel in dem grandiosen Arbeitszimmer, in dem Siderow die meiste Zeit verbrachte. Sonnenstrahl studierte den maßstabsgetreuen Plan, wobei ihm unter anderem auffiel, daß es einen offenen Kamin mit Zugang in den Schornstein gab.

Siderows Sohn Kyril, seine Frau und seine beiden Kinder Igor und Helen wohnten in einer abgeschlossenen Wohnung, die mit Siderows luxuriösem Quartier verbunden war.

»Nichts, aber auch gar nichts darf bei den Ermittlern den Verdacht aufkommen lassen, daß es sich um etwas anderes als einen Selbstmord handelt«, erklärte Jap eindringlich. »Der Brief, den ich dir mitgebe, ist von einem Experten gefälscht worden.«

Sonnenstrahl nickte. Er war ein Profi und hatte sich in der vergangenen Stunde die Einzelheiten der Wohnung, ihre Umgebung und die Routine der Wachen am Vordereingang eingeprägt.

An diesem Abend fuhren Jap und Pawel mit Sonnenstrahl bis zu einer Ecke, die etwa einen Häuserblock von dem Haus am Lenin-Prospekt entfernt lag. Nervös beobachteten die beiden Männer, wie der Zwerg aus dem Wagen kletterte und in der Dunkelheit ihren Blicken entschwand, als er sich der Fassade des Luxuswohnblocks näherte.

Lautlos erklomm er die Mauer bis zum neunten Stockwerk. Wie erwartet war es absolut finster, denn der Mond versteckte sich hinter einer dichten Wolkendecke. Für Sonnenstrahl war die Kletterei an einer Mauer mit so vielen Ausbuchtungen, Simsen und Leisten nicht schwieriger, als stiege er eine Leiter empor. Die Höhe störte ihn nicht; er hatte so lange trainiert, daß er praktisch keine Höhenangst mehr kannte. Auf dem Rücken trug er einen Leinensack, in dem sich ein Revolver, ein langer Dolch und ein kleineres Messer mit breiter Klinge befanden. Der Brief, den Jap ihm gegeben hatte, steckte in einem kleinen Gummiröhrchen; Sonnenstrahl hatte es sich rechts unter die Zunge gesteckt.

Ohne Schwierigkeiten erreichte der Zwerg die großen Fenster an Siderows Arbeitszimmer und steckte das Messer in den Schlitz zwischen den beiden Rahmen. Genau wie der Plan es gezeigt hatte, schwangen die dekorativen, jedoch riegellosen

Fensterflügel leicht und lautlos nach innen. Die bewaffneten Wächter vor dem Haupteingang im Erdgeschoß vermittelten den privilegierten Hausbewohnern ein falsches Gefühl der Sicherheit. Sonnenstrahl glitt durch die schmale Öffnung zwischen den beiden Flügeln und drückte die Fenster hinter sich zu. Dann kroch er in das stockdunkle Zimmer. Nach kurzer Zeit erkannte er den offenen Kamin und das riesige Sofa an der gegenüberliegenden Wand, und wie eine Tarantel, die sich in ihre Höhle zurückzieht, krabbelte er auf allen vieren über den flauschigen Teppich unter das Möbelstück.

Als Siderow am nächsten Morgen aus seinem Schlafzimmer zum Frühstück kam, saßen seine Frau Lora, sein Enkel Igor und seine Enkelin Helen bereits am Tisch. Das Frühstück war üppig wie immer, aber Siderow aß kaum etwas, sondern nippte nur etwas heißen Tee. Lora tat, als merkte sie es nicht. In den Monaten seit dem mißglückten Putsch war der Appetit ihres Mannes immer schlechter geworden. Man unterhielt sich über Familienangelegenheiten, und offenbar fühlte sich Siderow allmählich etwas besser; vor allem seine niedliche kleine Enkelin heiterte ihn auf. Wenn er in ihr frisches, zartes Gesicht blickte, verschwanden die nächtlichen Visionen. Gegen Ende des Frühstücks lächelte er sogar wieder. Als alle fertig waren, zog sich Siderow in sein Arbeitszimmer zurück, um sich seiner Korrespondenz und seinen Notizen zu widmen.

Während er sich über seinen Schreibtisch beugte und seine Papiere durchging, überkam ihn plötzlich eine unheilvolle Vorahnung. Er drehte sich um und blickte auf ein langes, schmales Messer, das ihm eine muskulöse Hand unerbittlich gegen den Magen drückte. Ein unglaublich groteskes Geschöpf hielt die tödliche Waffe: kleiner als ein sechsjähriges Kind, jedoch bedrohlich breitschultrig und durchtrainiert, mit einem großen Kopf und kurzgeschnittenen schwarzen Mongolenhaaren. Die Schlitzaugen in dem flachen, gelblichen Gesicht, das zu einem gemeinen Grinsen verzerrt war, blitzten bösartig, unter der

Oberlippe lugten wie bei einem Kaninchen lange Schneidezähne hervor. In der linken Hand hielt der Gnom einen Revolver; kurze, aber sehr stabile O-Beine trugen seinen mißgestalteten, vierschrötigen Körper.

Siderow spürte, wie ihm die Zunge am Gaumen festklebte, und er brachte keinen Ton heraus. Instinktiv wußte er, daß eine solch häßliche Kreatur ohne Skrupel zustechen würde. Dann wanderten seine Gedanken zu Lora, zu Igor und zu der bezaubernden kleinen Helen, und er fühlte sich einer Ohnmacht nahe. Der Zwerg erinnerte ihn an eine Tiefseekrabbe, die er einmal mit seiner Angelschnur aus dem Schwarzen Meer gezogen hatte.

»Keinen Mucks, verstanden«, zischte der Zwerg, »sonst stech' ich zu.« Unwillkürlich hob Siderow die Hand. Er war doppelt so groß und mindestens zwei- bis dreimal so schwer, aber er wußte genau, daß er gegen dieses bösartige Insekt keine Chance hatte. Aus welchem dunklen Loch war es nur hervorgekrochen?

»Ich will Ihnen nichts tun.« Die Stimme des Gnoms klang dünn und schrill. »Ich möchte Ihnen nur etwas zeigen. Sehen Sie zum Fenster.«

Siderow gehorchte. Ihm war übel, sein Magen schmerzte, und sein Herz schlug wie rasend. Sogar das helle Sonnenlicht vor den Fenstern wirkte unheimlich. Er fühlte den Druck des Messers in der Nierengegend.

»Na, los doch! Gehen Sie ans Fenster und öffnen Sie es.«

In einer unwirklichen, unkontrollierbaren Welt setzte Siderow vorsichtig einen Fuß vor den anderen, als hätte er Angst, unversehens in eine Grube zu stürzen. Doch plötzlich schöpfte er Hoffnung. Der kleine Dreckskerl brauchte irgend etwas von ihm, sonst hätte er längst zugestochen. Aber wie war dieser Dämon nur in die Wohnung gelangt? Was war los mit den Wachleuten dort unten, daß sie einen solchen Abschaum ins Gebäude ließen?

»Vorwärts, öffnen Sie das Fenster!« fauchte die Kreatur und piekte Siderow mit dem Dolch in die Rippen.

Gehorsam klappte Siderow die großen Fensterflügel auf und starrte benommen auf die vertraute Aussicht über die Dächer von Moskau. Seit er in der Stadt wohnte, hatte er sie jeden Tag gesehen und nie wirklich darauf geachtet. Jetzt nahm dieser alltägliche Ausblick auf einmal eine ganz neue Bedeutung an. Er wünschte sich nichts sehnlicher, als diese Szenerie noch viele Jahre lang zu genießen.

»Ziehen Sie die Hausschuhe aus! Schnell!« krächzte der Zwerg hinter ihm.

»Meine Hauschuhe? Wozu denn?« Aber er schlüpfte aus den Schuhen, ohne eine Antwort abzuwarten, und spürte den warmen Parkettfußboden unter seinen nackten Sohlen. Was kam als nächstes? Unten auf der Straße gingen Menschen entlang. Sollte er um Hilfe rufen? Unmöglich.

»Jetzt sehen Sie runter. Ich möchte, daß Sie sich etwas ansehen und mir sagen, was es ist.«

Siderow beugte sich vor, streckte den Kopf über den niedrigen Sims und blickte die neun Stockwerke hinunter. Eine Welle der Angst überflutete ihn, als der Wind ihm ins Gesicht blies und die dünnen Haarsträhnen auf seinem Kopf durcheinanderwirbelte. Vor dem Eingang stand ein Wächter. Plötzlich krampften sich Siderows Eingeweide zusammen und er verspürte das dringende Bedürfnis, den Darm zu entleeren. Unten war nichts Außergewöhnliches zu entdecken, und auf einmal war ihm klar, was passieren würde. Das letzte, was er fühlte, war die heiße Nässe, die sein Bein entlanglief. Verzweifelt versuchte er zurückzuweichen. Doch ein heftiger Stoß beförderte ihn über den Fenstersims, hinaus in die kühle Morgenluft. Der Wind trug seinen langgezogenen Schrei davon, während der grüne Rasen, der das Gebäude umgab, mit rasender Geschwindigkeit näher kam, bis sein Körper mit dem Kopf zuerst aufschlug.

Rasch trat der Gnom vom Fenster zurück, steckte mit einer routinierten Bewegung den Dolch zurück in die Scheide und den Revolver in die Hosentasche. Dann nahm er das Gummiröhrchen aus dem Mund, zog den Zettel heraus und warf ihn auf den Tisch. Gerade wollte er die Wohnung verlassen, da hörte er bereits Schreie von unten, laute Schritte vor der Tür des Arbeitzimmers und die Alarmschüsse der Wachen. Das Gebäude war umstellt, ehe er fliehen konnte. Wahrscheinlich hätte er sich an Siderows Familie vorbeikämpfen können, aber dann wäre jedem klar gewesen, daß Siderow ermordet worden war, und Jap hätte dem Zwerg gnadenlos den vereinbarten Lohn gekürzt.

So mußte er widerstrebend auf den Alternativplan zurückgreifen, den er sich für einen solchen Fall ausgedacht hatte.

Minuten nach Siderows Sturz aus dem Fenster wurde General Bodajew in der Petrowka per Telefon von dem Unglück benachrichtigt. Sofort sprang er auf und eilte über den Korridor zu Netschiajews Büro, wo gerade die tägliche Besprechung im Gang war. »Zuerst endet Krutschina auf dem Straßenpflaster und jetzt Siderow«, rief Netschiajew empört, als wären die beiden Selbstmorde ein persönlicher Affront.

Netschiajew ergriff sofort die Initiative. »Benachrichtigt die Wachen vor dem Gebäude. Vielleicht ist es schon zu spät, um diesen Mörder und seine Selbstmordmasche aufzuhalten.« Damit rannte er aus dem Büro, die Treppe hinunter und durchs Tor, vor dem sein Wagen parkte. Juri Nawakoff folgte ihm; ohne auf den Fahrer zu warten, brausten sie in Richtung Lenin-Prospekt davon.

Am Vordereingang des Luxuswohnblocks stiegen Netschiajew und Nawakoff aus. Im Vorbeigehen warfen sie einen Blick auf die fette, barfüßige Leiche, die, bekleidet mit einem weißen Hemd und einer schwarzen Hose, mit dem Gesicht nach unten auf dem Rasen lag. Ungeduldig warteten sie, bis die

Fahrstuhltür sich öffnete. Nicht einmal in diesem Gebäude, diesem Monument der Privilegierten, gab es einen Fahrstuhlführer. Netschiajew drückte auf den Knopf für die neunte Etage. Er hatte fast ein Déjà-vu-Gefühl, nur würde er diesmal, anders als bei Krutschinas Selbstmord, rechtzeitig am Tatort sein. Er warf einen Blick auf seine Armbanduhr; es waren erst zehn Minuten vergangen, seit das Opfer draußen auf dem Gras gelandet war. Im Fall Krutschina hatten einige Beamte, die noch im Dienst des in Auflösung begriffenen KGB standen, die Wohnung bereits durchwühlt, als die Milizija eintraf; angeblich hatten sie nach Hinweisen auf das Motiv des Selbstmords gesucht. Netschiajew hatte den starken Verdacht, daß Krutschina ermordet worden war, aber alle Beweismittel waren erfolgreich entfernt worden.

Als Netschiajew eintraf, saßen Siderows Sohn und seine Frau im Arbeitszimmer. Sie standen so unter Schock, daß sie es nicht wagten, sich dem Fenster zu nähern. Er fragte die beiden, ob sie vielleicht jemanden gesehen hatten, der kurz nach Siderows Sprung – oder Sturz – aus dem Arbeitszimmer gekommen war. Sowohl Kyril, der das Arbeitszimmer von seiner Wohnung aus betreten, als auch Siderows Frau Lora, die den anderen Eingang benutzt hatte, beteuerten, es sei unmöglich, daß jemand nach dem tödlichen Sturz unbemerkt aus dem Zimmer geschlüpft wäre. Alles war so schnell gegangen – Siderow war gestürzt, die Wachen hatten den Aufprall gesehen und Warnschüsse abgegeben, um Alarm zu schlagen. Kyril und Lora, die sich ganz in der Nähe befunden hatten, waren durch unterschiedliche Türen ins Arbeitszimmer gelaufen.

»Waren schon andere Ermittlungsbeamten hier?« fragte Netschiajew. Kyril und Lora schüttelten beide den Kopf.

»Gibt es einen Abschiedsbrief?«

Kyril deutete zum Schreibtisch. Netschiajew trat näher und entdeckte den Zettel. Ohne ihn zu berühren, las er die kryptische Botschaft: »Nur Einäscherung«.

»Ist das seine Handschrift?«

Kyril und Lora nickten. »Ja«, kam die Bestätigung wie aus einem Munde.

Netschiajew trat ans offene Fenster. Sofort sah und roch er die Beweise von Siderows Todesangst und informierte den Mann von der Spurensicherung, daß sich Kot auf Boden und Fensterbank befand.

Während die Leiche unten vor dem Haus fotografiert wurde, machte man oben im Arbeitszimmer Aufnahmen der menschlichen Exkremente, die das Opfer zweifellos in seinen letzten Augenblicken der Panik abgesondert hatte. Danach wurden Proben der Substanz in ein Teströhrchen abgefüllt, die später mit denen verglichen werden sollten, die man bei der Leiche gefunden hatte.

Ansonsten suchte Netschiajew vergeblich nach Hinweisen. Noch immer war er fest davon überzeugt, daß weder Krutschina noch Siderow selbst Hand an sich gelegt hatten, aber außer den Exkrementen gab es keinerlei Indizien, die seine These unterstützten. Der Hauptunterschied zwischen den beiden Fällen bestand darin, daß Krutschina allein in seiner Wohnung gewesen war, Siderow dagegen umgeben von seiner Familie, die jedoch nichts Verdächtiges festgestellt hatte. Vergeblich untersuchte Netschiajew das Arbeitszimmer und die großen offenen Fenster. Er spähte sogar in den Schornstein über dem offenen Kamin hinauf, aber der war so eng, daß höchstens ein Kind darin Platz gefunden hätte. Und die Kraft eines Kindes hätte nicht ausgereicht, um Siderow aus dem Fenster zu schubsen. Andererseits ging ihm Siderows Kommentar zu Krutschinas Selbstmord nicht aus dem Kopf: »Es war die Tat eines mutigen Mannes, doch ich selbst würde so etwas nie tun.«

In der nächsten halben Stunde durchforsteten Netschiajew und Nawakoff gewissenhaft sämtliche Papiere, Rechnungsbücher und Briefe, ohne irgend etwas zu finden, was auf ein

Selbstmordmotiv hingedeutet hätte. Dann trafen zwei Offiziere des neuen KGB ein, wiesen sich ohne Aufforderung aus und stellten Netschiajew respektvoll Fragen. Seit mehrere ehemalige KGB-Bosse in den Zellen des Lubjanka-Gefängnisses saßen, hatte sich das Auftreten der Organisation drastisch verändert. Doch nach Meinung der beiden Männer waren die Exkremente durchaus kein Anhaltspunkt dafür, daß das Opfer aus dem Fenster gestoßen worden war. Vor allem bei Sprüngen aus großer Höhe, so betonten sie, kam es häufig zu einer plötzlichen, krampfartigen Darmentleerung. Netschiajew ging fest davon aus, daß dies auch als Erklärung in den Akten auftauchen würde. Doch Netschiajews langjährige Erfahrung mit Morden aller Art sprach dagegen: Exkremente waren ein fast hundertprozentiger Beweis für einen Mord. Zu einer Darmentleerung kam es aufgrund der Angst, gestoßen zu werden, nicht aufgrund eines Todeswunsches. Doch ebensogut wußte Netschiajew, daß es keinen Sinn hatte, mit den Überbleibseln des Staatssicherheitsdienstes zu diskutieren.

Den ganzen Tag über gingen Angehörige der Milizija und des KGB in Siderows Wohnung aus und ein, ohne einen weiteren Hinweis zu finden, der die Selbstmordtheorie ernsthaft in Frage stellte. Als es Abend wurde, ließ man die Familie endlich allein. Lora und Kyril schlossen das Arbeitszimmer ab, das an diesem Tag soviel Tumult erlebt hatte, und setzten sich voller Trauer zum Abendessen. Getreu den Wünschen seines Vaters hatte Kyril veranlaßt, daß die Leiche eingeäschert würde, sobald die obligatorische Autopsie durchgeführt worden war.

Spät in dieser dunklen Nacht glitt der Zwerg Sonnenstrahl aus den oberen Regionen des Schornsteins und durch den offenen Kamin hinaus in Siderows Arbeitszimmer. Nur dank jahrelang eingeübter körperlicher und geistiger Disziplin war der Zwerg fähig gewesen, die vielen Stunden in dem engen Schornstein zu verharren. Jede Faser seines Körpers schmerzte, als er endlich rußgeschwärzt auf dem Parkettfußboden stand und seine verkrampften Muskeln streckte und dehnte.

Er schlich durchs Zimmer, öffnete leise die Fenster, kletterte auf den Mauervorsprung und drückte erst den einen, dann den anderen Fensterflügel wieder zu. Bei einer eingehenden Prüfung würde man am nächsten Tag sicher entdecken, daß die Fenster geöffnet und wieder geschlossen worden waren, denn der Schnappriegel, den der Zwerg tags zuvor mit dem Messer geöffnet hatte, ließ sich von außen nicht wieder schließen. Aber Sonnenstrahl hatte in seinem Schornstein im Lauf des Tages genug gehört und von Jap genug erfahren. Er wußte, daß die Behörden von einem Selbstmord ausgingen und daß von höherer Ebene entsprechende Berichte verlangt wurden, gleichgültig, welche Beweise noch auftauchten. Also hatte er sich seine Belohnung mehr als verdient.

Wie eine Spinne rutschte und glitt Sonnenstrahl an der Fassade hinunter, bis er die Mauer an einer Seitenstraße des Lenin-Prospekts erreichte. Bald war er auf dem Gehweg an der unbewachten Seite des Gebäudes und marschierte, so schnell ihn seine kurzen Beine trugen, durch das Labyrinth der Sträßchen hinter den großen Boulevards.

Wie abgesprochen, erwartete ihn eine zweitürige Wolga-Limousine. Als Sonnenstrahl sich ihr näherte, ging die Tür auf, er kletterte blitzschnell auf den Beifahrersitz und zog die Tür hinter sich zu. Leise verschwand der Wagen in der Ferne.

44

Peter Nichilow faßte in die Tasche und holte seinen Chronometer heraus, um nachzusehen, wie groß der Zeitunterschied zwischen New York, Moskau und Irkutsk war. Im Konferenzraum der Kriminalbrigade, dessen eine Wand von einem Moskauer Stadtplan und einer Landkarte der Sowjetunion beherrscht wurde, saß er zwischen Bodajew und Oberst Netschiajew an einem Tisch, während Boris Burentschuk mit einem Stab auf Irkutsk und den Baikalsee zeigte.

»Nach dem, was Sie gehört haben, liegt Krasnow 86, eine unserer geschlossenen Städte, ungefähr an dieser Stelle. Wir glauben, daß Jewgeni Wolkow, mit dem Sie sich auf der Party des Bürgermeisters unterhalten haben, der Direktor der Anlage ist«, erklärte er gerade.

Peter legte eine Visitenkarte vor Bodajew auf den Tisch. »Die habe ich in der Brieftasche des Tschetschenen gefunden, als ich in Butyrka seine Habseligkeiten noch einmal durchsucht habe. Sie gehört einem Diplomaten der irakischen UN-Vertretung in New York, einem gewissen Azziz Al Faradi. Azziz hat Zekki Dekka die Karte gegeben. Später hat Zekki seine Moskauer Telefonnummer darauf notiert und sie dem Tschetschenen gegeben.«

»Woher wußten Sie, daß es Zekkis Nummer war?« fragte Netschiajew.

»Zuerst war es nur eine Vermutung. Vor der Nummer standen Zekkis Initialen. Ich war dabei, als Zekki den Tschetschenen von New York nach Moskau zurückgeschickt hat – kurz nachdem diese beiden Georgier in Brighton Beach ermordet worden waren.«

»Dann haben Sie die Nummer einfach ausprobiert, und Zekki ist drangegangen?«

Grinsend schüttelte Peter den Kopf. »Boris hat für mich die Adresse ausfindig gemacht, anschließend habe ich Zekkis gemütliches Nest aufgesucht. Seine kleine Lolita hat mich reingelassen und mir erzählt, Zekki sei gerade in Sibirien.« Er überreichte Bodajew ein paar zusammengefaltete Blätter. »Das ist ein Vertrag zwischen Zekki und Azziz, in Russisch und Arabisch. Lesen Sie ihn durch und sagen Sie mir, was Zekki Ihrer Meinung nach im Auftrag einer Strohfirma für fünfundzwanzig Millionen Dollar an den Irak verkauft.« Bodajew nahm die Papiere und begann zu lesen.

»Zwei Tage später hat mich Oksana zu einer höchst interessanten Party mitgeschleppt.«

»Meinen Sie die Veranstaltung im COMECON- Gebäude?« fragte Bodajew. »Ich habe auch eine Einladung bekommen, bin aber nicht hingegangen.«

»Da haben Sie wirklich was verpaßt. Azziz, Jap und sein Vertrauter Pawel, Oksanas Vater – alle waren da. Dank Oksanas Hilfe war Direktor Wolkow bereit, mir ein Angebot zu machen – er will mir Plutonium zur Hälfte des gängigen Weltpreises verkaufen. Wolkow arbeitet mit Oksanas Vater zusammen und auch mit Jap.«

»Haben Sie in den Handel eingewilligt?« fragte Bodajew.

»Ja. Aber ehe ich etwas Endgültiges vereinbaren konnte, tauchten plötzlich Zekki und seine Freundin auf, und ich mußte mich aus dem Staub machen, weil ich nicht riskieren wollte, daß meine Tarnung auffliegt.«

Noch während er Peter zuhörte, hatte Bodajew die Vereinbarung zwischen Zekki und dem Iraker gelesen. Jetzt stieß er einen lauten Entsetzensschrei aus. »Fünfundzwanzig Millionen US-Dollar, zahlbar in der Schweiz, für eine Interkontinentalrakete SS-25, genannt *Sichel*, wird samt einem Gefechtskopf von fünfhundertfünfzig Kilotonnen und einer mobilen Abschußrampe an den Irak geliefert!«

Er drückte seine Zigarette im Aschenbecher aus und zündete

sofort die nächste an. Dann schüttelte er resigniert den Kopf. »Aber wir können nichts dagegen unternehmen.«

»Wie bitte?« rief Peter entsetzt.

»Ich kann mit Ihren Verdächtigungen nicht zum Staatsanwalt«, erwiderte Bodajew bedauernd. »Und was die Papiere angeht – Jap ist schlau. Im Vertrag wird Zekki als ausländischer Staatsbürger geführt. Deshalb ist es sein gutes Recht, mit anderen Ausländern in New York, Moskau oder meinetwegen am Nordpol Geschäfte zu machen. Und dieser Al Faradi genießt diplomatische Immunität. Da wäre es sicher keine gute Idee, voreilige Verhaftungen vorzunehmen. Trotzdem ist das hier natürlich des Rätsels Lösung«, fuhr er fort und hielt den Vertrag hoch, »denn dieser Vertrag zeigt uns die Verbindung zwischen der Geldfälscherei und dem Atomwaffenverkauf, sonst wäre Zekki nicht daran beteiligt.«

»Jewgeni Wolkow verfügt über genügend radioaktives Material und genügend Raketen, er kann Milliarden von Dollar verdienen, wenn er das Zeug an Terroristen von Nordkorea bis Nordafrika verhökert«, brummte Peter.

Netschiajew zuckte die Achseln. »Nach dem Tod des Tschetschenen weigern sich unsere festgenommenen Zeugen, den Mund aufzumachen, weil sie damit rechnen, sofort eine Kugel verpaßt zu kriegen. Ich würde sie zu gern ein bißchen in die Mangel nehmen, aber ich habe schon genug Schwierigkeiten mit Parlamentssprecher Chasbulatow. Er ist selbst Tschetschene und liegt Jelzin damit in den Ohren, daß die Tschetschenen gesetzeswidrig gefangengehalten werden. Jelzin tritt den Innenminister in den Hintern, und der gibt es an die ganze Milizija weiter, vor allem an die Abteilung für organisierte Kriminalität.«

»Die Tschetschenen in Zilisi waren bewaffnet und haben auf uns geschossen«, bemerkte Peter.

»Chasbulatow behauptet, unsere Aktion sei ein Ausbruch russischen Nationalismus' gegen arme hilflose Moslems gewesen«, knurrte Netschiajew. »Beim nächstenmal lasse ich jeden bewaffneten Tschetschenen auf der Stelle erschießen. Wie Stalin so schön sagte: ›Wo es Menschen gibt, gibt es auch Probleme; keine Menschen – keine Probleme.‹«

Bodajew klopfte auf die Papiere, die Peter ihm gegeben hatte. »Dieser Direktor Wolkow hat Ihnen also Plutonium zu einem vernünftigen Preis angeboten und weiß, daß Sie Amerikaner sind?«

»Richtig«, antwortete Peter. »Und jetzt liegt es an mir, wieder mit ihm in Kontakt zu treten.«

»Angenommen, Sie kaufen das Plutonium«, meinte Bodajew, »und Sie fahren nach Krasnow 86. Sie zahlen ihm die Hälfte des Geldes im voraus und laden ihn ein, mit dem Plutonium nach Moskau zu kommen und den Rest des Geldes abzuholen. Er kommt, nimmt sein Geld in Empfang, und dann können wir ihn hier, in unserem juristischen Zuständigkeitsbereich, verhaften. Wir haben schwerwiegende Anklagepunkte gegen ihn. Er sagt gegen Jap aus, und wir stecken Jap für den Rest seines Lebens zurück ins Lager.«

Boris und Netschiajew nickten begeistert. Ihnen gefiel diese Strategie. Aber Peter verzog den Mund zu einem schiefen Lächeln. »Und was ist mit der Viertelmillion Dollar für die Anzahlung? Leihen wir die aus der Staatskasse?«

»Wir haben das Geld doch«, verkündete Netschiajew triumphierend. »Die Hundertdollarscheine aus Zilisi!«

»Das wäre nicht legal«, protestierte Peter im Spaß. »Wir bezahlen Wolkow und verleiten ihn, etwas zu tun, was er sonst nicht tun würde, und wenn er uns dann auf den Leim geht, erheben wir Anklage gegen ihn. In Amerika kann die Polizei oder das FBI für solche Praktiken übel bestraft werden.«

Netschiajew lachte verächtlich. »Ich weiß nicht, wie das in Amerika ist, aber hier erreichen wir auf diese Weise unsere Verurteilungen. Wir werden für die Fallenstellerei belohnt und befördert.«

Auch Peter stimmte in das Gelächter ein. »In Ordnung, schon gut. Man soll immer mit den Wölfen heulen. Wann kriege ich denn die Blüten?«

»Es sind noch ein paar Formalitäten zu erledigen«, mahnte Bodajew. »Zum Beispiel müssen wir die falschen Seriennummern der falschen Scheinchen notieren und den genauen Betrag, den wir bei der Aktion einsetzen. Außerdem müssen wir der Staatsanwaltschaft einen Bericht schicken.«

»Und damit riskieren, daß etwas durchsickert?« rief Peter. »Hier steht mein Leben auf dem Spiel. Eigentlich sollte ich so was überhaupt nicht machen. Da reise ich über sechzigtausend Kilometer nach Sibirien, mogle mich in eine geschlossene Stadt, kaufe Plutonium und lasse mich mit Jap ein, während der sich in aller Ruhe Raketen für den Irak unter den Nagel reißt. Warum holt ihr nicht die Armee, damit sie Krasnow 86 stürmt? Dann könnt ihr euch den Direktor und alle anderen schnappen, die aussehen, als handelten sie mit Atomwaffen!«

Schockiert sah Bodajew ihn an. Netschiajew schluckte, hustete und gab dem diplomatischen Boris ein Zeichen, daß er die Sachlage erklären sollte.

»Wir wissen nicht, wer hinter Wolkow steht«, sagte Boris. »Schließlich sind dreitausend nicht registrierte SK-14 Raketen an den Irak verkauft worden, und damals haben garantiert das ganze Politbüro, Gorbatschow persönlich und auch noch andere hohe Tiere was von dem Kuchen abbekommen. Falls wir in ein Fettnäpfchen treten, indem wir Wolkow verhaften, wird man uns das diskret wissen lassen, und alle können den Vorfall vergessen – vorausgesetzt, es geschieht ohne großes Aufsehen hier in Moskau.«

»Wir versuchen den zweiten Selbstmord eines Vorstandsmitglieds der Kommunistischen Partei aufzuklären«, fuhr Netschiajew aufgeregt fort. »Krutschina und sein Vorgänger Siderow waren für die Parteifinanzen zuständig, einschließlich des Verkaufs der SK-14 Raketen. Wir sind überzeugt, daß sie beide ermordet wurden, aber von oben bekommen wir Anweisungen, nicht weiter in diese Richtung zu ermitteln.« Netschiajew lachte bitter. »Inzwischen bitten uns schon andere wichtige Leute heimlich um Hilfe, weil sie Angst haben, bald einem Selbstmord zum Opfer zu fallen.«

Bodajew nickte finster. »Peter hat recht. Niemand außerhalb dieser vier Wände darf wissen, daß wir Wolkow Falschgeld andrehen. Falls später Fragen auftauchen, tja – dann sagen wir, daß wir einen amerikanischen Beamten gebeten haben, verdächtige Banknoten für uns zu überprüfen.«

»Wenn das so ist, werde ich versuchen, soviel wie möglich über Wolkow und den Atomhandel rauszukriegen – für euch und für mein eigenes Land«, versprach Peter. »Sonst wird der Handel mit Nuklearwaffen für ölfördernde Terrorstaaten bald zum lukrativsten Geschäft aller Zeiten.«

»Bestimmt ist es das, was Jap beabsichtigt«, pflichtete Bodajew ihm bei.

»Wenn man sich vorstellt, was nuklear gerüstete Terroristen mit westlichen Städten alles anrichten könnten – es ist wirklich zum Fürchten.« Peter schüttelte den Kopf.

»Wann treffen Sie sich wieder mit Oksana?« fragte Netschiajew.

»Sobald ich hier rauskomme. Sie hat mir etwas mitzuteilen. Ich glaube, sie wird mir sagen, daß sie morgen mit ihrem Vater und Wolkow Moskau verläßt und nach Irkutsk fährt. Ich muß sie überzeugen, daß sie mich mitnimmt.«

»Ich werde ein vertrauliches Gespräch mit ihr führen«, meinte Boris. »Wenn ich fertig bin, läßt sie dich bestimmt nicht allein in Moskau zurück. Wir können sie jederzeit für weitere Fragen zu den Arbat-Morden herbestellen, wenn wir Lust haben.«

»Mir scheint, ihre Freunde haben Rußland einen Dienst erwiesen, als sie diese drei Ganoven beseitigten«, bemerkte Peter und steckte seinen Chronometer wieder in die Tasche.

»Stimmt. Aber wir dürfen unseren Einfluß bei Oksana nicht verlieren«, entgegnete Bodajew. »Sie ist unsere beste Quelle, um Jap auf der Spur zu bleiben.«

»Wenn wir weiter nichts Wichtiges mehr zu besprechen haben, würde ich gern kurz telefonieren und mich dann mit Oksana treffen«, verkündete Peter und stand auf. Mit einem vielsagenden Blick zu Boris fügte er hinzu: »Bevor du deine kleine Aussprache mit ihr veranstaltest, nimm bitte noch mal Kontakt zu mir auf. Vielleicht erübrigt sich die Sache dann.«

45

Oksanas Trauer über Nadjas Tod hatte sich in Angst um ihr eigenes Leben verwandelt. Sie mußte sich eingestehen, daß Slawa Jakowlew seinem Leibwächter Mischa befohlen hatte, die Prostituierte zu töten, falls sie in die Hände der Milizija fiel, und daß Jap auch sie mit Hilfe von Nadja und dem Zwerg Sonnenstrahl in ein abgekartetes Spiel hineingezogen hatte.

Ihr Vertrauen zu Peter stellte sie unter Beweis, als sie ihm nach der Party des Bürgermeisters in allen Einzelheiten von ihrer Vergewaltigung durch die drei KGB-Männer und Pawels Vergeltungsmaßnahmen erzählte.

»Und trotzdem haben Pawels Leute Nadja ermordet«, sagte Peter nachdenklich, und jetzt verstand er auch die Alpträume, die Oksana gelegentlich überfielen, wenn sie neben ihm schlief. Nur wenn sie sich geliebt hatten, konnte sie ruhig in seinen Armen schlafen. Wenn sie in einem Restaurant saßen und Oksana gedankenverloren eine Zigarette rauchte, erstarrte sie manchmal plötzlich und betrachtete mit leerem Blick irgend etwas im Raum, während die Zigarette bis auf ihre Finger herunterglühte. Solche Absencen verhießen nichts Gutes über ihre seelische Verfassung. Obwohl Peter sein möglichstes tat, um sie in solchen Augenblicken aufzuheitern, machte er sich dennoch Sorgen, ihr Zustand könnte sich verschlechtern. Es hing soviel davon ab, daß Oksana ihre Aufgabe erfüllte – ohne ihre Hilfe war Peters Mission zum Scheitern verurteilt.

Nach dem Treffen in der Petrowka fragte er Oksana, ob sie mit einem Revolver umgehen könne.

Sie sah ihn verblüfft an. »Auf dem Gut bei Irkutsk bin ich mit Waffen aufgewachsen.«

»Besitzt du eine?«

Sie schüttelte den Kopf. »Warum sollte ich einen Klumpen Metall mit mir rumschleppen? Außerdem riskiere ich mit so etwas eine Verhaftung.«

»Das wäre immer noch besser als manche andere unangenehme Überraschung. Ich könnte dir was wirklich Hübsches besorgen, klein genug, daß es in deine Handtasche paßt, aber groß genug, um dir im Ernstfall das Leben zu retten.«

»Ich hätte nie gedacht, daß ich so was jemals brauchen würde«, meinte Oksana nachdenklich. Ernst fügte sie hinzu: »Ich würde mich schon viel sicherer fühlen. Vor allem auf Reisen.«

»Und wir wollen ja auch verreisen. Ich möchte mit Wolkow, dem Freund deines Vaters, ein Geschäft abschließen.« Peter hielt inne, beugte sich zu Oksana hinab, küßte sie auf den Mund und sagte dann: »Vielleicht wird es eine ganz große Sache. Ein solches Startkapital können wir brauchen, wenn wir heiraten.«

»Heiraten?«

»Ja. Das ist ein Heiratsantrag, Oksana. Willst du meine Frau werden?«

Einen Moment wandte sie den Kopf ab, dann sah sie ihm wieder in die Augen, lächelte strahlend und sagte: »Ja, Peter Nichilow. Ich nehme deinen Antrag an.«

Sie besiegelten die Abmachung mit einem langen, leidenschaftlichen Kuß. »Du weißt, das bedeutet ein ganz neues Leben in Amerika«, sagte er.

»Ich freue mich so, Peter.« Nach einer kleinen Pause gestand sie: »Ich glaube, mein Vater ahnt schon, was wir ihm mitteilen wollen, wenn wir in Irkutsk sind. Er hat mich mit Fragen über dich förmlich gelöchert.«

»Was hast du ihm gesagt?« Peter interessierte sich nicht nur oberflächlich für Nikolais Neugier – Martinow war immerhin eine Schlüsselfigur in seinem Plan, den Verkauf russischer Nuklearwaffen an Terrorregimes zu vereiteln.

»Er wollte wissen, warum du in Moskau bist. Ich hab' ihm gesagt, daß du, obwohl du kein Russisch sprichst, russischer Herkunft bist und hier Geschäfte machen willst.«

Peter nickte. »Sonst noch was?«

»Natürlich hat er auch gefragt, ob du ein reicher Amerikaner bist. Ich hab' geantwortet, daß du selbstverständlich reich bist und ich gerne als deine Dolmetscherin arbeite.«

»Gut. Ich mache mich jetzt auf den Weg zum Dorogomilow-Platz. In den Kellern unter den Gemüseständen gibt es das weltbeste Waffenangebot, da kaufe ich dir ein Verlobungsgeschenk.«

»Hast du auch einen Revolver, Peter?«

»Nicht hier in Moskau. Meine Freunde in der Petrowka haben sich nicht die Mühe gemacht, eine Lizenz für mich zu beantragen.« Oksana schien diese Antwort nicht zu gefallen.

»Aber ich trage immer etwas bei mir, aus meiner Zeit bei der Spezialeinheit – so was Ähnliches wie eure *Speznaz*.« Er zog eine große runde Taschenuhr heraus. »Man nennt das einen Chronometer. Er zeigt die Uhrzeit überall auf der Welt.«

»Wie interessant.« Oksana betrachtete das Gerät aufmerksam. »Wie spät ist es jetzt in Irkutsk?«

Mit einem Blick auf die Uhr antwortete Peter: »Drei Uhr morgens.«

»Und was ist das kleine Geheimnis?« fragte Oksana.

»Das erzähle ich dir an unserem Hochzeitstag. Ich hoffe, wir werden das Ding nie brauchen.«

»Jetzt hast du mich aber neugierig gemacht.«

»Je früher du mich heiratest, desto schneller wirst du das Geheimnis erfahren, das allerletzte, das ich vor dir habe.« Er lächelte.

»Oh, du bist furchtbar!« rief sie entrüstet.

»Und du bist furchtbar süß. Ich möchte, daß du morgen unseren Flug nach Irkutsk buchst und für mich ein Treffen mit Wolkow arrangierst. Sag deinem Vater, daß ich etwa eine Viertelmillion Dollar in bar von meinen deutschen und amerikanischen Kunden mitbringen werde, um Wolkow für die Ware zu bezahlen, über die wir auf der Party des Moskauer Bürgermeisters verhandelt haben.«

»Alle haben sich gewundert, weshalb du so plötzlich verschwunden bist«, meinte Oksana etwas vorwurfsvoll.

»Ich hatte meinen Deal mit Wolkow gemacht und mußte meine Kunden in New York und Hamburg sofort telefonisch informieren. Sonst hätte ich das Geld nicht rechtzeitig bekommen, und wir hätten uns morgen nicht auf den Weg machen können.«

Oksanas Augen funkelten. »Ich kann es kaum erwarten, meinem Vater von unserer Hochzeit zu erzählen.«

»Wenn er das Bargeld sieht, das ich seinem Freund Wolkow übergebe, bekommen wir bestimmt seinen Segen.«

»Glaubst du etwa, mein Vater würde seine Tochter verkaufen?« fragte Oksana mit gespielter Empörung.

»Was denkst du denn? Soweit ich den guten alten Nikolai bisher kenne, macht er nicht den Eindruck, als würde er irgendwas umsonst hergeben. Außerdem möchte er sicher nicht, daß du einen Bettler heiratest.«

Lachend umarmte sie ihn. »Er ist ein altes Schlitzohr, und ich liebe dich, Peter.«

»*Ja ljublju was* auch«, antwortete Peter langsam und bemüht. »Siehst du, die wichtigsten russischen Wörter kann ich schon, und morgen bekommst du dein erstes Verlobungsgeschenk.«

46

Im großen Konferenzraum neben Wolkows Büro auf der obersten Ebene des Doms in der geschlossenen Stadt Krasnow 86 hatte sich der Staatssekretär des Finanzministeriums eingefunden – der einzige Ministerialbeamte, dem bei der Operation ein gewisses Maß an Einfluß zukam. Zum erstenmal seit dem mißglückten Putsch hatte Wolkow es für nötig befunden, einen Moskauer Regierungsbeamten darüber zu informieren, was in seinem Werk vorging. Die Politiker der Russischen Föderation versuchten immer mehr, ihre Autorität zu festigen. Deshalb hatte Wolkow bei seinem Besuch in Moskau Kontakt zu dem neuen Staatssekretär aufgenommen und ihn dringend darum gebeten, einen entscheidungsbefugten Beamten zum Dom zu schicken, damit er mit diesem eine wichtige Angelegenheit besprechen könnte. Als Wolkow andeutete, daß die Sache sich als lukrativ erweisen könnte, beschloß der Staatssekretär, ein eilig wiedereingesetzter Ex-Apparatschik der Kommunisten, die Reise persönlich zu unternehmen.

Schon immer hatte Wolkow nach Möglichkeit vermieden, Volksdeputierten oder den Bürokraten aus den Ministerien seine beruflichen Probleme zu offenbaren. Doch um Dollarbeträge in Millionenhöhe auf Privatkonten zu häufen, die er außerhalb Rußlands für sich anzulegen plante, benötigte er bestimmte Bescheinigungen vom Finanzministerium.

Alexis Plotnikow trug den sorgfältig vorbereiteten Bericht vor; außer dem Moskauer Politiker waren sämtliche Abteilungsleiter sowie das gesamte technische Personal von Krasnow 86 anwesend. Wolkows neuer Stellvertreter hatte den Posten des in Ungnade gefallenen Dr. Zilko übernommen, da man diesen für den Unfall verantwortlich machte, dem das

Raketenbataillon und vier Geschosse zum Opfer gefallen waren.

»Bis zum August 1991, als der Staatsstreich vereitelt wurde, haben wir jeden Monat drei Dutzend veralteter und gefährlicher Waffensysteme vernichtet«, erklärte Plotnikow. »Doch im letzten Monat konnten wir kaum ein halbes Dutzend bewältigen. Sie fragen sich jetzt bestimmt, wieso. Es gab einen massiven Streik, als Moskau plötzlich den Geldhahn zudrehte. Hunderte von Facharbeitern haben Krasnow 86 verlassen und so entstand ein großes Defizit an Fachpersonal. Wir brauchen neue Vollzeit-Spezialisten und müssen die Vergünstigungen für diejenigen, die noch bei uns sind, weiter verbessern.« Alle Anwesenden nickten.

Da Wolkow den wichtigsten Punkt persönlich hervorheben wollte, übernahm er jetzt selbst die Konferenzleitung. »Unser Problem läßt sich also in einem Wort zusammenfassen – Geld. Seit dem Zusammenbruch der Kommunistischen Partei sind die Mittel zur Bezahlung unserer Fachkräfte nicht mehr verfügbar.«

»Können Sie nicht einfach die Produktion einschränken?« fragte der Staatssekretär.

Kollektives Kopfschütteln der Umsitzenden war die Antwort. »Es ist ein nationales Risiko, veraltete Waffensysteme unkontrolliert herumstehen zu lassen«, antwortete Wolkow. »Wenn wir die Waffen verschrotten, vernichten wir die gekennzeichneten Teile, und übrig bleibt das Plutonium 239. Das müssen wir dann lagern, und genau hier liegt unser größtes Problem. Wir leiden unter akutem Platzmangel. Eine Plutoniumladung von der Größe einer Bowlingkugel mit einem dünnen Stahlmantel muß in einem speziellen Silo gelagert werden, der ungefähr ein Drittel so groß ist wie dieser Raum. Sie muß von den anderen Ladungen durch bleiverstärkte Granit- oder Betonwände getrennt sein. Nur so kann verhindert werden, daß bei einem möglichen Unfall eine sogenannte kritische

Masse entsteht. Denn dann hätten wir es mit nichts Geringerem zu tun als mit einer Nuklearexplosion.«

Wieder nickten alle. Schließlich rang sich der Staatssekretär die Frage ab: »Wie groß ist die Wahrscheinlichkeit eines atomaren Unfalls?« Eigentlich wollte er die Antwort auf diese Frage gar nicht hören.

»Erklären Sie es, Plotnikow«, befahl Wolkow finster.

»Wir haben viele Raketen aus den siebziger Jahren, die noch mit Flüssigbrennstoff gefüllt sind, und sogar der modernere feste Brennstoff verdampft mit der Zeit.«

»Was für einen Unfall wollen Sie damit andeuten?« hakte der Abgeordnete nach.

»Am Tag des Staatsstreichs in Moskau sind hier einige Tanklaster explodiert«, antwortete Plotnikow.

»Ich habe damals versucht, General Jasow die Vernichtung von vier Raketen persönlich zu melden, aber ...« Wolkow zuckte die Achseln, ohne den Satz zu vollenden.

»Verstehe«, erwiderte der Staatssekretär und hoffte, damit alle weiteren Anspielungen auf die unangenehme Geschichte mit dem Putsch abzuwürgen.

»Die Gefahr bei einer Explosion sind die mächtigen Druckwellen, die sich mit rasender Geschwindigkeit durch das Gestein bewegen«, fuhr Plotnikow fort. »Wir haben die Tunnels erweitert, damit sich die Wellen rascher zerstreuen, aber man kann nie wissen.«

Da Wolkow merkte, wie verwirrt der Mann aus Moskau bereits war, beschloß er, seine Angst weiter zu schüren. »Jetzt haben wir folgende Situation«, begann er mit unheilvoller Stimme. »Wegen des Platzmangels wird das Plutonium aus einem Gefechtskopf entfernt, während sechs andere, die auf die gleiche Behandlung warten, in derselben Halle liegen. Und das macht die Leute allmählich nervös.«

Vielsagend zuckte Wolkow die Achseln und sah mit sorgenvoller, verbissener Miene in die Runde. »Wenn wir unsere

Arbeiter nicht angemessen bezahlen können, sehen sie sich nach anderen Verdienstmöglichkeiten um. Diesem Problem müssen wir uns stellen. Und die unterschiedlichsten Vorfälle können unser Werk in eine brodelnde Quelle radioaktiver Strahlung verwandeln. Dagegen wäre der Unfall in Tschernobyl eine Bagatelle. Erdbeben, Meteoriten, Flugzeugabstürze, Terroranschläge – all das und noch vieles mehr kann bei uns eine Katastrophe unvorstellbaren Ausmaßes auslösen.«

Das stetige unheilvolle Nicken der Anwesenden schüchterte den bereits verunsicherten Staatssekretär noch mehr ein. »Was schlagen Sie also vor?« stieß er hervor.

»Ich würde Ihnen gern den Bereich unter einer unserer Nuklearanlagen zeigen, die Lagerhallen für Geschosse und Brennstoff, damit Sie persönlich die Vorgehensweise sehen, wie wir das Plutonium 239 aus den zerlegten Gefechtsköpfen entfernen.«

Nervös räusperte sich der Staatssekretär und warf einen Blick auf seine Armbanduhr. »Wie ich bereits angedeutet habe, ist meine Zeit sehr begrenzt. Ich muß unbedingt die Nachmittagsmaschine nach Moskau erreichen. Sagen Sie mir einfach, was unternommen werden muß, um das Problem zu bewältigen.«

»Wir können nicht verhindern, daß laufend Waffen zum Verschrotten bei uns eintreffen, aber wir können die Zahl der Arbeitskräfte erhöhen und einige simple, aber zweckdienliche Silos außerhalb des Komplexes ausheben. Doch dafür brauchen wir Geld«, sagte Wolkow.

»Sie wissen ganz genau, daß Ihre Mittel gekürzt worden sind«, entgegnete der Politiker stirnrunzelnd.

Wolkow lächelte mitleidig, als hätte er einen besonders begriffsstutzigen Schüler vor sich. »Wir bitten nicht um zusätzliche Regierungsmittel. Wir bitten nur um Erlaubnis, das Geld zu benutzen, das wir haben.«

»Wie bitte?«

Wolkow gab Plotnikow mit einem Kopfnicken Zeichen, und dieser zog einen Aktenordner hervor, schlug ihn auf und verkündete:

»In den letzten beiden Monaten haben wir fünfzig Raketen verschrottet. Nach der Demontage bleibt Gold aus den elektrischen Schaltungen der Raketen übrig. Gold im Wert von mindestens fünfzigtausend Dollar pro Rakete, in harter Währung, das macht in zwei Monaten einen Gesamtbetrag von zwei Millionen und fünfhunderttausend Dollar.«

Wolkow ließ die Zahl einen Moment auf den Staatssekretär wirken. Dann fuhr er fort: »Alle sechs Monate wird das Gold an Ihr Ministerium geschickt. Jetzt bitten wir um die Erlaubnis, das Gold auf dem Weltmarkt zu verkaufen. Die Einnahmen nutzen wir für unseren Betrieb und garantieren somit die Sicherheit von Krasnow 86.«

»Das klingt vernünftig«, räumte der Staatssekretär ein. »Aber der Minister ...«

Jetzt stand Wolkow auf und winkte den Moskauer Bürokraten zu sich. »Bitte kommen Sie einen Augenblick mit. Ich möchte Ihnen gern ein paar Dokumente zeigen.« Der Politiker folgte Wolkow aus dem Konferenzraum in sein Privatbüro, wo sie ungestört waren.

In kurzen Worten erklärte der Direktor die Situation. »Hier im Werk können wir das industrielle Gold aus den Raketenschaltungen zu Goldbarren verarbeiten. Ich habe Kontakte, um das Zeug in der Schweiz gegen harte Währung zu verkaufen. Auf dem Rückweg kann ich in Moskau haltmachen, mich mit Ihnen treffen und Ihnen persönlich – sagen wir mal – zehn Prozent von dem Bargeld bringen, das wir erzielt haben. Sie können damit anstellen, was Sie wollen, es ans Finanzministerium zurückgeben oder es ganz nach ihrem Gutdünken verwenden. Es wird nirgendwo auftauchen, und wir können hier alles finanzieren, ohne zusätzliche Mittel Ihres Ministeriums.«

Als erfahrener Kommunist hatte der Staatssekretär die richtige Antwort auf einen derartigen Vorschlag parat: »Ich glaube, fünfzehn Prozent wären angemessener.«

»Ja, natürlich. Fünfzehn Prozent für Sie, zu Ihrer freien Verfügung. Das beläuft sich dann auf etwa einhundertfünfzigtausend Dollar, pro Monat oder vielleicht auch alle sechs Wochen.« Diese Summe war astronomisch, und die nationale Inflation trieb den Dollarkurs täglich weiter in die Höhe. Der Staatssekretär konnte kaum überschlagen, welche Beträge er auf sein eigenes Konto würde einzahlen können.

Freundschaftlich legte Wolkow ihm eine Hand auf die Schulter. »Kommen Sie, wir gehen zurück zu den anderen und machen die Sache klar.«

Als sie den Konferenzraum betraten, meinte Wolkow: »Sehen Sie, das Geld wird letztlich unerheblich, wenn man an die Konsequenzen denkt. Die Möglichkeit einer nuklearen Katastrophe darf niemand ignorieren.«

Unter den Augen seiner Angestellten schenkte Wolkow dem Staatssekretär ein halbherziges Lächeln. »Wie will der Minister der Welt erklären, daß es zu einem Unfall kam, weil nicht genug Geld da war, um die Facharbeiter bei der Stange zu halten und die notwendigen Sicherheitsmaßnahmen zu gewährleisten?« Er legte eine bedeutsame Pause ein. »Wenn die radioaktive Strahlung in die Erdatmosphäre gelangt«, fuhr er dann fort, »und alles nur, weil das Finanzministerium das längst bezahlte industrielle Gold nicht freigab? Diese Sicherheitsmaßnahmen belasten die Staatskasse nicht im geringsten ...«

Der Staatssekretär hob die Hand. »Ja, ja, ja, natürlich! Jetzt verstehe ich die Situation. Ich gebe Ihnen die Genehmigung, Ihr Gold zu benutzen. In der Zwischenzeit werde ich die Sache mit dem Minister erörtern, und ich bin sicher, daß wir zu einer positiven Lösung kommen. Ich werde Ihnen ein Zertifikat ausstellen, das Ihnen erlaubt, das Gold abzutransportieren und zu verkaufen. Wenn der Minister erfährt, wie die Alternative aussieht, wird er zustimmen, da bin ich ganz sicher.«

»Plotnikow«, rief Wolkow über den Konferenztisch, »bringen Sie mir die Papiere, damit der Staatssekretär sie unterschreiben kann.«

Sofort sprang Plotnikow auf, kam um den Tisch herum und legte die Dokumente vor den Staatssekretär auf den Tisch. Schweigen senkte sich über den Konferenzraum, während der Politiker den Vertrag durchlas. Er war wie die Genehmigung, das Gold im Ausland zu verkaufen, schon lange vorbereitet gewesen. Wolkow zog einen Stift aus der Jackentasche und reichte ihn dem Staatssekretär, der feierlich mit Titel und Namen unterzeichnete. »So besiegeln wir unseren Willen, uns gegen einen Atomunfall zu schützen.« Nun wurde rund um den Tisch gelächelt und zustimmend genickt.

»Meine eigene Mutter hätte mir nicht mehr Sicherheit geben können!« rief der Direktor strahlend.

»Und nun, Direktor Wolkow«, meinte der Staatssekretär, »könnten Sie bitte dem Helikopter Anweisung geben, mich zum Flughafen von Irkutsk zu bringen. Ich muß zurück nach Moskau.«

»Sie haben Großes geleistet, Herr Staatssekretär. Eine ungeheuerliche Gefahr ist gebannt, ohne daß es die Regierung das Geringste gekostet hat.«

»Ja, tatsächlich. Von diesem Standpunkt habe ich es noch gar nicht betrachtet. Vielen Dank, Herr Direktor.« Wolkow erhob sich und führte seinen Gast wieder in sein Privatbüro, während sich die Angestellten an ihre Arbeitsplätze zurückbegaben. In seinem Büro telefonierte der Direktor mit dem Heliport und ordnete den Flug an. Dann ging er zu dem Safe, in dem sich immer noch Japs Rubel befanden, und holte eine Flasche Stolichnaja heraus.

»Bitte erlauben Sie mir, Ihnen diese kleine Aufmerksamkeit als Dank für Ihr Verständnis zu überreichen, mein lieber Staatssekretär. Vielleicht macht sie Ihnen die Rückreise nach Moskau ein wenig angenehmer.«

Dankbar nahm der Staatssekretär den Wodka entgegen und stieg in den Aufzug. Wolkow sah zu, wie sich die Türen schlossen, und wartete, bis die Lichter anzeigten, daß der Fahrstuhl unterwegs war. Dann stieß er einen lauten Triumphschrei aus. Der letzte Schritt in seinem Plan, einer der reichsten Männer Rußlands zu werden, war bewältigt. Das Zertifikat, das ihm den Goldverkauf ermöglichte, gab ihm das Recht, mit diplomatischer Immunität in die Schweiz und durch ganz Europa zu reisen. Das Geld von den Goldverkäufen würde wirklich auf das Konto des Dom eingezahlt werden und der Instandhaltung des Werks zugute kommen – nachdem der Staatssekretär seinen Tribut erhalten hatte.

Wolkow stellte sich die gigantische Geldmenge in ordentlich gebündelten Hundertdollarscheinen vor, die bald in seinem Safe liegen und auf die Reise in die Schweiz warten würde. In wenigen Tagen würde Jap zur Abnahme der ersten *Sichel*-Rakete erscheinen, ihm die Dollars aushändigen und die beste Kernwaffe der Welt in die AN-22 Frachtmaschine verladen lassen, die der alte Gauner irgendwie ergattert hatte.

Außerdem erwartete Wolkow einen Anruf von Nikolai Martinow. Dessen Tochter Oksana würde demnächst mit dem Amerikaner und weiteren Dollarbündeln eintreffen. Wolkow schmunzelte in sich hinein. Rotes Quecksilber, hatte der Amerikaner gesagt. Aber er würde echtes Plutonium 239 für seine Klienten bekommen, zu denen Wolkow für die Zukunft direkte Geschäftsbeziehungen anstrebte.

Das spätherbstliche Wetter war frostig, und der böige Wind verwehte den Schnee. Die Wachen auf ihren Posten um den Heliport trugen wattierte Jacken und Pelzkrägen.

Mit dem angenehmen Gefühl, seine Sache gut gemacht zu haben, stieg der Staatssekretär in den Hubschrauber. Er stellte sich vor, wie er dem Minister am nächsten Tag berichtete, daß er ein überwältigendes finanzielles Problem ohne Mehrkosten für die Regierung gelöst hatte.

Der Hubschrauber hob sich rasch in die Luft. Der VIP-Helikopter, den Wolkow selbst benutzte und wichtigen Regierungsvertretern und speziellen Gästen zur Verfügung stellte, glänzte in der Sonne. Der Pilot nahm Kurs auf Irkutsk und gab per Funk seinen Flugplan an den Kontrollturm durch.

Fast im gleichen Moment erschien am westlichen Horizont eine dunkle Silhouette. Rasch wurde das ferne Brummen zu einem dumpf pochenden Dröhnen. Neugierig blickten die Wachen empor, sprangen von einem Fuß auf den anderen, um sich warm zu halten, und dann kam auch schon der grünbraune AN-22 Turbojet in Sicht und sank langsam und mit einem Höllenlärm über den spärlich bewaldeten Hügeln herab.

Das breite Fahrgestell des Riesenflugzeugs berührte kreischend den gefrorenen Betonboden und hinterließ qualmende Gummispuren auf der Rollbahn. Mit ruckartigem Bremsen verringerte es die Geschwindigkeit, bis es schließlich eine elegante Kurve drehte und zu dem Bereich der Landebahn gelangte, die dem Tunneleingang zum Dom, zehn Etagen unter Wolkows Büro, am nächsten lag.

47

Die sibirische Landschaft unter ihnen war großartiger als alles, was Peter Nichilow in seinem Leben je gesehen hatte. Er stellte sich die unvermeidliche Frage: Was hatte er hier zu suchen?

Und in seinem Herzen wußte er auch, daß er nicht mal im Traum auf die Idee gekommen wäre, die Menschheit zu retten. Eigentlich wollte er ja nur Wolkow nach Moskau zurücklotsen, damit die Milizija ihm eine Falle stellen konnte, und sich selbst dann wieder um seine Angelegenheiten kümmern.

Oksana schmiegte sich an ihn; sie saßen nebeneinander in dem bequemen Hubschrauber, den Wolkow geschickt hatte. Ihnen gegenüber thronte der hagere Plotnikow in Pelze gehüllt, der sie auf Wolkows Anordnung nach Krasnow 86 begleitete, und an seiner Seite Martinow, einem Bären ähnlicher denn je. Peter mußte immer noch grinsen, wenn er daran dachte, wie schnell der gierige alte Gauner beim Anblick einer Viertelmillion Dollar plötzlich seine Meinung geändert hatte.

Als Martinow Oksana und ihren Freund im heruntergekommenen Empfangsgebäude des Flughafens von Irkutsk begrüßte, hatte er Peter bestenfalls mit kühler Höflichkeit behandelt. Oksana und Peter hatten die Nachtmaschine von Moskau genommen und waren am späten Vormittag in Sibirien gelandet. Wie immer freute sich Oksana sehr, ihre Heimat wiederzusehen. Martinows Chauffeur fuhr sie vom Flughafen in die Stadt, rund fünfzig Kilometer vom majestätischen Baikalsee entfernt.

Die Wohnung des ehemaligen Ersten Parteisekretärs war von Größe und Ausstattung her eines Königs würdig. Nikolais

Macht in der Region war ungebrochen. Nach dem mißglückten Putsch hatte er sofort durchschaut, wie er sich bei den siegreichen Demokraten beliebt machen konnte. Sobald die Kommunistische Partei nicht mehr existierte, war Martinow zum überzeugten Antikommunisten geworden und hatte Wahlen einberufen, in denen seine Anhänger ihn erneut zum Volksdeputierten der Region bestimmten.

Da er glaubte, Peter verstünde kein Russisch, fielen seine Bemerkungen über den Klienten und Geliebten seiner Tochter nicht sonderlich taktvoll aus. Nach einer wortreichen Auseinandersetzung gestattete er immerhin Oksana und ihrem Verlobten, im gleichen Zimmer zu übernachten. Sie argumentierte dabei so mitreißend, daß es Peter richtig leid tat, daß er ihr nicht applaudieren konnte, ohne sich zu verraten.

Peter wußte, daß Jap sobald wie möglich Raketen und Plutonium von Wolkow kaufen und an den Irak liefern wollte. Er durfte keine Zeit verlieren und machte sich sofort daran, die Sympathie seines zukünftigen Schwiegervaters zu gewinnen. Man mußte kein Genie sein, um herauszufinden, womit man Nikolai am meisten beeindrucken konnte. Nach einem fröhlichen Abendessen und ein paar Gläschen Cognac erklärte er ihm mit Oksanas Hilfe seinen Plan, für seine Kunden mehrere Kilogramm Plutonium 239 zu kaufen.

»Und wer soll der endgültige Käufer sein?« wollte Nikolai wissen.

»Spielt das eine Rolle?« fragte Peter zurück. »Wir machen einen guten Profit – meine Klienten, ich und« – er zwinkerte Nikolai vielsagend zu – »und natürlich alle, die mir helfen.«

Nikolai kicherte und tätschelte Peters Knie. Peter war klar, daß jetzt der Moment gekommen war, um Nikolai in den Plan einzubeziehen, mit dem er Jap und Wolkow das Handwerk legen und ein für allemal verhindern wollte, daß Atomwaffen in die Hände von Terrorstaaten gelangten. Seit seiner Ankunft hatte er seinen Aktenkoffer nicht aus den Händen gegeben, was ihm viele nachdenkliche Blicke von Nikolai eingebracht hatte. Nun stellte er den Koffer auf seine Knie und ließ die Schlösser aufschnappen. Erst einen kurzen Augenblick später drehte er ihn um, so daß sein Gastgeber die ordentlich gebündelten Hundertdollarscheine gut sehen konnte. Das war harte Währung – der Stoff, der in der momentanen Welt weit nützlicher war als Diamanten oder Gold, denn diese Schätze mußten erst noch in legale Zahlungsmittel verwandelt werden. Nikolai hatte noch nie soviel amerikanisches Geld auf einem Haufen gesehen und schnappte hörbar nach Luft.

»Ich habe eine Viertelmillion dabei, die ich Direktor Wolkow bei Lieferung seiner Produkte überreichen werde.«

Nikolai starrte eine Weile gebannt auf die Banknoten. Schließlich sagte er heiser: »Nun mein Sohn, ich denke, damit sprechen Sie die Sprache, die der Hamster versteht.«

»Der Hamster?« wiederholte Peter.

»Ein Spitzname, unter dem Wolkow bei manchen seiner alten Freunde bekannt ist.«

»Aha. Vielleicht könnten Sie das Geld mit mir zusammen durchzählen und dem Hamster dann bezeugen, daß ich nicht mit leeren Händen komme, um seine Ware in Augenschein zu nehmen und über den Preis zu verhandeln.«

»Ja, mein Sohn, das will ich gern tun. Und da wir bare Dollar zur Verfügung haben, kann ich beim Hamster für Sie auf einer fachmännischen Führung durch den Dom bestehen. Ich habe um Plotnikow gebeten; er weiß mehr als alle anderen. Kunden wie Sie und Jakowlew haben die bestmögliche Beratung verdient, und« – Nikolai blickte Peter fest in die Augen, »und das Geld ist die Mühe wert.«

»Ganz sicher«, stimmte Peter zu. »Ich weiß Ihre Fürsorge sehr zu schätzen. Sagen Sie mir einfach, wieviel wir brauchen, dann nehmen wir es hiervon weg«, fügte er hinzu und deutete auf den Aktenkoffer.

Als sie zu Bett gingen, war der zukünftige Schwiegervater in

Hochstimmung und überließ seinen beiden müden Gästen großzügig das große Schlafzimmer mit dem Doppelbett.

Wie sich herausstellte, war Plotnikows fachmännische Beratung nicht gerade billig. Im Hubschrauber, der sie rasch ihrem Ziel näher brachte, dachte Peter grinsend daran, wie Nikolai sich ein Tausenddollarbündel aus dem Aktenkoffer genommen hatte. Wieviel davon tatsächlich in Plotnikows Hände gelangen würde, darüber konnte Peter nur spekulieren.

»Wir sind gleich da!« rief der Pilot über die Schulter. Anmutig senkte sich der Helikopter dem Erdboden entgegen und setzte sanft auf der Landebahn auf. Die Flugdivision des Doms wurde von hochqualifizierten Kräften mit militärischer Präzision geleitet. Die Baracken für Wächter und Offiziere und die Flugzeugschuppen waren in akkuraten Reihen angeordnet. Am Rand der Landebahn standen mehrere verbeulte alte Armeehubschrauber, die mit der Chef-Maschine, in der die Gäste angekommen waren, keine große Ähnlichkeit besaßen. Vermutlich waren sie für den Transport von gewöhnlichen Angestellten und Besuchern bestimmt, denn Peter hatte mitgehört, wie Nikolai am Telefon mit Wolkow darauf bestand, daß der Luxushubschrauber sie abholte.

Ein Sicherheitsoffizier in einem dicken schwarzen Overall und einer Pelzmütze kam auf sie zu und begrüßte Martinow im alten Stil: »Guten Morgen, Genosse Vorsitzender. Wie ich sehe, bringen Sie heute Gäste mit.« Neugierig musterte er Peter und Oksana. »Ach ja, und unser neuer stellvertretender Direktor Plotnikow wird Sie führen. Ich habe den Auftrag von unserem Genossen Direktor, Sie durch die Sicherheitskontrollen zu begleiten und in den Aufzug zu bringen.«

Insgeheim freute sich Martinow, daß ihn der Mann behandelte wie in den alten Tage kommunistischer Pracht und Herrlichkeit. Den Aktenkoffer fest in den linken Hand, ging Peter neben Oksana hinter Martinow und dem Sicherheitsoffizier zum Eingang eines großen Betongebäudes, das auf dem höchsten Punkt des schotterbedeckten Hügels stand. Martinow begleitete den Offizier hinein, während Peter und Oksana sich im Schnee die Füße vertreten mußten, um einigermaßen warm zu bleiben.

Vom Gipfel des Heliports aus, etwa achthundert Meter über der Ebene, blickte man auf ein Panorama industrieller Bauwerke, durchsetzt von Erd- und Kieshügeln und einem weitläufigen Netz von Eisenbahnschienen, die in der Morgensonne glitzerten. Lastwagen, Lokomotiven und Bagger sahen aus wie Spielzeug, dazwischen ragten wie Pilze die Wachtürme empor. Ein paar Kilometer zu seiner Rechten fiel Peter ein großes, schwarz abgebranntes Gebiet ins Auge. Plotnikow, der neben ihm stand, bemerkte seinen Blick. »Ja, dort ist das Testfeld für die Raketen.«

Peter beschäftigte sich noch immer mit der Frage, wieviel Plotnikow von Martinow bekommen hatte, als Oksana plötzlich in eine andere Richtung deutete: »Sieh mal, dort unten steht ein Flugzeug – ein riesiges Ding!«

Peter blickte zum Abhang auf der linken Seite, wo Felsen und Baumwipfel seine Sicht etwas behinderten. Anscheinend war dort unten eine lange Rollbahn, an deren Ende man gerade noch ein gigantisches Flugzeug ausmachen konnte. Es war ein militärisches Transportflugzeug, wie er es bei der Spezialeinheit der US-Armee oft gesehen hatte. Es war so groß, daß der Tanklaster daneben winzig wirkte.

»Das ist eine AN-22 Turboprop Super-Frachtmaschine«, erklärte Plotnikow bereitwillig. »Sie trägt eine Nutzlast von achtzig Tonnen über Entfernungen von sechzehntausend Kilometern, und das bei einer Geschwindigkeit von siebenhundertzwanzig Stundenkilometern.«

»Was macht so ein Gigant hier draußen?« fragte Peter.

Plotnikow zuckte die Achseln. »Wahrscheinlich transportiert das Ding eine oder zwei von den SS-25 Raketensystemen zu einem anderen Lagerplatz. Das ist immer noch die sicherste Methode, Interkontinentalraketen zu verlegen. Schon bei der kleinsten Bodenkollision kann sich der Festbrennstoff einer Rakete entzünden, vor allem, wenn sie über drei oder vier Jahre rumgelegen hat.«

Peter konnte den Blick nicht von dem Flugzeug abwenden. »Wohin fliegt dieser Gigant wohl?«

»Ach, darüber wird man hier im Dom nicht mal auf höchster Ebene informiert.«

In diesem Augenblick traten Martinow und der Sicherheitsoffizier mit zwei Wachen aus dem Gebäude. »Wir haben jetzt die Zutrittserlaubnis und können in den Dom hinuntergehen«, verkündete er. »Entschuldigt, daß wir euch in der Kälte haben stehenlassen.«

»Es war sehr interessant«, erwiderte Oksana.

Martinow begleitete Plotnikow, Peter und Oksana in das Gebäude, und sie folgten ihm, froh, der eisigen Kälte entronnen zu sein. Hier standen überall bewaffnete Wachposten, und etwa fünfzig Männer in weißen Jacken und Hosen warteten auf den Aufzug. Alle trugen Namensschilder in verschiedenen Farben, die ihren jeweiligen Arbeitsbereich kennzeichneten.

»Ihr geht erst mal durch den Metalldetektor«, erläuterte Martinow. »Dann bringt man euch in das Büro des Hamsters, wo sich Peter mit dem Direktor unterhalten kann.«

»Kommst du nicht mit, Vater?«

»Nein, ihr seid bei Plotnikow in besten Händen, und ich muß einen wichtigen Geschäftspartner vom Flugplatz abholen; er ist schon unterwegs.«

»Kenne ich ihn?« fragte Oksana.

Nikolai lächelte seiner Tochter geheimnisvoll zu. »Das wirst du schon sehen.« Damit verließ er das Gebäude und machte sich auf den Rückweg zum Heliport.

Als sie sich der Sicherheitsschranke näherten, warf Oksana Peter einen entsetzten Blick zu. In ihrer Handtasche war die kleine vernickelte Parabellum, die Peter ihr in Moskau gekauft hatte. Oksana trug den Revolver immer bei sich; mit ihm fühlte sie sich beinahe wieder sicher.

»Keine Sorge, Liebes«, beruhigte Peter sie. »Du läßt deine Handtasche einfach bei einem der Wachmänner. Mach sie nicht auf. Damit werden sie zufrieden sein – immerhin bist du die Tochter des Obersten Verwaltungsbeamten der Region.«

Tatsächlich lief alles so, wie Peter es vorausgesehen hatte. Oksana übergab ihre Tasche dem jungen Wachposten, der sie einfach in eine Schubalde legte, wo Oksana sie auf dem Rückweg wieder abholen konnte. Ansonsten war die Sicherheitskontrolle ähnlich wie auf einem Flughafen. Oksana konnte problemlos passieren, doch als Peter kam, reagierte der Detektor.

Grinsend griff er in die Hosentasche, zog eine große runde Uhr heraus und zeigte sie dem Posten. »Das ist mein Chronometer«, erklärte er ihm. »Er zeigt die Zeit überall auf der Welt.« Oksana übersetzte. »Möchten Sie gern wissen, wie spät es jetzt gerade irgendwo anders ist?«

Gleich versammelten sich mehrere Wachleute um das interessante Objekt. Der junge Mann an der Kontrollschranke warf einen Blick auf seine eigene Uhr. »Ich weiß, wie spät es in Moskau ist. Was sagt Ihre Uhr dazu?«

Peter blickte auf das schwere runde Ding. »Sechs Uhr morgens«, antwortete er.

»Stimmt. Und in New York?«

»Da sind die Kneipen noch offen. Es ist elf Uhr gestern abend.«

Der Sicherheitsbeamte lachte. »Na gut. Sie können Ihre Wunderuhr behalten.« Peter steckte sie wieder in die Tasche.

Nun führte man Peter und Oksana zu einem bereits wartenden Aufzug. Plotnikow begleitete sie. Dann schlossen sich die Türen, und die Kabine glitt durch den Schacht im Granitfels hinunter zu den Verwaltungsbüros des Doms. Tief im Innern des Berges hielt der Aufzug an, und als die Türen sich öffneten, lag vor ihnen ein geräumiger Büroraum. Ein Holzschreibtisch mit einer ganzen Reihe von Telefonapparaten beherrschte das Zimmer; dahinter stand Jewgeni Wolkow.

»Willkommen«, begrüßte er seine Gäste freundlich. »In Plotnikow haben Sie den erfahrensten Führer, den Sie sich nur wünschen können.« Er bedeutete ihnen, auf den Stühlen vor dem Schreibtisch Platz zu nehmen. Oksana knöpfte ihren Mantel auf und setzte sich, bereit zu dolmetschen, während Peter das Pelzcape ablegte, das er über seinem amerikanischen Regenmantel trug, und sich neben ihr niederließ. Da ihm niemand einen Stuhl angeboten hatte, blieb Plotnikow hinter ihnen stehen.

Wolkows feistes Gesicht blieb undurchdringlich, doch er fixierte seine Besucher mit funkelnden Augen. »Nikolai Martinow hat mir gesagt, daß Sie etwas Wichtiges mit mir zu besprechen haben, und er schickt seine Tochter, um eine akkurate Übersetzung des Gesprächs zu gewährleisten. Ich werde Ihnen aufmerksam zuhören. Aber lassen Sie mich zuerst wissen, warum Sie damals die Party des Moskauer Bürgermeisters so überstürzt verlassen haben. Ich hatte gedacht, wir wären kurz vor einem Abschluß.«

»Als Sie und ich zu der Übereinstimmung gekommen waren, daß Sie mir Plutonium 239 verkaufen, mußte ich sofort meine Kunden in New York und Bonn verständigen und unseren Handel perfekt machen.« Peter legte eine vielsagende Pause ein. »Schließlich mußte nun ja eine enorme Summe US-Dollar flüssig gemacht werden. Deshalb durfte ich keine Zeit verlieren.«

Wolkow nickte zufrieden, und sein Blick wanderte zu dem Aktenkoffer auf Peters Schoß.

»Wie Sie bereits vermutet haben«, fuhr Peter fort, »sind wir eigentlich nicht an rotem Quecksilber interessiert – falls es so etwas überhaupt gibt. Meiner Meinung nach ist die Bezeichnung ohnehin nur ein Codewort für eine Substanz, die zur

Herstellung transportabler Kernwaffen notwendig ist.« Er lächelte Wolkow zu. »Aber es war ein Codewort, das Ihre Aufmerksamkeit erregt hat, wenn ich das hinzufügen darf.«

Wolkow lächelte, sagte aber nichts, sondern wartete, bis Peter fortfuhr: »Wir sind an spaltbarem Material interessiert, das als Brennstoff für Atomreaktoren benutzt werden kann.«

»Es gibt noch keine Technologie, durch die man waffenfähige Substanzen in Atomreaktoren verwenden kann«, bemerkte Wolkow trocken, während er seine Fingernägel studierte.

»Schön gesagt«, meinte Peter beifällig. »Aber es ist bald soweit – was viele überraschen wird. Wenn man dann angereichertes Material besitzt, wird man vollkommen unabhängig vom Erdölmarkt sein.«

»Nikolai hat mir gesagt, Sie seien mit ernsthaften Absichten gekommen. Es interessiert mich nicht, weshalb Sie waffenfähiges spaltbares Material kaufen wollen. Von mir können Sie soviel angereichertes Uran und Plutonium 239 kaufen, wie Sie möchten. Und zwar zu einem sehr vernünftigen Preis.«

»Und der wäre?« fragte Peter.

»Eine halbe Million Dollar für ein Kilo angereichertes waffenfähiges Uran 235. Zahlung in bar. Wie Sie die Ware außer Landes schaffen, ist Ihr Problem.«

»Ich habe auf dem Flugplatz unten am Abhang eine AS-22 Frachtmaschine gesehen. Ich nehme an, meine Kunden hätten Zugang zum Landeplatz? Natürlich brauchen sie kein so riesiges Flugzeug.«

»Es sei denn, sie hätten einen ehrgeizigeren Kauf im Sinn«, entgegnete Wolkow nachdenklich.

»Beispielsweise?« hakte Peter nach.

»Plotnikow hat gerade eins unserer neuesten SS-25 Waffensysteme, die *Sichel*, samt Sprengkopf zum Verkauf an einen ausländischen Kunden vorbereitet, durch Vermittlung von Oksanas Freund, Wjatscheslaw Jakowlew.«

»Für wieviel?« fragte Peter mit geheucheltem Interesse.

»Zwölf Millionen Dollar – die mobile Abschußrampe inklusive.«

Peter setzte sein professionellstes Gesicht auf. »Ich habe gehört, daß man solche Waffen in der Ukraine bekommen kann.«

»Höchstwahrscheinlich. Aber die Leute, die Ihnen dort eine solche Rakete verkaufen, könnten Ihnen nicht den Abschußcode geben. Ich dagegen kann Ihnen den Code geben, den Sie dann an den Endabnehmer weitergeben – nachdem die Kreditbriefe bezahlt sind. Nirgends, außer vielleicht in einer anderen geschlossenen Stadt, wird man Ihnen ein solches Angebot machen. Und es gibt keine andere geschlossene Stadt, die so unabhängig ist wie unsere hier in Sibirien.«

»Dann sind Sie also unsere einzige Chance.«

Wolkow lachte, als er die Übersetzung hörte. »Stimmt genau. Zur Zeit bin ich die oberste Autorität hier. Vermutlich wird bei der Regierung in Moskau irgendwann wieder Ordnung einkehren, und ich muß mich wieder vor irgendeinem Minister rechtfertigen, das heißt, ihm eine übertriebene Bestechungssumme zahlen, aber momentan sind Nikolai Martinow – der Vater Ihrer bezaubernden Dolmetscherin – und ich die höchsten Autoritäten in der Region Irkutsk.«

Oksana errötete charmant, als sie übersetzte, was Wolkow über sie gesagt hatte.

»Wir könnten im Ausland ein Konto für Sie eröffnen«, schlug Peter vor.

»Keine Bankkonten. Jedes Konto kann man aufspüren.«

»Aber in der Schweiz ...«

»Wegen der Gehälter unserer wichtigsten Angestellten hier in Krasnow 86 muß ich sowieso ins Ausland fahren, vor allem in die Schweiz. Ich werde offiziell auf Geschäftsreise sein, aber ich habe inzwischen aus Erfahrung gelernt, daß es gefährlich sein kann, Geld von einem Privatkonto abzuheben. Deshalb kann ich nur mit Bargeld arbeiten. Und ich tue Ihnen einen Gefallen, wenn ich Ihnen nur den halben Weltpreis berechne, falls Sie es überhaupt kaufen können.«

Lächelnd nickte Peter. »Das klingt vernünftig. Aber zuerst einmal brauche ich eine Plutoniumprobe für meine Kunden. Können Sie – sagen wir – hundert Gramm vorbereiten?«

»Ist Ihnen klar, wie gefährlich eine solche Menge ist? Das Zeug darf unter keinen Umständen mit Luft in Berührung kommen. Wenn es sich mit Sauerstoff verbindet, gerät es sofort in Brand. Und was die Vergiftungsgefahr angeht ...«

»Ich bin mir über die tödlichen Eigenschaften von Plutonium durchaus im klaren.« Peter hielt inne und legte seinen Aktenkoffer auf den Tisch. Mit großer Geste ließ er die Schlösser aufschnappen, so daß der Deckel sich öffnete und die ordentlichen Hundertdollar-Bündel zum Vorschein kamen. »Eine halbe Million Dollar für ein Kilogramm Plutonium. Hier ist eine Viertelmillion. Der Rest wird fällig, wenn meine Kunden die Ware erhalten. Wenn sie die Probe untersucht haben, könnte es sogar sein, daß sie drei bis fünf Kilo möchten.«

Peter schob den Koffer über den Tisch. »Zählen Sie nach. Es sind zweihundertvierzigtausend Dollar. Zehntausend wurden gestern für Beratungsgebühren bezahlt. Wir möchten damit zeigen, daß wir ernsthafte Absichten haben.«

Einen Augenblick blieb Wolkow vor Erstaunen der Mund offenstehen. »Sie haben tatsächlich so viel Vertrauen zu mir?«

»Das ist die neue Art, mit Nuklearmaterial und Kernwaffen umzugehen. Falls wir an irgendeinem Punkt versagen, haben Sie nichts verloren. Und weil wir das Plutonium direkt von Ihnen beziehen, brauchen sich meine Kunden nicht mit unzuverlässigen Lieferanten herumzuärgern. Geld ist bei ihnen kein Problem.«

»Ich hoffe, ich werde die Herren eines Tages kennenlernen.«

»In Moskau kann ich das gern arrangieren. Sie haben erwähnt, daß Sie auch eine ganze Rakete verkaufen könnten.«

»Ja, ich habe mehrere Typen auf Lager, sogar Unterwassersysteme, und auch die SS-25, die *Sichel*, unser bestes Modell. Die *Sichel* ist mit ihren fünfunddreißig Tonnen viel leichter zu transportieren als jede andere Rakete; sie hat eine Reichweite von dreizehn- bis vierzehntausend Kilometern und kann überall von ihrer mobilen Abschußrampe gestartet werden.«

»Ich habe eine Idee«, meinte Peter eifrig, als hätte er tatsächlich einen Gedankenblitz gehabt. »Meine Kunden kommen nächste Woche nach Moskau. Wenn Sie das Plutonium bringen, arrangiere ich ein Treffen zwischen Ihnen allen, so daß Sie in Zukunft mit den eigentlichen Drahtziehern verhandeln können – und ich fahre zurück nach Amerika, zusammen mit meiner Dolmetscherin.«

Oksana sah Peter erstaunt an, übersetzte aber, was er gesagt hatte.

Doch Wolkow schüttelte bedauernd den Kopf. »Ich habe keine Möglichkeit, ein Kilo Plutonium sicher von hier nach Moskau zu transportieren. Der Minister überläßt mir zwar die Verantwortung für Waffen und Plutonium, aber ich habe keinen Zugriff auf Transportmittel – das untersteht einem anderen Ministerium. Ihre Leute müssen wohl oder übel ein Flugzeug suchen und sich die Ware selbst abholen.«

»Natürlich ist das auch kein Problem«, antwortete Peter. »Sie haben doch gesagt, Sie reisen in die Schweiz. Dann können Sie einfach einen Zwischenaufenthalt in Moskau einlegen. Dort übergeben meine Leute Ihnen das Geld für ein Kilo Plutonium. Während meine Kunden die Vorbereitungen für die Lieferung treffen, fahren Sie in die Schweiz. Ich könnte mir vorstellen, daß das für Sie ein höchst profitables Geschäft wird.«

»Und was springt für Sie dabei raus?« wollte Wolkow wissen.

»Meine Kunden eröffnen mir als Dank für meine Mühe ein Konto auf den Karibischen Inseln und bezahlen mich, wenn das Geschäft mit Ihnen abgeschlossen ist.«

Nachdenklich betrachtete Wolkow das Geld auf seinem Schreibtisch, während er sich Peters Angebot durch den Kopf gehen ließ. Es erschien ihm fast zu schön, um wahr zu sein. Doch hier direkt vor seiner Nase lag die erste Anzahlung, und er würde seinen Käufern immer einen Schritt voraus sein, weil er Bargeld für zukünftige Lieferungen bekam, die sozusagen direkt vor seiner Hintertür abgewickelt wurden.

Als Peter merkte, daß sein Angebot für Wolkow eigentlich unwiderstehlich war, beschloß er, es noch verführerischer zu machen. »Unter Umständen wären meine Kunden vielleicht auch am Kauf einer SS-25 interessiert. Dann könnten Sie noch mehr Geld in die Schweiz mitnehmen.« Wolkow zögerte. »Aber ich müßte die *Sichel* natürlich vorher mit eigenen Augen in Ihrem Lager gesehen haben.«

»Das läßt sich umgehend arrangieren«, antwortete Wolkow gierig.

»Und da der Volksdeputierte Martinow mir Plotnikow als Berater versprochen hat, möchte ich ihn gern mitnehmen.«

Wolkow lachte. »Natürlich. Allem Anschein nach stecken wir alle zusammen in diesem Geschäft, und keiner kennt die Labors und Lagerhallen besser als Plotnikow.«

»Dann haben wir also ein Geschäft, bei dem wir alle reich werden«, faßte Peter zusammen.

Das Geld von Jap noch gar nicht mitgezählt, dachte Wolkow bei sich. Sein einziges Problem war, daß er gar nicht wußte, wohin mit seinem Reichtum. Vielleicht ließ sich ja Oksana von ihrem Amerikaner weglocken. Wolkow konnte kaum die Augen von ihr abwenden, während sie für Peter übersetzte.

Der Direktor öffnete eine Schreibtischschublade, zog drei rot-schwarze Anstecker heraus, die sich Peter, Oksana und Plotnikow an die Jacken heften sollten. Oksana gab Peter ihren

Anstecker, und er befestigte ihn an ihrer schwarzen Bluse, während sein Handrücken sanft über ihre linke Brust streichelte. Keinem entging diese kleine Geste gegenseitigen Besitzanspruchs.

»Nun überlasse ich es Plotnikow, Sie beide durch den Dom zu begleiten«, meinte Wolkow gutgelaunt. »Ich würde es ja gern selbst machen, aber ich erwarte mehrere wichtige Nachrichten.« Er führte die drei zum Aufzug und drückte den Knopf. »Plotnikow, führen Sie unsere Gäste durch den Inspektionskanal. Zeigen Sie unserem amerikanischen Freund die SS-25 Raketen und arbeiten Sie sich dann Stockwerk um Stockwerk wieder herauf.«

Leutselig wandte sich der Direktor dann noch einmal an Peter: »Jahrelang hatte ich Angst, ohne die Erlaubnis von Gorbi oder irgendeinem anderen Idioten aus dem Politbüro auch nur einen Furz zu lassen. Und jetzt?« Er zuckte die Achseln. »Jetzt machen wir unsere eigenen Regeln.«

»Und entscheiden selbst, wem Sie etwas verkaufen«, fügte Peter hinzu. »Wofür ich und meine Kunden Ihnen sehr dankbar sind.«

Wolkow lachte, als er die Übersetzung hörte. Dann öffneten sich die Aufzugtüren, und der Direktor komplimentierte seine Besucher hinein. Als sich die Türen wieder geschlossen hatten, erklärte Plotnikow: »Wir fahren neun Etagen nach unten, direkt über die Labors, in denen das Material angereichert wird. Weiter können wir uns nicht vorwagen, ohne in Bereiche mit hoher radioaktiver Strahlung zu gelangen.«

Mit einem Ruck hielt der Aufzug, und die Türen öffneten sich wieder. Sie traten hinaus in eine neonbeleuchtete, mosaikverzierte Höhle, die der Metrostation am Leninplatz ähnelte. Tatsächlich wimmelte es hier wie in einer U-Bahnstation von Menschen: weißgekleidete Arbeiter mit turbanartigen Kopfbedeckungen, die sie aussehen ließen wie Mediziner, eilten durch die riesige, von Menschenhand geschaffene Grotte.

Plotnikow deutete auf die Reihen von Raketen, die der Länge nach auf Stahlgestellen lagerten. Peter schätzte, daß jede von ihnen etwa achtzehn Meter maß. »Allein hier unten haben wir genug Interkontinentalraketen, um sämtliche amerikanischen Großstädte gleichzeitig zu erreichen. Selbst wenn drei Viertel von ihnen zerstört würden, ehe sie ihr Ziel erreichen –« Er stockte, und sein Gesicht wurde nachdenklich. »Es wäre hochinteressant herauszufinden, wer bei einem solchen Austausch gewinnen würde.«

Über den Raketen hingen UV-Lampen. Als er Peters fragenden Gesichtsausdruck bemerkte, lächelte Plotnikow. »Wir haben entdeckt, daß eine bestimmte Bakterienart sich von der Zellulose der Festbrennstoffkomponenten ernährt, deshalb haben wir Speziallampen installiert, um sie so steril wie möglich zu lagern. Außerdem achten wir natürlich auf die richtige Temperatur und eine möglichst geringe Luftfeuchtigkeit, und wir geben uns große Mühe, elektrostatische Aufladung zu vermeiden.«

»Wäre es nicht sicherer, die Gefechtsköpfe getrennt von den Raketenkörpern zu lagern?« fragte Peter.

»Das habe ich immer wieder durchzusetzen versucht, aber wir haben einfach nicht genügend Platz.«

Schaudernd blickte sich Oksana in der Höhle um. Plotnikow lachte. »Ja, es stimmt schon – dieser ganze Berg, die gesamte geschlossene Stadt Krasnow 86 könnte jeden Augenblick in die Luft fliegen. Aber die Bezahlung und die Lebensbedingungen für die Arbeiter hier sind die besten in der ganzen Sowjetunion. Unsere Lebensmittel sind erstklassig, wir haben keine Warteschlangen, keine Versorgungsengpässe, hervorragende Schulen für die Kinder.« Achselzuckend setzte er hinzu: »Wir sind fatalistisch geworden. Wenn es passiert, dann passiert es eben. Aber bis dahin haben wir ein gutes Leben.«

»Wann wird der Gefechtskopf auf die Rakete montiert?« fragte Peter.

»Gewöhnlich erst, wenn das Transportsystem auf der Abschußrampe installiert wird. Aber vor allem bei Feststoffraketen wird das ganze Waffensystem meistens komplett transportiert.«

»Wenn eine alte Rakete explodiert, detoniert dann auch ihr Nuklearsprengkopf?«

Plotnikow schüttelte den Kopf. »Ich könnte Ihnen eine lange Erklärung dafür liefern, aber die Antwort lautet nein. Und es hat einige Unfälle gegeben, die das bewiesen haben.«

»Und die AN-22 Frachtmaschine ist lang genug für eine bewaffnete und mit Brennstoff versehene *Sichel*?«

»Ohne Probleme«, nickte Plotnikow. »Sie wurde konstruiert, um unseren T-62 Panzer über Entfernungen von neun- bis zehntausend Kilometern zu transportieren. Im Irak gibt es nicht viele Spezialisten, die eine solche Rakete zusammenbauen können – falls überhaupt.«

Also weiß er, daß Jap die Rakete verkauft, überlegte Peter, während er mit großem Respekt die Reihen der achtzehn Meter langen Gefechtsköpfe betrachtete. »Was will Wolkow mit den ganzen Raketen anfangen?« fragte er schließlich. »Ich meine, Jap kann sie doch nicht alle verkaufen.«

Plotnikow lachte. »Natürlich ist das der Hintergedanke, weshalb Wolkow Ihnen zeigt, was ansonsten einem kleinen Kreis von Wissenschaftlern, Managern und ehemaligen Parteifunktionären vorbehalten ist. Kommen Sie mit, dann zeige ich Ihnen die *Sichel*, die ich für Jap ausgesucht habe. Falls Sie sich entschließen sollten, etwas von Wolkow zu kaufen, würde ich auch dafür sorgen, daß Sie eine der neuesten SS-25 Raketen im Dom bekommen.«

Sie wanderten durch die riesige, von weißgekleideten Arbeitern wimmelnde Höhle, deren Mosaikdekor seltsam deplaziert wirkte. Schließlich gelangten sie zu Eisenbahnschienen, die durch einen tunnelartigen Eingang in einen Raum führten, der, wie Peter vermutete, eine Art Auslieferungshalle für Raketen darstellte, die den Dom bald verlassen sollten. Sie beobachteten, wie ein Dom-Angestellter die Verlegung einer SS-25 auf die niedrige, breite, speziell entworfene Abschußrampe dirigierte. Sie hatte sieben Räderpaare, jedes Rad hatte einen Durchmesser von einem Meter achtzig und war neunzig Zentimeter breit, die Transportfläche maß in der Breite dreieinhalb Meter – nur ein Zusammenstoß mit einem schweren Panzer hätte sie umwerfen können.

Das Gewicht der Transportvorrichtung war ein zusätzlicher Vorteil, denn kleinere Hindernisse wurden einfach zermalmt, wodurch das Waffensystem ruhig und sanft dahinglitt wie ein Mercedes auf einer Autobahn.

Zwei Kräne senkten die achtzehn Meter lange Rakete herab und befestigten sie an der Abschußrampe. Beide waren gleich lang, so daß der Gefechtskopf direkt über der Fahrerkabine lag.

»Die nächste Station ist die AN-22«, erklärte Plotnikow. »Sobald die Leute hier Anweisung von Wolkow bekommen, wird die Rakete hinaustransportiert.«

»Wie lange dauert es, bis sie das Transportflugzeug erreicht?« erkundigte sich Peter.

»Durch den Tunnel bis nach draußen sind es mindestens zwanzig Minuten. Insgesamt dauert die Fahrt etwa eineinhalb Stunden, von dem Zeitpunkt an, wo Wolkow den Befehl gibt.«

»Und wann startet die AN-22?«

»Das hängt von Wolkow und Jakowlew ab. Ich mußte dafür sorgen, daß er das neueste Modell erhält, das wir auf Lager hatten. Schon innerhalb weniger Jahre Lagerzeit kann sich der Festbrennstoff so verändern, daß er sich entzündet, wenn die Rakete beispielsweise vom Kran fällt.«

In diesem Augenblick klingelte es, und der diensthabende Offizier nahm das rote Telefon ab. Er lauschte kurz, nickte, legte auf und rief dann einen Befehl.

»Er hat gesagt: ›Alles bereitmachen zum Transport!‹«, übersetzte Oksana.

Wie ein Schwarm riesiger weißer Ameisen wuselten die Arbeiter um das Geschoß herum.

Als der Fahrer der mobilen Abschußrampe sich der Tür des Fahrerhäuschens näherte, berührte Peter den Chronometer in seiner Tasche. »Tja, jetzt ist es acht Uhr morgens in Moskau. Meine Klienten warten sicher schon darauf, etwas von mir zu hören«, bemerkte er. »Ich werde ihnen auf jeden Fall wärmstens ans Herz legen, daß sie sich sobald wie möglich mit Wolkow treffen und ein paar Raketen zu ihrem Inventar hinzufügen. Übrigens, Plotnikow – ehe das Ding weggebracht wird, könnten Sie mir vielleicht noch zeigen, wo die Plakette mit dem Geburtstag der Rakete montiert ist?«

»Selbstverständlich. Direktor Wolkow hat mich schließlich angewiesen, Ihnen jeden Wunsch zu erfüllen«, meinte Plotnikow grinsend. Er rief dem Offizier zu, einen Moment zu warten und führte Peter zur Abschußrampe. Die Eisenleiter lehnte noch immer an dem riesigen vierzehnrädrigen Transporter.

Plotnikow winkte einen der Arbeiter heran, der die Leiter zur Rückseite der Rakete verrückte. »Überhaupt sollte ich die Code-Plakette einer letzten Überprüfung unterziehen. Die ersten Modelle der *Sichel*, die 1985 entwickelt wurden, wären jetzt in einem entsetzlich instabilen Zustand, aber dieses hier, das ich für Jakowlew ausgesucht habe, stammt aus dem Jahr 1990. Ich glaube nicht, daß Wolkow die Raketen vertauschen würde, um eine alte loszuwerden, aber ...«

Während Plotnikow die Leiter emporstieg, wobei ihm die Blicke aller Umstehenden – einschließlich Oksanas – gebannt folgten, stellte Peter den Zünder an seinem Chronometer auf drei Stunden. Bis dahin mußte die *Sichel* längst im Flugzeug verstaut sein, aber die Maschine war sicher noch nicht gestartet. Eine Explosion der achtundsechzigtausend Pfund Festbrennstoff der *Sichel* in einer so großen Entfernung vom Dom würde in der geschlossenen Stadt nur minimalen Schaden anrichten, aber ein paar von Japs Verbrechern samt der AN-22 vernichten. Ein solcher Schlag würde den Verkauf atomaren Materials zumindest eine Zeitlang aufhalten und vielleicht auch dafür sorgen, daß es den kriminellen Fabrikdirektoren, die die ungeklärte politische Lage ihres Landes ausnutzten, in Zukunft schwerer hatten, ihre Ware an den Mann zu bringen.

Peter entsicherte seinen Chronometer – zum erstenmal, seit er ihn sich vor sechs Jahren im Lagerraum des Hauptquartiers von Fort Bragg angeeignet hatte. Als der Fahrer in die Kabine stieg, stellte Peter die Zeitschaltuhr auf drei Stunden bis zur Detonation. Das bedeutete genügend Zeit für die Arbeiter, die Abschußrampe zur AN-22 zu transportieren und in die Granitmauern zurückzukehren. Peter war sicher, daß das riesige Transportflugzeug keinesfalls in weniger als drei Stunden abfliegen würde – wenn es in der Luft explodierte, würde es womöglich alles unter sich zerstören.

Mit dem Chronometer kletterte Peter neben Plotnikow die Leiter empor und nahm die Plakette in Augenschein, deren Buchstaben und Ziffern er natürlich nicht verstand. Da Oksana nicht mit heraufgekommen war, machte sich Plotnikow erst gar nicht die Mühe, den Code zu erläutern. Mit einem kurzen Nicken gab Peter zu verstehen, daß er als zweiter hinabsteigen wollte, und zum Glück entdeckte er gerade noch rechtzeitig die schwarzen nickelbeschlagenen Löcher der Startraketen. Hier war genau die richtige Stelle, um eine Zündung der Rakete herbeizuführen. Als er wieder hinabkletterte, haftete der magnetische Chronometer fest an der Innenseite einer der Startraketen. Dann stand Peter wieder neben Plotnikow und Oksana.

Auf dem Weg zurück zum Aufzug kamen sie wieder an der langen stummen Reihe schlafender Raketen und Gefechtsköpfe vorbei. Aus der Ferne hörte Peter den Dieselmotor des Transporters aufheulen und stellte sich mit einem sarkastischen Grinsen vor, wie Jap die Neuigkeit von der Zerstörung seiner Fünfundzwanzig-Millionen-Rakete erfuhr.

Doch es war sicherlich nur ein kurzfristiger Rückschlag für Japs *Organisazija* und für Wolkow – und auch für Peters zukünftigen Schwiegervater. Diese kriminelle Troika würde garantiert andere Möglichkeiten finden, das Inventar des Doms auf dem Welt-Terror-Markt abzusetzen und Milliarden damit zu verdienen.

Jetzt mußte die Milizija in der Petrowka die Initiative ergreifen und so eng wie möglich mit allen Institutionen der Verbrechensbekämpfung zusammenarbeiten, die in Rußland noch funktionierten und nicht von Jap und seinen Kumpanen unterwandert waren. Aber Peter fragte sich voller Bitterkeit, ob ein solches Team in Rußland momentan überhaupt aufzutreiben war.

48

Obwohl Plotnikow die weitere Besichtigung des Doms recht interessant gestaltete, konnte Peter sich kaum konzentrieren. Er dachte dauernd an die Zeit: Jetzt waren es keine drei Stunden mehr bis zur Detonation, falls die Minibombe noch funktionierte. Er war sich keineswegs sicher, daß sein Andenken aus den Lagerräumen der Spezialeinheiten überhaupt zündete – er hatte ja keine Ahnung, wie lange es dort schon herumgelegen hatte, ehe es in seine Hände geraten war. Auf alle Fälle mußte er Wolkow noch davon überzeugen, sich später mit ihm in Moskau zu treffen, wo die Milizija den Fabrikdirektor schnappen konnte, und dann schleunigst mit Oksana den Dom verlassen, bevor die Startbahn in die Luft flog.

Am Aufzug kontrollierte ein Wachmann ihre Anstecker und drückte für sie auf den Knopf. Die Tür glitt auf, und Plotnikow betrat als erster die Kabine. Der Wachmann steckte seinen Schlüssel in ein Schloß, das den Zugang zu Wolkows Büro sicherte. Dann trat er zurück, der Aufzug fuhr los, und sie waren wieder auf dem Weg zur obersten Ebene des Doms.

Als sich die Tür öffnete, gingen sie hinaus in Wolkows leeres Büro. Auf dem Schreibtisch stand ein kleiner Metallkasten – Peter vermutete, daß es sich um die Plutoniumprobe handelte, die er mit dem Falschgeld bezahlt hatte. Aus dem Konferenzraum nebenan hörte man leise Stimmen. Peter stellte sich an den Schreibtisch und hob den schweren Kasten hoch. »Der gehört mir«, verkündete er. »Ich nehme ihn gleich mit.«

Da Plotnikow sie fragend anblickte, übersetzte Oksana, was Peter gesagt hatte. »Sie können ihn haben, sobald der Direktor seine Genehmigung gibt«, entgegnete Plotnikow.

Nachdem Oksana eine Weile dem Gespräch im Nebenzimmer gelauscht hatte, rief sie: »Das ist doch Slawas Stimme!«

Plötzlich überkam Peter das ungute Gefühl, daß etwas schiefgehen würde. Zwar wußte er nicht, was, aber er steckte das Bleikästchen trotz Plotnikows Protest in seinen Aktenkoffer. »Sag ihm, ich nehme meine Sachen auch ohne Wolkows Erlaubnis mit«, bat er Oksana, die sofort dolmetschte. Plotnikow nickte nur.

Doch als Oksana durch die offene Tür in den Nebenraum gehen wollte, kam Plotnikow hinter dem Schreibtisch hervor und hielt sie am Arm fest.

»Der Direktor hat gesagt, Sie sollen alle hier auf ihn warten.«

In diesem Augenblick trat Wolkow mit einem breiten zufriedenen Grinsen ins Zimmer, gefolgt von Jap.

»Glückwunsch, Mr. Jakowlew«, begrüßte ihn Peter. »Jetzt gehört Ihnen also eine fast neue SS-25, eine *Sichel* – das Beste vom Besten.«

Nach Oksanas Übersetzung antwortete Jap: »Wie ich höre, haben auch Sie Abnehmer für Plutonium und die neuesten Raketensysteme aus dem Dom.« Während Oksana dolmetschte, musterte er Peter durchdringend.

»Das müssen meine Kunden und Direktor Wolkow untereinander besprechen. Meine Aufgabe war es nur, einen möglichen Kauf vorzubereiten.«

»Gewiß hat der Abgeordnete Martinow Sie darüber informiert, daß der Handel über uns geht«, mischte sich Pawel ein, der jetzt ebenfalls aus dem Konferenzzimmer kam. »Guten Tag, Oksana«, fügte er höflich hinzu.

Oksana nickte ihm kurz zu und übersetzte.

Peter lauschte. Dann antwortete er: »Sag Pawel, das ist in Ordnung. Es liegt jetzt alles an Wolkow und an meinen Kapitalgebern – und natürlich am Abgeordneten Martinow.« Er griff nach dem Aktenkoffer. »Meine Mission ist damit erfüllt.«

Plotnikow sah fragend zu Wolkow, der immer noch grinste, ganz im Glück über das viele Geld, das Jap ihm offenbar gerade für die SS-25 bezahlt hatte. Sicher war sie inzwischen schon unterwegs zur Auslieferung. Der Direktor nickte. »Ja, jetzt gehört die *Sichel* ihm.«

In diesem Augenblick erschien zu Peters Entsetzen Zekki Dekka aus dem Nebenraum. Gutgelaunt plauderte er über Schweizer Kreditbriefe und amerikanisches Bargeld für die nächste Lieferung zweier weiterer SS-25 Raketen, die erfolgen sollte, sobald die AN-22 zurückgekehrt war.

Doch dann blieb ihm das Wort im Hals stecken, und er starrte den Mann an, der eine geradezu unheimliche Ähnlichkeit mit seinem Gegenspieler in New York besaß. Aber das konnte er doch nicht sein! Unvorstellbar, daß ein New Yorker Cop gerissen und schnell genug war, um diesem Milliarden-Dollar-Geschäft mitten in Sibirien auf die Schliche zu kommen.

Mit der freien Hand dirigierte Peter Oksana zum Aufzug. »Komm, meine Süße, wir gehen. Sag dem Direktor, er soll den Hubschrauber startklar machen lassen. Wir fliegen zurück zu deinem Vater in Irkutsk. Ich muß im Auftrag von Direktor Wolkow meine Klienten in Moskau und Bonn anrufen.«

Doch ehe Oksana auch nur die Hälfte des Gesagten übersetzt hatte, stieß Zekki, der Peter immer noch mit offenem Mund anstarrte, einen Schrei aus, daß alle im Raum erschrocken aufschauten.

Jap warf ihm einen tadelnden Blick zu. »He, was zum Teufel soll das?«

Inzwischen hatte sich Peter bereits zum Aufzug zurückgezogen, Aktenkoffer und Fuchspelzumhang in der einen Hand, Oksanas Arm in der anderen. Er drückte auf den Knopf.

»Jap!« schrie Zekki, »weißt du, wer das ist?«

»Natürlich weiß ich das. Ein Amerikaner. Schrei nicht so herum, du erschreckst den Direktor.«

»Das ist Nichilow, Scheiße noch mal!«

Jetzt starrten alle Peter an, einschließlich Oksana.

»Na und?« fauchte Jap.

»Er ist ein Bulle!«

Jap warf Peter einen schnellen Blick zu. Wolkow blieb der Mund offenstehen.

»Du meinst ein – *Ment*?«

»Nein, ein beschissener Bulle aus Brighton Beach, New York, der Russisch spricht wie ein Eingeborener.«

»Was meinst du damit?«

»Das ist doch nur mein Aushängeschild, du Arschloch!« knurrte Peter auf englisch. »Natürlich war ich in New York ein Cop – ein bis zwei Tage pro Woche. Die übrige Zeit hab' ich Geld gemacht. Benutzt ihr keine *Menti* in eurer *Organisazija*?«

Inzwischen war der Aufzug da; lautlos öffnete er sich. Peter stellte einen Fuß in die Tür. »Komm, Oksana. Mit soviel Dummheit sollten wir uns lieber nicht rumschlagen. Ich werde dem Direktor später Bescheid geben.«

»Nein!« brüllte Jap und trat auf den Aufzug zu. »Was ist hier los? Bleiben Sie, wo Sie sind!«

Auf russisch antwortete Peter: »Ich bin hier fertig. Wir gehen. Es sei denn, Sie möchten, daß ich dem Direktor erkläre, was Zekki für Sie erledigt.« Peter grinste über Wolkows verständnisloses Gesicht.

Oksana schnappte nach Luft. Auf Japs Gesicht spiegelte sich eiskalte Wut. »Aha, er spricht also deine Sprache«, sagte er zu Oksana. Ihm war sofort klar, daß er Peter nicht aufhalten durfte. Der Amerikaner mußte so schnell wie möglich aus dem Dom verschwinden, bevor Wolkow mehr erfuhr.

»Natürlich kann er Russisch«, schrie Zekki. »Eine Dolmetscherin braucht *der* garantiert nicht.«

»Wir sind nicht taub, Zekki.« Peter wandte sich wieder an Jap. »Ja, ich spreche Russisch, das gehört zu meinen kleinen Geschäftsgeheimnissen.«

»Du hast mich betrogen«, rief Oksana wütend. »Ich werde dir nie mehr vertrauen können!«

»Bitte, Schatz, laß uns später darüber sprechen.« Peter drängte sie in die Aufzugkabine.

»Was hat das alles zu bedeuten?« wollte jetzt Wolkow wissen, und musterte Jap herausfordernd.

Auch Peter wandte sich an den Gangsterboß. »Erklären Sie lieber, welche Rolle Zekki spielt, sonst mach' ich es.«

Jap warf dem Fälschergenie einen vernichtenden Blick zu. »Zekki hat allem Anschein nach seinen Nutzen für uns verloren.«

Jetzt konnte Wolkow nicht mehr länger an sich halten und schlug entrüstet mit der Faust auf den Tisch. »Heißt das etwa, die ganze Sache war nur ein Trick? Er hat mir doch harte Währung bezahlt.«

»Harte Währung aus Zilisi, Jap«, ergänzte Peter.

Einen Augenblick überlegte Jap. Er und Pawel hatten ihre Revolver und sogar ihre Messer bei Mischa und den anderen Leibwächtern lassen müssen, als sie durch den Metalldetektor gegangen waren. Es gab also keine Möglichkeit, Peter zu töten, ehe er etwas ausplauderte. Hastig zimmerte er sich eine Erklärung für Wolkow zusammen. »Wir wissen, daß der Amerikaner überall in der Welt Kontakte zum Waffenhandel hat. Wenn er zur Tarnung in Amerika als Polizist arbeitet, kann uns das egal sein. Zekki versteht die Situation anscheinend nicht ganz. Lassen Sie Nichilow und das Mädchen gehen, Direktor.« Jap warf Zekki einen warnenden Blick zu. Endlich kapierte er und senkte den Kopf.

»Ich möchte sichergehen, daß ein Hubschrauber auf uns wartet und von hier wegbringt«, meldete sich Peter wieder zu Wort, »und ich möchte, daß Oksana ihren Vater anruft und ihm sagt, daß sie auf dem Weg nach Hause ist.«

Wolkow sah Jap an, der nickte. Also hob der Direktor den Hörer ab und gab der Hubschrauberstation die nötigen Anweisungen. Inzwischen ließ sich die völlig verwirrte Oksana von Peter in den Aufzug ziehen. Die Tür glitt zu.

»Bist du sicher, daß wir ihn gehen lassen sollten, Jap?« fragte Pawel und gestikulierte zur Fahrstuhltür. »Und das Mädchen müssen wir auch aufhalten. Es ist ein Jammer. Schließlich haben wir sie einmal gerettet.«

»Richtig«, stimmte Jap zu. »Wir haben sie gerettet, und jetzt töten wir sie und diesen Amerikaner. Die *Menti* haben ihn geschickt. Soviel ist sicher.«

»Was sollen wir jetzt tun?« fragte Wolkow, sichtlich erschüttert.

»Sie können doch direkt von Ihrem Schreibtisch hier mit dem Helikopter Kontakt aufnehmen. Befehlen Sie dem Piloten, seine nächste Landung am Dom hinauszuzögern.«

Wolkow griff sofort gehorsam zum Funktelefon und rief den Piloten, der sich bereits im Landeanflug befand. »Hauptmann Basil, hier spricht Direktor Wolkow«, meldete er sich. »Fliegen Sie bitte eine Warteschleife, so daß Sie vom Dom aus nicht zu sehen sind, bis ich Ihnen sage, daß Sie landen können«, befahl er.

»Jawohl, Genosse Direktor. Aber ich kann höchstens noch eine halbe Stunde oben bleiben, dann ist der Sprit verbraucht, und ich lande in den Felsen.«

»Bleiben Sie erreichbar«, erwiderte Wolkow. »Ich werde auf der Hubschrauberfrequenz bleiben.«

Zusammen mit einer wütenden, enttäuschten Oksana trat Peter aus dem Aufzug ins Flughafengebäude auf der obersten Ebene des Doms. Als sie durch die Sicherheitsabsperrung gingen, gab ein Wachmann Oksana ihre Handtasche zurück, und plötzlich stand sie Mischa gegenüber, der seinen üblichen langen, schwarzen Mantel trug, unter dem er sein Maschinengewehr verbarg. Oksana nickte Japs Leibwächter zu und folgte Peter zum Schreibtisch der Wache, der sich in einer Ecke des kalten Gebäudes befand.

»Gehe ich recht in der Annahme, daß das einer von Japs

Männern ist?« fragte Peter mit einer verstohlenen Kopfbewegung zu Mischa.

»Ja«, antwortete Oksana nur.

»Ruf jetzt bitte von diesem Telefon hier deinen Vater an. Sag ihm, er muß uns in Irkutsk am Heliport abholen. Laß ihn wissen, daß wir in Schwierigkeiten sind. Gib ruhig mir die Schuld dafür, aber bitte ihn, ein paar bewaffnete Männer mitzubringen. Wenn wir wieder mit ihm zusammen sind, entscheiden wir, was als nächstes zu tun ist.«

Der Wachhauptmann deutete auf einen Stuhl vor seinem Schreibtisch und schob Oksana das Telefon hin. Sie nahm den Hörer ab und begann zu wählen.

In Wolkows Büro belauschten Jap, Pawel und Zekki Oksanas Gespräch mit ihrem Vater.

»Papa, ich brauche Hilfe. Ich wollte, du wärst hier.«

»Was gibt es denn für Probleme?«

»Ich warte mit Peter auf den Hubschrauber, der uns zurück nach Irkutsk bringt. Peter sagt, du sollst uns bitte mit einer bewaffneten Eskorte am Heliport abholen.«

»Wann genau fliegt ihr los?« Die Sorge in Nikolais Stimme war deutlich hörbar.

»Ich weiß es nicht, Papa. Wir warten auf den Hubschrauber.«

»Ich lasse euch vom Heliport abholen. Versuch mich direkt vor dem Start noch mal anzurufen.«

»In Ordnung. Ich hoffe, daß wir uns bald wiedersehen.«

Die Männer im Büro hörten, wie Oksana auflegte. Jap wandte sich an Wolkow. »Ich habe mich gefragt, weshalb Martinow nicht mit uns hierhergekommen ist. Er hätte doch bestimmt gern das Geld gesehen und seinen Anteil gleich in Empfang genommen. Wahrscheinlich wollte er sich unter keinen Umständen vorwerfen lassen, persönlich in den Verkauf von Nuklearmaterial verwickelt zu sein.

Dann wandte er sich an Pawel. »Geh und sag Mischa, er soll mit den beiden einsteigen, wenn der Hubschrauber landet. Irgendwo in der Luft gehen der Amerikaner und das Mädchen dann über Bord. Keine Schußwunden.«

»Scheiße, Jap«, protestierte Wolkow. »Sie ist immerhin Nikolais Tochter.«

»Martinow wird ihr bald folgen. Wir brauchen ihn nicht mehr.« Als er den betroffenen Gesichtsausdruck des Direktors sah, fügte er hinzu: »Ihr Anteil wird sich ohne ihn verdoppeln.« Jap lachte. »Hören Sie auf, sich Sorgen zu machen, und zählen Sie lieber das Geld, das auf Ihrem Tisch liegt. Aber zuerst sagen Sie mir noch, welchen Handel Sie mit diesem Peter Nichilow abgeschlossen haben. Und zwar die Wahrheit, Hamster, falls Sie dazu in der Lage sind.«

»Ich sollte ihm Plutonium nach Moskau bringen, für das er im voraus bezahlt hat. Er wollte mich mit seinen Kunden bekannt machen. Von da ab sollte ich direkt mit den Abnehmern verhandeln.« Die Worte sprudelten nur so aus dem Mund des Direktors. »Ich habe die offiziellen Papiere, mit denen ich in die Schweiz fahren und das Gold verkaufen kann, das wir aus den elektrischen Schaltungen der verschrotteten Waffensysteme gewonnen haben. Da hätte ich bequem einen Abstecher nach Moskau machen können.«

»Vor allem für die *Menti* wäre das bequem gewesen«, entgegnete Jap sarkastisch.

»Natürlich habe ich mich geweigert, mit dem Plutonium zu reisen«, beteuerte Wolkow.

»Aber die Dollars hätten Sie bestimmt mitgenommen, um sie auf ein Schweizer Bankkonto einzuzahlen.«

»Ja«, gab Wolkow unumwunden zu.

»Ja, selbstverständlich«, wiederholte Jap. Dann holte er tief Luft. »Nun, dieser Amerikaner wird Moskau nicht wiedersehen, also können Sie seine Kunden getrost vergessen. Ich werde hier im Dom den Verkauf organisieren.«

Aus dem Funkgerät auf dem Schreibtisch tönte eine Stimme. »Genosse Direktor, Genosse Direktor. Hier ist die mobile Abschußbasis. Wir sind jetzt außerhalb des Doms und unterwegs zur Rollbahn.«

»Rufen Sie mich an, sobald Sie das Flugzeug erreichen.«

Jetzt legte Jap den Arm um Wolkows Schulter und führte ihn durch die Tür seines Büros in den Konferenzraum, wo sich auf einem langen Tisch die Hundertdollarscheine stapelten.

Wolkow betrachtete sie wohlgefällig. »Woher habt ihr nur diesen grünen Haufen?« fragte er, doch in seiner Stimme lag noch immer ein wenig von dem Mißtrauen, das in der Konfrontation zwischen Zekki und Peter entstanden war.

»Wir haben in New York eine Bank ausgenommen«, kicherte Pawel.

Auf einmal verflogen Wolkows Sorgen und Ängste. Jetzt war Jap kein bedrohlicher Mongole mehr, sondern ein weiser, ihm wohlgesonnener Gönner.

Jap und Pawel gingen aus dem Zimmer, während Wolkow in den dicht gepackten Geldbündeln wühlte; von ein paar Geldpäckchen riß er die Banderolen ab und ließ sich die Banknoten – allesamt gebrauchte Scheine, genau wie man es sich wünschte – durch die Finger gleiten.

Nach einer kurzen Unterredung meinte Jap schließlich zu Pawel: »Du solltest hinauf ins Flughafengebäude gehen und Mischa seine Anweisungen geben. Und mach dich außerdem für den Alternativplan bereit.« Dann rief Jap ins Konferenzzimmer: »Hamster, Sie können dem Helikopter Bescheid sagen, er soll landen und die Passagiere nach Irkutsk einsteigen lassen.«

49

Peter beobachtete, wie der diensthabende Wachoffizier nach dem Klingeln das Telefon abnahm, einen Moment lauschte und dabei verstohlen zu ihm und Oksana herüberblickte. Den Mantel eng um die Schultern gezogen, saß Oksana mit finsterer Miene auf ihrem Stuhl. Peter stellte den Aktenkoffer neben sie und trat hinaus in die eisige sibirische Luft. Obgleich die Sonne hell von einem wolkenlosen blauen Himmel strahlte, spendete sie wenig Wärme.

Als er auf die Rollbahn hinuntersah, fiel ihm auf, wie präzise sie vom Tunnel aus zu der Stelle führte, wo das riesige Transportflugzeug mit den erhöhten doppelten Heckflügeln stand. Noch ein ganzes Stück von der AN-22 entfernt entdeckte er die *Sichel*, die auf ihrem Transporter gemächlich über die rissigen, von Generationen von Fliegern und Fahrzeugen abgenutzten Betonplatten der Piste rollte. Peter warf einen Blick auf seine Armbanduhr. In einer Stunde und vierzig Minuten würde der Chronometer detonieren – falls die wohlgeformte Explosionsladung nach all den Jahren tatsächlich zündete.

Als das Brausen der Hubschrauberrotoren an sein Ohr drang, wandte er sich um. Er beobachtete, wie die Maschine zur Landung ansetzte; kurz darauf berührten die Gleitkufen festen Boden. Während die Rotorblätter langsam ausschwangen, erschien auch schon ein Tanklaster, ein Mechaniker sprang heraus, entrollte einen Schlauch, schraubte den Tankdeckel des Helikopters ab und begann, die Maschine aufzutanken.

In der Halle hörte Oksana das metallische Klicken der sich öffnenden Aufzugstür und hob den Kopf. Sie sah, wie Pawel die Halle durchquerte und zu Mischa ging, der neben einem fettleibigen Kollegen stand. Ihr fiel sofort auf, mit welcher Dringlichkeit Pawel auf Mischa einredete. Dann bemerkte er wohl ihren Blick, denn er drehte sich rasch um, lächelte Oksana an und kam auf sie zu. »Bitte richten Sie Ihrem Vater die besten Grüße von mir aus«, sprach er sie höflich an. »Und passen Sie auf sich auf, Oksana.«

Jetzt trat Peter ebenfalls in die Halle, nickte Pawel zu und nahm seinen Aktenkoffer an sich. Mit der freien Hand faßte er Oksana am Ellbogen und führte sie zur Tür. Sobald sie draußen waren, schüttelte sie seine Hand ab und marschierte mit entschlossenen Schritten zum Helikopter. Es war nicht das VIP-Modell, das sie am Vormittag mit Nikolai hergebracht hatte, sondern eine Maschine, der man ihre vielen Dienstjahre deutlich ansah.

Als sie näher kamen, öffnete der junge Kopilot von innen die Schiebetür an der Seite des Hubschraubers und ließ eine Leiter herab. Ohne auf Peters stützende Hand zu achten, stieg Oksana ein und setzte sich auf die Bank hinter der Pilotenkanzel. Peter nahm neben ihr Platz und legte seine Hand auf ihr Knie, aber sie sprang abrupt auf, ging zur Bank gegenüber und kauerte sich dort ganz in die Ecke, so weit von Peter entfernt wie nur möglich.

»Oksana, vertrau mir doch.«

»Du hast mich betrogen und lächerlich gemacht«, rief sie wütend.

»Ich wollte doch nur bei dir sein.«

Der Pilot, der wesentlich älter war als sein Kopilot, drehte sich zu ihnen um. »Die Flugkontrolle hat gerade angerufen. Es steigen noch zwei Passagiere zu.«

Peter und Oksana legten gerade die Sicherheitsgurte an, als sie sahen, wie sich zwei Männer vom Empfangsgebäude her dem Helikopter näherten.

»Das ist Mischa«, rief Oksana. »Und dieser fette Idiot, den sie Pop nennen.«Die beiden Leibwächter sprangen in den Helikopter; Mischa setzte sich zu Oksana, während der schwabbelige Pop ihnen gegenüber neben Peter Platz nahm.

Peter steckte sich eine Zigarette an. Dann wandte er sich in seinem Sitz um.

»Können Sie den Direktor per Funk erreichen?« fragte er den Piloten.

»Ja. Er hat uns die Landeanweisung gegeben. Oh, er ist gerade dran.« Damit rückte der Pilot den Kopfhörer wieder zurecht, und Peter hörte zu, was er Wolkow mitteilte. »Ja, vier Personen. Drei Männer und eine Frau. Wir machen uns auf den Weg nach Irkutsk.« Er wandte sich an Peter. »Schließen Sie doch bitte die Tür.«

Peter beugte sich vor, so daß sein Gesicht fast das von Mischa berührte, und zog die Schiebetür zu. Die Turbomotoren dröhnten, als der Hubschrauber abhob, kurz nach vorn ruckte und dann rasch an Höhe gewann. Peter bemerkte, daß er aber noch immer über der Anlage des Dom kreiste.

Geschlossene Stadt ist schon der richtige Ausdruck, dachte er. Hier wird keiner nach Leichen suchen. Also warten die Gangster mit ihrem Vorhaben bestimmt nicht, bis wir fast in Irkutsk sind.

Anscheinend spürte auch Oksana, in welcher Gefahr sie schwebten, denn sie warf Peter einen ängstlichen Blick zu. Mischas Augen funkelten wie glühendes Höllenfeuer. Als der Hubschrauber aus der Horizontalen abschwenkte, rutschte sein Mantel ein wenig von der Schulter, und Peter sah das blauschwarze Glänzen eines Maschinengewehrlaufs – die verkürzte Ausgabe der AK-47. Mischa bemerkte Peters Blick und grinste böse. Dann warf er mit einer raschen Bewegung den Mantel ganz zurück, richtete die Waffe auf und preßte den Lauf in Peters rechte Seite. Der kalte Wind und das Dröhnen des Turbomotors, der die Rotorblätter antrieb, machte jede Form verbaler Verständigung unmöglich. Doch Mischas Absichten ließen sich auch ohne Worte kaum mißverstehen. Er stieß die Schiebetür auf und nickte zur offenen Tür, während er Peter mit dem Gewehrlauf schubste. Peters Zigarette glühte auf.

»Was zum Teufel geht hier vor?« schrie der Pilot, drehte sich in seinem Sitz um und starrte nach hinten.

Mischa warf ihm einen kurzen Blick zu, und Peter nutzte diesen Augenblick der Unaufmerksamkeit: Mit einer blitzschnellen Drehung gelangte er aus der Schußlinie und stieß gleichzeitig die Zigarette in Mischas Nasenloch.

Mischas Schrei übertönte den Motorenlärm. Eine ohrenbetäubende, blendend helle Salve flammte an Peters Seite auf und versengte das Fuchspelzcape, das er über seinem Mantel trug. Die Kugeln schlugen durch die Lehne der Steuerbank und trafen den Piloten in den Rücken; Blut spritzte auf die Windschutzscheibe, die im Kugelhagel zersprang. Oksana stieß einen schrillen Schrei aus, als der Helikopter jäh nach unten absackte, so daß die beiden Kämpfenden auf den Boden geschleudert wurden. Mischa stürzte auf Peter los, doch der verpaßte seinem Angreifer mit der Faust einen harten Schlag auf die Kehle.

Plötzlich schoß der Helikopter wieder nach oben, und Mischa taumelte nach hinten. Er umklammerte Peter, der ihm so heftig in den Bauch trat, daß er auf dem fetten Pop landete. Zum Glück hatte der Meisterschütze im Nahkampf nicht viel Erfahrung.

Der junge Kopilot brüllte sich die Lunge aus dem Leib, während er versuchte, den Steuerknüppel unter Kontrolle zu bekommen und den Hubschrauber wieder auf eine einigermaßen ebenmäßige Flugbahn zu lenken. Nun stürzte sich Pop auf Peter, doch im letzten Augenblick sah dieser aus dem Augenwinkel das Aufblitzen einer langen Messerklinge. Er warf sich zur Seite. Plötzlich hing er zu seinem Entsetzen mit Brust und Kopf aus dem Hubschrauber; aber noch hatte er mit Beinen und Füßen einen festen Halt. Er hörte nicht den Schrei des jungen Kopiloten, als Pop gegen den Sitz torkelte und dessen Messer nicht Peter, sondern den Oberschenkel des jungen Mannes traf. Jetzt kippte der Helikopter nach rechts; der Ruck warf Peter zurück in die Kabine und rettete ihn davor, Teil der Landschaft zu werden, auf die er gezwungenermaßen herabgestarrt hatte.

Wieder machte der Helikopter einen Satz, und Peter erhaschte einen kurzen Blick auf die Mündung des Maschinengewehrs, die zwischen den beiden Sitzen hervorlugte. Er versuchte die Waffe zu packen, aber Mischa war schneller. Einen Moment lang konnte Peter den Killer noch ablenken, indem er sich den Fuchspelz von den Schultern riß und seinem Gegner an den Kopf warf, aber dann war die Gewehrmündung direkt vor ihm. Merkwürdigerweise kam jedoch kein Feuer heraus. Ein schneller Seitenblick zeigte Peter, daß Oksana ihre nickelbeschlagene Parabellum gegen den kurzgeschorenen Haaransatz des Georgiers drückte. Ein paar Sekunden verharrte Mischa reglos, dann wandte er den Kopf, und die Kugel traf ihn direkt in die Stirn.

Qualm kräuselte sich aus seinem Hinterkopf, Blut rann langsam aus beiden Nasenlöchern. Dann krampfte sich sein ganzer Körper zusammen, und er stürzte nach hinten. Als der Hubschrauber sich das nächstemal schräg legte, rutschte die Leiche aus der offenen Schiebetür und verschwand.

Peter sank zwischen die Sitze und starrte auf Pops Rücken. Der fette Schläger lag über dem Sitz, zwei blutgetränkte Einschußlöcher im Rücken. Oksana hatte zuerst ihn und dann Mischa erschossen.

Wie angewurzelt standen Pawel und seine Männer, zu denen sich noch der Wachoffizier gesellt hatte, auf dem Landeplatz des Doms. Sie starrten in den Himmel hinauf und beobachteten verwundert die Kapriolen des altgedienten Hubschraubers.

»Was zum Teufel ist denn da oben los?« brummte der Wachoffizier. Pawel antwortete nicht. Der Offizier jedoch drehte sich um und lief zu seinem Posten, um Funkkontakt zu Wolkow aufzunehmen. In diesem Moment sah man undeutlich etwas aus der Seite des Hubschraubers hängen, was jedoch kurz darauf wieder verschwand.

Wenige Augenblicke später fiel eine menschliche Gestalt aus dem schlingernden Helikopter und stürzte zu Boden. »Das wäre also erledigt«, brummte Pawel. Der dumpfe Aufprall des Körpers auf der anderen Seite der Hubschrauberpiste war unüberhörbar.

»Verflucht!« schrie Pawel. »Verdammte Scheiße. Beeilt euch, Jungs, schmeißt ihn die Klippen runter.«

Die Männer rannten los; Pawel folgte langsam und wartete darauf, daß auch der zweite Körper vom Himmel fiel. Aber dieser hatte es offensichtlich nicht eilig.

»Mist!« murmelte er. »Ob die da oben das Mädchen vielleicht erst vergewaltigen?« Der Gedanke, daß Oksana aus dem Hubschrauber stürzte, war ihm höchst unangenehm, und er wünschte sich, es wäre rasch vorbei.

Da erschien der zweite Körper und stürzte auf das felsige Plateau hinunter. Einen Moment starrte Pawel in die Luft, dann ließ er einen Schwall von Schimpfwörtern los. Das konnte nur der fette Pop sein!

Pawels Männer standen bereits gestikulierend über der ersten Leiche, einem großen, dünnen Mann, dessen schwarzer Mantel vom Wind weggerissen worden war. Aus dem zerschmetterten Schädel starrten die schwarzen Augen blicklos in den Himmel, aber das blutverkrustete Gesicht war unverkennbar das von Mischa. Und dann schlug auch schon der zweite Körper auf den Felsen auf.

»Heiliger Strohsack!« knurrte einer der Ganoven. »So eine Scheiße! Und er konnte mit der Kanone umgehen wie sonst keiner!«

»Diese verfluchten Arschlöcher«, schimpfte ein anderer. »Dafür werden sie bezahlen.«

Als sich die Männer zu Pawel umdrehten, bemerkten sie, daß er fast zärtlich lächelte.

»Boß, was machen wir jetzt?«

Fast unhörbar murmelte Pawel vor sich hin: »Tja, Leute. Sie ist eben eine tolle Frau!« Dabei blickte er zu dem Hubschrauber hinauf, der noch immer in wildem Flug den Dom umkreiste.

Jetzt gab es für Pawel nur noch einen Weg. Jap hat wirklich eine erstaunliche Fähigkeit, für alle Eventualitäten vorzusorgen, dachte er, während er zum Funktelefon an seinem Gürtel griff.

50

Der kleine lädierte Helikopter schwebte immer noch über dem Dom. Ein kalter Luftstrom brauste durch die von den Kugeln zersplitterte Windschutzscheibe auf der Pilotenseite ins Cockpit. Peter bemühte sich um den Kopiloten und fand unter dem Pilotensitz tatsächlich den vorgeschriebenen Verbandskasten. Nachdem er Pops Leiche hinausgestoßen und wenigstens die Schiebetür gegen den eisigen Wind geschlossen hatte, war ihm aufgefallen, daß der Messergriff noch aus dem Bein des jungen Mannes ragte. Oksana umklammerte die Rückenlehne des Pilotensitzes; ihre langen Haare flatterten im Wind, die rechte Hand hielt noch immer die silberne Pistole.

Das ganze Cockpit war voller Blut; der Kopilot stöhnte leise. Mühsam zerrte Peter den toten Piloten vom Armaturenbrett und legte ihn vor die beiden Passagierbänke. Dann kletterte er selbst in den Steuersitz und versuchte, den Kurs der Maschine einigermaßen gerade auszurichten.

»Oksana«, rief er laut, »hilf mir doch bitte mit dem verletzten Jungen.«

Sie streckte den Kopf zwischen den Sitzen durch. »Er verliert Blut, Peter«, erwiderte sie verzweifelt. »Du mußt etwas unternehmen, sonst stürzen wir ab.«

»Zieh den Gürtel aus der Hose des Piloten.«

Peter konzentrierte sich ganz auf die Steuerung, denn der Hubschrauber schwankte gefährlich. Inzwischen hatte Oksana den Oberschenkel des Jungen mit dem Gürtel des Toten abgebunden. »Kannst du ihm jetzt das Messer herausziehen?« rief sie.

Peter schüttelte den Kopf. »Das würde ihm solche Schmerzen verursachen, daß er den Hubschrauber zum Kippen bringt, und außerdem könnte die Blutung schlimmer werden.«

Mit den Knien hielt er den Steuerknüppel ruhig und durchforschte weiter den Verbandskasten. Zu seiner Überraschung entdeckte er eine Handvoll Einwegspritzen. Auf der Packung stand »Promedol 1 %« – ein effektives Morphium-Surrogat. Kurz entschlossen zog Peter die Kappe von der Nadel und stach sie dem Kopiloten von oben ins Handgelenk. Schon nach wenigen Augenblicken begann sich das gequälte Gesicht des Kopiloten zu entkrampfen, und er lehnte sich erleichtert in seinen Sitz zurück.

»Ganz ruhig bleiben, mein Junge«, sagte Peter. Dann griff er in seine Brusttasche und zog ein in der Mitte mit Klebeband zusammengehaltenes Bündel Hundertdollarnoten heraus. Er hatte etwas von den Blüten aufgehoben, für den Fall, daß er plötzlich harte Währung brauchte. Jetzt hielt er dem Jungen das Bündel vor den Mund.

»Beiß hier drauf, Junge. Und zwar kräftig.«

»Peter, was machst du denn da?« rief Oksana. »Das ist gutes Geld!«

»Das denkst du vielleicht«, antwortete er nur und flüsterte dann ins Ohr des Kopiloten: »Durchhalten, Junge.«

Der junge Mann biß fest auf die Geldscheine, Peter packte den Messergriff mit beiden Händen und riß den blutigen Dolch mit einem solchen Ruck heraus, daß er auf den Pilotensitz geschleudert wurde. Der Kopilot schrie laut auf, der Hubschrauber geriet wieder ins Schlingern und neigte sich gefährlich zur Seite. Um Haaresbreite hätten sie die Baumwipfel gestreift, doch im letzten Moment schoß der Hubschrauber abrupt in die Höhe. Als Peter die Maschine wieder einigermaßen auf Kurs gebracht hatte, zog er die Kappe von einer weiteren Spritze und verabreichte dem Verletzten eine zweite Dosis des Schmerzmittels.

»Wie kann ich mit Direktor Wolkow Kontakt aufnehmen?« fragte er den Kopiloten, als der sich inzwischen etwas entspannt hatte.

»Über Funk. Setzen Sie die Kopfhörer auf. Er steht die ganze Zeit auf der Frequenz des Doms. Der Direktor hat gesagt, er will uns den ganzen Nachmittag im Auge behalten. Wählen Sie 321. Himmel, bin ich durstig.«

Inzwischen war die *Sichel* auf ihrer mobilen Abschußrampe nur noch etwa hundert Meter von der AN-22 entfernt. Der für die Verladung zuständige Oberst kontrollierte die Papiere, die ihm der Hauptmann der Übernahmetruppe überreichte. Er setzte seine Unterschrift unter die Dokumente, steckte einen Satz Kopien in die Tasche und gab das Original zurück. Dann marschierte er zu seinem Stabswagen, der dem Transport bis zum Auslieferungspunkt gefolgt war und jetzt den Fahrer und seinen Assistenten zum Dom zurückbringen würde.

»Rufen Sie Direktor Wolkow an und sagen Sie ihm, wir sind bereit zur Verladung«, befahl der Oberst seinem nächsten Untergebenen.

Jap spielte mit einem Stapel Banknoten, Plotnikow und Zekki saßen auf Stühlen an der Wand, und alle warteten darauf, daß Pawel endlich vom Empfangsgebäude zurückkehrte. Wenn das Raketensystem verladen war, würden sie der AN-22 per Funk mitteilen, daß sie starten und über das Kaspische Meer ihr endgültiges Ziel – den Irak – anfliegen konnte. In seinem Büro hatte Wolkow gerade dem Oberst die Anweisung erteilt, mit der Verladung zu beginnen, als sein auf die Hubschrauberfrequenz eingestelltes Funktelefon summte. Er nahm das Gespräch entgegen.

Der Hubschrauber flog nun ruhig und gleichmäßig, denn dank des Schmerzmittels konnte der Kopilot ihn wieder einigermaßen unter Kontrolle halten.

Jetzt hatte Peter Zeit, wütend zu werden. Er hatte gewußt, daß Jap ein gefährlicher Krimineller war, aber trotzdem noch geglaubt, daß er so etwas wie Anstand besaß. Er konnte den Drahtzieher der Moskauer Mafia nicht dafür verdammen, daß er sich eines Feindes entledigen wollte, den er sowohl für einen Cop als auch für einen Geschäftskonkurrenten hielt. Aber Oksanas Tod anzuordnen, war so feige und hinterhältig, daß es nach Vergeltung schrie.

Peter versuchte sich auf seinen eilig zusammengestellten Plan zu konzentrieren. Nachdem er die Kopfhörer aufgesetzt hatte, wählte er die Nummer 321 und hörte im nächsten Augenblick schon Wolkows Stimme. »Bitte kommen«, sagte der Direktor.

Mit absolut ruhiger Stimme begann Peter: »Direktor Wolkow, kann jemand mithören?«

»Nein, wir sind in einem geschlossenen Stromkreis.« Ein kurzes Schweigen folgte. »Basil«, fuhr Wolkow dann mit nervöser Stimme fort, »Basil, sind Sie das? Sie klingen so seltsam.«

»Hören Sie gut zu, Direktor Wolkow. Tun Sie nichts, womit Sie Jap argwöhnisch machen könnten. Ich weiß, daß er bei Ihnen ist.«

»Stimmt.«

»Hier spricht Peter Nichilow aus dem Helikopter. In der letzten Stunde ist viel passiert, aber ich will keine Zeit verschwenden. Betätigen Sie möglichst unauffällig den Alarmknopf an Ihrem Schreibtisch. Sie werden Hilfe brauchen. Und nennen Sie mich weiter Basil.«

»Verstanden, Basil.«

Wolkow zögerte keinen Augenblick, die Anweisungen des Amerikaners zu befolgen, die dieser so ruhig und mit solcher Autorität in perfektem Russisch erteilte. Er streckte die Hand nach einem Aktenstapel aus, und während er ihn zu sich zog, glitten seine Finger auch über den Alarmknopf.

»Wie ist Ihre Position, Basil?«

»Wir kreisen über dem Dom. Hören Sie gut zu. Das Geld, das Jap Ihnen gegeben hat, ist gefälscht.«

Der entsetzte Ausdruck, der über Wolkows Gesicht zog – er riß die Augen weit auf, biß die Zähne zusammen, und seine Kiefer zuckten krampfhaft –, löste in Japs Kopf sofort ein Alarmsignal aus. Er trat an den Schreibtisch, um Näheres zu erfahren. Instinktiv witterte er Schwierigkeiten.

»Wolkow!« Peters Stimme kam deutlich aus dem Hörer, den der Direktor fest ans Ohr preßte. »Ich habe Ihnen ebenfalls Falschgeld gegeben, das die Milizija bei einer Razzia in Japs Falschgeldfabrik konfisziert hat. Überprüfen Sie die Seriennummern auf Japs Scheinen. Sie schließen an die auf den Scheinen an, die Sie von mir haben. Es können sogar ein paar Duplikate dabei sein. Sie können sich retten, wenn Sie ...«

Plötzlich hörte Peter Japs harte Stimme über das Funktelefon. »Hallo, Basil. Was ist denn los da oben?« Offensichtlich war er zu dem Schluß gekommen, daß tatsächlich etwas nicht stimmte, und hatte dem Direktor den Hörer weggenommen.

Peter antwortete nicht, aber er hörte plötzlich Lärm und Tumult in Wolkows Büro. Dann war die Verbindung unterbrochen.

Vier uniformierte Wachen stürzten herein, die Maschinenpistolen im Anschlag. »Was zum Teufel hast du vor, Hamster?« schrie Jap. »Was soll das?«

»Keiner rührt sich hier. Ich muß etwas überprüfen. Aber zuerst –« Er unterbrach sich und wählte eine Nummer auf dem Funktelefon.

Im gleichen Augenblick hielt Jap unauffällig sein eigenes kleines Funkgerät an die Lippen. »Plan zwei. Sofort.« Mehr sagte er nicht.

»Plan zwei ist bereits in Aktion«, antwortete Pawels Stimme.

Die *Sichel* hatte soeben die Rampe erreicht, die in den gigantischen Frachtraum der AN-22 Super-Frachtmaschine führte, als sich das Funktelefon auf dem Armaturenbrett mit einem

Summen meldete. Es war die direkte Verbindung zu Wolkows Büro. Der Oberst nahm ab. Er parkte direkt hinter dem riesigen Transporter, der sich schon bereitmachte, durch die Öffnung ins Flugzeug hineinzufahren.

»Oberst«, hörte er die laute Stimme des Direktors, »erklären Sie es zur Übung für den Ernstfall, aber bringen Sie das Ding zurück. Und zwar sofort! Ich möchte, daß es so schnell wie möglich wieder im Lager ist. Wie lange werden Sie brauchen?«

»Eine knappe Stunde, Direktor.«

»Dann nichts wie los!«

Damit knallte Wolkow den Hörer auf die Gabel und eilte in den Konferenzraum. Jap wollte ihm folgen, aber der Direktor gab seinen Soldaten mit einem Wink zu verstehen, sie sollten Jap den Weg versperren.

Wolkow schloß die Tür hinter sich und ging zum Safe, in dem er die Viertelmillion von Peter Nichilow aufbewahrt hatte, und stapelte die Bündel auf den Konferenztisch. In weniger als fünf Minuten hatte er herausgefunden, daß die Seriennummern auf den Scheinen, die er von dem Amerikaner erhalten hatte, tatsächlich genau an die aus den Bündeln anschlossen, die Jap ihm gegeben hatte.

Vielleicht, dachte er hoffnungsvoll, vielleicht gab es trotzdem irgendeine vernünftige Erklärung. Er wollte sich der bitteren Wahrheit einfach nicht stellen.

Fieberhaft wühlte er in den Geldscheinen herum, und dann, als hätte man ihn mit einem Knüppel über den Kopf geschlagen, war die Illusion vom leicht verdienten persönlichen Reichtum zerstört: In den Händen hielt er zwei Hundertdollarscheine mit der gleichen Seriennummer, Zwillingsscheine, einen von Jap, einen von Nichilow. Selbst wenn einer davon echt war, mußte der andere eine Fälschung sein. Diese Tatsache ließ sich unmöglich leugnen.

Er ließ sich schwer auf seinen Ledersessel fallen, die Geldscheine fest in den Fingern, und sein Herz klopfte heftig. Auf einmal fiel es ihm wie Schuppen von den Augen. Japs übergroßzügige Geldangebote, der seltsame Entschluß, den Amerikaner laufen zu lassen ... und auch das blinde Vertrauen, mit dem der Amerikaner die Viertelmillion ausgegeben hatte. Wie konnte das nur passiert sein: Man hatte zwei hartgesottene Veteranen des Betrugsgeschäfts, ihn selbst und seinen Kumpel Martinow, einfach ausgetrickst! Dann kam ihm ein anderer schrecklicher Gedanke. Vielleicht steckte Martinow mit Jap unter einer Decke? Kein Wunder, daß der alte Ganove sich ausgerechnet heute am Zahltag ferngehalten hatte – er wollte nicht in Machenschaften verwickelt werden, die ihn eventuell belasten konnten!

Jetzt ging es nur noch um Schadensbegrenzung. Er mußte rasch nachdenken. Wenn er es richtig einfädelte, konnte er vielleicht doch noch erreichen, daß Jap am Ende das Nachsehen hatte, während er, Wolkow, einen Batzen echtes Geld einsackte. Irgendwann würden die Iraker Jap mit Bargeld und Kreditbriefen bezahlen. Wie ein rasender, verwundeter Eber sprang der Direktor auf die Füße und rannte zurück in sein Büro, in jeder Hand einen Packen Hundertdollarscheine.

51

»Wie geht's?« erkundigte sich Peter. Er mußte schreien, damit der Kopilot ihn trotz des Motorenlärms verstehen konnte.

Der junge Mann fühlte sich dank der Schmerzspritze wesentlich besser. »Sind Sie auch Pilot?« fragte er.

»Eigentlich nicht. Ich hatte fünf Flugstunden – für Notfälle.«

»Es hat jedenfalls gereicht, um uns aus der Klemme zu holen.«

Die Rotorblätter drehten sich gleichmäßig, und nach den schrecklichen Augenblicken, in denen sie in der Luft herumgeschlingert waren, hatte Peter jetzt den korrekten Kurs nach Irkutsk eingeschlagen. Momentan schwebten sie allerdings noch über dem Bereich des Doms. Peter lächelte Oksana zu, die versuchte, ihr Haar in Ordnung zu bringen und sich dabei vor dem Wind duckte, der durch die durchschossene Windschutzscheibe hereinpfiff. Als sie zurücklächelte, schlug sein Herz vor Freude höher.

Er warf einen Blick auf seine Armbanduhr. In weniger als einer halben Stunde würde die kleine, hocheffektive, als übergroße Taschenuhr getarnte Sprengladung die fünfundsechzigtausend Pfund Festbrennstoff zur Zündung bringen, und die Explosion würde mit Sicherheit das Frachtflugzeug und alles in seiner näheren Umgebung vernichten – immer vorausgesetzt natürlich, daß das Gerät noch funktionstüchtig war.

»Wie lange brauchen wir bis in die Stadt?« fragte Peter.

»Etwa vierzig Minuten«, antwortete der Kopilot. »Warum fragen Sie? Sie sind die Strecke doch schon geflogen.«

»Damals hatten wir einen ganz anderen Zeitplan. Beeilen wir uns«, drängte Peter, während er zu der AN-22 auf der Rollbahn zurückblickte.

Auf dem Hubschrauberlandeplatz des Doms sprach Pawel in sein Funkgerät, als er plötzlich höchst überrascht bemerkte, daß sich die Abschußrampe mit der *Sichel* zurück zum Dom bewegte. Ihm war klar, daß in Wolkows Büro etwas vorgefallen sein mußte, sonst hätte Jap ihn nicht eigens angefunkt und den Notfall ausgerufen.

Noch immer standen auf dem Landeplatz einige von Japs besten Schützen, aber Pawel hielt es nicht für angeraten, seinen Posten zu verlassen und damit das Risiko einzugehen, daß er irgendwo in der Fabrikanlage in etwas Unvorhergesehenes verwickelt wurde.

In kluger Voraussicht hatte Jap zwei Reservehubschrauber organisiert und sie angewiesen, sich zwischen Irkutsk und Krasnow 86 bereitzuhalten. Es waren Mi-24 D-Modelle, die ursprünglich dafür gebaut waren, acht Soldaten an die Front zu transportieren. Das vierläufige 12.7 Millimeter Maschinengewehr in der Kanzel und die beiden 75 Millimeter Raketenwerfer waren zwar entfernt worden, aber beide Maschinen hatten erfahrene Schützen an Bord.

Irgend etwas stimmte nicht. Daß sich jetzt die mobile Abschußrampe zum Dom zurückzog, war der endgültige Beweis dafür. Pawel beschloß, Jap anzufunken, stellte sich in eine Ecke des Empfangsgebäudes und bediente den Rufknopf.

»Was ist los, Nummer eins?«

»Du mußt Nichilow aufhalten, um jeden Preis. Der Hamster hat durchgedreht und ...«

Abrupt brach die Verbindung ab.

Pawel trat wieder aus dem Gebäude in die Kälte hinaus, schlug den Mantelkragen hoch, ging zum Rand des Landeplatzes und blickte hinunter auf die Piste. Besorgt mußte er feststellen, daß die mobile Abschußrampe ihre Last schon fast zurück in den Tunnel geschleppt hatte. Als er aufsah, bemerkte er, daß der Helikopter des Doms von der geschlossenen Stadt in Richtung Irkutsk schwenkte. Das wilde Auf und Ab, während erst Mischa und dann Pop herausgefallen oder herausgeworfen worden waren, deutete darauf hin, daß ein heftiger Kampf stattgefunden hatte. Und irgendwie hatte der Amerikaner anscheinend gesiegt.

Pawel wies einen der beiden Reservehelikopter an, über der AN-22 Frachtmaschine zu kreisen, für den Fall, daß die Wachen des Dom versuchten, sie zu stürmen. Der zweite, in dem Fofa, Japs alter Schläger aus Tulun, saß, sollte den Dom-Hubschrauber einholen und abschießen – niemand durfte lebend davonkommen.

Unterdessen war der Dom-Hubschrauber schon unterwegs nach Irkutsk. Plötzlich deutete der Kopilot nach vorn, und Peter sah in der Ferne einen großen Armeehubschrauber, der aus Richtung Stadt direkt auf sie zuflog. Ohne weiter darüber nachzudenken, nahmen sie eine leichte Kurskorrekur vor, damit sie in einem großen Bogen um die sich nähernde Maschine herumfliegen konnten. Doch Peter mußte verwundert feststellen, daß auch der andere Helikopter seine Flugrichtung änderte und auf Kollisionskurs blieb.

»Wir müssen an Höhe zulegen«, rief Peter über die Funkanlage und versuchte noch einmal, den Direktor zu erreichen. Ohne Erfolg.

Der Kopilot zog den Steuerknüppel nach hinten, justierte die Rotoren, und der Hubschrauber stieg in den Himmel hinauf. Aber die entgegenkommende Maschine tat das gleiche.

Rasch näherten sich die beiden Hubschrauber einander. Nichts Gutes ahnend beobachtete Peter, wie sich die Türen des Armeehelikopters öffneten, und zwei Maschinengewehrläufe erschienen.

»Wenden, Mann!« rief Peter. »Mit voller Kraft zurück zum Dom!«

Als der Kopilot die Maschine herumriß, gab der feindliche Helikopter die ersten Salven ab. Peter hatte kaum Zeit, vom

Pilotensitz zu rutschen, Oksana zu packen und sich mit ihr neben den toten Basil auf den Boden zu werfen. Ein paar Kugeln durchlöcherten die seitliche Hubschrauberwand.

»Aufsteigen, Mann!« schrie Peter. »Zurück zum Dom! Am Berg haben wir gegen sie eine Chance, aber hier am offenen Himmel sind wir verloren!«

»Scheiße!« schrie der Kopilot. »Hört dieser Mist denn heute gar nicht mehr auf?«

»Lieber Gott,« flüsterte Oksana. »Wir werden sterben.«

Peter sah auf seine Armbanduhr. In wenigen Augenblicken mußte der Chronometer explodieren. Schützend legte er den Arm um Oksana.

Langsam rollte die Rakete auf ihrer Abschußrampe rückwärts durch den Tunnel in die Lade- und Auslieferungshalle. Es war eine mühselige Prozedur, bei der die Fahrer dauernd in den Rückspiegel sehen und den Kopf zum Fenster hinausstrecken mußten, aber es war immer noch einfacher, als das schwerfällige Vehikel auf der Rollbahn zu wenden.

Auf Wolkows Anweisung hatte der Stabswagen kehrtgemacht und begleitete jetzt den Raketentransport zurück. Der Oberst gähnte. Ihm war die Sache äußerst lästig, und er verstand nicht, weshalb man ihm befohlen hatte, die Rakete in den Dom zurückzutransportieren. In den ganzen fünf Jahren, die er bereits im Dom stationiert war, hatte man heute zum erstenmal ein Waffensystem herausgeholt, zum Frachtflugzeug gebracht und wieder zurückgefahren. Noch etwa zehn Minuten Weg trennten sie von der Lagerhalle tief im Granitfelsen des Doms, als der verlängerte Aufenthalt in der Kälte seine Wirkung auf den Oberst tat: Er mußte dringend pinkeln.

Unter den gegebenen Umständen war das kein großes Problem. Sie waren zwar ganz in der Nähe der Halle, aber noch längst nicht in Sichtweite. Entlang der Wand gab es tiefe Rinnen im Boden. Eine Reinigungskolonne wischte täglich die endlosen Tunnel, Labore, Hallen und Gänge, denn das Wasser wusch die hauchdünne radioaktive Staubschicht weg, die zu einer tödlichen Gefahr werden konnte, wenn man sie nicht regelmäßig entfernte.

Für das Personal des Doms waren diese Vorsichtsmaßnahmen eine willkommene Einladung, die Tunnels als Toilettenersatz zu benutzen. Das wiederum ärgerte die leitenden Angestellten – die ihre privaten Toiletten hatten –, und wenn ein Arbeiter dabei erwischt wurde, wie er in einem Tunnel seine Notdurft verrichtete, wurde er streng bestraft. Dennoch gewann die Natur letztlich die Oberhand über alle Verbote und Erlasse.

Ohne weiter nachzudenken, ließ der Oberst den Konvoi anhalten, kletterte aus dem Stabswagen und trat an die Rinne. Auch der Fahrer des Transporters stieg aus und gesellte sich zu ihm. Gerade als die beiden Männer den Reißverschluß ihrer Hose herunterzogen, hörten sie ein scharfes Knacken irgendwo an der Oberfläche der *Sichel.*

Von seinem Standort auf dem Landeplatz beobachtete Pawel die unerwartete Rückkehr des Hubschraubers, in dem Peter und Oksana saßen. In knappem Abstand folgte ihnen eine von Japs Reservemaschinen, die sich offensichtlich um eine gute Schußposition bemühte. Pawel blickte hinunter zu der AN-22 auf der Rollbahn und sah, daß sich ihr ein gepanzerter Truppentransporter näherte. Jetzt ist der Hamster wohl endgültig übergeschnappt, dachte er, jetzt schickt er schon seine Soldaten zu Japs Frachtmaschine. Was konnte den Direktor zu diesem Schritt veranlaßt haben? Aber was auch der Grund für diese Maßnahme sein mochte – Pawel hatte in jedem Fall zwei Helikopter mit bewaffneten Sechsern zur Verfügung und war damit – wenigstens für den Moment – Herr der Lage.

Er wies per Funk den zweiten Hubschrauber an, über dem gigantischen Frachtflugzeug zu kreisen, das immerhin das

Kernstück von Japs Plan darstellte. Die von Fofa angeführten Schützen in dem Helikopter mußten eigentlich spielend mit dem kleinen Hubschrauber fertig werden, der da oben verzweifelt ums Überleben kämpfte.

Peter hatte nicht damit gerechnet, daß Jap so viele Trümpfe in der Hand hielt. Die Armeehubschrauber mit den Scharfschützen waren eine wirklich unangenehme Überraschung. Jedesmal wenn der Feind ihnen wieder dicht auf den Fersen war, ließ der Kopilot den Dom-Hubschrauber jäh nach unten absacken, und wenn die größere Maschine das Manöver nachvollzogen hatte, schoß die kleinere bereits wieder in den Himmel empor.

Fofa und seine Männer hatten unterdessen mit ihren eigenen Schwierigkeiten zu kämpfen. Der große Hubschrauber war alt, seine Waffen ausgemustert. Um die kleine Libelle zu erwischen, mußten sie sie erst einmal einholen und dann mit den kleinen Maschinengewehren aus der offenen Schiebetür feuern. Um aus beiden Richtungen schießen zu können, öffneten sie die Türen auf beiden Seiten des Hubschraubers, was allerdings den unerwünschten Nebeneffekt hatte, daß ein heftiger Wind durch die Kabine fegte, wodurch die Schützen aus dem Gleichgewicht gerieten und nicht genau zielen konnten.

Trotz dieser Probleme, mit denen keiner der Straßengangster bisher je konfrontiert gewesen war, ballerten sie weiter. Wieder wurde der kleine Hubschrauber von einer Salve getroffen. Der verletzte junge Mann am Steuerknüppel schrie auf und riß die Maschine im gleichen Moment nach links in die Tiefe, als Peter Basils Leiche aus der Tür schubste, damit kein unnötiger Ballast die Wendigkeit des Helikopters beeinträchtigte.

»Wir haben einen erwischt!« meldete der Gangsterpilot über Funk an Pawel.

»Dann holt euch die übrigen auch noch!« antwortete Pawel, der den Kampf in der Luft vom Landeplatz aus beobachtete.

Jetzt stieg die kleinere Maschine am Berg empor, der über dem Rollfeld aufragte, und der schwerfällige Hubschrauber voller Scharfschützen folgte ihm.

»Wir gehen runter, fliegen um den Berg herum, bis sie wieder hinter uns sind, dann steigen wir schnell wieder auf«, rief der Kopilot. Doch der gegnerische Pilot war nicht weniger einfallsreich. Fofas Maschine schlug die entgegengesetzte Richtung ein, so daß er in einer weiten Kurve direkt am Berg über dem Hubschrauberlandeplatz in eine perfekte Schußposition gelangte.

»Dem Mutigen hilft Gott!« schrie Oksana in Peters Ohr, und ihr Gesicht leuchtete. Während der junge Kopilot vom Berg wegsteuerte und den Hubschrauber nach oben riß, direkt über die Salven hinweg, drückte Peter sie eng an sich. Doch der Armeehubschrauber ließ ihnen keine zweite Chance, sich hinter dem Abhang zu verstecken und stürzte sich auf die kleinere Maschine, um endlich den tödlichen Schlag zu führen.

Der Oberst im Tunnel bekam plötzlich solche Angst, daß sich seine Blase entleerte, noch ehe er den Hosenschlitz vollständig geöffnet hatte. Entsetzt starrte er auf das rote Glühen, das sich im Innern der Rakete ausbreitete. Die riesige Röhre war zwar hermetisch abgedichtet, aber man sah, wie sich auch die Nähte des Behälters rot verfärbten, in denen die siebzehn Tonnen Festbrennstoff steckten. Der große rotglühende Fleck auf der Seite des Raketengehäuses wurde mit atemberaubender Geschwindigkeit größer; schon blätterten die äußeren Stahlschichten ab und wölbten sich nach außen, wie eine gigantische, metallene Blumenknospe, die sich im Zeitraffertempo öffnete.

Mit hochrotem Kopf und schwer atmend stützte sich Wolkow auf seinen Schreibtisch. Um ihn herum lagen Hundertdollarscheine, die er in seiner Wut in alle Richtungen verstreut hatte.

Ihm gegenüber stand Jap – vollkommen ruhig, die Hände in den Taschen, den Regenmantel über einer Schulter. Sein spöttischer Gesichtsausdruck brachte Wolkow endgültig zur Weißglut. Zekki saß in einer Ecke des Büros, die Hände zwischen die Knie gepreßt, und seine Augen wanderten zwischen den von ihm produzierten grünen Scheinchen und dem wutentbrannten Gesicht des Direktors hin und her. Auch Plotnikow schien sich Sorgen um Leib und Leben zu machen und starrte hilfesuchend zu den bewaffneten Wachen.

»Hier ist mein Vorschlag«, zischte Wolkow. »Ich werde Sie erst dann aus meiner Gastfreundschaft entlassen, wenn der Preis für das Waffensystem in echten Scheinen abgegolten ist. Ich gebe Ihnen zwei bis drei Tage, um entsprechende Maßnahmen einzuleiten.«

»In so kurzer Zeit kann man unmöglich soviel Geld zusammenbekommen«, sagte Jap. »Und wenn ich noch länger hierbleibe, wird man sich Sorgen um mich machen.«

»Wer sollte sich denn Sorgen um Sie machen?«

Jap lächelte ihn freundlich an. »Meine Leute.«

Auch Wolkow setzte ein liebenswürdiges Lächeln auf. »Ihre Leute sind weit weg. Aber meine Wachen sind hier! Versuchen Sie nicht, mich einzuschüchtern.«

»Man merkt, daß Ihnen die Erfahrung im Erpressergeschäft fehlt«, meinte Jap gelassen. »Bevor Sie eine Forderung stellen, müssen Sie sich immer erst vergewissern, daß Ihr Opfer auch in der Lage ist zu bezahlen.«

»Ich sitze hier auf einer Menge Atomwaffen. Sie auf einem Berg Geld. Deshalb sollten wir auch in der Lage sein, einen ehrlichen Handel abzuschließen.«

»Ich muß mich aber frei bewegen können, wenn ich Kontakt zu meinen Verbindungsleuten in Bonn, Zürich, Frankfurt und überall in Europa aufnehmen soll.«

»Ich gebe Ihnen ein Telefon, über das Sie frei verfügen können.« Wolkow deutete auf den Apparat.

Jap wandte sich vom Schreibtisch ab, und Wolkow wollte gerade den Wachen einen Befehl zubrüllen, als zur Verblüffung sämtlicher Anwesenden das gesamte Mobiliar einen Sprung in die Luft machte wie ein wildgewordenes Känguruh. Der schwere Schreibtisch brachte den Direktor zu Fall und rammte mit einem lauten Krachen die gegenüberliegende Wand. Zekki stieß eine schrillen Schrei aus, als sich der Fußboden um mindestens dreißig Zentimeter hob und zur Seite rutschte. Alle verloren den Halt unter den Füßen; eine gigantische Druckwelle jagte durch den Granitfelsen. Wie Zinnsoldaten lagen die Wachen auf dem bebenden Steinboden, große Brocken Putz brachen von der Decke.

Die Startraketen, auf denen Peter seinen Zünder plaziert hatte, bestanden aus Oxidatoren in Kristallform, Aluminiumpulver und einer synthetischen Gummiverbindung, die verhinderte, daß Luft an die Aluminiumteilchen kam. Sobald die kleinen Teilchen bei einer Detonation mit Sauerstoff in Berührung kamen, gerieten sie sofort in Brand.

War der Brennstoff erst einmal entzündet, hörte er von selbst nicht mehr auf zu brennen und produzierte eine Gasmasse mit Temperaturen von fast achthundertzwanzig Grad Celsius. Solche Temperaturen erzeugten in der Antriebsdüse der Rakete einen Druck von neunhundertdreißig Atmosphären. Eine unkontrollierte Explosion der gesamten Masse jedoch verursachte einen Druck von sechshundertsechzigtausend Atmosphären.

Beim Start flog die Rakete mit einer Höchstgeschwindigkeit von 8,5 Kilometern pro Sekunde und erreichte in einer halben Minute eine Höhe von hundertsechzig Kilometern. Die Fragmente einer explodierenden Rakete waren natürlich noch wesentlich schneller.

Im Handumdrehen erfüllte eine Feuerwand den Tunnel; der Oberst und seine Männer waren auf der Stelle tot. Flammen drangen in die Lagerhalle und verwandelten sie in einen riesigen Schmelzofen. In alle Richtungen flogen weiße Tröpfchen geschmolzenen Metalls, und auch die Köpfe der in der Halle eingeschlossenen Arbeiter explodierten sofort, weil die Gehirnmasse zu kochen begann und die Schädelknochen einfach sprengte. In Sekundenbruchteilen brausten Flammen und geschmolzenes Metall durch den kreisförmigen Tunnel, der den Dom umschloß, Schienen krümmten sich zu weißen, glühendheißen Spiralen und verbanden sich mit den Tunneldecken, Leitungen und Kabeln, die an der Wand entlangführten, brannten wie Stroh und verursachten eine Kettenreaktion von Kurzschlüssen.

Die Explosion von fünfunddreißigtausend Pfund Festbrennstoff zerstörte jedoch nicht den Gefechtskopf des Waffensystems; im Gegenteil – er wurde gestartet und schoß aus dem gigantischen Felsgang des Granitberges wie eine Kugel aus einem Lauf, einen Feuerball hinter sich herziehend wie einen Kometenschweif, verbrannte die Wachen am Eingang und zerfetzte die dreißig Tonnen schweren Doppelstahltüren in tausend Stücke.

Blitze zuckten aus der Öffnung am Fuß des Doms, warfen Tanklaster um, als wären es Spielzeugautos, drangen zu den gepanzerten Truppentransportern mit den für die AN-22 bestimmten Soldaten vor und zerstörten alles. Wie eine kleine, wahnsinnige Sonne schoß der aufgerissene Gefechtskopf weiter, verlor irgendwann an Schwung, geriet ins Schlingern und fraß sich in einer orangenen Feuerwolke durch die AN-22. Das schmelzende Aluminiumgemisch brannte sich durch den Stahlrahmen der Frachtmaschine, und rotglühendes flüssiges Metall tropfte in die Brennstofftanks.

Aus dem Cockpit fuhr ein neuer Feuersturm empor und schleuderte die Piloten in einer Wolke aus zersplitterndem Glas und Metall hoch über das Inferno. Als wäre es lebendig, sprang das Flugzeug in die Höhe und verschwand dann im Flammenmeer der Brennstoffexplosion. Teile von Heck, Flügeln und Motoren schossen durch die Luft, und der Helikopter, der über der Frachtmaschine gekreist hatte, zerbarst in tausend brennende Stücke.

Gelähmt vor Entsetzen beobachtete Pawel, wie in wenigen Sekunden, die ihm wie eine Ewigkeit erschienen, eine Katastrophe von überwältigenden Ausmaßen ihren Lauf nahm. In seinem ganzen, von Gewalt geprägten Leben hatte er nie ein solches Bild der Zerstörung gesehen. Vor seinen Augen explodierte der Helikopter, den er zum Schutz der AN-22 ausgesandt hatte. Er spürte die Erschütterungen in den Tiefen des Doms, sah die schreckensbleichen Wachen, den Hauptmann, der versuchte, den Direktor am Telefon zu erreichen.

Irgendwie mußte er Jap finden und mit ihm fliehen. Er blickte auf und sah, wie sich sein Hubschrauber der kleinen Maschine des Doms näherte; zwei Schützen hielten ihre Maschinengewehre zur offenen Tür hinaus.

52

Peter hielt Oksana fest im Arm, als der Militärhubschrauber jenseits des Berggipfels, den sie als Schutzschild gegen seine Angriffe benutzt hatten, von oben herab zum tödlichen Schlag ausholte. Der letzten Attacke waren sie dadurch entgangen, daß sie den steilen Abhang entlangflogen. Der schwerfällige Armeehubschrauber mußte abdrehen, aufsteigen und Abstand zu den Felsen gewinnen. Aber jetzt kam die feindliche Maschine mit voller Kraft auf sie zu, und diesmal gab es keinen Platz für Ausweichmanöver.

Der Kopilot drehte sich um und deutete auf den Boden. Peter sah durch das Plexiglasfenster in der geschlossenen Schiebetür. Einen Augenblick vergaß er die Gefahr: Ein ungeheurer Feuerball schoß über den Hubschrauberlandebereich.

Dann jedoch beanspruchte das Maschinengewehrfeuer der sich rasch nähernden Feinde wieder seine ganze Aufmerksamkeit. Er versuchte, Oksana mit seinem Körper zu schützen.

Plötzlich wurden beide Hubschrauber wie in einem Aufzug in die Höhe gerissen.

Der Kopilot rief wieder etwas und zog den Steuerhebel eng an die Brust, so daß der kleine Helikopter noch höher stieg. Eine schwarze, ölige Aschenwolke erhob sich von der Erde, Gebäudetrümmer wurden fast bis zu ihnen emporgeschleudert. Aber die Mi-24 ließ sich dennoch nicht abschütteln und schwenkte schon wieder drohend auf den bereits beschädigten kleinen Helikopter zu.

Pawel blickte durch den vom Empfangsgebäude aufsteigenden Qualm, der die Luft über dem Dom erfüllte. Es war keine Zeit mehr für Luftkapriolen, wenn er und Jap lebend davonkommen wollten.

Also hielt er sein Funkgerät eng an den Mund und rief, auf Hubschrauberfrequenz: »Hier spricht Pawel. Bringt H eins sofort runter auf die Dom-Landezone.«

»Wir machen noch einen Versuch, und diesmal kriegen wir sie bestimmt«, antwortete Fofas Stimme.

»Vergiß es. Ihr kommt jetzt runter, das ist ein Befehl von Jap persönlich. Den Hubschrauber könnt ihr euch später noch holen. Landet jetzt, und zwar augenblicklich! Verstanden?!«

»Alles klar, Boß. Anscheinend haben die wirklich Gott auf ihrer Seite.«

»Dein Gott kann mich mal kreuzweise!« schrie Pawel. »Hol uns gefälligst hier raus.«

Pawel versuchte, auch Jap anzufunken, aber die Situation in Wolkows Büro eignete sich nicht für Gespräche. Plotnikow stand neben Jap und klammerte sich in Todesangst an dessen Arm; sein Gesicht war weißer als der Putz, der von der Decke fiel, er rollte die Augen, sein Mund öffnete und schloß sich wie bei einem Fisch in Atemnot.

Wolkow hatte seinen massigen Körper unter den Schreibtisch gezwängt, wo er jetzt auf allen vieren kauerte. Zwei Wachen waren noch immer bewußtlos; die Vorderwand eines riesigen Büroschranks war auf sie gestürzt. Der Wachoffizier versuchte sich aufzurappeln, indem er sich an der Wand abstützte.

Allmählich nahmen die von der Explosion betäubten Ohren wieder Geräusche wahr.

»Ich wußte es!« schrie Plotnikow. »Ich wußte, daß dieses gierige Schwein sich eines Tage hier drin rösten würde, aber ich hatte nicht beabsichtigt, ihm Gesellschaft zu leisten! Was hier so knallt, sind Raketen!«

»Raketen?« echote Jap.

»Und das ist nur der Anfang. Wenn erst mal das Lager in die Luft geht, fliegen wir zum Mond!«

Zekki rannte durchs Zimmer zum Aufzug, stolperte und fiel hin, stand wieder auf, stürzte in die Aufzugkabine und hämmerte auf die Knöpfe. Aber die Türen hatten sich unter der Druckwelle verbogen und schlossen nicht mehr richtig. Im nächsten Moment hatten sich auch der Wachoffizier und ein weiterer Soldat neben ihn gedrängt.

Selbst der hartgesottene Jap konnte sein Entsetzen kaum verbergen, als der Aufzug plötzlich auf einer weißen Gassäule nach oben gedrückt wurde. Die Spiegel zerbarsten, Glasscherben regneten auf das Büro herab, die Wände gaben nach, und dann stürzte eine formlose Masse, die einst die Kabine gewesen war, in den feurigen Schlund, der sich unter ihr auftat.

Jap packte Plotnikow am Kragen. »Wie zum Teufel kommen wir hier raus? Nun red' schon!«

Eine Weile brachte Plotnikow lediglich unzusammenhängendes Gestammel heraus. »Der Dom unter uns ist ein einziger gigantischer Schmelzofen, das gesamte Energiesystem besteht nur noch aus Kurzschlüssen.« Jetzt redete er wie ein Wasserfall. »In den Hallen und Gängen sind bei dieser Schicht mehr als tausend Leute, sie sind eingeschlossen, sie werden bei lebendigem Leib geröstet, oder sie verbrennen in steckengebliebenen Aufzügen. Alle Sicherheitssysteme und alle magnetischen Verriegelungsanlagen sind verbrannt.«

»Holen Sie uns hier raus!« brüllte Jap.

»Vielleicht gibt es einen Ausweg«, erwiderte Plotnikow heiser. Japs animalischer Überlebensinstinkt versetzte ihn noch mehr in Panik. »Ich war Belüftungstechniker, ehe Wolkow Dr. Zilko gefeuert und mich an seinen Platz gesetzt hat.«

»Dann nichts wie los!«

»Hinter dem Büro ist ein Ventilationsschacht; er mündet in einen anderen Luftschacht, der ins Freie führt. Das ist unsere einzige Chance.«

Doch der Fluchtweg war versperrt durch Wolkow, der, bedeckt mit einer dicken weißen Staubschicht auf dem Boden hockte und aussah wie ein mehlbestäubter Küchenchef. Ohne das Maschinengewehr, das er ungeschickt schwenkte, wäre sein Anblick zum Lachen gewesen. »Keine Bewegung, ihr Scheißkerle!« schrie er.

»Direktor«, seufzte Jap. »Nehmen Sie das Ding runter. Das ist nicht komisch. Der Dom wird gleich in die Luft fliegen!«

Wieder bebte der Boden, die Wände zitterten, und eine weitere Schicht Putz bröckelte herab. Jetzt stürzte auch der schwere bronzene Kronleuchter ab. Er traf Wolkows Kopf und Schultern. Der Direktor stieß ein dumpfes Grunzen aus und fiel zur Seite. Ein Dröhnen im Aufzugschacht gipfelte in einem Donnerschlag, weiße Flammen schossen nach oben und saugten die Luft aus dem Büro.

Jap packte das Maschinengewehr und nahm aus der Tasche eines bewußtlos am Boden liegenden Soldaten ein Ersatzmagazin. Dann folgte er Plotnikow durch den Konferenzraum, sein verzerrtes Gesicht und die zerzausten Haare von weißem Feuerschein und dem Blitzen des roten Alarmlichts grell erleuchtet. Hundertdollarscheine, die sich in den Luftströmungen verfangen hatten, wirbelten um die beiden Männer herum. Dunkler Qualm empfing sie aus dem Ventilationsschacht. Ein paar Meter weit rannten die beiden Männer hinein, dann stockte ihnen der Atem, und sie rangen nach Luft.

Sie blieben stehen. An die Wand gelehnt, ließ Jap die AK-47 fallen, riß sich das Jackett herunter, zog das Hemd aus und wickelte es sich um Gesicht und Kopf. Dieser provisorische Atemfilter verschaffte ihm wenigstens teilweise Erleichterung. Er hob seine Waffe auf und wollte weitergehen, als er merkte, daß Plotnikow zwar seinem Beispiel folgen wollte, sich aber hoffnungslos in seine Kleidungsstücke verheddert hatte.

Laut fluchend half er dem stellvertretenden Direktor und verknotete dabei die Ärmel in Plotnikows Nacken so fest, daß der japsende, schreiende Mann erst recht zu ersticken glaubte und das Ganze mühsam wieder lockern mußte.

»Los jetzt, Mann«, rief Jap. »Beweg dich, sonst sind wir gleich geröstet.«

Sie liefen durch die verrauchten, roterleuchteten Gänge und hielten verzweifelt Ausschau nach dem Luftschacht, der ins Freie führte. Jetzt konnte sie nur Plotnikows jahrelange Erfahrung als Belüftungstechniker retten. An mehreren Stellen war der Gang bereits eingestürzt, und sie mußten über Haufen von Schutt, Kabeln und Scherben klettern. Immer wieder spritzte Wasser aus einer zerborstenen Leitung, was den Männern allerdings nur lieb war, da es den Stoff vor ihren Gesichtern befeuchtete und das Atmen erleichterte. Das Dröhnen und Beben aus der Tiefe spornte sie zu immer größerer Anstrengung an; der Schweiß lief ihnen in Strömen aus allen Poren, rote und gelbe Kreise tanzten vor ihren Augen. Weder Jap noch sein ängstlicher Begleiter hatten sich dem Tod je so nahe gefühlt.

Zweimal warf ein besonders heftiges Beben sie zu Boden. In einem Gang, den Plotnikow einschlug, schoß eine züngelnde Stichflamme aus einem Riß im Boden. Sie sprangen zur Seite und hielten die durchnäßten Stoffetzen eng vors Gesicht. Aber Jap durchströmte die freudige Erkenntnis, daß ein Feuer nur dort ausbrechen konnte, wo die Luftschächte mit Sauerstoff gespeist wurden. Sie stürzten in einen Seitenraum und standen in einem verlassenen Labor.

Über Stühle und andere Einrichtungsgegenstände stolpernd, rannten sie durch eine Reihe ineinander übergehender Räume, die schließlich in eine große Halle führten. Auf dem Boden lagen mehrere verbrannte Leichen, zwei davon klebten an der geschmolzenen Stahlwand. Als Jap und Plotnikow um die Ecke bogen, begegneten sie vier rußbedeckten Männern in zerfetzten Wachuniformen.

Sie hämmerten wild gegen die massiven Eisenstäbe, die die Öffnung zu einem vertikal verlaufenden Schacht versperrten. Plotnikow murmelte etwas und deutete auf ein am Gitter befestigtes Schloß; Jap schöpfte neue Hoffnung. Zwei der Männer drehten sich um und riefen unverständliche Instruktionen. Plötzlich tat sich im Raum hinter ihnen ein tiefer Spalt auf, aus dem Feuer emporstieg und alles in ein zuckendes Licht tauchte. Um die Gestalten der Überlebenden flatterten schwarze Schatten.

Im flackernden Zwielicht brachte Jap die AK-47 in Anschlag und feuerte eine Salve ab. Wie vom Blitz getroffen sanken drei der Männer in sich zusammen, der vierte schwankte einen Augenblick, Qualm stieg aus seiner Uniform auf, dann stürzte er aber doch über die anderen. Plotnikow stieß einen seltsam heiseren Schrei aus.

Nun durchschoß Jap das Schloß, schob es weg, stieg in den Schacht und blickte suchend nach oben. Weit über ihnen war ein winziger heller Lichtfleck zu sehen; eine endlose Reihe grober Eisensprossen führte wie eine Leiter hinauf. Jap schlang sich die AK-47 über die Schulter und begann zu klettern.

Auf dem Hubschrauberlandeplatz war die Hölle los. Wachen und Arbeiter rannten ziellos hierhin und dorthin, als von neuem eine gewaltige Druckwelle vom Raketenlager durch den ausgehöhlten Granitberg raste. Ein paar Mechaniker zerrten die Planen von den beiden Armeehubschraubern im Hangar, die Soldaten flohen aus ihren Baracken.

Der Wachoffizier kam hinter seinem Schreibtisch hervor und lief zu Pawel, der vor dem Empfangsgebäude stand.

»Wie wollt ihr hier rauskommen?«

Pawel grinste sarkastisch, während er beobachtete, wie die beiden Armeehubschrauber aus dem Hangar gefahren wurden. »Wie kommt es, daß ihr ohne Erlaubnis des Direktors einfach abhaut?«

Das Gesicht des Offiziers verzerrte sich, und seine Lippen begannen zu zittern. Als hätte ihn eine Schlange gebissen, wich er vor Pawel zurück und rannte mit wild fuchtelnden Armen zu einem der Helikopter, der sich mit Soldaten und Arbeitern füllte.

Pawel lief ins Empfangsgebäude und versuchte vom verlassenen Telefon aus Wolkows Büro zu erreichen. Hektisch rüttelte er an der Gabel, doch eine Verbindung kam nicht zustande.

Hinter den geschlossenen Aufzugtüren ertönte unheilvolles Grollen. Instinktiv ließ Pawel den Telefonhörer fallen und floh aus dem Gebäude, gerade als das Portal aus der Verankerung gerissen wurden und in einem Feuersturm quer durch die Halle schoß, durch die gegenüberliegende Wand, über den Asphalt und durch den Hangar, aus dem vor wenigen Augenblicken der zweite Hubschrauber entfernt worden war. Schließlich war das ganze Gebäude in Flammen gehüllt, das Dach flog in die Luft. Innerhalb weniger Sekunden war nichts mehr übrig als ein feuerspeiender Geysir, der Flammen hoch in den Himmel warf.

Voll Entsetzen beobachteten Pawel und seine beiden letzten Leibwächter draußen auf dem Hubschrauberlandeplatz das Inferno.

»Verdammte Scheiße!« flüsterte einer der Schläger. »Wo ist Jap?«

Pawel biß die Zähne zusammen.

Da zog das Brummen des Hubschraubers seine Aufmerksamkeit auf sich, und er sah, wie die ausgemusterte Militärmaschine, die er gekauft hatte, auf dem Landeplatz niederging, in sicherer Entfernung von den brennenden Überresten des Empfangsgebäudes. Fofa und zwei andere Männer mit Maschinengewehren sprangen heraus und liefen zu Pawel. Ihre Jacken flatterten im Wind der Rotoren.

Fofa verdrehte die Augen, während er das Bild der Zerstörung aus der Nähe in Augenschein nahm. »Wo ist Jap?«

»Woher soll ich das denn wissen, verdammt?« Pawel gestikulierte hinüber zu dem Flammenmeer, das noch immer aus dem Aufzugschacht inmitten des zertrümmerten Gebäudes emporstieg.

»Was sollen wir jetzt machen?«

»Jedenfalls gehen wir ohne Jap nicht von hier weg!«

Einige der Umstehenden waren mit dieser Entscheidung nicht einverstanden und machten ihrem Unmut Luft.

»Bist du verrückt?«

»Hast du die Hölle dort unten gesehen?«

»Scheiße, na und?« entgegnete Pawel herausfordernd. »Wir lassen ihn trotzdem nicht im Stich.«

Jetzt hob auch Fofa die Hand. »Und wenn er längst tot ist?«

»Wir warten noch zehn Minuten!« verkündete Pawel.

»Der ganze Berg wackelt schon«, rief einer der Sechser.

»Da drin brennt alles«, meldete sich eine andere Stimme.

»Das ist mir scheißegal! Wir warten! Sagt den Piloten, sie sollen den Motor abstellen, damit wir nicht unnötig Treibstoff verschwenden.«

Die Erschütterungen und das dumpfe Grollen hörten nicht auf, während Fofa zum Hubschrauber lief. Der Berg bebte wie ein Vulkan kurz vor dem Ausbruch. Das Bewußtsein, daß Hunderte von Raketen dort unten lagerten, lähmte Pawel, aber er zwang sich, nur an Jap zu denken. Wenn Plotnikow noch bei ihm war, würden sie einen Ausweg finden.

Die Helikopter-Rotoren drehten sich langsam weiter, bereit, wieder schneller zu werden und die Maschine in die Luft zu heben. Wütend rannte Pawel hin.

Fofa stand mit zwei Männern an der offenen Tür.

»Das ist uns egal!« hörte Pawel einen von ihnen sagen. »Entweder ist er tot oder eben nicht. Aber wenn wir jetzt nicht abhauen, sind wir garantiert alle tot!« Fofas Gesicht verzerrte sich zu einer wilden Raubtierfratze.

Er packte einen der Männer an den Haaren und schlug seinen Kopf gegen den Hubschrauber. Der andere hob sein Gewehr und erwischte Fofa mit dem Lauf im Gesicht, so daß er umfiel und Blut aus seiner Nase und der zerschmetterten Lippe quoll. Wie der Blitz zog Pawel seinen Revolver und schoß dem Mann aus nächster Nähe in den Kopf. Blut spritzte an die Hubschrauberwand. Dann zielte Pawel auf den anderen abtrünnigen Gangster, feuerte zweimal, schnappte sich das auf dem Boden liegende Maschinengewehr und gab eine Salve in die offene Hubschraubertür ab. Die Männer im Innern warfen sich zu Boden, Pawel sprang hinein und brachte seine Waffe sofort wieder in Anschlag.

»Raus hier! Alle raus hier! Auch die Piloten. Stellt endlich den Motor ab!« Mit einem gewaltigen Fußtritt öffnete er die Tür zum Cockpit. Die Männer sprangen aus dem Hubschrauber, die Motoren erstarben. Pawel kam als letzter heraus und half Fofa wieder auf die Beine.

»Verdammte Arschlöcher!« zischte der blutüberströmte Sechser und gab noch eine Salve über die Köpfe der Männer ab.

»Auf den Boden mit euch! Gesicht nach unten!« bellte Pawel.

»Was machen wir denn jetzt, Boß?« rief einer der Sechser kläglich.

»Runter mit dem Kopf! Ihr könnt mich alle mal! Entweder gehen wir mit Jap, oder wir sterben alle hier! Gesicht nach unten, hab' ich gesagt!«

Den Männern blieb nichts anderes übrig, als zu gehorchen. Sie legten sich neben die beiden Leichen auf den Boden. Aus dem Tunnel an der Basis des Doms stiegen dicke Rauchschwaden; jedesmal, wenn der Berg unter einer neuen Explosion erzitterte, züngelten Flammen hervor.

Pawel fuhr sich übers Gesicht und betrachtete das Blut und den schwarzen Ruß auf seiner Handfläche. Er hatte jegliches Zeitgefühl verloren.

»Was machen wie denn jetzt, Boß?« ertönte wieder eine Stimme.

Neben Pawel stand Fofa und spuckte blutigen Speichel auf die Erde. Er schwenkte das Gewehr über die am Boden liegenden Männer.

»Wir warten. Wir warten auf Jap, verdammt noch mal.«

Von tief unten hörte man das Grollen der nächsten Explosion.

Die ersten zweihundert Sprossen emporzuklettern war nicht schwierig, aber nach ein paar Minuten wurde Jap klar, daß er nur einen Bruchteil des Wegs hinauf zur Oberfläche hinter sich gebracht hatte. Das kleine helle Loch schien kaum näher gekommen zu sein und immer noch unerreichbar wie ein Stern. Dabei wurden Japs Arme, Handgelenke und Beine schon taub vom Klettern.

Inzwischen hatten er und Plotnikow die Tücher vom Gesicht abgenommen, um mehr Sauerstoff für ihre schmerzenden Muskeln einatmen zu können. Einen Augenblick hielt Jap inne und spürte die kühle frische Luft, die von oben zu ihnen herabblies. Durch das Feuer, das im Innern des Doms wütete, entstand ein Vakuum, das von draußen mit großer Kraft die Luft aus allen ins Freie führenden Gängen sog. Der Wind verbreitete das Feuer in gigantischen, unvorstellbar heißen Flammenwolken in der ganzen, dem Untergang geweihten Nuklearanlage.

Jap kam es vor, als kletterte er schon seit hundert Jahren. Ein Stück unter sich hörte er Plotnikow keuchen. Er vergaß den hellen freundlichen Fleck Tageslicht über sich, die Taubheit in Armen und Beinen. Jetzt bestand sein Leben nur noch aus dieser einen simplen Bewegung, eins-zwei, eins-zwei, und sein mächtiger Selbsterhaltungstrieb sagte ihm unmißverständlich, daß sein Leben verloren war, wenn er aufhörte, sich weiter nach oben zu bewegen.

Dann plötzlich veränderte sich etwas. Der Luftzug im Schacht drehte sich um. Jap hatte das Gefühl, als zerrten

Klauen an seinem Hals, und sein Magen revoltierte. Schwarzer Qualm stieg auf. Entsetzenschreie kamen von Plotnikow, der mit dem Kopf gegen Japs Füße stieß. Würde der Rauch sie töten, nachdem sie es so weit geschafft hatten?

Plotnikow war in einer wesentlich schlimmeren Lage. Japs Körper blockierte ihm fast völlig die Luftzufuhr von oben. Mit aller Kraft klammerte er sich an Japs Hosenbeine. Jap stieß bei jeder Aufwärtsbewegung nach unten, um ihn abzuschütteln, aber seine Bemühungen waren bestenfalls halbherzig, weil er seine ganze Kraft brauchte, um sich weiter emporzuarbeiten. Der Techniker jedoch glaubte sein Leben retten zu können, indem er an Jap vorbei oder über ihn hinwegkletterte. Mit einer plötzlichen Bewegung biß er Jap ins Bein. Der scharfe Schmerz jedoch brachte dessen Lebengeister noch einmal heftig zum Aufflammen. Mit einem lauten Aufschrei trat er so heftig nach unten, daß er merkte, wie seine Ferse die Stirn unter ihm zerschmetterte. Ein zweiter Tritt ging ins Leere – Plotnikow war verschwunden. Jap horchte bewußt nicht auf den dumpfen Aufprall in der Tiefe.

Er kletterte weiter. Aus irgendeinem Grund war der Rauch dünner geworden, trotzdem war Jap einer Ohnmacht nahe. Er kämpfte gegen die Träume an, die sein Gehirn zu überfluten drohten: Wie ein Raubvogel umkreiste ihn sein alter Feind, Schakal Mamatagdi, ein goldenes Blitzen kam aus seinem weit aufgerissenen Mund. Dann sah er sich in einem Moskauer Gerichtssaal, und der Staatsanwalt in seiner schwarzen Robe verkündete: »Ich verurteile Sie zu fünfzehn Jahren Leiter rauf und runter Steigen.«

Auf einmal prallte er mit dem Kopf gegen etwas Hartes. Er öffnete die Augen und sah, daß er sich in einem Stahlquader mit langen Belüftungsschlitzen an den Seiten befand. Draußen konnte er schneebedeckte Steinbrocken erkennen. Mit tauben Fingern griff er nach der AK-47, steckte den Lauf unter das Schloß, das den Schachtdeckel hielt, und riß es ab. Einen

Augenblick später kroch er auf allen vieren über den kühlen weißen Schnee, der in der Sonne glitzerte. Wenn er den Kopf hob, konnte er den Hubschrauberlandeplatz sehen. Nachdem er sich ein paar Minuten ausgeruht hatte, rappelte er sich hoch und begann auf den Helikopter zuzustolpern, denn er war sicher, daß es sich um eine der beiden Maschinen handelte, die er für diese Operation als Reserve gekauft hatte.

Keiner der Sechser, nicht einmal Pawel, erkannte den Mann, der am Rand des Landeplatzes auftauchte und sich mühsam auf sie zuschleppte. Er war nackt bis zur Taille, nur ein paar Fetzen hingen ihm vom Hals, sein Oberkörper war rot von der Kälte, das Gesicht rußgeschwärzt, die schwarzen Haare zerzaust. Mit der rechten Hand zog er ein Maschinengewehr am Schulterband hinter sich her.

Die Sechser drehten sich nach der Erscheinung um. Als erster reagierte Fofa. Blitzschnell zog er einem der toten Rebellen den Mantel aus, rannte dem seltsamen Mann entgegen und warf ihm den Pelz über die Schultern. Pawel starrte ihn noch sprachlos an, während die anderen Sechser einander zuflüsterten: »Jap, es ist Jap!«

Jap sah sich um, und sein Gesicht nahm einen erstaunten Ausdruck an. Der Berg bebte, aus dem Aufzugschacht stiegen immer noch meterhohe Flammen, und im Dom unter ihnen ertönte dumpfes Grollen und Rumpeln.

Dann betrachtete Jap die am Boden liegenden Männer, grinste breit und fragte: »Was macht ihr denn da?«

»Das war eine Art Übung«, antwortete Pawel, der endlich seine Stimme wiedergefunden hatte.

»Was für eine Übung?« Jap warf einen vielsagenden Blick auf die beiden Leichen und Fofas zerschlagenes Gesicht.

» Ein Geduldspiel«, antwortete Fofa. »Ein paar von den Jungs waren ein bißchen ungeduldig und wollten bestimmte Entscheidungen mit Gewalt erzwingen.«

Gerade wollte Jap etwas erwidern, als die Oberfläche des Doms an der Stelle des ausgebrannten Empfangsgebäudes plötzlich aufbrach. Der Asphaltbelag flog in die Luft, und ein langer schwarzer Spalt fraß sich quer über den Landeplatz. Mehrere Sechser schrien laut auf, als ein Feuerschwall aus dem Riß emporloderte.

»Dann mal los, Jungs«, rief Jap. »Hier wird mir der Boden ein bißchen zu heiß. Zeit, daß wir uns aus dem Staub machen. Wir steigen jetzt einer nach dem anderen in den Hubschrauber. Pawel kontrolliert die Fahrscheine.«

Drei Minuten später startete der alte Armeehubschrauber, gewann an Höhe und flog eilig in südöstlicher Richtung davon. Etwa zehn Minuten war er unterwegs, als ein greller Blitz hinter ihnen aufzuckte. Alle preßten neugierig die Gesichter ans Seitenfenster.

Der Dom war hinter einer riesigen schwarzen Rauchsäule verschwunden. Mit bleichem Gesicht wandte sich Pawel an Jap. »Jetzt ist alles in die Luft geflogen. Unser ganzer schöner Plan. So eine Scheiße!«

»Hiroshima«, entgegnete Jap gleichgültig. »Aber immerhin hinterlassen wir keine Zeugen. Alle gefälschten Dollarscheine sind verbrannt, einschließlich derer, die von den *Menti* beschlagnahmt wurden, damit der Amerikaner sie weiterbenutzen konnte.«

Er rieb sich das Schienbein.

»Hast du dich verletzt?«

»Dieser bescheuerte Plotnikow. Aber ich glaube, er hat mir das Leben gerettet.«

»Und Wolkow?« wollte Pawel wissen.

»Ich fürchte, in ihm haben wir einen wackeren Kameraden verloren. Aber mach dir keine Sorgen, wir werden schnell ein anderes geldgieriges Schwein auftreiben. Es gibt sie überall in den geschlossenen Städten, in Fabriken, Lagerhallen, Silos. In ein paar Wochen sind wir wieder im Geschäft.«

»Jap«, meinte Pawel ernst. »Mischa und Pop sind tot. Der Amerikaner und Oksana sind entwischt.«

»Tja«, erwiderte Jap achselzuckend, »dann müssen wir wohl in nächster Zeit erst mal Unerledigtes in Ordnung bringen, ehe wir neue Bestellungen für unsere Kunden aufgeben. Aber ich bin sicher, sie werden sich gedulden, bis wir neue Lieferquellen aufgetan haben.«

Jap lehnte sich in seinem Sitz zurück und nahm einen Schluck aus der Cognacflasche, die Pawel ihm in die Hand gedrückt hatte. Er trank und lauschte auf die Hubschrauberrotoren, die sich rhythmisch über ihnen drehten.

53

Peter blickte auf den Dom hinab und schickte ein leises Dankgebet zum Himmel. Was auch immer der Auslöser für das Inferno dort unten gewesen sein mochte – Peter dachte natürlich an seinen Chronometer –, die Katastrophe unter ihnen hatte auf jeden Fall den Armeehubschrauber daran gehindert, den letzten und wahrscheinlich tödlichen Schlag zu landen. Ungläubig beobachteten er und Oksana, wie die Maschine mit den Scharfschützen und ihren Gewehren abdrehte und unverständlicherweise zwischen Feuer und Qualm auf dem Dom niederging.

Jetzt brausten sie über die Felsebene hinweg, denn sie wollten Krasnow 86 möglichst schnell möglichst weit hinter sich lassen.

»Ich glaube, wir werden es schaffen, Oksana, bis nach New York!« rief Peter Oksana ins Ohr. Es war schwer, den Lärm der Turbomotoren und der Rotoren zu übertönen.

»Und ich habe schon geglaubt, ich wäre bald bei meiner Mutter im Himmel«, rief Oksana zurück.

»Nein, es liegen noch viele gemeinsame Jahre vor uns.« Dann suchten seine Lippen ihren Mund, und das Rauschen des Windes, das Schlagen der Rotorblätter und das Heulen des Motors waren für ein paar Augenblicke vergessen.

Eine halbe Stunde später näherten sie sich Irkutsk; erschöpft und ausgepumpt kauerte Oksana in Peters Arm. Ihr Streit war bedeutungslos geworden. Sie waren Japs Hubschraubergangstern und dem brennenden Inferno entkommen. Jetzt wußte Oksana, daß ihre Wut auf Peter lächerlich gewesen war. Er hatte ihr das Leben gerettet.

Als der Helikopter gelandet war, half Peter Oksana aus der Maschine. Die Stille auf dem Flugplatz stand in einem seltsamen Kontrast zu dem, was sie gerade durchgemacht hatten. Peter stieg noch einmal in den Helikopter, um dem jungen Kopiloten aus seinem Sitz und auf den grasigen Landeplatz hinaus zu helfen. Dann eilte der Cheftechniker des Helikopterflughafens herbei. Beim Anblick des zerschossenen Rumpfs, der zersprungenen Windschutzscheibe und des blutdurchtränkten Inneren der Maschine blieb ihm vor Erstaunen der Mund offenstehen.

»In was sind Sie denn reingeraten? Wo ist Basil?«

»Wir brauchen einen Arzt, der uns im Krankenhaus erwartet«, entgegnete Peter auf russisch.

Jetzt stürzte Nikolai Martinow auf den lädierten Hubschrauber zu und schloß seine Tochter in die Arme. »Was ist denn nur passiert? Ihr seht ja furchtbar aus!«

Peter zwinkerte ihm zu und antwortete auf russisch: »Das ist eine lange Geschichte, Genosse Volksdeputierter. Ich glaube, Sie werden Ihre netten Freunde erst im Jenseits wiedersehen.«

Martinow starrte ihn an. »Was zum Teufel ...? Entschuldigung, Oksana. Seit wann kann der Knabe denn Russisch?«

Mit einem glücklichen Lächeln befreite sich Oksana aus der Umarmung ihres Vaters und legte den Arm um Peters Schulter. »Er lernt eben schnell.«

Plötzlich hörten sie fernes Donnergrollen, und ein weißer Blitz erschien am dunkelnden Abendhimmel. Aber es konnte kein Gewitter sein – es war schließlich schon Spätherbst.

Noch einmal ging Peter zurück zum Hubschrauber, griff unter den Sitz des Kopiloten und zog seinen Aktenkoffer heraus. Ein schönes Andenken für die Truppe in der Petrowka, dachte er.

»Kommt, der Wagen wartet«, drängte Martinow. »Ich denke, ihr beiden könnt was zu trinken gebrauchen, ein gutes Abendessen und ein bißchen Schlaf – stimmt's?«

»Was wird aus unserem Piloten?« fragte Peter.

»Vater«, rief Oksana, »wir können ihn nicht einfach hier

stehenlassen. In deinem Wagen ist genug Platz, ich möchte, daß wir ihn zum Krankenhaus mitnehmen.«

Martinow sah hinüber zu dem elend aussehenden jungen Mann, der sich matt gegen den Hubschrauber lehnte; der Gürtel war noch immer über der blutverschmierten Hose um seinen Schenkel geschlungen. Schließlich winkte Martinow zwei seiner Männer heran und bedeutete ihnen, dem Kopiloten vom Rollfeld und in die Luxuslimousine zu helfen.

Um den Landebereich versammelte sich eine Menschenmenge; die Leute wollten wissen, was in der geschlossenen Stadt passiert war, und bestürmten Peter und Oksana mit Fragen, wobei sie wiederholt auf die Rauchsäule im Nordwesten zeigten. Während sie sich einen Weg zum Wagen bahnten, umklammerte Peter seinen Aktenkoffer mit der einen und Oksanas Arm mit der anderen Hand. Auf die Fragen von Familienmitgliedern der »Schraubflügelengel« konnten sie nur beteuern, daß sie bereits in der Luft und auf dem Rückweg nach Irkutsk gewesen waren, als die Explosion stattfand. Deshalb wußten sie natürlich weder, was das Unglück hervorgerufen hatte, noch kannten sie irgendwelche Einzelheiten.

Nachdem sie den Kopiloten im Krankenhaus abgeliefert hatten, fuhren sie zu Nikolais Wohnung. Peter und Oksana badeten und zogen sich um. Sie erzählten Martinow alles, was sie über die geheimnisvolle Explosion wußten; den Chronometer, der die Zerstörung in Gang gesetzt hatte, ließ Peter allerdings unerwähnt. Nikolai war klar, daß Jap und Pawel den Tod von Peter und Oksana angeordnet hatten. So gern er seine Tochter bei sich gehabt hätte, drängte er sie dennoch, Peters Instinkt zu folgen und so schnell wie möglich aus Irkutsk und überhaupt aus Rußland zu verschwinden. Japs Männer waren überall; sie beschatteten Wolkows Familie, und zwei der Gangster waren bei Peters und Oksanas Ankunft auch auf dem Flughafen gewesen. Und noch eine Menge anderer Gefolgsleute wartete nur auf weitere Anweisungen.

Nikolai fuhr Peter und Oksana zum Flughafen. »Paß gut auf meine Tochter auf«, sagte er zu Peter, während der große Wagen sich rasch seinem Ziel näherte. »Ich werde sie vermissen, wenn sie in Amerika lebt, aber in Moskau ist sie ihres Lebens nicht mehr sicher. Selbst wenn Jap tot sein sollte, gibt es immer noch seine *Organisazija*.«

»Bitte ruf Oberst Netschiajew in der Petrowka an«, bat ihn Peter. »Eine Polizeieskorte soll uns am Flughafen abholen. Dann gehen wir direkt zur US-Botschaft, holen Oksanas Visum und nehmen den nächsten Flug nach Westen.«

»Ich muß aber noch meine Klamotten aus der Wohnung holen«, gab Oksana zu bedenken.

Peter und Nikolai schüttelten beide den Kopf. »Wir können in New York alles kaufen, was du brauchst«, versprach Peter.

»Wenn Japs Leute nach dir suchen, kommen sie als erstes in deine Wohnung«, unterstützte ihn Nikolai.

»Aber Slawa kann doch gar nicht entkommen sein, oder?« fragte Oksana nachdenklich.

»Das spielt keine Rolle«, antwortete ihr Vater. »Ein Anruf in Moskau von Pawel oder einem anderen Vizeboß kann dir Japs Ganoven genausogut auf den Hals hetzen.«

Auf dem Flughafen von Irkutsk herrschte ein Chaos, wie es selbst für dortige Verhältnisse unbekannt war. Es war nie sonderlich ruhig, denn die Plätze für Passagiere, die die fünftägige Zugfahrt nach Moskau nicht auf sich nehmen wollten, wurden oft knapp, was auch an normalen Tagen zu tumultartigen Szenen führen konnte. Überbuchte Flüge gehörten also zum Alltag, aber die Gerüchte über den Atomunfall bewogen Hunderte von Menschen, die Gegend so schnell wie möglich zu verlassen. Fast sah es aus, als würden die Flugzeuge von den Passagieren, die keinen Platz ergattert hatten, gestürmt.

Nikolai Martinow, sein Chauffeur und die beiden Wachen, die seinem Wagen stets folgten, stürzten ins Büro der Aeroflot, packten den Direktor am Revers und zogen ihn hinter seinem Schreibtisch hervor. Innerhalb von fünf Minuten hatten sie ihn so eingeschüchtert, daß er für Peter und Oksana zwei Erste-Klasse-Tickets ausstellte. Obwohl der Flughafendirektor protestierte, das sei unzulässig und sämtliche Plätze schon seit Tagen ausverkauft, machten sich Peter und Oksana auf den Weg zum Flugzeug.

Martinows Leibwächter eskortierten sie durch die Menschenmasse, und so gelangten sie schließlich zur Warteschlange für den Flug – diese glich allerdings eher den Angreifern vor einer feindlichen Festung als geduldigen Flugpassagieren. Die Anzahl der Menschen, die sich an Bord drängte, schien die Kapazität der Aeroflotmaschine bei weitem zu übersteigen; man konnte sich gar nicht vorstellen, wie das derart überladene Flugzeug je abheben sollte.

Einen Koffer in der einen und seinen Aktenkoffer fest in der anderen Hand, bahnte sich Peter einen Weg die Treppe hinauf; Oksana folgte dicht hinter ihm. Die Menschen um sie herum waren beladen mit Gepäckstücken und Lebensmitteln aller Art. Eine Frau trug eine Auflaufform mit festgebundenem Deckel; sie versuchte sich an Oksana vorbeizudrängeln, doch Peter versperrte ihr erfolgreich den Weg.

Die Umrisse von Schnapsflaschen hoben sich in den Stoffbeuteln mancher Passagiere deutlich hervor. Zoll- und sonstige Kontrollen existierten nicht, Absperrungen waren überrannt worden. Auf den Flugscheinen angegebene Abflugzeiten und Flugnummern interessierten niemanden. Nur wenn eine Maschine bis obenhin voll war und sich wirklich niemand mehr hineinquetschen konnte, drängte man die anderen Passagiere ab und ließ sie auf die nächste warten.

Für Peter machte das Chaos natürlich manches einfacher. Die Plutoniumprobe lag sicher in seinem Aktenkoffer, eine offizielle Inspektion würde in dem ganzen Tumult nicht stattfinden. Am nächsten Tag würde er für die Petrowka und für die höchsten Regierungskreise den unanfechtbaren Beweis liefern, daß das Organisierte Verbrechen sowjetisches Nuklearmaterial aufkaufte und auf den Markt bringen wollte, wo jedes Terrorregime zugreifen und sein Waffenarsenal atomar bestücken konnte.

Ganz in diese Gedanken versunken, schob Peter eine schrumpelige alte Frau beiseite, die eine halbvermoderte Einkaufstüte trug und eben versuchte, sich an Oksana vorbeizuschieben. Die Alte schleuderte ihm einen Schwall übelster Beschimpfungen entgegen und griff in ihren Beutel. Da Peter damit beschäftigt war, auf sein Gepäck zu achten, traf ihn der Angriff der Babuschka unvorbereitet. Wutschnaubend stürzte sie sich mit einem großen Hammer auf ihn. Er konnte den Kopf gerade noch zur Seite drehen, aber der Schlag traf ihn aufs Schlüsselbein. Er schrie auf; glücklicherweise gelang es Oksana, die Alte beiseitezustoßen, ehe sie einen zweiten Hammerangriff starten konnte.

Die Passagiere auf der Treppe waren entrüstet. Ein großer Mann stellte seinen Koffer ab und verpaßte der Alten einen Schlag ins Gesicht, daß sie die Treppe hinunterstolperte. Sie verlor ihren Hammer und erntete etliche Fußtritte, ehe sie am Fuß der Treppe auf der Rollbahn landete. Doch schon wenige Augenblicke später war sie wieder auf den Beinen und machte sich von neuem daran, die Treppe emporzudrängeln.

»Wie geht es Ihnen, mein Freund?« erkundigte sich der große Mann freundlich. »Schade, daß ich das alte Miststück nicht umgebracht habe.«

»Also wirklich, es gibt Leute ...« murmelte Peter und umklammerte seine Schulter, die höllisch schmerzte. Plötzlich kam ihm der Gedanke, daß es für Japs Leute bestimmt ein leichtes war, ihn und Oksana hier draußen zu erwischen. Eine alte Frau mit einer Einkaufstüte? Unglaublich.

Oksana half Peter das letzte Stück die Treppe hinauf und nahm ihm den Koffer ab; Peters linker Arm war nicht mehr zu gebrauchen. So drängten sie sich in das bereits vollbesetzte Flugzeug, zwischen Passagieren und Gepäck hindurch, bis zu den gebuchten Plätzen in der Ersten Klasse, die allerdings von einer fünfköpfigen Familie belegt waren. Peter war inzwischen beinahe ohnmächtig, der Schweiß lief ihm über das kalkweiße Gesicht. Als das Oberhaupt der Familie, ein stämmiger, breiter Sibirer, das bemerkte, überließ er Peter seinen Sitzplatz. Oksana bedankte sich überschwenglich.

»Kein Problem«, erwiderte der Mann fröhlich. »Der Flug dauert nur sechs Stunden. Für manche Lebensmittel muß ich wesentlich länger Schlange stehen.«

Ein etwa fünfjähriger Junge wurde im Gepäckfach über ihren Köpfen untergebracht, und so konnte sich auch Oksana setzen; ein dreijähriges Mädchen kletterte auf ihren Schoß. Immer noch quetschten sich Leute ins Flugzeug. Für den doppelten Fahrpreis in bar ließ der Steward auch Passagiere ohne Ticket herein.

Peter lehnte sich in seinem Sitz zurück und beobachtete, wie eine Horde Küchenschaben auf der Gepäckablage nach etwas Eßbarem fahndete. Offenbar war das Flugzeug seit Wochen nicht mehr gereinigt worden. Die Gänge waren mit Gepäckstücken verstopft und ähnelten einem Hindernisparcours. Stewardessen nahm man schon gar nicht mehr an Bord, denn unter diesen Bedingungen hätten sie ihrer Arbeit ohnehin nicht nachgehen können.

Peter wandte sich an Oksana. »Wahrscheinlich müssen wir bis zur Landung in Moskau warten, ehe wir das nächstemal zur Toilette können.«

Sie nickte. »Wie geht es deiner Schulter?«

»Ganz gut«, antwortete er. Dann zuckte er zusammen, und sein Gesicht verkrampfte sich. »Oh Gott!«

Der stämmige Mann, der Peter seinen Platz überlassen hatte, lächelte verständnisvoll, griff in die Tasche zu seinen Füßen und zog eine Wodkaflasche hervor. Er entkorkte sie, seine Frau reichte ihm ein Glas, er füllte es und gab es Peter. »Trinken Sie das. Dann geht es Ihnen gleich besser.«

»Danke. Ich möchte Ihnen gern etwas dafür bezahlen.«

»Kommen Sie, mein Freund. Wir sind doch alle Russen, stimmt's? Ich will kein Geld. Trinken Sie! Das tut Ihnen bestimmt gut.«

Wie sich herausstellte, war es der schärfste selbstgebrannte Fusel, der Peter je durch die Kehle geflossen war. Es verschlug ihm beinahe den Atem, aber der Schmerz wurde erträglicher.

Überall im Flugzeug tranken die Passagiere aus Flaschen und Gläsern, Essen wurde aus Taschen und Körben aufgetischt. Endlich wurde die Einstiegstür verriegelt, die die Menge draußen von der Menge drinnen trennte, und der Steward zählte mit sichtlichem Vergnügen seinen Stapel zerknitterter Geldscheine.

Zwei breitschultrige, bullige Kerle, die zwischen dem Gepäck im hinteren Teil der ersten Klasse standen, verkündeten lautstark für alle, die es hören wollten, sie seien »die tapferen Falken Schirinowskis«, und die Macht im Staat sei von jüdischen Faschisten übernommen worden, an deren Spitze Jelzin stehe. Jetzt seien sie unterwegs nach Moskau, um das ganze Gesindel zu Hackfleisch zu verarbeiten. Ein anderer Fahrgast riet den großmäuligen Bauerntölpeln, sie sollten erst mal lernen, sich ordentlich den Arsch zu wischen. Allein die Tatsache, daß sich die gegnerischen Parteien in dem Gedränge gegenseitig nicht nähern konnten, verhinderte eine Schlägerei.

Der Lärm der vier Motoren, die nacheinander ansprangen, wurde mit begeistertem Jubel begrüßt. Niemand legte einen Sicherheitsgurt an, denn es gab sowieso fast keine. Als die Maschine sich mit einem Ruck in Bewegung setzte, taumelten die stehenden Passagiere deshalb nach hinten ins Gepäck; während das Flugzeug gemächlich zur Startbahn fuhr, rappelten sie sich langsam wieder auf. Ein Gerücht wurde verbreitet, daß von den drei vorhandenen Toiletten nur eine einzige funktionierte und keine eine Tür hatte. Allerdings wurde diese schlechte Nachricht für die meisten mehr als aufgewogen durch die Ankündigung des Piloten aus dem Cockpit, daß alle, die keinen Wodka mehr hatten, jederzeit vom Steward welchen erwerben konnten, sie brauchten nur das Geld durch den Gang zu reichen.

Mit voller Kraft dröhnten nun die Motoren und sammelten alle Kraft für den Start.

Mit seinem gesunden Arm griff Peter nach Oksanas Hand. »Ich liebe dich, Oksana. Wenn wir es in die Luft und nach Hause schaffen, werde ich dich nie mehr gehen lassen.«

»Und ich liebe dich auch, Peter«, antwortete sie über den Kopf des auf ihrem Schoß schaukelnden Kindes hinweg. »Wenn wir den Rest dieses Tages und die Nacht überstehen, verspreche ich dir, daß ich immer bei dir bleiben werde.« Wegen des Kindes zwischen ihnen und dem pochenden Schmerz in Peters Schlüsselbein küßten sie sich lieber nicht.

Dann wurden die Bremsen gelöst, das Flugzeug machte einen Satz nach vorn, so daß die Stehenden wieder fluchend gegeneinander polterten und Gläser, Flaschen und ausgebreitete Lebensmittel umfielen. Kinder, die man auf den Gepäckablagen untergebracht hatte, plumpsten kreischend auf die unter ihnen Sitzenden. Irgendwie schaffte es die Maschine, die eine Kapazität von hundertsechsundzwanzig Personen hatte, sich mit den weit über dreihundert lärmenden Passagieren am Ende der Startbahn schwankend in die Luft zu erheben. Langsam gewann sie an Höhe, doch die vier Motoren arbeiteten immer noch auf Hochtouren, während sie bei einem normalen Flug längst auf Durchschnittsbetrieb hätten umschalten sollen. Peter und Oksana hielten sich fest an den Händen; beide erwarteten, daß die überladene Maschine jeden Moment vom Himmel stürzte.

Es dauerte eine halbe Stunde, ehe annähernd so etwas wie Ordnung eingekehrt war; jetzt konnte Peters Wohltäter auch ein zweites Glas für ihn einschenken. Dankbar nahm Peter den Wodka entgegen, trank in großen Schlucken, und wieder ließ der Schmerz in seinem Schlüsselbein etwas nach.

Als die Maschine nach einer Stunde mühsamen Kletterns ihre Flughöhe erreicht hatte und einigermaßen gleichmäßig dahinsegelte, stießen Peter und Oksana einen Seufzer der Erleichterung aus und versuchten sich zu entspannen.

»Wie spät ist es jetzt in Moskau?« fragte Oksana.

Peter zuckte die Achseln. »Tja, laß mal sehen, in Moskau ist es – vier oder fünf Stunden früher als in Irkutsk?«

»Wo ist denn dein Chronometer? Du hast versprochen, daß du mir sein Geheimnis verrätst.«

Wieder zuckte Peter die Achseln. »Vermutlich hab' ich ihn im Hubschrauber verloren.«

»Nein, bestimmt nicht«, gab Oksana lachend zurück. »Ich glaube, du schuldest mir eine Erklärung.«

»In Ordnung. Ich habe ihn in der geschlossenen Stadt zurückgelassen.«

»Absichtlich?«

Er nickte.

»Aber warum? Er war dir doch so wichtig.«

»Hast du eine Ahnung, was die Katastrophe ausgelöst hat?«

Oksana nickte bedeutsam. »Ich hatte schon den Verdacht, daß es kein Zufall war.«

»Nein, natürlich nicht«, antwortete Peter ernst.

»Das warst also du?« Oksana schnappte nach Luft. »Wie hast du das gemacht?«

»Mein Chronometer war eigentlich ein geformter Sprengsatz.«

»Was ist das?«

»Der stärkste nichtatomare Sprengstoff, den wir bis jetzt entwickelt haben, wird zu einer gut einen Zentimeter dicken, konkaven Scheibe verarbeitet, beispielsweise in der Form einer sehr großen Taschenuhr.«

Oksana machte eine hohle Hand. »Ungefähr so?«

»Genau. Wenn sie losgeht, ist die Durchschlagskraft dieser eigentlich winzigen Bombe etwa mit der einer Panzerabwehrrakete zu vergleichen. Detoniert sie an der äußeren Hülle einer Interkontinentalrakete, entzündet sie den instabilen Brennstoff im Inneren der Rakete. Du hast ja gesehen, was im Dom passiert ist.«

»Das war dein Werk?«

»Wenn der Hamster die *Sichel* nicht in den Dom zurückgerufen hätte, wäre nur Japs Flugzeug in die Luft geflogen, und dank meines Beweismaterials hätte die russische Regierung alle weiteren Verkäufe von Raketen und Nuklearmaterial an Terrorstaaten wie den Irak verhindern müssen.«

»Wie viele Menschen wohl gestorben sind?« überlegte Oksana.

»Die Frage ist eher, wie viele Menschen überall in der freien Welt von Nuklearterroristen getötet worden wären, wenn die erste Atomrakete oder das erste Kilogramm Plutonium an irgendeinen wahnsinnigen moslemischen Diktator ausgeliefert worden wäre – mit Aussicht auf unerschöpflichen Nachschub.«

Oksana schauderte. »So was möchte ich mir nicht mal vorstellen.«

»Wir haben den anstrengendsten Tag unseres Lebens hinter uns«, meinte Peter. »Vielleicht sollten wir versuchen, ein wenig zu schlafen.«

»Ich wünschte, wir hätten jetzt nicht so viele Menschen um uns herum«, entgegnete Oksana lächelnd und machte einen Schmollmund.

54

Acht Stunden nachdem sie Irkutsk verlassen hatten, schlenderten Peter und Oksana in die Abfertigungshalle für Inlandsflüge des Moskauer Flughafen Scheremetjewo. Peter trug den Aktenkoffer mit der tödlichen Plutoniumprobe in der rechten Hand, Oksana ihren Reisekoffer.

Plötzlich tauchten Netschiajew und Boris Burentschuk rechts und links von ihnen auf. Boris nahm Oksana den Koffer ab, Netschiajew griff nach dem Aktenkoffer.

»Vorsicht!« warnte Peter mit scharfer Stimme. »Da drin sind hundert Gramm Plutonium 239! Das reicht, um ganz Moskau auszulöschen.«

»Schon gut«, erwiderte der Schlaufuchs und nahm die Tasche behutsam an sich.

»Wohin gehen wir?« fragte Peter.

»O Gott! Ich muß zur Toilette!« klagte Oksana und rannte davon.

»Wir bringen euch beide schnellstens außer Landes«, beantwortete Netschiajew Peters Frage. »General Bodajew hat der amerikanischen Botschaft ein Visum für Oksana abgerungen. Ich hab' es bei mir.«

»Mein Schlüsselbein ist gebrochen, und ich muß auch dringend zur Toilette«, stöhnte Peter. In kurzen Worten beschrieb er das Chaos beim Abflug in Irkutsk.

Während Boris mit dem Gepäck auf Oksana wartete – wobei er die Tasche mit dem Plutonium fest umklammerte –, begleitete Netschiajew Peter zu einem Privatbüro der Milizija im Empfangsgebäude. Nachdem Peter auf der Toilette gewesen war, traf ein Erste-Hilfe-Spezialist der Polizei ein. Er untersuchte das Schlüsselbein und diagnostizierte einen Bruch.

»Können wir es nicht provisorisch verbinden, damit er die

nächste Maschine nach Frankfurt nehmen kann?« fragte Netschiajew.

»Ich möchte ihn lieber in die Klinik bringen und den Bruch ordentlich versorgen lassen«, erwiderte der Sanitäter.

»Er und das Mädchen müssen so schnell wie möglich hier weg«, mischte sich Netschiajew ein. An Peter gewandt, fuhr er fort: »Das Innenministerium versucht den Vorfall in Sibirien zu vertuschen. Aber wenn wir Ihr Beweismaterial für den Verkauf von Nuklearmaterial vorlegen, wird man Sie für unbestimmte Zeit hier festhalten – vorausgesetzt natürlich, man kriegt Sie zu fassen. Was wollen Sie also machen? Ich persönlich würde vorschlagen, daß Sie noch ein paar Stunden die Zähne zusammenbeißen und erst in Frankfurt ein Krankenhaus aufsuchen.«

»Genau das hatte ich vor«, antwortete Peter. »Höchstwahrscheinlich sind uns nämlich auch noch Japs Leute auf den Fersen.«

Der Schlaufuchs reichte Peter eine bereits geöffnete Flasche Wodka. Peter nahm einen großen Schluck und nickte dann dem Sanitäter zu, der Peters Schultern nach hinten bog und einigermaßen ruhigstellte.

Vor dem Empfangsgebäude komplimentierte man Peter und Oksana in einen Milizija-Mercedes. »Wir fahren jetzt zum internationalen Abfertigungsgebäude. Inzwischen können Sie mir erzählen, was zum Teufel da draußen eigentlich passiert ist«, sagte Netschiajew.

Peter klopfte mit dem Finger auf den Aktenkoffer, den inzwischen Boris übernommen hatte. »Hier drin ist der unwiderlegbare Beweis, daß ein Verbrecherring, bestehend aus dem Direktor der Fabrikanlage des Dom, Wolkow, und Japs *Organisazija*, den Handel mit Plutonium, Raketen und Nuklearsprengköpfen eingeleitet hat.«

Seinen zukünftigen Schwiegervater ließ Peter lieber unerwähnt. »Wegen Krasnow 86 braucht ihr euch keine Sorgen zu machen, aber mit dem Plutonium als Druckmittel solltet ihr die Regierung zum Handeln zwingen. Es muß verhindert werden, daß sich Direktoren anderer geschlossener Städte in Zukunft auf Kosten der übrigen Welt zusammen mit Japs *Organisazija* eine goldene Nase verdienen.«

»Soll das heißen, Jap ist tot?« erkundigte sich Netschiajew hoffnungsvoll.

»Oksana und ich würden nicht unser Leben darauf verwetten, aber nach dem, was wir gesehen haben, würde ich nicht damit rechnen, Jakowlew noch einmal lebendig zu Gesicht zu bekommen.«

»Aber er hat natürlich ein höchst effektives Netz von Vizebossen«, bemerkte Netschiajew. »Was ist mit Wolkow?«

»Er hat sich nur für die Hundertdollarscheine interessiert, die ich ihm aus dem Vorrat der Milizija habe zukommen lassen.«

»Erwähnen Sie die bloß nicht«, bellte Netschiajew. »Was ist sonst noch passiert?«

»Er hat mir Raketen, Gefechtsköpfe und Plutonium 239 angeboten, das aus verschrotteten Sprengköpfen zurückgewonnen wird.«

Wieder klopfte Peter auf den Aktenkoffer. »Oksana und ich haben buchstäblich unser Leben aufs Spiel gesetzt, um an dieses Beweismaterial zu kommen.«

»Wir werden darauf aufpassen und es gezielt einsetzen.« Nach einer Pause sah Netschiajew Oksana an. »Glauben Sie, Ihr Vater verfügt über irgendwelche Hinweise auf die Ursache der Katastrophe in seiner Region?«

»Da müßten Sie ihn schon selbst anrufen«, antwortete Oksana achselzuckend.

»An dem Tag, als der Dom in die Luft flog, war er nicht mal in der Nähe der geschlossenen Stadt«, fügte Peter hinzu.

»Ja, ja, ich verstehe. Die Regierung wird wahrscheinlich verrückt werden, wenn die Berichte über die Katastrophe reinkommen und sie alles irgendwie zurechtbiegen muß. Glücklicherweise stehen Sie dann nicht mehr für Verhöre zur Verfügung.« Er warf Peter einen vielsagenden Blick zu. »Es war also ein Unfall.«

»Kommen Sie uns doch mal in New York besuchen«, lächelte Peter grimmig. »Vielleicht kann ich Ihnen dann erzählen, was wirklich passiert ist.«

In Begleitung von Netschiajew und Boris gingen Peter und Oksana eilig durch die Kontrolle. Aber am Paßschalter erschreckte sie ein plötzliches Zischen in der Luft, gefolgt von einem dumpfen Aufprall. Ein Stahlpfeil war auf sie abgeschossen worden und steckte jetzt in der Schalterabsperrung. Netschiajew fuhr sofort herum, zog den Revolver und rannte zwischen den erschrockenen Passanten hindurch einem Mann nach, der das Flughafengebäude bereits verließ.

Peter drehte sich um und starrte auf das Holzgestell, hinter das sich der Beamte geistesgegenwärtig geduckt hatte. Der dünne Metallpfeil mit den drei Blechfedern am Ende steckte in der Vorderfront des Schalters. An dem Geschoß, einem tödlichen Pfeil, der von einer hochtechnisierten Armbrust abgeschossen worden war, klebte ein Stück Papier. Peter nahm den Zettel und steckte ihn rasch in die Tasche, während auch er sich nach dem Angreifer umsah.

Boris packte Oksana am Ellbogen und führte sie im Schutz seines Körpers vom Schalter weg hinter die Wand, die den Einstiegsbereich vom übrigen Flughafengebäude trennte. Peter folgte ihnen, immer noch angestrengt nach allen Seiten Ausschau haltend.

»Danke, Boris«, flüsterte Peter. »Und viel Glück bei den zukünftigen Mafiakriegen. Wenn über die Dom-Geschichte Gras gewachsen ist, komme ich mit Oksana zurück nach Rußland und helfe euch. Aber das nächstemal möchte ich auch ein bißchen Geld verdienen.« Er wandte sich an Oksana, die ganz blaß geworden war. »Komm, Schatz, laß uns hier verschwinden.«

Inzwischen kehrte Netschiajew zu Peter und Oksana zurück. »Wer auch immer den Pfeil abgeschossen hat, er ist in der Menge entkommen. Was halten Sie davon, Peter?«

Peter griff in die Tasche und zog den Papierstreifen heraus, der um den Pfeil gewickelt gewesen war. Netschiajew las die Botschaft und schüttelte den Kopf. »*Glyadi woba*, Peter.«

»Haltet ihr auch die Augen offen«, pflichtete ihm Peter ernst bei.

In der PanAm-Maschine zwischen Moskau und Frankfurt lehnte Oksana an Peters Schulter und nippte in aller Ruhe ihren Champagner. Zum zehntenmal warf sie einen Blick über seine Schulter und las die Botschaft auf dem Zettel.

UND SIE LEBTEN GLÜCKLICH UND ZUFRIEDEN.
GLAUB DOCH NICHT AN MÄRCHEN!

Oksana drückte Peters Arm. »Aber ich bin jetzt erwachsen und kann mit einem Revolver umgehen. Erinnerst du dich?«

»Ja. Zwei Kerben darfst du dir schon in den Pistolenlauf einritzen.«

»Und was für eine Auszeichnung kriege ich dafür, daß ich dich erwischt habe?«

»Eine von Tiffany's.«